王干、老藤、董学林、素素 主编

汪曾祺

"汪曾祺华语小说奖"
作品丛书

玛多娜生意

首届"汪曾祺华语小说奖"
中短篇小说入围作品集

苏童 等 著

Copyright © 2018 by SDX Joint Publishing Company.
All Rights Reserved.
本作品版权由生活·读书·新知三联书店所有。
未经许可，不得翻印。

图书在版编目（CIP）数据

玛多娜生意：首届"汪曾祺华语小说奖"中短篇小说入围作品集/苏童等著. —北京：生活·读书·新知三联书店，2018.6
（"汪曾祺华语小说奖"作品丛书）
ISBN 978-7-108-06311-3

Ⅰ.①玛… Ⅱ.①苏… Ⅲ.①中篇小说-小说集-中国-当代 ②短篇小说-小说集-中国-当代 Ⅳ.①I247.7

中国版本图书馆 CIP 数据核字（2018）第 084897 号

责任编辑	祝晓风 张 惟
装帧设计	刘 洋
责任印制	宋 家
出版发行	生活·讀書·新知 三联书店
	（北京市东城区美术馆东街 22 号 100010）
网 址	www.sdxjpc.com
经 销	新华书店
印 刷	北京市松源印刷有限公司
版 次	2018 年 6 月北京第 1 版
	2018 年 6 月北京第 1 次印刷
开 本	880 毫米×1230 毫米 1/32 印张 18.25
字 数	373 千字
印 数	0,001-6,000 册
定 价	43.00 元

（印装查询：01064002715；邮购查询：01084010542）

目 录

1   "汪曾祺华语小说奖"介绍
2   评委名单

中篇小说

3   雄鸡一唱   叶舟

73   双十一   林那北

118   母亲   曹寇

156   六根   杨丽达

209   猎舌师   房伟

247   摩擦取火   陈仓

313   黑画眉   老藤

349   无色界   王十月

短篇小说

407   玛多娜生意   苏童

428 五十一个强光点　　冯唐

444 梦中的夏天　　张惠雯

475 我不是尹丽川　　庞羽

493 写一本书　　郝景芳

511 祖先与小丑　　雷默

529 慢船去香港　　周子湘

微小说

549 绝世珍品　　刘浪

552 芬芳的幸福生活　　吴苹

556 摸灯　　宋以柱

559 破坏规则　　鞠志杰

560 岛拉和米法　　非鱼

564 一九八六年落雪时分　　连俊超

568 卜白　　袁良才

573 躲雨　　丁大成

576 看座　　相裕亭

"汪曾祺华语小说奖"介绍

"汪曾祺华语小说奖"由中国作家协会《小说选刊》杂志社、辽宁省作家协会、大连汉风国际文化发展有限公司、江苏省高邮市人民政府主办。汪曾祺是二十世纪当之无愧的中国文学大师,他以纯正汉语创作的作品,将现代性和民族性融为一体,把文人精神与民间的文化传统有机结合,是中国当代文学的瑰宝。

"汪曾祺华语小说奖"为纪念汪曾祺而设立。

"汪曾祺华语小说奖"评选,重视名家新作,不薄新人力作;以思想性与艺术性互为表里为择取获奖作品的标准;鼓励作家学习汪曾祺,在继承中国优秀文学传统和借鉴外国优秀文化的基础上进行创新,讲好中国故事,写出人民群众喜闻乐见的作品。

奖励全球优秀的年度华语长篇、中篇、短篇小说及微小说创作,旨在推进"小说走进人民",推动中华民族文艺事业的繁荣发展,扩大中国文学在世界的影响,弘扬汪曾祺作品所彰显的中国精神、中国气派。

评委名单

主　任

阎晶明　中国作家协会党组成员、书记处书记，中国作家协会副主席

副主任

王　干　《小说选刊》杂志社负责人

评　委

老　藤　辽宁省作家协会主席、党组书记
丁　帆　中国现代文学研究会会长
苏　童　作家
程光炜　中国人民大学文学院教授
张清华　北京师范大学文学院院长
郜元宝　复旦大学中文系教授
李建军　《文学评论》副主编
梁鸿鹰　《文艺报》总编辑
路英勇　生活·读书·新知三联书店总经理

中篇小说

雄鸡一唱

叶 舟

一

交接班时,也恰是他们交换情报的一刻。

几个伙伴钻进了内屋,三两下,就除掉了身上的制服,赤条条的。天太热了,太阳吐着舌头,跟狗一样。伙伴们先要把身体晾一晾,裤裆是晾不干的,只好委屈了那一块肉。昝涛打了卡,刷指纹的那种,又给对讲机充了电,调整到最佳状态。昝涛问,那辆划伤的牧马人,车主还没回来呀?哦,对了,东门十一点钟方向的那个摄像头换了吧,那可是个死角。一个伙伴先穿了便装出来,用纸巾蘸了水,擦着鞋子。伙伴说,车主没回来,定时炸弹,车子破坏得很严重,妈蛋的,不像是小孩子干的。另一个伙伴也趸了出来,头发趴着,油光可鉴,有一条大盖帽箍过的勒痕,跟说,摄像头没换,今下午还捡了几个足球,等着瞧,六中的小子们一准儿会来翻墙揭瓦的。言毕,两人不告而辞。昝涛从包里掏出饭盒,搁在了冰箱里。夜宵,满满一盒蛋炒饭,不能馁了。

悄静了片刻，昝涛呵呵一乐，说，你夹不住尿呀，裤裆那么难晾？三女子一手梳头，一手扶住门框，说，我故意磨蹭的，我的话不能第二个人听。其实，三女子不是女的，相反却人高马大，肌肉墩子，唯一的缺点是嘴上没毛，嗓音细成了一根丝，有点那个。昝涛说，我把你安插在白班，就等这句话了，我没看走眼。三女子环望一遭，外间值班室是白玻璃幕墙的，四周的街景一览无余，遂说，我可能知道谁偷了C栋一楼，那个女业主天天叫屈，丢了这，丢了那的，我还不确定，如果有我想抓个现行。昝涛揶揄说，别让那个女神经当枪使，咱们是负责安全的，又不是她家雇来的家奴，大天白日的她都窗帘紧闭，路上碰见了，下巴太高，傲得很。三女子兜头挨了一盆凉水，咧笑，牙花子猩红。昝涛摸出一张纸，三女子接了，一脸狐疑。昝涛说，偏方，专门治老寒腿的，你爹的寒腿，就要在这个三伏天治。这时，窗扇响了，昝涛打开一条缝，晚报的投递员塞进来一摞报纸。报纸都是烫的，这天气，的确是要惹祸的。

听说，下午地震了。

放你的屁，你不能乱咒呀，小心自己着祸。昝涛警告。

听说他们的一把手换了，下午宣布的。

三女子走了，昝涛接手了夜班的工作。保安公司派驻在这个小区的人手有八名，昼夜两班，按说每个班是四人。不巧的是，一个在当值时间偷喝了酒，被公司的抽检小组发现了，目前停岗待查。另一个，因为在电梯间发现了晕倒的老人，措施及时，抢救得当，公司奖励休假半月，工资足额发放。昝涛在这个班里算老人手了，年纪也长，所以说话办事有一定的威信。傍晚，天光大亮，这是一段平静期，一直过渡到天黑时，夜班才算真正落实。小区的广播响了。昝涛喜欢听央广新闻，尼斯的恐袭案，南方的暴雨和洪灾，土耳其的未遂政变，这世界真够一团乱麻的。窗外，业主们出入频繁，一人一卡，闸口起落有序，堪比城市地铁的安检。昝涛值守的是小区正门，又濒临主干道，自然是眼花缭乱，看久了绝对头晕。

　　事发突然，先是街上传来一声严重的刹车。接着，沙石飞溅，跟一梭子子弹似的，拍在了玻璃幕墙上。昝涛先缩脖子，再抬头看时，几扇玻璃已经花了，幸亏没裂。待昝涛出了门，冲到街上，那一辆巨无霸般的渣土车，已经横在了主干道上。行人湍急，但显得很空旷，因为刹车声已经变成了两条黑色的轮胎印，躺在地上，带走了危险和全部的惊叫。半车渣土被扔了下来，没三吨，至少也有一吨半。一个老妪杵在街上，离车不远，渣土淹了脚脖子，一直在晃。昝涛牵了她出来，知道她还软着，自己也哆嗦了一下。协警跑了过来。协警一开口就指责老妪没看红绿灯，没走斑马线，话也很糙。协警后来撕了一张罚款单，五十元，说这是不遵守交通法规的代价，须当面缴清。昝涛说，手下留情吧，你看她一个乡下来的老妇人，身上这么累赘，耳朵也背了，罚了真没意思。协警刚一瞪眼睛，昝涛来了硬的，说，你看看我的窗玻璃，我还没找见下家呢，你来主持一下，赔给我？协警撤了，可能去问司机。司机瘫坐在路肩上，脸是煞白的，浑身湿透，差不多像刚从池子里捞出来的那样。

昝涛递了一杯凉白开。老妪接了，手一伸，掐了下昝涛的脸颊。值班室里冷气足，立式空调。业主们体恤保安人员，联名给集团上书，半月前才有了这个待遇。老妪抿了一口水，瘪了瘪腮，说，你属猪吧？昝涛苦笑说，姨娘，你说我属猪，我就属猪。这是老家的习惯，见了陌生年长的妇人，一般要喊姨娘的。老妪咧嘴笑，说，我儿子也属猪，属猪的人我一眼就能挑出来。昝涛问，你儿子呢，他太马虎了，放你一个人在街上走。老妪松开了表情，说，我家贵生就住在这里头，媳妇和孙子也在里头。

　　哦，贵生的学名叫……

　　王川，属猪的，我从狄道上来，找儿子来了。老妪说。

　　那么远，走了一天吧，姨娘你胆子太野。

　　昝涛拿出了花名册，指头按住，逐行搜索着号码。余光里，渣土车已经摆顺了姿势，司机挥锨铲土，扫把一过，门口慢慢干净了起来。昝涛不想追究玻璃的事，人金贵，玻璃算不得什么。找见了号码，昝涛用手机拨了过去，念叨说，姨娘，你看我咋收拾他，让自己的娘老子跑七八百公里，他却癞蛤蟆躲端午，不见来迎接的。占线。又拨了三遍，还是如故。老妪进门时的确累赘极了，左手揽包，右肩上挎着一只纸箱子。这时，门口的纸箱子里叽里咕噜的，声音从孔洞里传出来，带着一丝鸡屎的浊气。

　　姨娘，这是给贵生送的柴鸡？

　　老妪纠正说，属猪，贵生属猪。耳朵真的背了。

　　狄道的柴鸡最有名气，营养高，还紧俏。

他属猪，跟你一个属相，都忠厚实诚。老妪又说，碰上你这个好后生，我不吃亏呀。

昝涛嘘了一声，说，这下通了！

二

亲子教育，一期七个课时，一千六，不打折。

就这，还是翟芳托了关系，把名次提了提。这家教育机构如今火遍了全城，眼见着闹闹出了问题，王川和老婆一碰，当即决定了。今天是第四节课，名字很诱人，叫山水课，安排在了郊外的一座原始森林里。王川提前告了假，又借了朋友的一辆铃木，一赶早就来报到了。跟队老师说，游山玩水也是一门功课，听听鸟鸣，嗅嗅花草，也能在幼小的心田里如何如何。孩子们倒是放了风，蚂蚱一样，可苦了家长们。有一个家长搞丢了照相机，三个妈妈的高跟鞋掰了，摔了跤的人疼在身上，脸是绿的。整个队列里，只有闹闹是父母双陪，刚开始有一丝尴尬，后来混熟了，彼此跟姑舅姐妹似的。

夕光洒下时，剩下了最后一个节目：山羊胡子，兔尾巴。

山坡下，联系点的农户牵来了一只山羊，七八只白兔，圈在了一个栅栏里。高潮段落，娃娃们挣脱了大人，往山坡下滚去。也不怕摔倒，碧绿的青草像一块栽绒毯子。王川一家却盘腿坐着，谁也不吭气，泥偶一般。栅栏里闹翻了天，男孩追逐着山羊，拔着长胡子。女孩们抱着小白兔,在看红眼睛,在拍照。王川说,闹闹,你吃过手抓羊肉,但没见过活羊,你也一起去玩吧,拔一根胡子回来。翟芳不悦,讥讽说,有你这么烂讲话的吗?他怕都来不及呢,还这么恐吓。闹闹一直僵着,面无表情,两个眼珠子始终望着虚空,但天上既无云彩,也无飞鸟。王川跟着儿子的方向看了一遭,也一无所获。王川问,他今天说了几句话?翟芳答,哼,能几句呀,统共就三个字,吃,喝,尿。王川的腿麻了,站起来走了几步,愉快地说,比前几天强,至少开口说话了,这钱没白花。

太阳落山了,倦鸟归林,寒意四布。

山顶上有一座庵子,传来了清凉的钟声。老师在喊,收队了,下课了。家长们分头找见了孩子,苦刑结束了似的,纷纷撤了。翟芳说,你听,这钟声多好,无忧无虑的,简直是世外桃源一样,真不想回去。王川调侃说,此地虽好,却不可久留。翟芳又说,真的心累了,也不知造了什么孽,我要是能出家就好了,当个女尼,青灯黄卷的,不受这份罪。王川一听,突地就怒了,掰断了一根树枝,咆哮说,翟芳,注意你的感情,你这话跟刀子一样。老婆撇过身,揩了一下眼窝,回击说,我感情咋了,我撑不住了,我快垮了。王川摸了一下儿子的脸,不为所动地说,闹闹,今晚上你的梦里肯定是一片花香,记得喊我,我也闻闻哟。翟芳叹了一下,又念了一句阿弥陀佛。

这一刻,电话响了。

电话是老彭打来的,劈头就尅了王川一顿。王川环望了一眼层叠的山峦，没信号是正常的。老彭比王川小，人却老相，不用化装，上公交车就有人让座。老彭说，小子，这等重要的会议你居然缺席，你错过了历史性的一刻。旁边，翟芳肩起了闹闹，往山坡下走去。农户拽着山羊欲走，却被翟芳拦住了。王川问，真这么干呀，集团全体干部就地免职，再竞聘上岗，这动作未免太大了吧。所以嘛，今天的这个会绝对是地震，一场八级地震，老彭回答。还是钱的面子大，翟芳塞给农户一张钞票，山羊也规矩了起来，咩咩地叫着，有一种讨好的味道。老彭说，一朝天子一朝臣，这新当家的上了台，肯定要重新洗牌，各个机构和部门重组，就是为了上市嘛。这的确是实情。集团公司酝酿了多年，一直想在上海滩敲锣上市，却只闻其声，不见其实，始终搁浅着，黄花菜都快凉了。王川回说，也对，一头狮子领着羊，羊也会变成狮子的，如果让一头羊领着一群狮子，那谁也看不起它们。山坡下，农户架住了山羊，翟芳将闹闹抱起来。儿子骑在了羊背上，脸忽地亮了。老彭说，小子，你有啥想法没？王川欣慰地说，咋的，你在试我的口风吗？先讲你的。哼，我一无才学，二无靠山，我不痴心，也不妄想。翟芳催促农户，让他放开绳子，让闹闹纵羊驰骋一会儿。绳子放开了，王川的心，一下子提到了嗓眼上。儿子危如累卵地悬着，摇晃不已。这个混账女人，王川叱骂一句。老彭问，别不耐烦，下一步你咋打算的嘛？闹闹稳住了，拍了一下羊颈。山羊甩了一下蹄子，蓦地发足跑了起来。王川说，走一步看一步吧，僧多粥少，还轮不到我操心，我算哪根葱呀。山羊颠出去了七八米，闹闹老练极了，西部牛仔似的。王川呵呵起来。他第一次从儿子的表情上，发现了开心。老彭又说，你小子，我早知道你，你绝不是久居人下之人。终于，山羊一个刹车，将闹闹掀翻在了草地上，打了几个滚。王川说，你就别套我的话了，你做啥，王某人一定支持，挂了啊。

刚收了线，电话又追来了，是小区的保安昝涛。

这次，王川并没有训翟芳。老婆英明。老婆出其不意的一招，竟让儿子表情璀璨，趴在草地上，死活不肯起来。王川问，咋样，高兴吧？闹闹点头，说，高。翟芳笑了，也哭了，一顿粉拳，砸在了王川的胸脯上。翟芳掰着指头说，第四个字，今天说了这么多呀。王川抱起了儿子，扔在肩上，又给农户塞了一张钞票。下山时，翟芳尾在丈夫旁边，很哲学地说，我想透彻了，儿子不爱跟人说话，儿子跟人有距离，儿子跟动物亲，这就是找了好几年的病根呀。王川肩着儿子，看见明月东升。月亮长着一张俊秀的脸。月亮不错。

现在，王川踩着油门，往灯火阑珊里开去。

后排座上，翟芳搂着儿子，呼呼大睡。开心的一天，夫妻俩觉得值，闹闹破了纪录，终于从他嘴里蹦出来四个字。这话不对，不是四个字，简直是四字真言，四个金元宝，也是一连下了四天的春雨，把王川和翟芳的心都给下酥了，有一种甜。王川刚点了烟，没抽，隔窗扔了。眼窝有点湿，王川用指尖揩下来，吮在嘴里，真的不咸。他和翟芳是师大的同学，毕业后都留在了省城，一个进了中学，一个去了企业。两口子没靠山，应考却难不住，凭的就是死记硬背的功夫。

结婚时，他们租住在一个筒子楼里，窗外就是铁路。一闭上眼，总感觉在出差途中，心里没踏实过。逢年过节，王川带老婆回乡探亲，母亲话里话外在试探，目光总焊在翟芳的肚皮上。王川说，先忙事业吧，等扎稳了营盘，再慢慢造人。这话很轻佻，生儿育女又不是打一捆柴、挑一担水那般简单。那以后，母亲不多嘴了，头发却花白起来。王川迈过而立之年的坎，集团公司高瞻远瞩，以经适房的名义，建了一座小区，按工龄、职称、职务打分。王川拿到了一个中套，四楼，南北通透。乔迁之日，翟芳下了一道懿旨，王川开始戒烟戒酒。那一段，王川天天去游泳，翟芳怕水，就在小区的广场上，跟大妈们跳舞。封山育林奏了效，很快，翟芳的肚皮吹了起来。翻过年，翟芳诞下了一个小子，六斤半。王川站在病房的窗口，望着满城的焰火，便说，正月十五闹元宵，干脆小名叫闹闹吧。

岂料，闹闹一点也不闹。一切都走到了愿望的反面，闹闹悄静，一尊瓷器那般悄静。

儿子长到了一岁半，坚不开口，连妈妈这样简单的音节都不会。不仅不说话，儿子的眼睛也呆滞，直尺似的，无波无澜。比如，儿子盯着墙上的一颗钉子，一盯一天。又比如，儿子爱抠墙皮，弄得墙纸七零八落的，指甲皮也快抠掉了。翟芳问了周围的妈妈们，一致的结论是，女孩一般早慧，七八个月就发声，男孩慢一点，大概在一岁左右吧。又等了一年，情况如故。这时，翟芳火力全开，对准了丈夫，责问他在造人期间，是不是破过戒，沾过脏女人，把损坏的精子播在了良田。王川也自责过，怀疑家装之后的甲醛，疑心大理石厨台带着辐射，甚至去了几趟潜源寺，磕头，烧香，奉了供养。那几年，医院也没少去，把各个科室都拜访了N遍，化验单一米高，足够写完一套四大名著了。天气好时，楼下的草坪成了乐园，娃娃们鸡零狗碎地玩着。翟芳将儿子抱下去，去了几回，闹闹都闷声坐在一边，既不参与，也不哭笑，一根木头似的。那以后，翟芳短了精神，觉得心里结了一块疮疤，生怕被邻居们察觉。家里没雇过保姆，面积有限，起居也不方便。闹闹三岁半时，王川托了关系，将翟芳调进了一墙之隔的六中任教。课间休息时，翟芳两点一线地穿梭，开了门，眼前的景象让她喜忧参半。喜的是闹闹安全无虞，一动不动，早上搁在那，现在还在那。忧愁却是一团雾，让翟芳的身心一下子乏了，笑也是挤出来的。有一回，王川将闹闹的所有症状，一丝不苟地输入在了度娘里，当即吓了一跳。王川揣着这个秘密，恶毒的秘密，在肚子里发酵了几天。王川自己快爆炸时，才说给了老婆。翟芳听罢，二话不讲，当即给了王川一个耳光，挺脆的。

翟芳说，我儿子自闭？你敢这么咒？

嗯，这个症状，要么是天才，跟那个霍金一样，要么就……王川斟酌再三，给老婆打了一个防疫针，说，要么就得你我一辈子当牛做马，把前世里欠下的债，慢慢还掉。

等着瞧，我偏不信邪。

出乎王川的意料，翟芳咬起牙，时刻围着儿子转，大有坐穿牢底的那份慷慨。

进了收费站，减速带一提醒，王川回到了现实中。缴了费，上了外环时，翟芳的手搭在了丈夫的肩上。这是一种罕见的亲昵，自从，唉，不提也罢。翟芳摸着他的下巴，指尖上充满柔情。翟芳问，没刮胡子呀，这么硬。王川却说，下午地震了，新当家的已经上位，开始重新洗牌了，这下真有热闹看了。王川简略讲了一通。翟芳却说，咱们小老百姓，过自己的日子，你别掺合了，闹闹今天的进步，比啥都强，我没别的奢望。环线上车流少，王川轰了油门，飙了一段。王川说，白天不懂夜的黑，我敢打赌，从今天起，小区里肯定灯火通明，谁都在谋篇布局，不敢怠慢。翟芳说，今天收获了四个字，说不定明天呀，闹闹还会有大的惊喜。王川笃定地说，呵呵，我回来了，我回来以后，一切都将与过去不同。下了立交桥，驶上了主干道，翟芳悄声问，晚上可以吗？今天高兴，我就想了。

什么呀？

翟芳忸怩，说，好久不做了，我怕我快锈死了，你讨厌。

不行，我妈来了。

奶奶来了，你咋不早说呀？翟芳这么喊，当然是随了儿子。

王川歉疚，说，母亲总是排在最后，这个吧，将来也是你和我的写照。

三

王川还掉了借来的铃木，打车返回时，被昝涛拦住了。

昝涛和小区的业主们都熟，一来性格爽直，二者，他天性肯帮人，脸上挂着一副持续的笑。快递到了，谁在外面拉不开栓，总会说，交给昝涛吧。谁订了鲜奶，也会说，让昝涛先搁冰箱里吧。昝涛另有一个特点，即便燠热难耐，身上的那一套制服却相当规整，绝不马虎。零点过了，气温居高不下，昝涛在小区里巡查了一圈，看见了王川。

　　昝涛说，姨娘她们都上去了，你呀，真的福气大，姨娘的身子骨还那么硬朗。王川对昝涛一向抱有好感，便停下脚，以示尊重。王川说，我老婆来过电话，说你的一盒蛋炒饭，让我母亲给吃了，这咋行。咋了，昝涛冷下脸，我孝敬一下不行呀，我一个没娘的娃，跟着你沾光。递了一支烟，昝涛拒绝了。王川自己点上，喷着一嘴烟龙说，是这，听说三马路的李家烤肉不错，咱们去吹几支冰啤吧？昝涛笑说，真不用，你不必变着法子谢我，进屋吧，姨娘的一个箱子落下了，你自己抱上去，不早了。

　　一只纸箱子，长方体，外面印着某个品牌的洗衣粉字样，两侧各挖了几个孔洞，用来透气的。王川狐疑，捂住了口鼻，说，这么臭，究竟什么呀？昝涛站在空调前，拔长脖子吹冷气，说，我刚给喂了水，怕渴死了。王川打开后，沮丧地说，哎哟，我这个娘呀，真是老古董，超市里的鸡肉那么便宜，何苦她几百公里带一只活鸡上来。昝涛冷下脸，说，王科长，你这个态度我可不同意，你过分了。王川噎了噎，说，我没别的意思，还不是心疼老娘嘛。昝涛却说，别小看了这个鸡，真的。

咋说，不就一只鸡嘛。王川道。

这叫翎子鸡。

翎子鸡？

王川热极了，巴不得上楼去冲凉，但昝涛的一番热情，又不能不对付。王川拨弄了几下箱子里的活物，不觉得是一只鸡，反倒感觉是整箱子的羽毛，手感很虚无。王川说，你别给我演封神榜，说这个鸡是落架的凤凰，得罪了玉皇大帝。昝涛不语，拿出一只强光手电筒，打开试了试。灯光若一场雪崩，忽地倾泻在了墙上，将王川压成了一张相片。王川抬臂遮住眼睛，忙喊停。昝涛呵呵笑了，说，你这叫原形毕露，你心里咋想的，我能猜出个七七八八，骗不了我的。灯光灭了，那一张相片又回归到了王川的身上，浑然一体。昝涛催促说，快回家去吧，别跟我磨牙了，你们下午地震了。

已经出了门，王川却不甘心，说，你话里有话，你不妨直说了。

哼，我又不是你家的张良。

王川不见怪，说，上次送你的那台旧笔记本，配置虽说低了些，但你女儿用没问题。听说，最近又要淘汰一批，我替你留心着。怀里是纸箱子，窸窣声不断，一股刺激的鸡屎味，冲鼻而来。昝涛怔了怔，便说：

我在狄道当过兵，我知道，这种鸡叫翎子鸡，罕见。

说说看！

昝涛说，你娘不简单，自己路也走不稳，居然捎着一只翎子鸡，晃悠着进了城，呵呵，我本来想责怪你几句，算了吧。王川挤兑说，你也不简单，大半夜的，这么神叨，你倒说说翎子鸡呀。不巧，对讲机响了，十万火急的样子，昝涛先撤了。

黑灯瞎火的，王川摸进了家。母亲和闹闹睡在了卧室。翟芳占据了儿子的房间，一张儿童床，显见没有王川的位置。王川拿了枕头，打算在沙发上将就一夜。冲完凉，鸡屎的浊气愈发激烈，夜晚的恬静被彻底颠覆了。王川有些懊恼，将纸箱子拎出了厨房，蹑手蹑脚，塞在了阳台上。这时，王川嗅见了一股潮湿的气息。几栋家属楼高可入云，切割出不规则的夜空。夜空呈粉红色，云层低垂，山雨欲来。王川怕鸡会闷死，便掀开了盒盖，敞在了夜幕之下。果然，鸡消停了下来，知道这是深夜，自己独在异乡为异客。

当初分房打分，王川排在了中下游，只能选择两头，要么顶层，要么下半截。后来图了坐北朝南，又考虑将来拉扯孩子，翟芳定夺在了四楼。小区统共三栋楼，呈三角形，便有人戏谑说在跳贴面舞，也有人说在搞三角恋。楼群中央，有一个绿化带，还建了一座微缩水景，潺潺之声总在傍晚响起。楼群外则是一条环路，左进右出，供车辆行驶。凌晨一点了，远处海关的报时钟准时敲响，声音很金属。王川抬望一遭，好家伙，每家每户都灯火通明，亮若白昼。王川猜得没错，从今天下午会议结束，谁都不肯甘为下风，谁都将粉墨一气，呛啷啷一声响板，从幕后闯进前台，生旦净末丑，各归其位。

准确讲，王川倒也不急。王川有自己的步骤。如果一群人都往一个方向上挤，那这条路，一定是有麻烦的。沙发有些硌，弹簧坏了,王川入睡前这么认为。

一下雨,昝涛便觉得事情好办多了。雨是一个借口。雨会混淆一切的。

C栋地下停车口有一个死角,前面立了一面短墙,原本是消防栓的位置,后来废弃了。墙后,五个少年抱头蹲着,浑身湿塌塌的,瑟瑟发抖。昝涛说,你回东门去吧,这里有我,东门进出车,业主们万一打喇叭,明天投诉就来了。黑暗中,一个伙伴正在踢打少年们,踢累了,慢慢收住了脚,快感十足地过来,说,这帮小太保,不给点颜色,他就不信马王爷长了三只眼睛。昝涛说,你去吧,我来治他们的病,省得他们以后故意踢高球,拿窗户当球门,让咱们背黑锅。伙伴递来一个塑料袋,昝涛接了。伙伴说,你瞧,人手一部苹果,都是坑爹妈的货。雨开始大了,树木被风压了下去,跟受刑人一样。脚步声远走,昝涛这才轻松下来,宽了皮带,取下强光手电筒,开始问话。

说吧,谁把那辆牧马人划伤的?谁说了,谁先回家。

不是我,我们来找足球的。七嘴八舌的,集体辩解。

答案早料到了,但昝涛另有一份腹稿。昝涛说,你们和中国男足一样臭,不往球门射,偏偏射人家的窗户。知道吗?上次掉下来一块玻璃,刀子一样,直接插进了人家车顶上。再上次,玻璃崩碎了,把一个小丫头的脸划破,差点破了相。好吧,得寸进尺说的就是你们,半夜摸进来,共同犯罪,你们今晚的目标是?

这时,学生们一口一个叔叔,舌头是软的,狡辩是真的。

昝涛志在必得，又说，那辆牧马人值几十万，你们划伤了，光补漆就是一笔不小的数目。幸亏呀，这里不是派出所，我这人也好说话，一人一千，别跟我还价。否则的话，我立马通知警察，你们轻则被开除，走司法程序这条路，就得把课桌搬进号子里，一起难兄难弟吧。毕竟是未成年人，这下炸了群，不是哀号，便是相互攻讦。强光手电筒另带电击枪的功能，昝涛将按钮调至"电击"一档，打开了，但见蓝光放射，蛇行上下，噼啪作响。一时间，清冽的空气有些焦味，几乎将雨滴也蒸发掉了。昝涛笑说，呵呵，不是闪电，也没打雷，这是天老爷动了怒，命令你们快交代，交代罪行。果然，两个孩子起身，求告说，这就去找钱，等一下再来。昝涛说，反正我不急，苹果手机在我手里，我随时能找见你们的。等走远了，昝涛又低声喊，我在大门口等着，别去东门，天一亮就作废，我会报警的。

走了两个，又一个待不住了，哀告说，兜里有卡，立马去门口的银行取现。另一个也站起来，坦白说，姥姥家在附近，半小时之内准定回来。昝涛问，知道手机的赎金多少吗？少年们嗫嚅着，等着跳楼价。昝涛恼了，扯着嗓子，断喝说，妈的，一人一千，滚蛋吧。

其实，真的无所谓，楼上听见了又咋样嘛。昝涛心说。

昝涛抬头望了一眼楼上，灯火烁烨，今夜无人入眠。自打派驻这个小区第一天起，昝涛就腿快，手勤，一脸弥勒，广结人缘。业主们的嘉许是一回事，从各路得来的消息，林林总总，汇聚到他的手里，则是另一回事。昝涛知道，小区也是一个小社会，风也罢，雨也罢，总归不会安澜下来。昝涛一直想做一块暗礁，沉在底部。谚语不是说了嘛，煞后，煞后，锅底里才有肉，所以他一向耐得住。比如今天，业主们的集团人事地震了，先前人模狗样的那些家伙，统统被就地免职，上火是一定的，失眠是起码的，谁还顾及窗外的个把声音呀。况且这场雨，来得真是时候。昝涛揩了一把脸，冷不防，剩下的那个小子居然豹变，一家伙撂倒了他，拔腿跑了。

地滑，挣了几次，又跌倒了。昝涛眼里金星四射，骨折的感觉。对讲机飞了，强光手电筒的镜片也碎了，滚出去老远。万幸的是，几个手机还在。这一霎，昝涛看见环路上杀出了一个黑影，二话不讲，便将那小子收在了胳臂下，夹紧了，跨步走了过来。

三女子吗？

嗯，涛哥，这咋了，被袭击了？

趁着说话，昝涛将一包手机塞在了灌木丛里，忙掩饰说，跌了一跤，不打紧。三女子也不是吃素的，扔下那小子，抽出了他的皮带，直接捆在了栏杆上。三女子从天而降，出手相救，并没惹起昝涛的感激。相反，昝涛却觉得麻烦来了。递了烟，两个人小心地点起来，对视了几眼。三女子抱怨一番。昝涛才明白，他媳妇和婆婆吵架了，吃了夹板气，索性负谴而逃，来这里躲清闲了。昝涛给了钥匙，工具间有一张床，催他赶紧去休息。岂料，三女子没接，却一脸的诡谲。三女子问，这小子干吗了，敢袭击你？昝涛思忖一番，说，他不尊重我，倒也没袭击。见三女子太黏，昝涛敷衍说，屁大的一点孩子，居然一见面，就问我要烟抽，我替他父母亲教训一下。临走前,三女子踢了那小子一脚,慨然说,我继续去蹲坑了,有事喊我吧。哦,你说啥?昝涛着急问。三女子说,雨这么大,一楼的那个女神经刚又打了物业电话,怀疑有人要偷她,我这就去蹲坑,守着那个变态出来呗。这么一讲,昝涛觉得夜更深了,麻烦是真实的,离自己不远。

到了正门,一进值班室,昝涛就给那小子除下了皮带。昝涛拿了毛巾,让他擦一擦,对方也置之不理。昝涛又打开塑料袋,让他拿上自己的手机,赶紧滚蛋。不承想,那小子索了烟,叼在嘴上,还让昝涛给喂了火。昝涛郁闷起来,说,你究竟想咋样嘛?小子说,等他们都来交钱时,你得当面证明一下,我宁死不屈,我没怂。昝涛虎下脸,拿出强光手电筒,但电击头没反应,没了想象中的那一声霹雳,威慑力顿时归零。昝涛说,你没怂,你走吧,我不追究你。那小子玩着手机,态度顽劣,说,我得等他们来,看着他们一个个认怂,把钱交给你。昝涛没了辙,观察了一下周围。此时,已经后半夜了,楼上的灯光陆续熄灭。雨除了是借口,还是一种催眠吧。

小杂种,你真要是我儿子,我掐死你。昝涛一个劲抽烟,脑子里开始翻脸,已经灭了那小子好几回。昝涛开始威胁,再不走的话,真要报警了。小子却称,报警也好呀,又没犯什么罪,顶多是翻墙来找足球的,还巴不得爸妈来领人,因为很久也没见爸妈了,都在外地做生意。昝涛苦楚极了,绥靖地说,各让一步吧,你给我面子,我也给你台阶下。那小子觉得可行,停下了手机游戏,等待下文。昝涛万无一失地说,是这,我给你一千,等他们都到了,你跟他们一起交完罚款,你一根毛也不损失,我也有面子不是。小子很痛快,答应了。昝涛打开钱包,数了一千整,交在了对方手里。那小子太贪玩,将钱扔在桌上,继续看手机。

来了一辆私家车,没打喇叭,闪了几下灯。

昝涛出了门,看见灯光下,地上的雨都起了泡,密密麻麻的。业主都这样,忘了带卡,一般会闪灯,喊保安来帮忙。昝涛按了遥控,放车进去,又落下了横杆。待昝涛再次进门时,妈的,却发现那小子不见了。

人不见也罢,桌上的一千元竟然也没了,还包括一袋子苹果手机。

这一刻起,昝涛真的炸了,揣上一根警棍,开始在小区的环路上兜圈子。心知无望,但肚子里的一团火不罢休,只好淋成了落汤鸡。十张红版的钞票,等于大半个月的薪水,谁的钱都不是用弹弓轻易打下来的。有天夜里,昝涛在地下车库里巡查,发现一辆车屁股上,扔着一台照相机,谁这么大意呀。昝涛也没客气,塞在胳肢窝里带走了。第二天去了旧货市场,当即变现。尼康单反,日本牌子,昝涛明白贱卖了,但也很知足。哼,揣了这么久的一笔钱,却被一个小杂种给顺走了,这让昝涛很牙疼。又踅到了 C 栋一楼拐角时,三女子从树背后蹿出来,抱怨说,涛哥,你这么闹腾,还让我咋蹲坑。昝涛问,你吃过哑巴亏吗?三女子懵懂摇头。昝涛说,妈的,哑巴亏就是吞了一肚子黄连水,又说不出苦来。

恰在此时，一束发光的鸣叫蓦地响起，照在了小区上空。

声音是从底层爆发的。三栋高层呈掎角之势，喇叭状，将声音放大了，一波波地荡漾起来，形成了海啸，惊涛拍岸。三女子愕然，说，见鬼了，这什么天外来物呀？昝涛说，几点了？三女子答，五点，天快亮了。——举目望去，楼上的灯光一扇扇地亮了，也有人趴在窗口上，探头外望，骂骂咧咧的。叫声停顿了一下，再次嘹亮，让铺天盖地的雨声也退居其次，不那么要紧了。这个清凉的夜晚，随着紧密的鸣叫声，眼睁睁的，开始塌方。

昝涛说，半夜鸡叫，这下乱套了，天下大乱。

是鸡叫吧？

嗯，这是翎子鸡，说来话长了。昝涛道。

四

翟芳鼾声轻微，睡得很香。平时，翟芳每夜都要起来三四次，掖被子，递尿壶，经营一番儿子。有几回，翟芳后半夜推门进去，见闹闹双目圆睁，像三百瓦的灯泡一样，盯着天花板，几乎吓瘫她了。翟芳盘问儿子，究竟在想什么。闹闹却只字不语，表情深沉如谜。今天可好，闹闹在奶奶的怀里，翟芳便把自己大卸八块，睡得像一块海绵似的。迷蒙中，一场星星雨，慢慢下在了翟芳的身上，不是窗外的那种。星星们像一个个精灵，张着嘴，拱着翟芳的身体，让她很甜，很痒，魇在了睡眠中。这个梦是有来历的，翟芳上过网，说自闭症的患儿，都是星星的孩子，他们孤独地活在自己的世界里，对外界充耳不闻，视而不见。此刻，面对一群上蹿下跳的小星星，翟芳为难了，眼花了，摊开双臂，盲人般的探摸着，说，哪个是闹闹？谁是我的闹闹？

这一霎，王川在旁边打了个喷嚏。翟芳一惊，星星的孩子们忽地没了影，全部失踪了。

翟芳的郁闷可想而知。王川夹着枕头，行迹鬼祟，忙关了窗，拒绝了外面的雨声和凉意。王川钻进被窝，身体像一枚大号的括弧，将妻子箍在了怀中。这些年，夫妻俩不愿正视现实，但闹闹的症状，愈来愈逼现眼前，让"自闭症"这个词浮出水面，礁石一般。翟芳喘不过气来，星星的孩子们走了，失踪了，刚刚尝到的一点甜，一丝痒，却被王川上下其手，粗鲁地驱散了。翟芳挣扎着，恼恨起来。王川说，傍晚回来时，你给我下的帖子吧，咋了，说话放屁呀。翟芳像一条离岸的鱼，越拒绝，王川却越侵犯。后来简直动了粗，磨盘一般覆压在妻子的身上。王川说，先是搞了封山育林，后来你又妊娠期，为了闹闹，这四年多来，我忘了我还是个男人，一次也没。翟芳拖泥带水的，还没从梦魇里脱身。王川沮丧极了，哀告不止，却怎么也打不开妻子的身体。这是闹闹的房间，儿童床，禁不住折腾。床架的榫卯间，可能藏着无数个嗓子，王川一用劲，它们便尖叫，吱吱呀呀的。王川是那种一根筋的人，愈挫愈奋，两只手刚将妻子锁住，听见翟芳气息奄奄，打算放弃抵抗时，却出现了意外。

那是一束发光的鸣叫，在阳台上爆炸了。

猝然，尖厉，悠长，爆炸声持续了三秒多，但密集的弹片分崩离析，射向西面八方，几乎快将小区里的每一扇玻璃震碎了。尾随其后的，则是一浪浪的冲击波，在楼群里翻滚，汇聚，一瞬间拧成了狂浪，喷薄向上，倾泻在了夜空里。

翟芳彻底醒了，伸手去开灯，却被王川扣住了。王川从翟芳身上滚下来，呼哧呼哧的，先前的激情覆水难收，又不甘心，慢慢酝酿着下一次情绪。翟芳怨恨地说，鬼哭狼嚎的，让人心里发毛，这什么呀？呵呵，江山易主，难免有一些异常的天象，我的好日子不远了。王川边答，边撩拨着妻子的浓发，煞是得意。翟芳嘀咕说，对，是天降异常，星星的孩子，这话真美，哪怕他不讲一句话，只要他来自星星，我也乐意，我陪他一辈子。王川不解其意，兀自说，我这个小科级熬了快五年了，也该出头了，我这次有八成的胜算，相信我。翟芳再次清醒了，脚尖找着拖鞋，自责说，闹闹该尿了，我得去。话未讲完，王川一把扑倒了妻子，用枕头捂住了翟芳的脸，低语说，别闹了，我妈可能起来了。翟芳不听劝，更不迎合，身体扭曲着，踢来蹬去的。王川更刺激了，血脉偾张，一下子使了强。妻子的身体怔了怔，冷若碑石。就在王川走向高峰的一刹，阳台上那一束发光的鸣叫，再次爆炸了。

声音尖细、悠长，呈螺旋状上升，缭绕不绝。

翟芳趁机挣脱了，忽然干呕起来，很恶心的样子。果然，翟芳厌倦地说，我已经锈死了，我恶心，恶心这件事，千万别再逼我了。

此时，王川也已经兴趣全无，拉开窗帘，看见天色微明，一层蛋青色的光芒渗透铅云，落在了小区上空。翟芳说，对不起，我不习惯这个了，我想吐，我可能废了。王川压抑着怒火，劝慰说，不怪你，这他妈的天光大亮了，哪来的怪物呀。翟芳没呕出来，但嗓子里冒怪声，叽里咕噜的，软弱地说，半夜鸡叫，这是公鸡在打鸣，我小时候天天能听见。闻听此话，王川一骨碌坐起来，直脱脱地说，灯下黑呀，这是咱家的鸡，简直家里进贼了。

咱家的？

对，我妈带来的狄道的翎子鸡。

哦，带什么不好，这奶奶，偏偏带一只公鸡进城。翟芳怨怼道。

天亮了，两口子睡眼迷离，草草穿戴起来，踅进了客厅。眼前的一幕，让他们骇然万分，杵在地上，一时间成了哑巴。母亲蹲在地上，一手磨着刀，一手洒水，刺刺拉拉的声音恐怖极了。母亲瞥见了他们，没吱声，样子得意。磨了片刻，母亲停下来，用指肚试了试锋芒，又开始磨另一把刀。王川哀告说，妈，这大清早的，双休日，你提刀弄棒的做啥？翟芳也求情说，好我的奶奶，进了城你就歇息一下吧，闹闹在你怀里，一夜没闹，他只恋你。母亲辛劳了一辈子，虽说上了年龄，但胳膊上仍有劲，磨起刀来有板有眼，脊梁也绷成了一张弓。王川想抢活，母亲拉下脸说，一边去，去给我烧一锅开水，天然气我害怕。翟芳进了厨房，依言烧了水。王川恳切地说，妈，你没个电话来，也不让我去车站接你，老家那边？翟芳踢了一脚丈夫的屁股，接了话头说，你警察呀，审问这，审问那，奶奶想闹闹了，闹闹也想奶奶了，这就是理由。王川从妻子的语气里，听出了一种释然，那种解放区才有的晴朗的天。事情明摆着，母亲待多长，翟芳就能轻松多久。夫妻俩对视了一眼，彼此交换了意见，一对阴谋家似的。这时，母亲方说，贵生呀，今天是啥日子？

礼拜六。王川答。

母亲停下手，扶住膝盖站起来，说，今天是你的生日，你属猪。

哦，不早过完了嘛，上个月。翟芳抢了话。

脑子不好用，我只记住了你农历的生日，狄道只过农历的，所以我就来了。母亲颤巍巍的，胳臂一伸，接住了翟芳的搀扶。母亲说，去，去把阳台上的翎子鸡拿来，我杀了，今天给你过生日，给闹闹补些营养。

腿上灌了铅，王川愣怔了许久，一直盯着母亲的白发，有点鼻酸。

这个节骨眼上，阳台上的翎子鸡又爆炸了。不同的是，这一次的鸣叫不发光，也不悠长，更像是一次抗议，一声激愤的詈骂。王川思忖，万物有灵，这话真没错，这家伙恐怕也知道大限将至了，所以才登高一呼。王川去了阳台，手在纸箱子里探摸，依旧感觉到很虚无。一箱子的羽毛，怎么也捉不住肉体。翎子鸡的咯咯声，却从乱羽丛中飘上来，挑衅味十足。后来，王川干脆将箱子倒扣在地，攥住了两条细鸡腿，倒悬着，拎进了客厅。

翟芳怕血，背过身子，贴在了墙上，不忍看。王川将鸡搁在地上，防它哗变，用脚踩住了鸡腿，两只手伸进一堆羽毛中，打算攥住鸡脖子。近些年，城里人的嘴吃刁了，来自狄道一带的柴鸡成了紧俏品，价格翻番，几乎是超市里冻鸡的三四倍。王川一家也吃过柴鸡，尤其翟芳坐月子的那一段，母亲满村子打听，谁要去省城，母亲早上宰杀下，晚上就能捎给儿子。柴鸡能催奶，翟芳在那半年，体重长了三十斤，双下颌都出来了，这才喊了停。虽说吃了那么多，但君子远庖厨，夫妻俩还没见过当场宰杀的。王川摸了一阵，捉住了羽毛丛中的肉体，失望极了。怎么说呢，这只虚张声势的鸡，徒有其表的鸡，除了这一堆花里胡哨的羽毛外，身体只有握拳那么大，可怜兮兮的。王川能感觉到，这小东西在痉挛，在发烫，埋下身子，做最后的抵抗，不，是抵赖。王川撇嘴，心说，按自己的饭量，这家伙去骨剥皮，也只够打个饱嗝而已，遑论还有一家人呢。母亲则面带骄矜，一个劲地夸耀自己带来的礼物，似乎比她珍藏了多年的嫁妆，腕子上的那一只银镯子还稀罕。

  原来，狄道一带毗邻岷山山脉，实施了多年的退耕还林后，山河葱郁，生态修复，一些早就绝迹了的动物失而复现，大的如棕熊、雪豹和狐狼，小的像麋鹿、麂子与岩羊，这翎子鸡就是其中的一例。母亲又介绍，前一天碰见了一个进山采药的人，他捉住了一只瘸腿的翎子鸡，求爷爷，告奶奶，这才花了大价钱，好歹购了下来。这种鸡太诡了，要不是摔坏了腿，休想拿住一个活口，它自己就会气死的。母亲神叨叨的，王川始终忍着，没喷笑出来。又介绍说，翎子鸡不仅脾气大，还太犟，宰杀之前要先哄一哄，等它高兴时冷不防下手。否则的话，它的肉就会泛酸，排出一种不太好闻的气味，所以才活着带进了城里。这一刻，王川明白了母亲的用心，腾出一只手，将母亲的一缕额发，别在了耳后。

贵生，闹闹还不肯多说？母亲低语。

嗯，金口难开。

母亲说，这个鸡嗓门大，底气足，专治这病的。母亲又压低了声音，叮嘱说，你意思一下就行了，让闹闹吃肉喝汤，吃啥补啥，记住啦。

显然，母亲是有备而来的，手心里搁着一把松子，嘴里咕咕咕地逗引。炒熟的松子，裂了口，王川嗅见了一丝清香。王川想起小时候嗑松子的情景，没来得及回味，便瞧见从羽毛丛中，探出来了一只鸡冠，充满警觉，左右啄动。冠子呈烈焰色，峨冠博带，头顶的肉瘤像分开的五根指头，上下翻卷，傲气十足。翎子鸡埋下头，啄了一枚松子，刚要吞咽时，母亲霎时出手，一把捏住了鸡脖子。

母亲拔掉了鸡脖子上的一撮毛，将其拧成了一个问号，举起刀，打算下手。王川捧着碗，对准了鸡脖子，准备盛血水。翎子鸡伸长了脖颈，无辜地就缚，既不挣扎，也不嚎叫，杏仁似的眼睛盯着王川，眨也不眨。刀刃逼住了鸡脖子，母亲刚要下刀时，却听见客厅的地板上一声爆响，一只花瓶炸成了粉末。

闹闹站在面前。一股愤怒攫取了他，脸颊憋得紫红，嘴巴大张，挥着小拳头。

王川断喝说，闹闹，干什么？

放，放，放开它!

这一瞬，客厅里的空气像被抽光了，洪荒一片。王川看着妻子，翟芳盯着婆婆，奶奶扔下刀，丢下翎子鸡，开始抹眼泪。翟芳扑通一下，跪在了儿子的面前，揽住他，嘴巴像鸭子戏水，呱唧呱唧地乱亲一气。王川瘫坐地上，点了烟，觉得天花板上鲜花盛开，站满了菩萨。翟芳央求说，乖宝贝，再给妈妈讲一遍，好吗？放，放开，闹闹憋足劲，满足了她。翟芳又说，那给奶奶也讲一遍，奶奶最疼你了。闹闹顿了顿，很清晰地说，奶奶，放开。

这天早上，王川家仿佛被神灵摸了顶，赐下了福祉，降下了一场不大不小的奇迹。将近四年了，横亘在两口子心上的一种罪孽感，一件沉重的包袱，一道看似迈不过去的坎，居然。呵呵，它居然轻而易举，被一只翎子鸡，一个羽毛重重的怪物，这么破解了，化为了乌有。翟芳喜极而泣，泪水敷在脸面上，高兴得有些过度。母亲捉住了翎子鸡，蹒跚而来，塞在了孙子的怀里。称奇的是，握拳大小的翎子鸡，恰好被闹闹抱了个满怀，低眉顺首，似乎知道他就是救命的施主。闹闹也乐了，小脸贴在一团羽毛上，噘起嘴，慢慢吹气。一吹，斑斓的羽毛刷刷作响，起伏不定，弄得闹闹痒痒不止，于是越发乐了。

翟芳逗引说，宝贝，奶奶送你的礼物，谢谢一下。

嗯，他属啥？母亲问。

属鸡，闹闹恰巧属鸡，太有缘分了。

属猪？母亲真的耳背了，记忆也差，或者，她有一份故意。

母亲怨怪说,闹闹刚说了那么多,歇缓一下吧,等一下再说也来得及。

这时,王川晴朗地说,呵呵,我有迷魂招不得,雄鸡一唱天下白,这诗人李贺能掐会算,还真的可以称得上我的千年知音啊。

五

今天高兴,翟芳订了座,请婆婆出去吃了一顿果木烤鸭。

雨没停,但也不大,半空中浮着一层雾,像透明的胶质。闹闹猴子般趴在翟芳的脊背上,小脚乱踢,催促快点,回家要和翎子鸡玩。刚到正门口,王川瞥见了昝涛,便把雨伞递给母亲,让她们先走。从凌晨开始,昝涛的心里就一直撂荒,郁闷,不甘,愤懑,算得上五味杂陈。见王川进门,昝涛堆起笑脸,说,这可能就是天伦之乐吧,王科长,你是个福气人呀。王川将一袋饭食搁在桌上,说,趁热,果木烤鸭,我妈惦记着你的那一顿蛋炒饭,亲手卷好的,别嫌弃。昝涛也不客气,一口吞一个,面酱挂在嘴唇上,像一抹黑胡子。昝涛说,谢谢姨娘,见了她老人家,我非磕头不可。王川呵欠一下,又说,你咋也是黑眼圈,你不是夜班么,干么还……哦,一个伙伴今早辞了职,开出租去了,我没辙,我现在二十四小时连轴转了。昝涛吃毕了,打着饱嗝,递来一支烟。昝涛俯身过来,边喂火,边说,等一下你一定要扛住,他们人多势大。

哦,你把话说开,别讲不打粮食的话。

昝涛把烟拿反了，点了过滤嘴，呸呸呸地吐着。又说，半夜鸡叫嘛，姨娘带来的那只翎子鸡，后半夜就开始唱歌，他们不干了，正在开会决议，冲着你来的。

　　王川面带轻蔑，回说，公鸡不叫，天就不亮了么，扯不到一块儿吧。

　　纵然辩解，但王川后来仍依了昝涛的话，冒雨去了会议室。翎子鸡半夜起事，敲锣打鼓，声震云霄地开个人演唱会，惊扰了大家的清梦，这只是问题的表象之一。按昝涛的意见，贵集团公司正在洗牌，洗牌有两重意思，一是洗掉和周围同事们的旧怨，和缓一下关系，将来在民主测评时，多在"正"字上画一笔。另一个，就是洗干净自己屁股上的屎，别留下把柄。王川很诧异。王川从这个保安员的脸上，看见了一种烂熟于心的老练，一种精明。昝涛说，你别这么看我，我瘆得慌，听姨娘说，咱俩都属猪，一个圈里的，呵呵。王川说，我想死了，也想不明白，我的仕途跟一只鸡有关系吗？这时，他们站在了会议室门前，门楣上嵌着一块铜牌，上书"业主委员会"。昝涛轻推了王川一下，低语说，他们去了三趟，敲你家的门，打算抗议来着，没找见你，这才让我通知你的，我的任务完成了，回见。

　　王川落了座，目光逡巡了一遭，心里便天塌地陷了。

　　都是熟面孔，在一个办公楼里打头碰面的，也用不着什么客套。男女代表各半，年纪跨度也大，重点部门的占了大多数。以前，王川也被抽签选中过，作为业主代表之一，曾和物业公司争过权，捍卫过权益。令王川意外的是，想象中的撕扯、谩骂和刀光剑影，现在都换了频道，一张张苦瓜脸盯着王川，表情里埋着委屈、哀怨和求情。王川含胸抱拳，先压低了姿态，忙说，让大家受惊了，太抱歉了。

又讲了一遍，但大家谁也不接他的话茬，气氛冷寂，王川被看毛了。

居然——业主们公推出来的代表，居然是老彭，彭强。王川一下子心生嫌怨，娘的，一点口风不露，临阵倒戈了。彭强捏着一份决议，清了清嗓子，照本宣科地说，本小区自入住之日起，一向邻里和睦，安谧如梦中家园。岂料，昨日晚间却发生了一桩令人遗憾的事件，个别业主为满足私欲，竟然置公德于不顾，公开豢养一只野蛮的动物，半夜打鸣，四方惊魂，破坏了和平，将整个小区和广大业主们，陷于一种深深的忧虑和不安当中。

很显然，这份决议是挨家挨户走访过的，统计数据也很详备。彭强没照顾王川的情绪，继续说，本小区有七十岁以上的老人二十八名，大多患有高血压、冠心病和糖尿病，经不起折腾。昨夜今晨，急救中心的车子，已经来过三次了。王川埋头看微信，翟芳连发了数张图片，几乎让他失笑出来。其中一张，闹闹虚骑在翎子鸡的背上，挺胸收腹，披着一条斗篷似的花床单，右臂挥动，像极了一位少年将军。另一张，翟芳和儿子将翎子鸡搁在浴盆里，一边撩动翅膀，一边打浴液。王川熟悉儿子，但这一种前所未有的喜悦表情，仍令他很震惊，也很踏实。决议又说，本小区计有上百名中小学生，目前正值期末考试阶段，如果任由这一只野蛮动物，继续疯狂咆哮下去的话，全体家长将难以答应，势必诉诸集团公司，将采取进一步的维权措施。呵呵，王川心里冷笑，这简直是一份最后通牒，跟死刑判决没什么两样，就差说一句绑赴刑场，当众宰杀了。彭强念完，业主们开始单独发言，女性居多，大多是陈述自身的体弱、焦虑和睡眠质量，语气里带有抱怨、示弱和祈请，与决议书的强悍风格截然不同。翟芳又来微信了，母亲和闹闹各拽着翎子鸡的一只翅膀，老婆拿着吹风机，正在吹干。意外的是，翎子鸡竟然很受用，冠子殷红，引颈四顾，将一路上带来的风尘和疲惫，彻底一洗了之了，出脱成了一个蓬松鲜艳的家伙。另一张更夸张，翟芳在洗衣盆里铺了一块毛毯，临时当作鸡窝。毛毯上绣了牡丹，姹紫嫣红，是当初老婆的嫁妆之一。王川心说，为了儿子，她可真是舍了血本，败家子一个哟。彭强扔过来一支烟，王川抿了笑，点着了，喷出一口烟雾。烟雾里滑出一个圈，顺着气流跑过去，不偏不倚，端正地套在了彭强的头上，像一道紧箍。彭强吐了吐舌头，好像说了一声对不起，或者没办法。此刻发言的是人事处的闵红，女，副处长，甲亢患者，鼓着两颗发黄的眼珠子说，没错，我家里也养了两只狗，一只猫，但猫和狗不一样，它们自古而今都是人类的朋友，可谁听说过拿鸡当宠物的，鸡能干什么？闵红的话，泛起了广阔的涟漪，一些养猫养狗的人士同声附和，尽量撇清二者的不同，一再将翎子鸡推到了阶级敌人的阵营。另有一位女业主，性格泼辣，干脆扯开了上衣，露出一截白肚皮，声音哽咽。翟芳最后发来了一个短视频,是翎子鸡的特写。这家伙站在客厅的茶几上,披金挂银,抖擞万分。王川讶异地发现,翎子鸡的尾羽很长,也很俏,斑斓多彩,在一阵阵清风中,上下拂动。女业主哭诉说,她不久前才做完手术,天热,刀口感染化脓了,如果再遭遇半夜鸡叫的话,她就打算把户口迁到肇事者的家里。王川冷下脸,这一句打上门来的话,一下子惹恼了他。王川斜觑一眼,那一道伤口的确很吓人,红嫩,肿胀,突出,像一条蜈蚣拱在了皮肤里,随时会剥皮抽筋。这时,彭强咳了几声,示意王川看手机。王川输了密码,打开一瞧,是彭强发来的一则微信。彭强说:

闭嘴!赶快服软吧,小不忍则乱大谋。

这期间,仍有业主不时进门,加入到了这一场声讨中。椅子不够,便有人骑坐在窗台上,或偏腿跨在桌沿上。也不知哪一位慈悲,买来了三捆矿泉水,瓶子在空中飞,王川的面前也戳着一瓶,但他没动。在一个密闭的空间,在一个小雨淅沥的早上,控诉和哈欠一样,一般会传染的,而且症状也愈来愈深。王川独木难支,终于招架不住了。王川抱拳一揖,惭愧地说,诸位,你们教教我,我该咋办?

杀掉吃了呗,还用问吗?闵红干脆。

王川说,想想也挺惨的,我妈从狄道上来,抱着一只鸡,奔波了几百公里。这鸡才歇了一宿,就惹了诸位,让你们大家急赤白脸的,跟一只鸡过意不去。

嗬,你咋说话呢,没这么骂人的。闵红拍桌子。

王川反击说，我不计较你的猫狗，你也别盯着我家里的鸡。又说，你可以拿猫狗当宠物，我当然也能把鸡当朋友，人家国外还有拿鳄鱼、臭虫、螳螂什么的。

蜈蚣女人整理完衣服，截住王川的话头，概括说，天下之大，当然能容得下一只鸡了，问题是它目中无人，半夜三更在唱歌，在开演唱会，吵死了，简直翻了天了。

抱歉，让诸位不舒服了，坦率讲，我早上也被它吓了一跳。它真该死，只图自己高兴，自己过瘾，周扒皮，鬼子进村，忘了它是一个畜生，说了不算。王川口舌油滑，慢慢矮下了身段，期盼着寻找一种和解。王川嗫嚅说，我家闹闹，闹闹今年快四岁了。

嘀，跑题了，说的鸡，别牵扯孩子。有人抗议。

在座的诸位都见过闹闹，像翟芳，挺漂亮的。王川左奔右突，琢磨着一种恰切的方式，不显山，不露水，又能一吐苦楚。遂说，其实，家家有本难念的经，像闹闹一旦喜欢上这只鸡，我可真没……

闵红揶揄说，瞧瞧，老大的人了，给孩子推卸责任。

不，我的意思是，有一种病。

什么病？

王川语塞。

哦，他，他他，还有他，在座的都是病人，谁都亚健康，只有你王川结实，铁人一个，还有鬼心思养鸡。闵红谈经夺席，指点江山，又说，我看你王川现在也得了病，病得不轻。

你咒我吧。王川苦笑。

哼，你的病就是自私，枉顾了诸位的好心。闵红火力全开。

王川蔫了，瘟鸡似的。

本来还想说一两句闹闹的症状，求得大家的认可，讨一点同情，转圜一下气氛，但路都被堵死了，说出去又将成了谈资，王川感觉失败极了。王川枯坐着，给昝涛写了一条短信，说，你能搞到一种哑药吗？昝涛迅即回复了，问，哑药？你干什么用的？王川回答说，把翎子鸡的嗓子弄哑，让它活着，但不能发声，更不能半夜唱歌。停了三分钟，昝涛说，哑药以前在乡下有，都是谋财害人的，城里咋会有这种东东？紧接着，昝涛又来了一条，说，我从网上搜一下，不过需要时间，也不保证一定能买到。王川怅然地回复，来不及了，我快被逼疯了，这么办吧，你去一趟我家里，趁着闹闹不注意，用针尖把翎子鸡的嗓子给划拉了，我让我老婆配合你。

是一只野鸡，对吗？蜈蚣女人问。

嗯，翎子鸡，野生的。

那就好办了。这时，蜈蚣女人摸出了钱包，搁在桌上，说，咱们同事一场，我术后虚弱，一直恢复不过来，你开个数字，把这只野鸡卖给我，我不还价的。

王川苦笑一番。

随手，王川给翟芳去了短信，让她抓紧哄儿子去睡觉，也让母亲回避一下，并说了昝涛的使命。翟芳坚决反对，说翎子鸡是闹闹的福星，天老爷赏赐的，来了没一天，闹闹就焕发出了一种别样的神情。这是千金难买的事儿，岂能，岂能恩将仇报，挑破鸡嗓子，去讨好上下左右的邻居们。翟芳不愧是老师，引用了一句格言说，即便杀光了全天下的公鸡，天还会亮的。此刻，王川身陷重围，明白这一桩鸡叫事件的轻重，忙解释说，不是去杀掉翎子鸡，是让它哑掉，别再造次，别再多嘴。王川无奈，只好提纲挈领地说，半夜鸡叫，将小区的全部注意力吸引了过来，集中在咱家了，我现在是靶子，乱箭穿心，又正是集团大洗牌的关口，你自己掂量吧。末了，翟芳回答说，软骨头，叛徒，照你说的办吧。

咋了，还舍不得呀？

王川恳切地说，那只鸡只有拳头这么大，补不了什么，我发誓。

总比一枚鸡蛋强吧？蜈蚣女人问。

未必。

唉，我不会看错人吧。闵红接过了话头，一层回忆般的情绪罩在脸上，唏嘘说，当年你王川参加集团的统一招考，你的材料是从我手里过的，你那个口吧，当初有三个人报名，我最后挑了你，就念你是狄道农村出来的，朴实，忠厚，听话。记得……

滴答一声，来了短信。王川点了烟，打开手机。昝涛的，上面说，你赶快加我的微信，顺便把我拉进你们业主的微信群，我有用。王川问说，弄哑了？回复说，王科长你可真够残忍的，连一只鸡都保护不住，看我的吧。王川没多想，便照昝涛的话办了，将他拽进了群里。王川是业主代表，他有这个权限。烟抽到了尾巴上，王川起身熄烟时,瞥了一眼窗外,烫了一下手。

雨打在玻璃上,一种叫做黄昏的东西,慢慢降了下来。

六

在王川看来,那辆车太 LOW,简直了,简直配不上大姐的身份。

车停在拐角处,一点不起眼。王川知道大姐的车位,进了地下车库,便直奔过来。像前几次一样,王川开了门,坐在后排,嗅见了旁边的香水味。足有一分钟,大姐没吱声,但鼻息很重。王川从后视镜里一瞄,大姐依旧云鬓高耸,但脸颊瘦了下来,颧骨更尖了。后来,大姐歉疚似的打开包,摸出两盒烟,搁在了王川的膝盖上。大姐说,没事儿,你抽吧,我家那位的,也不知好不好。芙蓉王,无字,白盒。王川落下窗子,点了一根,嘴巴尽量往外吐。声讨会散场后,王川又被个别的业主拦下,忍辱负重地待了半小时。会议还算圆满,达成了唯一的成果,王川负责让翎子鸡闭嘴,不能半夜扰民,而业主们将静观事态发展,保留进一步申诉的权利。在热烈的掌声中,王川势单力薄,接受了这一条款。

其实,王川的信心,基本建立在对昝涛的信任上。如果说,这一信心还有空间的话,那就是王川还留有后手。呵呵,大不了法西斯一下,给翎子鸡戴个口罩,做个头套,或者马嚼子之类的,令其钳口,禁言,剥夺一切发言权。再不济,王川深入一想,在这个节骨眼上,也就只有牺牲了它,斩立决,爆炒也行,清炖亦可,反正酒肉穿肠过，佛祖随喜。

　　刚走到楼下，望见了家里的灯光，王川心里一热，想到了闹闹。四年来的惊怕，以及业主们一下午的围攻，就像一个天平的两边，孰轻孰重，豁然眼前。那一刻，王川悔死了，闹闹的病症才现曙光，有了向好的苗头，难道就为了一顶乌纱帽，开铡问罪，满足业主们的非分要求吗？一想到鸡头落地，闹闹将陷入更深的沉默，从此永无宁日，王川的脊椎骨里，涌过了一种触电般的战栗。王川在楼下徘徊良久，抽完了半包烟。这时，大姐的信息来了，让他老地方见。

　　大姐忽然哽咽，声音湿塌塌地说，我老做噩梦，最近更厉害了，我总觉得有个人一直在跟踪我，晚上就潜伏在我家的花园外，打算偷窃，我这是病吗？王川一惊。和大姐私下里接触了几回，她从来很干脆，一二三，谈完交办的话，便抬屁股走人，今天这是咋了？其实，大姐不需要答案，她只是在抱怨，在自说自话。果然，谈完最近的噩梦后，大姐的情绪和缓过来，将一摞资料递给王川，说，还得麻烦你，你重新写一遍吧，拜托了。王川窘死了，手心里出了汗，打开袋子，随便翻看了两眼。王川说，有什么具体意见吗？我知道，我能力有限，可能达不到你的要求。岂料，大姐松开了表情，说，你别紧张了，不是你的论文不好，而是，是太优秀了，这不符合我的初衷。

　　我，我没明白大姐你的……

　　王川怔忡说。

哦，尽量次一点，掐头去尾，故意弄一些自相矛盾的、有破绽的地方。大姐战略性地说，我请几个专家看了，说这都可以出书了，我不能太突出，弄个中不溜的，能过关就行了。

王川说，我刚开始就当一篇硕士论文来写的，按要求。

呵呵，我那是在职的，什么破硕士呀，我自己也没当一回事。大姐化繁就简，淡漠地说，我家那位逼我，非要让我读一个在职的，你是大才子，还是他举荐你，让你帮我的。

大才子！

这话像一道闪电，掠过了王川的心田，带来了一场酥润的春雨。一时间，王川的内心草木发芽，鹅黄浅绿，仿佛一片盛开的草原。哦，王川思忖，原先在董事长的眼中，自己被归类为大才子，又不见外，将家事相托。这一瞬，王川立马有了一种带刀侍卫的感觉，以笔为刀，全心皈依，满血效忠。王川羞赧了起来，应承说：

我尽量破坏，让它言不由衷。

大姐愕然，挤兑说，也别把我弄得那么不堪，好歹也是一硕士嘛，能混一张文凭就可以了，但不能太出色，记住了。王川将这几句话摩挲一番，刻录在了脑海里。大姐忽然伸手，说，给我一支烟。

点了烟，王川也衔了一支，恳切地说，大姐，祝贺你呀。

哦，喜从何来？

王川说，老板终于主政了，君临天下，大姐你现在贵为集团公司的第一夫人。王川谨慎措辞，又说，大家都望眼欲穿的，这下终于可以更上层楼，企业有望上市了。

你报名了吗？

双休日，我也没看到文件，等周一吧。王川答。

嗯，论文不着急，你抓紧报名，只有三天的时间。大姐被烟呛了一口，落下旁边的车窗，又说，中层干部全员竞聘，你也别三心二意，会很激烈的。这两天，我家里的电话线都拔掉了，幸亏我家那位去上海考察股市了。

大姐，你像一个人。王川说。

像人？

不不不，我意思是说，大姐你特像一个影星。王川快速思索着，笃定道，就那个《琅琊榜》里演霓凰郡主的，叫、叫什么……

刘涛。

对，就是刘涛。王川附和。

点到为止，该说的话都说了。王川觉得，这就是一种默契吧，你承了我的情，下一步，你也该有所表示了。念想至此，王川越发对下午的软弱后悔不迭，软骨头，叛徒，活该翟芳这么骂他。忽然，地下车库的坡道上，传来了簌簌的脚步声，越来越近，越来越响。大姐骇然至极，猛地攥住了王川的胳臂，瑟瑟起来。大姐失声说，我害怕，是不是来跟踪我的，一定是，一定是，我怕极了。王川莫名无比，安慰说，有我在，大姐别怕，这是在咱的小区里。

坡道上出现了一条人影，耸动着，匍匐而来。后来，人影直接打在了对面墙上，像一个人被对折了起来，挂在上面。大姐惊悚地说,别下车,你陪着我,不许下去。少顷,王川清晰地看见了一顶大盖帽,一名保安员趸了过去,隐没在了柱子后。与此同时,墙上的人影也消失了,仿佛这个家伙匿在了水泥中,另有打算。大姐出汗了,埋着头,云鬟纷乱,一再问,走了吗?那个坏蛋走了吗?王川笑说,大姐,小区的保安,怕是在巡逻吧。大姐递来一把钥匙,恓惶地说,开车,你把我带上去,我不能再待了,快开车。

王川依言跨进了前排,坐在驾驶座上。插了钥匙,打火,王川打开了前灯。登时,两道灯光若雪崩一般,将整个车库照得亮如白昼。光亮中,一只黑乎乎的东西,倏忽闪了下翅膀,不知是鸟,还是蝙蝠,转眼消失了。王川启动了车子,拨转方向,对准了坡道尽头的出口。不巧,意外的一幕发生了。

一个人,不,准确说是闹闹,居然站在车前,举着小鸡鸡,正在撒尿。

面对驶来的车子,闹闹既不躲闪,也不畏惧。车灯刺目,闹闹眯了一下眼睛,专注地盯着裤裆里甩出的一根尿绳。哦,王川终于看明白了,闹闹正在用尿画画,一幅湿漉漉的构图,铺在儿子的脚下。王川惊住了,忙打开车门,拔脚跑到了闹闹旁边,一丝忧心却被儿子的笑脸击垮了。闹闹指着脚下,灿烂地说:

爸爸,鸡。

王川被幸福砸中了,忙蹲下来,哀求说,你再喊一声,喊一声爸爸呀。

鸡爸爸。儿子说。

很快,地上的那一只"鸡"被尿糟蹋了,乌烟瘴气的,分不清眉眼。鸡爸爸,爸爸鸡,闹闹嘴里乱语迭出,但王川丝毫不计较,替儿子系了裤子,拦腰抱起了他。王川将闹闹安顿在车里,催他喊一声阿姨,闹闹却又哑巴了。大姐平静了许多,也没发声。王川将车子开出去,停在了C栋附近。大姐拜了一声,俯身摸了一下闹闹的脸蛋,说了声,乖。

告辞后,王川沿着外环兜了一圈,将车子停在了自己楼下。不由分说,王川肩起儿子,步下生风,放弃了电梯,直接跑上了四楼。王川踢了几下门,大喊翟芳,仿佛火灾发生了一般。门开了,母亲愣怔地站着,翟芳也跑了过来,失魂一般。王川卸下儿子,忽然站在母亲的跟前,捧住了那一张沟壑密布的脸。王川惊颤地说:

妈,我亲你一下吧。

很粗暴,很不讲道理,王川在母亲的眉心里亲了,一下不算,又亲了两下。母亲木讷着,用袖口揩了揩他的口水,看见闹闹抱住了自己的腿。王川掉头,逼上前去,夸张地说,翟老师,我也亲你一口,不,三口吧。

翟芳退到了墙角,指了指婆婆,嗔怪说,吃错药了你?不许放肆啊,姓王的。

呵呵,亲爱的翟老师。王川双臂一圈,将翟芳搂过来,又捧住老婆的脸,强行将舌头塞进了她的嘴里。翟芳又掐又打,但慢慢缓了下来,羞臊无比。王川一边亲,一边讲了儿子刚才的灵光一现,灿烂笑脸。王川强调说,喊我了,喊我爸爸了,我等得都快破产了呀。这一说,翟芳的眼泪下来了,趴在丈夫胸脯上,抽了脊梁骨一般,浑身软塌塌的。

原来,按照王川的交代,昝涛来过家里。昝涛干练,简单介绍了下午业主们的围攻,说当前矛盾的焦点,只在于半夜鸡叫,惊扰了大家。他们群情激奋,欲置翎子鸡于死地而后快。婆婆和儿子都在,翟芳怕昝涛露了馅,忙拽他到厨房里讲话。翟芳拿出一枚大号的针,针尖锐利,明晃晃的。翟芳还叮嘱昝涛,说等一下我带闹闹去楼下玩,你下手要快。翟芳给丈夫坦白,她当时也糊涂了,竟然问昝涛,带没带止血药,别大出血。但昝涛的回答更妙。昝涛问,鸡的嗓子在哪儿?我在鸡的哪一块用针?闻听此话,王川再一次将舌头伸进了妻子的嘴里,很深。蜷曲的舌尖上,有一种心花怒放的感觉。王川嘟哝说,你现在也属鸡,鸡的嗓子我知道。翟芳搡开了丈夫,夸赞说,昝涛这人真不错,后来,他带闹闹和翎子鸡去了地下车库,说那里有一间休息室,完全可以收留翎子鸡,免得把嗓子给阉了,成了太监鸡。这样,王川恍然了,知道了事情的脉络。后来,王川肃立在母亲跟前,扑腾跪下了,打算磕头。

母亲悚然,呀,我没死呢,你行啥大礼?

哦,两件事,第一是谢谢妈的养育之恩,把我拉扯这么大,还惦记着我的生日。泪花敷在脸颊上,王川又说,从明年起,我只过农历的,公历的作废。王川深磕了一个头,再说,另一件事,还得谢谢妈的英明伟大,妈就是菩萨下凡,千里路上带来了一只,一只凤凰,对,不是鸡,绝对的凤凰,让闹闹拨云见日,开始说话了。

话未讲完，王川看见儿子簌簌而来，跪在自己屁股后边，有样学样，也给奶奶磕了一个头。闹闹结巴说：

奶，奶奶。

翟芳哭了出来，用老师的口吻说，奶奶咋了，宝贝快说，说出来呀。

生日快乐。儿子说。

这天晚上，幸福不请自来，来王川家里做客。幸福刚到，屁股还没坐稳，彭强居然也尾随而至。见了老彭的那一张苍老嘴脸，王川登时不悦，横在门口。彭强揶揄说，你鼠肚鸡肠呀，气量没一只鸡的大，我是来拜访你家的翎子鸡的。一只蚊子缭绕，王川挥手驱赶，念咒般地说，滚开，滚开。翟芳拽开了丈夫，邀彭强进来。后者先问候了老人，摸了摸闹闹的头，发现他在奶奶的怀里睡着了。王川和缓了态度，让烟，打火，讥讽说，黄鼠狼给鸡拜年，你是来串门的，还是来监斩的？哼，实话告诉你吧，我已经……

别，别杀呀，刀下留人。彭强急了。

你这嘴脸。呸！

哎哟，翎子鸡，乃吉祥鸟，百年不遇的一只落地凤凰，我专门来沾吉的。彭强忽然像一位对方辩友，汗漫滔滔地说，你真傻瓜呀，古人还讲，鸡有五德，首带冠，文也；足搏距，武也；敌在前敢斗，勇也；见食相呼，仁也；守夜不失，信也。彭强斟酌着，又一针见血地说，你家的翎子鸡，那一身的好羽毛，可都是当年，当年大清王朝的文臣武将们一生的追求，你小子，岂能宰杀了它。

呵呵，你抽风了，在这给我演穿越剧呀？王川讥诮说，别一惊一乍的，歇着去。

顶戴花翎，那可是吉祥之物呀。

王川哑了。

哎哟，好我的兄弟呀，你家里的翎子鸡，不，那一根根顶戴花翎，今晚上都刷屏了，爆屏了，天下皆知。彭强掏出手机来，递给了王川看，怨怼地说，啧啧，粪土当年万户侯，那是气魄和境界，咱们达不到，但也不能脑残吧。这个节骨眼上，烧香磕头，也要供一根翎子鸡的羽毛，明白吗？

果然，业主们的微信群里，翎子鸡俨然成了一个璀璨明星，赢得了无数点赞。

七

涛哥，这算几眼的？

双眼花翎。

这枝呢？

哦，这个算单眼的。

昝涛攥着两个乒乓球，团在手里玩，随口敷衍着对方。三女子惊讶完，过来坐在床边，样子亲昵。三女子说，见你第一面时，我就当你是我哥，亲哥，一个妈生的。昝涛靠着墙，两腿跷在乒乓球案子上，仰看着翎子鸡，不再吱声。三女子说，涛哥，照你刚才的话，那搁在清朝年间，你可就发财了，一根翎子，呀呀，起码值一块金砖吧。昝涛轻蔑一笑，将一只球抛了出去。球在空中划过一道弧线，冷不丁，被翎子鸡啄了一嘴，又原路返回，被昝涛准确地接在了手里。昝涛跟翎子鸡对打，彼此有一种默契，看得三女子眼花缭乱。三女子说，我看过电视剧，像宰相刘罗锅、铁齿铜牙纪晓岚跟和珅他们，戴的可都是孔雀翎子，有花翎和蓝翎，你不会是在诓我吧？终于，这句话惹翻了昝涛。昝涛给三女子来了一拳，申斥说，没文化真可怕，没文化的人一张嘴，一颗粮食也打不出来。

地下车库里，有一间偌大的空房，因为里面管道密集，一直废弃着。业主委员会体恤保安们的生活，便打了报告，让出了使用权。休息室很空旷，只摆了一张床，一张乒乓球案子。平时没人敢来睡，管道里常传出一些奇怪的响声，大家说像一座古墓，越说越邪。昝涛不怯，所以钥匙就挂在他身上。晚上，从王川家出来，昝涛一手拽着闹闹，一手抱着翎子鸡，进入了地下世界。闹闹觉得很新鲜，小眼睛都亮了，几乎忘了翎子鸡，抓起一盒乒乓球就乱扔，乱踩，放肆极了。翎子鸡带了伤，很乖，乐意任人摆布。昝涛将翎子鸡搁在案子上，仔细梳理了一下羽毛，又含上一口水，噗的一声，喷在上头。羽毛遇见了水，潜伏在里面的色彩一瞬间渗了出来，赤橙黄绿青蓝紫，斑斓无限，活色生香。很快，昨晚上的失手，以及由此带来的巨大的经济损失，已经被昝涛扔在了爪哇岛上。一种强烈的恶作剧的念头，像礁石似的，盘踞在了他的脑海中。

妈的，不就是一千元，不，应该是五千块嘛，老子看不起。昝涛认为。

闹闹吞了一只球，差点噎过去，幸亏发现得早。昝涛从他嘴里抠出来，见无大碍，便给他裤兜里塞了几个，说是送给闹闹的。但前提是安静，不许闹，帮叔叔一个忙。后来，闹闹很规矩，捧着一只雪亮的强光手电筒，对准了案子上的翎子鸡。

翎子鸡羽毛蓬松，气度优雅，像一位即将出席盛装舞会的王子。

灯光是一种衬托，昝涛在手机镜头里发现，每一根羽毛都纤毫毕现，细腻入微，在一种看不见的气流中，上下拂动，布满了韵律。昝涛采取了不同的角度，仰拍，俯拍，特写，全景，不停地指挥着闹闹，让他左右布光，呈现出翎子鸡这个主角最亮丽的一面。闹闹不明所以，却很兴奋，以为自己抱着一支冲锋枪，小嘴里突突突的，冲着翎子鸡扫射。先前，昝涛也从别人那里偶然风闻，说王川太不幸了，儿子今年四岁了，却不会说话，连一声爸妈都讲不出来，难怪王川一直短了精神，蔫头耷脑的。现在一瞧，昝涛知道那都是屁话，是人看人的可笑，是诋毁。昝涛边拍边问，闹闹，爽不爽？闹闹回说，爽。又说，喊我一声干爹，喊干爹。闹闹愉悦地说，干，干爹。昝涛停了下来，认真盯了一番孩子，交代说，真乖，以后见了我，一定喊干爹。

也不知什么缘故，昝涛忽然仰面，哭了一声。闹闹蹒跚过来，抱住了昝涛的腿。昝涛揩了一下眼窝，收住泪水，忙关掉强光手电筒，让闹闹去玩乒乓球了。

花了半个小时，昝涛在手机里整理完照片，挑出满意的，裁剪一番，组成了一套。这还不算，昝涛又下载了一些相关资料，大多是清朝官吏的顶戴花翎，予以佐证翎子鸡身上的璀璨羽枝。将这些工作做完后，昝涛发布在了业主们的微信群里，心里涌起一股恶毒的快意。

下午时，那一帮人攻讦翎子鸡，围剿当事人王川，现在却被打了脸，一个个哑然不语。昝涛猜想，那些人正在屏幕前面羞愧不已，为草率，为莽撞，为自己跟一只鸡过不去而心生悔意。后来，昝涛又发了一段话，大意说，狄道一带产的翎子鸡的羽枝，自康熙爷开始，就是献给朝廷的贡品。因为稀罕少有，后来翎子鸡的羽枝，一般不做配饰，而是用来供奉。这种羽枝是一种传说中的吉祥物，求风得风，求雨得雨，不是宰相加身，便是元帅在手，自然是千金难购了。——这话刚发送出去，昝涛便收获了密集的点赞，鲜花和掌声，像泄洪槽中的鱼群，劈里啪啦的。昝涛互动起来，慨然问大家：

约不约？

昝涛坐在床上，忘了闹闹的存在，不停地释疑解惑，应答各方。翎子鸡站在案子上，脚下是一堆米粒，不用问，又是昝涛带来的夜宵，蛋炒饭。昝涛摸了一根烟，叼在嘴角。忽然，一根火喂了过来。昝涛抬头，见三女子站在面前。昝涛申斥说，你真像个鬼，脚上都没声音，妈的。三女子说，我在C栋那里蹲坑，腿蹲麻了，知道你在这里，便来跟哥说说话。三女子头发湿漉漉的，雨还在下。昝涛交代说，别让那个女神经给迷住，哥吃过女人的亏，女人跟你好了就好，一旦翻下脸，你身上就要着火的。三女子一笑，牙花子猩红，注意力迅速集中在了翎子鸡的身上。昝涛攥着乒乓球，团在手里玩，恼恨三女子的到来，打扰了自己，却也不愿彼此搞僵。后者问这问那，昝涛也大方，讲解了一番翎子鸡的神奇之处。昝涛挤兑说，你嘴里一颗粮食也打不出来，读书少，见识更浅，电视剧那是哄人的，真正的和珅跟刘罗锅他们，戴的就是翎子鸡的羽枝，剩下的大臣们，当然是不值钱的孔雀毛了。哦，三女子沉吟着，有些被点化的感觉，知道自己补了一课，上了一个新台阶。三女子嬉笑说，哥，难怪你上知天文，下知地理，我记得你说过，你以前在狄道一带当兵，你见过大世面呀。这句话，让昝涛蓦地警觉了起来，呵斥说，谁说我在狄道当过兵？妈的，你不能乱喷，小心我拔了你的牙。三女子不服，继续说，你忘了吗，端午节那天，我刚来没多久，咱俩在一起喝酒，你说了你的过去，还有当兵什么的。

闭嘴。昝涛捏碎了一只球，掷在对方脸上，说，我那是吹牛。

嗯，怪我，我以为是真的。

昝涛和缓了语气，心里却通了电，亮起了一盏红灯。昝涛安慰说，酒是不要脸的水，男人喝上那种水，吹牛都不用打底稿，我没当过兵，我一直在打工。

三女子也说，酒真的不要脸，那天我也醉了。

哦，醉了也好，醉了什么难肠事都忘了，可以不伤心。昝涛扔出了乒乓球，跟翎子鸡对打起来。三女子发现，翎子鸡其实是一个倔强的家伙，渐渐地被撩拨了起来，头上的冠子充了血，像一块红布。昝涛又说，不过吧，男人不喝酒，真对不起裆里的半斤肉。

这句话刺激。三女子失笑说，你说过这个，那天我送你回家时。

呀，你送我回家？

三女子诚恳地点点头，说，对呀，去了你的出租屋，后半夜时。

翎子鸡又啄过来一只球，昝涛没接，三女子却抢先抓在了手里。昝涛逼到了对方跟前，犹疑着，似乎在拿什么主意。猩红的牙花子一直暴露着，很恶心。三女子笑不拢，嘴里嵌着一颗大虎牙。昝涛顿了顿，说，改天请你去家里，你嫂子茶饭好。

那天没见嫂子，你说，你说嫂子很漂亮。三女子将球递给对方，昝涛仍没接。

我吹牛，她长得及格吧，马马虎虎。昝涛的目光开始松懈，从三女子的脖颈上解开，落了下来。昝涛发现，这个声若细丝的伙伴，胳臂上的肌肉，居然像一盘粗麻绳，绞结起来，像个肉墩子似的。昝涛说，你去干活吧，小心那个女神经吃了你。

嗯，那我撤了，吃夜宵了再找你。三女子说。

恰此时，案子上的翎子鸡，突地抖擞起来，尾羽泼剌剌乱颤。仿佛一把大扇子，慢慢打开了，将一幅奇异的画卷，呈现于眼前。翎子鸡带着一种赢了球的亢奋，脖子伸张，等着挂金牌。昝涛再次惊住了，因为每一根羽枝都那么生动，那么细腻。尤其是，羽扇上绣出的那一只只翎眼，沉静、宽阔、温润如玉。昝涛瞄了一眼三女子，便心生一计，扑通跪了下去，寻找着时机。三女子狐疑时，却见昝涛念念有词，行礼如仪，咚咚咚，连磕了三记响头。后来，三女子终于听清了，昝涛也没什么新花样，舌头一直在拌蒜，念叨说：

天灵灵，地灵灵……

此刻，三女子露出了破绽，脖子伸了过来，命门大开。

昝涛伺机，嘴里却继续念，天灵灵，地……

门开了，一股冷风打过来，昝涛的屁股一紧。昝涛弓起身子，从裆下看见，原来是业主闵红率着一群人闯了进来。这些人男女参半，并非都是下午参与围攻的，更多的是新面孔，集团公司的大小头脑，部门负责人等。昝涛觑见，闵红的脸上开了花，打了鸡血似的。但昝涛并没收起屁股，而是继续匍匐下来，接着装神弄鬼。刚刚开始下的一盘棋，被无辜惊扰了，昝涛不免郁闷。闵红喊说，昝涛，你约大家，大家立马都来了，你现在吩咐就是了。一时间，人群分散，包抄了过去，对着翎子鸡乱拍一气。

案子上，翎子鸡显然受了惊吓，一把敞开的扇子，此刻渐渐合上了，拢成了一团。三女子压根儿没走。三女子发现，翎子鸡殷红的冠子褪了色，先是粉红，最终完全失血，变成了一片煞白。三女子觉得，拍翎子鸡的确没意思，但手机另有使命，所以一直掂在手里。翎子鸡将脖颈缩了回去，那一块煞白的头巾，也掩在了羽毛之中。三女子摸了摸翎子鸡，握拳那么大，剩下的都很虚幻，像摸到了一团烟雾。比如三块半一包的红兰州，昝涛平时爱抽的那种纸烟，那种喷出来的淡雾。一念至此，三女子倦怠一笑。这个笑，大抵有两个特征。其一，牙齿上带血，似乎常年不晒日光，缺乏点什么;其二,表情松弛了下来,一松弛,便带有了厌倦感。昝涛瞥见了三女子的异常,心里了然,但在这样的场合,昝涛不便发作。突然,闵红扑通跪地,膝行了几步,趴在昝涛的屁股后边。闵红催喊:

小昝,你带大家拜一拜,快呀。

这……

闵红变色说,你瞌睡装死呀,除了升官发财,人生夫复何求。

快呀,快拜呀。业主们纷纷附和。

昝涛迟疑了一下,业主们的话,既有渴求,也带着不容置疑的口气。昝涛忙磕起头来,将脑袋撞在水泥地上,咚咚咚的。闵红是个胖人,边磕,边大喘气,呼哧呼哧的,像乡下的风箱一般。刚才拍照的那些人,此刻都规矩了,生怕漏掉了这个机会,这个千载难逢的鸿运。大家首尾相衔,密密麻麻地趴了一地,随着昝涛的动作而起伏,好像一排排人浪,波过去,又荡了回来。叩拜声不绝于耳,有几个的额头磕破了,渗出血来。三女子不为所动,倚在旁边,被眼前这滑稽的一幕吸引了,失笑着,忍着。闵红提醒说,小昝,不说点啥吗?应该说点,不然翎子鸡升了天,拿什么给玉皇大帝汇报?昝涛说,那当然。于是,昝涛又开始念叨天灵灵、地灵灵了。

桌案上,那一只翎子鸡埋着头,蓬松一团。像一尊瓷器那般,羞涩和安静。

王川杀来了。王川奔了进来,见到眼前的情景后,一个急刹车。彭强跟在后边,躲闪不及,撞在了一起。彭强手里的一瓶酒掉了，摔碎在地上，酒气四溢。幸亏抢救及时，另一瓶幸免，被彭强接住了。酒是茅台，王川存了多年，今晚上心情大悦，又听了彭强的一番鼓噪，便决定消灭了它。王川不愿吃独食，心里感激小区的保安昝涛，便连夜找了过来。不承想，却置身于一场闹剧中。昝涛抬看了一眼，慌忙起身。王川怒目金刚，冲上去就掀翻了乒乓球案子。翎子鸡扇了下翅膀，落在了角落里，毫发无损。王川斥道：

呵呵，妖魔当道，脑子进水了你们。

闵红和一群人簌簌起身，既没有甩打想象中的马蹄袖，也没喊"嗻"，一个个面红耳赤，尴尬极了。王川哀告说，诸位够狠的，你们变着法子，将王某人置于不义之地。又说，刚才的这一幕，如果被人爆料的话，绝对是一桩轰动性的丑闻，你，我，我们大家，碰了高压线，一定会吃不了兜着走。昝涛如芒刺在背，慢慢蹚到了门口，打算负谴而逃。这一刹，昝涛却不经意地发现，三女子不见了。

这个异常，让昝涛一下子慌了神。

王川继续说，诸位，今天的这个闹剧，请大家烂在肚子里吧，泄露出去，对谁也没好处的，我保证。王川蹒跚过来，拽住了昝涛的手。王川说，昝涛都认识吧，问问他，他可以作证，这翎子鸡是我妈带来的，今天是我生日，本该下酒的，没想到成了大家伙的玩具，这么折腾你们，我真的抱歉，对不住了。昝涛从昏蒙中醒转了。王川的这个介绍，让昝涛不免骄矜。昝涛作为幕后导演，明白自己暂时脱逃了，与闹剧无涉。王川从彭强手里拿来茅台，塞给了昝涛。不用问，这分明是一种奖赏。岂料，闵红带来的一干人，依然意犹未尽，执迷于翎子鸡带来的快感中，不肯舍离。闵红说：

咄咄怪事，这么大的中国，难道容不下一只翎子鸡嘛。

王川说，不折腾了，散了吧。

彭强却嘶喊说，别杀，一定放生。

这时，闵红晴朗地说，王川呀，你也别多心。其实吧，下午大家开会，并非对着翎子鸡来的，主要目的还是为了给咱的小区，营造出一种文化，一种宽松的氛围。闵红胖人，话却简练。又说，我是女人，女人都爱翎子鸡身上的这种羽毛，再说它那么一叫，我就知道自己的魂还在，明早还能穿上了鞋子，还活在宝贵的人世间。

在下附议。彭强道。

闵红决然地说，喏，这么宽敞的房间，足够翎子鸡撒欢了，我建议。昝涛足够机灵了。昝涛跑过去，咯咯咯一叫，揽起了翎子鸡。昝涛当众说，有我在，我会把它伺候好的。昝涛居然亲了一下翎子鸡，满嘴虚无，却牙齿很硬地说，每天早上，我会让它开唱，给你们报时，降下一声声福音的。

对对对，的确是福音。闵红和大家啧啧称是。

王川逡巡了一眼偌大的空间，蓦地想起了儿子。在王川的眼中，这里将成为一座乐园，闹闹的乐园。

八

人不留客，天留客。在昝涛看来，这谚语等于一句屁话。

彭强的舌头肿了，醉眼迷离，举止也慢慢嚣张起来，全然没了先前的拘谨。昝涛知道，这小区的业主们，大多是部门的负责人，头上压着几座山，对下面又没权，过惯了谨小慎微的日子。此刻，彭强的张牙舞爪，醉话连篇，倒也在昝涛的意料之中。让他放肆一下吧，又少不了我一两肉，昝涛安慰自己。一瓶茅台，很快见了底。彭强分完了，还眯起眼，对着瓶口瞄了瞄，控出了最后一滴。彭强咂在舌头上，埋怨说，好酒不经喝，好日子不经活，人生在世，不如意事常八九啊。昝涛举杯，跟彭强碰完，顺便揉烂了手里的纸杯。

兄弟，谢了！

昝涛见对方抱拳，忙还礼，说，瞧你，又不是我的茅台，客气啦。

哦，王川那小子，不值一提，不在咱的桌面上。彭强捏起一粒花生米，丢在嘴里，慨然说，与君一席谈，我觉得好有一比呀。

心里着急，却不能逐客。昝涛耐下性子问，说说看。

你我二人，跟当年的刘备曹操，他两个夜饮一般。彭强脸上放光，又说，天下才华共三斗，咱俩各自一斗，剩下的，让王川他们窝里斗去吧，不稀罕。兄弟，你愿当谁？

昝涛的表情，灰烬似的。昝涛说，我谁也不当。

你曹操吧，我做刘备。

昝涛也有点薄醉，拍了桌子，说，曹操是奸贼，你少扣帽子。

呵呵，彭强激动起来，啜了酒，喋喋地说，想当年，刘备不过是卖草鞋的，曹操也好不到哪去，一个太监的养子，然使君与操，一向身怀鸿鹄之志。

话匣子一打开,彭强便刹不住车了。昝涛起身,瞥见翎子鸡探了探头,脖颈像一枚问号。昝涛知道,时间不早了。昝涛弄了一杯水,搁在翎子鸡跟前,想请它润润嗓子。脚步一响,翎子鸡羞涩了,将鼻脸埋在了羽毛当中,又变成了一尊安静的瓷器。昝涛微醺,哈欠四起,觉得翎子鸡比彭强稳重多了,遂坐一旁,慢慢观察。晚间,闵红带着一群人走干净了。王川待了一根烟的工夫,也拽着彭强撤了。不承想,彭强杀了个回马枪,带了一些干果和花生米,闪身进来。彭强浑身湿透了,诣笑说,长夜漫漫,独乐乐,不如咱哥俩一块儿乐。昝涛打开了茅台,知道这家伙一定另有他图。

果然,彭强讲完了三国,决意自己做曹操,让昝涛出任刘备。彭强絮叨着,喝掉了最后一滴,哑巴说,酱香型的,对酒当歌,人生几何呀。昝涛过来,扶他出门。蓦地,彭强却猿臂一舒,一揖到底,喊了声,玄德贤弟。入戏太深了,不要脸的水搞的鬼,昝涛带着轻蔑,手下使了劲。彭强的脚却扎了根,从昝涛的胳臂下,滑了出去。末了,彭强才亮出了底牌。彭强说,玄德贤弟,愚兄想求一根羽毛,翎子鸡的。瞬时,目光指向了角落。妈的,昝涛强压怒火,并无二话,直接冲了过去,拔下了一根羽枝。

彭强举在手上,嘴巴吹气,见羽枝猎猎拂动,色彩烁闪。

彭强快哭了,念叨说,双眼的,居然是双眼的顶戴花翎哟。昝涛开大了门,一股冷风吹来,表情骤紧。昝涛频频做出送客的手势,但彭强顽固,不肯罢休。僵持了一段,彭强将羽枝插在脖领子内，整理了一番。不待昝涛再次逐客，彭强突然疾步趋前，立定，啪啪啪，甩打了一下左右袖口，扑腾跪地。彭强深伏下去，叩头不止，朗声说：

臣隆科多，叩见陛下。

昝涛失笑死了，但忍着，没发作。

微臣和珅，叩见吾皇陛下。又说。

无语。

顿了顿，彭强哽咽地说，儿臣胤禛，叩见父皇陛下，恭祝父皇万岁万岁，万万岁。

昝涛回说，平身吧。昝涛快憋不住了，俯下身去，款款搀住了彭强的胳臂。昝涛送他出去，到了地下车库的坡道上，叮嘱说，雨太大了，小心别淋着。彭强弓着腰，不敢抬头，一根翎子尚在头顶上战栗，小丑一般。临别前，彭强居然泪下如雨，哀告说，父皇早些安歇吧，龙体金贵，大清的江山社稷还指靠着。

走吧，彭副主任。

昝涛催喊。

嗻，彭强最后说，皇阿玛，儿臣这就告退了。

地下车库里空空荡荡，仿若一座寂灭的古墓。坡道上的一盏灯光扑过来，煞是荒凉。昝涛看见，自己如一根细长的杆子，挂在墙上，孤单极了。这一瞬，昝涛终于爆发了。昝涛摸了摸皮带，拔出来一把改锥，冲上前去，在一辆车身上乱劈。牧马人，幽深的烤漆上，映现出了昝涛的嘴脸。昝涛痛恨自己，不想看见这张脸，因为恐惧，也缘于绝望。这么多年了，昝涛一直在逃避这张脸，但它却如影随形，像一句锁定了自己的咒语。上一次，昝涛也这么干过，但这张脸安全无虞，此刻又浮现了出来，逼视着他。现在，昝涛戳破了自己的眼睛，剜了鼻子和嘴，将整个脸颊也划破了，划花了，一塌糊涂的。愤怒过后，昝涛看见牧马人已经面目皆非。但昝涛顾不了许多了，下面的事更为紧迫。

雨水淅沥。尤其在路灯下，雨丝若一张绵密的网，让夜色下沉了几分。

时间差不多了，昝涛踅出车库，走进小区的中央水景一带时，感觉怀里的翎子鸡动了动。昝涛摘下雨帽，掏出翎子鸡，两手架住了它的翅根。这一瞬，昝涛有些伤感。它那么小，那么无足轻重的，却长了一身虚张声势的羽毛，一副让人惊魂的破嗓子。昝涛思忖，自己应该属鸡，属翎子鸡，不该在城里鬼混，山乡僻壤，才是能活命的地方。昝涛立意已决，等办完这件事后，立刻消失，越快越好。

翎子鸡簌簌一番，探出了殷红的冠子，抖擞着。两粒眼珠，仿佛刚划着的火柴。

四下阒寂，业主们沉浸在酷暑之后，一场清凉的梦境里。昝涛抬望着，一股血涌上了头顶。昝涛一时激愤，心说，你就死命地喊吧，把狗日的们都喊醒来，把全天下的玻璃喊碎，把天老爷也喊破。果真，翎子鸡伸了一下脖颈子，一口啄破了夜幕。

那一声鸣叫，立时变成了一片发光的瓦，扔上了天。

昝涛抱着翎子鸡，在小区里兜来转去，更夫一般。昝涛得意极了，觉得打鸣的不是翎子鸡，却是自己。一片瓦刚刚消失，另一片又从怀里扔出，腾跃而上，飘在了铅云之下。翎子鸡像一座砖窑，一个制瓦匠，左扔一片，右扔一片。慢慢地，天空被擦亮了，一点一点地，透出了一线曙色。昝涛望了许久，脖子也酸了。昝涛开始觉得，天空其实就是一座佛龛，用瓦片砌成的。佛龛上坐着一尊神，人做什么，天老爷都能看见。

这个想法，让昝涛暗吃一惊。

但一切都为时已晚。昝涛抱着翎子鸡，刚转悠到了 C 栋时，三女子从拐角里闪了出来。三女子说，涛哥，你没醉吧，我看见你抱着翎子鸡，转悠了好几圈了。昝涛沉吟一下，将翎子鸡塞在对方手里，说，你一直盯着我，没蹲坑呀？三女子接住翎子鸡，下意识地低下了头。趁此时，昝涛摸出了电击枪，打开了按钮。电击头杵在三女子身上时，劈剥一下，一道蛇形的蓝光，喷了出来。昝涛忙让出一步。三女子瘫软在地后，昝涛顺势接住了翎子鸡，用袖子揩了揩羽毛，擦净了雨水。

三女子从昏迷中睁开眼，发现自己被铐在了管道上，动弹不得。

铐子是金属的，叮当作响。好似身上的电流还在，三女子挣了几下，又跌倒了。视野中，昝涛正在收拾行李包，两双鞋，几件外套，东西并不多。翎子鸡站在地上，一脸无辜，转瞬又打了一下鸣。此刻的声音，却不像发光的瓦，更多的像是一种乞食。翎子鸡瘸着腿，跳了几跳，够不着乒乓球案子上的米粒，不免灰败。也许,恰是翎子鸡的打鸣,替三女子叫了魂,他慢悠悠地醒来了。三女子凄厉一笑,说,涛哥,我胸膛上有一个蓝印,电击枪把肉都打焦了。昝涛从床下拽出一个箱子,很沉,里头都是他的存货。三女子说,小时候,我去县城的肉店买肉,老看见猪肉上有蓝印,人们说是卫生章,骗人的话,一定跟我一样,被电击枪撂倒的。东西太琐碎,收拾起来费时间,但昝涛不怕麻烦,仍旧打开了。一套工具,显得很旧,改锥,扳手,防滑手套,另有一把匕首。三女子在絮叨,昝涛并不接话。三女子咧嘴,牙花子猩红,又说,涛哥,铐子太紧了,我疼,你邮购的肯定是劣质品,求你了。昝涛攥着一把剪子,拿出几张证件,包括一张身份证,逐一铰烂了,扔在了三女子脚下。后者说,涛哥,我一直拿你当亲哥看,你罩着我,我刚到保安公司,还是你亲自点我的将,来这个小区的。昝涛不听,出去了一下,回来时,手里举着一只瓶子。昝涛将液体洒在了三女子周围,这才消停下来。三女子骇然说:

汽油,这是汽油呀。

昝涛方说,我恶心你的嗓子,二尾子。插一根翎子鸡毛,你就是个太监。

哦,你要把我灭口?

昝涛摸出一支烟,衔在嘴角,手里捏着打火机。昝涛说,妈的,你有两件事犯了我的忌,我现在治治你的病。越挣扎,铐子越紧。三女子知道没了希望,索性强硬起来。昝涛说,蹲坑,你老对我说蹲坑,这是什么意思?昝涛彻底翻了脸。

呵呵，你终于怕了，魏虎子，你也有怕的时候？三女子昂扬起来，喷笑说，魏虎子，不是不报，时候未到，我蹲坑守着你，就等今天了。魏虎子这个名字，像一块烙铁，昝涛骤然紧张。其实，昝涛知道"蹲坑"二字，专业术语，电视剧上经常演，但它第一次从三女子的嘴里冒出时，他就警觉了。翎子鸡低头啄食，寸进而来，一团虚幻的羽毛，令昝涛有些发虚。真的，人的一生，跟这团羽毛没什么两样，到头来还是虚活一场。昝涛踢了鸡一脚，沮丧地说，给这禽兽磕头，当先人一样拜，这前半夜的一场闹剧，是我故意搅局的，我就想试探一下你。三女子回说，晚了，魏虎子，你的相片我已经发了出去，看见的人，都确信是你魏虎子，我追凶追了这些年，终于……啪的一声，打火机响了一下，没火苗。昝涛在膝盖上擦了擦齿轮，又打了一下，照旧。这样的异常，令昝涛很沮丧。昝涛说，那你说说看，你从哪一天认出我的？三女子说，喝酒的那天。咦，那天我没醉，我从来就不会醉，因为那天我出了老千，喝下去的是水。昝涛自负，又说，那天我也在试探你，我才诈醉的。翎子鸡开了窍，先是跳上了凳子，攒了攒力气，而后一挫身子，飞到了乒乓球案子上。三女子回说，我送你回出租屋，就想看看你的真相，结果不错，第一，你没老婆，也没家，你其实一直孤家寡人；第二，你每天吃的都是蛋炒饭，说是嫂子做的，那是骗人的话，你是在同一家饭馆订的。昝涛哼了一声，问，这能说明啥？三女子说，这说明你就是那个凶犯，潜逃了多年，隐姓埋名，过着暗无天日的苦光阴。案子上散落着一些米粒，翎子鸡得偿所愿，羽毛霎时松开了，开始饕餮。昝涛厌倦地说，今天吧，我真的有一种轻松，我解放了，心里的磨盘打碎了，不折磨我了。昝涛打了一下火机，忽地跳出来一根火苗，在指尖上摇曳着。昝涛说，你究竟是谁？警察，还是线人？三女子顿了顿，哽咽说：

魏虎子，我姐没死。

说啥？

我姐没死，但跟死了一个样，她瘫痪了，也毁容了。

昝涛怔了怔，火灭了。昝涛突然大吼一声，扑了过去，在三女子的嘴巴上来了一拳。血喷了出来，三女子的牙花子不见了。昝涛苦楚地说，妈的，我辛苦逃了这么久，心血快熬干了，就怕警察抓了我，让我吃枪子。原来，原来她根本就没死，还活着。

三女子说，我姐也看了你的相片，认出是你，昨晚上电话报了案。

那，那你是改琴的……

弟弟，亲的。

你也撒了谎，说你媳妇跟婆婆吵架？

咱俩半斤八两。

昝涛抱住了脸，知道自己面色煞白。昝涛说，我想起来了，当时你姐跟着我时，你还在乡里上学，难怪我没见过你，你跟你姐不像，尤其是说话。

三女子回说，我挑破了喉咙，我故意的，我怕被你听出九莲县的口音。

挑破的？

嗯，你毁了我姐，也毁了我。略带疲倦，三女子哀声说，我姐出事后，我也就没上学，放弃了高考。这几年，我一直在追凶，天老爷开眼，让我顺藤摸瓜来到这。

昝涛长叹一下，你说得对，报应吧。

魏虎子，你现在去自首，也还不迟。这一瞬，三女子瞥见了管道上的一个断口。废弃的管道，像一张纷乱的草稿。又说，你老婆还没改嫁，你儿子也长大了，明年上初一。

闭嘴。昝涛咆哮说，不许提他们，不许，你没资格提他们。

与此同时，打火机，着了。

九

论文的题目是"公共危机管理初探"。

电脑开着，半包烟没了，一摞资料翻遍后，竟毫无头绪。王川枯坐良久，仔细回忆大姐的要求，先前那种独自受宠的感觉，现在被冷寂代替了。阳台大开，一种浸入骨髓的夜凉，让王川像一根针那般清醒。从地下车库回来，家人都去睡了，王川余勇未消，便想抓紧修改完论文，早点交了差，善始善终。在这个节骨眼上，大姐的一句枕边话，胜过一切。什么竞聘报名、演讲、民主测评等等的，在王川的意念里，都抵不上这一篇文章。那么问题来了。王川最讨厌这句嚣张的话，但眼下，的确是问题来了。

修改，全面拉低智商，偶有破绽，埋下败笔，总之要往平庸里写，往"坏"里写。这是大姐的核心懿旨。王川的头都大了，肿了几圈。"坏"，也得是一种水平，不显山，不露水，万人如海一身藏。恰好，王川想起了一个朋友。朋友搞诗歌，也写小说，定期开一些乌烟瘴气的朗诵会，还时常出现在本城报纸的文化版上，人模狗样的。朋友的粉丝也多，据说全部赶过去的话，三天之内，可以拾光新疆境内的棉花。王川不耻下问，拨了电话，将眼前的困境与诉求，一股脑地说了出来。言毕，王川释然了许多，觉得立等可取。

孰料，朋友愕然，反问说，这是一个思想无能的时代，谁都在打草稿，谁也无法定稿，千万别以为你写的那些病句如何优秀，拉倒吧。王川一头雾水，觉得迎面碰见了一条鬣狗，满口血腥。朋友又说，恭喜你，成了落地的小凤凰，终于知道了平庸，开始低于尘埃，他妈的尘埃。王川耐着性子，介绍了论文的概要。王川启发说，初探，初探就是允许犯错，允许粘贴复制，允许大而空吧？这时，朋友方说：

睁开狗眼吧，真实比虚构还离奇。

王川点了烟，又请教说，别那么哲学，我就是一个捉刀小吏，应付差事罢了。

唉，一个时代的坏掉，就是从文风开始的。

霎时，王川怒了。王川说，姓叶的，你能不能讲点人话，半夜三更的，你念什么咒呀？朋友姓叶，叶舟的叶。

呵呵一笑，朋友变兽为人，开始讲人话了。原来，朋友签了一部电视剧，仿《琅琊榜》的，剧组已经扎营在外景地了，却突然生变。王川蓦地有了快意，欲问其详。女一号是香港的，身价不菲，有夫之妇，却一枝红杏摸出墙，在半年前被逐出了豪门，绯闻持续发酵，占据了各大头条。这一瞬，楼下传来了翎子鸡的打鸣，不像前夜那么齐整，却显得东一榔头，西一棒槌的。朋友又介绍，开机在即，女一号却发难，将剧本扔在了朋友的脸上。绯闻让她炙手可热，红得像一只刚出笼的大虾，质问编剧说，我男朋友呢，他走了七年，七年之后又杀回来了，你得告诉我，因果何在？朋友回说，这是唐朝的戏，在大唐年间走丢了七年，难道不正常呀。王川兴奋了，一边耳食着长安城内的故事，一边捕捉着翎子鸡的动静。打鸣声零散，游走东西，既不发光，也不悦耳，仿佛一堵塌下去的墙，沉闷无比。女一号执拗，一问到底，说链条断了，没了这七年的铺垫，无论如何也演不下去的。朋友也不是吃素的，针尖对麦芒，整个剧组便撂荒了几天。朋友对王川抱怨说，什么鸡巴逻辑，狗屁，这个江湖乱道的自媒体时代，脸上写满了平庸两个字，不值得细究。那你咋办？王川劝慰。朋友哀叹说，从了，乖乖认怂吧，否则就要换枪手来写，老子还惦记着那一笔银子呢，钱的话，谁都能听懂。王川觉得，这才是一句打粮食的话。拎着手机，王川站在了阳台上。雨丝绵密，夜凉如水。视野中，昝涛抱着翎子鸡，正在小区里兜圈子。昝涛湿塌塌的背影，让王川想起了古代卖唱的人。今夜无人入眠，一想到跟朋友一样，都要夤夜伏案，王川便不再孤单。

挂线时，王川问：

正在写呀？

没。

咋了，没灵感？

便秘一样，写不出来。

后来，王川坐在马桶上出恭，一边看报，一边咂摸着朋友的这个比喻。王川退而求其次，不敢跟朋友比，但写了那么多年的材料，一点就通。没错，写作就是便秘，而没有灵感的写作，则是长期的便秘患者，痛苦自知。报纸很旧，几年前的，上面污垢斑斑，一股鸡屎的味道。装翎子鸡的纸箱子，母亲没舍得扔，搁在卫生间里。目光过处，一篇法治类的通讯，忽然吸引住了王川。这是一份地级报纸，文章描述的是九莲县，毗邻王川的老家狄道，一山之隔。让王川失望的是，这篇短文竟是连载之五，掐头去尾，不成全貌。可即便这样，王川仍读得津津有味。故事大意说：

……由于魏虎子为人热情周到，人脉广泛，自此之后他的水泥预制板场生意兴隆，财源滚滚，魏虎子也成了九莲县家喻户晓的人物，致富能手。此时，财富的累积和轻而易举获得的声望，并没有让魏虎子百尺竿头更进一步。相反的是，他忘记了家庭的温暖、妻子的贤惠和儿子的仰望，腐化堕落将他逼上了另一条不归路。面对蔡改琴这个来自乡下的第三者的无理取闹，魏虎子一时间陷入了两难，他既不想离婚，抛家毁业，做一个九莲县城里千夫所指的当代陈世美，但又始终贪恋蔡改琴青春貌美的肉体，不肯痛下决心斩断跟她的非法私情。蔡改琴的虚荣与不劳而获的念头也一步步地害了她自己，让她陷入到了更深的情感泥潭，以至于万劫不复。

终于，一个邪恶的计划像毒蘑菇一样，在魏虎子的脑海里生根发芽了。案发那天，就在蔡改琴再一次闯进魏虎子的办公室，一番打砸和哭闹之后，魏虎子约她在一处建筑工地里见面。魏虎子是搞建筑材料的，熟悉九莲县的每一处工地。傍晚时分，夕阳张着血盆大口，一切都预示着不祥，但无辜而善良的蔡改琴仍旧如约而来，跟魏虎子站在楼顶见了面，双方再次爆发了激烈的争吵。那一刻魏虎子的内心一定后悔极了，眼前浮现出了妻儿殷切的面容，如果他天良犹在止步于此，悲惨的结局将会重新改写。但是出乎所有善良人们的愿望，气急败坏的魏虎子伸出了他罪恶的黑手，将一个青春绽放的女孩，一只迷途的羔羊，一把搡下了楼顶，推向了无底的深渊。魏虎子在他开始潜逃时最后凝望了一眼这个曾经深爱过的女孩，但事与愿违的是蔡改琴已经被楼下丛生的钢筋刺透了，好像一支快要融化了的冰糖葫芦，沾满了夕阳的味道。令魏虎子万万没有想到的是这一幕恰巧被工地的值班人员目睹了，这个双手沾满了鲜血的家伙刚一离开，九莲县公安指挥中心的110电话就响起了。欲知后事如何，且听下回分解。

找到了，痛快。王川喊。

翟芳在叩门，不悦地问，神经呀，找见啥了？

坏的，平庸的，总之是一篇标准的范文。马桶响了，王川料理完卫生，感喟说，这狗日的说得对，文风一坏，什么都会变质的。

快把闹闹带出来，别凉着了。

王川头皮发麻，儿子咋了？闹闹怎么了呀？

翟芳哇的一声，栽倒在了王川的怀里。王川发现，家里的大门敞开着，闹闹的鞋子和衣服也不见了。母亲原本和孙子睡在一起，迷迷瞪瞪的醒来，问了她几遍，耳朵真背了。

这一刻，闹闹却像个玩具，懵懂着，走进地下车库，趴在房门上，看见昝涛说：

你戳到我的疼处了。

可你也轻松了，不再人不人，鬼不鬼的。

倒也是。

三女子说，魏虎子，你犯的事，归法律说了算，我管不了。但我再喊你一声哥，求你自首前，先去见我姐一面，道个歉，说个对不起。三女子慢慢哭了，又说，昨晚上确认是你后，我姐当场就昏厥了，可能也活不上几天了。

昝涛渐渐松开了手，打火机灭了。昝涛说，我去，我给改琴下跪，我谢罪。

天杀的，难以置信的一幕发生了。闹闹拐了进来，慢腾腾地站在乒乓球案子边。一片刺鼻的液体，汪在地上，环绕着孩子。三女子惊骇万分，出去，快出去呀，连喊了几声。尖细的嗓音吓着了闹闹，一委屈，眼泪都快出来了。昝涛大怒，骂说，他妈的闭嘴，别吓着了娃娃。三女子不肯，又催喊，快跑，快跑呀。边说，三女子边顺着管道上的断口，想解脱自己。不承想，昝涛蹲了下去，搂住了闹闹。

闹闹认识昝涛,咧嘴笑,结巴地说,翎,翎子,子鸡。

不对,跟我念。昝涛一手搂住孩子,一手将翎子鸡拽过来。先前还很虚幻的羽毛,此刻收束在了一起,乖得像一只宠物。昝涛整理了一下表情,笑颜说,小哑巴,你可把王川两口子害苦了。今天,干爹得让你好好说话,像个人那样说话。跟我念,翎子鸡。

翎,子子,翎子鸡鸡。

昝涛不悦,妈的,把舌头捋直了,说翎子鸡。

鸡,子鸡。

哎哟,昝涛一时灰败,抱怨说,你跟我儿子一样,你们都是先人转世来的,索要上一辈子欠你们的债。王川的小祖宗,跟我念,翎子鸡。

翎子,鸡翎子。闹闹面色畏惧。

昝涛登时发怒了,一把扼住了翎子鸡的脖颈,举在闹闹眼前。昝涛说,小东西,你连这个玩意都说不清楚,长大了,你能干啥?一团虚幻的羽毛忽地奓开了,羸弱的肉体瑟瑟不已。翎子鸡越挣扎,闹闹越怕,哇地哭出了声。哭声再次激怒了昝涛。昝涛二话不讲,猛地一把,掰断了翎子鸡的脖子,随手扔在了一边。三女子快解脱了。昝涛的举动,充满了极度的危险,让他不敢弄出动静来,因为打火机还在昝涛手上。

昝涛搂住闹闹,眼泪敷在面颊上,抽泣起来。昝涛哀求说,不喊翎子鸡了,那你喊一声,喊一声魏虎子吧。

魏虎子。闹闹说。

哎，我就是。昝涛欣喜了。昝涛又说，叫我的魂，再喊一声魏虎子。

魏虎子。

昝涛又换了花样，说，喊我一声爹。喊爹！

爹。

终于，昝涛绷不住了，双膝跪地，稀里哗啦地哭了出来。边哭，昝涛边举起了打火机，一根火苗喷了出来。昝涛说，我回不了家，我没资格，我也没脸见我的儿子，我交代不了。身后，三女子解脱了，但铐子仍扣在手腕上。三女子摸了过来，双臂一箍，猛地锁住了昝涛的脖子，将昝涛扳倒在地。意外发生了，火掉在地上，噗的一声，液体站了起来。

快跑呀，闹闹快跑。三女子催喊。

闹闹转身跑了，却又回过头来，抓起翎子鸡的尸体，消失在了门口。——迎面，王川和一群业主们冲了过来，一人带着一只灭火器。好在地下车库里，有足够的灭火器。

十

这年秋天，闹闹开始上幼儿园了，燕子班。

七点半，翟芳系完了闹闹的衣服扣子，拉住小手，准备下楼去送。王川没抬屁股，坐在沙发上眯眼笑着，一脸阴谋。翟芳催促说，王大处长，今天开学第一天，爸妈都应该去送的，你可别偷懒呀。翟芳瞥了一圈,又问,奶奶呢,奶奶也答应送的。哦,天不亮,妈就去了潴源寺,说要去供三炷香,一炷给闹闹,保佑他多多说话,另一炷给魏虎子,王川答。翟芳截住话头,替他干吗?王川却说,妈一直记得他的那一碗蛋炒饭,今天开庭审他,妈是菩萨嘛。翟芳展颜说,那第三炷呢?

王川忽地站了起来,将一只宽大的盒子,搁在了茶几上。王川神秘地说,呵呵,我送儿子一个礼物,打开看看吧。

全家人拢了过来,三两下,解开了绳带。闹闹慢慢揭开了盒盖,登时怔住了。闹闹喜悦极了,脱口说:

翎子鸡!

鲜艳,蓬松,翘首而立。几枝尾羽抽枝散叶,绽放开来,像一袭优美的晚礼服。

这第三炷嘛,我猜,一定是超度它的,王川说。闹闹用指尖碰了碰,翎子鸡既不动弹,也不给他打招呼。王川没给儿子解释什么叫标本。儿子还小,将来长大了,一定会理解的。翟芳激动起来,亲了儿子。王川笃定地说:

闹闹,你以后喊它的小名。

儿子张看着。

嗯,就叫它静静吧,安静的静。王川悄然拉开了门。

双十一

林那北

一

亚静往镜子前凑了凑。眉画了，腮抹了，唇涂了，她非常喜欢化过妆的自己。

青兵在她背上推了推说，快点！

亚静说好，转身就出了家门。她现在要去见一个叫陈建民的人。之前已加了微信，彼此发了照片，也大致说了各自情况。陈建民生于一九八三年，郊县人，在出版社当司机，已在城里买了一套六十多平方的房子，首付是家里出的，他自己每个月还按揭，还行，快熬到头了。青兵觉得六十多平的房子虽然小了点，但这年头有房比从前财主有地活得还踏实，算不错了，去见见吧。亚静点点头，就去了。

十一月中旬，按说天应该凉了，却一直凉不下来，太阳还是燥燥的，晃得睁不开眼。亚静套了一件黑色高领打底衫，外披粉色格子薄衬衫，扎着马尾辫，脚上是双白运动鞋。其实她本来平时也这么穿，清清爽爽的。

　　陈建民不是亚静这几天见的第一个人，前天上午、下午、晚上，还有昨天上午、下午、晚上，亚静做的都是同一件事，就是在离家一百多米外的玫瑰咖啡馆见人，往俗里说，就是相亲。算起来，陈建民是她这几天见的第七个人。日子一下子变得很不一样了，亚静想，那些当红的明星说不定还不如自己，他们只在屏幕上按剧本规规矩矩地演戏，而她则不一样，虽然青兵教她要这样那样，但临场全得靠她，她发现自己天赋挺好。

　　走进咖啡馆时，陈建民已经在里头了。个子不高，一米七出头，挺瘦的，但瘦得结实，脸红扑扑地泛着油光。亚静向之前约好的七号桌走去，还隔着五六米远，坐在那里的陈建民就站起来笑眯眯地看着她。有些男人坐着看上去很高大，站起来却马上显矮了，青兵其实就是这样的。刚开始亚静弄不清什么原因，细看了几次才发现原来是腿短。也就是说，长着长着，上身发育正常，腿却磨洋工不长了。亚静已经不奇怪陈建民跟青兵身材相似了，随便打量周围，没几个男人腿是长的，大概人种就是这样吧。

　　亚静走到桌旁后先把手里的包往旁边椅子上放好，再拖开椅子坐下，动作略有夸张，但毕竟成功掩饰了尴尬。陈建民说："你比照片好看。"亚静笑笑，这也是青兵教的，青兵说对方夸奖时或者遇到所有不好回答的问题，都笑而不答。在一些微妙的场合，女人的笑而不答是最有杀伤力的武器。亚静转转头，眼角很快就搜到青兵的身影。他紧随她走出家门，急步快走，抢在她之前走进咖啡馆，已经坐到离他们七、八张桌外，独自捧着一杯柠檬水或者可乐之类的饮料。亚静知道他不喝咖啡，说那味道像尿，也知道他脸虽然埋在吸管上，其实眼睛在打量这边。

陈建民重复了一句："你比照片上还漂亮。"

亚静想，没话找话真是折磨人。是青兵用手机反复拍她，然后选中一张，用手机软件P过，腰修小了，脸修圆润了，腿修长了，肩修窄了，皮肤修滋润了，就那么一眨眼的工夫，她就活脱脱像去韩国整过容。青兵把这样一个亚静自己都快认不得的美女放上网，陈建民见了面一对比，居然还不敢说真话，这就应了青兵之前的分析。青兵说，这个人可能挺厚道的。青兵一直最看重的就是厚道，他觉得现在的人都太奸了，那些一肚子都是鸡贼的家伙必须远远绕开，咱们玩不转他们哩。当然他主要是指亚静玩不转，这是实情。

服务生过来，问需要点什么。陈建民看着亚静，问："你要什么？"

亚静走神了一瞬，她觉得陈建民长得有点像一个人，像谁呢？一时没想起来。她笑起来，说："柠檬水就好。"在饮食上，她跟青兵的口味非常接近，选咖啡馆这里，不是为了喝咖啡。这一带饭馆不少，但都是巴掌大的小吃店，沙县小吃、尚干拌面之类的，又小又挤，地面上还东一块西一块扔着纸团。最像样的，只有这家咖啡馆了，虽然也不大，装修并没比外面的小吃店好多少，但挂上"咖啡馆"三个字，立即就洋派了。店外有三四十平方米的空地，空地边就是一排橡胶厂歪斜的工棚，厂倒闭了，工棚也早就废弃了，还没拆,砖瓦都破破烂烂萎在那里。再往旁走,就是十几排单层红砖房,以前应该是工人的宿舍楼吧,搭建得很随意,砖缝都没抹上,裸露着粗粝的砂石。工人们大都搬走了,空出来的房间都出租给从乡下来打工的人。幸亏有他们,这一带才热闹着。

柠檬水很快送上来,陈建民让她再点些主食,亚静说不必了。青兵提醒过她,一开始要克制,女人贪婪最讨人嫌。但陈建民还是帮她点了意面和几样小糕点,东西陆续端上来后,还把刀和叉子递到亚静手上,催她快吃,声音挺顺畅的,不像刚见面,倒像已经认识几十年了。

亚静当然就吃了,很好吃嘛,她不能再客气下去。期间她瞥了青兵几眼,青兵还在装模作样低着头,咬着吸管,吸那杯似乎永远吸不完的饮料。咖啡馆里只有他们三个人,有点怪怪的,但陈建民居然一次都没有往青兵那边看。亚静想起青兵曾教她如何识别男人是否对她感兴趣:话多不多和眼看不看。第一条陈建民表现不明显,甚至相反,几乎没说多少话,但一直做出想说的样子。第二条,哎呀第二条太泛滥了,她抬头低头总是撞到陈建民的眼睛,一直盯着她看,然后一碰上她的眼神,又一下闪开了,脸居然微微有点红。

他说:"你真的比照片上还好看哩。"

他又说:"你嘴唇最好看。"

让亚静公开征婚的主意是青兵出的,整了她资料、照片上传到征婚网的也是青兵——只能是青兵,亚静哪会想到这个?还挺神的，第一天就有五个人发站内邮件让她加微信，第二天又有两个人，第三天一个，第四天三个。亚静嘻嘻笑着，没想到，太意外了，挺刺激。青兵对这事比亚静起劲多了，他把自己的手机丢一边，整天抱着亚静的手机东拉西扯，搜索各种话题跟人家聊天。屋里灌满了叮咚叮咚的微信提醒音，一下子觉得家变大了，人来人往似的。不过有时在叮咚响过之后，他也会故意把手机往旁一扔，好半晌才再拿起，缓缓回复过去。亚静觉得奇怪，问为什么。青兵说："分寸，分寸知道吗？"亚静撇撇嘴，她当然不知道。

在见到陈建民之前，亚静已经见过六个人了。套路都一样，聊微信、发照片，然后约在咖啡馆见面。每次去青兵也都跟着，坐在不远处，慢悠悠喝着饮料。青兵混成现在这样真是委屈了，他怎么看都像是能成大事的人，一直也不偷懒，不断生着法子去挣钱，但钱却一直躲着他。青兵总结过，说自己命不好。亚静想了想，重重地点点头。人真的有命啊，这没有办法，老天爷脾气古怪，他什么时候把福气降给谁从来是没准的事，福气没到，就发不了财。

对青兵跟去见面，亚静其实稍稍顾虑过。她说："要是人家看到你怎么办呢？"

青兵把两手一摊说："看到也没关系呀，告诉他我是你哥哥呗，会怎么样？你们是相亲嘛，又不是偷情。"

亚静咂了咂嘴，她说不过青兵，另外她也没弄清是不是真有必要把它说清。她这样一脑糨糊的人，操心这个似乎本来就不对头，青兵怎么说就怎么做吧，听青兵的反正不会错。这辈子居然还会在咖啡馆里，以相亲的名义见男人，亚静打死都没想到。按上传到网上的资料，她生于一九九二年，身高一米六三，技校毕业，特长跳舞。有没虚假？除了技校并没毕业外，其他一样一样全部真实。照片虽然P过，毕竟是在她本人照片基础上，又没拿范冰冰的照片冒充。见第一个人时亚静还是慌得够戗，指尖一直抖，舌头都是麻的。到见第三个人时，她慢慢开始习惯，该笑该说都不那么慌乱。现在是第七个，她已经快接近老练了。

"我叫亚静。"没有说谎，她真的叫亚静，一出生就叫这个名字。

陈建民是不是所见的七个人中最帅的？不是。最有钱的？也不是。只是这一场见面时间最长，面食和糕点还没吃完，亚静的手机就响了两次，她接起，嗯嗯应着，然后看看陈建民，陈建民仍然没有站起来走的意思，她也就不走了。

电话是青兵打来的，青兵说："行了，差不多了！"

二

加微信聊的人并不是都愿意见面，顾虑重重或者居高临下的，问了几句也就消失了。青兵刚开始没反应过来，连发几个微信，问："人呢？"对话框就跳出一个加感叹号的小红圈，原来已被删除，人家溜了。聊到可以坐进咖啡馆里见面了，见过后立马又有四个删除了微信。从前的女人，甚至仅仅几年前，都活在照片没有P过的日子里，现在不一样了，手机那么普及，手机P图软件那么好操作，谁肯让自己白白吃亏？所以见了面，惊讶亚静本人比照片差太远的，亚静也不意外。她问青兵："那些明星照片肯定都是P过的，他们本人到底比照片丑多少？"青兵对这个不感兴趣，他皱着眉头琢磨的是另一件事。

那四个男的见面后为什么立即删除微信走人？

愿意见面，说明对亚静的其他条件还算认可，见了面就没有下文，说明对亚静长相无法接受。亚静眼睛不大但很细长，有点古代仕女那种感觉，谈不上好看，却有特色，笑起来眼睛一眯，萌萌的，很乖巧的样子。问题也在这里，亚静已经二十四岁了，乖巧有什么可夸的？城里这一茬男孩差不多全是在计划生育政策刚开始强力推行时生下的，几千年来女人的肚子原本都可以随便大起来随便生下来，猛然间只能生一个了，很多城里人肯定吓得不轻，心理立即适应过来还是有难度的。一根独苗，几个大人心肝宝贝地围着打转，冷了不行，饿了也不行，结果长到二三十岁，一个个都成细皮嫩肉小鲜肉，即使面相体格粗得像头猪，心里头也跟豆腐似的，一碰就化成一摊滴滴答答的水。他们找老婆是找另一个妈，乖一点是可以，但不能乖成傻子，也不能真像妈一样气场强大，总之心智太成熟或者才智太出色的都吃不消。

青兵把这些想法分析给亚静听时，亚静已经睡着了。

女人都爱吃爱逛街，亚静却不太一样。她不贪吃，也没太大兴趣买东西，她只是爱睡，别人八小时就够，她十二小时都嫌少。从电视养生节目里她知道太贪睡是一种病，具体什么病亚静没记住，大约跟脑部缺氧有关系。亚静没有紧张,因为电视里说这病不会致命。不致命瞎叨叨什么呀,明明摊在床上烂睡是天底下最舒服的事,管它哩,睡!

青兵跟她正相反,不眠不休完全无所谓,万一困了,蜷在那里打个盹马上又像条活蹦乱跳的泥鳅,这就是人与人之间的差距。按青兵的说法,一天睡八九小时,一辈子就得睡掉三四十年。闭着眼躺在床上什么都做不了,连知觉都没有,亏不亏?死了以后,反正有的是时间睡,那为什么要把活着的有限时间白白浪费掉?三四十年啊,做什么不好?听起来好像也不是一点道理都没有,但亚静就是做不到,不让她躺到床上,她站着眼皮也往下耷拉。不可能天底下每个人都像青兵,青兵一天到晚想的事太多。脑子歇不下来的人,就跟插了制氧机的鱼似的,氧气那么足,哪需要睡哩。

亚静睡觉时谁跟她说事她都不听,反正听不进去,说也白搭,耳朵的开关全关闭掉了。等到她舒舒服服醒来,伸几个懒腰,这时候就成为一个谦虚温顺的人,尤其是青兵的话,她一五一十全当成圣旨听进去。青兵跟她说的还是当下男人的择偶倾向,亚静揉揉眼睛,不知道青兵说这些跟她什么关系。她问:"你要干吗?"青兵说:"你该好好化化妆。"亚静噢了一声,就起来,跟着青兵出去买了几样化妆品。每掏一次钱,青兵嘴里都嗞嗞嗞地连声吸着冷气,亚静也没想到大商场里的东西这么贵。那买不买呢?青兵手一挥:"买!"于是就买下了。把新买的化妆品抹上后,亚静才发现被大多数人流着口水喜欢的好东西确实是非常好的，自己以前不逛街原来并不是真的不爱，而是和睡觉相比，逛街要花钱，她只好选择不用花钱的。

青兵抓住机会强调一句："这年头，没钱怎么能行！"

亚静点点头，没钱当然不行。

青兵用手机搜出一个传授如何化妆的节目让亚静看。这手艺其实也不太难，怎么才能让自己好看起来，差不多就是女人的本能，何况亚静以前真的在技校跳过舞，虽然她总共只上了一年就辍学了，毕竟还是参加过两次演出，而演出总要化妆。那时年纪小，都是老师帮忙描眉、上粉、涂抹胭脂，乱哄哄的没留什么印象，不过好歹是有过历史的。

现在不过是重新来过。

亚静在镜子前侍弄一番，细长的眼变大变更长，塌下去的鼻梁抹点亮粉一下提高了不少，再有就是嘴唇，她的嘴上唇比下唇厚，看上去像被蜜蜂蜇过肿起似的，但一抹上口红，很奇怪马上就不肿了，变得又饱满又丰润，一下子接近某个做口红广告的好莱坞明星了。哎呀，以前真是白白被自己糟蹋掉了！而且不是一年两年，是整整二十四年。同一个时代，却不是同等竞争，一旦明白这一点，任谁也不会轻易咽下这口气。

连青兵都吓了一跳。青兵说："妈的，还真是，女人确实靠打扮啊。"

青兵又说："我就不信这样子还弄不成！"

后来的事实证明青兵说中了，亚静化了妆后见的第一个人就是陈建民，陈建民说亚静比照片好看，尤其是嘴唇最好看。陈建民还说："有没有人说过你嘴唇很性感？"亚静摇头，确实没有人说过。回家后她又站到镜子前，吃过一顿饭后，口红已经没了，又变回原先那种又大又宽又没血色，反正挺难看的。亚静忍了忍，最终还是掏出口红重新抹上。青兵走过来，一把将口红夺去。青兵说："神经病啊，在家里抹个鬼！你以为口红不要钱买啊？"

亚静撇撇嘴，双手用力抓住青兵的手，掰开他的手指头，把他攥在手心的口红抢回来，扭身又走到镜子前，重重抹到嘴唇上，尤其上嘴唇，面积太大，必须来回多抹几下。她看到镜子中的自己像一朵花慢慢开放了，忍不住笑了起来。凡事都是这样，一直是苦的倒也就无所谓了，但一旦尝到甜头，再要无所谓就没门了。

从咖啡馆出来时陈建民要送她回家，亚静想起青兵的吩咐，就拒绝了。本来亚静只要向左转，走几十米，再拐进一条黑乎乎的小巷就到家了，但她却向右走，走到红绿灯路口，上了天桥，站在天桥上笑眯眯地向还愣愣站在下面的陈建民摆摆手。

这也是青兵事先教她的。

青兵读中学时写过诗，是语文科代表，还是校小记者团成员，曾立志当作家，可惜最终大学没考上，作家没当成，诗也不写了，但脑子终归比别人好使。从把亚静资料放到网上的第一天起，青兵就一招一式设计好亚静相亲的全过程。青兵问："是不是有点像作家写小说？"

亚静点点头。关于这件事，她现在也觉得挺有意思的。

三

在陈建民之前见过的六个人中，仅剩下两个还有联系，一个叫王新，一个叫徐必广，前者在王子酒楼当服务生，后者是送快递的，都是到南方打工的北方人。打工能有多少钱？亚静说算了吧，别跟他们费时间了。青兵不搭理她，捧着手机给王新发了个表情，又给徐必广发了表情，然后再问："大哥下班了吗？"

亚静瞥过一眼，心里骂道："大哥个屁！"

她伸过手想拿回手机，青兵却闪开了。青兵说："别吵，忙着哩！"

"亚静说："这是我的手机。"

青兵扬扬手让她走开。亚静黑下脸，走开的人应该是青兵而不是她。她说："把手机还给我！"青兵侧过脸瞪了她一眼："你干吗？"亚静说："我要看微信。"青兵说："看我的去。"亚静说："你的有什么好看？我要看自己的。"话音未落，亚静已经一把将手机夺回来。

青兵盯着她的脸几秒，然后猛地吼起来："给我！"

又吼道："给我！"

亚静后退几步，虽然仍把手机别在后背，气毕竟没刚才壮了。她紧张地看青兵的脸，又看青兵的手，青兵的手果然动了——青兵正站在桌旁，桌上有只不锈钢杯，杯子很快到了青兵手里，又被举到半空，然后"咚"一声响。亚静虽然脑袋猛地往旁歪去，肩膀还是被砸中。

青兵一直爱动粗，这毛病他根本就改不了。

亚静把手机递过去时，眼泪就跟下来了。青兵讨厌眼泪，看都不看一眼，他急着看的是手机。亚静想出门去，又不敢，只好在屋角坐下，背对着青兵。微信"吱吱吱"的声音不停地从后脑勺传来，亚静双手抱住膝盖，看着墙，墙是多年前用陈旧的红砖潦草砌出来的，连勾缝都没有上，而屋顶覆着的乌黑瓦片已经结了不少蜘蛛网。对，他们住的就是橡胶厂废弃的工人宿舍。三年前刚来城里打工时，市区这种房子还不少，夹在高楼间，像没开化的小野人，周围扔满垃圾，污水东一块西一块。没有厨房，买罐煤气架在门口对付着煮饭；没有卫生间，用痰盂接着，端到附近的公厕倒。总之还对付得下来，而且左邻右舍有不少是老乡，闲时聊聊天打打牌也很方便，没觉得有什么不好。但这两年不行了，房地产商老是看上这样的破房子，拆了，建起高楼，眨眼间就成了高尚社区。只好搬，越搬越郊外，就到了橡胶厂这里。其实也保不准还能住多久，但房东黑得很，租金还是每个月都在涨。

亚静突然想起一件很重要的事，她脚尖一蹬，猛地转过身来。她说："你还是去上班吧。"

青兵仍然盯住手机屏幕，张着嘴，眉眼泛着光。

从老家出来后，青兵先是在家具店当搬运工，嫌挣得少；又去跟人学当油漆工,这挺没谱的,工程结束才能有工钱,往往还没完没了地拖欠;再去保安公司,钱倒是每月固定时间拿到,就是挣得更少了,而且上班不能玩手机,这就要了青兵的命。青兵没手机已经活不下去了,包月的流量不够,他走到哪儿都急吼吼蹭人家的免费 Wi-Fi。咖啡馆靠在窗外也可以蹭到信号,青兵对此就差喊万岁了。把亚静资料弄到网上后,他更需要看手机,就把保安工作给辞了。他让亚静也辞,进城后亚静给人做保洁员,说白了就是上门做卫生,每小时三十元,要是工做得勤比青兵挣得还多,但这几天青兵也不让她出去干活,就在家里候着,随时去咖啡馆相亲。总不能坐吃山空啊,亚静说:"你把手机还我,要是有人喊我做卫生,我得去哩。"

青兵眼仍盯着手机,身子这时忽地往上一挺,嘴大张,笑出声来。

他说:"红包!"

他把手指头往屏幕上重重一戳,怔了下,眉头又皱起来了,骂道:"妈的,才十元!"

半个小时后,亚静和送快递的徐必广在咖啡馆见了第二面,十元红包就是他送的。亚静脸沉着,她真不想来,但青兵在她屁股上蹬了一脚。青兵说:"十元不是钱吗?"他的意思是十元虽少,但跟其他人比,比如在王子酒楼当服务生的那个王新,说了半天话却一分钱都舍不得给,既然徐必广给了,好歹算是慷慨的人。在钱这个问题上,最能看出男人的心性品德,那种一分钱都要铜墙铁壁死死守住的,即使不是精于算计的渣男,至少心胸狭窄得跟老鼠洞似的。

但十元就不是老鼠洞了?

亚静就从这件事下手,她垂下眼睑盯着徐必广给她点的柠檬水,嘴噘起。刚才出来时,她没重新抹口红,上面只残留一点隐约的色泽。够了,她反正也没想花心思对付这个人。她说:"你给红包什么意思?"顿一下她又说:"既然给了,你给十元,打发叫花子啊。"

徐必广眼睛很大,鼻梁挺挺的,要说长得还算不错,个子也有一米七五左右。虽然之前已见过一面,但几个人连着见,亚静很快也就把他们混到一起,她早就想不起徐必广的具体情况。在微信上聊来聊去的反正都是青兵,她哪记得住谁是谁?不过每次出门见面时,青兵都会把对方情况概括说一下,比如这个徐必广,已经三十五岁,离过婚,有个六岁的儿子。亚静最生气的就在这里,这么大年纪了,不过一送快递的,还离过婚有个儿子了,却只肯花十块钱跟她约会。她可没那么贱。

手机叮咚响了一声。亚静往旁瞥了瞥,以为是青兵发的微信,拿起来看,竟是徐必广。她抬头看看徐必广,徐必广也正低头捧着手机,应该是故意不看她。"大吉大利……"一看就是红包。徐必广面对面给她发红包?她正犹豫着该不该点开,手机又响了,这次不是短促的提醒音,是持续地响。亚静整个人都缩紧了,谁会想到陈建民恰恰在这时候给她打微信语音电话。之前没有过,总之是第一次。亚静无措地转动几下脑袋,她在看青兵。但她其实并没看清青兵的表情,心跳很快,没想到自己这么紧张。她把手机竖到脸前,免得坐在对面的徐必广看到,然后关掉了语音。反正这时候不能跟陈建民对话,换了青兵也许仍然可以很从容,亚静却做不到。

放下手机时,她对徐必广笑了笑,这是她今天坐下后第一次笑。

徐必广也笑起来,问:"红包点开了?"

亚静才想起红包的事,连忙重新拿起手机,点下那个橘黄色的方块图标,吓一跳,居然是大包。

手机这时又叮咚了一声,陈建民发来微信,亚静不敢看,把手机放入裤袋里。

徐必广说:"收到了?"

亚静点点头。

徐必广说:"收到多少钱?"

亚静眨几下眼,看着徐必广。

徐必广说:"你说吧,你收到多少钱的红包?"

亚静白了他一眼:"你发的你自己不知道多少?"

徐必广说:"我想知道是不是你收到的。"

亚静更不解了,她说:"不就一百元吗,你就这么嘚瑟?"

徐必广笑起来,有种如释重负的感觉。他说:"看来误解你了,手机确实是你的。"

亚静说:"什么意思?"

徐必广又笑笑,看上去他似乎不打算回答,不过最后还是说了:"你叫亚静?对,你叫亚静。呵呵,对不起啊,我刚才一直觉得之前微信聊天和面对面见到的不像同一个人……"

亚静吸吸鼻子,抿紧嘴盯着他。

徐必广说:"微信聊时你挺热情的,见了却……好像很不高兴哩……可能是紧张吧?"

亚静支吾着,咳了一声,还是有点后怕。这些天青兵掌管了她手机,出门跟人见面才把手机还给她,这就是青兵的聪明之处,要不这会儿就穿帮了。徐必广问:"'双十一'你买什么了吗?"亚静摇头。其实她下单买了衣服和裤子,但她并不想说。徐必广很高兴的样子,指节在桌上连叩几下,说:"居然还真有'双十一'不'败'东西的女人啊,难得难得。天下傻子真他妈太多了,疯了似的,以为真占了便宜,其实……唉,反正谢谢你啊,你这种人多一点,我们就少累一些。"亚静瞥了他一眼,她有点弄不清徐必广是不是在讽刺。不过讽刺也无所谓啊,她已经不想再坐下去了,徐必广反正也没点其他吃的。她欠欠屁股,扭了扭身子。她说:"我还有点事……"

徐必广看看手机上的时间,说:"我也就中午这一阵有闲。这一阵货都快送死了,从早到晚没完没了地跑。知道我送一件货多少钱吗?一块钱!就是说今天我给你打了一百一十块钱,我得送一百多件货……你要不要跟我去哪里坐一会儿?"

亚静说:"这不就是坐吗?已经坐了这么久。"

徐必广抓抓头皮,还是笑:"不是……这样坐。呃,公园里或者哪里，没有人的地方……"

亚静脑子嗡嗡嗡响着。这时徐必广把手伸过来，握住亚静搁在桌上的手。亚静像被烫了，猛地把他手抛掉。徐必广脸一下子黑了，眼瞪得更大了，还要再去抓亚静的手时，亚静已经站起来，左手举起，在耳朵上揉了几下——这是之前青兵跟她约好的，紧张情况下她就发出这个信号。果然手机很快就响了，亚静接起："喂，噢，好。"

然后亚静说："我真的还有事哩，我得走了。"

徐必广却不站起，他嘴抿得紧紧的，眼里瞪出凶光。亚静不想理他，提起包就往外走。她看到青兵也站起了，就跟在身后，心里顿时踏实了下来。青兵跟来当电灯泡看来是必要的。

出门后还是右拐，到红绿灯路口还是拐上天桥。站在天桥上她掏出手机，点开刚才陈建民发来的微信。"公园里菊花展快结束了，下午我开车带你去看看吧。"亚静不知怎么办好，见青兵从后面走近来，她把手机递了过去。

四

下午四点陈建民的车停在咖啡馆外面，是一部桑塔纳。当然不是他自己的车，是出版社的。陈建民已经站在车旁等着了。亚静和青兵一起向他走去，远远看到陈建民有些怔怔的，盯着青兵直看。走到跟前，亚静把青兵介绍给陈建民："我哥，青兵。他也想看菊花展。"青兵伸出手,问:"一起去可以吗?"陈建民好像还没回过神来,手慌忙和青兵握了握,说:"可以可以。"其实亚静听出来,陈建民明明不愿意。

亚静坐到后座,青兵坐在副驾驶座上。车子看来已经有些年头了,一路嘎嘎响,屁股都颠疼了。

青兵不时打量着陈建民,兴致很高,说个不停。进城几年了?开车几年了?工资多少?有没有外快?家里兄弟姐妹几个?父母做什么?多大年纪……

陈建民答倒是都答了,但声音短促拘谨,脸几乎不转过来看青兵。

下车后,趁着青兵上厕所的间隙,亚静连忙说:"对不起,我哥太八卦了。"

陈建民笑笑:"没关系,他是为你好。"

亚静看了陈建民一眼,还是觉得很抱歉。她哪里想让青兵跟来?但青兵不依不饶。青兵说:"怎么能单独坐他车去?赔了夫人又折兵的买卖连周瑜那么聪明的人都干过哩。不行,我一定要去。"亚静想说你去我就不去了,但她确实还是很愿意去。菊花老家就有,多了去了,野的更多,只是像城里人这样集中在公园里,搞得热热闹闹的,她还从没看过。她拗不过青兵,走出家门时,心里堵着几块石头。青兵有时真的挺过分的。

好在陈建民不计较,居然认为青兵是为她好。

公园里人很多,看上去都很爱花的样子,其实不过忙着用手机拍来拍去，自拍或者拍花，然后低着头在手机屏幕上划来划去，估计马上发朋友圈了。亚静也有朋友圈，都是一起做保洁的那些人。她举起手机远远拍了几张照片，好歹也逛次公园了嘛，这是进城后的第一次，回头她也要晒一晒。花确实很美，色彩多，花朵肥大，跟亚静以前在老家屋角田间见到的完全不一样。毕竟是城市，连花命都比乡下好。

亚静站在陈建民的侧面一起看向不远处的公共厕所，那里排着长长的队，看不清青兵到底在门内还是门外。陈建民转过头问："你不去去厕所？"亚静摇头。亚静说："对不起，他一定要跟来，我没办法。"

陈建民还是笑笑："来就来呗，迟早要见大舅子的。"

亚静不敢接话了，她用眼角横向看过去，看到陈建民向外凸起的喉结，居然这么大啊！一时间她想不起青兵的喉结有多大，再看看周围走动的男人，好像都没陈建民的大。她很想问问这有什么道理，但舔了舔嘴唇，终究没敢问出来。大概跟女人乳房一样吧，有的人大有的人小。都说大乳房性感，那大喉结呢？

这时终于看到青兵了，他边拉着裤门，边从厕所内小跑出来。跑几步又折回来，在水龙头前洗了洗手。陈建民说："你哥有点怪怪的。"他脸没有转过来，声音也不大，亚静还是听清了，她正想着该怎么回答，青兵已经甩着双手到跟前。青兵说："男蹲坑太少了，偏偏我肚子痛，拉稀了。这中午也就吃了一碗面，居然就吃坏肚子，哗哗哗的直喷水哩，还好里头有卫生纸……亚静你肚子呢？

你怎么好好的？"

亚静瞪了他一眼。

陈建民提议绕着湖边走，菊花观景台就是沿湖搭建起来的，走一圈，大致都看遍了。三个人正要走，青兵的肚子又痛了。他再冲去厕所时，陈建民拉了拉亚静，意思是让亚静在旁边的木椅子上坐下。亚静后来眼睛动不动就落到自己左边袖子上，陈建民并没有碰到她肉，拇指和食指只是捏住她袖子。她穿一件红色的薄毛衣，半腈纶半膨体纱的那种，没什么弹性，被拉过之后，那里现出一块锥状，很久都消不下去。

亚静坐下后，陈建民也坐下，没有贴过来，离她有半米远，坐得也很周正，双手压在双膝上，上身挺得很直。亚静把手机攥紧，这时候那几个网上相亲的男人其实都不可能来微信，吸取了中午跟徐必广见面时的教训，出门前青兵已经把他们微信都设置成消息免打扰了。不过亚静还是担心，怕手机突然响起来。

陈建民说："你肚子真的没事吧？"亚静悄悄吁一口气，她突然觉得胸口有点紧，以前都没这样过。她说："下午你不上班没事吧？"陈建民说："没事，下午替单位送了份文件，趁机溜了。本来……"亚静一边琢磨着他"本来"的内容，一边等着他往下说。但他没再说，默默坐着，望着厕所。亚静悄然叹口气，一下子觉得花没意思了，不想看下去，一点都不想看。青兵出来时，她站起来说："算了，回家吧。"

青兵和陈建民对看一眼，都说那好吧。

亚静想，原来他们也早就打算回家了。

走几步青兵忽然又改变主意，他拍拍陈建民的肩膀说："要不去你家坐坐吧。"

亚静怔住了，她看到陈建民的脸也僵着。陈建民支吾了半天，还是摇头，又连连摆手，他说："不好意思，这个……没有准备，我家里太乱了。"

"乱有什么关系？我们又不是精神文明检查团。"说着青兵就开始拉住陈建兵的胳膊往外拖了。

陈建民扭头看着亚静，眼神无助而无奈。亚静就走上前，一把推开青兵。她说："快回去吧，一会儿你肚子又痛了。"不待青兵再开口，亚静又说："走吧走吧，你快开车送我们回去吧。"

陈建民把车开到咖啡馆门口，然后就一溜烟不见了。青兵手压在肚子上盯着车子远去，嘟囔道："这种破车！"又瞪了亚静一眼："就应该去他家看看啊，你这个笨猪！"亚静不理他，径自快步走去。

刚回到家，微信就响了，是陈建民发来的。亚静正要点开，手机就被青兵一把夺过去。青兵看一眼骂开了，他说："妈的，花花肠子都来了啊！"亚静问："怎么啦？"青兵说："他说下次带你去爬山，让你一个人去，不要我去。妈的，爬山，他到底打算爬什么山啊？"说到这里，青兵往亚静胸前瞥了一眼。

亚静一侧身，走开了。

青兵把消息免打扰设置解开后，亚静的手机一下子进了七条微信。青兵看了看，说都是徐必广的。

没想到，居然把徐必广得罪了。不让他摸手，不跟他去没人的地方而已。徐必广让亚静把一百一十元红包还给他。徐必广说："街边的野娼搞一次只要三十元哩。你他妈的一百多元了还不知足！"

亚静气得脸通红，她说："还他，马上还他！"

青兵白了她一眼，青兵说："弄了半天，总共才挣一百多元钱哩，干吗要还？还个屁，是他自己愿意发红包来，发了还想退？做梦！"

亚静问："要是不还他，他会不会找上门来啊？"

青兵手一扬，说："他敢？——咦，你告诉他我们住哪里了？"

亚静摇头，她谁都没告诉，包括陈建民在内。青兵再三交代这个不可泄露，她当然记得。青兵手又扬了扬："那怕什么？去他妈的！"

看青兵那么淡定，亚静长吁一口气，似乎也镇定了下来，但心里还是七上八下的。不过一百多块钱，徐必广却跟被剥了一层皮似的，渣男。

这一夜亚静没睡好，一会儿醒一下，甚至到底是否睡了都不太清楚，整个人有点恍恍惚惚。她最擅长的睡功，居然说破也就破了。

暗暗地她不免怪起青兵。真是神经病啊，干吗要出这个馊主意啊？网上是个什么地方？根本就乌七八糟的嘛。

五

当时其实是这样的，"双十一"前大家不都在"剁手"买买买吗？亚静也把看上的两件毛衣一条裤子放进了购物车。结果还没买成，青兵就发现了。青兵觉得亚静不过一做卫生的，穿那么好干吗？亚静说这哪里好哪里好了？大都几十块钱，最贵的一件都没超过一百五十元哩。青兵说一百五不是钱？一件一百五十元，四件就要六百元。六百元如果加到一起买手机，说不定机身内存可以从32G直接升到64G。弄了半天原来青兵想给自己买新手机了。青兵不仅喜欢手机，他还喜欢汽车，更喜欢房子。他当搬运工一趟趟搬家具时，对人家新装修好的房子口水流了一地，做油漆工时又对别人正装修中的大房子啧啧啧地反复说道，当保安则是在一高档小区，每天眼皮底下小车进出、业主来去，这些都是刺激啊。

青兵说："没钱在这世上活着真是太没意思了！"

大概就是在说过这句话之后，青兵决定把亚静弄到网上。那个征婚网站动不动就往手机上推送广告，仿佛全国人民都急着找对象似的。还是有效果的，青兵就点击注册了，居然不需要验证什么，一注册就成功。"双十一"会员价打八折，交两百七十八元就成水晶会员，可以查看站内信件，也可以查看谁正在看你的资料等等，很顺利。如果亚静动手，肯定弄不成，青兵就一点问题都没有。青兵摸摸亚静的头说："乖啦，你只要配合就行。"亚静说："那衣服裤子让不让我买？"青兵连声说可以可以。亚静本来还很犹豫，青兵一说可以买，她心一松，就不管其他了，先买再说。

但是，一切并没有预想的顺利，实在差太远了。徐必广给的一百一十元红包是仅有的现金，其余的把吃过的饭、喝过的饮料以及坐过陈建民的车都折成钱，合起来也凑不够两百七十八元吧？连本都赔进去了，青兵恼火也不是一点道理都没有。

"你还是上班去吧。"亚静又开始劝，她自己也要出去挣钱啊。保安一个月挣两千三，保洁员多挣点，满勤的话能挣五六千，合起来就有七八千。两人花两三千，给父母寄一两千剩下三四千一年攒下来，也有几万了。要是攒十年二十年，就有几十上百万摆在那里了。

但几十上百万放在老家还可以，放在城里根本不够买一套像样的房子。二十年以后，一辈子都过去大半了，仍然买不起一套房，没有房就在城里扎不下根，最终也还是得滚回去……哎呀想着确实没意思。

青兵又低着头在手机上划拉，然后他说："王新明天中午要请你在咖啡馆吃饭。"

亚静问："哪个王新？"

青兵说："王子酒楼的那个啊，三十二岁，脸颊这里有颗痣。"

有痣？亚静想了半天，没想起来，她叹了口气说："算啦，不去了。"她确实不想去，王新，还他妈王旧哩，比徐必广还不如吧？徐必广毕竟还发过红包，他却一毛不拔。青兵马上说："不行，说好了，必须去！"接下去青兵就开始接连不断说为什么必须去的道理。他真是怀才不遇，这种口才，这种说话的逻辑，唉，真是太浪费了。

亚静知道，她只有答应一条路。她说："行啦行啦，去去去。"

第二天中午十一点半她果然就去了，但等到下午两点，王新都没有出现。青兵坐在不远处的桌子前不停给亚静发微信，让她催一催王新。亚静懒得催，不来才好哩。她慢慢想起来了，脸颊上那颗像停着一只苍蝇的黑痣，眼睛不大，脑袋两侧的头发剃得短短，露出青皮，头顶却留着蓬松的一大坨，正是时下最时髦的韩式发型，只是剪得不到位，哪里不到位说不上，看着就是怪。第一天见面时说了什么？这个亚静也忘了，东一句西一句没个准吧。这种人，精得跟猴似的，哪挤得出半滴油水？

手机又响了，青兵发来的，青兵说亚静再不催王新的话，他就要把她微信号切换到自己手机里了。这可不行。刚才亚静其实也一直在跟人聊微信，那人是陈建民，她跟陈建民说可以跟他一起去爬山，青兵不会跟去。陈建民很高兴的样子，说那就这两天吧，周末之前肯定安排。这些对话亚静打算在手机重新被青兵拿去前都删掉，没必要让青兵看到嘛。

既然青兵急了，亚静就给王新发微信。马上咚了一声，她看着，回过神来，站起，举着手机走到青兵桌子旁。

王新已经把她微信删掉了。

她笑起："走吧，回家吧。"一下子轻松了，还不等青兵站起来，她就转身先出了门。到家好一阵了，却不见青兵回来。她拨个电话去，青兵也没接。两三个小时后屋外有停放电动车的声音，然后青兵进来，脸青青的。他究竟什么时候取了电动车出去的？亚静竟然不知道。

青兵好久不吭声，过一阵才说自己去了王子酒店。亚静脑中嗡了一声,她甚至看到了打架的场面,一地都是血。"你……你把他怎么了?"她的声音都有点打战。

青兵重重吐了一口痰说:"王子酒楼根本就没有叫王新的人。妈的,骗子!"

亚静怔了片刻,扑哧一声笑起来,她觉得很好玩。"还说别人哩,我们都是骗子。哈哈哈,这年头谁不是骗子啊?"

有人敲门,亚静止住笑走过去开门。是邻居老王,手里捧着一个包裹。"你的快递,中午到的。你家没人,我帮忙签收了。"亚静一边道着谢一边接过,马上撕开看,是"双十一""败"的一红一绿两件毛衣。裤子是另一家网店买的,还没到货。

亚静忙着试毛衣时,青兵又捧起手机。亚静从镜子里看着他,不免狐疑起来。王新已经删了微信,徐必广正讨钱,青兵不可能跟他们两个聊天,只剩下陈建民,青兵跟他聊?亚静收起毛衣挨着青兵坐下,斜着眼看手机。明明是她的手机,她却失去了掌控的自由,这要是在外国,不知可不可以起诉。

其实青兵并不是跟谁聊天,而是登录征婚网,把化过妆的亚静正面、全身、半身照片逐一上传。亚静捋捋头发,大声说:"你还不死心啊!"

青兵说:"人没死,心怎么能死啊?就当生意来做啦,激动什么!"

亚静说:"要做生意你自己做去,拿我照片干吗!"

青兵白了她一眼说:"你长得漂亮嘛。现在生意多难做啊,我们又没钱，只剩你这一张脸了，不做怎么办？"

亚静不耐烦地要去抢手机，青兵身子侧开，说："别吵别吵！不能被动等着他们发邮件来，必须主动出击，撒大网！"说着他用指尖重重点了一下屏幕，虽是一闪而过，亚静还是看到了，是"统一打招呼"，也就是说青兵连问都不问一下亚静，就把亚静拿出来撩一大群男人了。在"择偶告白"一栏中，他也直接把亚静的微信号公开了。

"有意者请加微信。"青兵指着这行字得意地扬扬下巴，说，"之前没经验，早这么弄就好了。"

第二天亚静的手机果然有十几个陌生人要求加微信，青兵忙不迭一个个通过验证，嘴咧得大大的，点一下都像捡一块金元宝。"怎么样？"青兵转过头，一脸都是得意。

亚静站起，走开，走几步又停下。她打算跟青兵谈个条件，青兵如果不同意，她就坚决不同意再与那些陌生人见面。以前没去过咖啡馆，她多少还存有好奇心，如今已经去了这么多次，她其实早腻了。

六

亚静跟青兵说的是陈建民，她甚至把数学老师以前动不动就在课堂说的那句名言也搬出来："集中火力，各个击破。"意思是她老是认不清人，这一点青兵很清楚，刚开始她也总把青兵与他哥哥青工弄混了,而且她脑子也不够用,如果一下子见太多人,她肯定搞不定,两手空空,那不是白费力气了?对了,老家不是有一句谚语:双手抓不了两条鳗鱼?

"你是说先对付陈建民?"青兵皱着眉头问。

亚静点点头,看上去又老练又乖巧,这两样当然都不是亚静一贯拥有的。"如果这个陈建民确实不行了,我再见其他人也不迟嘛。"

青兵说:"人家微信已经加进来了。这些人不会只加你一个,都是双手抓好几条鳗鱼哩。你又不是天仙,人家会非你不可,怎么等都可以?"

外面"哗"地一阵喊叫,是隔壁老王几个人在打牌。如果没有工做,就只剩下打牌可做了,赌个小钱,把日子打发掉。

亚静走过去把门掩上,又回过头说:"加了微信也没关系啊,你不是照样可以跟他们聊?聊呗,但不要急着见面。陈建民这边也不用太长时间,一两天、两三天的,进一步接触下,看有没有戏,总得有点收成了再下一个嘛。各个击破应该就是这样子的吧?"

青兵眉毛往上一挑,笑起:"可以啊,亚静你他妈都头头是道了啊。"

亚静嘴噘了噘,她最常做的就是这个动作,那么厚的上唇不知是不是这么噘出来的。其实暗暗地她不免也有一点惊讶,一夜之间,没想到自己无缘无故竟然变聪明了。她把手机从青兵手里拿回来,给陈建民发了一条微信:现在有空爬山吗?

青兵问:"现在?"

亚静说:"不是不能拖太久吗?那就越快越好。今天是周六嘛。"

恰在这时陈建民微信回进来了:"可以,我马上过去,半小时后我咖啡馆门口接你。一会儿见噢!"还跟着几个笑嘻嘻的表情。

青兵说:"也好,那一会儿我们就……"

亚静打断他:"我自己去,你不要去。"

青兵眼球鼓起来:"你什么意思?"

亚静说:"我能有什么意思?人家不愿意你去就别去呗,去了只会添乱。"

青兵:"可是你们一对狗男狗女的……"

亚静不爱听了,扭身往外走:"那就不去了呗,我也打牌了。"

"等等!"青兵吼起来,他是真生气了,嘴抿着,鼻孔张得很大。亚静停下来,扭头看着他。青兵手举起,舞了一下说:"算了,还是我去打牌,你自己去吧……不过,你得保证没事啊。"

亚静笑起:"能有什么事?真是的。"

半小时后亚静穿着新到货的红毛衣,站在咖啡馆门外了。出门前青兵说:"别忘了,手机也能转账啊。"青兵的意思是,红包有上限,两百元毕竟太少了,转账钱数大。亚静点点头,这个她当然知道。

陈建民很快也来了,还是开着出版社的那辆旧车。网上一直说今年会是冷冬,但到现在天都没冷下来。陈建民只穿一件衬衫,脸上还冒着汗,见只有她一个人,很高兴,咧大嘴笑起来,一股口香糖的味道马上扑过来。

这次亚静坐到副驾驶座上，她以前还从来没坐过小车的副驾驶座，其实连小车也没坐过。小车与大客车的区别在于座位一个高一个低……当然不仅这个，亚静不想比了，实在没法比。青兵以前老说想买车，他瞥一眼从旁边经过的车子，就能报出车的牌子和价格。亚静以前觉得好笑，现在看来其实是她可笑。车确实是好东西，真有钱了，一定得买。

陈建民侧脸看了她一眼，问："晕车吗？"

亚静一笑，摇头。她才不会晕。

陈建民就伸手往前一按，音乐响起来，是哪个男歌手在唱，过一会儿又换成女歌手，再换成男歌手。陈建民摇晃着脑袋跟着哼起来，虽不大，但就在耳边，听着很清晰。他声音居然这么好。亚静瞥过去一眼，又看到那个大喉结了，上上下下滚动。喉结大声音就好？她不清楚。

她说："你像一个人。"

陈建民侧过头问："谁？"

亚静歪着头想了想，还是没想起来，只好笑了。

陈建民也笑，身子向这边侧过来，问："你歌唱得怎样？"

亚静摇头，她以前跳过舞，但歌确实唱得一般，也不爱唱……她向外看看，觉得有异样。不是去爬山吗？山明明在西面，可是这车却是往东面走的，而且越走越远，已经出了城了。她犹豫一下，还是问了："这是去哪里啊？"

陈建民笑笑，不答。

亚静又问:"去哪里啊?你不说我就不去了。"

陈建民看着前方说:"去我老家,不远,再有三四公里就到了。"

亚静紧张起来:"你要干吗?"

陈建民说:"放心,只是去转一下,吃顿午饭马上回城。"

亚静喊起:"不行,我不去!停车,我要下车!"

车子却反而加快了速度,颠得厉害,车上不知哪个部件"哗哗哗"地响。陈建民扭头笑着看过来,轻声说:"你看你,吓成这样。我真的像个坏人吗?太冤枉了!我保证,绝对没事!你可以把手机拿出来,压好110键,有事马上拨打。行了吗?这是法治社会,别怕,乖!"

太阳很大,路上车往来密集。虽是已到郊区,但两旁都是灰蒙蒙的楼房,商店一家挨着一家,看样子被并入市区只是迟早的事。亚静慢慢有点松弛下来,应该也不至于有什么事,不过陈建民事先没说清楚,临时来这一手,她还是生气的。她沉着脸盯着前方,她得做好准备,万一车子开到荒凉无人的地方,她就真的要打110。

车子拐下大路时,亚静看到有一个蓝底白字的大路牌立在那里,上面写着"陈厝"二字。陈建民说:"我老家到了。"亚静松了一口气。村子很热闹,到处是新房子,但因为盖得横七竖八,看起来村子却显不出新的样子。车停下,是一幢青砖三层楼的房子,只建个毛坯,楼层处的钢筋还有几根露在半空中。陈建民下了车,绕到副驾驶座这边,拉开门,让亚静下来。

事已至此,亚静也只能下车,跟着陈建民走进屋子。

两个六十多岁的老人正坐在厅堂里编竹器，陈建民喊道："爸，妈。"

老人高兴地站起，手在身上拍几下，一下子像冒气一样冒出一层尘土，四下散开。他们都看到亚静了，一直看着她。陈建民说："认不出来了？翠玲啊。你们不是看过我和她的合影吗？"

老人立即搬来椅子说："哎呀翠玲，快坐下快坐下。"

亚静看着陈建民。她怎么改名了？她还跟陈建民合过影？陈建民却不看她。这时手机响了几声，是青兵发来微信。青兵问："开始爬山了吗？"亚静回复道："嗯。"青兵又问："还有其他人吗？"亚静回复："很多。"

至少第二条不算假话吧？

门外已经来了几个邻居，喊着建民建民。陈建民就出去，跟他们打着哈哈，又扭头招呼亚静："翠玲，来，出来见见我叔我婶！"

亚静一边往门外走去，一边想青兵上传资料，是不是把她名字写成翠玲了？再一想，没有呀，征婚网她也上去看过，写的就是亚静，没有错。这件事她没时间琢磨，那几个邻居已经笑眯眯地喊着她翠玲，她只好先礼貌地点头应付。陈建民揽过她肩膀问："怎么样，我媳妇漂亮吧？"回答很一致，都说当然漂亮。陈建民就大声笑起来，高兴极了。

媳妇？亚静心里颤了几下。

午饭是长寿线面，两个蛋，一堆土鸡肉。放下碗筷，陈建民马上说："爸妈，我们得走了，下午还有急事哩。"老人很惋惜的样子，但还是点头说好："以后多带翠玲回来，这么近，你有车，踏几脚油门就到了。"

陈建民说好好好，就爬上了车。

路上他一直不说话，亚静也不说，她不知说什么好。土鸡肉的味道好，以前在家吃过，到城里这么久，就再没碰过。手机微信提示音又响了，还是青兵，青兵问："在哪？"亚静想都没想就回道："山上。"点发送后她吸了吸鼻子，她也不知道自己为什么顺手就瞎编。

陈建民转过头看她，问："去我家怎样？"

亚静一怔，不过她很快回过神来，刚才去的是他老家，他在城里不是已经买了自己的房吗？说的是这个家。她说："不去！"

陈建民按了下喇叭："上次要去我家看看的也是你们。去吧，这次我提前做了卫生，都整理好了，请你去视察嘛。"

亚静说："不去！"

陈建民又按了几下喇叭，顿了下，又说："去了我跟你讲翠玲的故事。"

亚静没有再应他，但她还是去了。上次确实是青兵提出要去他家看看的，被拒绝，现在既然机会来了，代青兵去看一眼应该也算不得什么。

七

陈建民家在凤凰小区，一看名字就知道是上世纪的老房子。

七、八幢稀疏地排列着，都只有五层高，没有电梯，外墙的淡灰色涂料已经褪色，斑斑驳驳的水渍东一块西一块。爬楼梯时，陈建民在前，亚静跟在后面，跟得很紧，一抬眼就是陈建民一撅一撅扭动的屁股，不大，但看着很结实，肉硬硬地隆着。司机嘛，虽老坐着，毕竟踩油门和刹车腿得不断使劲。

突然陈建民站住了，亚静一趔趄，脸差点就撞到人家屁股上。

"对了，我买的只是二手房。"原来陈建民要解释的是这件事。

亚静想，按青兵的说法，就是类似这样不显眼的二手房，离他们也还有十万八千里远。

屋子确实很整洁，客厅的沙发布面皱巴巴的，却很干净，一看就是自己在家随便洗，没有在洗衣店高温熨过的。有两间房，一间摆着床，一间堆着杂物：跑步机、铝合金衣架，甚至还有一张塑胶瑜伽垫。亚静跟在陈建民背后转一圈后回到客厅，陈建民让她坐。她看看沙发，俯身用两个巴掌在上面用力抚了几下，皱褶似乎真的一下子少了。然后她又扫了一眼客厅角落的柜子和电视，再重重拉了拉沙发的四角，重新放好靠垫。这是她进城后已经做了三年的活，熟门熟道。如果这屋子让她来做卫生，电视和柜子都得再擦一遍，门旁的鞋架也得重新整理，夏天的凉鞋该收起来了，运动鞋不能那样底朝天胡乱塞进去。还有门后，雨伞和卫衣不能那样混挂，应该分开，雨伞可以插到鞋柜后，卫衣领口后那个商标可以挂到弯钩上。

青兵曾赶时髦帮她查过星座，处女座，她喜欢到处有序干干净净,一乱就扎眼,所以很多东家都喜欢她上门,钱给多给少她都一样干活。

做保洁员其实挺好的,要是以后陈建民需要,她愿意来做。

但她还是很快回过神来,陈建民是她相亲对象嘛。

她坐下,手交叉着放在两腿间,眼珠子转来转去的却不知搁哪儿好。陈建民烧水泡茶,然后在她旁边坐下。沙发大的一张、小的两张,她就坐在大的上,她觉得陈建民应该坐旁边那张小的,但她是客人,不好指挥主人坐哪里。

结果陈建民的一条胳膊就搭到她肩膀上了。中午在他老家时也搭过,那是演给邻居看的,这会儿再搭,亚静就不乐意了。她往旁挪了挪,胳膊还在。她又挪了挪,胳膊仍然在。她就想站起来,可是脚却没有力气,也可能胳膊太重了。这时候胳膊往后一拉,她就跟着向后仰去。她"啊"了一声,声音细细的,还要再喊,陈建民湿润润的嘴已经凑上来。

接着陈建民的手伸进衣服里,到了她胸上,又到了两腿间。

她一直觉得不行不行,这样不行,但整个人还是越来越松软,闭上眼,喘着气,额上起了一层汗。还在上楼梯时她就已经把手机声音关掉了,完全是下意识的,之前她哪有这方面的经验?陈建民上身全部压过来,下嘴很重,把她的上嘴唇全部含住,嗞嗞嗞吸着。乳房也重重捏,揉面似的转来转去,有点疼,但她也顾不上疼了。

陈建民抽空问:"是处女吗?"亚静摇头。陈建民捏得就更重了,手指头还往里捅,捅得也重。但接下去却没有再发生什么,是戛然而止的，仿佛有人突然站到面前，陈建民一把放开她，收回手，仰到沙发靠背上，眼紧紧闭着。

红毛衣是外披式的，里头还有一件花衬衫。衬衫的纽扣敞着，胸罩也松到一边，有一半的乳房挤到外边，乳头都清晰可见。至于下身，她穿的是牛仔裤，裤头松着，裤门拉链开着，短裤也褪得差不多了。亚静不知道怎么办，她拉了拉短裤，又拉了拉前襟，只是象征性的，并没用上力，明显有点不甘心。然后她也靠在沙发后背上，也闭上眼。脑中嗡嗡响着，她相信还会再发生点什么。到底是什么？

陈建民的手又伸过来了，这次不是摸她，而是帮她先系上胸罩扣子，又系好衬衫扣子，接着抓住她的裤头用力提了提，把裤子也穿好了。她又恢复到进门前那么正正经经的穿着打扮了，好像什么都没发生过。

可是明明已经发生过了啊。

陈建民倒了两杯茶，一杯递过来，一杯自己倒进嘴里。然后他点了烟，抽到一半时终于开口，他说："我答应你要说一说翠玲的故事。"

翠玲是他前女友，美容师，谈了快一年。这房子其实就是为了娶翠玲才买的，翠玲也住进来了，跑步机、衣架、瑜伽垫都是她的。两个月前翠玲却跟店里的美发师好上，死活从这里搬走。高速路将从村里穿过，房子要拆迁，按家中人口赔偿，全村人都忙着结婚生孩子这件事，总之想尽办法添上人口多捞些钱。父母也催他结婚，但翠玲却已经走了。父母说翠玲不结婚就拉倒，赶紧找别的女孩。怎么能随便找个呢？要结婚他只能跟翠玲。

陈建民说这些时，亚静仍然靠在沙发上闭着眼听着。她突然想到一个问题，便问："我长得像翠玲？"

陈建民侧过头看她一眼，站起，走到柜子前，把扣在上面的一个相框拿起，举在胸前看了一阵，手掌抚几下，重新走回沙发。站到亚静面前，相框又藏到身子后面了。

"想看？"

亚静没有动。

陈建民又把相框举到眼前看一眼，转身走开，又把相框扣到柜子上了。再坐到沙发上时，他先长长叹了一气。"我上征婚网前其实心挺灰的，父母催得急，索性就在上面找个呗。但是看到你的照片，一下子就……你别生气，其实翠玲比你漂亮，主要是气质好，美容师嘛。但脸形，尤其是厚厚撅起的上嘴唇，都很像，越看越像……"

陈建民叹了口气，俯下身子，双手抱住头。"我完全没有想到自己会这么爱她，其实一开始就知道她不是真心，老家这么近，她一次都不肯跟我回去让父母看看，真心的哪会这样？但无论她怎样，我这心里都只放得下她！可能我上辈子欠了她。"

眼角有点痒，亚静用手抹一下，是眼泪。她站起，揪住衣角整了整。陈建民也跟着站起，靠近来，低头看着她，又用胳膊环住她，把她揽进怀里，手还在她屁股上摸了摸，拍几下。

亚静"哇"地哭了,终于哭出声来,浑身抽搐。

陈建民下巴抵在她头顶。"你哭的声音也像翠玲,抱着的感觉更像,刚才一恍惚都觉得是翠玲回来了。可是你不是翠玲。她走了,可是只要她一天没结婚,我就等她一天。即使结了,也还可能离,我还是得等她。很抱歉,我利用了你。之前父母看过翠玲的照片,我要是不带个人回去让他们看看,他们会自作主张替我定亲、送彩礼、办婚礼……我真的只想跟翠玲结婚。"

亚静双手用上劲,把陈建民推开,然后不看他,套上鞋,自己开了门往外走。

陈建民追出来,说:"我送你回去。"

亚静头也不回,双脚急速地踩住台阶下楼。

但陈建民还是跟来了。车就停在楼下空地上,陈建民拉她上车,硬按在副驾驶座上,然后发动了车。亚静很奇怪自己的眼泪一下子就没了,她掏出手机,看上面有十几条微信,还有六个未接电话,都是青兵。

她回拨过去,嗲声说:"老公,是我啊,我是亚静。"

又说:"老公放心,我马上就到家了。"

车猛地停下,陈建民踩了刹车,转过脸看了她一会儿,什么也没说。过一会儿车子重新发动,开得很快。

已经临近傍晚,太阳柔软了下来,光清淡得似有似无。虽是周末,街上人却一点没少,每一条路都是堵的。远远看到咖啡馆时,也看到青兵了。他站在大门外,脸色铁青。

八

亚静跟青兵定亲时只有二十岁，半年后就办了酒席算嫁给他了。农村女孩出嫁早，这不算什么，然后两人就一起到这座城市了。其实青兵高中一毕业就离家打工，先去的是深圳，后来又去东莞，赚了点钱好歹够结个婚。但接下去要面临的就不单单结婚这么简单了，孩子要生、要上学，父母越来越老得赡养。婚后第一次离家时，青兵就跟父母说了大话，就是以后要在城里买房，把他们接去住。父母摆着手说："你们自己混好了就行，多挣点钱，尽快把孩子生了。"

但是三年过去，钱既没挣多少，孩子也一直没生下来。

很奇怪，没有采取任何措施，亚静却从来没怀过孕。有一两次例假推迟了好几天，以为有了，刚准备高兴，裤底又忽地见红。要不要去查一下？亚静倒是想去，却被青兵阻止了。二十四岁在村里可能显大，在城里根本还是小屁孩，当保安时每天都听得到很多八卦，七幢那个开宝马的女人三十六岁了还是单身，五幢那个整天化着浓妆的女人三十二岁了刚和第三个男朋友分手，诸如此类，都不算什么。另外，检查不是需要钱吗？谁不知道现在医院乱收费？过几年再说吧。

一直没怀孕的亚静，身材就还停留在少女阶段，瘦瘦的，薄薄的。

亚静后来一直猜翠玲的样子，有时盯着镜子看，有时盯着投到地面的影子看。

那天陈建民的车没有开到咖啡馆面前,见青兵站在那里,离着还有近百米吧,陈建民就提前踩下刹车。亚静什么话也没说,开了车门就下去了,走几步手机响了,是陈建民发来的,只有一个短句:裤子后袋有五百元。

她顺手就把这条微信删了。

回到家青兵问都做了什么。她就说到了山上,山上人之多,路之挤,风之大,景色之好。又说山脚下那几家酒楼菜之贵,之难吃。这些都不难,她去人家家里做卫生时,早就听业主叨叨过。不知青兵信了没有,应该没信。青兵问:"为什么车停那么远?他心里有鬼吗?"

亚静笑起,"鬼个屁!"她还在青兵身上娇嗔地打了一下,"人家接到领导的电话,突然有应酬,让他赶快去接。"

青兵还是很狐疑:"那也不差这几步路啊。"

亚静说:"几步也是步嘛。是我说可以了,让他停下来,别耽误事了,车子本来就是偷开出来的嘛。"其实当时陈建民比亚静更早看到青兵站在那里,他踩下刹车后亚静才知道怎么回事。

青兵侧过头酸酸地看着她:"咦,挺贴心的啊。"

"去你的!喂,晚上还是吃稀饭吧?"这个话题亚静觉得应该打岔掉了,说着她走到米桶前准备淘米。

但青兵仍然不放过,他跟过来,鼻子凑近来上上下下地嗅着。亚静笑着推开他:"真是的,你以为自己是狗啊!"青兵手抓住她肩头,重重晃了晃,说:"他真没把你怎么了吧?"亚静眼一翻,故作生气地说:"你自己检查看我身上哪块肉少了,如果真少了,就肯定有。"青兵说:"给你钱了吗?"亚静摇头说:"哪能一下子就给?"青兵还是不甘心:"那礼物有吗?至少得送你点什么吧?"亚静还是摇头,说:"没有。"

青兵松了手,眉头还是皱的。"你手机呢?"他把巴掌伸到亚静面前。亚静从裤袋里掏出手机递过去,青兵坐下划拉着。他问:"怎么大半天这个陈建民就没有再给你微信了?"亚静说:"不都在一起爬山吗,有什么可微?"青兵说:"他也不发几个红包给你,好歹陪了他这么久嘛。"亚静装作没听到。他们只租一间屋子,一张床就占去大半,和其他人一样,灶放到门外。烧的是小煤气罐,睡觉时隔在墙外面会安全些。

亚静把洗好的米放进锅,端出去,低着头站在灶前,长长呼出两口气,胸口还是发闷。

中午出去前,微信刚加进来的那些人也都被设置了免打扰,这会儿解开,肯定有一堆信息涌进,够青兵忙乎一阵子的。让他去忙吧。

"亚静,亚静进来!"

亚静只好进去。

青兵说:"这个陈建民怎么把你删了?"

"呃?"亚静也很意外。

青兵很生气:"妈的他一分钱还没出哩,竟删了……咦,这条短信你有没看到？"

亚静凑过去。她不发短信，短信要花钱，一般也没有熟人给她发，发到手机的都是各路广告，所以她通常懒得看。但这条短信显然不是广告，写得很长，只显示号码而没有显示名字，所以肯定不是通讯录里的谁。一直拨拉到最后，都没有落款，但短信中提到了一百一十元红包。

徐必广？就是送快递的那个。亚静问："他说什么？"

青兵没有马上答，他侧着头盯着亚静，半晌才问："你告诉他手机号了？"

亚静摇头。

青兵说："我只在网上公开你微信号，并没有提手机号啊，他怎么知道？"

亚静这才回过神来。短信是发手机上，确实，他怎么知道号码？她去抓青兵握在手中的手机，想看看都写了什么。青兵身子一扭侧开了。亚静急起来："到底说什么了？"青兵不理她，掏出自己的手机，嘴里一边念着发短信的手机号，一边在自己手机上按下号码，然后拨打出去。

铃声居然在门外响起来。和手机铃声一起响的还有敲门声。

亚静和青兵对看了一眼，都怔住了。

最后是青兵过去开的门，果然是徐必广站在门外，也不待请，就跨进来了。

"把一百一十元还给我！"他一只手抱着一个包裹，另一只手伸出来，看看亚静又看看青兵，脸色非常难看。

青兵说："别跟我玩这一套，老子不怕！"

徐必广说："那老子就怕了？老子反正婚结过，儿子也有了——一百多元可以给我儿子买一堆好吃的，我干吗要给你们？"

青兵说："去问问全天下的人，发红包有退的吗，呃？走，快出去！"

徐必广把手上的包裹往地上一摔，吼起来："不把钱还我，老子今天就不走了！"

包裹并不是一下子就跌到地面，而是先撞到桌上的两只碗，碗噼噼啪啪摔落，碎了，声音脆响。隔壁老王听到了，跑过来连声问："怎么啦怎么啦？"

徐必广指着青兵，又指着亚静，大声说："这两个是骗子，他们……"话还没说完，青兵已经抓起旁边的锅盖照着他头砸过去了，徐必广跳起，扑过去。椅子倒了，桌子翻了，床也歪了。房间实在太小了，两人扭打到一起根本施展不开。

老王脸色都变了，指着亚静说："快，快打110！"

见亚静只顾着往屋角躲，老王自己取出了手机。亚静连忙冲出去，返身把门带上。她把老王已经举到耳边的手机拉下，点了关闭键。老王说："怎么回事啊你？"亚静笑了笑，她回头看着不时晃动的门。门里响成一团，不过传出来的声音闷闷的，听得不太清楚。

她说："老王，能先借我十块钱吗？"

老王愣愣地掏出钱递过去。亚静推开门,她看到青兵已经躺在地上,不过没死,身子蜷着,手捂住脸长一声短一声哼着。徐必广张大腿站着,手里还握着锅铲,大口喘着气。亚静手伸进牛仔裤后袋,掏出一叠钱,共五张。她取出一张,加上老王借的十块钱一起递过去。徐必广显然有点意外,但也没客气。他就是来讨钱了,讨到了,把铲子往地上一扔。"哼,"他说,"以为老子钱都跟你们一样是骗来的?老子挣的都是血汗钱!脚跑没皮了才能挣到一百多块!"说着他看了地上的青兵一眼,好像有点怯了,"我跟你说,是你们自己惹的啊。揭穿骗子,我算得上为民除害。有什么后果,你们自己负责!"边说他边快步往外走。

他电动车就停在门外,上面还堆着很多包裹。见他走了,老王也要进屋,被亚静拦住了。老王指着青兵说:"他怎么样了?要不要送医院?"亚静笑笑说:"不用。"就关上门。

老王在门外喊:"需要送医院喊一声啊。"

亚静说:"谢谢。"她声音很小,不知老王有没听到。不过无所谓,没听到就没听到吧。她蹲下,摇了摇青兵的胳膊,她说:"你没事吧?"青兵把手拿开,额头破了,还在流血。亚静就去推出电动车,把青兵扶上后座,她载着,去了医院。伤口清洗一下,包扎好,没大事,又回来了。加上挂号,这一趟花了五十四块钱。

青兵看来真是打累了,回到家,倒头就睡过去了。亚静搬张椅子坐到门口,手机又回到她手里。她翻到那条短信,徐必广说自己原先不是送这一片的快递,特地调了片区。他已经弄清,他们是夫妻，不是兄妹，如果不把一百一十元钱还了，他就绝不客气，要在网上揭发他们，把他们搞臭。

亚静在心里骂了一句。

回过头，她看到屋里扔在地上的那个包裹，就站起，俯身捡了，撕开。原来是"双十一"买的裤子。翻过来看上面的快递单，户名是她，留的手机号也是她的。噢，她明白了，徐必广不是神，快递员嘛，只要盯上了，弄到她手机号码不难。

手机叮咚叮咚地响，她懒懒的，还是点开了。不过没看，只是打开通讯录，把这些天加进微信的一个个都删了。删到陈建民她手在半空停了两秒，然后她写了一行字发出：

"翠玲不会回来了。"

很快发送不成功的提示音就响了。真的删了，居然真的删了。

她把裤袋里的钱都掏出来，抽出一张十元放一边，准备回头还给老王，又点出两百七十八元放到床边，青兵醒过来就会看到它们的。不是在医院又花了五十四元吗？再一减去，手里就只剩下五十八元。她闭上眼靠到墙上，想起在陈建民家沙发上也差不多这么靠着。被摸了半天，才挣到五十八块钱。她叹了口气，开始看手机。摸就摸吧，又没少一块肉——对了，陈建民长得真的很像一个人，到底是谁？她歪着头想了想，还是想不起来。

那就不想了吧。她手指开始在手机屏幕上拨拉，"双十二"反正眨眼就来了，她要看一看，剩下的这五十八块钱还能在网上买件什么衣服。

117

母 亲

曹 寇

一

星期三的晚上,我接到一个陌生电话,当时我正在北京一个酒局上喝得昏天黑地。这个电话虽然没有像影视桥段中夸张的那样让我立即从酒精中清醒过来,但确实叫我吃惊不小。为此我还暂且从酒局中脱身,找了一个所谓僻静的地方。而这个僻静之所无疑正是饭馆厕所里的蹲坑隔间。也就是说,对方不仅能在话筒中听到我的声音,也许也能听到如厕人士的说话声、呕吐声、排泄声,以及抽水箱那一声声巨吼。不过,诚如厕所蹲坑隔间发明者的初衷那样,这确实是一个私密空间,使我们看上去每个人都有点隐私。

电话那头是一个嗲声嗲气的女人的声音。这不表明她是一个年轻女人,恰恰相反(如果我没有记错的话),这个自我介绍为"刘女士"的人,她应该五十多岁了。嗲声嗲气只是她的音色和说话方式,这在十年前就是这样。十年前,刘女士四十多岁,当时即已离异多年,但女儿蒋婷跟着她,当时蒋婷已经二十出头了,正在南京读大学。蒋婷和我巧遇于某张酒桌，然后我和她成了男女朋友。因为单亲家庭，蒋婷像很多同类女孩那样并不留恋自己的家庭和户口所在城市。据她自己说，我对她不错，她希望留在南京，毕业后找一份工作，也可以应我的要求与我结婚。要知道当年我正在婚龄的黄金阶段，无论从世俗舆论、个人愿望还是情感浓度上看，我都没有不想和蒋婷结婚的道理。因此，出于某种谈婚论嫁的秩序或规则，我和蒋婷去拜望过她的妈妈，也就是这位刘女士。当年年底，刘女士还曾应邀到南京我的家中和我们一起过了年，受到了我的亲友们的热烈欢迎。但是，过完年刘女士离开南京不久之后，我就和蒋婷分了手。从此再无任何联系。一晃十年过去了。

至于她现在为什么自称"刘女士"，我也不懂。

刘女士说，她现在正在南京出差，待两天，希望能和我见一次，聊聊。我只好在说话声、呕吐声、排泄声，以及抽水箱那一声声巨吼的间歇中告诉她，我现在在北京，要到后天才能回去。这不算谎言，虽然我还没预订好后天返回南京的高铁票，虽然我在北京并没有非得要挨到后天非做不可的重要事情，但她既然说待两天，我选择后天回去，正好她也走了。我确实想不出和她有什么非见不可的理由。我甚至想不出她的模样了，是那个穿着正式、烫着头的中年女人？包括她的女儿，我也陡然感到面目模糊了起来。真是遗憾，十年过去，我已经很少会想起这对母女了。

她显然没有想到这一点，在电话中，刘女士有点为难的样子。不过，她很快做出了一个决定，就是在南京多待一天。"我马上就去酒店前台办一下,加一天。好吗?"她这话让我有点过意不去。尤其是我还想到了她之前说如何打探到我的手机号码的事。我们不可能会互相保留十年前的手机号码。这十年正是手机及号码不断更新换代的时代,就算保留,号码很容易失效不说,在技术上也很困难。把一个号码用到十年以上的人并不多。不过,这里我倒可以卖个乖,我的号码就用了十年以上。这说明,她的手机中早已没有了我的号码,相信她的女儿也是。

她是这样找到我的手机号码的:虽然她十年前来过我家,但后来我搬家了,所以没有直接上门。不过,十年前我在城北郊区一所地理位置很特别的中学教书,便于记忆,所以她赶往了那里。最近几年,那一带刚刚开发,到处都是工地,治安混乱,尘土飞扬。她锃亮的尖头小皮鞋一定踩着了当地的污水,她那身行头和打扮很容易被聚集在小卖部门口打牌下棋的老头意淫一番。飘扬在空中的塑料袋还可能一个俯冲盖住了她勤于修刮的略显蜡黄的脸,让她非常愤怒地用两根指尖将它掀起、甩开。她很容易地就找到了我工作过的那所学校,但因为我早已离开(八年前),教职员工花名册上不再有我的姓名和联系方式,也没有曾经的同事与我还保持联络,最要命的是看门大爷已非当年那位(当年的说不定已经死了呢),后者并不愿意让这样一个操持着北方口音的中老年女人擅闯大门。另外,我不知道她是如何向我的前同事们介绍我和她的关系的。朋友?前女友的妈妈?亲戚?无论是哪一种,我都觉得足够幽默。神奇之处在于,正好我一个初中同学经过了校门。这位同学初中毕业就到社会上混了,结婚很早,他的孩子已经在这所学校就读了，幸运的是我已经离开了这所学校，否则我的初中同学很可能会成为我的学生家长之一。按理说，初中毕业后我也不可能和这位初中同学会有什么来往。巧合在于，不久前曾有过同学聚会，也是我参加过的唯一一次。我记得我的出现曾在同学聚会上造成了一个小小的涟漪，大家纷纷指责我"忘本"，居然那么多次聚会都没有出现过。但既然来了，就好。很快，这个涟漪就被波涛汹涌的敬酒和拼酒活动替代了。大概正是在觥筹交错之中，我们彼此礼节性地留下了对方的号码。然后像命中注定的那样落到了刘女士的手中。她不虚此行。她回到酒店，迅速换下被城北地段漫天灰尘污染的脏衣服，洗了个澡，还给自己贴了个面膜，这才在台灯橘黄色光线的照耀下拨通了我的电话。

所以，我从厕所返回酒桌之后，就和身边一位朋友说，明天我就回南京。怎么了？他很吃惊地问。我说，家里有事。然后重新投入酒席。我对当天的记忆到此为止。如果说还有什么的话，我记得和刘女士通完电话后我曾习惯性地拉了一下抽水箱的绳子，这可能与我当时蹲在坑上打电话有关。但我就是蹲着，并没有露出屁股。另外，我说"家里有事"这句话的准确性也让我十分怀疑和懊悔。我喝多了，第二天起来非常难受。但我还是咬着牙爬上了返回南京的高铁。

二

时间太久了，我似乎已经不太记得和蒋婷在一起的日子，但也没如我想象的那样全忘。我们是在酒桌上相遇的,结束后,我提议要不要再喝点?她没有像女大学生习惯性地那样申述次日还有课什么的,和我走了。我们在一家烧烤摊喝。一人要了一瓶小二。聊什么了,完全不记得。但可以肯定的是,我们都很高兴,因为我们后来又一人要了一瓶小二。次日醒来,她就躺在我身边,我们连衣服都没有脱,也没有盖被子,而是并排躺在被子上,在我的家里。头发遮盖了她大半个脸,我用手拨开那些头发,吻了她一下,她醒了,没有吃惊,更无尖叫,而是对我无声地一笑,露出了她并不整齐也不雪白的牙。

她的父母在她八岁的时候就离婚了。她跟妈妈。但她妈妈长年在外,北京、石家庄、济南什么的,当过幼儿园阿姨、保险推销员、公司文职人员等等。蒋婷被放在山东聊城乡下,在姥姥家。姥姥对她最大的希望就是外孙女长大了不要像她的女儿那样跟人结婚又离婚。姥姥不仅觉得这是一件丢人的事,关键是孩子太可怜了,没有爹,也几乎没有妈。她一说这些,就会眼眶发红,抹泪不止。姥姥给蒋婷做吃的,做各种好吃的。蒋婷总是强调它们的好吃程度。这是一种记忆使然,并不真实,这是蒋婷自己说的,她知道这一点。舅舅们不喜欢她,蒋婷也不喜欢舅舅们。在蒋婷十五岁的时候,姥姥死了。蒋婷的妈妈将她接到了济南。蒋婷也见过几次爸爸。爸爸在广东,一个干瘦男人。爸爸在那里又娶了老婆生了孩子。她在爸爸家生活过一个暑假,她不喜欢广东湿热的天气,她也不喜欢穿裙子。但她喜欢爸爸,爸爸不爱说话,甚至有什么事,也不说话，只拿眼睛看看她。她的爸爸会打骂训斥他和后妻生的孩子。她知道他并不把她当自己的孩子那样对待，爸爸只是一个有血缘关系的陌生人而已。但她还是喜欢爸爸，听爸爸的话。考南京的大学就是爸爸的意愿。他年轻时候考过，但没考上。

蒋婷也不是不喜欢妈妈，只是始终没有找到跟妈妈怎么相处的办法。妈妈严厉起来让她惧怕，各种要求特别多，比如蒋婷对裙子的厌恶就和妈妈有关。后者总是爱买一些时髦而又廉价的裙子让她穿。穿出去倒也没什么，没听到有什么人笑话她。但因为源自妈妈的强迫，她确实觉得那些裙子穿在自己身上很别扭很丑。高中的时候，蒋婷叛逆了两年。跟男同学谈恋爱，学会了抽烟喝酒，和老师和妈妈吵架。有一天妈妈动手打了她，她居然反击了。她第一次发现妈妈原来比自己矮小，也没自己力气大。她吓坏了，但她不可能向妈妈道歉，而是在自己房间哭了很长时间，她很伤心。

妈妈在那些年也频繁地谈过几次恋爱，有过另一段短暂的婚姻，嫁给了一个姓王的叔叔。这段婚姻让蒋婷和妈妈的关系蒙上了一层阴影，那就是王叔叔有个十八九岁的儿子，他试图强奸蒋婷。虽然此事以妈妈与王叔叔果断离婚而结束。但对蒋婷造成的伤害，已经无从弥合。这种伤害不在于强奸企图和强奸本身，蒋婷说，就算王叔叔的儿子强奸成功了也没什么。问题是，妈妈这种动荡不安的生活突然让女儿的感觉很糟。她进而想到，一切的不幸似乎都是妈妈带来的。同学们的讥笑，舅舅们的冷酷，在蒋婷看来，甚至姥姥的死也与妈妈脱不了干系。据说正是因为妈妈跟一个有妇之夫谈恋爱，对方妻子没有找到妈妈，但找到了姥姥。姥姥羞愤难当，以中风抗议自己不堪的晚年，不久就死了。

　　认识不超过半个月吧，蒋婷就从学校宿舍直接搬到了我家。她的东西比我想象得要多，我不得不将两门橱换成四门橱。她还让我知道洗发水沐浴露牙膏什么的，除了超市货架上那些，还有别的。她将我的家布置一新，桌子开始习惯了台布，窗台也享受了绿植。更关键的是，当我步履沉重地下班回来，老远就能看到自家的炊烟（假设烟囱以虚线方式存在于我们的单元房外）。她已有的生活经历当然决定了她不会做饭，但这对她来说并不困难，网络和烹调图书很快就使她成为一名巧妇。并非贫困的经验（虽然蒋婷家庭破碎，但她自幼并不缺钱），而是考虑到我的收入有限，蒋婷在购物方面也做到了货比三家、价廉物美。随着学校里的课越来越少，她也懒得出门，偶尔跟同学聚会还会将我拉上。收拾屋子洗衣做饭，一切停当，蒋婷会坐在阳台一角玩电脑或看书。

　　我的亲友显然被蒋婷感动了。他们一方面觉得这是我的福气替我高兴，另一方面他们甚至妒忌这一点。这小子凭什么这么好的运气？在他们的眼中，之前那些年我恋爱、相亲，没有一次成功的劣迹已经宣告我是朋友圈和这个家中的一个老大难问题。蒋婷的飘然而至，彻底粉碎了他们的自以为是。这甚至让他们在谈房价和股票的间歇还谈到了一些事关缘分和命运的话题。唯一让他们感到忧虑的是，蒋婷还是个学生，年龄比我小将近十岁。毕业工作后的蒋婷是否会有变化？谁也拿不准。而我唯一和必须做的，就是降低这一变化的系数，而降低变化系数的最有效的行动就是结婚。婚姻虽然是滋生婚外情、绿帽子、红杏出墙等坏事的肥沃土壤，但道德和法律的制高点势必将是烛照这些黑暗行径的道义明灯。现在迫切的问题是，我必须得到蒋婷妈妈的认可，同时尽快促成双方长辈的见面。

三

也就是说，我比电话中跟刘女士说的提前一天回到了南京。这点她并不知道。但李芫知道，李芫是我的老婆。后者在电话里问我，你打算怎么办？我说这不存在怎么办的问题吧，刘女士跑来找我，想见一见，就见一见呗。她说，你之前不是说你要在北京多待几天的吗？我说是，但现在我改主意了行吗？她说，哦，我懂的。

这是在高铁上我们彼此发的短信。刚下高铁，她如我所料地打来了电话。我理解为这是一种妻子的本能。本能包括她首先希望我在她的"视线"之内，其次，我们是一家人，理应勤俭持家，为了节省漫游费，在我一脚踏入南京本地后才打电话，可谓恰到好处。

李芫：怎么讲？

我：什么怎么讲？

李芫：你现在去见她？

我：我疯了吗？我先回家。

李芫：那晚上呢？

我：晚上我也在家啊。

李芫：不跟她见？

我：明天吧。

李芫：哦，好，我知道了。

这样的交谈过于吃力，让人感到不舒服。我想挂掉电话，但我还是控制住自己的情绪，补了一句：你什么时候下班到家？

她反问：你说呢？挂掉了电话。

李芫的反问当然也是一种情绪。我既可以理解为她是在指责我明知故问（她下班了当然要回家），也宣示着某种不确定因素。也就是她可能一气之下不回了。她是一个喜欢回娘家的老婆，这在以前时有发生。当然，这也和我们的孩子壮壮长期在外婆家有关。李芫的工作较忙，而我因为在家工作，不要说带壮壮，家里有人走动都会扰乱我的思路。恰巧李芫的妈妈刚刚退休，无所事事，而且喜欢自己的外孙，心甘情愿地带。不过，她要求外孙不叫她外婆，而是叫奶奶。壮壮也便有了两个奶奶，两个奶奶便有了竞争关系。如果壮壮被另一个奶奶（我的母亲）接走了，这个奶奶就会心神不宁，担心壮壮与另一个奶奶的关系超过她的。关于这一点，也正是我母亲对我失望的地方。她何尝不想多和自己的亲孙子多相处相处，而李芫显然是站在自己母亲一边的。婆媳之间与生俱来的不和因此加剧了。我作为夹在这对婆媳之间的儿子或丈夫，完全无能为力。我的位置一旦倾斜于某方，就会遭受反方向的眼泪、咒骂和负气而走。不过，现在这事还不至于让李芫到那一步。另外，以我对她的了解，她晚上肯定会回来，认真与我翻来覆去地谈论此事，并还会面授种种。

回到家，如我所料的那样，地板上已经蒙了一层灰尘，冰箱里空空如也。唯一让我感到意外的是，因为有段时间没人居住，进屋之后我居然能闻到家具和墙壁向我散发的气味。但这不重要。放下行李后，我就忙活开了。因为不用上班，结婚以来，家务都归我。我出门，李芫就回娘家。这并非是我对李芫的抱怨，我毫无怨言。她的履历没有让她有过操持家务的必要，她繁忙的工作也限制了她一度有志于此的尝试努力。这既算是我们之间的约定俗成，也算是合情合理的家庭分工。

我记得蒋婷从我家搬走后，我一度还很不适应。阳台上的绿植因无人照料，渐渐枯萎。最后只剩下了一盆仙人球。但搬家的时候（已和李芫恋爱），我蓄意地放弃了它。还有墙上的几块污渍，那是蒋婷在和我发生争执时顺手操起茶杯砸的，如果我没记错的话，她当时喝的是速溶咖啡。此外，蒋婷刚刚搬走那段时间，我经常迟迟不能入睡，我总是会不自觉地听楼道里的脚步声。蒋婷的脚步声我能听出来。然后是她开门进来，在换鞋垫上，她会站一会儿，叹一口气，这才换上拖鞋进卧室。如果发现我睡了，她会蹲在床边看我一会儿，在我的唇上吻一下，然后我就醒了，回吻她。但我真的再也没有听到过她的脚步声。这不仅早已过去，而且我早已搬了家。在收拾屋子、做饭的整个过程中，我并没有过多地想到刘女士和蒋婷。她们和我婚前的那个房子有点关系，但在这个房子里没有她们的任何痕迹。

李芫并没有一到家就跟我开始谈论蒋婷和刘女士。在我们共同生活的这些年里,她对我的过往已经很了解了。她知道蒋婷是谁。如果她想知道刘女士为什么要来找我跟我聊一聊的话,我也无可奉告,这不还没见还没聊嘛。这或许说明李芫还是理智的,也有其应有的聪明。她问了问我这段时间在北京的情况,我以实相告。我则不得不表示关心一下我们的儿子,她说有奶奶(外婆)难道我还用得着操心?说的也是。我确实从来没有操心过自己的儿子。总之,气氛有点僵。上床做爱后,这种僵硬才缓和了下来。

李芫:明天,你跟她怎么见?

我:她说想来我家。

李芫:你答应了?

我:如果你不同意,我就叫她别来。

李芫:我干吗不同意?我还想看看她什么人呢。

我:另外,她还提到想看看我妈。

李芫:就是说你妈也来?

我:要不你把你妈也喊来?

李芫:去你的。

然后李芫想了想,说,那明天把壮壮接回来。

四

既然女儿反复说明不喜欢自己的妈妈,出于某种势利,和蒋婷前往济南看望刘女士那次,说成不当回事显得过了,也不符合我的性格,但确实准备得不够充分。见面礼只是百货商店买的几样南京特产,牛皮糖和桃酥之类的。后来据说,我的穿着也很让刘女士失望。总之,我的态度确实与在火车站等候多时的刘女士的热情难以匹配。

当时已是深秋,济南的深秋比南京要冷得多。穿着缀有花朵的高跟鞋、玫红色呢子大衣、头发刚刚烫过高高耸起的刘女士被车站附近的冷风吹得不断擤鼻涕。我们出站看到她时,她就正在用手帕擦鼻子。即便是十年前,使用手帕的人已经不多了。所以无论是穿着和做派,刘女士给我的第一印象确实是一个过时的女人。她将脑袋向后偏去,用一种身高比我高一个头的眼神打量我(事实上她没有我高),也让我对自己的判断力感到自信。简言之,她很县城,很土。她唯一让我欣赏的是她沙哑的嗓音,不过事后证明,这只是当时她在风口被吹感冒了的缘故。她的嗓音比女儿娇气,比女儿嗲。老实说,刘女士只比我大十来岁。我不免想起自己中学时暗恋过的与刘女士年龄相等的英语女教师。那是一个性感的女老师,尤其当你答对她的问题时她报以微笑和 Yes 的一连串神情和动作。毕业多年,我实在难以想象我的英语老师会成为刘女士这样。

我们在她的家里安顿了下来,两室一厅一厨一卫的单元房。虽然我能明确地感受到屋子刚刚整理打扫过,但仍然可见脏乱的实质。比如茶几上还残留着抹布草率抹过而留下的一个弧形灰尘形状。比如角落里一些类似瓜皮果屑的东西。比如原本可能胡乱摆放在沙发上的脏衣服,此时无非在她卧室里的衣橱中摆放着,因为她只是将它们攒成了一个硕大的不规则布球，那些衣服始终想滚出来，所以，衣橱门费力地虚掩着，倒像里面藏有一个偷窥者或奸夫。她家中真正让人觉得清爽的是厨房，虽然里面堆了不少纸箱、杂物，虽然灶台上落满了灰尘，但绝无各种瓶瓶罐罐，乃至在煤气灶和抽油烟机上，连烟熏火燎的痕迹都没有，与一个装修多年无人入住的房间相似。我们坐下不久，就出去找馆子吃饭了。其后几天，饭食都是如此解决。

可能与风俗有关，在济南的三天里，我都是睡在小房间的单人床上，母女二人则睡在大房间的双人床上。这是有意思的。也就是说，刘女士平时一个人也睡双人床，那是"她的床"，她岂会拱手让出？第二，虽然她明知自己的女儿早已和我同居，但她不愿意亲眼目睹女儿和我睡在一起。另外，如此安排也算合情合理，双人床两个人睡单人床一个人睡，自古以来就是真理。难不成让蒋婷睡单人床我和刘女士睡双人床？只是每天睡前，蒋婷会在我的单人床上坐会，但开着门。刘女士不时会探头进来问女儿什么时候洗澡什么时候睡觉。如果刘女士在洗澡或干别的，我也对她的女儿做过爱抚和亲吻之类的动作，但因为时间有限，无法深入。这倒让我感觉不错。确实有一天下午，应该是第三天下午，刘女士出门要办点什么事，我和蒋婷做了一次。刚开始是在我的折叠单人床上，但场地不够，噪音太大，后来蒋婷才勉强同意移到刘女士的席梦思双人床上。我们的速度很快。它既是整个过程的耗时长度，也包括强度和获得高潮的短促。这让我们非常惊讶，也感到害羞。我们甚至没有看一眼对方，了事之后就迅速穿戴整齐，将双人床恢复原状，然后一本正经地双双坐在客厅沙发上看电视。此时，刘女士也适时返回。她的速度也快。

除了这些，就是我在这对母女的带领下游逛济南城，以便刘女士尽一尽地主之谊。刘女士热衷于比较。比如在大明湖，她会问南京有没有这样的湖？我报之以南京有玄武湖和莫愁湖，名气也不小。那么有像千佛山这样的地方吗？我说没有，不过南京有个栖霞寺，寺庙后面有几块绝壁，上面雕凿了不少大大小小的佛像。芙蓉街这样的老街区，南京当然也有，比如夫子庙嘛，都是卖低劣工艺品和假古董的地方呗。至于著名的趵突泉，南京确实没有，不过南京确实也有个旅游景点也叫珍珠泉。汤山也有温泉，虽然没有趵突泉这么有文化，但据说蒋介石和宋美龄夫妇当年还是经常去泡澡的。刘女士显然对我的说话方式不太满意。她不得不向自己的女儿求证：是这样吗？蒋婷毫无兴致，说她不知道。蒋婷到底知道不知道南京这些名胜古迹？我也不知道。我们没有一起去游玩过这些地方，其因在于我们都不喜欢去这种地方，我们愿意待在家里，侍弄绿植，洗衣做饭。

游逛了两天，虽然我什么也没说，蒋婷已经率先受不了了。也可能与此事无关，母女二人在第二个晚上发生了争吵。我在小房间里听到了隔壁沉闷而剧烈的说话声，但能听出她们是在控制自己，蓄意避免引起我的注意。我曾试图打听她们争吵的内容，蒋婷说与我无关，我便永远不得而知了。第三天，我们没有再游逛，就是待在屋子里看电视，聊天。也无非是她问我答。下午，刘女士速去速回了一趟，前文已述。没想到当晚，母女二人再次发生了更为剧烈的争吵。正在我关在小房间里手足无措之际，刘女士不经邀请推门而入，满脸泪痕地一屁股坐在我的单人床上。接着，她的女儿蒋婷也准时站在了门口。女儿看着母亲，母亲则将脸埋在两个青筋暴露的手掌和那条手帕中。她们都不说话。问也无济于事。不说话让我不知从何解劝。所以我只好作壁上观。

小林，刘女士终于擦干了眼泪，抬起一张因为啼哭和擦拭而红光满面的浮肿的脸对我说，今晚，我睡这，你去大床跟她睡。

这……我不得不吞吞吐吐起来，这样不好吧，你们母女……

不碍你的事，你别管，蒋婷打断我的话，甚至还用一只手稳住我，好像担心我听凭其母的安排马上就爬到隔壁那张大床上去似的，她说，我们收拾东西，马上走。说着她又掉转身去了隔壁，听得出来，她在收拾东西。

刘女士这才站起来，然后在门口回过头跟我说话：小林，对不住了，让你不舒服了。她从小就不听话。唉。

当然没有走。不过，蒋婷没有再和她妈妈睡一张床，而是和我挤在小床上凑合了一夜。因为拥挤，睡不好，次日起来，我俩都一脸菜色。

五

本来我们预计还要一起去蒋婷的乡下老家，她不止一次地说过,她那个村子与河北省仅一河之隔。那是一种北方的河,与南方很不一样。两岸没有很多植物,都是农田,河中也没有船只和渔夫。它就是一条河,单纯地由河床和河水组成,默默无闻,不舍昼夜,此外似乎没有其他任何意义。在这条河上,有一座水泥大桥可以将她送到她嫁到对岸河北的表姐家。舅舅们对她谈不上好,但表姐自幼带着她玩,一直对她不错。除了那些一望无际的玉米地,姥姥的坟头和表姐大概才能给她带来所谓老家的亲切感。不过,这些终归经不起推敲。它们过于戏剧,过于电影,并非生活的真相。真相是她连续两晚都和许久没见的妈妈仍然彼此憎恨(起码是表象上)发生了争吵。蒋婷决定直接返回南京。

说好了刘女士不用再送,但她还是跟到了车站。不是站台,而是候车大厅,她不能进来,如果进来,她需要买一张站台票。她就这么隔着候车大厅的玻璃墙跟着我们安检、验票,我们始终在她的视线之中。如果我们回头看她,她则满脸堆笑,并指手画脚,夸张地翻动嘴唇,似乎同时在向我们说唇语和哑语。她仍然穿着三天前接站时的行头。只是高高烫起的发型有所垮塌。我们(其实主要是我)不停地用手背向她的方向挥舞,示意她赶紧回去。但从另一个角度看,与撵她也无异。我注意到蒋婷终于掉了两滴泪。

我现在能确定的是,我并不了解蒋婷,或者没有彼此入心。比如时至今日我其实也不知道这对母女的矛盾具体是什么。蒋婷不爱谈论这些。她是一个沉默寡言的姑娘。我们之间的男女关系得以维系,我想这和我自己也是一个沉默寡言的人有关。在这个世界上,迄今为止,蒋婷是我唯一整天不需要讲话也不会觉得压抑窒息的人,反而觉得踏实和安全。我们各干各的,互不干涉,但又彼此认同,如胶似漆。这么说可能有点夸张。这么说吧,我们是十年前这个世界上一对相当安静的情侣。最后我们分手,或许也与安静被打破有关。

一大早我就给刘女士打了电话。我代表自己的全家邀请她来吃晚饭。她欣然答应了,出乎我意料的是,她并没有问到"全家"是个什么概念。她倒是喋喋不休地向我汇报,这几天她把南京很多名胜古迹都跑了。十年前到我家过年时去过的,有些地方她还重游了一遭。没去过的,比如总统府、中山陵什么的,她都觉得很好。她说南京真不愧是六朝古都啊,"确实不比济南差到哪儿"(原话)。那么,既然现在还是上午,而我约的是晚饭,她则需要马上去一趟栖霞寺。"就这么定?OK?"她说。我也只好喔凯。也就是说,这通电话看起来并不像她要来找我,更不像是为了见我特意多待了一天,而是,她很忙,忙着游山逛水,忙着举起自拍神器在某个景点大门门前搜寻自己一个最适合最美的表情。晚饭到我家来,也看上去并非她的情愿和主动,而是受邀而已。我只是给她百忙的生活增添了另一忙。这一个忙对她来说谈不上重要,也谈不上拒绝。反正她透露出来的信息大致如此。

这倒也非我第一次领教。十年前,也就是我和蒋婷从济南回南京当年的年底,蒋婷不断接到刘女士的电话。蒋婷一如平常地刚开始并不愿意告诉我这些电话的内容,后来实在经不住其母的骚扰,才如实相告。鉴于蒋婷一般过年都不回家,刘女士敏锐地认识到女儿今年肯定会在我家过年,作为一名好些年没有和女儿一起过年的妈妈,刘女士想到我家来和我们一起过年。闻听此言,我没有立即表态。我一直不太擅长和别人相处,尤其在屋子里在家里与人相处。我和自己的母亲相处得也不算母慈子孝,大学毕业工作不久,我就搬出来自己过了。在蒋婷之前,当然也有过前女友曾在我家短暂地住过,大概正是因为同居,才让我难以忍受所谓的"二人世界"导致了不可避免的分手。而蒋婷,她之所以能跟我和平相处,前文已述。我毫无恶意地把自己的想法告诉了蒋婷。蒋婷表示理解,沉默良久。但刘女士的电话再次响了。蒋婷掐断不接。电话再次响起,然后任其歌唱。应该是一首流行歌曲吧,十年前蒋婷手机的铃声。这首掐头去尾的流行歌曲在我们之间反复唱响,始终不曾将全曲唱完,让我们非常难受。最后,我不得不像一个男人那样站起来,告诉蒋婷:接吧,告诉你妈,来吧。

然后就是和十年后一样的风格。刘女士迟迟不告知启程日期,还在春运期间声称不急着买票(当时网络订票还不太容易)。蒋婷的意思,让她没来成也不错。但出于礼节(尤其是我家人获知这一情况后),我不得不亲自致电邀请再三。三请四邀后,刘女士姗姗来迟,在除夕下午来到了南京。当然,我和蒋婷前往车站迎接,我的母亲和姐姐姐夫则在家里大烹大炒,准备着热情款待远客。在我母亲看来,善待准亲家母才是给我娶媳妇的标志和首要程序,她老人家看上去为此已经整整准备了一生。

如何和我母亲说刘女士十年之后再次造访这件事确实还挺费了

我一顿脑筋。在她那里，刘女士母女早已是明日黄花，毫无记挂于心的必要。她现在耿耿于怀的是真正的亲家母（李芫的妈妈）夺走或削弱了本属于她的"奶奶权"，在此问题上和亲家母的明争暗斗才是生活中的核心事件，或许也是乐趣。让她深恶痛绝的是她的儿子还不能帮助她在斗争中占据上风。她形单影只，孤身作战，其悲壮在舞蹈结束后的广场上怎么说也说不完。这么一想，我认为曾经的准亲家母突然到来，或许她也未必不见。这样的听众要比广场上那些老大妈有效多了。这起码能让她在幻想中进行一番对比：如果远在济南的刘女士是她孙子的外婆该多好啊。

　　我显然低估了我妈的觉悟。她好不容易弄明白这件事后，突然在电话那头紧张了起来，首先质问我到底想干什么，你是真傻还是假傻？你已经结婚了，也有了小孩，她说，日子过得挺正常的，这么个女人跑来想干什么？你根本就不应该见这个女人，更不应该搞到自己家里去。李芫呢？她知道？她知道归知道，但你不能这么做，你这是对你的家庭不负责任的表现你知道吗？此外，我这么做不仅对不起已有的家庭，而且"你又给你老婆给你丈母娘抓了个把柄你知道吗？你又让我在她们面前理亏了一次你知道吗？儿子哎，你真是疯了。"

六

　　我的母亲对我的不满，还包括父亲死得早，所谓既当妈又当爹。也就是说她对我（包括我姐姐）付出的要比一般的母亲多。姐姐终归是别人家的人，这一逻辑也存在于母亲从来不认为自己是陈家人（娘家姓陈），而是林家人。不过，我的姐姐嫁出去后之所以能够获得她的好评，却又背离了这一逻辑，那就是姐姐勤于回娘家，给母亲和我带来了很多照顾和帮助。如果姐姐像她一样自绝于娘家，恐怕母亲的广场演说会更丰富磅礴。

母亲的愤恨集中在我的婚前和婚后。婚前，我始终没有结婚，这让她很焦灼。比如蒋婷这件事，一度让她血压升高卧床不起。她完全无法理解，一个姑娘已经到一个男人家住了，双方的家长也见了，怎么这事就黄了？这件事让她必须在床卧病一段时间，猛然置身广场，叫她如何和自己的老伙伴们解释呢？然后就是婚后，她不能和李芫和平相处，尤其是祖母权被亲家母悍然分割和夺取，特别让她失望。她号称"懒得"和李芫母女理论，但和亲生儿子我，她有必要声讨我的不孝，一把鼻涕一把泪地陈述自己的委屈，一如当年一把屎一把尿地把我抚养长大。

从另一角度来看，我的母亲毫无必要如此。诚如她的老伙伴安慰她的那样，乐得清闲。儿子不跟她住在一起，她独居三室一厅的大房子，每个月从国家那领取不算丢人的退休金。据说她在当知青的时候曾经是生产大队文艺骨干，除了唱歌跳舞，还会弹琴吹笛。早年，她还希望我姐姐能够延续她的兴趣爱好，斥巨资买了一架钢琴。可惜姐姐并非这块料，我显然也不是。换言之，如果她需要时间的话，那么她有大把的时间干自己喜欢干的事，她可以掀开蒙在钢琴上的布罩子，擦掉上面的灰尘，用满是皱纹的手在黑白琴键上敲出她喜欢的音符，我相信，这时候她的脑子里会像放电影一样再现她少女时代的七十年代的列车、农田、灌溉渠、大队书记、树杈上的灰蓝色的高音喇叭、乡村夜晚的狗叫声……但她没有动过那台钢琴。当然，据说广场歌舞也有上述功效，而且是以集体的方式，她们过惯了集体生活。她们不擅长独自面对自己。她们对劳动的理解仍然与农业生产有关，就是要动，要出汗，要累得够呛，在抱怨中获得成就感。具体到她现在的年纪和身份，带孙子是实现这一成就感最合法最合乎天性的方式。可惜李芫的妈妈，我的岳母和她履历相似，所见略同。她们的矛盾实质，或许就是只有一个孙子或外孙。

在这一点上，如果刘女士是壮壮的外婆的话，确实可能不会与我的母亲形成上述对立。她还年轻，现在也不过五十来岁。十年前，她仍然还是一个待嫁的离异妇女。我母亲第一次见到刘女士的那天，也就是十年前的除夕之夜，前者大吃一惊。时年已六十岁的她完全无法想象一个四十几岁的女人可以和自己在饭桌的首席上并驾齐驱，加之刘女士的求偶愿望还健在，花哨的北方县城穿衣风格也让她身边的老太太显得更加灰暗。刘女士只比我姐姐大几岁，和我的姐夫相当于同龄人。我的姐夫居然恬不知耻地阿姨阿姨地招呼她吃菜喝酒。而坐在蒋婷身边的我的外甥，当年正处于青春期变嗓时期，虽然他并不愿意和我们多说什么话，但就我的经验看来，二十出头的蒋婷也未尝不可以成为他性幻想的对象之一。

那是一顿非常诡异的年夜饭。吃完饭后，遵照某种传统，刘女士率先拿出钱包给了我外甥压岁钱，然后滑稽地不得不接受我外甥在我姐夫教导下的一句"谢谢奶奶"的谢词。我妈不甘示弱，当即也给了蒋婷一个大红包。本来平辈之间不应有压岁钱一说，我那好心的姐姐思前想后觉得没必要占刘女士的便宜，所以她又给蒋婷来了一个红包。这其间的拉扯、谦让和感激，让人眼花缭乱烦躁不已。大家还一起坐下看了会儿春晚，等待赵本山出场，既而像往年一样哈哈大笑后才各自散去。之后几天也没闲着，不是我姐姐姐夫邀请，就是我舅舅舅妈邀请，团团圆圆一大桌人，老的老小的小，节目相似，总之，我和蒋婷疲惫不堪。

我不是说此类场景在我和李芫婚前婚后不再发生，相反，她就是南京本地人，遍布亲友，场面更为壮观。我只是想说明，在当年，我和蒋婷还很不适应这些。它们吓到了我们，让我们面面相觑而又看不清对方。我们试图就这些聊一聊，但我们很快发现，我们怎么聊似乎都不在正题上，让我们开始怀疑自己的理解力以及在某种程度上开始怀疑对方。生活比我们预想的要喧嚣得多。若干年后，当我和李芫遇到相同的场景时，我却没有了这些感受。李芫和所有的亲友都能应付，她的应付不是虚情假意，而是真情实感。在这方面，她不仅得体，而且勤奋，她的存在使我也坦然了起来，认为这些都是人之常情，堪称活在世上的证据。然后最终认识到，这一切没有什么不对，很好。

与去济南不同，我和蒋婷睡大房间双人床，刘女士则睡小房间单人床。南京没有暖气,我们给刘女士添置了电暖器她仍然觉得冷。睡觉并不费劲,但起床颇费踌躇,她每天都在空调热风的吹拂下和电暖器的烘烤下起床,因此她的房间门打开时,一股热烘烘的女人体味会涌入寒冷的客厅,让我的镜片为之一湿。那些饭局消停后,我和刘女士在济南的所作所为相似,也带着她畅游起了南京。她喜欢这些,每到一处都要拍照留念。这些照片的特点是,她要求自己位居大门入口处,必须要把某个公园景点的门楣题字涵盖在内,这样一来,在那些巨大的牌楼和雕刻之间,她在照片中显得很娇小。也有近景和特写之类的,比如她单手扶住一根梅枝,在花团锦簇中露出她那张攒满了笑容略显宽阔(腮帮子大)的脸。就像她跟老天说好了那样,年后没几天,天气转暖,果然春回大地万物复苏的景象。她还在山水之间脱掉了呢子大衣,穿着一件紧身的高领毛衣上蹿下跳。见此,我由衷地发出感慨,告诉蒋婷:你妈妈不仅年轻,长得也不丑。

七

我妈当然还是来了,而且来得很早。进屋第一件事是站在换鞋垫上谨慎地扫视一眼,这才午后,李芫当然还没下班,然后她才大口喘气,喊饿死了饿死了。她连午饭都没有吃,就去菜场买了一大堆菜。进了厨房。她没有先做那些菜,见我中午没有剩饭剩菜,她假装生气地找到半筒挂面给自己下了碗,并越来越生气地指责我

（其实是妄想性地针对李芫）把厨房弄得这么脏，然后在面条煮熟之前利索地收拾一新。每次来儿子家，她除了当一回清洁工，也不忘自掏腰包买很多菜。虽然她声称是买给孙子吃的，但谁都知道，她其实是在讨好李芫。李芫父母健在，退休金更高，对我们的补贴也更多，这让她多少有点愧疚和不服气。这也算李芫轻婆家重娘家的原因之一吧。

吃完面，择菜洗菜的时候，我妈开始埋怨刘女士。

这个女人真是，大老远跑来干吗呀，又不算亲戚，都这么多年了。不会有什么事吧？

我不知道，我说，她在电话里什么都没讲。

就是嘛，要不我还不来呢。我不喜欢这个女人。我只是不放心。

你有什么不放心的？

不知道，我妈认真看了我一眼，你比我还老糊涂？你吃过这对母女的亏你忘了？

我没搭这句。如果说恋爱未成对方离开了你就是吃亏，那我确实吃了亏。但显然又不是这么个道理。

她现在人呢？见我不吱声，我妈问。

说是去栖霞寺玩了。

切，就知道。这个女人骚得很，我到现在还记得她穿那身花。

人家年轻吧。

年轻？我没记错的话，也是半老太婆了。

"半老太婆"这个词倒是让我想到一个问题，那就是十年不见刘女士现在到底是什么样子？如果我在大街上，或者我现在也在栖霞寺，能在人群中认出她吗？我不禁努力地开始回忆她的长相。但什么也想不起来。我只记得她较为花哨的穿着和高高烫起的头发。

因为要准备晚饭，我妈表示她今天不能帮我打扫屋子。但她认为今天打扫屋子非常重要，因为家里要"来客"，虽然这个"客"在来之前即已遭受了她的批判。所以我得动起来，好好收拾收拾。我只得遵命。

平时都是李芫打扫收拾屋子，我已经习惯了，她也不需要我动手，我的参与被她誉为添乱。但在跟蒋婷生活的那一年里，都是我们两人一起打扫收拾。当然不是说李芫不爱整洁，而是蒋婷更为苛刻，开关插座上的灰尘，沙发缝隙内的碎屑，连刷牙时，牙膏她都不愿意我从中间挤而必须从尾部开始。另外，她还热衷于重新布置房间。比如床原来在卧室里是居中摆放的，但过了一段时间她认为应该靠墙或靠窗，房间里的其他家具也便因此而挪动到新的位置。所以和蒋婷收拾屋子相当于一项工程，起码是一项重体力活，确实不是她一个人能干得了的。每当我们干完，她总是十分满意地在房间内全新的空间结构里走来走去。然后问我怎么样？我说，挺好的。然后等待下次重新集体搬动。

刘女士来那次，我们的床就在窗下。蒋婷的目的是当她中午醒来的时候，伸手拉开窗帘，阳光就直接照在她的身上。刘女士对此却很不以为然。她对女儿的生活处境非常不满意。她甚至攻击女儿的穿着，老气横秋，并强行拉着蒋婷去买了一件花哨的羽绒服。蒋婷和我的生活确实色彩暗淡,她喜欢单色纯色。刘女士不仅用自己的形象给我们的屋子带来了花色,还给我和蒋婷的大床购置了遍布玫瑰花瓣的四件套。刘女士走后,我和蒋婷躺在这些玫瑰花瓣间心情无比沉重。因为她告诉我,她不打算留在南京了,她要回济南。

那我们呢?我问。

你说呢?

分手?

不然呢?

好吧。

玫瑰花瓣的四件套也被我扔了。我从来没有那么彻底地搞过卫生。我把所有能让我联想到蒋婷的物品都扔了,尤其是我们一起生活时购置的物品。床肚下她遗留的长发,衣橱里她衣服取走后残留的气味,甚至我们没有用完的一包避孕套。我是不是还可以这么夸张:后来我连房子都卖了,换了现在的房子也是因为想彻底摆脱蒋婷在我生活中留下的痕迹?这肯定是做作了。我还没有失控到那个地步。换房子是因为我认识了李芫,我们决定结婚,在李芫看来,我原先和蒋婷住过一年的房子无法装得下她,尤其无法装得下她已经开始膨胀的子宫。

李芫和壮壮进门时,显然愣了一下。她知道我妈会来,但显然没有想到自己的家突然变成了这样,我从她的眼中才发现:我收拾屋子的能力和水平太高了。一切都被我擦过了,散发着静悄悄的反光,连换鞋垫上的鞋子,也被我鞋尖冲门外码放得整整齐齐。我妈则在厨房热火朝天地忙活。

哟,真隆重。她冷笑了一下。

八

我们一度认为刘女士不会来了。因为天快黑的时候我给她怎么打电话她都不接。我提议我们吃吧,但李芫不说话,我妈则看着儿媳,问孙子:壮壮,你饿不饿?饿了你先吃。就在我妈捧着饭碗追着壮壮喂食的时候,刘女士电话来了。她说她现在已经到了我们小区,不知道怎么走。我只好下楼去接。我控制穿鞋的速度,尽量慢腾腾地开门、下楼。

我确实也不急于立即面对刘女士,我承认自己有点慌乱。我不知道能不能认出她来,更不知道她到底来找我干吗。小区里都是晚归的人,有一个还冲我点了点头。我记得他有一条温顺的大狗,晚饭后在小区公园里经常出现,壮壮曾将小手放在它的牙齿之间安然抽回。我可能也回敬了点头,但还是跟一辆电动车彼此避让时差点撞上。

刘女士就站在小区门口那个桥上。我一眼就认出了她。她还那样,依旧是色彩鲜艳的大衣、围巾,区别是她戴了帽子,脚上那双高跟长靴显得贵重。除了挎包,她手上还拎着一塑料袋的东西。"阿姨",我这么叫了声她,她连看都没看我一眼,就将那袋东西交给我拎着。

都是买给你妈妈的。太沉了,她抱怨道,估计手都被勒出了印子。说着她把手从手套里拿出来看了看,并没有。这些做完,她才笑盈盈地看着我。

小林,她说,你还那样哦。

嗯。我不知道怎么接她的话,走吧,都等半天了。

你妈妈在吗?

在。

她仍然没问我是否结婚之类的问题,而是就我们小区环境谈了起来。她夸赞我现在的居住环境比十年前好多了,还一把拽住我的胳膊,其因是被一条冲她皮靴跑过来的吉娃娃小狗吓得尖叫了起来。我注意到有小区的人多看了我两眼。

进门的时候,她明明先看到了李芫,但她还是越过李芫的肩膀先和我妈打招呼。大姐,你好啊。甚至连鞋也没脱,就冲过去跟我妈来了个拥抱。我妈尴尬地喏喏,一只手象征性地在她的背后碰了碰。这完了,她才微笑着向李芫致意。

小林,你的媳妇挺俊的,她说。没想到不需要我事先说明,也不需要我交代,她早已心知肚明。

谢谢。李芫答。

然后她就发现了沙发上的壮壮。壮壮或是认生,或是被刘女士进门时这一连串动作吓到了,把自己藏在沙发扶手后面只露出两个大眼睛看着她。

啊呀,多可爱的小家伙。说着她冲了过去,想一把抱住壮壮,不过被壮壮躲开了。他轻车熟路地跳下沙发，然后绕过茶几，迅速地躲到李芫的腿后。

没事的，壮壮，李芫说，去，叫，叫奶奶。

壮壮显然不会叫。

不用不用，刘女士蹲了下来，逗孩子，你叫壮壮啊，长得真壮啊。

然后她掉转头嗔怪我的样子，说，小林，你怎么不早说。又问壮壮，你几岁了？

五岁零四个月。李芫代答。

大姐，你真是好福气啊。她试图恭维我妈，我妈干硬地笑了笑，就立即转身去厨房端菜了。这时候她大概才意识到自己穿着一双靴子在我家擦拭一新的地板上，几枚偶蹄类动物般的脚印十分扎眼。她连说抱歉抱歉，返回换鞋垫那换上拖鞋。她瞬间矮了一大截。

要不要喝点酒？这只是礼节性地征询，我记得刘女士不喝酒，而且她极其反对蒋婷和我喝酒。不过这次她居然大喊，太高兴了太高兴了要喝要喝。迫于无奈，我也只得给我妈和李芫分别倒了点红酒。我妈和李芫也从来不喝酒。四个人真的像很高兴似的交杯换盏了起来。壮壮因为吃过了，大概也丧失了对刘女士的好奇心，回到沙发看动画片去了。刘女士频频举杯，不仅跟我们所有人都"干"了一回，还多情地和沉迷于动画片的壮壮也"干"了一下。饭桌上，主要她一个人在喋喋不休。然后自嘲是不是喝多了。事实是，直到饭后收拾碗筷，刘女士那半杯红酒也没怎么动。

奇迹在于，刘女士既没有提她女儿蒋婷，也不爱谈自己，居然也能用她密集的语言填满整个饭桌。她大谈南京的名胜古迹,谈房价,谈房屋装修,济南的草包包子,聊城的酱菜,以及各种逸闻趣事。看上去,她绝非蓄意避而不谈,而是不重要。看上去,她此番来我家,就是跟我、母亲和我素未谋面的妻儿见上一次。她表现得像极了一位多年不见彼此深知无需赘言但凭谈兴的亲友,也像一个我们在马路边捡回家让她吃顿饭的莫名其妙的疯子。其间,我妈可能有点扛不住,试探着问蒋婷现在的情况,但大都被她充耳不闻地略过了。不过她也不能一概予以不理,她简略地聊到了自己。说自己现在在一个保健床垫公司工作,职责就是向广大饱受病痛和失眠之苦的人推荐一种高科技席梦思床垫。好在她没有强烈推荐我妈去买这个床垫,她只是陈述她现在干什么。至于有没有重新组织自己的家庭,她则前卫或豁达地表示,世界是多极的,价值观也是多元的,人们没必要过一样的生活。有的人迷恋于夫妻双双把家还,有的人更乐于孤身一人逍遥自在。即便如此,我们仍然不知道她是夫妻双双把家还,还是孤身一人,我们只能自作聪明地从她的口风中认为她是后者。但这是错的。

晚饭结束后,我们一下子陷入了尴尬之中,不知道接下来是一起看电视呢还是干什么?李芫在收拾碗筷的时候曾用眼神示意过"她什么时候走",我则用"我也不知道"的眼神答复她。这是我们,包括很多夫妻都会使用的交谈方式。刘女士确实没有表现出吃完就走的潇洒,而是在壮壮身边坐下,打算再跟孩子切磋切磋人生。可惜壮壮已经在沙发上睡着了。

李苋想把壮壮抱上床。

能让我看看他吗？刘女士说，语气近乎哀求。

这完全出乎我们的意料，让我和李苋面面相觑。

刘女士接过李苋递来的小被子，帮壮壮盖好，并职业地掖了掖被角，过程中一直深情地盯着壮壮的小脸。壮壮似乎被她看得有点害羞，将半张脸埋进了被子。她则微微探近身，继续盯着看。我妈从厨房里擦干手出来的时候，试图跟刘女士继续客套地说什么，后者赶紧用一根食指放在唇边，示意我妈小声点，不要吵醒孩子。我妈赶紧闭嘴，三个人环绕着刘女士和壮壮。

刘女士俯下身在壮壮的脸蛋了轻轻地亲了一口，这才站起来。我们看到她的眼圈有点红。但她笑着，一些皱纹在顶灯的照耀下出现了条状阴影。

那么，我走了？她像商量那样轻声问我们。

还早呢，李苋说，可以再坐一会儿。

不了。走了。说着她就径直去取自己的皮包。

我妈赶紧跟上，热情挽留。就差说出你也可以住这儿的话。但刘女士只是微笑，不为所动。她穿好大衣，系上围巾。然后向李苋招手，从皮包里取出两张百元钞票，硬塞给李苋。她惭愧自己不知道我们已经有了孩子，不，壮壮，壮壮真是个好孩子，而她居然空着手见壮壮，这是不应该的。弥补这一过失的唯一办法就是李苋替孩子收下这两张钞票。她甚至动情地说道，壮壮还小，也许根本就没有记住她这个人，更不会将来还能够想起。但她既然来了，和壮壮见了，就是一段缘分。这段缘分也不是能用钱来表示的，况且也不算什么钱。就是意思意思，见证这段小小的缘分。老实说，这段话叫人动容，让我们不知说什么好。刘女士再次和我妈拥抱了一下，这次我注意到我妈双手都拍了拍她的背。然后由我送她下楼。下楼的时候，李芫给我使了个眼色。我懂她的意思。

九

有一件事，我妈和李芫都不知道，因为长期以来我无法描述这件事。

十年前的春节，鞭炮声消停后，我、蒋婷和刘女士，我们仍然像一家人那样住在一起。刘女士住的时间比她本来打算的要长。我们再也不用出门找地方吃饭，我们在自己家买菜做饭。我们一起看电视。我们还一起购物，一起去看过一场电影。有次我们打扫卫生收拾屋子时，刘女士还参与了进来。她力主我们把床重新居中放在卧室，我们顺从了。她也力主我们换上她送给我们的玫瑰花瓣四件套，我们也笑纳了。她还嘱咐我们以后酒要少喝一点，多出去运动运动。说着她还推开了窗，窗外确实春光明媚。有几片风筝在我们的视线内飘荡。

这是一面。另一面是，刘女士四十来岁，迟迟不走，她给我造成了一些难以启齿的困惑。比如她当时正在经期，沾满血的卫生巾就这么公然摆放在马桶一侧的纸篓里。她换下的内衣就这么悬挂在我和蒋婷居住的大房间的阳台上。我们在睡觉,她会就那么穿着秋衣秋裤突然推门进来说个什么事。逛商场或看电影,她甚至还在另一侧挽起我的胳膊。然后就是有一天,蒋婷出去买菜,她在洗澡,她围着浴巾叫我帮她将水温调一下。调好水温后,我看了她一眼,我承认我看她那一眼中掺杂了不伦的情欲,她很敏锐地感觉到了,这是我从她看我的眼神中领悟出的,她的眼睛和神情只是一面镜子。没有更多了,仅此而已,但仅此足够。

在我这十年的猜测中,她应该把这件事告诉了蒋婷,用什么方式说的,我不知道,蒋婷甚至没有告诉我她为什么要走。迄今为止,我都认为蒋婷离开我与这件事有关。

蒋婷说她要回济南,我送她。在此之前,她已经给自己打了很多纸箱包裹。这些纸箱包裹就堆放在客厅里。在离开之前,她仍然和我睡在一起,我们仍然做爱,仍然一起买菜做饭。这一度让我觉得她是在生气,而并非真的要走。她说她买了车票,我仍然不觉得这是真实的。然后就是她跑邮局寄这些纸箱和包裹。她拿不动,我必须帮忙。我们搬动这些纸箱包裹费了很大力气,汗流满面,相视而笑,我还是不觉得她走是真实的。然后她就走了。我把她送到车站。她仍然有很多行李,我不得不买一张站台票,把她送上火车。安置好了,我还嘱咐她方便面、火腿肠、水果、零食这些在火车上吃的东西放在哪儿。她都点头说好。然后火车要开了,我下车。我仰着头看着车窗玻璃后的她,她冲我笑,挥手。她走了,真走了。

她在南京的手机号码注销了。网络通讯也毫无回音。我家的钥匙她放在了茶几上,有两个月我都没动那串钥匙。后来我不得不将钥匙收起来,钥匙在茶几厚厚的灰尘上划了两道黑色的印子。在深夜,我还在听楼道里的脚步声,我能听出她的脚步声,但没有她的。她消失了,整整十年。

蒋婷在这十年里结过一次婚,但很快就离了。刘女士说,因为那个男的会打她。有一只眼睛几乎被打瞎了。现在蒋婷跟一个男人同居,那个男人是一个坏人,无所事事,天天问蒋婷要钱,蒋婷都给。蒋婷的工资也一般,自己并不用什么钱,绝大多数给那男人花掉了。蒋婷没有生孩子,她想生一个,但每次都掉了。

我觉得我们家婷婷过得太苦了。刘女士有了点哭腔。

是,我说,是不容易。

但她自己觉得很好。

十

刘女士和我在小区花园的长廊里坐了会儿。

我猜你已经结婚了,她说,但是我不能肯定,我觉得你应该没有结婚。

对不起,我结婚了。我说。

你误解了,我没有说你结婚不对,你当然要结婚,我也没有叫你和我们家婷婷重归于好的意思,那是不可能的。

是,确实没有任何可能了。

我只是挺难过的。

别难过了阿姨，你不挺潇洒自在吗？

怎么可能，谁能潇洒自在呢，我们又不是神仙。

那你为什么不重新嫁人呢？

然后她说她有个男朋友，说起这个男朋友，她高兴了不少。这个男人在她口中叫老陈，六十岁左右，是个医院的退休医生，老婆死了，孩子也都各自成家立业了。老陈对她很好，嘘寒问暖，体贴照顾，这辈子也没有哪个男人对她这么好过。另外，老陈的孩子也很认可她，尊敬她。五十岁生日，就是老陈和他的孩子们给她过的。蒋婷也不反对，但是蒋婷没有参加她的生日宴，这些年也不太跟自己的母亲来往。她不知道自己该不该嫁给老陈。

为什么？

刘女士沉默了好一会儿。突然问我，你觉得我还适合结婚吗？

当然没问题。你不老，况且这跟年龄没关系。

那你妈妈呢？

我妈？如果她愿意跟个老头结婚，我没意见。

说得好听。

真的，我想不出我有什么反对的理由啊。

好吧，我信你。

这时候那个遛狗的家伙出现了，他看到我和一个陌生女人坐在一起，似乎无意撞破了奸情那样很不好意思地打算绕道而行。我不得不主动招呼他，然后摸了摸他的狗。虽然他不怀好意地盯着刘女士看，但我没有也无必要向他介绍她是我的什么人。

小林，你人很不错。刘女士等遛狗人和他的狗走了后，郑重地说。

我有点心虚，我说我自己不知道。

她说，真的，我挺喜欢你的。

我一下子紧张了起来。

你又误解了，刘女士甚至笑了起来，你别胡思乱想。

没没没，说着我站了起来，感到无所适从。

她笑，笑出了声。然后陷入了沉默。

过了好一会儿，她说：小林，你是个适合过日子的好小伙，哦，现在也不算小伙了。

我不知道怎么接话。

小林！刘女士突然严肃了起来。

嗯？

你知道吗，我一直把你当我的女婿看，虽然这么多年没联系，我还是把你当我的女婿看。

为什么？

因为我不喜欢婷婷后来找的那些男人。

也不能这么看问题吧？

刘女士没有搭我的话，她径自说了下去，我和婷婷爸爸离婚很早，这你是知道的，娘家现在也没什么人可走的，我没什么亲人，有的时候我都不知道我们家婷婷算不算我亲人。我来找你真的就是探望一下你和你妈，哦，现在还有你媳妇和你的壮壮。

谢谢你这么想，我会告诉我家里人的。

唉，她叹了口气，但是我可能是自作多情。你现在知道了吗？

什么？

就是老是下不了决心跟老陈结婚？

我真的不知道。

我要是想结婚，多少次婚都结了。我只是放不下我们家的婷婷，你懂吗？

你可以不用管她的。

我觉得好累。

说到这里，刘女士居然哭了起来。

我不知道怎么安慰她，或者她也不需要安慰，她需要哭一下。等她哭完了，才掏出纸巾擦了擦脸。她已经不再使用手帕，这说明了十年确实是一个不容小觑的时间长度。

好吧，她站了起来，就这样吧，不早了，我得回宾馆了。

我也站起，陪着她向小区大门走去。外面停着几辆出租，她老远就冲它们招手叫唤。这一下子让我很焦躁。

我能问你个问题吗？

我感到自己的脊背发硬。

啊，什么？

我说了一遍我的问题，声音确实很小。

什么，你再说一遍？

我清了清嗓子,一字一顿痛苦无比地说:你知道蒋婷为什么要跟我分手吗?

刘女士应该没想到我会提这个问题,或者在她看来这根本就不是问题,她的回答也表明了这一点。

她说:啊,你不知道?

我说:我真不知道。

她说:那是因为她不爱你啊。

六 根

杨丽达

一

　　桂林城里,六根是吃书法饭的,一支毛笔打天下。那支毛笔是托人从湖州特制的,笔杆选用斑竹,紫褐色的竹皮上撒着点点斑痕,称之美人泪。牛角收口,管顶嵌一段翠玉,绿莹莹放着温润的光。笔毛是加鼬鼠须做的,细软柔韧。六根得此笔欢喜异常,悬挂书案的笔架上,望之,美若妇人,相看两不厌。掬而嗅之,隐隐含香,遂在笔杆上方刻了篆体"妙香"二字。每逢有人索字,六根便用笔袋装了揣在怀里,贴着肌肤元阳津养,暖暖焉如近美人。日久天长沁了人的精气,笔生灵魅,助六根挥毫,处处皆妙笔生花。六根用这支生香妙笔写的墨宝也有挂在桂林城大街小巷茶肆酒楼的,多半不收钱,只是送朋友。六根也习惯,不喜润笔费,只好酒。因此隔三岔五就有人请他喝酒。六根并不贪杯,只浅浅悠悠地喝将来,自称薄薄酒。偶尔薄薄酒喝多了喝高兴了,亦醉人。醉态上来,六根喜欢击股而歌,哼唱彩调段子。眼醉肉钝,手下去无有轻重，回家脱裤子上床睡觉，妻子金满月发现腿上红巴掌大一块，就问谁弄的，六根说自个儿打的。金满月就纳闷半天。

略知六根的人，都知道他右手多长一根小指头。倘若在别人早就做了手术切除了，可六根是吃毛笔饭的人，就有不一样的理解，似乎在六根童年哭着闹着要学书法的时候就有了每种暗示。这暗示被尧山白云观的跛足道士点了机关，说蛇年出生的么，此手指是来显本相的。等六根成为桂林小有了名气的书法家，这第六根指头便像天谶，应验老天的赏赐——多指（子）多福，徒叫那些书法爱好者羡煞。原本六根的小名，越叫越响。六根不净烦恼始。六根遂刻了一枚"六根禅"的闲章。那章选用一卵和田青花籽料，形不规则，盖在书法作品上，像六根另一张脸。

一大早，金满月不爽。说不出缘由。一只鸟在树上怪叫，她听见了就踢了脚趾，将垃圾桶撞翻。她就骂那只鸟报丧，捡了地上一截茄子往树上砸。

要说不爽，还有不爽的。金满月下楼到菜市买菜，卖肉的短她的秤。她返回肉摊讨公道。那卖肉的嫌她啰嗦，显出鄙夷的神色，咂嘴咂舌地在猪骨头上砍了一刀，朝她扔了一坨骨头肉。扔完，刀从右手抛到左手又抛回右手，杵根秤杆哐哐哐在她面前抢刀刃，金满月就怵，捡了骨头肉扭头疾走。她来到卖鱼的摊位，买了鱼，掏出一张五十元的票子给卖鱼的找。卖鱼的拿着那张票子横看竖看倒看斜看翻看，正摸反摸点摸，然后说：换一张吧，这钱我不要。卖鱼的忙下一个顾客，不理金满月。金满月腾地一下气往脑门芯蹿。

说：邪门了，这钱又不是我造的，别人给我，我要；我给你，你就不要了？卖鱼的说：你去找别人么，我又不是别人！金满月恼了，说：你不是别人，你是谁？卖鱼的说：我是谁，关你屁事！金满月说：这钱有假，是假钞？金满月跟卖鱼的老板争执起来。卖鱼的说：我又没说是假钞，是你自己说的。金满月说：既然不假，那你为何不要？卖鱼的说：这张钱老子不想要，不想得了不？！金满月更恼了，说：你不想，你还想不想做生意？卖鱼的说：做不做生意是我的事，关你鸟事！金满月眼睛冒火了，说：小子，你嘴巴放干净点，你鸟来鸟去，你鸟谁呀？卖鱼的说：你管我鸟谁？我鸟你了吗？金满月说：你敢！卖鱼的说：有什么不敢，鸟你就鸟你，有什么敢不敢的？！金满月脸撑红了，说：色胆包着天了，我是你老娘，你敢鸟我？卖鱼的朝地上啐一口唾沫，说：想当我娘，我嫌你×臭！

再吵下去就要动手啦，有人过来劝架。金满月被熟人拉走，愤愤回家。

六根还没起床。周二没课。如果没课，六根喜欢睡懒觉。金满月匆匆过来掀被子，六根就醒了。金满月摊出那张五十元钞票让六根辨别真假。六根睡眼惺忪地坐起来，等他明白了原委，就说："钱这东西，最不靠谱，过手不认人，银行都是离了柜台不认账的，我有什么办法，算了吧！"又倒下扯被去睡。金满月不满了，说："不能算！帮我想想帮我猜猜，这钱是什么人找的，是卖鱼卖肉卖蛋的还是卖米卖油的抑或是卖米粉的？"六根说："你闻闻么，看那钱是什么味儿?"金满月真的低头去嗅。嗅闻好一会儿,金满月说:"闻不出。"金满月说:"你向来鼻子尖,你嗅嗅看。"把钱放到六根鼻子底下去。六根打了一个喷嚏,说:"拿开拿开,脏兮兮,害我鼻!"金满月就责怪六根假清高,说:"嫌钱脏,有本事,赚个十万八万的回来,我才服!"六根听不得这话,嫌女人俗。穿好衣服到阳台拿上钓鱼的家什,出门钓鱼去。

下得楼来,六根去吃米粉。他到钟楼下的崇善米粉店吃。吃了几口,身上燥热。许是昨夜没睡好,六根有点说不清。有人说夫妻间白天的别扭往往是夜里床笫间惹下的,这话或许有道理。昨夜先是夫想行夫妻之礼,妻不想。夫就嫌妻拿架子。后半夜妻突然又想要了,夫却不予。夫不予,实为予不得,强来也不行。妻就骂他那东西没用。她一骂,那东西更软耷。折腾了半日,勉强进去,草草了事。结果一宿不爽。六根将吃米粉的速度放慢,身上的汗就退了下去。吃着吃着,天下起了小雨。六根不愿回去取伞,便沿街檐转到百花剧场。正月里,剧场热热闹闹,好戏连台,六根买了张票进去看。

台上唱的是彩调梁山伯与祝英台。六根一看就知道是草台班子,良莠不齐,底气不足。梁山伯老俗,祝英台稚嫩,不相配。俗话说外行看热闹内行看门道,六根介乎两者之间,是既看门道又看热闹的主儿。台上唱:"撮土为炉,插柳为香,勾勾手发个誓,谁要是变心,变成黄狗嘴啃泥。"台下喝彩声片起。仔细听,梁山伯的唱腔虽不荒腔但气口不连贯,塌中。仔细看,六根看出遗憾来。

梁山伯的戏作了些,油滑有余,憨味不足,与梁山伯的性格错落了,不相称。祝英台唱的却稀罕,叫人耳朵清亮,演得认真,假戏真做,一招一式都是行当里学练出来的,也贴心贴肺。动情处,六根能窥见祝英台眼里有泪光闪烁,心里就生了感动,湿酸酸的。六根想,若男女演员交换性情来演,可就相配了。六根喜欢在看中挑剔,在挑剔中鉴赏,在鉴赏中哼唱,在哼唱中享受,在享受中快乐。听听稀罕的,祝英台给梁山伯的十味草药方:"一要清风一两整,二要天上两片云,三要中秋三分月,四要银河四颗星,五要观音瓶中五滴水。六要王母娘娘发六根,七要仙山七枝灵芝草,八要龙王身上八条筋,九要石头人九颗胆,十要泥菩萨怀中十颗心。"世上若有这十味药,我二人同药而生;世上若无这十味药,我二人同病而死。唱得叫人想抹眼泪。看看精彩的在最后的高潮叩坟。祝英台穿着一身新娘红装在梁山伯的坟前叩碑,问梁兄求他开门,一叩一唱,一唱一答,阴阳两隔,却心通无碍。一叩不开,二叩不开,三叩后祝英台在坟前快速胡旋,轰然一声坟飞碑开,火光四射,舞台启开另一层幕布,坟墓顷刻变成洞房花烛,大红一片,梁山伯穿着红色绣袍展双臂等着祝英台,祝英台奔过去与梁山伯相拥。生生将一曲悲剧演绎成活活的喜剧。六根就爱彩调那沁心暖肺的民间热乎味儿。台下叫好声蜂拥震耳,六根也叫了几声好。亲历美,是六根迷戏的原因。

出剧场六根抬头望天,天默默,无雨。时近晌午,六根拐到漓滨路吃砂锅饭。店小人多,老板娘忙都忙不过来。六根吃完给钱,一掏衣服口袋却是金满月用不出去的那张五十元的钞票。六根有点忐忑，将钱给出去，想不到的是老板娘将钱扫一眼就收了。六根接过找回的钱忙忙离开，终不知那钱的真假。

江边一坐，六根心就安顿下来。

在六根的心里，天下的江河都属龙王掌管，黄河、长江是大龙，漓江则是小龙。龙不管大小都是龙，都具灵性。这种灵性有时现在龙王庙里供奉的菩萨身上，有时现在端午节的划龙舟时龙头的安放仪式上，有时现在溺水的人身上。解放桥边有个九娘庙，现在是只有码头没有庙了。六根八岁那年在漓江溺过一次水，险些丧命，醒来后他说脚下仿佛有砖块将他顶起，一位白衣仙女将他拉上岸。母亲说是菩萨显身来救人了，六根信。六根相信美丽的漓江有一位美丽的女神守护着，他称她为九娘娘。

冬日的漓江静落落的，水清如镜。裸露的河床的腥味儿丝丝钻鼻，那是六根熟悉的味道。几只竹排在江面游弋，鸬鹚瑟缩在寒风里，被渔翁一次又一次赶下水去，从一处水面钻下去，从另一处水面浮出头来。好不容易逮住一条鱼，又被脖子上铁箍圈限，吃不着，吐出来给渔人。六根替鸬鹚感叹了。冬天鱼潜藏起来，水瘦鱼稀。

冬钓是最能考见一个垂钓者的水准的。六根摘了手套，将鱼竿一截截拉出来。接线，选钩，调漂。调好漂，六根顺手往水里撒了把酒米，打窝诱鱼。天寒香凝，再滴几滴自己制作的桂花药酒到鱼饵里，捻捏几下。六根将软如耳坠的鱼饵挂在鱼钩上，手腕子一抖，钓线抛出去，鱼钩入水。鱼线细若游丝，一段吃进水里，一段浮在水面。

　　看看今天运气怎样，六根面水掏出烟来抽。六根将烟架在指缝端，掌心窝在嘴角，虚罩着，轻悠悠地吹。六根能听见自己吹烟的声音。

　　六根看漂在水面一漾一漾的。眼睛盯住红色标头，盯久了，心里就生动。心动起来像一匹野马。信马由缰，六根就收不住。收不住就走神，神走了漂也走。漏鱼了。六根一发现漏鱼心里就觉得可惜，后悔自己胡思乱想，心不在焉。如果不来钓鱼，六根不会发现自己内心的散乱与驳杂。

　　六根将烟蒂吐了，看漂。有鱼吃钩，上鱼了。小鱼。如果是饭头鱼，再小，六根主张要。因为饭头鱼肉头重，系野生，鲜嫩好吃。如果是苦扁死，六根主张不要的。因为苦扁死刺多无肉，费油费盐，还败口。六根提竿一看，是颗饭头鱼。

　　饭头鱼晒干好吃，用木炭加甘蔗渣来熏烤，更好吃。鱼仔送饭，鼎锅刮烂，说的就是这一类下饭菜。五姨娘焖的干鱼烧饭跟别人的不一样，好吃极了。六根怀念起五姨娘来。五姨娘不仅饭菜做得好吃，而且人长得漂亮，天仙一样。五姨娘的娘家曾发话，说桂林城谁家的对联写得好就将女儿嫁谁家。选来选去，挑中了赵风雅。赵风雅是桂林城书法世家之子，字写得一流。每逢春节，在家门口搭台写对联，来索字的人从街头排到巷尾。嫁来赵家的五姨娘，每年春节总穿着漂亮的新衣在旁给赵风雅研墨。五姨娘的新衣真好看，翠绿底子上开满细密的花朵儿。六根看呆了，眼里看出蝴蝶来。赵风雅就拿毛笔敲他的头,说他眼珠掉地下了。六根被敲醒了,扑通一声跪倒,求赵风雅收他为徒教他写毛笔字。

赵风雅不愿收,六根就不吃饭。一日不吃没人管,二日不吃,六根的母亲急了,三日不吃,六根的父亲急了,一起来求赵风雅,说:"瞧这孩子都傻成这样了,可怜见的,赏孩子口饭吃吧!"赵风雅最后就答应了。

学书法是件磨性子的事,吃这口饭不易呀!六根想起老师墙上挂的戒尺,将心里一口浊气吐向江面。六根提竿换饵,然后轻轻地将竿伸出去,抖腕漂立,六根紧紧盯着漂。漂在水里一漾一漾的,漾出好看的波纹。波纹在六根的眼里是水的花纹。水有花纹才美。水为什么有花纹才美呢?这是二十年前,赵风雅问六根的问题。六根当时答不上来。学生答不出问题是常有的事,可那回赵风雅发了狠,罚自己的徒儿在漓江边站了三个时辰,站完三个时辰的六根中暑了。等暑热退了,赵风雅用戒尺在六根手心里敲,一敲一个字:活!活水才魅,活线才美;死水臭,死线僵,死笔败!达摩面壁,赵风雅教弟子面水开悟。

大鱼不吃钩。吃钩的都是小鱼。

六根带几条小鱼回家,临近家门,给了邻居喂猫去了。金满月见六根空手回来,脸上就挂霜。故意将刀在砧板上弄得当当响,说:岸上骗不到钱,水里的鱼也骗不到一条,没尿屙的!六根不做声。按理女人脸色不好看,不看就是了,可金满月的话,六根的耳朵躲不开,不听也得听。六根是心细的人,耳朵听了,话就落进肚里。话一进肚，心里就不好受。心里不好受，饭就吃得寡淡。饭一寡淡，胃就痛。草草吃完，到书房找艾灸灸胃。六根按穴位灸。慢慢地舒缓了，胃解了痛。六根抬眼看墙上美人，美人亦看他。这是一幅仿唐伯虎的古画，美人抚琴图。六根点了盘香。香烟抽丝般从瓷钵的孔洞里分几屡升腾出来，悠悠荡荡袅娜娜缠住美人，只差一口气，墙上的美人仿佛要活转来似的。画两边是六根书写的一副对联：书山有路达彼岸，皓首穷经悟菩提。六根忽而觉得禅味太浓了，美人可解谜时在此岸，悟时在彼岸？若不解，岂不累着美人乎？便从书案的笔架上取笔来写，却是另一联：书读百遍慧，菜咬千梗香。美人咬菜梗，苦甚！不妥。六根忽而记起不知在哪里读来的句子：曾因酒醉鞭名马，生怕情多累美人。泼墨写去，两行草书呈现在宣纸上。停笔拊掌，连声道：此联妙，最配墙上美人了。六根高兴，醉眼觑那墙上美人，美人亦醉眼觑他。六根耳里似乎有了琴声，不禁吟唱起来。把赏良久，眼饧手软，抛笔睡去。

二

翌日，六根约了二皮，弄了条船，泊在象鼻山水月洞底下，临渊垂钓。

江上有雾，白腾腾的，棉搭絮。解放桥虚在雾里，像断桥。

六根与二皮是钓友，老熟。冬天垂钓者纷纷收竿停钓，可他们不停。他们一年四季喜爱钓鱼。二皮向江里吐了两口唾沫，摔了两把酒制豆渣，打窝，诱鱼。六根从屁股后的裤袋里掏烟来抽。六根抛了一根烟给二皮，二皮接住了。他刚想再掏打火机，二皮却将他的打火机哎的一声抛过来。六根接住。六根将火机在手指间轻转几下，嗒嗒打燃，然后拢手罩风就火去点。点燃了烟，两人坐下钓鱼。

漓江鱼是一群狡猾的娘们儿。二皮老空竿，对水骂鱼。他把鱼当女人骂。他骂道：歪骚的娘们儿，婊子投胎呀，都跑到哪里去了？六根说：骂不得的，漓江鱼长耳朵的，忒灵，越骂越空。二皮不信继续骂：狗禽的，狐狸精转世呀！六根说：再骂，水都骂脏了！

六根不说话了，坐着悠闲抽烟悠闲钓鱼。二皮见六根不言语，也闭嘴抽烟。六根上鱼了。二指宽的川条子。二皮还是不上鱼，就怪起水来，感叹道：人清无财，水清无鱼。六根说：水清鱼诈。二皮说：狡猾的鱼肉嫩，好吃。六根说二皮的舌头是饿鬼投胎。

雾渐散，象鼻山透显出来，水戏山，青苍苍的，水墨画一般。

六根喜欢跟二皮扯风水，二皮祖上出风水先生的。六根说：你说说桂林城的龙脉穴位究竟在哪里？二皮说：一切玄机在独秀峰！独秀峰是整个桂林城风水龙脉穴位之所在。六根说：怎么讲？二皮说：独秀峰与月牙泉刚好组成一个太极图。独秀峰属阳，是山，往上耸立；月牙泉属阴，是水，往下渗透，好比太极里的阴阳鱼，两者有机地组成一个立体的太极图，桂林城就是以独秀峰为中心形成的风水穴场。左青龙是伏波山，右白虎是老人山，前朱雀是穿山，后玄武是叠彩山。六根说：象鼻山呢？二皮说：象鼻山是案山也是水口山也是印山，象鼻山近看是只象，远看是一个官印，以前那儿有个文昌阁，现在还有文昌桥。在王城中轴的子午线上，朝山无数，南溪山斗鸡山还有更远的群山都是，两个水口，一个水口是杉湖与漓江交汇处，另一个是桃花江与漓江的交汇处。山环水抱，一望无际，一派辽阔，因此桂林这地方自古多文才秀士。六根说：选象鼻山做城徽是选对了。二皮说：当然。

六根说：正阳步行街，小香港一直是桂林城最热闹的繁华地段，怎么看？二皮说：子午线正向，易得正气旺气，人都想到这里聚集，吸纳这里的旺气，这是人的本能和心理的需要。

六根说：那七星山呢？二皮说：库山，七星山都是朝拜的姿势向着独秀峰，山峦圆秀，左边四座山峰是普陀山，藏有七星岩，七星岩聚财呀；右边是月牙山，藏着全国密度最大的摩崖石刻桂海碑林，宝山呀！

六根说：不利的地方？二皮说：按风水理论左青龙要高大有力，右白虎要低矮柔弱，可现在的格局是刚刚相反，老人山一带明显强过伏波山，导致阴阳失位，故桂林坊间有句俗话说桂林山水养女人不养男人，就是这道理。六根听了笑，说不信。二皮说：信不信由你，阴阳颠倒，婚姻也不顺。六根再笑。二皮说：且这些山是背对着独秀峰的。外商投资也不看好桂林，又是兑位，乾位，这两个位都是官位。虽说北方的靠山有一组山，但并不高大雄伟，也不集中，离独秀峰又远，故靠山力量不大。六根应和着说，桂林乃山高皇帝远哟。

二皮钓不到鱼，上岸松松裤带撒尿去了。他尿尿时，惊走了一棵樟树上一只翠鸟。那翠鸟点着水皮，一飞两飞三飞，就飞过漓江，落到对面訾洲公园里那棵著名的榕树上去了。六根知道那树上有个隐秘的大鸟窝。太阳照在水波里，一阴一阳一明一暗地漾着。六根望望天，日边起了好看的晕。鱼来了。那边起了水星，一星、两星、三星，更多的水泡往上冒，水星在移动，呈线形在移动，气泡又结成团。从水星判断，六根知道水下来大鱼了。六根沉住气，知道大鱼在拱漂。大鱼狡猾，用嘴碰碰饵，用鱼翅鱼尾扇打饵，并不急，试着吃一点又吐出来。六根沉住气，保持手稳，终于看到漂没了。黑漂，起竿，竿弯成一张弓，哗，一条金色鲤鱼，尾巴闪打着水面啪啪作响。六根忙用抄网将鱼抄起来。鞋底大小，约莫两斤。

六根上鱼了，二皮也跟着上鱼。结束时，清点战果。六根得鱼十五条：一条鲤鱼、五条饭头鱼、三条川条子、两条黄鳝骨、四条禾花鲤。二皮得了十一条：鲫鱼两条、川条子两条、哈巴狗两条、饭头鱼三条、黄鳝骨两条。饭头鱼、哈巴狗、禾花鲤、黄鳝骨，都是漓江野生鱼，黄鳝骨会咕咕叫。二皮说拿去他饭店一锅煮了。

二皮是百姓酒肆的老板。喜欢彩调，开起饭店跟别人不一样，他将吃饭喝酒与彩调结合起来。让顾客边吃边看，吃看两不误。若喜欢，是内行或者票友，还可以登台参演，过把彩调瘾。这样既热了场子又热了人缘更热了手里的钞票。故他的饭店开得热热闹闹，红红火火。打着弘扬地方传统文化的旗，钱也赚得言正名顺。

二皮将鱼放去厨房,然后带六根上楼到他办公室休憩。百姓酒肆装修花了点心思,弄得古朴雅致。店外青砖碧瓦仿古饭庄形象,室内布置和用具也古香古色。有小桥、翠竹、木雕、灯笼。二楼长廊配以雕花木栏,坐在木栏旁,边吃边看一楼大厅的彩调剧,让人恍若回到旧时戏楼一般。走廊尽头是二皮的办公室,推南窗可见戏台,推西窗可见青翠的七星山。室内红木家私,墙上装饰着名人字画。房间四围摆放着许多奇石,二皮爱玩石。他说将来有一天他不开饭店了就去开奇石馆。两人坐下来泡茶,抽烟,聊天。二皮说:打电话把罗广生、石浪与钱老大叫来一起喝酒。六根说好,于是将电话一一拨过去。

小坐须臾,石浪很快就到了。他就在七星公园画猴。他是桂林著名的画猴专家。他一到就给大家讲猴。他指着他的写生,说:这是一只美丽的母猴,我敢说它是七星山猴群里最漂亮的。身段修长,脸形娇媚,额线高,中央微曲,弯成小小的尖状,像旧时名媛额上的刘海。它的脸绯红,像施了胭脂,在猴群中,只一眼,你就能将它挑出。早上来公园喂猴的市民叫它二妃。

六根翻看石浪的写生本,有一幅上配有一首诗,念道:二妃脸绯红,寂寂坐林中,怀抱久死儿,凄凄听松风。六根夸石浪诗作得好。石浪喝了盏茶,继续说:二妃生了小猴,不知什么缘故小猴死了。它第一次做妈妈,抱着死猴不放,日日不放,刻刻不放,一个星期不放,小猴臭了,不放。半个月不放,一个月过去了,猴干了变成了干尸,仍不放。谁靠近,它就躲得远远的。好多市民跑来看稀奇,一传十,是传百,竟惊动了晚报记者前来报道。二妃一上报,更多的市民前来看热闹。不少人被二妃的母爱所感动,在网上贴文写诗,沸沸扬扬的。大家听了个唏嘘。

感叹完,钱老大到了。他坐下来,喝了两盏茶,就从脖子下解下一块玉佩来叫大家鉴赏。

二皮说:是真和田还是假和田玉?石浪说:现在市面上很多假和田。钱老大说:青海玉的色感硬,和田玉光泽柔。罗广生最后到,见大家说玉,便说玉。他说:我看这块和田不地道,像是青海料。六根看了看,真假莫辨,不言语,起身如厕。厕所在楼下,经过厨房,六根探过头去看了一看,厨房一片繁忙。厨房那边有厨子在杀鱼,旁边路过一红衣女子,那厨子举刀拍鱼头,那红衣女子就啊啊着双手去捂头。拍一下,捂一次,啊一声;再拍一下,捂一次,啊一声。好像那厨子拍的不是鱼而是她。六根看笑了,笑那女子胆小有趣。

回到二皮的办公室,已到了晚餐时间,大家移步包厢去喝酒。这是一间装饰考究的包厢,不大不小,中间放一张大圆桌。墙上贴杏黄的花壁纸,一面墙上绘有清明上河图。一面墙挂有仿古画韩熙载夜宴图,古香古色,让人忘却时间。大家推六根上座,他推罗广生坐,罗广生推石浪。石浪说:两位主席不要推,否则桂林书法界就要乾坤大乱了。罗广生与六根只好落座。大家跟着落座。酒喝廿五年陈酿蓝瓷瓶老桂林。菜上来,酒便开席。第一杯酒二皮敬大家,大家一齐起身碰杯一饮而尽。接下来就是自由举杯。你敬我,我敬你，你敬他，喝出许多由头与花样来。席间欢快融融。服务员敲门端炭炉子上来了。二皮说：今天我请诸位好友是来吃一回正宗瓦罐泉水漓江鱼。石浪说：是真漓江鱼还是冒牌的？二皮说：货真价实。石浪说：这年头的话信不得，哄你不死！二皮说：绝对正宗漓江野生鱼。钱老大说：除非自己钓的。二皮说：算你老兄有眼，讲对了，这鱼就是我与六根兄亲自在漓江钓的！

炭炉子放在桌子中央，瓦煲上来了。二皮说：你们猜猜我用什么水煮今天的鱼？石浪说：娃哈哈矿泉水，要不是农夫山泉？二皮说：再猜。钱老大说：尧山天赐坪的玉乳泉水？二皮说：再猜。六根说：桂花巷的井水？二皮说：都不对，这水是我们派专车从漓江源头猫儿山取来的天然泉水，漓江水煮漓江鱼，你们说正宗不正宗！听二皮这么一说，大家愣了，忙点头说正宗正宗。

鱼肉鲜嫩自不必说，单喝鱼汤就鲜香无比。酒至半酣，六根就听见外间有唱彩调的声音，他惦记着大厅里的彩调了，称小解，出了去。

戏台上唱的是《双采莲》，载歌载舞，闹闹热热的戏，谐谑有趣。六根熟悉里面的唱段，跟着哼唱。唱着看着，他总觉得台上女子好面熟，像在哪里见过？六根这样想来，心里笑话了自己。那女子扇子花舞得叫真正的好哇！平在腰间摆是波浪扇，平至胸前舞是摇扇，飞在两腋下是扑蝶扇，高出两肩是凌云扇，单手举过头上去是半月扇；抛扇，倒扇，端扇，砍扇，冲扇，抢扇，扬扇，浪扇，托盘扇，贴背扇，开关扇，十字单花扇，彩灯扇，观音扇。样样扇来百变化,看得六根眼里生花。突然六根猛拍一下自己的脑门,心一跳:哎呀呀,眼前这女子就是刚才厨房里见到的那个红衣女子;刚才那个红衣女子就是那日唱祝英台的女子;那日唱祝英台的女子就是今日台上演戏的女子,绕来绕去,线都穿到同一个针眼里去了,原来撞见的是同一个女子呀!

六根回席,想打听台上唱彩调的女子,可话到嘴边又吞了。只是说外边的戏唱得热闹。石浪接话说:中国人吃饭就喜欢热闹,热热闹闹饭店才火。二皮说:做生意就讲究个人气,人气旺财才能旺,这就是我引进彩调的原因。

大伙儿吃饱喝足,回到二皮的办公室,六根有点醉。偌大的桌子上铺好了毛毡,文房四宝一应齐备,只等书画家开笔。大家围着茶几坐着,喝的喝茶,抽的抽烟,不知是谁通了消息,前来求字画的人,一个接一个跟了进来。六根、罗广生、石浪也慷慨,有求必应。他们画画写写,写写停停,停停歇歇。一歇下来,就有人递茶劝烟。二皮要六根与罗广生为饭店戏台上戏台前各写一副对联。罗广生吃了两盏茶就写了:台上六七人雄兵百万,出门三四步走遍天下。挂上墙,大伙儿都说好。六根抽了烟,喝了茶,歇息了一会儿,许是酒喝多了,朦朦胧胧的,耳里仿佛有彩调的声音,那女子便在他眼前舞动。他吟得一联,一气写来:文中有戏戏中有文识文者看文不识文者看戏,音里藏调调里藏音懂音者听音不懂音者听调。大伙儿看了拍掌直叫好。

六根退后几步坐到板凳上,罗广生递烟给他吃。六根接了给罗广生添一盏茶,并坐一起吃烟。罗广生说:新建訾洲公园要弄书法石碑,知道不?六根说:耳闻了,但不知具体。罗广生说:旅游开发公司在搞。六根说:怎么搞法?罗广生说:选历代名人状写桂林山水的诗文刻勒上去。六根说:刻字要石头好,石材不好,风吹雨打的,不出一两年字就看不得了。罗广生说:我见过那石头都是从龙胜深山里弄来的,床那么大块,石色清纯石质坚硬,字刻上去一定好看又耐久。六根说:哪家旅游开发公司在弄?罗广生说:有几家在争,等消息确定,我再告诉你。六根将烟蒂在烟灰缸里摁灭。罗广生给六根续茶。

夜至深,热闹完大伙儿说散也就散了。

三

大家都在忙,各忙各的。金满月忙搓麻将,六根忙印新名片。市职工书法协会的主席患肝癌已去世一年,六根代主席也做了半年了。年前改选他正式转为主席,老名片就不好再用了,得换新的名片。

新名片上边写着:中国书法协会会员、桂林市职工书法协会主席、漓江学院书法客座教授、桂林市老年大学书法教授、桂林市乐年大学书法教授。只是后两个教授省写,与前一个教授共用而已。名片下边写着手机号码。六根这个学期除了老年大学、乐年大学的课外,增加了漓江学院本科生的课。乐年大学是师大工会办的,对外开办，广收门徒，什么学生都有，年龄参差，素质良莠不一。一周加起来六个课次十二节。课不多，钱也不多。钱不多六根自己不急，朋友急。猴急的朋友主动将自己空着不用的房子借给六根办书法班。房子是老宅院，院子里挺几竿瘦竹，孤零零的，遂取名瘦竹斋。六根选上好的酸枝木将瘦竹斋三个字写到两块匾上，一块挂在门外，一块挂在屋里。门外那块临于右任的字，屋里那块临弘一的字。他拿右任的字做面子，拿弘一的字做里子，是自有一番喜欢与考究的。瘦竹斋也印在名片的另一面，上面开设的班级有：书法基础班、书法提高班、书法创作班、高考班。但来瘦竹斋学书法的大都是启蒙的小学生。学生要上学，一至周五没得空。因此瘦竹斋的书法班开在周末。两个班，周六晚上一个班，周日下午一个班。学生不多，一班六个，一班八个。

  虽然学生不多，虽然都是临帖，教起来也不省心。因为学生来学习的时间不一致，六个人就有六个进度，八个人临帖就是八个帖。即使一个帖也不是同一进度。所以六个学生六根就要示范六次，八个学生他就要示范八次。家长们也是要看着六根一对一认真教自己的孩子，才放心。

  书法启蒙多从临颜真卿的《勤礼碑》开始。六根对《勤礼碑》的理解是切骨的深厚的，但他不能把深厚切骨的体会告诉给孩子们，因为他们体会不到。因此六根临帖时自己不说话，也不许孩子说话，只叫他们认真看，看仔细了。他们能看到几分就几分，能临摹到几成就几成，强求不来。总有好高骛远、自以为聪明的孩子，

《勤礼碑》临了二三遍就不耐烦了。六根就想起自己一本《勤礼碑》临了三年五载的经历，便说：三遍？三年都未必临得好！话虽这么说，现在也没有学生像他小时候那样一本贴一临就是临三年五载的。如果那样，他会把学生吓走，砸自己的饭碗的。颜真卿好，《勤礼碑》好，但世上好书法家多了去，好帖也多了去。人心大着呢，贪。因此一个学生一个学期下来，临了《勤礼碑》，还得临临《兰亭序》《蜀素帖》，或者《玄秘塔》或者《张迁碑》或者《石门颂》或其他。总之要变换着花样来。花样多了，孩子与家长都开心。于是六根就有了感叹，道：如今的人呀，哪有个定性呢！

六个孩子，六根要做六遍示范，一对一教学。一人一张，就是六张宣纸。一张三尺宣纸竖折两下，横叠四下，就成了三寸见方的方格，再对角叠两次，整张纸就出二十八个方方正正的米字格来。每个孩子来学字，第一次六根总先教他们叠米字格。六根的手指长而有节，竹节指。小指留着长指甲，长指甲于叠纸很受用，轻轻刮剌，纸就服帖了。六根叠纸很耐心很仔细也很从容，因为要教学生，便有了一招一式的程序，看上去有板有眼。静静地，有节奏。学生跟着叠纸，往往未动笔墨，六根就能断孩子的性格与书法的前程。折好纸，六根要认认真真凝神定气安安静静写二百零八个字，有时或者更多。一个晚上下来，只有六根自己知道教人书法是件费心气的活儿。用了心气，人就累乏。

六根回到家已困乏了，沾床就睡。一睡就梦。他梦见师父赵凤雅从背后悄悄抽他的笔，看他握笔是否有力，写字是否专心。赵凤雅见他在临《勤礼碑》就夸赞他，说颜真卿的帖一年练手，三年练眼，五年练心，此谓书法童子功也。正梦酣，却被金满月摇醒，掀他的被子，说：脚臭烘烘的，洗澡去。六根只好起来迷迷瞪瞪去洗澡。

巨大的镜子照着六根，六根赤裸着，任何一个洗澡动作他都看得一清二楚。六根打小就不喜欢照镜子，更不喜欢窥视自己的裸体。水蒸气很快雾了镜子。不知是谁的主意，在岸上画一条线，一伙男同学比赛看谁尿得远，谁能尿到漓江里，谁就有权放学时跟班上最漂亮的女同学一起回家。没想到那次六根尿得最远，尿落漓江发出嗒嗒的响声。一个长得又高又帅的男同学不服气了，抡拳就与六根打起来。六根又矮又小，被打得鼻青脸肿。哭着回来找师父，说：老天不公平，为什么把人造得美丑不一？赵风雅说：正是为了公平，老天才把人造得美丑不一样，慢慢去悟吧，等你长大就知道了。六根望着师父，赵风雅就说：好好练字，好好读书，书山有路。有宝要知道藏起来，不许再跟人拼撒尿！蒸汽腾腾很快雾了一屋子，六根看不见镜子，影子不存在了。六根一边洗澡一边在想他的书法启蒙老师赵风雅。

一张床上，总摆两床被子，六根睡左边金满月睡右边，各睡各的。假如有谁想夫妻之事，就主动蹭对方的被窝。可凡事总不是想象的那么简单，有想的矛就有不想的盾来挡。六根洗好澡出来，钻进自己的被窝，躺在床上舒服了反倒睡不着。他在被窝里辗转两回身子，伸出一只脚来去蹭金满月的被窝。金满月装不理。六根再蹭，金满月将被子卷得更紧，说：你睡你的被窝，我睡我的被窝，咱们井水不犯河水。六根听了这话。脚就缩了回来，僵在自己的被窝里。

忍字心上一把刀。结婚这么多年了，六根没让金满月怀上孩子，这是六根的痛。不孝有三，无后为大。六根背着不孝之名，心里像比别人更矮了。他去看过医生，身体没有毛病，金满月也去看过医生，身体也没有毛病。可金满月就是怀不上孩子。怀不上孩子，金满月就埋怨六根说他种子孬。六根想地不长草，不光是种子的问题，地赖，也会不长草的。

自此，夫妻床上那点事儿，六根也就淡了。

金满月嘴巴碎，话口袋，逮着什么说什么，六根就烦。六根嘴拙，天生寡言。老天生就的性格后天是不好改的。金满月就说他半天努不出个屁来，跟他在一起，嘴生蛆。六根不搭理女人，心里却又自己的理念。君子讷言，小人多妄语。他还在一本相书上看到说讷言者乃吉祥之相。讷言寡语也合符六根的养生之道，话多耗元气，散神，不利于涵养浩然之气。况且寡言还兼养口德。天下人皆知病从口入，祸从口出。

六根在网上见到一种自制钓乌龟的新配方，他照着做饵料。在厨房炒麦麸，待麦麸炒香，他又往里面加猪肝，加酒糟，加牛血。弄好鱼饵，六根就去江边钓鱼去了。

许是套路不对，六根空手而归。临近菜市，六根想想不妥，便进去买了一条鲤鱼拿回家。

金满月见六根有鱼回来,说:"撞狗屎运了,得这么大一条鱼!"六根正要说真话,可话到嗓子眼又退了回去,他不作声,走到阳台放渔具,然后坐在厅里看电视。电视正在播放新闻,新闻看完,看天气预报。金满月高兴捉了鱼去厨房杀鱼烹煮。看完《焦点访谈》,鱼便做好了。金满月端鱼上桌,六根拿碗去盛饭,夫妻俩相向对桌坐了,开始吃饭。

金满月说:"漓江鱼就是漓江鱼,看着就好吃。"

六根不作声,筷子伸向别的菜。金满月又吃了一块鱼,说:"鲜!"六根不说话,低头吃饭。金满月说:"吃鱼呀。"六根喝了一勺鱼汤。抬头看电视,电视正播广告,六根就换频道。他看戏曲频道。

"咿咿呀呀,唱个屁呀,绕死人了!"金满月说。六根没理。金满月就夺了遥控器,噼噼啪啪换频道。

吃着吃着,金满月吃出了不对,她嘴巴咀嚼的速度明显放慢,舌尖理出一片鱼鳞,从齿缝里顶出来,在唇舌间甄别,旋即用筷子夹了,放到眼前看,说:"鳞这么硬,这鱼有假!"见六根不作声,又说:"哑巴,问你话呢?!"六根还是不作声。

金满月说:"十哑九聋,问你鱼是不是漓江鱼?"

六根说:"我说了是漓江鱼么?"

金满月说:"你也没说不是漓江鱼哇!"

六根说:"我什么也没说。"

金满月说:"你没说比说了还混账,骗子!"金满月腕上一抖筷子，那片鱼鳞就落到六根脸上。

"你太过分了，泼妇！"六根擦掉脸上的鱼鳞。

金满月开吵了，六根架不住。来来回回吵了几句，六根便感到缺氧。鱼缺氧露头，六根缺氧喜欢抽烟。六根一抽烟，金满月吵得更凶。六根走到阳台抽，女人追到阳台吵。六根退到厨房去抽，女人追到厨房接着吵。六根避到厕所里去，想不到女人提脚打门来骂：抽抽抽，到火葬场去抽！六根觉得女人骂得忒毒，便回嘴骂：我死你寡！女人回骂道：你死我再嫁！六根就骂她烂尻。

厨房里传出砸碗的声音。

当晚，六根睡到了瘦竹斋去。

金满月迷麻将，泡在品茗轩里。品茗轩是茶楼，有吃有喝有牌搓。金满月迷麻将是真，迷马老板也不假。马老板是开金子铺的，兼营首饰加工。金满月喜欢那黄金灿灿的首饰，她的戒指换了一款又一款，样式不喜欢了，她就到马老板的铺子上去打新花样，马老板不收她的加工费，甚至金子的省耗也悄悄给她填补上。只要金满月愿意，她每天都可以戴不同款式的戒指，这于金满月是何等的欢喜。在这一来一往的欢喜里，金满月与马老板的关系也日复一日地暧昧起来。

马老板和金满月是麻将牌桌上的最好搭伴。这种默契只可意会不可言传。牌局开始前，先决定座次。座次是摔骰子决定东南西北的。一投骰子，马老板坐北面南，金满月坐西面东，夏姐坐南向北，牛老板坐东朝西。马老板成了金满月上家。金满月是下家，下家都巴望上家有好牌打出来给下家吃。打了几登牌，马老板就知道金满月等什么牌吃。牌打到最后，金满月也知道马老板等什么牌和。桌面上默契怕被人看穿，便将默契转到桌下。金满月在桌下跷着二郎腿，脚趾脚掌不同的击打方式能将她的信息传达到马老板的腿上。有了这种默契，金满月赢牌的几率大大增高。也有例外，因为那种默契极其暧昧。总有信息有传达不到位或者对方理解不准确的时候。所以赌场中输输赢赢是常事。风水轮流转，下盘到我家，这是金满月在牌桌上常说的话。

金满月搓麻将分昼场与夜场。昼场包午餐，夜场包晚餐，谁赢谁做东。品茗轩设有自助餐，花样繁多，品种丰富。除了熟食还有油茶、时令水果、各色茶点。茶点则是整日供应。到了吃饭的点儿，大家就下楼去就餐。餐毕，有的接着打麻将，有的开房去休息。

金满月与马老板开的是钟点房，马老板有点急，一进门就将门掩了反锁。金满月进了洗手间解手，解完手，在镜子前照影儿。镜里映出一个浓艳妇人，金满月揽镜自笑。摘了发夹，找梳子来梳头，刮刺几下头发，马老板就进来搂她。

宽衣解带上得床来并头交股而寝。马老板说：明儿个我多加点金子给你重新打个新花样的戒指。

四

桂林城山怪石怪洞怪，米粉也怪，三日不吃舌头就不爽。六根是日日要吃米粉的。六根吃完米粉到独秀峰上葬笔。六根用旧的笔从来不乱丢，他把它们收集起来，放在一个瓦缸里，然后找了个干净、风景且好的地方埋了。已是第五个笔塚了。六根刚埋好，手机响了。钱老大打来的，叫六根到壶山画廊去喝茶。手机那头说：有人看上你的字了，就是价钱问题，跟你商量。六根说：我过会儿到。

六根估摸着时间，走王城门洞，穿三元及第。解放桥公交车站牌下有一对老瞎子在讨钱。小板凳排排坐着，男的拉二胡，女的唱，唱得很卖力气，真嗓，出破音。从"月儿弯弯照九州"开始唱到"妹妹找哥泪花流"，听上去苦大仇深，细听还能听出几分婉转与深情，待唱到"天涯呀海角觅呀觅知音"时，六根看到那瞎女人伸手去找男瞎子，然后牵衣唱，六根霎时被感动了，从兜里找出两枚硬币走过去丢在搪瓷碗里，让钱砸出脆响。他想让这对瞎子知道，有人买账了，他们没白唱。俩瞎子会意，满脸堆笑。六根也跟笑，一笑，眼睛眯成一条缝，跟瞎子一样。白笑。

壶山画廊在七星公园内，近骆驼山，傍池，经营字画。店面不甚大，却会集了桂林城不少书画名家的作品。骆驼山旧称壶山，壶嘴那儿现尚存"雷酒人之墓"的摩崖石刻。雷酒人是明末江南名士，气节高操，性嗜酒，常与人饮酒赏花，饮辄醉，外号酒人，存有诗文。六根赶到，钱老大跟画家石浪在看一张画。古香古色的，像件古董。但不知是真古董还是假古董，钱老板拿着放大镜在细勘局部。六根站在对面，倒着看画，瞥了一眼，说：观音像。石浪就笑他眼拙，错把美人当观音。走到正面去，六根才发现是一张美人葬花图。钱老大说作者是郎世宁，石浪说不是。叫六根过去看印章。看了印章，六根也不能断。六根退后几步观赏此画，画上美人还真美。荷锄提篮，眼眸轻睨，衣带飘拂，设若有风定能将美人吹走。六根一见便生出怜爱来，说东西倒是一见旧东西，大概是民国初年的仿品。石浪说就是拿不准时间么。钱老大说叫裘教授来，他眼毒。石浪说：他不在桂林，到台湾讲《红楼梦》去了。

钱老大告诉六根想买他字的人是一位女老板，姓蓝名海花，温州人，这几年在桂林搞房地产，海赚了。钱多得烧手。蓝海花原是文化人，喜欢古玩字画，早几天来这里要批字画去布置新办公楼。她看上六根写的"带"字，说此字可与阳朔碧莲峰上的带字有得一比，是阴阳一对儿。碧莲峰上的带字可拆成"一带山河，少年努力"八个字，刚劲有力，天行健，属阳。六根的带字草书，柔韧婉绵，地生情，属阴。不仅暗含了八个字的意蕴，还将中国水墨的气息意境渲染出来。她说愿意交个朋友，晚上她做东请大伙儿吃饭，当面商定。六根说：我用"带"字换那张美人葬花图如何？钱老大说：算你问着了，这画就是蓝老板弄来的，我给你问问。钱老大便出屋外去打手机。一盏茶的工夫，钱老大回来，笑着对六根说：没问题，蓝老板晚上请大伙儿吃饭。

蓝老板的饭局定在福满楼，她与那儿的老板熟。那儿的老板姓万，光头，蓝海花叫他光老板，大家都跟着叫他光老板，不叫他万老板。光老板把蓝海花叫蓝花花，大家就惊呼说蓝花花好听，但大家不敢跟叫，仍叫她蓝老板。光老板是个有趣的人，讲话幽默搞笑，不经意间抖个包袱，让大家笑个不停。蓝老板推六根坐主位，六根推石浪，石浪推钱老大，钱老大推光老板，光老板说留给玉弟吧。六根不知玉弟是谁，那紧靠蓝老板的席位竟空缺下来。窗外有蝙蝠捉蚊子，捉来捉去，天就黑了。外边有燃鞭炮的声音，是楼下的婚宴开席了。蓝海花的手机响了，她一接，是玉弟打来的。蓝海花对大家说不用等了，玉山有演出，要晚些时候才能赶过来。于是举杯发话开宴。蓝海花看上去四十出头，中等身材，白皙而丰腴。大脸盘，大眼睛，眉纹得细细地向鬓角上扬。着时尚装，傅粉，涂猩红唇膏，眉眼精心描画过，麦穗短发型。玉镯、钻戒、金镶玉耳坠，隔着桌椅不用看六根都能嗅出她的珠光宝气来。

菜一道道端上来，大家轮着敬酒。说恭维话，恭维话说完就说闲话。闲话是屁话，一句一句抖将出来，虚虚实实，到头，全是空话，一笑了之。光老板是话匣子，钱老板是话秧子，石浪是话痨子，蓝老板是话茬子，一桌子的话坛锦簇。唯独六根不说话，蓝海花说他是庙里的泥塑菩萨是个话哑子。

大家盼着的玉弟终于敲门进来了。六根第一眼就看出他是吃戏台饭的。光老板拉他过来介绍，将他送到主位上坐。六根于是知道玉弟名字叫秦玉山，是桂林城戏坛名角。秦玉山坐在蓝老板身边，蓝老板频频夹菜给他，他莺莺地吃着，乖乖然。秦玉山喝酒吃菜说话一招一式均有舞台化痕迹，兰花指，看人留眼风，颦颦焉好以目传话。

话自然围着秦玉山转，转得一屋子花团锦绣。光老板夸秦玉山俊雅，钱老大赞秦玉山玉树临风，石浪说秦玉山谦谦君子，蓝老板最后说秦玉山是本城戏苑奇葩。他私下里还有拿手的活儿，演旦角。于是大家争着要见识秦玉山唱的旦角。秦玉山真的唱了。他唱的是"黛玉葬花"。蓝海花给他击掌为节，他起身站到屋子空处，端容入戏，捏细嗓子唱道："绕绿堤，拂柳丝，穿过花径，听何处哀怨笛风送声声。看风过处落红成阵，牡丹谢芍药怕海棠惊。杨柳带愁桃花含恨，这花朵与人一般受逼凌。我一寸芳心谁共鸣，七条琴弦谁知音，我只为惜惺惺怜同命，不教你陷落污泥遭践蹋。且收拾起桃李魂，自筑香坟埋落英。"

　　听到此处，六根听出了悒惶，莫名想起自己葬的笔塚来，心里嗟叹不已。唱完又继续喝酒。光老板提议要秦玉山与蓝老板喝交颈酒。蓝老板不避，秦玉山倒不好意思起来，脸倏忽红了。大家见他脸红，愈要逗他。玩戏子并不新鲜，但蓝海花是玩真的，这是后话。

　　六根将那美人葬花图挂在瘦竹斋，画旁录了一首诗，诗是胡适题桂林雁山园写的："相思河畔相思岩，相思岩下相思洞。三年结子不嫌迟，一夜相思叫人瘦。"

　　一日这诗被石浪看见，说：妙！三日不见当刮目相看，六根兄外面可有相好的女子？六根说：何出此言？石浪说：这墙上又是美人又是相思的，岂是假语？六根说：画是别人的诗也是别人的，岂能当真？石浪说：借假说真，借景抒情么！六根说：石兄知道的，本人素来无缘桃花。石浪说：风水轮流转。六根说：别瞎诌了，咱们到祝圣寺吃茶去。

六根将车放在寺庙的斋堂外的石狮子旁，斋堂门墙上写着：天雨虽宽不润无根之木，佛法广大不度无缘之人。照例六根进庙要烧香的，说是跟佛菩萨打个招呼。阿福坐在柜台那里抄经，见有人进来买香，便停下笔，起身去拿香。六根说：写什么呢，那么专心。阿福说抄经。六根问：抄什么经？阿福说：抄《地藏经》。六根说：为何抄此经？阿福道：度胎灵。石浪问：胎灵是什么？阿福说：堕胎的婴灵。六根说：管用吗？阿福说：看发心与缘分。正说着，素猫从大殿那边窜过来，阿福就叫猫，猫听阿福叫它就乖乖拢到阿福跟前，阿福随手给它一片香芋糕吃。石浪说：这猫可有鱼肉吃？阿福说：没有，它随人，我们吃素它也吃素。六根说：这猫稀罕了。

有人在大殿那儿摇签，石浪也跟着去摇。摇好签拿来给阿福，阿福到木格子柜里拿解签条。石浪想叫师父解解签。阿福说：我给你找师父去。阿福找不见自空师父，见哑巴和尚拿着扫帚过来扫地，就叫他解。哑巴和尚原本不哑，出家前是个摆摊算命的，能说会道，后来得了场大病，病后喉咙失音，医生都治不好，便知老天在罚他止语。后悔自己妄言太多，胡言乱语骗人钱财。哑巴和尚看了签语，又瞅瞅石浪，然后在签背面写了一句话："要知前生事，今生受者是，要知来生事，今生为者是。"石浪看了良久，若有所思，亦不再问。

观慧知六根来了，下楼来迎见，说裘教授也来了，在楼上吃茶。裘千粟是师大文学院教授，研究民俗的，将《红楼梦》前八十回从民风民俗的角度一一做了研究，出版了几本探轶丛书，引起了红学界广泛关注。不久前去台湾参加海峡两岸红学研讨会，回来又在桂林百姓讲坛开坛演讲。上星期书城签名售书，报纸上做了专题报道，沸沸腾腾，热可炙手。裘千粟见六根与石浪上来，便介绍两位学生，一男一女，说他们对宗教感兴趣，正在撰写桂林市宗教现状的田野考察报告。裘千粟擅说，大家坐在亭子间吃茶，听裘千粟滔滔侃论。

裘千粟说：宝玉宝玉，温饱（宝）思淫欲（玉）。我在台湾演讲时，此话一出口，台下就有人笑倒。

石浪说：有意思，我也要笑倒了。

裘千粟说：最近我一边读《红楼梦》一边读佛经，将《红楼梦》与《楞严经》一起研究。发现它们有许多相通之处。同是讲色空，讲六根不净烦恼起，佛陀讲得苦口婆心，曹雪芹却将那苦口婆心演化得栩栩如生。

那女生说：曹雪芹有颗菩萨心肠。

裘千粟说：这是我最仰慕曹雪芹的地方，宝玉就是众姐妹心中的菩萨哥哥。我心目中，好的文学作品其实是一部佛书。

一只鸟口衔一粒籽飞向岩壁，停在岩壁上那棵榕树上，另一只鸟朝它叫，那鸟也叫，口中的籽就掉了，正好落到六根的茶盅里。六根一看是一颗桂花籽。起身向岩壁泼了，正泼着一株长在岩壁缝里的野水仙，那水仙正开着花，花瓣洁白如雪。六根嘴里忙说对不起。

那男生说：老师再举个例子。

裘千粟说：比如《西游记》。你可以当佛书来读，亦可以当世俗书来读。吴承恩之伟大在于给世人讲了一个复杂的"人"。唐僧、孙悟空、猪八戒、沙和尚，四个合起来才是一个真正的人。作者掰开人性，借唐玄奘西天取经的真实故事，凭一椽生花巨笔，生动写去，肉眼显肉，慧眼显慧，佛眼显佛。

观慧接话，赞道：佛法即世间法，稀松平常，把人做好了，佛就成了，即禅宗里说的人成佛成。

六根进到观慧的禅房里去。观慧的禅房清洁又干净，墙上素白，窗台养一盆兰花。没有床，对窗有一禅榻，榻中间有一矮几，榻上靠墙处排满书。一张用来写书法的大桌子居屋中央，桌上有文房四宝，还有一只小铜香炉，炉里点了檀香，虚隐隐的，有暗香浮动。近榻一张木几，上面放着一张古琴。那张琴是观慧挂单镇江金山寺时，扬州一居士送观慧的。蕉叶式，样式古朴，色调雅致。大家叫观慧抚一曲，观慧就将琴移出来，端坐亭子间，静静的，清吸一口气，抬手上琴，一缕音从弦上抹挑出来——《平沙落雁》。六根能听出雁飞雁落，雁盘雁旋，雁顾雁盼，回雁逗雁，雄雁让雌雁，大雁携幼雁，雁群扑翅的声音来。大家都说观慧弹得好听，观慧就又抚了一首《鸥鹭忘机》。听完琴，大家又看六根写书法。

六根举手落笔写的是:"郁郁黄花无非般若,青青翠竹总是法身。"女学生问:何谓般若?何谓法身?六根说:"般"不读般,读"波";"若"不读若,读"惹"。然后请观慧来解释。观慧有些腼腆,憨憨对人笑,然后说:"般若是智慧的意思。法身是佛的三身之一,不可以把形、色、相貌来拘泥的。不可见。话一落音,女学生继续问:佛有哪三身?观慧答:法身、报身、应身。男学生问:那么佛有三身就是有三尊佛了?观慧说:不是。佛只是一尊佛。千江有水千江月,而月只有一轮。我们说的释迦牟尼佛是应身佛的名号,法身佛的名号叫毗卢遮那,报身佛的名号梵语叫卢舍那。洛阳龙门石窟那尊大佛就是卢舍那佛。

正说得热闹,自空大和尚上得楼来,他手里拽两个大沙田柚,笑呵呵的,叫观慧拿刀破皮给大家吃。大家起身给师父让座。

自空师父乐呵呵将柚子一瓣一瓣分开,梳子样放在盘里叫大家吃。

有婴儿的哭啼声传来。不一会儿,阿福抱着一个啼哭的婴儿上到楼上来找师父,说:有人把着孩子丢在庙门口了!这里还有一个包袱。自空师父说:打开看看!观慧将包袱打开,里面有两套孩子的衣服,打开衣服里面又包了一个红布包,再打开红布包,里面是一张纸条,上面写着这个小孩的出生年月日和时辰,其他什么也没有。无姓无名无丢弃理由,阿福说是有人故意丢到庙里的。自空师父说:既然有人故意丢在庙里,我们就好好养着。

到吃饭时间了,自空师父请大家到斋堂去吃饭,说:吃斋消灾。大家欣然下楼。

五

下午六根带学生去桂海碑林参观并学拓碑。讲解员是个年轻的姑娘，她的声音听上去既清纯又糯甜。六根静静地听去，声声入耳。六根边听边环视岩壁，石刻累累，重重叠叠，如一部翻开的石头书，一翻一千年不动，叫人叹为观止。龙隐岩又叫布袋岩，布袋二字就刻在头顶。环视整个岩壁还真像个布袋和尚肩上遗落的布袋，口收圆括，肚囊大而实，里面坠着沉沉的摩崖书刻。

正对岩口，有个"佛"字，堪称桂林摩崖石刻中一绝。绝在它画中有字，字里含画。乍看是个四笔写成的一个草书佛字，细瞧却是一个老妇在擎香拜佛。笔画间可见香烟缭绕，字形与字义完美切合。上百年来一直被人们赞叹不绝。这字更绝的是写此字的时间。清光绪年农历七月十五，丙申年丙申月丙申日丙申时，难得四时凑齐准。存此书法，乃天意。

观慧小和尚也站在人群中看师傅拓片。拓片师傅先在石碑上洒水，将宣纸贴上去，用鬃刷刷平，四围用二指宽的纸条沾一圈，护住拓片。待干，用刷子打碑。刷子是用野猪鬃特制的，轻轻均匀地敲，目的是让宣纸吃紧碑上的字，吃得愈紧愈好，吃得愈均愈好。吃紧了，字就显了出来。然后用墨包拓字。墨包里是棉花外面包成一圆，大柿饼样，柿饼蒂儿即为布包结合处，紧缠做出一个把儿来，握了，手一下一下在碑上拍打，将墨团打在纸上，便开始拓碑了。拓片手腕子上用力,力要均匀,一墨团压一墨团,排开去,笃笃笃听上去像庙里敲木鱼,只是声音更沉闷些。人群中有人说七说八,说东侃西,没有章法。有人央求亲手体验拓碑乐趣,师傅就让出来,给学生自己体会。有一男生接了师傅的墨包且按照师傅的样子去做,可不得要领。就有人在旁边教:像给女人傅粉一样。就又有人接嘴:麻婆子打粉,下手重点。有好事者出手,说:哪个女人有那么大张脸,不是脸是屁股。更有人说:你老婆的屁股那么长,要拿什么家伙来日弄?话一落,众人哄笑。

学员们都挨着个儿去体验拓片。先前的白宣纸变得乌黑油亮,黑底白字呈现出来,分分明明。是一副篆刻对联:"安心身不辱,知己心自闲。"拓片干后即可揭下完成。

六根在指导学生欣赏书法,因为篆书有很多人不认识。

拓片完,下课,人就散了。六根手机响了,是栖霞寺住持大慈法师的电话,说有急事求见,六根与观慧小和尚绕月牙山过去。

穿过曲折有致的回廊,才到方丈室。方丈室背靠七星山,两层,下面大厅是接待室,墙上挂满了各级领导来寺庙视察参观的照片。厅里供着玉佛,佛案前供着许多尊瓷制菩萨。六根看了看,一尊千手千眼观世音菩萨望着他笑,六根一眼就喜欢上了。觉得面善,便回头多看了一眼。

上楼,六根见栖霞寺大慈住持与一位戴眼镜的先生还有文化局局长在等他。大慈主持介绍,说:这是市长办公室易秘书。六根伸手过去——握了。落座吃茶。易秘书说:有事麻烦柴书法家了。六根听了才明白。原来昨日北京来了一高官,那高官的岳母在七星公园游玩时,看见庙门前的石板上刻的《吉祥经》,便起了欢喜心。老人家笃信佛,说要请本寺法师的真迹回去供养。可大岳法师回衡山福严寺了,颜体楷书,整个桂林城颜体写得好的书法家不少,要说好功底当推六根字最厚重。明天他们就要离桂,所以连夜赶来,叫六根救急。话说到这个份上,六根也不好推辞。他们先请六根到月牙楼里吃了饭,喝了酒。

酒吃到薄薄醉时,话就聊开了。局长说:市书法协会主席快退休了,你有意到市书协这边来吗?六根说:来,固然好,将两个书协联合起来,力量肯定会大大增强。易秘书说:联合起来好,合作双赢。六根说:事情没那么简单。易秘书说:有什么需要我帮忙的以后尽管言语就是。说完大家便举杯干了。

吃完回到大慈住持那里写字。六根从包里拿出墨块,观慧磨墨。六根缓缓从怀里拿出他那支生香妙笔来,去青花瓷钵里浸泡,然后坐回凳子上喝茶抽烟。抽完一支烟,喝了几盏茶,墨也磨好了。六根整袖踱步到书案前,凝神静气,捉笔提腕开始书写。

六根没要润笔费,他要了那尊千手千眼观世音菩萨。

照惯例每年春季桂林市要与日本友好城市熊本市举行书画联展,已通知六根参展。桂林城是个重视书画艺术的城市,每年都要举行大大小小不同规格的书画展。在这众多的书画展中,六根最重视跟日本的书画展。因为这是对外,代表的是中国人,中国人爱面子,输不起。六根想我得拿出好作品来,镇镇日本人。要让日本人知道书法的根永远在中国，骨髓里的东西是不好学的，血液里的东西外人是学不来的，它需要传承，几千年的传承。他们学去的往往只是皮毛。

六根在瘦竹斋临帖。他先临张迁碑，再临于右任的字，再后临弘一法师的字。弘一大师晚年的字最难临。炉火纯青，不着烟火气，明净、平淡、恬静、安详、稚朴、冲逸，朴拙圆满，浑然天成。那是大师一生的修为，六根心仰慕之。六根在临弘一写的《心经》。书法练到一定程度，功夫不在手上不在眼里，在心上。六根想，在心上磨刀，刀上出刃。一个"忍"字在胸，成就了多少英雄梦。

六根常梦见赵风雅，梦一次，六根就要给师父供一碗饭。对着虚空，三鞠躬，感谢师父赏他书法这碗饭吃。

桂林城不大，老城小如铜钱，外圆内方。王城是内圈，两江四湖是外圈，内圈写成一个"井"字，外圈写一个"回"字。铜钱的眼儿是王城内的月牙池，铜钱上有两个自然地标：内圈是独秀峰，外圈是象鼻山。在这水绕山环的桂林城里，最便捷的交通工具不是汽车是电动车。北门观音阁是卖电动车品牌最多的地方，六根买了一辆绿源牌电动车。

六根骑着他的新车去花桥展览馆参加一年一度的桂林市与熊本市联合举办的中日友好书画展。

祝贺的花篮排满展览馆门厅内外两侧。六根是带着老年大学的学生来观看展览的，他的学生站在他身后。上午九点开幕式在展览馆前的小广场上举行，中方书法界的名流讲话，日方代表讲话，市领导到场祝贺，最后是中日双方领导剪彩，同时军乐队吹奏迎宾曲，放飞气球，放飞象征和平的白鸽，气氛热烈。

参观书画展，是长眼的好机会。六根随着人流慢慢观摩，他身边聚围着不少学生，他一边看一边要回答学生的诸多提问，一圈走下来比旁人要累。六根参展的作品放在第一展厅显眼的位置，一幅扇面，行书，上书："漓江之水清兮可以濯吾缨，漓江之水浊兮可以濯吾足，漓江之水净兮可以濯吾心。"这幅字妙在对相同字的不同处理上。六根将它们处理得恰到好处、服服帖帖，观者无不赞叹。

下午是中日书画家座谈会，即两国书画家之间书画表演即切磋技艺结交朋友。六根泼墨写了几个斗方：一是虎字，二是鹰字，三是带字，四是福字。都被日本友人要去。

六

真是闲处光阴易过，倏忽又到端午佳节。端午节插菖蒲挂艾叶，祭龙祭神祭屈原，抛粽子划龙舟，放鞭炮，敲锣打鼓，跳傩戏，驱妖捉鬼。漓江两岸甚是闹热。二皮打电话给六根，说罗广生在百姓酒肆叫他过去喝酒。

六根到了，二皮高兴不迭，赶紧安排包间。六根说坐外面好看戏。于是就拣了楼上最好看戏的位置。六根与罗广生对坐，二皮去办公室拿他的窖藏酒，说：今天哥儿仨好好吃酒聊天。二皮叫人过来沏茶、送烟，自己亲自到厨房吩咐去了。六根看上次写的对联已经挂在舞台两旁的廊柱上,自个儿欣赏了一番。戏还没开演,舞台显得空旷,偶尔有化了装穿了戏服的演员从台后走出来,六根就盯着看,出来一个盯一个——他在找那个熟悉的身影。

罗广生呷了口茶说:这些天,我忙得屁股冒烟,訾洲公园的石碑的块数已经定下来,消息一传出,踏破门槛了,协会许多人自荐或他荐前来找我要求写碑,饿狗抢食一般,人不知斤两了!六根不说话。罗广生又说:我只好装不知道,说这事是旅游开发公司的行为,与书法协会无关,这得罪人的事全揽到我身上了。六根打开纸扇摇了摇,风就来了。罗广生停了停,从包里拿出一张纸,说:现在还剩燕亭了,你看看愿不愿意写?六根没有挑选的余地,便答应下来。

二皮拿了瓶窖藏十五年桂林三花酒上来,卤味拼盘一上来他们就开喝。慢慢喝将起来,戏就开演了。戏开演,肚包鸡、蛇肉也先后端了上来。

台上唱《三看亲》,换了戏班子。戏是热闹逗笑也好看,可六根没看到上次那位红衣女子,心怅然。试着问二皮,说:上次唱彩调的那班演员呢?二皮说:你说白玉壶呀,被人挖走了。六根呷了一口酒,说:那女子的戏演得真不错。二皮说:怎么老兄对那女子感兴趣?六根马上否定,说:哪跟哪呀!遂劝酒,仨又举杯干了。吃菜。那夜,六根喝得有点醉,二皮说醉了正好草书。六根就草书一首唐诗,二皮说:看上去像一堆麻绳缠在一起跳舞。六根笑。罗广生说:要想一堆麻绳跳舞,且跳得兴致勃勃又极具韵味，那叫本事。

六根记住了白玉壶这个女子。

翌日，祝圣寺举行重修落成大典。六根起了个大早，他要到瓦窑工艺品批发市场取雕刻的《心经》送到寺里去。骑着绿源车往城南赶去，到了瓦窑那家雕刻店，老板还没起床。六根将老板叫醒，老板再把雕工叫来。雕工将一捆竹简抱进来，放在桌子上解开绳子打开让六根看。六根逐一轻声念去，字字珠玑，无一错漏。只是觉得题头上"心"字刻得不满意，"心"字的左右两点散了，无力，压不住，叫再刻。

六根跟雕工到工作间，雕工拿纸笔叫六根重写"心经"二字，六根说用毛笔直接在竹片写好了。雕工就选了一根新竹片叫六根写。六根用心写了，雕工马上刻。这回雕工刻得极认真仔细，六根看到刻出来的效果有泰山金刚经的味道，才满意。

祝圣寺人山人海，六根挤在人群中。六根打小和尚观慧的手机，观慧出庙门接他。观慧将《心经》竹匾挂到客堂的墙上，主持自空师父看了直说好。

举行完仪式，中午在庙里吃饭。吃完饭六根回家，经六合旧货市场，六根进去转悠。六合市场有很多旧书摊，六根去淘了几本旧书。一本是郭沫若书写的毛泽东诗词，一本是齐白石书画篆刻，还有一本是堪舆风水。六根找了处有太阳的地方坐下翻看手里的书，忽而有锣鼓丝弦的声音往耳里钻，六根隐约听见了彩调声。他停下来，起身朝六合剧场走去。

果真有人在唱彩调，热热闹闹。剧场坐了不少人，台上唱的是《草鞋配》。以草鞋招婿挺有趣的。六根认为趣点一是里面有对对子。女主角出上联："真真假假，假假真真，真假真假，假假假，假真假真，真真真，真心相爱。"且对联是变化着的，纨绔公子对不出，便自动退出。趣点二是一只老虎将一只腿长一只腿短的穷书生吓得两只腿一样长，治好一个瘸子。趣点三是那女主角一直蒙面出场，直到洞房花烛夜不被其丑所吓走的才能看到她美丽的真容。吊观众的胃口，待女主角拿下半遮面的纱巾，六根才发现那女演员就是他要找的那个白玉壶。

一连数日，六根在想戏台上出的那个对子。他对了几个，均觉不妥。一日闲坐漓江垂钓，眼睛盯着一江丰盈的江水，久不上鱼。心里发呆，有了戏台上的下联："迷迷悟悟，悟悟迷迷，迷悟迷悟，悟悟悟，悟迷悟迷，迷迷迷，迷途知返。"六根收竿回家，将那对联潇潇洒洒地写了，挂到墙上。撰得了此联，他最想告诉的人是那女子。他不知道她是否也懂对联，剧本上肯定没有下联。第二天六根上完课再到六合剧场去看戏，那草台班子却走了，走得没踪没影，让他无法打听。空荡荡的剧场，六根由脚闲步，他发现小海报贴在舞台一角的墙上，近前去看。他看见其中有一张白玉壶的剧照，他有点不好意思，望望左右没人，才伸手去扯广告。广告糊得紧，又被另一张广告压着边。他怕撕烂，坏了照片，便小心翼翼用指甲沿四围边缘慢慢刮起。海报被揭了下来，边缘有损，白玉壶的剧照无损。六根端端地将海报夹在书里带回去放在床头。

六根将那个名叫白玉壶的女子藏在心里。藏久了，长草。草长莺飞，有时就乱六根的心。六根开始相思了。夜里睡不着，拿白玉壶的剧照看了又看，只是不厌。将照片放到枕头底下枕着，枕不多一会儿又拿出来，贴着脸儿瞅，瞅够了才去睡。

醒来，便骑着他的电动车满世界去找那个叫白玉壶的女子。从城南到城北，从城东到城西，只要彩调演出的地方，他几乎跑遍了，就是碰不着。六根只是不服气，桂林城就这么屁大个地方，他不信他找不到白玉壶。可日子一天天过去，白玉壶像雪花蒸化了，无踪无迹，就是找不到。

一日，六根吃过晚饭到玻璃桥看彩调。他沿漓江边走，到大瀑布饭店前再转杉湖到阳桥。过阳桥就是榕湖。玻璃桥建在榕湖上，连接岸与湖上一小块圆形陆地。夜里彩灯启亮，桥是琴弦，陆地是戏台，像只琵琶浮仰水面。戏一开场，那更是琴弦在拨动了。

六根早早买了票过桥去。露天演出，没有幕布，演员就坐在湖边化装。六根看到了一张熟悉的脸，那是秦玉山。秦玉山在勒头吊眉化装，他没有看见六根，六根却在看他。六根手里要拿把扇子，扇子上多半是他自己写的墨宝，诗是自己作的。在书法行当里，能自己作诗写联是件很光脸的事，在别人眼里你是有文化的，没文化是弄不好书法的。六根坐在一棵桂花树底下，袖出一把纸扇，扇而非扇，非扇又扇，舞台道具一般，在指间把玩。偶尔用来赶赶蚊虫，打打节奏。

远远的，六根看见一个女子疾速打玻璃桥那边走过来，就是在千万人中他也不会错认的女子,他眼睛一亮,他认出那女子是白玉壶。六根想不到他左找不到右碰不着的那个女子,在这不经意间像天上掉下来的林妹妹,突然出现在他的眼前。

白玉壶将拎的一个大包挂到一树杈上,脱了外衣,从包里拿出粉彩盒子准备化装。秦玉山将一把椅子放到白玉壶的屁股底下,再附她耳根说悄悄话。白玉壶听了一笑,伸手扯秦玉山的耳朵。六根一看就知道他们关系不一般。白玉壶坐下来,匀脸,扑粉,抹彩,再精细地描画眉眼,然后贴片子,梳大头,戴上点翠头面,插上绒花,一个鲜靓的舞台旦角就呈现在六根眼里。

蚊子在湖面赶圩,乌泱乌泱天就黑了。彩灯启亮,锣鼓弦子响了起来,演出开始了。他们唱《王三打鸟》,秦玉山演王三,白玉壶演毛姑妹,载歌载舞热热闹闹的戏。秦玉山唱:打开东门送花来。白玉壶唱:叫声哥哥请进来。秦玉山唱:哥哥就进来。白玉壶唱:妹妹笑颜开……台上的白玉壶秦玉山拿着彩扇,边唱边舞,像两只蝴蝶,眉目传情。六根明白二皮说挖走白玉壶的人应该是秦玉山了。

七

明眼人都知道白玉壶与秦玉山是一对恋人,台上是一对,台下也是一对,双璧。白玉壶是只鸽子来来回回在舞台上飞,不谙世事。她所经所历皆从戏中来。她入戏,演什么像什么,身心俱迷。

入戏深时，几天出不来，台上连台下，秦玉山就笑她戏痴。

他们常常到七星公园约会。白玉壶躺在草地上数天上云朵。云朵善变，数着数着，羊变成了狼。秦玉山不数云朵数树上的鸟，跟白玉壶赌单双。说：如果单，我亲你一口；如果双，你亲我一口。白玉壶说：横竖是亲嘴，不干不干！他们俩滚在草地上嬉闹，惊得雀儿蓬蓬飞。

缠绵不够，他们就去花桥酒店过夜。

恋爱往往糊里糊涂犯错误，白玉壶怀孕了。秦玉山说：还不够票子还没有房子没有车子呢，堕胎吧。白玉壶于是去堕胎。

第一次堕胎，白玉壶害怕，没底。脱裤子，上手术台紧张得牙齿打抖，手脚发冷。医生说：吃东西了没有？白玉壶说：早上只吃了点米粉。医生说：再去吃点。白玉壶就穿好裤子出医院去吃东西。

白玉壶散着脚在街上走，找吃的东西。她在一家超市门口停下来，见一位母亲推着婴儿车出来，就盯着看。那婴儿胖嘟嘟的，对她笑。白玉壶心里犹豫了，她打秦玉山手机，说她害怕，不想手术了。秦玉山就在电话里劝她不要怕，待他忙完，马上就赶到医院。

白玉壶进了超市，心散着脚乱走。她发现自己莫名地停在卖婴儿用品的货架前，东瞅瞅西瞧瞧，她不知该做什么。

她最后是买了一个面包一瓶牛奶坐在餐吧那里吃。餐吧那儿有书架，书架上放着许多杂志，她随意翻看。她发现上面的倩女和帅男都装，装快乐，惊人相似，这是一个消费快乐的时代。

回转医院,秦玉山已守在那儿。白玉壶去手术了。在手术台上,白玉壶大呼小叫,那是未经谋面的孩子向她的挥手道别。若干年后,白玉壶有了后悔,悔恨自己将一个鲜活的生命扼杀在腹中。

白玉壶没有请假,隐瞒着休息两天就登台演出了。新排演《祭塔》。白玉壶扮白娘子,秦玉山扮许仙。在漓江剧院连演三天。

演三天,六根就看了三天。《祭塔》改自《白蛇传》,它是桂林版的白蛇传。锣鼓响起来,弦子拉起来,灯光打出一片桂林山水。青蛇着青衣,白蛇着白衣,青蛇开道,白蛇随后。幕后音乐响起,唱道:"最爱漓江三月天,斜风细雨送游船,十世修来共船渡,百世修来共枕眠。"白玉壶一身素白装扮莲步出场,一个半托月亮相,唱道:"离了仙山到岭南,人间竟有这美丽的河川,漓江上杨柳丝儿将船儿轻挽,颤声中桃李花似这怯春寒。"台下叫好声响起。六根细细看去,到仙山盗草一节,六根看出了异样端倪,他断定白玉壶身体不适。她眼眸里含了幽怨,不该皱眉时皱了眉台步夹得紧而沉。该使十分力时只使了七分,该抬七分腿时,只抬了五分,该下五分腰时只下了三分。这是用内力,精气神的东西,若外行是看不出来的,粗心的人也看不出的,不熟白玉壶更看不出来。但六根看出了,他不仅看出了还替她担忧。一声:"断桥未断,却断了柔肠。"六根看出了白玉壶眼中的泪花。台下掌声四起。六根感觉太真了,他替她心疼,忽而他发觉自己的眼角也湿润了。他感到喉咙发干,他深深地吸了一口气,然后慢慢地吐将出去。

演毕,六根请秦玉山、白玉壶吃夜宵。

农历七月半，民间鬼节。人人不见鬼，家家却要祭鬼了，且马虎不得懈怠不得。鬼从风，喜走水路。天一黑，人们纷纷到漓江边祭祀。人一多，警察便出动维持秩序。有专用于祭祀的白色纸袋出售，上面印有祭祀格式，用笔填上祭祀人和被祭祀人的关系即可。六根在滨江菜市日杂店买了三个祭祀袋，分别填写好父母和赵风雅的名字。江岸上一堆堆火燃起来，连绵一气，远看像两条火龙。人多，六根下到河滩上去烧，用石灰打四个圈，依次是父亲、母亲、赵风雅、过路神仙，在圈里燃起蜡烛点上香，插在地上，开始烧纸钱。烧完纸钱，放鞭炮。也有不放鞭炮的，只静静地烧纸。水里有人在放河灯，空中有人放孔明灯。一盏一盏在空中飘升。六根烧完纸钱在解放桥下碰见白玉壶，白玉壶在放许愿灯。她在许愿灯上画了两颗心，一根箭射穿了两颗心。六根掏出打火机帮她点里面的石蜡灯，火燃起来，灯罩被热气撑开，圆成一个灯笼。随着火焰的燃烧，氢气越来越多，灯飘飘欲飞，待灯高过头，白玉壶就将它放飞。让灯漂到天上去。放完灯，六根邀白玉壶到瘦竹斋去吃茶。说他得到一饼尚好的普洱茶正等人去品。

走过王城门洞，俩人来到瘦竹斋。进屋，上楼，烧水，沏茶，对坐着喝。茶至半酣，白玉壶向六根索要墨宝。六根要白玉壶为之研墨。六根拿出一把纸扇来。白玉壶站着，朝他微笑，静静地为他研墨，六根如在梦里。六根问：可要我写什么好？白玉壶娇羞一笑，低头道：把我的灵儿魂儿写到书法中去。六根说好。他眯缝着眼睛看白玉壶，一袋烟的工夫，白玉壶研好了墨。六根就取出那支妙笔,挥毫泼墨,竟是一首嵌有白玉壶名字的藏头诗。

那是一笔绝好书法,人见人夸。第一句:"白雪红梅傲霜枝。"笔若春蚕,蠢蠢欲动,那是白玉壶出场的台步。第二句:"玉兔月宫伴仙子。"笔如青烟,袅袅如挂丝,那是白玉壶的唱腔。第三句:"壶内纳得天地在。"笔走龙蛇,脱跳有致,那是白玉壶在蹁跹起舞。第四句:"一片冰心遇相知。"水决堤了,席卷而来,锵锵锵,锣鼓声震耳,转而一声裂帛,那是白玉壶眼里的晶莹的泪花与观众的喝彩!

八

金满月跟外面的男人跑了,跑得无影无踪。

半月后,六根在邮箱里收到金满月一封信。信里说不要为她担心,她过得好好的。离婚是迟早的事。她已委托了律师,不久律师会来找他。她还说她已怀上了孩子。

金满月怀上孩子了,这无疑是金满月给六根一记耳光,打击太大。医生无法证明的东西即科学无法证明的东西,她金满月给证明了。证明六根这个男人种子孬,他六根是个孬种。

这样看来,金满月不在桂林城当是件值得庆幸的事。六根要脸。

六根有一天碰见与金满月一起搓麻将的夏姐,她告诉他金满月在云南发了大财,做金镶玉的生意。由此六根心里更安妥了。

国庆节罗广生开车跟六根沿漓江下到阳朔兴坪去钓鱼。他们租了条船，泊在二十元人民币背景的地方，面景垂钓。天高云淡，云淡风轻，青壁高耸，日光晶晶。此处水深鱼肥，不多久，罗广生就钓上鱼。六根拿出一张二十元的人民币在看，看一眼手中的钱，又抬头望一眼面前的山水，像在甄别真伪，想找出钱的瑕疵来。罗广生说：上钩了！六根马上起竿，真的钓上一条大鲤鱼，四指宽。

收获颇丰，他们的心思就不在钓鱼上了，逆水而上，钓翁之意不在鱼，在乎山水之间。江上旅游船来来往往，一派繁忙景象。一路品山玩水，六根说：水波澹澹，望峰息心。罗广生说：水何澹澹，望峰起雄心。六根说：风不动，幡不动，心动。罗广生说：这山水怎么就看不厌呢？六根说：相看两不厌，唯有桂林山。罗广生说：每次来九马画山，我都要数马，但每一次马的匹数都不同。六根说：这就是大自然的魅力。他们就将船停下来，数马。一匹马，两匹马，三匹马，四匹马，五匹马，六根就数不下去了。罗广生数了一匹又一匹，好不容易数到八匹马，就数不下去了。重新来数，乱了，数到七匹就数不下去了。他不服气，再数，又再数，最后一匹马他还是数不出来。六根说：别数了，你天生中不了状元，没那个命呀，你知道么！谋事在人，成事在天。罗广生于是就笑了，笑完还是说：别急着走，让我再数数，我真不信，难道我眼睛有翳，看不出第九匹马来！六根说：眼睛有障眼法的，就像吃迷魂药，障住了，出不来局的。罗广生说：谁吃了迷魂药？六根说：谁都可能吃迷魂药，那二十元人民币就是一种迷魂药。

上岸他们把钓的鱼拿去饭店加工煮了，坐在临河的楼台上喝酒吃鱼。他们喝漓泉啤酒，一杯又一杯吃下肚，七分醉时，开始聊话，全是醉话，全是心头话。罗广生说：老兄，你猜我在桂林书法界最服谁？六根说：我不知道。罗广生说：你要不要听？六根说：讲。罗广生说：我最服的人是老兄你！六根说：想不想知道我最服哪个？罗广生说：我不知道！六根说：你猜猜么？罗广生说：猜不着，你说。六根说：赵风雅！

罗广生说：赵风雅是谁？六根说：我的书法启蒙老师。罗广生说：因为我服你，所以怕你，听说职工书协要与市书协合并，你要做下届书法大主席，是么？六根说：我做不了大主席。罗广生说：你愿不愿？六根说：人各有志，我志不在此。罗广生说：你给我发个誓，说你不愿做大主席这把交椅。六根说：我用我第六根手指发誓，如果我有此野心，我就断了此指！六根真要拿刀砍手指，罗广生一把拉住，说：不用不用，这我就放心了！

两个都喝醉了，趴桌子上就睡了。睡醒，罗广生打电话叫人来开车回桂林。

世上没有不透风的墙，六根与罗广生在兴坪钓鱼的事有人瞎传，传成了黄色花边，说六根与罗广生在阳朔西街艳遇一个女子，为了争那女子，六根断了第六根手指。

天热，人们涌向漓江，像下饺子，一个一个往江里蹦。六根坐在九娘庙码头那儿钓鱼。这里水急，他换了根手钓老鱼竿，这竿是赵风雅亲自用竹子做的，三米长，中指粗细，竿尖装一拃长牛角，做成竹节形状，若不是颜色不同，你根本看不出是一截牛角。牛角弹性好，耐拉。六根坐着溜边钓。水急不用漂。阳光将漓江水分出七彩碧色来，苍绿、草绿、豆绿、鹅黄绿、葱儿绿、橄榄绿、祖母绿，翠色撩人。九娘庙码头那里有六匹铜铸的马，四匹公马，两匹母马，夕阳落在一匹优雅的母马的后腚上。一只啄鱼鸟贴着水皮飞掠过来，不大，黑身白翅喙长而尖，它抓了只蜻蜓到岸上的水泥地上甩头翘尾啄着吃。吃完，又返飞江面，一飞一冲啄水猎鱼去了。岸上有几个钓鱼的在议论漓江禁渔的消息。胖子问禁几个月，瘦子回答说两个月。麻子说那些职业网鱼的是得好好禁禁才行，他们日日划着鸟排放网，一张网织得密密的长长的，从解放桥上放到訾洲，从訾洲放到象鼻山，细鱼小虾都不放过，不禁，漓江鱼非得杀尽不可。胖子接话说杞人忧天，漓江鱼哪里抓得完的，九牛身上拔根毛罢了。麻子说以前的竹壳子鱼，现在连影子都看不到了，恐怕绝种了。瘦子说毛拔多了得不到休养，总有拔光的那天，野生鱼种类变少，就证明漓江生态在变坏。胖子说搞不定禁鱼以后，竹壳子又会回来呢。麻子说变戏法呀，那么容易！

水流将钓线吃紧，蛛丝样牵着虚在水面。六根鱼竿在握如中医探脉，三指在竿上三指在轮，第六指触线，凭手感。有鱼吃钓，六根指头迅速转轮抖腕提竿，一条禾花鲤钓出水面。

夕阳洒在江里，碎成金子。有人在訾洲放风筝。纸鸢在天空飞，起起落落，有两只放得很高，像要高到云朵里去了。有风筝断了线，节节坠落，罩挂在河对岸一棵树上，像新娘的盖头。

有人跳河了。六根听到喊声，跑了过去，救人。

六根做梦也不会想到他从江里救出的人是白玉壶。

白玉壶疯了。

九

桃花塘精神病医院闷在一种热浪里，汗津津的，混着鱼腥草的味儿四处覆盖去。

六根与秦玉山在医院门口的小酒馆喝开了。闷喝。两人不说话，吃锅里的醋血鸭。两瓶三花酒落了肚，六根有了薄薄醉，眯眼相向举肘敲桌，对秦玉山说：掰手腕，谁输谁喝！秦玉山也有几分醉意，说：掰就掰，喝就喝，怕条卵！

六根端直身子，正正屁股，双足踩了踩地，选个合脚的地方，脚掌抵地脚趾抓地，气沉丹田，调好角度，伸掌等着秦玉山。秦玉山站起身，挪了挪板凳，将桌上的碗筷拂一边坐下，将右手掌与六根的右手掌扣上，掰腕就开始了。六根先不发力，只定住，让秦玉山掰。

这是一场心气的较量。秦玉山将六根的手腕从九十度慢慢往下掰，七十度，六十度，四十五度。六根咬紧牙关，四十五度是秦玉山极限，他不能再前进半步。六根开始慢慢翻腕，像竹笋顶破地皮，有一股不可抗拒的力量，将倾斜的角度一一拨回，深吸一口气，用力，缓缓放气下压，将秦玉山的手背压倒在桌上。六根说：输了，喝酒！秦玉山一饮而尽。秦玉山不服输说：再来！第二盘秦玉山又输了，他还不服，又比了第三盘。

再比，秦玉山再输。六根压住秦玉山的手腕不肯松，说：你服不服输？显然秦玉山的手腕被压痛了，扭着身子瞅六根，说：服。六根说：告诉我白玉壶为什么疯？！秦玉山说：你放开我的手才说。六根说：说了，老子才放！秦玉山说：她听说我跟蓝海花要结婚就疯了。六根仍不放手，说：你这不搭调的臭小子，你究竟爱哪个女人？秦玉山说：听真话还是听假话？六根说：真话！秦玉山说：两个女人我都爱。六根手上一用力，说：鬼话连篇。我今天就是要教训教训你这个脚踏两只船的孬种！

秦玉山想开溜，往门外走。六根跑过去抄起门边的一根棍棒去拦，秦玉山左行，六根堵左，秦玉山右行，六根截右。两人左左右右虚晃了几回，手就接上火，六根退到门外的空地上，俩人打了起来。

六根横一棒，秦玉山只一闪，闪一边，躲开了。六根竖一棒，秦玉山又一闪，闪到石头边。第三棒，六根使出大力气，举棒从半空中劈将下来，只听见乓的一声，簌簌将那树枝带叶盖脸打下来。定睛一看，人没打着，棒打在石头上，断折两截。只一半在六根手里。树叶落下，有灰尘迷了秦玉山的眼，他弯腰揉眼睛。六根将棒丢了，两只手顺势把秦玉山的肩膀揪紧，往下按，秦玉山挣扎，六根照准秦玉山的裤裆飞一脚踢去，秦玉山就跪在尘埃里了。六根腾出右手来，提拳只顾打。

六根不松手，秦玉山龇牙咧嘴哇哇叫，两个都喝醉了，秦玉山说话结巴起来。六根说：知错了没？秦玉山说：知，知错了！

六根说：知错就改！

秦玉山说：我，我改。

六根说：发誓！

秦玉山说：怎，怎么发？

六根说：浑小子，老子今天教教你！六根跟跄到厨房拿刀断去第六根手指，将它砸在秦玉山脸上。

秦玉山被唬住了，当即发了个死誓。发了死誓，六根才饶了秦玉山。

农历九月十九，观音诞，六根到祝圣寺皈依去了。皈依仪式简单而庄重，六根合十跪在蒲团上。燃香礼佛祝告后，自空老和尚说：能就答，不能就不答。

"不杀生能做到否？"

"能。"

"不偷盗能做到否？"

"能。"

"不妄语能做到否？"

"能。"

"不邪淫能做到否？"

"能。"

"不饮酒能做到否？"

六根没有回答。

皈依后，桂林城里便找不见六根的踪影。坊间盛传六根辞去所有职务和工作，去阳朔白玉壶老家陪护白玉壶去了。有人看见他们泛舟江上。

　　岁末，祝圣寺门外省春岩掉下来一块巨石，没人说得清缘由，只有自空老和尚知道自己要走了。那天，自空住持跟大伙儿围炉聊话。谈笑间说了句偈子：人从梦里来要回梦里去。话音落下，人就坐着圆寂了。

　　荼毗，烧出许多舍利子来，众人哄抢。

猎舌师

房 伟

一

行动在晚上七点整。骆宁安下午一点二十分,到回龙街住处,最后一次看望妻女。她们正收拾行囊。宁安点燃香烟,蹲坐在青石板,看着负责行程的老鲁将行李一件件地搬出,放在院子天井旁。绿萝郁郁葱葱,散发出香气。不到盛夏,天不够长,天边有了些影子,皴皴地染去,映衬着祥和安宁。院子不大,宁安花了不少心思,种满花花草草,有虎耳草、二月兰、月季,还有株黑皮桑树,有些稚嫩,但已舒展开身子,不用几年,就是一番亭亭如盖的景致了。雨天在屋檐下,喝清香淳口的龙井,听听雨声,给女儿梳头,读几卷《文选》,晚间烧锅爽滑可口的豆腐,想来是惬意的事。

今夜过后,如果骆宁安还活着,等待他的将是艰苦的流亡生涯。如果不走运,小院将是他最后的美好回忆。宁安贪婪地望着这两年辛辛苦苦积攒的小家当,内心充满苦涩。人是向往安逸的动物,哪怕极大的苦痛屈辱,人也要寻找活下去的借口。就在这个小院，两年前的冬天，母亲和兄长一家，被日本人的刺刀挑死。母亲被刺穿喉咙，血流了一地，渗入青石砖缝，怎么冲洗，骆宁安都能看到小小的、刺眼的红点，闻到刺鼻血腥味。那是生养他的母亲的血，任何园林美景都无法遮蔽。骆宁安闲下来，常在这院子坐到天亮，不停地抽烟。他没告诉妻儿，无数黑夜，他都能看到血色像油漆般堆积在夜空，老母和兄长、嫂子、侄儿，横七竖八地躺在院子，血淋淋的。兄长被井绳活活勒死，双手愤怒地伸向天空。嫂子下身赤裸，仰面朝天，葱绿的棉袄破烂不堪，肚皮上积淀着日本人骚臭的尿液。侄儿一大截粉红色肠子，被日军生生地拽出，就横在他的脚边，慢慢变得黑紫。死去的亲人一言不发，就这样定格在惨烈瞬间，在他的眼前不断重复播放。

二

骆宁安成为南京日本总领事馆的厨师有一年多了。南京被占领之前，他就是松涛楼颇有名气的淮扬菜名厨。骆家祖上在金陵也是读书人，出过举人秀才，但到了宁安父亲这辈，败落得厉害，只在国小当语文教员，勉强糊口。宁安幼时聪颖，旧学颇有底子，后来到新式国中读过几年。不知为何，宁安突然退学了。众人都劝，但也有明白人，知道宁安父亲突然过世，大哥做布匹生意，又被贼偷了几回，家里非常困难。宁安避过乱哄哄学潮，安心去松涛楼学厨师。对读书人来说，无论新旧，君子远庖厨的看法都存在。很多人认为宁安是堕落贱业。南京餐饮业，规矩也多，有严格师承关系和厨艺派系，但宁安硬生生地，从一个门外汉成了技艺精湛的名厨。他娶妻生女，生活也算自在。

民国二十六年，日本打南京城，一切都变了。母亲和兄长一家死难。宁安的妻子和女儿，侥幸逃过劫难。宁安在中华门附近的房子毁于战火，只能搬到回龙街兄长原来的住处。日本占领南京，六个星期不封刀，大部分难民逃到国际安全区。母亲和兄长一家，死在宁安眼前。宁安泣血哭号，几天不吃不喝。妻子和女儿担心他被灾难击垮。谁知宁安突然停止绝食，走出家门，意外地在日本领事馆谋到厨师职位。领事馆对挑选服务人员非常严格，需要两代以上南京本地人，且有当地绅士做铺保。这些中国人要不懂日语，这样不能泄露领事馆机密，但要聪明伶俐，长相顺眼。宁安去面试，副领事对他非常满意。宁安向领事馆讨要了良民证，暂保妻女平安，在血腥乱世挣扎下去。

寒冬过去，宁安第一次见到领事馆的厨师长虎太郎辽。日本人成立维持会，后来又有梁鸿志政府，南京秩序慢慢稳定，但宁安看到日本兵，还是忍不住哆嗦，不知是气愤还是胆怯。领事馆后厨，宁安和一群刚应聘的厨师，忐忑不安地等待着厨师长。宁安个子中等，面白身长，算是标准的中国美男子，但遭逢亲人大难，此刻憔悴消沉。宁安站在人群中，听到"咔嗒""咔嗒"缓慢的木屐声，循声看去，一个精瘦的老头穿着日式料理服装，向他们走来。老人个子矮，腰杆异常挺拔。他的头昂着，目光沉稳威严，脸如刀砍斧削般硬朗。他走路也一丝不苟，似乎不会踏错一步似的。

谁能告诉我，料理奥义是什么？老人突然用生硬中文发问。

厨师们窃窃私语。这些厨师大多来自中国，也有少部分日本料理师和欧美西餐厨师。大家交头接耳，对日本老头的发问感到迷惑、好奇。每个人都对厨艺有不同理解，但当众讲出来，还颇让人踌躇。

老人点了几个厨师的将，回答无非"让人尝到美味""感到满足""人生美满幸福"之类，老人皱着眉，并不满意。最后，他看向了宁安。

宁安想了想说，名厨王小余，曾协力袁枚做《随园食单》，以味媚人者，物之性也。尽物之性以表其美于人，是为厨之道。

老人目光闪烁，说，你这中国厨子有些文化。以物悦人，还是以人悦于人，尽物之性以表其美，不过伺候人的功夫。只有日本料理，才真正接近厨艺奥义。

宁安不置可否。老人见他似有不服之意，又转脸向众厨师说，我是你们的厨师长，日本京都的虎太郎辽。今后要和诸位共同服务于领事馆。诸位辛苦了。

虎太郎恭敬地向大家行礼。

他又对宁安说，这位中国师傅，我们各自做道菜给大家品尝，再讨论这个问题吧。

宁安百般推脱，虎太郎执意要比，只能定下题目，比肉类烧制。宁安索性也不再想其他。人为刀俎，我为鱼肉，怎能违拗这日本家伙呢？他自应了这营生，不过行尸走肉罢了。但日本人如此嚣张，只好豁出命来应付。

三

宁安做的是泥炉烤鸭。副领事爱淮扬菜，尤喜松鹤楼泥炉烤鸭，宁安恰是做鸭子的高手。上选一岁苏北鸭，又肥又嫩。宰杀完，去毛，洗净，天香斋上好酱油腌制半小时。宁安拿出特制烤炉，点上炭火，将鸭子从下到上穿在戟形铁叉，左手运转如飞，不停翻动铁叉，右手根据火候，不断在鸭身刷蜂蜜、植物油。这手绝活儿是一心二用，考验厨师对火候的把握。鸭子烤透，宁安开炉子。喷香的鸭子，色泽金黄。

宁安又耍起刀工，用锋利小刀揭鸭皮，待肥鸭焦酥酥的皮剥落，鸭子像洁白天真的少女显露了胸怀。宁安再用大一点的刀，专门削肉。他的速度很快，刀随腕转，如乱雪纷飞，不多时鸭子变成骨架。他把鸭肉放盘，搭配香葱、姜丝等作料，骨架做了汤，这就是"一鸭三吃"，周围一片喝彩。宁安听出，喝彩的大多数是中国厨师。泥炉烤鸭虽是烤，但方法和风味全不同于北方烤鸭，也算淮扬菜精品。

虎太郎也已完成。他的料理，相比宁安，简单了很多。这个瘦小的日本厨师，将一块上好的奈良牛腰肉，先进行简单处理，配比大料后腌制，然后以陶制器形进行反复捶打，再加以刀工处理，酒精炉爆火炙烤，端了上来。

中国厨师都撇嘴。不就是烤肉？大家先吃宁安的鸭子，肥而不腻，皮焦脆，肉软濡，汤清爽。大家赞不绝口。要吃虎太郎的烤牛肉，虎太郎却喊，先等一下。只见他飞快端上火炉，一盘冰屑，搭配芥末、辣酱等十余种日本佐味品。大家伸着筷子夹牛肉，谁料虎太郎刀工极快，看似成块牛肉，竟幻化成透明蝉翼似的极薄的肉衣。

虎太郎飞快夹起肉，先以火炭再炙烤，然后包裹冰雪，蘸上调料，填送到嘴里。大家依样学来，立刻感到鲜嫩的、带点血丝的牛肉，甜美生鲜，入口即化，二次炙烤的热度搭配冰雪和刺激性调料，仿佛在舌头上开"冰火两重天"的舞会，将肉本身丰富的味道，都绽放在味蕾之上。大家仿佛能感到，狂牛奔于火场的狂悍霸气，猛虎笑傲雪原的无上自尊……

料理被大家吃光了。但对两道菜的优劣，大家并未出声，而是一起看向虎太郎。只见他缓缓地说，优秀的厨师，要有杀手的冷静和屠夫的坚韧。你们不是揣摩客人口味的、谄媚的厨子。你们要做舌尖的征服者，美食的王者！

厨师们都吃了一惊，未理解虎太郎的意思。他又说，中华料理博大精深，特别依靠中国丰富无比、变化多端的食材，更花样繁多。可惜的是，中华料理失去创造力，一味腐败奢华，不重营养，重油、重繁琐工序。料理不仅满足口舌之欲，更让人清洁，严肃，奋发……

虎太郎拿出把银灿灿的日式小厨刀，说，这是我的老师，京都料理大师五十岚本辉赏我的。将来哪位师傅能做出令我敬佩的料理，我将转赠于他。

虎太郎用眼角余光扫了一眼宁安。

屈辱，这是彻底的羞辱！宁安呆立现场，脸色惨白，内心有声音狂喊，我不服！不就是烤牛肉吗？几句轻飘飘的话，就把我十几年精通的手艺否定了。这算什么？但冷静下来，宁安又不得不承认，这个讨厌的日本厨师，有几分道理。但将厨艺和亡国联系，让人的自尊心难以接受，更何况，洛家刚有至亲死于日本屠刀之下。

宁安用指甲扣掌心，鲜血溢出。他本恬淡随和，却第一次有了和人争胜的心。

四

老鲁拉了宁安一把，示意他该走了。

宁安丢了烟头，迅速地离开小院。他甚至不敢回头，他很怕妻担惊受怕的眼神，更害怕女儿稚嫩的呼喊。他们悄悄走到街角，老鲁握着他的手说，猎刀，领事馆门口见。

俩人分开，宁安独自走去。下午阳光正好，天蓝蓝的，行人慢吞吞地，小贩们懒洋洋地叫卖着小吃，毗邻的小商铺，各式烟卷也摆了不少，似乎风光还好。南京似乎还是那个南京，丝毫没有两年前人间地狱的模样。但宁安知道，那只是表象，满街飘扬的日本小旗，提醒他屈辱的经历。宁安的步子越来越沉重。他本不必要这样。他可以安逸苟且地活下去，凭着手艺，他还能在乱世活着。

宁安思绪乱如麻团。他深深地呼了一口气。他不能这样。他必须和敌人战斗。此刻，他仿佛看到母亲和兄长一家人，正在云彩旁边，冷冷地望着他，似是责备，又似是鼓励。

他不能原谅自己。他打破了厨师的底线。今晚，他将害死很多人。尽管，这些都是该死的日本人。他还记得，当初他拜在松鹤楼最有名的师傅顾八爷门下，面对祖师爷易牙的画像，他的第一个誓言，身为飨子，绝不以厨艺害人！如今师父过世，他却成了顾氏淮扬菜门里的败类。想到师父对他的殷殷期盼，宁安心如刀绞。

他没有放弃复仇。他进入领事馆，不是那么简单。他从未干过这样的事，但老鲁找上他，他还是毫不犹豫地答应，取代号为"猎刀"。他要为惨死的中国人复仇。

老鲁三十多岁，公开身份是调料店老板，常年穿件油渍麻花的大褂，身上有股酱菜、花椒味。他的"宝瑞调料园"也在南京城开了快十年，颇有信誉。宁安当厨师，没少和他打交道，但谈不上是朋友。宁安瞧不上他猥琐的劲头。老鲁有个绰号叫"鲁大料"，人胖，眼小，见人就弯腰作揖，讲恭维话，还兼任自治会保甲长。这么滑头滑脑的小商人，谁也想不到，竟是隐藏极深的军统特务。老鲁向他表明身份，他还以为开玩笑。当老鲁严肃地拿出对宁安的委任状，他再也不敢说"鲁大料"是个肤浅的家伙了。

"啪"，老鲁将一把黑黝黝的手枪拍在桌子上，笑嘻嘻地说，骆师傅，你有三条路：一条是杀了我，向日本人领赏；一条是我们一起杀鬼子；最后一条，是我枪毙了你。我们军统在敌后提头过日子，你了解我的秘密。不是自己人，只能处理了。

宁安想到惨死的家人，把牙一咬，答应了。

你要隐藏好，给冤死的同胞报仇！老鲁紧紧地握着他的手。宁安却感觉那双浸泡酱菜的手，臭烘烘的。老鲁也看出了宁安的嫌弃，尴尬地抽出手，自嘲地说，你这读过圣贤书的厨子，别瞧不起人。大家都是庖丁、易牙的门人。你们上了锅台，我们在后厨罢了。宁安连忙摆手，说只是不习惯罢了。老鲁狡黠地笑了，又说，大厨还是老实人。咱们往后都是同志，管他前厨后厨。哪天我要是牺牲了，你可要给我做道大菜，好好祭奠一下。

五

宁安进入领事馆，也偷偷跟老鲁学习了很多特工技能，如开锁、盯梢、显影等。宁安在这方面远不如他的厨艺。他观察领事馆来往人等，画出领事馆内部构造图。他甚至溜入领事办公室，拍下了一些文件。当时非常凶险，领事回来，遇到他在办公室门口，非常怀疑。好在他平时为人低调，厨艺精湛，领事对他印象不错，这才盘查几句，放行了。这也让他有种鬼门关上走一遭的感受，后背衣服几乎湿透。他常将情报用明矾水写在白纸上，送到关帝庙神像后的一个小洞。

宁安不适合当间谍。他胆子不大，不够机警灵活。"猎刀"是赝品，到底只是"厨刀"。早上，宁安五点半就进入领事馆准备早饭。他总能第一个看到虎太郎。如果抛却民族仇恨，宁安很佩服虎太郎的敬业精神。他满头银发，严肃认真，年过五旬，异常注意仪表。他说厨师的仪表，决定食物的心情。虎太郎不抽烟，不喝酒，除了做饭，钻研做饭，没有太多嗜好。他的厨师服一尘不染，做料理时准备手套和口罩，不让脏东西污染自己和食材。每次吃完饭，他和大家打扫厨房，将每个脏盘子和碗，弄得干净闪亮才罢休。他令人发指的敬业，让领事馆所有厨师对他既敬畏，又害怕。没人和他亲近，他也不在乎。他只在乎食客的评价。宴席散罢，个子矮小，却异常挺拔骄傲的虎太郎，背着手，笑着走过每个食客，询问他们的就餐感受。

虎太郎仅有的爱好，就是清晨锻炼刀术。虎太郎夫人早亡，有两个儿子，参加日本陆军，都已死在华北战场。虎太郎丝毫看不出老鳏夫的颓唐，反而多了几分决绝气息。虎太郎的刀法不坏，据说得到三刀流大师黑木重信的训练，有较专业的身手。他用刀术锻炼身体，也磨砺心志。晨曦，领事馆后院的翠绿草坪，宁安总能看到老厨师挥舞着日本刀，不停地旋转，劈砍，飞舞。他的手腕灵活地抖动，无数尘埃在清冷寒气之中漂浮在他的四周，仿佛飞奔舞蹈的野马，被快如闪电的刀分割成无数染着红光的残影。想来虎太郎神乎其神的厨艺刀工，也得益于此。宁安在他练刀结束后，上前询问料理安排事宜。

虎太郎讲述了几句，突然问宁安，骆师傅，你进入厨界多少年？

宁安说，大概有十年了。

听说你是读书人出身？

我读过中学，但家境不好，就退学了。

想没想过，学习日式料理精华？

宁安想也没想，就说，我出身江南淮扬菜顾氏，没想另投名师。虎太郎师傅，我是佩服的，但骆某不才，并不等于中华料理无人。您的料理奥义精深，也只是在日本罢了。

愿闻其详。虎太郎来了兴致。

宁安侃侃而谈："料理有地方性和世代性，如人有种族之差别，古今之别。唐宋喜鱼脍，那时日本尚无刺身。明清八大菜系，已成规模，皆为各地域和世代之精华荟萃。川喜辣，鲁爱咸，粤好甜，是各地口味和地理气候风物不同。无辣，则无以祛除湿热，川人的体质就会受损。怎能用简单的繁复腐败可概括？"

宁安吃惊的是，虎太郎并不生气，而是略带欣赏："美食不可媚人，而只能魅于人。我无贬低中华料理之意，只为激发你的斗志。强者的美食，有容纳百川之力，日本和食是自中华、欧洲，日本本土延绵接近数百年的汲取，才成就了今天日式料理。"

"我才疏学浅，不能领悟您的微言大义。"宁安再鞠躬，心里却颇有些意动。中国厨师，大多在名贵食材和花样翻新上下文章，少有深究其内在玄理。

那您是不能学习日本料理了?

宁安沉默着,气氛有些难堪。

虎太郎冷冷地摇头说:"这便是故步自封了。我二十岁成为高级板前师傅,在京都菊见楼指挥十几个调理师,曾为朝香宫亲王做寿宴。我以苦练多年的刀功和对食材、时节和自然的协调,著称于日本。你要学,还要看我是否肯教!"

虎太郎擦干汗,昂首步入领事馆的后厨。

六

宁安在领事馆度日如年,但毕竟有了稳定工作,收入也稳定了,妻子重新收拾兄长家的小院,女儿也嚷着要去重新开张的小学上课。每天宁安回家,都能闻到诱人的烟火气,看到女儿天真的笑脸。不同的是,宁安每次上下班,都要受到日本兵盘查。女儿的小学,也开设日语课程。他们是"亡国奴"了。

任务一次次传来,宁安不堪重负。新鲜劲头过了,每天提心吊胆。他晚上做噩梦,梦到被日本兵抓走,被日本刀砍断脖子。他想报仇,妻儿却让他牵肠挂肚。他想杀日本人,可想到杀人场景,心惊肉跳。夜深人静,他甚至偷偷地后悔,一时冲动加入掉脑袋的组织。宁安每天买菜,去山东路菜市场,必然经过宝瑞调料园。他们是单线联系,宁安看到调料园摆出"朝天椒到货"的牌子,就知道有新任务,才去和老鲁接头。老鲁很机警,从不让宁安亲自去调料园,而是看到信号后,去关帝庙传递情报,约会碰头。

宁安和老鲁说了几次,说自己不是特工人才,让他介绍宁安去前线,好歹真枪真刀地拼杀,也比提心吊胆强。老鲁笑着说,晓得啦,骆师傅是专业厨子,业余间谍。谁让我们的特务,都没有好厨艺,进不了领事馆?等不了多久,有重大任务给你。做完后,你全家撤退到重庆。我都安排好了。

听老鲁这么讲,宁安的心里却更不安了。重大任务肯定艰难凶险至极,但也没有别的办法。老鲁听说虎太郎和宁安斗法的事。他恨恨地说,日本兵欺负人,日本老厨也看不起中国人。骆师傅,找机会给中国人长脸,灭一下老厨的威风。

你的厨师做得越好,越少人怀疑你。老鲁又露出狡猾的神色。

宁安苦笑不语。他和虎太郎极少讲话,但工作配合还算默契。一天,领事馆宴请要转道归国述职的本多丰繁大佐。本多大佐隶属于第十二军第十旅团,是一名善战勇悍的联队长。他长期驻守山东济南,但近来山东的敌对势力发展很快,他忙于征伐,饮食不规律,落下了严重胃病。山东乃鲁菜之乡,口味偏咸,喜放酱油和重料,本多不习惯。日本料理偏生冷,他的胃也难以承受。此次他吃了宁安的淮扬菜,非常舒服。他要求宁安出来见面,要在述职回到华北后,将宁安带到济南,专门负责给他打理饮食。

宁安拒绝了。他不能离开南京城,理由是照顾妻女。本多不耐烦地让他带上妻女一起去济南。

对不起,我不能和您去。宁安还是拒绝。

本多大佐喝了不少酒，脸上浮起凶戾神色。他眯起眼说，厨子，你知道我们在战场上怎么称呼支那人？

呛骷颅！大佐有些微醉，我们喊着这个名字，砍下他们的头。

本多大佐又说，我们和支那军人艰苦作战。他们非常狡猾。夜间行军，他们有时就藏在急行军的队伍，也会说几句日本话。这时就要看后背有没有草鞋喽。中国人混在我们联队里，我捉住他，让他盘腿坐着，双臂交叉放在胸前。所以头被砍掉，人往前倒，身上没有一丝血。我的副官得了性病，据说脑浆可治疗。他就把那脑袋劈开，用饭盒煮着吃啦。

宁安笔直地站着，汗水已湿透衣服。他咬着嘴唇，不吭声。副领事和其他工作人员都悠然地喝着茶，没有劝阻的意思。

大佐上前，拍着宁安的肩膀说，让你走非常简单，把你的妻女送到南京慰安所，就在孝陵卫附近。洒一高！没有命的，开放！开放！

大佐哈哈地笑着，仿佛回忆起了什么美好往事，嘴里还喃喃自语着"洒一高"。宁安不懂日语，但这一句他几年间听很多日本人讲过，就是来性交的意思。两年前，日本兵喊着这样的口号，强奸并杀死了母亲和嫂子。宁安平静下来。他早该死了，死在两年前。当时他躲在角落，眼睛睁地看着日本兵杀死母亲和兄长一家人。他是懦夫，藏在常春藤后，连哭泣都不敢出声。那天晚上，天下着小雨，不像雨，也不像眼泪，那是耻辱的血。他像行尸般活到现在，能报仇，是造化，不能报仇，就是命。他认了。

大佐不能这样做。

宁安听到生硬的汉语在耳边响起,回头看,竟是虎太郎。

虎太郎面无表情地站在宁安身边说,骆师傅是领事馆厨师的主要干部,领事馆外事接待非常繁忙,大佐要走他,我们很多任务无法完成。

大佐愣住,悻悻地,又扭头看副领事。副领事漫不经心地说,本多君,你去本土述职,回来还要一段时间嘛。我再劝劝骆师傅,毕竟故土难离。实在不行,我再派给你其他优秀淮扬菜师傅。

本多大佐不再难为宁安,但仍狠狠地瞪着他,直到被其他军官拉走。宁安缓缓地退出宴会厅。春日阳光炽热,宁安仰着头,碧蓝的天空像泛滥而出的海带滚汤,腥甜,浓郁,刺鼻,宁安一阵眩晕,蹲在地上干呕。

虎太郎走过来,叹了口气。宁安问,为何要救我?

你是优秀庖人,虎太郎说,应死于厨台之前,而不是被武人屠戮。

这也是理由?宁安没好气地想,虎太郎还真痴迷于庖肆之艺。不管怎样,虎太郎毕竟救了他。宁安浑浑噩噩地回到家,大病了一场,大半个月才慢慢恢复。

七

老鲁等宁安病好了些,才约他见面,安慰了一番。宁安回领事馆工作，被告之，有一场非常重要的宴会。虎太郎厨师长向副领事提出，要和宁安比试中日不同厨艺。副领事留学欧美，在帝国大学当过文科教授，也在南京多年，是日本外交界有名的"老饕"美食家，听闻如此建议，欣然同意，让宁安和虎太郎各自做出拿手菜肴，让大家评鉴。

副领事传下话，春意越来越浓，就以"春"为题吧。

宁安不想比赛。他担心影响任务。自从参加军统，他从没睡过一次安稳觉。他想复仇，也想早些结束折磨，在大后方隐姓埋名地活下去。但副领事的命令，也不好违背。

副领事的夫人菊子，是温婉秀美的日本女人。她对待领事馆的中国人很关心。副领事的小公子洋平，不喜日式料理，爱吃中餐。洋平只有七岁，天真可爱，体弱多病。副领事特别嘱咐宁安，让他给洋平做些可口的。洋平出生在中国，日语似乎还不如汉语好。每次见到宁安，总跑过去抱住他的腿问，宁安师傅，有好吃的吗？宁安本不是口吐莲花之辈，可不知为何，每次看到洋平，他的内心总涌动着无限关爱。

傍晚，宁安收拾完厨具，正准备回家，菊子夫人匆忙地走来，焦急地对宁安说，骆师傅，洋平吃不下饭，你能否帮他单独弄点？宁安点头，却并没有动。晚餐是虎太郎做的日系料理。他还专门给洋平做了饭。宁安若主动答应，似是对虎太郎的否定。更何况，副领事刚给他们下达比赛的命令，但菊子夫人焦急的样子，又让他于心不忍。正在踌躇，虎太郎走来，对宁安示意，骆师傅，能否帮我看看洋平？为何我的料理，他吃不下呢？

宁安看到虎太郎谦虚的样子，也不好反驳，就一起去看洋平。洋平躺在长沙发上，看上去恹恹的。宁安回头问虎太郎，厨师长，请问您为洋平准备的和食是什么？

虎太郎说，洋平食欲不振，身体代谢慢。我炖了梅子味噌汤，用于开胃，并为他特制了乌龙汤面，用鲜鳜鱼熬的高汤，非常滋补。洋平依然吃不进去。

宁安想了想说，您的对策总的来说没错。洋平食欲不好，您以梅子酸刺激胃肠蠕动，鱼汤鲜美，也很营养。这方案针对大人可以，但孩子胃力弱，不适于刺激，更适于调养。和食偏寒，洋平从小吃中餐，乌龙面对他来说，还是硬了一些。

虎太郎不住点头，认真地对宁安鞠躬说，受教了。

宁安看着虎太郎，心慢慢放轻松了。洋平也翻身下沙发，欢笑着说，宁安师傅，给我带好吃的了吗？马上就做好，宁安笑着回答。虎太郎和宁安商量洋平的食谱。虎太郎身为厨师长，原本不需要对小孩的饮食如此用心。宁安在那张严肃甚至有几分刻板的脸上，找不到任何特殊的理由。他小心地提出用文思豆腐汤搭配虾球鸡蛋饭，虎太郎又添加了几条建议。洋平嚷着要看宁安做饭，菊子夫人只好带他来到后厨。宁安师傅，什么是文思豆腐？洋平问。

宁安认真地解释说："中国人将豆腐叫小宰羊，就是说它非常鲜美，苏东坡有云：'煮豆为乳脂为酥。'文思豆腐是乾隆年间扬州僧人文思和尚所制。用刀将豆腐削成细如丝线的丝，软嫩清醇。香菇、冬笋、火腿、鸡脯肉,有助消化和滋补,细细地切丝,用雏鸡炖清鸡汤,糖和淀粉勾芡。此道菜难在刀工和火候,刀功还需虎太郎厨师长,我是不如的。"

虎太郎也不推辞,他拿出特制日本厨师刀。不一会儿,各种辅料就切好,豆腐丝散在清鸡汤里,如银河散发的银亮光丝,又点缀各类辅料,真是五彩缤纷,闻起来香甜浓郁。

汤好了,这边宁安焖的米饭也差不多了。他选用上等鸡头米,饭焖得偏软,适合孩子。鸡蛋饭是传统日本和食,不过加了虾仁。他们将饭端上来,不是用碗,而是用带槽的红木板。这样做出的饭更软和,宁安用类似做蛋糕的小模具,将鸡蛋和北海道甜虾茸倒进去蒸熟并固定。等米饭好了,把那些甜虾球和鸡蛋粒倒上去。

就是鸡蛋饭吗?洋平忍不住说。菊子夫人赶紧拉住他,对宁安和虎太郎歉意地说,实在对不起,小孩子不知深浅,两位做出的鸡蛋饭,一定是最好的。

宁安和虎太郎相互看了看,小孩子心急。宁安很快拿出一碗小球状东西撒在饭上。神奇的一幕发生了:小球渐渐融化,包裹住虾球和鸡蛋粒,冒出阵阵芳香。虎太郎又在饭上撒了青葱、梨片,煞是好看。洋平欢呼,先是小口吃,后来迫不及待地用勺子盛,很快吃了一大碗。

到底是什么?菊子夫人说。虎太郎做了解释。原来那是熬煮鸡脯肉凝结的鸡肉冻,加了法国红酒提鲜。这是宁安从欧洲菜式得来的灵感。

这些料理是中国菜，还是日本菜？洋平天真地问道。

宁安和虎太郎都窘住了。文思豆腐是淮扬菜，却是日式刀工；鸡蛋饭是日本料理，却有西洋烹饪法和中国模具。这真是很难说清楚。

八

洋平吃罢晚饭，已是晚上九点多。虎太郎请宁安在领事馆外的草坪散步。暮春天气，晚上风还凉，街面不见几个人。远处看去，领事馆灯火辉煌，日本太阳旗在墨绿色天幕随风摆动，光滑结实的大理石地面和精美的石柱相映衬，显得雍容华贵，并提醒着所有中国人，这里是征服者的住所。

宁安呆呆地站着，对虎太郎说，先生，我不想和您比厨艺。

骆师傅是害怕？虎太郎冷冷地说，还是认为中华料理彻底衰败了？

宁安血涌面皮，可恶的日本老厨！刚生出的好感也烟消云散了。宁安攥了攥拳，强忍着回应说："我不过是普通厨师，乱世挣扎求生罢了。至于中华还是日本，谁第一很重要吗？"

虎太郎愣住。他没想到宁安如此态度。

宁安又说，两年前，南京城破，我的母亲和兄长一家，惨死家中。侄儿小志如果活到现在，也该和洋平差不多大了。

虎太郎脸色变了变，想说什么，却欲言又止。许久，他才说，战争不好。我也不喜欢战争,我的儿子铁兵和铁志,都丧生于华北。但没有征服,就没有反抗,也没有进化。日本是为中国和全东亚的进步牺牲自己。

什么?宁安指着飘扬的日本旗说,没请你们来!你们杀了我的亲人,还说帮助进步?

虎太郎看着平时温顺的骆师傅,此刻如同被激怒的刺猬,眼睛通红,随时要扑过来。

你可以举报我,宁安说,让宪兵抓我吧。

虎太郎面色凝重地说,骆师傅的心情可理解。国家的事,我并不在意,我只是要一场精彩绝伦的厨艺比拼,希望您放下仇恨,全力以赴地准备比赛。如果您放弃,或输掉了,就请拜我为师;如果我输了,将离开中国,永不回来。

宁安冷冷地点头,独自向家的方向走去。他的头脑中,一会儿是可爱的洋平和谦和的菊子夫人,一会儿是惨死的侄子小志和嫂子。洋平快乐地生活在南京,成为人上人的主人,小志却被抽出了肠子,惨死在家中。这世界为何如此不公平?

他仿佛看到拖着肠子的侄儿与身穿破烂旗袍的嫂子,无声地跟在他身后。他猛地回头,远处钟楼的钟声突兀地响起,好似地狱的号角。街道两旁的法国梧桐,又密又厚的叶片间,漏下无数路灯碎光,将两只青黑色影子,分割成一块块的,时聚时散,浮在空无一人的街道,仿佛两团虫子组合的人形。风吹时虽然模糊,但风一过,又是纤毫毕现的真实。

宁安没有恐惧,只有内疚。侄儿和嫂子,一定埋怨自己。这么久,难道你忘记了血海深仇?你还想回去过苟且偷安的小日子?你是不是想逃避?

第二天下午,宁安见到老鲁,将比赛的事说了,坚定地说,要好好准备,打败日本人。

老鲁笑眯眯地听他讲完,不答话,只是拿出碟腌渍黄瓜片,"咯吱咯吱"地咀嚼,吃下几块,才斜着眼看宁安说,怎么,不想撤退后方了?

宁安脸一红,坚定地摇摇头。

老鲁拍拍手,淡淡地说,骆宁安上尉,你是军统南京情报站的军人,不是挥舞菜刀的厨师,一切都要服从安排。

难道上级不同意我和日本厨师比赛?宁安急切地说。

一定要比,老鲁目光冷峻,十几天后,领事馆举行外务省次长清水留三郎招待会,活动由副领事主持。总领事倔公一,陆军中将山田乙三,还有很多南京城内日本政界和军界高级人员参加。我们的任务是,毒死所有日本人。

九

接到这个终极任务,宁安非常不舒服。但真正执行,则有相当难度。日本宪兵对后厨看管严格,每天入货,都有专门人手看管。这种大型宴会,也会有专门检验的人负责,还会有能闻出毒品味的日本警犬。除去这些，选择毒物，也非常费思量。如需致命，须是氰化钾这样的剧毒，但毒杀数十人的化学物品，成功带入南京，再带入领事馆，难度也不小。

经过周折，老鲁搞来一种俗称"醉仙桃"的神经性毒物。有关行动计划，俩人也反复推演，力求万无一失。

春天的风慢慢暖了。领事馆内喜气洋洋，几十个南京城日本显贵被请了来。外交仪式结束后，副领事笑着宣布比赛的事。来宾非常好奇。宁安在众人身后，偷眼看到上次的本多大佐也在邀请行列，显然是国内述职刚回来。本多铁青着脸，并不讲话。宴会商定，由副领事带领几位贵宾，组成试吃陪审团，对两位大厨的菜肴评点。菊子夫人和洋平，也挤在人群中，看两位大厨比赛。骆师傅，你一定会赢！小洋平用中文喊着，惹得很多人去看。

虎太郎身着墨绿色日式厨师服见客。他今天为客人准备的是日本传统"怀石料理"系作品。相传，日本禅宗和尚因提倡少食，常难挨寒冬，故常用衣服包裹了烧得温热的石头，放置怀中，以暖胸腹，故此得名。菜系共十四道菜，先端上的是"先付"和"八寸"，都是时令开胃小菜。一个不大的粗瓷白底盘，青萝卜雕刻的鲜艳梅花枝，配以洋葱、白萝卜切的极小碎丁为雪花状，覆盖其上。一个青柚对半切开，内囊去除，中间填塞丁状嫩笋和条状洋芋根，柚子蒂上还覆盖几片青翠欲滴的叶子。

先付可有名目？副领事问。

虎太郎恭敬地说："配有日本小俳句——踏雪寻梅，君觅春留何处？"

众人只觉青翠可口，齿颊留香。小菜虽不复杂，妙在契合春之绿，及迎春待客之意，且有抛砖引玉之功能。宁安隐一边忙着布置菜品，也留意虎太郎的菜品。见了这道"先付"，宁安倒也不觉惊讶。日本料理，细致处做到极致。

越过众人，宁安发现虎太郎正在凝视他，目光咄咄。他只平视过去，没有畏惧。

下一道"八寸"是下酒小菜，却是青陶瓷形器皿盛着，古朴浑然气息悠然而来。古早酱油煮熟的小块黑杜父鱼，小黄瓜丁拌的北海道甜虾，红白相间的姜芽，昆布包裹的日本真鲷鱼块，水晶糖蒜头，翠绿苦瓜球，外加几个红艳夺目的朝鲜辣椒。

好呀，一个日本军官兴奋地拊掌说，酸甜苦辣咸麻，未闻主菜，已有舌尖百种滋味！

此为"春来冬去，笑对人生百味"，虎太郎说。

众人鼓掌愈热烈。宁安不得不承认，日本老厨的料理，令人钦佩。菜肴一道道地上来，越来越快，每道菜都有好听名目，色形味俱全，却不夸张奢华，只契合"春"字做文章。不一会儿，怀石料理的高潮，主菜"强肴"上桌。只见一个大大纯白海贝瓷鱼形浅盘，盘中有假山造型，还有各种蔬菜雕成的树木，葱丝粘成的灌木丛，冰激凌做成瀑布和小河，下铺薄薄冰片，烟雾缭绕，恍如仙境的微雕盆景。副领事戴上眼镜，仔细看去，发现盘中有块黑黝黝的食物，像块石头，毫不起眼，不知为何物。

副领事大人，请进箸。虎太郎弓身行礼。

众人屏住气息。宁安暗想，日式怀石，强肴无非煎肉或鱼，本非常简单，为留住食物原始味道，难道这个菜还有其他古怪？

副领事有些不好意思，连忙邀请其他贵客一起。本多大佐倒不客气，用银筷夹起食物，大口咀嚼。正当大家惊讶，本多却突然停止吞咽，表情仿佛凝固住了。

噎住了吗？宁安身边的中国仆人悄声说，还是很难吃？

大家议论纷纷。虎太郎不动如山。副领事见状，也去夹那食物。

十

老鲁和宁安多次见面，商量行动细节。老鲁也疏散亲属，暗中将酱菜园抵押给典当行。这次行动，宁安没有十分把握。领事馆守备森严，虎太郎对饮食又十分精细，要投毒，就要考虑恰当时机和方法。宴会开始前，宁安这些厨师每次进出领事馆，都会被严格搜身检查，想要带一大包毒药进去，难度很大。老鲁决定亲自出马，以送调料为由，将装毒物的密封料包贴上标签，混在其中送进去。

人算不如天算。事到临头，还是出事了。

下午三点半，宁安来到领事馆门口，等老鲁送货。过了约定时间，并不见人。宁安心急如焚，怕出事，急急地跑去宝瑞调料园，"朝天椒到货"的牌子不在，宁安发现店门口几个卖香烟的小贩。说是小贩，但不叫卖，只沉着脸，抄着手在袖筒，盯着店门口。店门冷冷清清地开着条缝,有点黑,隐约看着有人。

宁安的脑袋"轰"地发响。老鲁肯定暴露了。老鲁被盯上,宁安也就危险了。

暮春,天气有些热,宁安的汗挤出来,脑子急剧旋转,到底怎么办?转头就走,带着全家人过流亡日子,命保住了,任务肯定完不成。不走又怎样?他和老鲁是单线联系,上级是否清楚他都不知道。他冒失地进去,不过多送条命罢了。

"叮叮",门帘子栓的铁三角瓦不断作响,脆生生的,往常宁安最喜这声音,如今听着,如同催命符咒。宝瑞调料园是山东街不大的门头,黑匾额,蓝漆门,门口蹲着两只石麒麟,收拾得不甚干净,酱菜的咸香气,辣椒的辣味,还有花椒麻麻的气息,都慢悠悠地渗透出来,倒是烟火气十足。门被推开,一个胖大的男人,举着个牌子,一路跑,一边唱着什么。几个小贩装扮的暗探,都扑过去。宁安也骇了一跳,斜斜地看着胖男人从身边闯过去,肩上还有块银元大小的豆腐乳污渍。阳光刺眼,宁安皱着眉,男人正是老鲁,他手上举着的,正是"朝天椒到货"的牌子。

老鲁不理睬宁安,只带着几个暗探兜圈。他面带微笑,将牌子举得高高的,不断摇晃。他踩踏街道蔬菜摊,踢飞了卖馄饨的条案,唬得几只花白相间的母狗"嗷嗷"乱窜。

宁安紧攥着手,牌子上"朝天椒"几个字,辣得眼生疼。仔细听去,老鲁用南京土语唱的是:"盐水鸭子香,文思豆腐嫩,辣椒爆炒大肠辣,油煎鸡屁股美吃,鸭血粉丝汤……"

老鲁兜了两个圈子，猛地停住，一头撞到调料园的石麒麟上。青石雕的麒麟，右边全染红了，没有碧血，只溅出了红白相间的脑浆，惹得暗探们大骂晦气。

宁安呆呆地站在远处街角，心里没有痛楚和慌乱，反而是前所未有的清明。半条街的人都拥过去看死尸，宁安缓缓地调转头，朝关帝庙走去。宁安不知老鲁什么时候被暗探盯上的，但想来自己暂时安全。老鲁举那块牌子，无疑暗示他把毒药藏在平时俩人交接情报的关帝像后面。老鲁拿自己的命成全宁安，完成这任务。他又想了想老鲁唱的歌谣，心下也有点明白。那不是什么暗语，是老鲁对宁安的最终遗言。宁安将来在他的坟头烧几道好菜，让他在阴间也能大饱口福。

老鲁唱歌真难听，纯粹是破锣。宁安却听得泪流满面。

后来他才知道，老鲁，鲁大料，真名叫鲁光复，民国光复那年生人。

十一

副领事细细地咀嚼，一会儿沉醉，一会儿兴奋。本多大佐也不讲话，只是加快进食，俩人眨眼间就吃了好几块。副领事停筷子，问本多大佐，您感觉如何？

太好吃了！本多毫不犹豫地大声赞叹，真是难以形容的食物！

难以形容？宁安奇怪，为何有这样的评价？副领事说，的确难以形容。吃起来有肉味,鱼味,土豆,鲜藕的味道,但竟然有巧克力味感,这究竟是什么东西?

虎太郎严肃的脸露出微微笑容,说,这道强肴也是应了日本的一句和歌"上瀑布飞溅,蕨菜正发芽,春天已经来临"。我用透明猪肉衣内裹鱼肉泥、土豆泥、鲜莲藕泥,切成方块状,先上笼屉蒸,再入油炸,出火后,裹上芥末和咖喱、洋葱碎等,投入融化的巧克力奶。巧克力冷却快,迅速将炙热的肉味锁住,等客人们咬开,肉和鱼,蔬菜的热气腾腾的气息马上涌入口腔,搭配物性热的巧克力,如突然喷发的富士火山,锐不可当!

这么神奇!客人们也赞叹。宁安身边的中国仆人和厨师都伸长了脖子,充满好奇。一个青年中国厨师对宁安说,骆师傅,虎太郎太厉害了,我们能胜过他吗?

宁安也说,这道菜的奥妙,还在于吃完火山再去吃旁边搭配的、冰激凌做成的白雪、小河与瀑布。这个虎太郎,总要把味道刺激做到极致!

众人如梦方醒,又是一阵感慨。本以为虎太郎给众人的惊喜就到这里了,谁料最后一道菜,本是"汤盖物",也让虎太郎做出了非凡花样。

一个灰陶烧制碗,碗边刻着红白相间的梅花。虎太郎揭开盖,副领事看去,是玉米甜汤,汤汁清亮,泛着玉米成熟的清香,是解腻开胃的良好食品。奇特之处在于,盖物的钵外另有极精细的刀功雕刻而成的弥勒造像,闻闻,是用胡萝卜雕刻,细致处眉毛和脸上的纹路，都活灵活现。再仔细看，胡萝卜又是雕刻好后蒸熟的。

副领事轻轻地挑起卧佛，一下子散开了，头，脚，肚子，胳膊，腿，都滚落在黄澄澄的玉米汤里。副领事咬了口，感觉这胡萝卜佛里面另有乾坤！

吃起来不像胡萝卜呀。副领事嘟囔着。

虎太郎说，我用刀剔除胡萝卜雕的内瓤，填上茭白、草莓和大樱桃、苹果做成的馅，自然风味不同。这道菜有个名目，叫"佛浴春江"。

众人静下来，突兀地又爆发出热烈掌声。副领事赞许地说，这不仅是厨艺，而且是生活的艺术和想象力了。虎太郎先生已超越了厨技对饮食的理解。

几个大人物也纷纷赞许。本多大佐说，我在日本国内也见不到这样神奇的料理了。这场比赛不需要支那厨师出场了，因为胜负已定！

副领事并不认同："我们期待骆师傅有不同的精彩表现。"

虎太郎也示意让比赛继续。宁安不答话，只拍拍手，厨师们陆续上菜，小菜部分，是传统腌菜根，毫无出彩之处。接下来的菜，却出奇了。一个红木盒架被端上来，下面有只炉子。副领事看到，盒子之间有冰雕刻的横棍，棍上有极薄的鱼片，又在木盒底部放有一只古拙黑陶大碗，内有清亮汤汁，不知为何物。主菜四周，还搭配几碟青黄翠绿各色调料。

这菜怎么吃？副领事只觉无处下嘴。本多大佐对此不屑一顾，认为故弄玄虚。虎太郎眼睛一亮，想说什么，却欲言又止。

它并未最后完成，宁安向前一步说，用火柴点燃最下层炉子，是只酒精炉。不一会儿，青花瓷大碗的清汤煮开了，"咕嘟咕嘟"地冒着热气，散发着奇异香味。更奇特的是，冰雕的横棍被热气所蒸煮，慢慢融化了，鱼片"扑通、扑通"掉入汤中。

现在刚刚好，诸位品尝吧。宁安说。

副领事迫不及待地挑起块煮好的鱼片，在调料里蘸，又放在嘴里细细咀嚼。他闭起眼不说话，脸上表情不断变换。本多好奇，也品尝鱼片，还用大汤勺喝汤，脸上露出舒适表情。其他贵宾也上前品尝。

副领事睁开眼，拍着餐桌说，鱼肉细腻可口，刀功不错，有鲜嫩羊肉感。汤也极为鲜美，一个字，鲜！新鲜到了极致！

本多并不说话，但脸上也显出慎重的表情。其他人议论纷纷，大多不明所以。虎太郎赞许说，盛器选择得好。中华烹饪，盛器多奢华，骆师傅选的却是小掘远州烧制的日本陶器，是所谓"濑户物"，更能凸显鱼和自然的关系及鱼的本味。生鱼刺身本是东瀛名菜，难的是刀功和食材。刀功已有几分功力了，鱼我看不是东瀛金枪鱼、鳟鱼、鳜鱼，而是中国东北大马哈鱼，鱼肉质地韧性而细腻。以冰为支棍，冰镇鱼片的鲜美，冰融化而鱼片入滚汤，可结合鱼和汤的鲜，调料也讲究。

众人恍然大悟。宁安又解释说，此冰雕棍混合海胆泥。汤也是特制，用的是南京青龙山的山泉，调料有牛膝草、蒜蓉和鸡蛋泥、古早酱油做的酱汁。正如副领事所言,这道料理是表现春天大自然的新鲜气息。

它有什么名目?本多急忙问。

泉涌鱼儿跳,春暖故人来。宁安沉声说道。

十二

下午四时十五分。宁安在关帝像后,终于找到了那包印有"精细盐"字样的毒物。宁安想起老鲁的种种好处,潸然泪下。宁安这才觉得饮食没有贵贱,山珍海味和简单小吃,甚至不那么上台面的猥琐低等食材,没什么本质区别。料理都是给人幸福。

他的心更坚定了。毒物害人,为厨界大忌,饮食杀敌,则义不容辞。他匆忙地赶回领事馆,已是四时四十分。领事馆值班宪兵正对今晚宴会食材和各种配料进行认真细致的检验。宁安看到,调料袋子被整个翻出来,一只警犬嗅着气味。宁安内心狂跳,幸亏老鲁没有将毒物混在里面,否则很有可能被翻捡出。此刻那毒物仿佛长在身上,紧紧地扣着他的肉。

虎太郎走过来,对宁安说,骆师傅,准备好了吗?

宁安点点头。虎太郎又说,怎么如此紧张,是不是菜品准备不全?还是担心输掉比赛?

宁安冷冷地说,输赢都是我自己的事。厨师长,我们前台再见吧。

此时，一个宪兵走来，要搜查宁安身体，遭到了宁安的拒绝。我天天出入领事馆，你们也都进行检查，为何还要再搜查？这是对我的侮辱！宁安抗议说。

宁安非常紧张。他和门口的卫兵很熟悉，刚才进来，只是例行公事，并没有认真搜查。但如果此刻检查，肯定要露馅。

不用了！虎太郎阻止宪兵，你们是侮辱优秀厨师。不要再这样了。

见到虎太郎如此说，宪兵不再纠缠。不知为何，看着虎太郎信任的目光，宁安有些内疚。他的确不配厨师称呼。他马上就要变成无耻杀人犯，一个用厨房杀人的坏家伙。

不要想太多，虎太郎拍拍他的肩膀，安心比赛吧。

宁安无言，他真想扭头就走，离开这里，再也不管军统这些事，但老鲁那张胖胖的笑脸又从脑海里飘了出来，盯着宁安，目光时而严厉，时而温和。宁安叹了口气，就算是地狱之行吧，总要有人下地狱。如果他不幸死了，就让他在地狱里做个好厨师吧……

下道菜是什么？副领事发问。宁安收回思绪，又招呼手下厨师上菜。下面主题都有关鱼，有"鱼肚乾坤"（肚里乾坤大，春风岁月长），糖醋黄河鲤鱼（桃花春水问鲤鱼），锅塌太湖银鱼（万点春色愁如海，火树银花盼归人）。

叉烧长鱼方，也得到了大家的好评。比赛烤肉之后，宁安痛定思痛，对烧烤类的菜肴多动了些心思。传统淮扬菜叉烧长鱼方，主要原料是中国河鳗。这次宁安选用的是日本深海的大海鳗。具体做法上，则延续淮扬菜系特点，如选用鸡虾茸为辅料，豆腐皮作包裹鳗鱼块的外皮。但烧制过程注意保持鱼块原始风味，不是用豆腐皮裹鱼，用稻秸秆烧制、平锅煎烤，而是直接将鳗鱼置于热旺酒精炉急烤，不用油刷，烤至八分熟，火速拿出，用薄如蝉翼的豆皮包裹，鸡虾茸也是大火急蒸熟，裹在第二层，再以青翠生菜裹在最外面。用油少了，鸡虾鲜味，海鳗原始新鲜口感，都非常浓郁，又符合养生规律。这道料理可以说是集合中日烹饪理念，推陈出新之作，得到了一致好评。

真是难办了，副领事咂咂嘴，骆师傅和虎太郎师傅平分秋色。

虎太郎高出一筹，本多大佐说，日本料理精髓表现得非常充分。反观中国厨子，虽有出奇之处，但风格不鲜明。我是武人，只依照简单的想法说出来。

一位外务省官员显然欣赏宁安，却不好驳本多的面子，只问宁安，这是最后一道菜吗？

还有最后一道饭食。宁安转头向着厨师，只见四个厨师慢慢地抬着块铁板走上来，铁板上盖着一个精钢半球式的东西。

这是什么？副领事好奇地上前，要摸那钢半球。

不要！烫呀。宁安阻拦，还是晚了一步，副领事触摸到半球，触电般地缩回去。本多被唬得竟扯出军刀，仔细看去，却是副领事手指被烫起水泡。

呛骷颅，怎么回事？本多怒吼，你要谋害帝国外交官？

十三

宁安并没有害怕,平静地让其他厨师散开。对本多大佐说,这道菜装置是我设计的,请远距离观看,小心烫伤。

这是食物装置,大佐不必害怕。虎太郎也说。他对这道出场惊人的料理,也颇感兴趣。

本多大佐将信将疑,离远了一些,但军刀依然拉出半截。

宁安将钢半球上的一个帽轻轻扭开,呼呼的白色蒸汽喷了出来。宁安这才慢慢掀开盖子,本多大佐赫然看到,大铁板上盛着些金黄泛白的食物,还"吱吱"地冒着油和莫名香气。

包子!铁板的生煎包!副领事急切地说。

您尝尝看。宁安微笑着鼓励。副领事看去,包子热气腾腾,金黄的煎裙非常漂亮,包子皮暄软,很薄,但并不破。副领事轻轻咬下,一股油汪汪的汤汁溅了出来,直滴在他的前襟上。副领事越吃越快,全然不顾包子有些烫嘴。他一口气吃了四个,这才停下来,抹了抹嘴唇,闭上眼,似乎还沉浸在难以言说的境界和情绪之中。

到底怎么样?本多大佐忍不住问副领事。

副领事睁开眼,眉开眼笑着,叹了口气说,真是美好的滋味。

虎太郎也迫不及待地登上台,他看到包子个头不小,圆鼓鼓的,底下是金黄色煎炸裙边,饱满,皮薄,被里面的汤汁鼓起,像一个个白胖胖的嫩娃娃,挤挤地坐在一个个金黄色莲花台。这水煎包据说用水和油来蒸包子，水干了，油燶着，成了煎，既有水蒸的汤汁和包子皮的筋道，又有煎的脆爽可口。

虎太郎咬了口包子，很快发现不对。这不是寻常包子，它有两种馅，一种是上等鲅鱼茸，另一种是鲜牛肉。还有几片韭菜。肉羹切丁，塞在馅里，煮熟后融化成汤汁，被保存在包子里。这本没什么稀奇，但奇在韭菜香压制住肉的油腻，肉香和鱼香冲淡了韭菜的辛辣。两种馅做的馅团，被包裹在汤汁之中，彼此冲突又融合，好似熟透的草参，濡烂得入口即化，又有几分筋道。

虎太郎问副领事，您觉得这道饭如何？

副领事放下筷子，感叹地说，心和胃都是热的。那种感觉，好比深春之处，一人一舟独行于日头之下的湖水。日头温热，却不灼人，春之湖水，氤氲水汽，碧波荡漾，独坐船头，独饮醉人酽茶，独听水打乌船，好不快哉！只不知，这奇怪装置有何用？

宁安解释说，传统煎包都是用平锅，水和油混煎，外加锅盖。这个装置是利用加热铁板，快速抽走半球内密封空气，造成真空密封加热，能迅速蒸干水分，减少煎包肉馅熟烂时间，保持食材新鲜口感，让汤汁更香甜。

众人都为匪夷所思的装置和宁安精妙的设计而叹服。大厅响起了热烈掌声。

这盘包子也有名目，叫"锦绣山河处处春"。宁安最后说。

和了吧。骆师傅和虎太郎师傅旗鼓相当，不分胜负。副领事宣布。

十四

晚上七时三十分，精彩厨艺比拼之后，日本总领事馆外事招待宴会正式开始了。

宁安偷偷地换下厨师服，从领事馆后门溜出去。宴会菜单早已备好，宁安也安排十几个厨师分组料理。他最后回首春夜天幕中黑暗高大的领事馆，骑上早准备好的脚踏车，向燕子矶笆斗山江边码头方向狂奔。总领事馆在鼓楼区，至码头有相当距离，半个多小时，宁安才到达码头。早埋伏在这里的军统特务赶紧招呼宁安上船。小船静悄悄地停泊在不显眼地方。昏暗的灯光下，宁安甚至似乎看到妻子和女儿焦急期盼的身影。

骆师傅不辞而别，有违中国君子之风。一个急切的声音突然从宁安身后冒出。

宁安惊悚至极，忙回头查看，虎太郎瘦小的身躯显现出来。接应的军统特务，也大惊失色，忙掏出枪，警觉地查看四周。但此处为码头非常偏僻的地方，除了这个小老头，并没有其他人再出现。

厨师长，你怎么在这里？宁安说，插在衣兜里的手也紧紧地握住勃朗宁手枪，枪还是老鲁送给他的。

虎太郎没有回答，只说，骆师傅，干这个不适合你。你只是优秀厨师。宴会开始，本想找你聊天，却发现你仓皇而出，就跟踪至此，也算是相送吧。

宁安不答，手攥着枪更紧了。

虎太郎又说，这一路我都犹豫，是不是要举报你的不法行为，但我还想亲口问问你，为何违背厨师原则，干这种丧尽天良的事？

丧尽天良？宁安不怒反笑，日本兵闯进南京，奸杀嫂嫂，又奸杀六十多岁的老母，这算不算丧尽天良？

虎太郎语塞，讷讷地说，战争总难免伤亡和个别不法士兵。

宁安冷笑说，真是笑话，老虎吃了麋鹿，还要和它保持和平。老虎的和平，不过是被吃的动物不要乱喊乱叫，搅扰了它的心情罢了。

虎太郎叹了口气，又说，战争是不好的，但你不该利用厨艺滥杀无辜。

无辜？宁安说，我杀的都是日本高官和高级汉奸特务，何来无辜？

你在食物投毒？虎太郎又问。

我把毒物混在四坛绍兴老酒。宴会开始，毒物才会慢慢渗透，这毒发作慢，现在估计领事馆已乱作一团。我不杀害无辜。

老鲁和宁安商量细节，宁安坚持不在饭菜里动手脚，而是在酒水里做文章。他的理由是，如果饭菜有异味，日本人可能很快停止食用，起不到效果了。他不想让下毒破坏厨艺比赛。另外，他实不忍心毒死洋平和菊子夫人。妇女儿童一般不会在宴席饮酒，他们可逃过一劫。

一个厨师，以毒杀人，总是罪孽。

这我知道！宁安打断他，我会永远地退出厨师界。但我不后悔。给本多大佐那桌高级军官的菜品，我以豆腐配白萝卜，笋搭鸡肝汤，汤里有我特制的药。这些杀人狂魔即使活下来，终生也不再有味觉。军人杀命，书生诛心，料理猎舌。

你好可怕。虎太郎脸色惨白，苦笑着说，我不过是行将就木的老厨，妻儿都已死于战争，这世上牵挂的就是一身厨艺心得。我想找个传人，结合日本料理和中华烹饪美食的奥义。现在看来，不过是幼稚可笑罢了。

宁安向虎太郎深深地鞠躬，低声说，您是令我尊重的厨艺大师。下辈子吧。但愿下辈子中日之间不再有战争。

宁安回头，迅速登上小船。接应的特务也赶紧发动小船。此时虎太郎拿出个小包裹向船上抛去，大声喊，送你做纪念吧，但愿你能找个好的厨艺传人！

借着星光，宁安发现是那把虎太郎引以为傲的银厨刀，热泪盈眶。船快速移动，黄浦江两岸风景在黑暗中迅速奔向远方。乳黄色月亮仿佛大海船，伴随着他不知将奔向何处的命运。灿灿星光若漫天蔷薇，宁安隐约看到，黑皱皱岸边似长满无数粉红色的巨大舌头，在微风中不断摇曳。有中国人的舌头，也有日本人的舌头。兄长一家，还有他死去的老母，都站在舌头之间，微笑着冲他挥手作别。他们神态安详，不再是狰狞血腥的样子。而虎太郎瘦小挺拔的身影，依然屹立在空无一人的码头，如孤独的猛虎，一点点地退隐在时间的惊涛大浪中……

十五

一九三九年深春，南京日本总领事馆举行外务省次长清水留三郎招待会，发生震惊中外的厨师投毒案。总领事俋公一，陆军中将山田乙三，还有众多南京城内日本政界和军界高级人员等数十人中毒。宫下玉吉和船山已之作等数人，中毒不治，于次日身亡。

经日本特务机关严格搜查，发现领事馆厨师骆某留书一封，内书投毒报国仇家恨，乃个人行为云云。经检捕，发现该中国厨师已从燕子矶笆斗山码头秘密潜逃出南京，不知所终。

消息传到日本内阁，产生极大反响。日本总领事、副领事被撤职遣返归国。总领事馆厨师长、著名日本料理大师虎太郎辽引咎剖腹自杀。

再据日本特务机关追查，中国厨师实为军统特别人员。此次行动代号：猎舌。

摩擦取火

陈 仓

一

凡事需要上天来证明的，那基本就是谎言。

二

整整五年了，这是陈元第一次迈出大铁门。

陈元出门后，听到身后吱咛一声再哐当一声，已经走出十米开外了，他摸了一下自己的光头猛一回头，目光碰到大铁门的时候，像碰到一块冰一样打了一个激灵。

在里边的五年时间，他无数次地想象过大铁门一开再一关的声音。他曾经想让提前出去的狱友告诉他那大铁门一开一关究竟是什么感觉。有一次，陈元跟第二天就要出去的大胡子说了自己的想法，谁料想，被大胡子给骂了个狗血喷头。大胡子把拳头顶到陈元的鼻梁上，说，你什么意思？陈元说，没什么意思啊。大胡子说,你是在咒我吗?陈元说,怎么会呢?我就是想知道大铁门一开一关的时候,会不会像刀子捅进去再拔出来的感觉。大胡子正好是因为动刀子而进来的,于是骂道,妈的,要不要我像当年一样再捅你一刀试试?这是监狱,又不是婊子房,你觉得我还会回来吗?陈元说,当然不会呀。大胡子说,我不回来,又怎么告诉你呢?陈元说,那还是别麻烦你了,我争取早点出去自己体会吧。

陈元发现这种声音并没有传说的那般刺耳。大铁门吱吁一声开了,而后又十分轻软地关上了。若真要他陈元打个比方的话,大铁门一开一关并不像白刀子进红刀子出那样的凶猛,倒像是一把手术刀在做一场手术,切开了经过麻醉的腹部,是缓慢而麻木的,甚至有点明亮的快慰。

陈元站在外边,打量着隐隐作痛的大铁门——大铁门漆黑漆黑的,虽然刚刚刷过了油漆,还是可以看出一点锈迹在努力地朝外透着。大铁门与大多数的门都是一样的,中间照样有一条缝,刀子一样的一条缝。陈元真想走近一点,从缝隙朝里看看,到底会看到什么。但是他一点儿也迈不开步子,因为里边的一切在他的脑海里已经扎根了,已经被放大了。比方说,院墙下边的一棵小草,在他的眼睛里,通过五年的时间,早已长成了一棵畸形的大树。

陈元是陕西丹凤人,来上海已经十年了,前五年是在外边度过的,后五年都是在里边度过的。在外边的时候,他刚刚过不惑之年,自己却迈进一扇大铁门,等他再迈出这扇大铁门的时候,没有想到他马上就知天命了。他在外边最后的身份是小学校长——上海市大沙镇菜场农民工子弟小学的校长，而在里边的时候，他的身份却是"那种人"。那两个字实在说不出口，他总觉得用那两个字定性的，不是他陈元而是他的孪生兄弟。

陈元想，妈的，我是那种人吗？在这个世上有谁知道我是那种人呢？又有多少人知道我不是那种人呢？恐怕绝大多数人，比如菜场小学的师生，大沙镇的居民，还有陕西老家的乡亲们，包括老婆屈爱琴、儿子陈改朝，都认定他就是"那种人"。

相对来说，明白他不是那种人的人，恐怕只有三个了。

一个是田老板，一个是仅有一面之交的不满十四岁的小丫头黄丽。第三个就是他陈元自己。自己明白自己，那相当于一百乘以零，结果还是等于零。

应该还有一个人明白他不是那种人，那就是苍天。

苍天明白自己，结果会不会也是等于零呢？

陈元想到这里，抬头看了看，此时的天空很蓝很蓝，蓝得似乎动一指头就会破碎一般。冬天的天空本来就应该这么蓝，并不是因为自己终于出来了而蓝的。他又摸了一下自己的光头，先是嘿嘿地笑了两声，而后再也笑不出来了。他清楚，在这个世界上，到处都是人，有几十亿的人，能证明他不是那种人的，可怜得仅仅只有两个，或者是三个——陈元还无法确定，那个办案的民警邢小利，是不是明白自己不是那种人。

为什么连他自己与苍天，都无力证明他的清白呢？

陈元从耳朵上取下一支烟，这是刚刚离开的时候，王管教送给他的临别的礼物。王管教扔过来一支烟,对他说,不能再干那种傻事儿了啊,不仅丢人,而且蛮亏的,以后脱裤子之前,问一下人家有没有满十四周岁吧!我再给你普及一下法律吧,为了加大对未成年人的保护,最近国家对刑法进行了修订,如果未满十四周岁,如今像你这种"未遂"的,全部都是要重判的。

陈元没有正面回答王管教。在五年之中许多狱友像王管教一样,都拿那件事儿取笑过他,他开始还会说一句,我是清白的。人家就哈哈大笑地说,你未遂嘛,当然是清白的了。后来,他发现自己的辩解很无力,一是清白的人怎么会在里边呢?二是他写过的几封申诉信都石沉大海了。万般无奈,他干脆把那种人想象成了自己的孪生兄弟,予以漠视。

陈元笑了笑说,你也快了吧?王管教说,我和无期徒刑差不多,这辈子算是耗在里边了。听上去,王管教似乎不是管教,而是罪恶更加深重的人。陈元想,王管教除了领了一份薪水之外,与他陈元不一样的地方并不明显。

陈元把烟叼在嘴上,打量着四周。有位大妈清扫完了落叶,放下手中的大扫帚,靠在马路边上的一个角落里,掏出打火机先给自己点燃了一支烟,然后远远地问陈元,你想借火吗?

陈元说,我有,不需要。

正好风刮了起来,她的打火机就熄灭了。

陈元走向了大妈。其实他走向的不是大妈,而是大妈靠着的一面墙壁。

陈元撕开棉衣的袖子。这身黑色的棉衣是新的，是出来前王管教送给他的。陈元像往常一样，从棉衣袖子里掏出一小撮棉花，放在手心搓成了一根棉花条子。他蹲下去，脱下一只鞋。这是一只布鞋，也是王管教送给他的。这么多年从来没有人给陈元送过东西，于是在出来之前，王管教就送了他一身衣服，还安慰了一句，等你回去了家里人就原谅你了。

陈元用那只布鞋，把那根棉花条子压在一面墙上，开始上上下下地摩擦着。那种动作有点像在磨刀，而且越磨越快。这是刚进去的时候，他发明的取火之法。刚进去的时候有烟，但是没有火。火保管在王管教的手中。王管教害怕他们生事，把火都给没收了。在外边的时候，陈元除了是校长之外，平时还是一名物理老师，他懂得摩擦起火的原理，就是一个物体与另一个物体紧密接触、来回移动的时候会产生一种力，它的大小与物体表面的光滑程度和重量有关。在这种力的作用下，物体的内能不断增大，温度会越来越高，最后就达到了着火点。在进去的第七天晚上，他利用这种原理，从光秃秃的墙上帮大家取到了火，从而成为神一般的人物。从此，他们撕开自己的棉衣，用一只鞋压住棉花，在墙上猛烈地摩擦。夏天不穿棉衣，那就撕开被子。棉衣和被子总是被他们撕得越来越薄。尤其是四面墙，被他们摩擦得油光发亮，像打磨出来的一面镜子。

相比之下，外边的水泥墙粗糙多了。

陈元仅仅摩擦了几分钟，棉花条子就燃烧起来了。

他从棉花条子中间轻轻地吹出了火苗，把自己的烟点着了。

大妈并没有走开，吃惊地凑过来说，你这招在哪学的？陈元说，当然是在里边了。大妈说，你从里边出来的？还以为你是过路的呢。陈元回过头，再次看了看大铁门。门缝里边的世界像一把一指宽的刀子，被磨得闪闪发亮。里边很安静，大部分事物都隐没其中，似乎偌大一个地方什么也不存在。

陈元有些窒息。他是真真切切地进去过了，而且是真真切切的五年。

五年前自己是清白的，经过日日夜夜的洗刷自己仍然还是清白的吗？

到底是谁夺走了他这五年的时光？这些时光到底都流到哪里去了？在邢小利那个民警那里，在姓田的那个超市老板那里，还是在十四岁不到的小丫头黄丽那里呢？

陈元觉得，他有必要去找找他们，看看能不能找到他白白流走的含着屈辱的时光。

三

陈元蹲在大铁门前边吸完了一支烟。

他迷茫地问大妈，大沙镇怎么走呢？

大妈说，不远，你坐地铁九号线吧，九号线全线都开通了。

陈元记得十分清楚，地铁九号线二期遗留站是自己进去的前一年开通的。开通那天陈元十分兴奋，因为在菜场小学的背后设有一个出入口。有老师问他,你高兴什么呢?上海不是你家的,地铁站也不是你家的。陈元说,它不是我家的,却是咱们菜场小学的,它是菜场小学给我这个校长配的专车!他本来是没有任何事儿的,但是那天,他对着所有的学生说,你们还没有去过徐家汇吧?走,坐我的专车,咱们去徐家汇拜一下徐光启,再逛一下清朝的那个藏书楼。于是,他把学生全部组织起来,排着队,举着小红旗,唱着《我们是共产主义接班人》,坐着地铁九号线来了一场体验之旅。

大铁门外边,是一条并不繁华的大路,大路上边建起了高架桥,显得有些凌乱和荒凉。两边的梧桐树叶子已经落光了,却还有一些没有消融的雪花。原来这座城市下雪了。自己在外边待过五年,都没有下过一次雪。在里边待过五年之后,一切就面目全非了,很少下雪的江南也开始下雪了。

前往地铁站的时候,路过一家理发店,陈元一下子钻了进去。当他坐在一面镜子前边的时候,突然发现自己不应该理发。自己的头发已经很短很短了,而且大面积地谢顶,和光头是没有什么差别的。有一个小丫头走过来说,大爷,你要剃光头吗?陈元说,我现在不是光头吗?小丫头说,你这不算光头,你还是剃光头吧,说得不好听一点儿,你这不清不白的,让人感觉很不舒服。

陈元一边退出门一边问,我怎么不清不白了?

小丫头对着他的背影说,你这个头呀,头发吧又不长,剃吧又没有剃光,有点像犯人。

陈元回过头说,你从哪里看出来我像一个犯人?

也许因为做不成生意，小丫头就恶狠狠地说，不仅是头发，还有感觉，彻头彻尾像个犯人。

小丫头似乎是一个未成年人，还带着稚嫩的腔调，让陈元忽然想起了小丫头黄丽。他在心里又骂了一声，妈的，我怎么就成犯人了呢？犯人是凭着感觉的吗？当年他们就是凭着感觉把我逮起来的吗？陈元毅然决然地离开了理发店。他希望自己的头发瞬间就长出来，长成他原来的一头披肩长发——没有进去前他留着一头长发，每次和人说话的时候都会朝后甩一下，那是多么潇洒啊。

在九号线的地下通道，陈元看到了一间小店，是卖假发的小店。他不管三七二十一，就挑了一个假发。他戴上假发，对着镜子凝视着。假发有原来那么长，也是又黑又亮，但是戴在自己头上，味道完全不一样了。或许是自己老了，脸上的皱纹多了；或许是假发就是假发，它永远不可能成为身体的一部分，像他身上曾经背负的所谓的罪名。

他还是愿意戴着假发。戴着假发起码给人的感觉不再像个犯人了。

不是他想逃避什么，是因为他根本就没有犯过什么。

陈元坐上地铁九号线，半个小时就到了大沙镇。从地铁大沙镇站二号口出来，前边就应该是菜场小学了。陈元顺着四周找了一圈，那所自己办起来的菜场小学已经不见了。院墙，几座平房，一个小操场，一根篮球架杆，一点痕迹都不见了。四周全部变成了高楼大厦，只有小操场的位置和原来一样空旷，确确实实地建起了一个菜市场。

陈元钻进了菜市场。已经过了采购的高峰期，菜市场人并不多，地面上污水横流，里边掺着血水、鱼鳞和菜叶。几个摊主懒洋洋的，有人问，大妈，你要萝卜青菜吗？冬天多吃萝卜青菜不容易感冒。有人说，大妈，割点肉回去吧，马上过元旦了，而且北方下大雪了，说不定要涨价了。

陈元扶了扶自己的假发。同样是披肩长发，年轻的时候从没有人把自己误会成女的，如今为什么人人见了他，都叫他大妈呢？

陈元低头看了看，污水中的自己确实像个大妈。

陈元想辩解一下，张了张嘴还是作罢了，是大爷还是大妈对别人对自己有什么关系呢？

陈元在一个大妈的摊位前，犹豫了一会儿站住了。他觉得这个大妈不太一样。不太一样的是大妈有点眼熟，似乎原来在大沙镇遇见过。让他眼熟的，其实也不是大妈的面孔，而是大妈眉心上的一颗黑痣。有豆子那么大的一颗黑痣。但是，他站了几分钟，大妈并没有任何反应。

大妈说，你是要西红柿吗？

陈元说，嗯，来一斤吧。

大妈挑拣了几个西红柿，陈元执意要付钱的时候，大妈说，我不收你的钱。陈元说，为什么？你认识我吗？大妈说，我不认识你，但是我看你不像个买菜的。陈元真想问，自己怎么就不像买菜的了？他不明白什么样子的人才像买菜的。是指有家的人，还是指一日三餐有着落的人呢?

陈元离开的时候,还是没有忍住,回头问大妈,这里原来好像不是菜市场吧?大妈说,你原来在这里住过?这里确实不是菜市场,最早是一个纸板厂,后来办了一所学校,农民工子弟学校,农民工子弟学校关掉后,有段时间成了屠宰厂,杀猪杀羊杀鸡,什么东西都杀,再后来发生禽流感,屠宰厂也被关掉了,把旁边盖成了居民小区,居民闹腾了好长时间,说是没有地方买菜,就建成了这么个地方,这个菜市场刚开张不久。

陈元摸出一个西红柿在袖子上擦了擦,咬了一口。

陈元一边吃一边说,为什么关掉了呢?

大妈说,你是指纸板厂还是小学?

大妈拉了一条板凳,让陈元坐下聊。大妈说,当时大沙镇有很多工厂,有制衣厂,有五金厂,有建筑公司,外来打工的都住在这里。每年夏天有好多孩子,从全国各地赶到这里看望父母,假期结束的时候,孩子们个个都哭着闹着不愿意回去,有的抱着大树,有的抱着电线杆,想留在父母身边,但是根本没有地方念书,好多孩子干脆辍学了,留在大沙镇上打工,小小年纪,有的进了理发店,有的进了商场,有的拾垃圾。其中有个陕西来的小丫头为抢一个空瓶子,被另一个孩子推到小河浜里,活活地淹死了。

陈元两口下去,连柄也没有留下,就把一个西红柿给咔嚓掉了。

他的眼睛湿润了,在他模糊的眼睛里,那一幕幕再次浮了上来。

当时，他随着一家大型建筑公司来到了上海大沙镇。他是一个中专毕业生，在学校学的是工程监理，按说学历不高，在硕士博士成群的上海，是没有他立足之地的，但是他文笔不错，而且会写一手不错的毛笔字。他到建筑公司打工之后，除了负责监工之外，还兼公司的宣传与文案，比如写写"安全就是生产力"之类的标语。有一年，他的女儿来上海度暑假，眼看着假期就要结束了，但是女儿哭哭啼啼地央求他说，爸爸，让我留下来吧。陈元说，留下来干什么呢？女儿说，留下来念书啊，关键是我回去的话，别人欺负我怎么办？陈元说，不是有妈妈和哥哥吗？女儿说，哥哥和妈妈，一个是小麻秆儿，一个是小麻雀，保护不了我呀。陈元说，那你是什么呢？女儿说，我是一片小树叶子，也保护不了自己呀。陈元说，我也想让你留在爸爸身边，这样就有人给爸爸做饭了。

女儿十二岁，只比桌子高出半个头，但是已经会下厨做饭了。女儿说，我留下来的话，天天给爸爸做好吃的。陈元说，你能做什么好吃的？女儿说，多着呢，面条、锅盔、葱油饼，我还会蒸大米饭。最后一个晚上，陈元从工地回到宿舍的时候，发现桌子上已经摆好了饭菜。一盘西红柿炒鸡蛋，一盘醋熘土豆丝，一盘腊肉炒青椒，还有一盆西红柿鸡蛋汤，两只碗里盛上了大米饭。建筑公司有食堂，陈元基本是吃食堂的，但是公司里的兄弟们，来自天南地北，大家对饭菜的要求不一样，有的喜欢吃甜食，有的喜欢吃辣椒，有的喜欢吃又甜又咸的，所以总是那么不合口味。于是他空闲的时候，还是自己亲手烧饭。

女儿说，怎么样？陈元说，米饭特别香。女儿说，这是我的绝招。陈元明白，她的绝招是从她妈那里学的，淘好米之后，在锅里放一点盐，再放一点油，蒸出来的米饭不仅粒粒不粘，而且香喷喷的。女儿说，你没有发现问题吗？陈元说，没有啊，都是我喜欢吃的。女儿委屈地说，爸爸不老实，你没有发现西红柿炒鸡蛋与西红柿鸡蛋汤重样了吗？陈元说，不呀，一个是炒的，一个是汤，怎么会一样呢？女儿说，爸爸喜欢，我以后天天给你做，我有几个拿手菜还没有亮出来呢。

陈元低下头只顾着吃饭，真不知道再说什么好了。为了女儿，白天他去过附近的几所学校，也去过大沙镇教育部门，打听下来的结果是，像他这样没有上海户口，没有居住证，四处流动的建筑工人，子女根本不可能留在这里上学。陈元吃完了饭，女儿又忙着洗碗。陈元说，爸爸对不起你，马上要开学了，你明天还得回去。

那天晚上，父女两个坐在一片荒凉的工地上。这个工程是一个居民小区，地基已经打好了，墙已经砌出了两米高。他们两人坐在墙头上，静静地看着远处的灯火和天上的星光，一直坐到了凌晨四点。

陈元说，四点了。

女儿说，那走吧。

陈元与女儿回到宿舍，收拾了一些行李，准备送女儿去汽车站。大沙镇那时还没有通地铁，陕西丹凤也没有通火车。女儿必须坐大巴到河南南阳，再转车回家。陈元带着女儿来到恒丰路汽车站，女儿在进站的那一刻突然回头说，爸爸，如果我迷路了怎么办？陈元说，你怎么会迷路呢？来的时候也是你一个人呀。女儿说，爸爸，若我被人贩子拐走了呢？陈元说，我给司机交代过了，他会帮你转车的，你听他的话就行了。

女儿检完票之后，她猛然回过头，一下子冲了出来。女儿坐在汽车站外边的广场上，紧紧地抱着一棵梧桐树不放。女儿说，我还不想走，明天走吧。陈元说，那车票就作废了。女儿说，我有钱，我挖药赚了好多钱，就为了来看爸爸的，如果作废了我还有。陈元说，爸爸不是这个意思，你要回去念书。女儿说，我不想念书，我只要爸爸。女儿说着，又哭了起来。陈元也哭了起来。无奈，陈元把女儿又带回了工地。

陈元的老婆屈爱琴打电话来催了，说是要上六年级了，学校马上就要报到了，怎么还不见女儿回家呢？陈元说，明天就回去，或者是后天就回去。女儿抢过电话说，我不回去了，我在上海念书了。屈爱琴说，上海除了楼房高，学校有什么好的？女儿说，当然好了，不但上语文数学英语，还会教我们打排球呢，我以后说不定就像郎平阿姨一样，成了铁榔头。屈爱琴说，你就吹吧，小心变成了铁疙瘩，不过你留在那里也好，可以盯着你爸爸不要让他花心。女儿说，你说什么呀？我爸爸想花心，怕也没有机会。屈爱琴说，堂堂大上海，十里南京路，怎么没有机会？你可不能跟你爸爸一起糊弄你妈妈。

女儿说，爸爸待的地方，除了砖头就是水泥，你就放心吧。

第二天一清早,陈元就出门了。他买了几条中华烟,去了附近的那所学校。他想找校长再谈一谈,希望让女儿进去。没有桌子,哪怕自己买张桌子;没有地方,哪怕在教室的拐角上站着;如果连站着都不行,那就让她坐在窗子外边。总之,他必须让女儿上学。让他最为悔恨的,就是自己书念得少。如果自己不是中专毕业,而是大学本科毕业或硕士博士毕业,那他绝对不会活成现在这个样子。起码有一点,可以在上海落户,或者办理人才引进类居住证,有了户口或居住证,自己就成了上海人,能享受上海人的待遇,女儿自然也可以留在上海上学了。

但是与过去一样,陈元刚刚靠近学校大门,还没有开口说话呢,就被保安给撵走了。保安说,你为孩子上学这事儿来的吧?别做这个梦了,除非你是居民、镇长或流氓,如今开学报到已经结束了,镇长和流氓恐怕说话也不算了。

第二天一清早,女儿也出门去了。女儿给陈元的说法是,与工地上的几个小伙伴一起出去玩玩。女儿晚上回来的时候,手中提着一把韭菜、半斤五花肉、几个土豆。女儿洗了一把黑乎乎的小手,说是要烧晚饭了,做土豆焖肉给爸爸吃。陈元说,你去哪里了?玩得那么疯?女儿从身上掏出四十块钱,神秘地塞到陈元的手中说,我可以帮爸爸赚钱了。陈元把钱狠狠地摔在地上,很生气地说,谁要你赚钱了?有本事你给我赚四万块回来!你这么大孩子,为什么不听话呢?你现在最重要的是什么?是念书!是回去念书!

第三天一清早,陈元去工地上班,想在午休的时候再去另外的学校试试。女儿照样提着一个塑料袋子出门去了。她与几个同样辍学的孩子约好了一起去拣饮料瓶子，一个饮料瓶子可以卖两毛钱，一天下来每个人可以拣几百个瓶子。

那天，陈元正在刷写标语。上边来检查安全质量前，工地上都是要刷写标语的，无非还是"欢迎领导莅临指导"等，当陈元把一条横幅刚刚写好，正在朝工地上悬挂的时候，眼睛突突地跳了几下。正好这时他接到了一个电话。电话是民警打来的，事后才知道这个民警叫邢小利。

邢小利说，你是不是有个女儿在上海？陈元说，你谁呀？邢小利说，我是派出所的。陈元说，派出所也管孩子上学吗？陈元以为自己这几天跑来跑去，终于有人被感化了，要安排女儿上学了。

邢小利说，上什么学？到哪里上学？你快点过来吧，过来就明白了。

当陈元赶到一条小河旁边的时候，那里已经被围得人山人海。大家让出一条通道来。陈元不明白为什么大家会让出一条通道，他从来没有受到过如此尊重。陈元有点茫然。当时他已经是一头披肩长发了。他从人群的夹缝中穿过的时候，不停地朝后甩着自己的长发。在小河边的草地上，躺着一个人，确切地说是一个孩子。她身上的衣服湿淋淋的，紧紧地贴着瘦小的身体。双手、大腿和脸上糊满了污泥，像一个还没有捏好的泥人儿，是看不清面目的。

没有一个人吱声。

陈元说，怎么回事？

有个民警上来说，我是邢小利，你辨认一下，这是不是你家的孩子？陈元再次细微地看了看，他看到她下巴旁边的一块红色的胎记，看到左胳膊上的一道褐色的伤疤。她手上紧紧地握着一个瓶子，瓶子里没有饮料，而是灌了半瓶子泥水。陈元说，妞妞，怎么睡在这里了？妞妞是他女儿的乳名。

他要上前摇醒她。

但是邢小利说，她已经停止呼吸了。

陈元迷茫地望了望旁边的人。有个护士说，是的，我们赶到的时候，她已经停止呼吸了；有个穿着靴子的男人说，我们把她从水中打捞起来的时候，已经停止呼吸了，掉到水里三十多分钟呢，谁有这么大的本事还活着呀。

陈元像一个聋子似的，大声地问，你们说什么？

旁边有两个工人，是工地上的工友，陈元是认识的。一个工友说，她和我们家的孩子一起，在这里拾饮料瓶子，另外一帮孩子不让，说这是他们的地盘，就把她逼到了河边，然后，然后，她就掉下去了。另一个工友说，什么掉下去了？是被推下去的！

有两个孩子在瑟瑟地发抖，他们哭着点了点头说，我们是一伙的，所以不是我们推的，是那个孩子推的。

这里不得不向各位交代一下田老板了。

田老板当年五十来岁，也不是上海本地人，但是他张口就是"阿拉"，闭口就是"伊们"，其实他只会阿拉和伊们几个词，所以没有人知道他是哪里人，都以为他是上海本地人。田老板胸口刺了一条龙，远远看上去，怎么都不像一条龙，而像半根霉烂的草绳子。有人问，这刺的是什么呀？他啪啪地拍着胸脯说，是龙呀！阿拉是龙的传人。有人说，龙头在哪里？依我们看，倒像一条蚯蚓。他赶紧把衣服敞开说，有句古话怎么说的？见头见尾不见身！我这条龙啊，是见尾见身不见头，侬就不懂了吧？说完，他会自己解释说，龙尾龙身都刺好了，一只眼睛都刺好了，仅仅剩下一个龙头了，但是那个痛呀，太他妈的难受了，所以真是太遗憾了。田老板之所以叫田老板，是因为他在大沙镇开了一家超市，规模还是比较大的，里边不仅有服装鞋帽和日用百货，还有蔬菜瓜果、食品香烟和安全套避孕药。

把陈元女儿推下水的，就是田老板的孙子。田老板的孙子不可能外出拾饮料瓶子，即使是拾饮料瓶子也不会为钱。他们当然不缺钱。可是那天，田老板的孙子在那里玩耍，看到陈元的女儿在那里拾瓶子，就上前问，你拾瓶子干吗？女儿说，拾瓶子卖钱呀。孙子说，你要钱干什么？女儿说，买东西呀，还要买菜呀，我要给我爸爸买条鱼。孙子说，买条鱼干什么？女儿说，还能干什么，当然是做晚饭了。孙子说，瓶子是你能随便拾的吗？这些都是我的，我就住在旁边，别说几个瓶子了，就是地上的毛毛虫也是我的。于是两个人追着，就跑到了小河边。

事后，在民警邢小利主持调解的时候，有人说是被田老板的孙子推下水的，有人说是陈元的女儿自己滑下水的。邢小利说，不管怎么样，人已经死了，除了赔钱还有什么办法呢？我提一个数字，就六十万元吧。田老板说，一个乡下小屁孩子，哪值这么多啊？陈元说，我给你六十万元，买你孙子一条命怎么样？田老板说，侬能拿出那么多吗？反正阿拉是拿不出来的。民警邢小利说，拿不出来也得拿，你不是还有一家超市吗？田老板说，阿拉孙子还是孩子，这个情况也得考虑进去吧？民警邢小利说，你孙子多大？若超过十四岁了，还要负刑事责任的，属于故意杀人你明白吗？邢小利又对陈元说，按照相关规定，农村人与城市人，确实是同命不同价的。

最后，田老板赔偿了三十五万元。陈元拿到三十五万元之后，却一分钱都不敢花。每花一分钱好像都是在出卖他女儿的命。所以思来想去，他就想到了那群辍学的孩子。到了第二年春天，附近一家纸板厂倒闭了，陈元就盘下了那块地方，准备办一所农民工子弟学校。申请开办小学的时候，陈元见人就哭诉自己女儿是如何如何想留在上海，是如何如何被人推到河里淹死的。也许是被感动了，也许是农民工子女不上学，在大街小巷四处晃荡，毕竟是一种社会隐患，所以就得到了当地政府的支持。

因为学校门前有一条马路叫菜场路，陈元干脆给这所迷你型的学校起了个名字叫"菜场小学"。陈元自己亲自担任校长，从外地招了几名一心想到上海发展的老师，又在旧厂房里添置了一些桌椅板凳和教学用具，还在操场上树了一根旗杆和一根篮球架杆，学校很快就开学了。

这些都是旧话，按下暂且不提。

大妈从自己摊子上，抓起一个西红柿，也啃了起来。大妈说，纸板厂倒闭之后，这里开了一家农民工子弟学校，办学校的钱说是校长的又不是校长的，其实是一个姓田的老板卖掉自己的超市赔给校长的。可惜好景不长，校长出事儿了。可能是冤家路窄吧，有一天田老板报案，说干女儿被人给那个了。那个校长姓什么来着？如今记不得了，就被抓起来了，被判了整整五年。为什么被判五年？说是干女儿未满十四岁，不管怎么样都是犯法的。

陈元浑身一阵颤抖，忽然站了起来。

大妈说，校长被判刑之后，学校自然就关门了。

陈元说，那些学生呢？大妈说，本来就没有多少学生，据说通过报纸和电视台一报道，政府怕事儿闹大了影响不好，特事特办，不管是外地的，还是哪儿的，也不讲什么条件了，统一安插到附近的公办学校念书去了。前几天听说，有些孩子明年初中毕业，照样不能在上海上高中，要想继续念高中考大学，还得回老家，老家都没有人了，这些孩子怎么回去？大家都念着那个校长，若那个校长不进去的话，他们的孩子恐怕连初中都上不完，现在毕竟是初中毕业，也不算文盲了。

陈元又掏出一个西红柿咬了起来。

在里边的五年中，他多少次猜测过农民工子弟学校的命运，什么结果都想过了，想到了关门，想到了被别人接替继续办着，唯独这个结果是自己万万没有想到的。自进去之后，这是第一次接收到让自己有点欣慰的信息。

陈元在准备离开的时候问，你相信校长是那种人吗？大妈说，我们普通人，相信不相信有什么用呢？这得听警察的吧？那个田老板，把大超市赔进去了，不排除他设计圈套，来打击报复校长。我当时在那家宾馆当服务员，虽然在眼皮子底下，也没有亲眼所见，什么都是猜测的，所以这是是非非，再怎么想也是白想。

陈元说，你做过宾馆服务员？

大妈说，是呀，在那个红星宾馆，田老板超市的隔壁，你在那里住过吗？当时我在那个宾馆当服务员，而且那天晚上还是我值班，当警察跑过来的时候，我才知道出事儿了。

陈元忽然意识到，他之所以对大妈那么眼熟，就因为当时在红星宾馆的前台，他向她打听过宾馆内部的保健按摩房在哪里。她告诉他就在宾馆二楼的时候，顺便提醒了一句"我们的按摩房是正规的"。陈元在上楼之前还拿她眉心上的那颗黑痣开过玩笑。陈元说，你是斯琴高娃吗？她说，如果我是斯琴高娃的话，我就去韩国把这颗黑痣给祛掉。陈元说，那可是一颗福痣，祛掉你就当不成明星了。

想到红星宾馆，陈元又开始窒息了。他从身上急忙摸出一支烟，从撕开的袖子里掏出一撮棉花，搓成一根棉花条子，然后脱下自己的布鞋。但是菜市场的墙似乎是塑料板或光滑的预制板，地板上到处都是水渍与垃圾，根本容不得陈元进行摩擦。

大妈从另一个摊子上借过来一个打火机。

陈元说，不需要，我有火。

大妈接着说，出了那种事儿之后，红星宾馆因为生意冷清就被拆迁了，我也下岗了。你别看在宾馆当服务员，那可是国营宾馆，食堂随便吃，空闲的房间随便住，电话也是随便打，工资不高，但是全部都落下了。我常在想，若没有发生那件事儿，宾馆会不会倒闭呢？若不倒闭的话，大沙镇现在是迪斯尼板块，酒店的日子是不是更好过了？我会不会当上经理了？如今我摆的这个摊子，肯定是赚钱的，可惜它不是我的，我是给人家老板打工的。

陈元不想再说什么了。

他必须到外边去，找一堵能摩擦取火的墙。

他向大妈询问了一下大沙镇派出所的位置，知道派出所还在当初的那个地方。

正是中午休息时间，陈元坐在派出所对面的一家小饭馆里要了一碗面条，一边吃着一边看着派出所那排低矮的房子和像杂货铺一样的院子。只有这些地方，可谓铁打的衙门。菜场小学倒闭了，红星宾馆倒闭了，田老板的超市也转让了，唯有派出所还那么破旧地设在那里，不会受到任何人的命运的牵连。

四

陈元去大沙镇派出所，就想找民警邢小利。

他出的那件事儿也是邢小利一手经办的。他想看看在他进去的五年时间里，那些人最后的情况都是什么样子，其中包括那个狗日的田老板、不知轻重的小丫头黄丽，当然还有邢小利本人。只有这三个人，或者只有前边的两个人，是他那件事儿的主人公。

陈元吃完一碗面条，围着派出所转了一圈。当初为了女儿的事儿和自己那件事儿，没少来这家派出所。其实，他为女儿的事儿来派出所的次数比较多，为自己那件事儿只来过一次，就那么一次，便彻底给交代过去了。

陈元记得，派出所背后那条巷子比较深，七拐八拐地一直通往稻田，穿过稻田就到了女儿出事儿的小河浜。有一位大爷，在巷子宽大一点的拐角处，摆了个自行车修理点。大爷叼着一支烟，正在低头补胎，见陈元站在旁边不走，便问，你要补鞋吗？陈元说，你不是修自行车吗？大爷说，自行车都能修，修鞋还不是小菜一碟？陈元本来没有什么要修，还是拉过一条板凳，把鞋脱下来扔给了大爷。大爷看了看说，哪里烂了？

陈元说，没有。

大爷说，那补什么？

陈元说，你看着补吧。

大爷笑了笑说，你偏脚，鞋底子要垫一垫才好穿。

陈元说，从这里朝前走，是不是一块稻田？大爷说，是啊，原来稻田里长稻子，现在稻田里开始长房子了。陈元说，再往前是不是一条小河浜？大爷说，原来叫小河浜，如今叫景观河，不过再怎么变，流水是不变的，照样是可以淹死人的。陈元说，没有设栏杆吗？大爷说，没有栏杆的时候，是被别人推进去的，现在设了栏杆，都是主动跳进去的。陈元说，跳进去洗澡吗？大爷抬起头说，洗澡？在臭水里洗澡，岂不是越洗越脏？陈元说，那干什么？大爷说，是寻死，也就是自杀。经我的手捞起来的，有七八个了，最小的那个，是陕西的，才十二岁，是被推进去的；最大的那个是一个姓田的老板，都五十多了，是自己跳进去的。

陈元说，他那么大把年纪了，为什么要跳进去？大爷说，是活腻烦了吧。那天我去小河浜里钓鱼，听到扑通一声，以为有人落水了，我跳下去把他给拉上来了，你知道拉上来之后出什么事儿了？陈元说，死了？大爷说，哪死了？活着呢！是我救上来的唯一一个活着的，而且是唯一一个不想活的。

哎哟，妈的。大爷似乎被手中的刀片削破了，手指头在流血。

大爷说，谁知道救人还救出麻烦了。陈元说，这是做善事儿，他们理应谢谢你。大爷说，还谢呢，救了那么多人，连根烟都没有抽上过。陈元当时确实没有问过是谁把女儿捞上来的，也没有说过一句谢谢。

陈元抽出一支烟，递给了大爷说，我要谢谢你。大爷说，你是谁呀？我又没有救过你。陈元真想告诉大爷，那个陕西的孩子是自己的女儿，就是他给捞起来的，好像大爷还说过，他捞了半个小时。如果陈元说出这些，会引出自己后边的事儿。虽然后边的事儿都是莫名其妙的，因为没有人证明是莫名其妙的，所以那种羞耻依然储存在别人的眼睛里。

大爷说，田老板胸脯上刺了一条龙，当我把他拖到草地上，他竟然拍着张牙舞爪的胸脯指责我不应该救他。我说，你又不是一头畜生，我怎么能见死不救呢？他说，我就是畜生，一心想死的畜生，是你让我没有死成。我说，那你自己再跳下去吧。他说，水那么深，想跳就能跳啊？这需要勇气的！他缠住我，非让我把他给推下去。你说说，我敢把他推下去吗？他有个大超市，孙子把人家女儿推下去，赔了三十五万元，如果我把他推下去，我拿什么赔人家？恐怕只有光屁股了。

陈元说，他寻死，不会是因为赔钱吧？大爷说，有关系，但似乎又没有关系，当时大超市已经转让掉了，连第二个案子都发生了。第二个案子牵扯到的还是田老板他们两个人，所以各种各样的猜测就非常多，有人说他们上辈子就是冤家，也有人说他们都上了别人的圈套。反正田老板非得让我把他推下水去，不然就不准我离开。

大爷说，我那时还在派出所上班。

大爷朝着派出所的屋顶瞄了一眼，屋顶上有一根不高的烟囱。已经过了午饭时间，所以并没有冒烟。不冒烟，或许因为那个烟囱已经不是烟囱了。

陈元说，你在派出所干什么？大爷说，厨师，他们临时雇的。我正急着回去给派出所做午饭呢，但是田老板抱着我死活不放，我赶紧给派出所打电话，副所长邢小利赶了过来。陈元说，邢小利不是民警吗？大爷说，是刚刚升任副所长的，可能一连办了两个案子，所以立功了吧。

大爷又"哎哟"了一声,另一个手指头也被刀片削破了。

有个小伙子推着自行车来修,大爷说,我这是补鞋的,不修自行车,工具都在那里,你需要的话自己动手吧。陈元笑了笑说,你怎么又变成补鞋的了?

大爷说,生气啊。我回到派出所的时候还不到十二点,比平时开饭也就晚了半个小时,结果你猜都猜不到。当我洗完碗,刚解下围裙呢,邢小利就来通知我,让我第二天别来了。我问,别来了是什么意思?邢小利说,我们要另请厨师了。我说,不就晚了半个小时吗?又没有饿着谁,何况我是见义勇为去了,不是我的话田老板就死了。邢小利,他死不死与你有什么关系?何况他这种人多一个少一个有什么影响吗?我说,好歹也是一条命吧?邢小利说,反正你的行为影响了本职工作,辞退你也是经过派出所研究的。我说,你跟谁研究的?我在这里做了十几年饭,你刚刚升任一个小小的副所长就把我开除了?邢小利说,开除了又怎么样?我说,你恐怕居心不良吧?邢小利说,你说说看,我怎么居心不良了?我说,感觉你希望田老板死。

大爷又抬起头,朝派出所那边的屋顶瞄了一眼,而后低着头嘿嘿地笑了。

陈元说,后来呢?他们给你说法了吗?大爷说,食堂是邢小利分管的,不就他一句话吗?他让我走,我能不走吗?当天离开派出所后,我变成了无业游民,有阵子在这里开过冷饮摊,可是从这里经过的,要么是报案的,要么是犯事儿的,都是火烧火燎的,哪有心情坐下来喝一杯呢？尤其到了冬天，一根冰棍也卖不出去，万般无奈我就摆了这个摊子，说实话这个摊子也不怎么样，原来骑自行车的人还挺多的，现在大部分换成小汽车了。

陈元又想用棉花取火了，但是大爷已经修好了鞋。大爷说，你试试吧。陈元穿上鞋试了试，果然走起路来平稳多了，不再歪歪扭扭的了。

陈元说，多少钱？

大爷说，不要钱。

陈元说，为什么？

大爷笑了笑说，我这是自行车修理点，补鞋只是义务的。

陈元看了看天，晴朗的太阳有点偏了。陈元便辞别了大爷，拐到了派出所的大门口。保安拦住陈元说，你报案吗？陈元说，我找人。保安见陈元有点迟疑，便说，最近风声紧得很，如果找人办私事儿，我劝你还是省省吧。陈元说，我想找邢小利，副所长邢小利。

保安说，你是他什么人？陈元说，什么人都不是。保安说，你在这里有案子？陈元说，也不是。保安说，那到底是什么？陈元说，我亲自和他说吧。保安说，他已经不在这里了。陈元说，我真没有什么事儿，找他就是想看他一眼。保安说，你们是朋友吗？陈元说，算是吧，所以你就没有必要骗我了。

保安说，我没有骗你，实话告诉你吧，他现在在城西监狱里。

陈元一愣，那不是自己刚刚出来的地方吗？

陈元说，他调到那里去了？保安说，调？什么叫调？他是服刑去了，他犯法了你不知道吗？人家躲他都来不及，你还主动往上贴呀？陈元说，犯什么法了？保安说，除了杀人越货，现在能犯法的，不就是贪污受贿吗？我一年前来当保安的时候，他已经进去了，据说除了受贿之外，还有侵占他人财产。陈元说，判了多少年？保安说，具体我也说不清楚，大概是五年吧。陈元说，没有带出别的什么案子吗？保安说，你是指同伙吗？同伙倒是有一个，是他手下的一个民警。

陈元心想，肯定没有牵连出自己的事儿。若自己的事儿有了转机，他应该早就被放出来了。

陈元对邢小利一下子失去了兴趣。即使邢小利没有进去，如今见到了邢小利，他又能和邢小利说什么呢？告诉他自己出来了？继续告诉他自己是被冤枉的？问一问是不是他邢小利设下的圈套？那又能怎样呢？现实是，邢小利也进去了，很有可能就是因为自己进去的，而且与自己一样判了整整五年。

保安对着陈元的背影说，你们真是朋友的话，就去菜场路七十三号看看他老婆吧。

陈元朝着菜场路走去。他不是有意要去看看邢小利的老婆。邢小利的老婆又不认识自己，而且和邢小利本人还是不一样的。陈元之所以朝菜场路走去，是因为那是地铁九号线大沙镇的那一站。

陈元在离大沙镇地铁口还有五十米的地方，一抬头不经意间就看到了七十三号。那里是一个居民小区，一楼全是临街的门面房，七十三号门面房安装着玻璃门。正是下午时分，大白天依然开着灯，是粉红色的霓虹灯。灯光下摆着一张红色沙发。沙发上坐着一个女人，看上去已经不太年轻，应该四十多岁的样子，但是一副小清新的打扮，身上穿着一条白纱裙，低胸的，半透明的，可以清晰地看到桃红色的胸罩兜着半个被挤压的乳房。裙子特别短，稍微动一下，就露出了水红色的三角内裤。

陈元从门口经过的时候，她没有把陈元误会成一个女的，或者她根本不在乎男女，一边嗑瓜子一边朝陈元勾了勾手，还撵到门口，贴着玻璃门说，进来吧，进来玩玩吧。陈元原来遇到此情此景，肯定会大大方方地摆摆手，如今莫名其妙地心虚起来，最后一慌张就钻进了隔壁。

隔壁是一家正规的理发店。陈元并不知道这是正规的理发店。当他走进去的时候，凭着那亮亮堂堂的灯光，还有服务员"欢迎光临"的口气，他觉得应该是一间正规的理发店。一位年轻的小伙子拉出一把椅子，直接告诉陈元说，我们是正规的理发店，请问你要理发吗？陈元说，不理发。小伙子说，那你要烫头吗？陈元说，也不烫头。小伙子有点迷茫地重复说，我们是正规的理发店。

陈元说，你看着办吧。

小伙子说，我看你头发挺长的。

陈元说，头发是假的。

小伙子有点意外地说，这样啊！那刮刮胡子吧？

陈元说，我这胡子能刮吗？

小伙子说，当然能刮了，你又不是女的。

小伙子把椅子调平，开始给陈元刮胡子。陈元说，你怎么发现我不是女的？小伙子说，女的也长胡子，但是没有这么硬，而且你喉结那么大，女的是没有喉结的。陈元说，你老家是哪里的？挺聪明的嘛。小伙子说，老家是河南南阳的，聪明有什么用，念书少，只能待在这种地方。

陈元说，为什么念书少？小伙子说，外地的呀！上到初中毕业，就不让考高中了，若不是有个校长，恐怕连初中都上不了。陈元说，哪个校长？小伙子说，我也不知道，我那时候年纪小，但是听我爸妈说，有个人自己出钱，建了一所农民工子弟学校，我在那里上了一段时间，后来学校关门了，就转到正规学校去了，这些天我爸妈还在念叨，说那个校长应该快出来了。

陈元心想，虽然大家忘记他姓什么叫什么，总算还有人是惦记着自己的，甚至是感激自己的。但是惦记自己、感激自己有什么用呢？是丝毫也无法证明他不是犯了那种事儿的人的。

小伙子说，你不去隔壁是对的，老实说隔壁很脏的。我给你讲个故事吧，前几天有个同性恋，泡了一个娘娘腔，带回家干完事儿之后，又有一个老男人跑过来，说那个娘娘腔是他的女朋友，逼着同性恋拿出八千块钱。同性恋没有那么多钱，只好交出银行卡和密码。趁着娘娘腔拿银行卡出去取钱的机会，老男人又把同性恋给那个了。同性恋一气之下就报案了，警察把娘娘腔和老男人都给抓起来了，在被逮捕之后，给老男人体检，发现老男人患了艾滋病！

陈元说，都是隔壁发生的？

小伙子说，当然不是了，是从电视里看到的。但是隔壁那个女人，谁知道带着什么病呢？传染上了可就毁掉了。而且你不知道，那个女人可不简单，她老公原来是派出所的副所长。据说，她当副所长老婆的时候威风得很，整天开着汽车在大街上乱窜，手上提着的包包都是上万块的，穿着的裙子人家说像只花蝴蝶，我看啊，蝴蝶的翅膀也不见得有那么漂亮。有人说副所长被抓起来，就是她和别人联手举报的，之所以要举报自己老公，是副所长在外边有花头了。为了那个花头，副所长在大沙镇盘下了一家超市。不管谁是谁非，副所长进去之后，家里人都劝她和副所长离婚，但是她死活不肯。她不离婚，也不去里边看他，就开了隔壁的理发店，理发店里就她一个人，既当老板，又当小姐。她那个理发店，与我们不是一样的，我们这个理发店是真理发，而她那个理发店什么都有，就是不理发。大家以为她为了钱，人家说不为钱，就为了报复副所长。

小伙子说，大叔，对不起啊。

陈元说，为什么对不起？

小伙子说，只顾着说话，我一失手，把你下巴刮破了。

陈元才意识到下巴在流血，有一丝火辣辣的痛。

陈元起身要结账的时候，小伙子说，我不收你的钱，因为我把你的下巴刮破了。

陈元出了理发店，本来还想在大沙镇逗留两天，比如去自己曾经打工的建筑工地看看，比如去找找田老板和他的那间超市，比如去看看红星宾馆拆迁后都建成什么样子了。但是,一切都在五年前开始拐弯了,像一条路突然拐向了让人看不见的方向。他不忍心多看一眼那间粉红色的门面房,还有那个对着路人不停招手的有些沧桑的女人。他立即转过身,钻进了地铁九号线的入口。

目前他最想的就是回家,回陕西丹凤的那个家。

如今他无法预料自己的老婆屈爱琴和儿子陈改朝会朝着什么方向拐去。

五

陈元仍然选择先到南阳,再转乘前往西安的大巴。

前往西安的大巴会经过陕西丹凤。这是自己以往回家的线路,也是女儿当初来上海度暑假时逆向而行的线路。陈元心想,五年时间,也许从上海到丹凤已经开通了直达的班车,但是他不愿意直达,他希望转车。如今转车还是不一样了,原来从上海到丹凤,有一大半路是走国道的,会遇到一个个小镇,比如叶子镇,比如太阳镇,在那些小镇上,大巴要停下来,一边上人,一边让大家吃口饭撒个尿,有时候还会在小镇上住一夜,回到家基本需要三天两夜。如今全成了高速,陈元在车上迷瞪了一下,醒过来的时候已经到了南阳。在南阳等候了两个多小时,转了车,再迷瞪了一下,中午十二点就到了丹凤县城。

陈元的家在塔尔坪村,离丹凤县城还有七十里。每天下午的时候会有一趟班车前往庾家河镇,并不经过陈元的家乡塔尔坪,所以中途下车还要步行十多里。陈元不愿意坐班车,也许是嫌班车还要等几个小时,也许是嫌班车开得太快了,也许是怕遇到一些熟人。能坐这趟班车的人基本都是镇上的,即使不是镇上的,起码也是经常到镇上走动的。虽然过去了五年,陈元变化很大,还戴着一顶假发,但是不排除有人会认出他。即使不认识他了,他身上的那件事儿,应该是人尽皆知的。

陈元决定全部步行,七十里路对他来说算不了什么。七十里路,要翻过两座大山,不出意外的话,路上会有积雪,陈元若慢慢走,回到塔尔坪的时候应该正好是天黑时分。

陈元实在太饿了,在半路上推开一户人家的门。虽然午饭时间已过,但是大妈还是给陈元烙了锅盔,下了挂面。陈元好久没有吃到锅盔和挂面了,严格意义上是五年没有吃上锅盔和挂面了,所以他像一个吸毒的人突然拿到了一堆白粉。大妈看他吃得那么香,便说,你是哪里人啊?陈元说,我去塔尔坪。大妈说,走亲戚吗?

陈元说,去看看。

大妈说,我怎么不记得有这么个地方了?陈元笑了笑。

继续往前走的时候,路上遇到了两个人,陈元装作问路的样子,问人家塔尔坪还有多远或塔尔坪怎么走。人家都摇摇头说,是寺庙吗?好像没有听说过呀。真是奇怪了,塔尔坪再小,再不出名,它毕竟是一个村子。何况村子里的一个女儿还淹死在上海,村子里的一个父亲还出过那么丢人的不清不白的事儿。是那些事儿在如烟的时光中根本不值一提,还是都被人给遗忘掉了?

正如陈元所预料的一样,他是在暮色苍茫的时候,看到了那棵熟悉的大核桃树,看到了那棵大核桃树上的一个鸟巢,有几只乌鸦站在树顶上有气无力地哇哇着。

所以,塔尔坪还是存在的。

陈元想等到天黑才进村,于是坐在那条无名的小河边。

老婆屈爱琴还是老样子吗?还剪着齐肩的短发吗?还喜欢穿着碎花的棉袄吗?脸上还涂着双生花牌雪花膏吗?还会莫名其妙地眉开眼笑吗?此时,她是否系着围裙在喂猪呢?冬天了,栏上的猪应该两百多斤了吧?到腊月是杀了吃肉呢,还是卖钱?她见了他,还会不会像过去一样,他一进屋就被她给抱住了,而后稀里哗啦地把他剥个精光?

陈元骂了自己一声"妈的"。他怎么就把儿子给忘记了呢?陈元进去之前,儿子陈改朝刚刚订婚。儿媳妇她爸在另外一个村当村长,她在另外一个村办小学当代教,模样儿十分水灵。有人问儿媳妇,家里条件那么好,为什么看上了陈改朝?儿媳妇说,因为他有一个爸爸在上海,以后到上海去旅游都不用住宾馆了。儿媳妇有一半是开玩笑的,有一半是大实话。陈元在堂堂的上海工作,在建筑公司写写画画,这是多么让人羡慕。虽然陈改朝没有考上大学,还是一个农民,但是在大家眼里,有个厉害的老爸,迟早是要被安排工作的,而且肯定是在上海。

可惜的是,在儿子订婚之前,陈元没有机会见儿媳妇。她应该和儿子陈改朝结婚了吧？应该有孩子了吧？是孙子还是孙女呢？陈元突然发现，自己忘记带礼物了，没有给老婆屈爱琴买双生花牌雪花膏，也没有给儿子买几包红双喜，给孙子或者孙女买几包大白兔奶糖。过去他回家的时候都会大包小包地带着这些东西。如今若是带着这些东西回来，会不会显得十分奇怪？自己是被放出来的，又不是光荣退休了。

陈元突然想抽烟。

他从袖子里掏出一撮棉花，可是四周没有墙。有山，山上有积雪；有树，树已经枯干；有草，都是荒草；有一条小路，没有铺水泥。陈元拾起两块石头，像古代人一样碰撞，一下两下三下四下，整个山谷都回响着敲击的声音。最后石头都被撞碎了，还是擦不出火花。

天真的黑了。

陈元感觉有点毛骨悚然。

他一回头，看到背后站着一个人，对着他嘿嘿地笑。

虽然天黑了，光线十分暗淡，陈元还是认出了这个人。他是塔尔坪有名的老光棍，长得一表人才，而且心灵手巧，会制猎枪，会修收音机，会织毛衣。他不仅织毛衣自己穿，还织毛衣送人。曾经送过两件毛衣给陈元的老婆屈爱琴，一件是水红色的，另一件还是水红色的。不过，一件是高领的，另一件是鸡心领的；一件胸口有一朵花，另一件什么花也没有。关于老光棍为什么变成了光棍，说法比较多，有人说年轻时家里穷，有人说是挑花了眼，也有人说他一直在暗恋陈元的老婆屈爱琴。

老光棍的名字叫马青。

马青说，你躲什么呢？

陈元说，我没有躲呀。

马青说，你躲到哪里我都会找到你的。

马青对着河边的一棵杨树轻轻地踢了一脚，说你以为你躲到树里边，我就找不到你啦？从杨树上落下一片叶子，也许是最后一片叶子。马青从地上拾起叶子，朝着它吹了一口气，而后说，赶紧回家吧。

陈元感觉，马青像是在和自己说话，又不像是在和自己说话，而是在和自己背靠着的那棵杨树说话。陈元喊了一声，马青。马青说，谁叫马青？这片树叶子原来就叫马青啊？陈元说，你认识我吗？马青嘿嘿一笑说，你是谁？不可能是屈爱琴吧？屈爱琴比你漂亮多了。

陈元有种不祥的预感。

照着马青说话的语气，马青可能疯了。

在自己没有进去前，就有人说马青有点疯，不过并不彻底。

马青说，跟着马青快点回家吧。

陈元跟在马青背后，向村子里走去。路上没有一个人，整个村子也没有一点光亮。每从一户人家门口经过，马青都会上前，扣住人家的门环，把人家的门敲得哐当哐当地响。他敲敲汪家的门说，准备好了吧，要赶班车的话，应该出发了；他敲敲方家的门说，快点起床吧，天都大亮了，应该下地收苞谷了；他敲敲马家的门说，快点放炮吧，小媳妇马上就到了，要拜堂成亲了。他的话也不全是颠三倒四的，当年汪家开了一个小卖部，卖点油盐酱醋和针头线脑，经常要搭班车进城进货；方家是个懒汉，要睡到太阳晒屁股才起床，经常地里的庄稼都顾不得收；马家有一次结婚，新娘子都进门了，迎亲放炮的人竟然喝醉了。

无论他敲谁家的门，门上都挂着一把大锁。

陈元明白，大家应该进城打工去了，或者迁移到开阔的地方去了。

终于到了自己家的院子外边，院门是半开着的。马青还是一样，走上前去，敲了敲门说，屈爱琴啊屈爱琴，你梳妆打扮得怎么样了？你们家的男人从上海回来了。陈元不明白，马青是认出自己来了呢，还是随口说说的。马青不等有人来开门，就把门给推开了，而后回头对着陈元说，跟着马青快点回家吧。

陈元进了院子，马青再轻轻地把门给掩上了。

陈元一下子又要窒息了。

原来的三间大瓦房不见了，成了一块平地。

从前摆着香案和祖宗牌位的位置如今长着一棵树。

陈元认不清是一棵什么树。因为是冬天，树上没有一片叶子，枝丫显得无比的瘦，像核桃树，又像柿子树，还有点像梨树。陈元以为走错了地方，在塔尔坪总共十几户人家，大多数人家的院子是一模一样的。比如马青家的院子和陈元家的院子，无论大小进深不仅一模一样，而且还在隔壁。

陈元说，这是你家吧？

马青说，是你家。

陈元准备退出来的时候，被马青给拉住了。马青拉来一张凳子，让陈元坐下来。陈元坐下来后，再朝院子后边的山看了看，又回头朝院子前边的山看了看，他感觉自己并没有走错，这确实就是自己的家。自己的家为什么不见了呢？是自己在做梦，还是老婆屈爱琴与儿子陈改朝在别处，比如在镇上盖了新房，全家一起搬走了？

陈元说，我老婆呢？

马青说，在那里呀。

陈元说，现在呢？我说的是现在。

马青说，她躲起来了。你以为你躲到一棵树里，我就找不到你了吗？

陈元仔细地辨认了一下，长在废墟上的那棵树确实是核桃树。塔尔坪的人喜欢种核桃树，因为核桃树寿命长，而且可以结核桃，所以在房前屋后，坟头坟脑，都会见缝插针地栽种核桃树。

陈元认为马青是真的疯了。

陈元出了院子，在整个村子又转了一圈，还是没有发现一个人，大多数房屋破败了，有些房屋已经倒塌了，到处都种着核桃树，有的已经合抱粗了，有的还是小树苗，把整个村子打扮得像森林似的。马青跟在陈元的身后，每到一家，他仍然上前敲门，敲完了门，又上前去敲树。他把一棵棵核桃树敲得嘭嘭响，而后一声声叫着,你们快点开门吧。

陈元说,我得走了。

马青说,门马上就开了。

马青跟着陈元离开了塔尔坪。陈元不知道自己要去哪里。他觉得自己应该先去镇上,镇上应该是有人的,他要打听一下老婆屈爱琴与儿子的下落。当马青把陈元送到一个山顶的时候,马青塞给陈元一个纸卷,陈元以为是马青自己卷的一支烟,就接了过来,夹在自己的耳朵上。马青掏出一个打火机,要给陈元把烟点上。

陈元笑了笑说,不用,我有。

但是四周一片漆黑,根本不知道哪里才能摩擦。

陈元摸索着赶到庚家河镇的时候,已经是晚上十点多了。陈元在镇上上过两年初中,那时仅有一条一百米的石板街,弯得像个"V"字。如今石板街已经没有了,全部改造成了水泥,而且两边全是小洋楼。可惜的是,小镇毕竟是小镇,一点儿都不繁华,街上不时有人经过,也有一两对男女没边没沿地溜达着,但是店铺基本关门了,四周显得一片漆黑。

陈元在街角的一座桥头,找到了一个摊点,是做烧烤的,还亮着灯。有一个人,没有坐在摊子上,而是坐在桥上,背靠着栏杆,独自在那里喝酒。摆烧烤摊的,是二十多岁的一个姑娘,梳着马尾辫,穿着绛红色的棉袄。

姑娘说,你想吃什么?鱿鱼,鸡腿,羊肉,什么都有。陈元说,随便吧。姑娘说,你是大妈吧?陈元笑了笑说,有关系吗?姑娘说,当然有关系,大爷爱吃羊肉,大妈爱吃鱿鱼。陈元说,随便吧。姑娘说,你要几条呢?陈元说,还是随便吧。姑娘说,那就先烤两条,不够了再添。

姑娘说,你不是本地人吧?陈元说,你看我像什么地方的?姑娘说,听口音,我看像南方的,冬天来我们这小地方,怕是收药材的吧?陈元说,你哪里人?姑娘说,我是本地人,又不是本地人。

陈元说,你知道塔尔坪吗?

姑娘说,那个地方,我知道呀,听我堂姐说过。

陈元说,你堂姐是谁?她怎么知道的?姑娘说,我堂姐就是我叔叔家的女儿,她险些就嫁到塔尔坪去了。陈元说,险些是什么意思?姑娘说,快结婚了,听说我姐夫他爸是个大流氓,所以就泡汤了,当时我才十几岁,具体我也说不清楚。陈元说,大流氓是你堂姐说的吗?姑娘说,她呀,一句话没有,都是别人瞎掰掰的。陈元说,你们信吗?姑娘说,据说人被抓起来了,法院都判了,信不信又有什么意义呢?

姑娘把鱿鱼架在炉子上,一边烤着一边说,当时我堂姐在一个村办小学教书,事儿很快就传到学校了,无论老师还是学生见了她,都是指指点点的。她一站到讲台上,底下一片沉默,不提问,也不发言,都直直地盯着她。有个学生考试成绩差,两门功课不及格,我堂姐通知家长来谈谈,哪知道家长一进学校就大吵大闹,说这么流氓的老师怎么能教出好学生呢?校长说,人家一个姑娘,怎么就成流氓了?家长说,她的公公是流氓,公公的儿子肯定是流氓,她嫁给这样的流氓,不是流氓是什么?校长说,不能这么推吧?家长说,她是教数学的,这叫等量代换明白吗?我堂姐无脸再进学校,第二天就辞职了。后来,婚事就泡汤了,据我叔叔说,不是他们薄情寡义,是我姐夫主动提出取消婚约的,不取消婚约怎么办呢?他不敢上我叔叔家的门,也不敢带我堂姐出去。

姑娘叹了口气说,我堂姐多漂亮啊,眼睛像两个桃子,粉扑扑的脸蛋像红富士大苹果,苹果都没有她那么水灵。现在二十七八了,还没有嫁出去呢。

鱿鱼烤好了,陈元却一点胃口都没有。他只想取火抽烟。

姑娘说,我姐夫与我堂姐分手后就离家出走了,开始说是在外边打工,后来有人在陕西铜川煤矿遇到了他,说他在洛南县某个村里,当了上门女婿。我姐夫离开塔尔坪后,就剩他妈一个人了。据说他妈去了一次上海,在上海待了几个月,最后是一边要饭一边回到塔尔坪的。回到塔尔坪后,她就再没有出过院子。我堂姐去看望过她,但是无论怎么敲门,她都不开。村子里任何人敲门她都不开。她在院子里待了将近两个月,直到第二年春天,有个疯子翻墙跳进院子里,想强行把她拉出来,发现两间屋子已经垮掉了。可能是被那年的一场大雪给压垮的。那年的雪下得太大了,把好多大树好多电线杆都压垮了。她躺在仅剩下的一间屋子里,尸体已经发臭了,头发已经全白了。其实她从上海回来的时候,头发已经全白了。

在桥头喝酒的人醉了,把一个酒瓶子扔进了河里,发出一声破碎的声音,而后摇摇晃晃地离开了。

摊子前没有一个客人,姑娘坐到陈元的身边,拿起给陈元烤好的鱿鱼,自己吃了起来。姑娘哽咽着说,疯子恐怕是有意的或是无意的,放了一把火,把剩下的一间房子点着了,大火不仅烧光了院子,还把院子后边的几座大山都给烧掉了。火特别大,我们从几十里外赶过去,帮忙把大火给扑灭了。最后大家和疯子一起,干脆把墙推倒,把她埋在了她家的院子里。

姑娘挑了挑炉子说,后来塔尔坪就空了,只剩下了一个疯子,疯子哪儿也不去,他在她的坟头上栽上了核桃树,在整个村子的边边角角都栽上了核桃树。听说塔尔坪原来有个塔,是镇鬼的,会不会塔倒了,妖魔鬼怪都跑出来了?

陈元万万没有想到在这个小镇上,轻而易举地遇到了未过门的儿媳妇的堂妹。似乎不是姑娘在讲述,而是岁月在向他讲述,是老婆屈爱琴在向他讲述,每个人的讲述尽是悲凉,像小镇上的那个冬天的夜晚。

姑娘吃完了一条鱿鱼,擦了擦眼泪笑了笑说,你到底是大爷还是大妈?

陈元说,为什么要把我误会成大妈呢?

姑娘说,也许头发太长的原因吧。

陈元掏出五十块钱,姑娘说,你一点儿都没有吃,所以不收你的钱。

有人在向这边走来,姑娘指了指说,我堂姐来帮忙收摊子了,大爷不如去我们那里将就一晚上。陈元看着那个不断靠近的有些疲急的身影，站起身说，算了，我该走了。姑娘说，这么晚了还能去哪里呢？陈元说，我要回塔尔坪。

从庾家河镇到塔尔坪，是几十里伸手不见五指的山路。路上还有一些积雪，沿途也没有一户人家，陈元一脚深一脚浅地往回赶，赶到了最后一个山顶的时候，看到有个黑乎乎的东西在山顶上晃动。它不像一个人，而像一根树桩。

陈元是从里边出来的，所以不怕鬼，也不怕人，更不怕树，唯一怕的，是把鬼误会成了人，把人误会成了树。还不等陈元喊叫一声，那黑乎乎的东西嘿嘿一笑，瓮声瓮气地说，你躲到哪里去我都会找到你的。

陈元听出来了，他是马青。看样子，马青把他送到山顶之后并没有下山，而是一直在山顶上守着，似乎知道陈元还会回来一样。

陈元说，走吧。马青并不跟着他下山，而是靠着一棵松树坐下了。陈元说，赶紧走吧。马青还是没有吱声，几分钟就疲惫地打起了呼噜。马青应该太累了，他一直站在山顶上，在等着什么，所以他太累了。陈元也太累了，于是他依着马青，靠着那棵松树，坐下来闭上了眼睛。

陈元迷迷糊糊之中发现自己带着女儿回到了塔尔坪。他穿着一身西服，打着领带，皮鞋擦得铮亮。两个人一起进了门，女儿在东厢房里找妈妈，他则在西厢房里叫着屈爱琴。他在西厢房里找来找去，发现屈爱琴躺在一只储存麦子的柜子里。她没有剪齐肩的短发，而是留了一头与自己一样的披肩长发；她没有穿上带着碎花的棉袄，而是穿着一身白色的袍子；她没有眉开眼笑，而是脸上蒙着一块黑布。陈元说，你以为你躲在这里，我就找不到你了？她说，我不躲到这里还能躲到哪里？她说着，一骨碌从柜子里站起来，堵在了他的面前。陈元定睛一看，站起来的不是她，也不是一只柜子，而是一副棺材。

其实也不是棺材，而是疯子马青。

天大亮了，马青醒了，陈元的梦也醒了。

从山上往下看，整个塔尔坪还如从前一样，根本看不出有什么异常。一片树林之中，一块块屋顶上，还残留着积雪。如果细细地对比，原来是有炊烟的，或者有弥漫的雾气，如今什么也没有，显得十分清冷。像一个人有了呼吸，哪怕他的身体再冷，还是温润的，一旦没有了呼吸，就失去了生气。积雪上，原来是有喜鹊的，如今尽是乌鸦。它们从屋顶跳到树枝上，又跳到另一根树枝上，百无禁忌地哇哇地叫着。

陈元与马青一起下了山。陈元进了院子，终于把一切看得清清楚楚。除了院子基本完好无损之外，里边的三间房子连残垣断壁都不存在了，唯有破碎的玻璃还一如既往地反射着光。猪圈里长满了灌木，石磨上长满了青苔，水井隐没在衰败的蒿草之中。陈元终于看到了一块木板，插在隆起的地上，上边写着"屈爱琴"几个字。估计是马青给屈爱琴立起的牌位。

陈元在牌位前蹲了下来。

他从棉袄里掏出一大撮棉花，从废墟里捞出了一块青砖，从脚上脱下了自己的布鞋，开始使劲地摩擦着。他从没有用青砖取过火，由于青砖沾上了融化的雪水，有一大半还是潮湿的，但是他没有因此而丧失耐心。他一只手拿着鞋，一只手拿着青砖，夹着一根棉花条子，快速地摩擦着。第一根棉花条子被磨碎了，他又搓出第二根棉花条子继续摩擦。青砖从干燥到发热，从发热到发烫，半个小时之后，棉花条子慢慢地变黑，终于冒出了一股青烟。

陈元吹了吹，把一把艾草和一把树叶点着了。

陈元对着燃烧起来的火苗跪下了。

马青把一个火苗捧在手心，嘿嘿地笑着说，你以为你躲到树里我就找不到你了吗？

陈元想抽支烟，但是烟盒里已经空了。他从身上摸出了昨天晚上马青给他的那根卷烟，叼在嘴上。但是似乎是实心的，里边并没有烟叶。陈元把这根卷烟展开，只要揉一些树叶包进去，照样是可以当成卷烟抽的。

当陈元展开这张纸，发现上边有字。

虽然那字迹有些模糊，但是陈元一下子认出了这是屈爱琴的字。

屈爱琴曾经给自己写过信。写得比较稀少，每年就一封两封。每次接到屈爱琴的信，陈元都特别开心，坐在工地最高的墙头上，一个字一个字地反复读。屈爱琴的信很简单，要么告诉陈元收了多少麦子，要么告诉陈元槽上的猪多少斤了。这些话在电话里说过一遍，但是经过她写出来，味道又不一样了。有一次，屈爱琴在电话里说，他爸呀，咱们改朝看上了一个丫头，丫头的爸爸是村长，丫头在小学里教书，人长得也不赖，你回来把把关吧。陈元说，我把什么关呀？儿子看上了，你看上了就行，怕就怕人家看不上我们。屈爱琴说，咱儿子又不差，何况人家看中的，是你这个老爸。陈元说，你这个当妈的，也没有正经吗？既然你们定下来了，就请媒人提亲。过了不久，陈元收到了屈爱琴的信，信中又把那些话重复了一遍，不过里边多了一张那个丫头的照片。订婚的时候，陈元的建筑公司走不开，没有办法回家，就寄了两千块钱。

屈爱琴在这张纸上写着：

妞妞：大沙镇柳沙河。

他爸：上海市雪山路1551号。

学校：大沙镇菜场路177号。

副所长邢小利：上海市大沙镇大沙浜路1号。

田老板的儿子田小龙：西安市阎良区前进东路14号××小区。

黄丽：陕西省渭南市临渭区河西乡河东村，十三岁零十个月。

改朝：陕西省洛南县灵口镇桑树洼村。

纸上还有几个大大的感叹号，几个大大的疑问号，在田老板的名字上打了一个叉。纸头上印着"大沙镇派出所"的字样，看来屈爱琴真去过上海了。

陈元分析了一下名单和地址，她在上海的两个月时间里，应该去过女儿淹死的那条小河浜，柳沙河就是那条小河浜的名字；应该去过菜场农民工子弟学校,那时学校恐怕已经关门了,学校一关门,除了桌子椅子就什么也没有了。她肯定首先去的是大沙镇派出所,见到了已经是副所长的邢小利,从邢小利那里了解到女儿的事儿,当然主要是了解自己的事儿。田老板的地址是他儿子的,在陕西而不在大沙镇,是田老板已经离开了,还是这个地址是假的?甚至她还去了位于雪山路的城西监狱。王管教从来没有提起有人去看望过陈元。陈元在里边五年时间,从没有任何人进去看过他。但是并不代表屈爱琴没有去过城西监狱。说不定她到城西监狱大门口,从门缝朝里看了几眼,而后就离开了,因为她明白他,就算她进去见他,他也不见得答应见她。

陈元爬起身,拍了拍马青的肩膀,说了句,谢谢你。

马青说,你以为你躲到树里我就找不到你了?

陈元穿过村子的时候,马青跟在他的后边一家家地敲门。

咚咚的敲门声在空洞的村子里不时地回荡着。

陈元要离开了。老婆屈爱琴留下来的那张纸其实就是一个天意,或者说是她冥冥之中对他的指引。陈元原来的计划是先见田老板和黄丽,因为田老板与黄丽是掌握着真相的两个人。如今必须颠倒一下,接下来他第一个想见到的,是自己的儿子陈改朝。因为自己蒙受的不白之冤,让那个可怜的孩子已经流落异乡,起码改朝养育的儿子或者女儿不会再姓陈了。他不知道是不是预兆,因为在他给改朝起名字的时候,老婆屈爱琴就提醒过他。

改朝改朝,不就是要改换门庭的意思吗?

六

根据屈爱琴提供的地址，改朝家住陕西省洛南县灵口镇桑树洼村。陈元对洛南县的灵口镇并不陌生，它就在丹凤县的隔壁，是从塔尔坪通往河南灵宝县的必经之地。

他曾经跟随着马青，也就是那个疯子一起，去河南灵宝县淘过金。灵宝县有很多金矿，在陈元青春年少的时候，不仅仅是塔尔坪，方圆几百里的男女老少，唯一的营生就是去灵宝县淘金。说是淘金，其实就是偷，半夜三更钻进矿洞里，偷人家的矿石下山卖钱。那时候，偷不叫偷，叫背；金矿不叫金矿，叫山上。陈元记得十分清楚，矿石一斤两毛钱，一克金子五十块。背矿石并不容易，因为矿洞里是伸手不见五指的，身后还有人拿着棍子追赶，一不小心就掉到矿井里，被当成矿渣给铲走了。村民们农闲的时候，或者家里困难的时候，就会吆喝一帮人去山上背矿。陈元去过几次，其中一次是自己想上学，家里出不起学费；还有一次是和屈爱琴结婚，为了给屈爱琴买块手表。那一次，他和堂兄一起去的。堂兄也准备娶媳妇，想攒几桌子酒席钱。刚刚坐车到了灵口镇，就发生了车祸，堂兄推了陈元一把，把陈元推出车外，堂兄自己来不及逃，被活活地轧死了。

从塔尔坪去灵口镇，必须经过三要镇。从塔尔坪到三要镇，有六十里的大峡谷，当年不通汽车，如今应该也不通汽车。反正陈元不喜欢坐汽车，坐汽车会遇到杂七杂八的人。这条线路，完全就是上山背矿的线路，不过似乎一切都变了，山似乎矮下去了，河流似乎窄了浅了。陈元不明白是自己眼光长了，老了，还是这些山瘦了，水干了。

陈元在太阳落山的时候赶到三要镇，再转车赶到了灵口镇。陈元出了灵口车站，问一家旅舍桑树洼怎么走。老板娘说，从没有听说过，还是住下来再说吧，一晚上三十块钱，要热水有热水，要按摩有按摩。陈元又问了一个保安，保安说，是桑树洼吗？会不会是桑树岭呀？桑树岭倒是不远，往北走就三里路。

陈元赶到桑树岭，有位老人坐在村口抽烟。陈元问，大爷，村里有没有一个叫陈改朝的人？老人说，你问的是女的吗？陈元说，是男的。老人说，我们虽然叫桑树岭，却清一色地姓杨，杨树的杨，怎么会有姓陈的呢？陈元说，是上门女婿。老人说，上门女婿那倒是有一个，在村东第一家，不过人家不叫陈改朝，人家叫杨利。

陈元想，肯定是走错了，或者屈爱琴把地址给抄错了。

正想离开的时候，有一个女人背着一袋子东西，弓身从村口经过。

老人指了指说，桂花，你们家杨利是不是改过名字？桂花放下肩膀上的袋子。她原来不是被压弯了腰，而是一个罗锅子。她弓着腰说，他说原来的名字不好听，入赘我们杨家后就跟着我们杨家姓了。老人说，他原来叫什么？桂花说，叫陈改朝，改朝换代的朝。老人说，那就对了，这里有人找呢。

桂花看到了陈元，问，你哪来的客人呀？

陈元迟疑了一下说，我是他煤矿上的工友，他不在家吗？

桂花说，还在铜川煤矿上，恐怕过年才能回来吧。

儿子不在家，陈元反而踏实了。陈元说，走到这里天黑了，就是想来投个宿。陈元接过口袋，是一袋子面粉。陈元背着面粉，跟着桂花进了村。桂花走路的时候，每走一步，头几乎都要磕到地上了。天黑，陈元判断不出桂花的年纪，不清楚桂花是儿子家里什么人，凭着样子感觉不像自己的儿媳妇。

儿子家没有院子，只有三间瓦房。房子不是青砖的，而是用泥巴夯起来的。中间有一个香堂，写着"天地君亲师位"，西边是一间厨房，东边从中间隔成了两个卧室。地板没有铺砖，也没有打水泥，积着厚厚的尘土。家里陈设简陋，几乎没有几件像样的家具，只有几只漆成红色的木箱子。桂花生了一盆火，而后问，大伯还没有吃晚饭吧？

陈元笑了笑说，还没有呢。

桂花便进了厨房，忙碌着做饭去了。

东边的门帘子揭开了，是一位五十岁左右的大妈。大妈说，你是哪位亲戚，怎么一点都不认识呢？陈元说，我是路过的，这么晚了，打扰您了。陈元估计，应该是儿媳妇她妈。她若是儿媳妇她妈，正在厨房添水做饭的，难道就是自己的儿媳妇？陈元看到儿媳妇弓着身子，几乎都够不着锅灶了，心里顿时生出一丝悲凉。

大妈说，你是哪里人？陈元说，我呀，原来是丹凤县的。大妈说，我们家杨利也是丹凤县的，那个村子叫什么来着？陈元说，叫塔尔坪。大妈说，听他说，塔尔坪已经没有人了，他们都迁到哪里去了呀？

陈元说，有的迁到镇上去了，有的迁到城里去了。大妈说，你和我们杨利熟悉吧？陈元说，挺熟悉的。大妈说，他家里都有什么人？父母和兄弟姐妹呢？我们问他的时候，他只说死了，到底怎么死的，什么时候死的，从来也不告诉我们。陈元说，孩子可能伤心吧。大妈说，如果不伤心的话，怎么会入赘到我们家？陈元说，他是怎么跑到这里来的？

大妈说，按说去灵宝背矿，也不经过我们桑树岭，哪知道他是怎么绕到这里来的？有一年冬天，下了好大好大的雪，雪把四面八方的路都封住了。我们早晨起来，不仅找不到路，吃水都找不到河。我们推开门，门外坐着一个人，看上去哪像人啊，倒像一个被冻僵的雪疙瘩。这就是我们家杨利。他在我们家睡了两天两夜，醒过来后，什么也不说，也不打算离开，挑水，劈柴，干活都不用人叫。春天了，帮忙下地锄草；夏天了，帮忙下地收麦子。待了半年多，我们问他，家里有没有媳妇？他摇头；我们问他，以后有什么打算？他摇头；我们问他，愿意不愿意做上门女婿？他竟然点头了。就这样，在那年农历八月十六立了招书。

大妈说，这个女婿话少，勤快，懂事儿，对我也孝顺，每次从外边回来，都给我买衣服，你看看我身上这件羽绒服，穿着多舒服啊。我们家桂花，按说也没有什么说的，但毕竟是个罗锅子，还长杨利三岁。我们能招这么一个女婿，恐怕是上辈子积了阴德。

看大妈对儿子如此称心，刚刚升起的那股悲凉稍稍地减轻了一些。

陈元摸出一支烟。他犹豫了一下。地板是泥巴的，墙壁是泥巴的，又是半夜三更，他怕吓着了人家，所以打消了摩擦取火的念头。

房间里传来了孩子的哭声，大妈说，是我孙女杨小青。

大妈掀起帘子，进房间里哄孩子去了。

陈元对桂花说，随便吃点就行了。但是桂花摆了一张桌子，蒸了一锅大米饭，炒了一个腊肉萝卜片和一个鸡蛋土豆丝，还提出一瓶子太白酒。桂花说，冬天里没有什么菜，就请大伯将就一点吧。陈元说，够多的了。桂花说，听你刚和我妈说，你是杨利老家那边的，又都在铜川煤矿待着，第一次上我们的门，算是稀客。

桂花说，大伯你一把年纪了，怎么还要上煤矿吗？陈元说，不挖煤能干啥呀？桂花说，电视里经常说，这边煤矿塌方，那边煤矿渗水，每次都有几十个人被埋在下边，你们待的煤矿怎么样？陈元说，都一样，哪儿都一样，不安全。桂花说，有没有死过人？陈元说，听说过，不过我们还好。桂花说，我劝说杨利，在家干点别的，钱有啥多少的，他总是不听，按说铜川离家也不是太远，可是一年到头，除了收麦子和过年，他多数时候都不回家。

陈元说，煤矿也没有外边说的那么可怕，你别太担心了。桂花说，我好奇，煤都埋在什么地方？陈元说，埋在地下。桂花说，多深呢？陈元说，我们不清楚，反正挺深的，下去要半天。桂花说，上边种庄稼吗？陈元说，煤多值钱，不用种庄稼了。桂花说，你们挖煤的时候是怎么进去的？陈元犹豫了一下。

陈元想起自己去过的金矿，便说，有洞，洞口有点像我们这里的墓，也像隧道或地铁，你坐过地铁吗？桂花说，还没坐过呢。

桂花要给陈元倒酒，陈元推开了。桂花说，大伯，煤挖出来是什么样子？陈元说，挖出来是黑的，和泥疙瘩一样。桂花说，从地下一挖出来就能烧吗？真是奇怪，我们地里的泥巴为什么不能烧，人家那里为什么就能烧？陈元真想告诉她，在地壳运动中，有一些植物被埋在地下，在不透气或空气不足的情况下，经过几亿年的高温与高压，最后就形成了煤。但是陈元觉得那样解释，文绉绉的不合适。

陈元说，泥巴和泥巴能比吗？

桂花说，我一直想去煤矿，但杨利他不带我。其实我去，不是为了挖煤，而是为了陪陪他，给他做做饭，顺便看看煤是什么样子的，煤矿到底安全不安全。

几天一直在外奔波，加上在里边五年的煎熬，陈元第一次有了家的感觉。他三下五除二地吃了一顿饱饭，倒床便呼呼地睡去了。自是一夜安宁无话，第二天，陈元一觉睡到大亮，吃完早饭便起身告辞。桂花拿了一件棉袄，一双新做的布鞋，一袋子煮熟的香肠，让陈元捎给杨利。陈元说，这些东西，哪儿买不到，用不着吧？桂花说，杨利总不给自己添衣服，恐怕还穿着原来那件破棉袄。大伯你劝劝他,让他别舍不得花钱,想喝酒就喝,想抽烟就抽。再捎句话给他,马上过元旦了,如果元旦不回来,过年就早点回来。

大妈也送出门,对着陈元耳朵边悄悄地说,关键是让他早点回来,给咱杨家抱个孙子。

有一群孩子,你追我赶地跑了回来。有个孩子冲着陈元的后背喊,爸爸,爸爸。陈元一扭头,看到一个三岁左右的孩子,扎着马尾巴,单眼皮,清秀的模样,像极了自己女儿小时候。陈元想,没有猜错的话,女儿就是这孩子的姑姑。

桂花说,杨小青,你眼睛长哪儿了?是不是想爸爸了?杨小青说,他和爸爸长得一样。桂花说,确实有点像你爸爸,昨天晚上在村口遇到的时候,我也以为是你爸爸呢。杨小青说,长得一样就应该叫爸爸对吗?桂花说,不对,这是爷爷,快点叫爷爷。

杨小青便躲在桂花的背后,弱弱地叫了一声"爷爷"。

陈元听到叫喊,他的心扑通一声,悬在胸口的两块石头一下子落地了。陈元一阵感动,忙从身上掏出五十块钱,说是给杨小青买糖吃。但是杨小青不要,桂花也死活不要。桂花不但不要钱,反而回到家里,又装了几个馒头,让陈元带着在路上充饥。

七

陈元平白无故地在里边待了五年,从四十不惑即将熬成五十知天命,但是自己处在一个与世隔绝的地方,除了王管教那些人之外，大家都是有罪的，无论是偷盗还是抢劫，无论是杀人还是放火，无论是罪有应得，还是蒙受不白之冤，犯人与犯人的交往从精神的角度看，就显得平等多了。但是老婆屈爱琴呢？儿子陈改朝呢？儿子原来的女朋友和邢小利的妻子呢？他们这些与那事儿不相干的人，是生活在正常的社会上的。他们的一点一滴都牵扯到尊严，牵扯到脸面，牵扯到羞耻。陈元想，与他们相比，自己遭受的折磨轻多了。

陈元返回灵口镇坐车，在车站一打听，去铜川煤矿要经过渭南。陈元决定顺路去看看那个当时不满十四岁的小丫头黄丽。他怎么也想不通，那么小一个娃娃蛋子，她知道什么是男女之事呢？她哪懂什么是法律呢？她为什么要与人一起陷害一个陌生的和她父亲一般大小的人呢？如今小丫头已经长大成人了，推算一下已经十九岁了，若是五年前还不明白轻重的话，五年之后是否已经明白了呢？

在五年的时光流逝中，命运又是怎么安排她的呢？

陈元根据老婆屈爱琴列出的地址，坐了一趟大巴，倒了一次火车，在渭南南站下车后，往南走了两公里，或许是三十年河东三十年河西的原因，轻易就找到了河西乡河东村。

陈元在下午三点左右进了河东村。刚进村子不远，有一条小河，临河住着一户人家，三间房子有些破败，房前的河里结了冰，冰块之间有几只鸭子在游泳。屋檐下有位老人，估计七十岁左右，耷拉着头坐在太阳底下晒太阳。

陈元说，大爷，家里有水喝吗？

大爷半睁着眼睛说,你自己进门倒吧。

陈元不好意思自己进门,便又问了一句,你们村里有没有一个姑娘叫黄丽?

大爷彻底睁开了眼睛,打量了一番陈元说,我就是她爷爷,这就是她家,你是干什么的?陈元刚刚开口,就撞到了黄丽家的门上。陈元有点意外地说,仅仅见过一面,她不在家吗?大爷拉了条凳子让陈元坐下,说你在哪里见过她?在省政府那边,还是在医院那边?你不会又是来做思想工作的吧?

陈元听说黄丽不在家,便在大爷的旁边坐下了。大爷说,前些日子,省里的,市里的,信访办的,卫生局的,民政局的,还有什么残联的,分头都来过了,让他们别再到处上访了,但是黄丽她爸那个孽障,哪里听得进去呀。他越来越起劲了,家里庄稼也不种了,什么营生也不管了,整天挂着个牌子,牵着自己的女儿,到处又是哭闹又是上访的,把我们的人都丢尽了,他们不要脸,我这张老脸还要呢,等我死了怎么好意思去见阎王爷?

陈元心想,他们究竟为什么上访呢?

陈元说,肯定是有冤屈吧?

大爷叹了口气说,我孙女命苦啊,从落地那天起,就没有受到爸妈疼过。我那儿子,也就是黄丽她爸,是一个大酒鬼,整天把自己泡在酒瓶子里。如果没有酒喝,他不仅打黄丽,还打我这把老骨头,你看看我头上这几道疤,就是他用酒瓶子打的。有一次,酒瓶子见底了,他还没有喝好,便提起一壶开水,泼在了黄丽身上,把黄丽半个肩膀的皮都烫掉了。

当初的那些镜头如雾霾一样在陈元的眼前开始扩散。

有一天晚上，在菜场小学的宿舍里，陈元接到了田老板的电话。田老板说，陈校长你是不是还在恨我？陈元说，一切都过去了，我恨你干什么？田老板说，那出来喝酒吧。如果田老板不把超市低价卖掉，就没有三十五万元的赔偿款，没有那笔赔偿款就没有菜场小学，没有菜场小学的话几十个孩子就辍学了。田老板卖掉超市后，不仅倾家荡产了，而且失去了应有的经济来源，一下子从老板变成了无业游民。陈元本来不会喝酒，一是对田老板存有愧疚之心，二是冤家宜解不宜结，所以就接受了田老板的邀请，跑到红星宾馆门前的大排档上，陪着田老板喝了几杯。

几杯酒下肚，陈元和田老板都有些醉了。田老板说，我有一个干女儿你知道不？陈元说，我和你又不熟悉。田老板说，她现在没有地方上学，能不能送到你们学校去？陈元说，孩子多大了？田老板说，差两个月十四岁。陈元说，原来念过书吗？田老板说，念过，在老家念六年级。陈元说，我这里只有六年级，念半年就毕业了。田老板说，半年就半年，上完小学再想办法。陈元说，你明天让她来报到。田老板说，你们学校是免费的吗？陈元说，这个学校有你的功劳，所以我给她全部免费。

田老板说，那太好了！她正好在楼上的按摩房里上班，我让她给你做一次按摩表示感谢吧。陈元说，我是老师，老师怎么可以去那种地方？田老板说，这种地方也有干净的，何况她不到十四岁，又是我的干女儿，纯粹就是保健按摩，你脑子不要长歪了好不好？其实人家自己不愿意上学，你是校长，要去给她做做思想工作。

陈元随着田老板，晃晃荡荡地来到了红星宾馆的二楼。

据陈元后来了解到的情况，田老板的干女儿叫黄丽，是陕西那边的老乡。她是到上海来找她妈的。据说她妈在大沙镇，也许在某家服装厂，也许在某家商场，也许在某家饭店。小丫头一家挨着一家找，在那年冬天，几乎找遍了大沙镇，也没有找到她妈，在身无分文的时候，由于几个月没有地方睡觉，几天没有吃饭，恰好晕倒在田老板的超市里。当时田老板还开着超市，还是财大气粗的田老板，便把小丫头认成了干女儿，安排在红星宾馆的按摩房里。

就在那天晚上，就在红星宾馆，就在二楼尽头的按摩房里，就是那个十四岁不到的小丫头黄丽。时间，地点，人物，情节；酒，包厢，按摩床，脱光的衣服，流血的身体；灯光的昏暗，环境的封闭，自己的好言相劝，小丫头恐惧的目光；突然消失的田老板，突然尖叫起来的黄丽，突然而至的警察邢小利。一切好像都很普通，又好像是布置好的；一切好像都是巧合，又都是上天注定的；一切好像都十分道德，也没有任何违法行为，又十分失常和扭曲；一切好像都有人证明，但是又都百口莫辩。关键是，一切都是空白的，偏偏被人描绘得有鼻子有眼。

陈元听到大爷的话，终于明白黄丽肩膀上的那一片惨白，不是花纹，而是被开水烫伤后落下的疤痕。

陈元并不愿意回忆，每当那些镜头跳上自己脑海的时候，他都用各种各样的办法,比如说摸摸自己的光头,最有效的办法就是摩擦取火,逼迫自己中断那些无中生有的回忆。他取下自己的假发,摸了摸自己的光头;他慌张地抽出一支烟,从棉袄里掏出一撮棉花,从脚上脱下一只布鞋,但是墙壁依然是泥巴的,地板依然是泥巴的,还有一些泥泞,甚至有一些结冰。

陈元拒绝大爷用打火机给他点烟。

陈元把那支烟在手心里捏碎了。

大爷说,黄丽每天一放学,就去附近拣垃圾卖钱,供她爸喝酒。有一次我病得很重,黄丽放学回来自己做饭,没有顾得上出去拣垃圾。而她爸呢,酒又喝光了,他让黄丽出去买酒。黄丽说,没有钱。他说,没有钱,不知道赊吗?黄丽说,之前欠了几百块,还没有还清。她爸听了,立刻提起一个酒瓶子,朝着黄丽扔了过去。黄丽流着血出门了,那天正好下了那年冬天的第一场雪,雪下得不大,但是外边很冷。黄丽出门后,让村子里的人捎信给我,说她去南方找她妈妈去了。

大爷抹着泪说,黄丽她妈多贤惠啊,忍受不了那个聋障,在黄丽十岁的时候,跟着一个药材贩子跑掉了,从此失去了音信。有人说跟着药材贩子回浙江结婚了,也有人说是被人骗到了上海,在一些乌七八糟的地方打工。黄丽是春节前回来的,回来后整个人都变了,死活不愿意上学了。问她都去了什么地方,她摇摇头;问她见到她妈了吗?她摇摇头;问她有没有看到东方明珠?她摇摇头。肯定在外边遇到什么事儿了,或者是没有找到她妈吧,黄丽回来不久就生病了。她说头里边有一个大石头，硬邦邦的大石头卧在里边。而且头发大把大把地脱落，十几岁的女孩子就成了秃子。她每次一发病，就口吐白沫，满地打滚，滚着滚着就晕过去了。晕过去之后满嘴胡话，说抹在床上的血，不是人家打的，是自己的鼻血；说自己的衣服是自己脱掉的，不是人家脱掉的；说告诉警察的那些话都是别人教的。别人拿着刀子威胁她，如果不照办就把她卖掉，或者扔到大海里喂鱼。

陈元说，病治好了吗？

大爷说，治好了。

陈元说，为什么上访？

大爷说，还能为什么？头痛治好了，双目却失明了，变成了一个瞎子。变成瞎子后，黄丽反倒开心了。她说自己活该，就应该是个瞎子；她说世界上不管红的白的，在瞎子的眼睛里都是黑的；她说再好的东西都不值得她看，也没有脸去看。她爸那个孽障，看到黄丽瞎了，也挺高兴的。他说在头上开刀，怎么把眼睛弄坏了？说得轻一点是手术失误，说得重一点是医生故意的，因为我们没有给医生塞红包；他说不管怎么样，那是要赔偿的。于是他用纸板子，制作了一个"状子"，用红色油漆在上边写着：我叫黄丽，现年多少多少岁，渭南市河西乡河东村一个穷苦农民，本来我的眼睛好好的，两只眼睛视力都是一点五，但是由于某某医院进行脑部手术时，发生了医疗事故，致使我双目失明，请青天大老爷主持公道，给我们申冤。她爸那个孽障把状子挂在脖子上，拉着黄丽去了那家医院。医院解释说，脑部手术致使双目失明，这是正常的，而且手术前，把风险告诉你们了，你们家属也签字确认了。她爸那个孽障发现是我签的字，耍赖说，那字不是他签的，他不承认。

那个孽障每次去，都喝得醉醺醺的，甚至提着酒瓶子，医生跑到哪里，他就跟到哪里。医院饱受折磨，就报了警。见警察来了，他上前对警察说，青天大老爷啊，终于把你们等来了，你们可得为民做主啊。闹得警察也是万般无奈，总是尴尬地收兵了。医院天天解释，发现解释不通，干脆准备了好多太白酒，等那个孽障一来闹事，就提一瓶酒塞进他怀里。他抱着酒瓶子喝完了，基本就醉得不省人事了。那个孽障不但去医院，还去省政府大院，据说每次去省政府大院，对方像接待外宾似的，笑呵呵地主动和他握手，就差没有放音乐铺红地毯了，如果遇到吃饭时间，还到食堂给他买饭吃，好好招待一番后，让他回来等消息。

大爷抹着眼泪说，后来有人告诉他，你女儿是一棵摇钱树，你在这里瞎折腾干吗？你把她拉到大街上去要饭，钱会哗哗啦啦地扔过来的。那个孽障，从此拉着我可怜的孙女，白天在医院和省政府讨说法，晚上就在饭店酒店前边要饭。

陈元说，手术到底有没有失误？

大爷说，医院申请了事故鉴定，结果是没有责任的。

大爷说，不让黄丽看病吧，她受那么大折磨，现在病看好了，又变成瞎子了。其实，我们哪有钱做手术啊，硬是向老战友借了一点儿。我当年是国民党老兵，解放前投靠了八路军，你看看我这半条腿，被日本人的子弹打穿了，现在还是麻木的。因为我是老八路，有很多战友。从战友那里筹到钱，我带着黄丽去渭南检查，什么也没有查出来，再跑到西安一家医院，检查的结果是脑瘤。黄丽说，就让她死，她该死。我是硬把她逼到医院去的，在上手术台的时候，她说，爷爷，如果我死了，你帮我一件事儿吧。我问她，什么事儿呢？她说，你帮我对人家说句对不起。我说，你对不起谁呀？她想了想说，对不起好多人。

陈元迷茫地望着在冰块中间戏水的鸭子，不明白是河水还不够冷呢，还是鸭子根本不怕冷。

大爷说，你喝水吧？你刚才好像说讨口水喝的，我都忘记了。

大爷进门倒了一碗水，递给了陈元。但是陈元不想喝水，他想抽烟。

陈元递给大爷一支烟，大爷掏出打火机，又要给他点烟。陈元犹豫了一下，还是对着那小小的火苗，把烟给点燃了。

陈元发现，这样抽烟轻松多了。他深深地把烟吞进了腹部，吐出来的时候那烟清淡了许多，几乎不像烟，而像出了一口淡淡的气。

陈元离开河西乡河东村，搭上了前往西安的火车。陈元到西安的时候天已经黑了。他出了火车站，迷茫地往南走，走了两百多米，看到了五路口地铁站。变化真大啊，五年前那个春节，他从老家返回上海，走的就是西安，当时西安好像还没有地铁。陈元进了地铁站。在地铁站的通道边，摆着各种各样的小摊，有卖袜子和手套的，也有的卖一些小首饰，中间还夹杂着几个乞丐。在通道的尽头，有个乞丐是个年轻的姑娘，她与其他的乞丐不同。其他乞丐要么坐着拉二胡，要么是跪在地上的，而她懒洋洋地坐在地上，前边放着一个牌子，牌子上写着"状子"，"状子"前边放了一个碗，里边扔了许多硬币，旁边躺着一个中年男人，抱着一个酒瓶子在喝酒，似乎已经喝多了。

那个姑娘站起来，伸了几个懒腰，朝前挣脱了几步。

但是她与男人之间，有一根绳子系着。

陈元见过人与狗用绳子系着，人与人之间还是第一回。

陈元从她身边经过的时候，斜眼瞅了一下"状子"。他被吓了一跳，上边似乎有"黄丽"。他以为看走眼了，回过头再仔细一看，确是"黄丽"无疑，后边还写着"河西乡河东村"。他再去打量那个姑娘，人瘦得像根麻秆儿。他不明白她长大了，还是自己忘记了，无论从哪方面看，她都不是印象中的那个小丫头了。

陈元想，如今无论是缺胳膊还是断腿，都成了一种乞讨的资本，既然有人假冒瘸子，有人假冒哑巴，当然就会有人假冒"黄丽"。何况一个年轻的女瞎子，自然更容易博得人的同情。陈元不管她是不是假冒，凭着她身上系着一根绳子，也是值得自己施舍的，于是摸出二十块钱，放进了碗里。

或许那个姑娘真是个假的，或许她听到了细微的声音。她发现了这种施舍，于是对着陈元离开的背影说了一句"对不起"。她没有说"谢谢"，而是说了一句"对不起"。陈元不知道是她说错了，还是她惯用的感激之词就是"对不起"。

陈元不想再坐地铁了。在他即将撤出地铁口的时候,听到身后一阵吵闹,大意是为了自己留下的二十块钱,那个男人要拿钱去买酒,而那个姑娘不从。随之听到一只碗碎裂的声音,还有那个姑娘的一声惨叫。果然,那个男人摇摇晃晃地在前边狂奔着,那根绳子在后边拖着那个姑娘,朝着地铁站外边冲去。那个姑娘一会儿摔倒在地,一会儿又爬了起来,她一只手拽着那根绳子,一只手捂着额头,指缝间在汩汩地流血。

血洒在光怪陆离的夜色之中一点儿都不起眼。

八

陈元又回到了火车站。他问一个路人,有没有去阎良的火车。人家说,阎良?什么阎良?陈元说,阎王爷的阎,善良的良。人家说,这是什么地方?你还是去窗口问吧。陈元去窗口,窗口说,阎良就在西安,不值得跑火车,你出门向东走五百米,有个汽车站叫三府湾,那里有大巴。

陈元坐了四十分钟的大巴,来到西安市阎良区,东问西问,终于找到了位于前进东路十四号的某某小区。保安告诉他,田小龙家住十三楼。陈元上了十三楼,敲了敲门,门轻易就开了。开门的是个女的,留着一个爆炸头。她自称是田小龙的妻子,也就是田老板的儿媳妇,当年把女儿推进河里的那个小男孩儿的妈妈。

爆炸头不让陈元进屋，拦在门口说，田小龙还没有下班呢。陈元说，那田老板呢？爆炸头说，我们家一帮穷鬼，哪有什么田老板？你到底是谁呀？陈元说，我是从上海来的，田老板在上海的时候，我们在一起待过一阵子。

爆炸头说，不管你找他是讨债还是干啥，反正找也白找，他现在还不如一棵树，一棵树还会自己吃饭睡觉，会自己摇晃几下呢，他呀，像块木头。陈元说，他当年机灵得很。爆炸头说，再机灵有什么用？在外边待了十几年，不明白是中邪了，还是脑子坏掉了，我们什么都不清楚，前几年从上海回来刚刚半年，稀里糊涂地变成了植物人。这个植物人可把我们给坑苦了，放在家里吧，翻身呀，拉屎撒尿呀，都得有人帮忙。我们忙着上班，平时连盆花都养不活，哪有精力养一个植物人啊，所以干脆送到敬老院让他享福去了。

陈元说，他没有出事儿之前，有没有留下什么东西？爆炸头说，他在上海的时候开超市，听说都成百万富翁了，但是回来的时候已经身无分文，你说说，他把那些钱是不是送给哪个女人了？陈元说，他变成植物人之前，有没有留下什么话？

爆炸头说，话多着呢，嘴里整天咕嘟咕嘟的，都不知道他在咕嘟些什么。除了神神叨叨之外，还躲在房间里写写画画的，写了撕，撕了写，都写了几百张纸，撕了几百张纸，最后只落下了一张，像鬼画符似的，如今还压在玻璃板下边。陈元说，能不能把那张纸拿给我看看？爆炸头返回家，拿回一张纸递给了陈元。

陈元看了那张纸，上边写着三个字——忏悔录。陈元心想，他写下的肯定不是法国作家卢梭的那本书，因为还有一些词，零零散散的，别人看不懂，但是陈元能看懂，有邢小利、黄丽、陈元等人的名字，还有好人、奸人、冤枉等。

爆炸头说，他画的该不会是藏宝图吧？哪怕就是一张藏宝图，你感兴趣就送给你吧。爆炸头进门提了一个包，出来的时候把门给锁上了，而后说，为了一个月几千块护理费，这么晚了我还要去上班。我在按摩房上班，你如果要按摩就跟我走吧。陈元说，想问一下，田老板他在哪家敬老院？爆炸头说，不远，叫清福敬老院，你出门右拐，三百米就看见了。

陈元刚出小区不久，果然看到了清福敬老院的大门。除了上边闪烁着的霓虹灯，那扇大门也是铁的，也是漆黑漆黑的，也有城西监狱那么高，中间也有像刀子一样的一条缝。从刀子一样的门缝看进去也是空荡荡的。

他又想摩擦取火了。这里到处都是水泥地面，到处都是粗糙的水泥墙。他随便选了一个地方，脱下布鞋，撕开袖子，掏出一撮棉花。他把棉花条子压在一堵墙上，上上下下地摩擦了起来，两分钟，三分钟，四分钟……这一次，也许他力气太小，也许他动作太慢，也许墙面太潮了，棉花条子始终没有冒烟。

他觉得他已经没有必要再见田老板了，也没有必要再见其他人了。

他如今唯一想见的只有一个人。他把儿媳妇桂花捎给儿子的棉袄、布鞋和香肠，挂在肩膀上，转身离开了。与清福敬老院一路之隔，就是一家长途汽车站，这里有通往四面八方的班车。他要坐其中的一辆车，也是当天最后一趟车，连夜赶到他唯一可以见、也必须面对的一个人那里去，说不定那个人正在犹豫徘徊地期待着他呢。

陈元上车之前，他突然觉得有点热。再过几天就是元旦，已经属于深冬了，他仍然觉得有点热，这是十分奇怪的。他想起了自己头上的假发，一头披肩的假发。他取了下来，把它挂在汽车站里的一根树桩上。这根树桩像是一个人似的，一下子有了活着和走动的欲望。

陈元身边坐着一个小伙子。小伙子嘻嘻地笑着说，原来你是一个光头啊？

陈元摸了摸自己的光头，望着开始后退的窗外景物嘿嘿地笑了。

他掏出一支烟，主动地对小伙子说，你有打火机吗？让我借个火可以吗？

九

如果我们从人世朝上看，故事已经有了结尾。但是如果从上边朝人世看，一切应该还在继续。比如有一股风，你看似已经平息了，但是风永远不会灭的。它没有在地上吹，并不能证明它不在空中吹。树木不再摇晃了，并不能证明云不在飘。还是开头那句话，需要上天来证明的，那基本就是谎言。

黑画眉

老　藤

一

　　谁也说不清这个世界上到底有多少种气味。作为生命与生命之间的联系，它无影无踪，却又无处不在；它能决定运势、左右食欲，却又平淡无奇，被人忽略不计。每个人都有选择气味的权利，豆花小嫚喜欢的气味与众不同，她对紫花苜蓿青储后散发出的干草味十分入迷，这气味温暖、香甜、清新，让人入静止躁。由此，她对那些以紫花苜蓿为饲料的家畜也很喜爱，比如牛、马、羊，当然，她最偏爱的还是驴，这不仅因为驴散发出的干草味比较纯，还因为她对驴有一段刻骨铭心的记忆。

　　小嫚上学时，每天要路过一个叫五魁驴肉馆的饭店。清早，饭店门前的木桩上总会拴着不同的驴。小嫚和同学小黑经过这里，小黑说，我讨厌这根木桩，拴在木桩上的驴就像绑在绞刑架上的人，真可怜！小嫚走过去摸摸驴的脊背，看看驴的眼睛，与牛眼的执拗、马眼的惊惧和羊眼的呆滞相比，驴眼要生动许多，透过这双眼睛,似乎能看到清澈流淌的蒲河以及河畔繁茂的紫花苜蓿。紫花苜蓿长满蒲河两岸,夏天,紫色的花海彩绸一样随风起伏,似乎要将蒲河水染碧成朱;到了秋季,勤快的农户将它收割打捆,垛在河边,像一座座迷彩碉堡。小嫚和小黑放学后常到这些草垛捉迷藏,玩耍够了,带着满头草屑回家,干草味儿浸透在她儿时的记忆里。

　　小嫚从来不做梦,尽管她处在一个多梦的年纪。她认为女人做梦都是闲的,不信,白天推磨磨两笤豆子,看晚上还做不做梦?但不屑于做梦的她,突然做了一个奇怪的梦,这个梦让她第一次感到,原来梦是有重量的。

　　小嫚说的磨豆子,是她每天都要重复的工作,这是石磨豆花最大的卖点。小嫚的石磨豆花从祖辈开始,就忌用铁器,石磨、木桶、陶缸,连舀水都用葫芦水瓢。机器磨出的豆花吃起来有股铁锈味儿,只有手工石磨磨出的豆花才是原汁原味儿。小嫚家的石磨豆花店是甜水镇名副其实的老字号。清晨,赶着上班或出工的人到石磨豆花喝碗咸豆花,吃张热油饼,如同有钱人下馆子,是一件很体面的事。大腹便便的镇长牛志也常常在清早光临石磨豆花。牛志开辆黑色切诺基,威风霸气,往店门口一横,进到店里人未落座,话先爆棚:小嫚,两碗石磨豆花、一张油饼!麻溜点,赶着下乡呢!邻桌吃豆花的人便想,甜水已经算乡下了,再下乡,就是要到村里去。牛镇长虽姓牛,却是驴脾气,顺毛摩挲怎么都成,要是戗茬顶牛,便会炸蹶子。牛志对甜水百姓的事很上心,比如说石磨豆花的老井能留下来,就是牛志的功劳。为防控地下水位下降,县水利局不允许居民私自打井，原有的水井也要封填，要求居民一律用自来水。石磨豆花不行，用了自来水这豆花就变味了。牛志来吃豆花时小嫚说了这事。牛志筷子一拍：石磨豆花老井比我牛志岁数都大，要封井先把我撤了再说！一句话，石磨豆花院子里的老井免去了被填的命运。

小嫚男人在外跑船，她和父亲经营石磨豆花店，店不大，人气却旺。父亲说，豆花是穷人的盛宴，只要甜水镇还有穷人，石磨豆花生意就不会差。父亲过世后，小嫚和丈夫商量店还开不开。男人说，算了吧，你一个女人撑不起门面，店虽小，该打理的事一样不少。小嫚说，石磨豆花若是关了，街坊邻居喝不上豆花、吃不成油饼，咱不成了罪人？男人说，我是大副，船上离不开。小嫚犹豫了一会儿说，你安心跑船吧，我留在甜水接班开店。男人很担心，说有上门找碴儿的无赖咋办？小嫚说，我养条狼狗，看谁敢来欺负我？男人也觉得石磨豆花关了可惜，就说，那就买吧。小嫚果真就养了条威风凛凛的黑贝，继续留用父亲在世时就雇的邻居全婶，还新收了个叫雷子的哑巴当帮工，石磨豆花店在众人的期待中又重新开张。教过小嫚的甜水中学高老师说，小嫚你做了件好事，石磨豆花要是关了，甜水人的记忆就没滋味了。与大城市一样，甜水的生活节奏也像上足了发条的钟表，时针、分针、秒针争先恐后往前跑，人们疲于这种刷屏般的节奏，开始怀念慢悠悠的过去。甜水人一怀旧就想吃石磨豆花，很多家爷爷吃、父亲吃，到了自己这一代还是吃，吃石磨豆花已经成了一种回味。

小嫚这个梦清晰真切，如同现实中情景再现，她甚至知道自己在做梦，却无法改变梦的走向。她梦到了镇东面那条芦花摇曳的苇河。甜水镇东临苇河，西接蒲河，北靠椅子山，全婶的老伴全叔说这是绝佳风水宝地，要是在古代，说不准就被阴阳先生选了去做皇陵圣地。甜水人都暗暗庆幸，要真的被选为皇家陵园，甜水人还能在这里居住吗？苇河东岸除了甜水中学外，还有个只有一间房的小城隍庙。庙建于何时已无从查考，小庙像甜水中学的私生子，孤零零地站在一片油菜地里。苇河西岸是店铺林立的镇中心，镇上街道不多，却干净，家家户户门前屋后栽有核桃、李子和山楂。从苇河西岸到东岸去上学，没有桥，只能踩着河底几块青石过河，好在水不深，流也不急，站在青石上可以看到水中游来游去的小鱼。有机智的学生用细绳拴住空罐头瓶，里面放一点饭团，将瓶置于水中，待贪吃小鱼儿进到瓶中，再猛地提起来，会捉住许多青脊银腹的小鱼儿。养着小鱼的罐头瓶就成排地放在教室窗台上，成为一道风景，老师也懒得管。河底的青石路东头通甜水中学，西头是甜水有名的五魁驴肉馆。小嫚的梦就出现在这样一个真切的环境里。

　　梦中，小黑向她求救，说马五魁要害他。马五魁是五魁驴肉馆老板，一个能把账算到骨头里的生意人。他的驴肉馆，三百六十五天一天一头驴，大年三十也不收刀。驴肉馆门前的场院成了驴的鬼门关，有驮货或拉车的驴经过这里，不用吆喝便会加快步伐，逃离这血腥之地。马五魁是临夏人，黄胡子，单眼皮，将军肚，喜欢穿无领白汗衫，二十几岁开驴肉馆，开到了四十几岁，算是甜水先富起来的一拨人。梦里，小嫚见到浑身湿漉漉的小黑被绑在木桩上，正痛苦地挣扎，见到她小黑说："小嫚你快救我。"小嫚说你已经淹死了，怎么会在这儿？小黑说我惦记这些驴，天天在河边为驴引路，怕它们掉到河里。小嫚说，你死后我为你哭过好多回，你平时在哪里呀？小黑说，河水又湿又冷，没有落脚的地方，我就在芦花里蜷着。小嫚哭着上前给小黑松绑，她闻到了一股紫花苜蓿干草味儿，这气味像一截点燃的蚊香，把她从梦境中熏醒。醒后小嫚觉得蹊跷，怎么平白无故会做这样一个梦？小黑多年前放学时，遇到椅子山跑山洪，浅浅的苇河顿时激流狂奔，柳罐斗大小的石头在河里翻滚，小黑不知怎么发现一头被洪水冲走的小驴，为了救这头小驴，小黑不幸溺水身亡，这件事让她难过了很久。小黑是她最好的朋友，两人在紫花苜蓿草垛间捉迷藏时头上沾满草屑的情景历久弥新。

　　小嫚有事愿意和全婶说。全婶油饼烙得好，为小嫚出主意也能拿捏好火候。小嫚说了昨夜的梦，全婶听后摇摇头，说这个梦她圆不了，得回去问老伴。全婶老伴全叔外号全大下巴，是甜水镇骡马市场上的牲口牙纪。牙纪是一个几近消亡的古老职业，说白了就是骡马交易中介，凭牙口判断牲口年龄，在交易中捅袖袖、定价码，有黑话一样的指语，什么伸七捏八勾子九，讨价还价全在袖子里搞定。全叔和牲口打了一辈子交道，对牲口说的话比人还多。骡马市场上的客户常常见全叔和一头牛、一匹马独自对话，说了些什么谁也不知道。全叔吃素，身上却带煞气，街上的恶狗都怕他，再厉害的狗见到他要么摇尾示好,要么就夹着尾巴溜掉。

全叔对小嫚梦的解析简单至极:石磨豆花要来新人了。小嫚有些不解,小黑求救和店里来新人有什么关系?再说,自己从没有想过要雇人的事。小嫚没有多问,这个梦在心里如同一筲待磨的豆子,越胀越大,越来越沉。

二

五魁驴肉馆欠了石磨豆花两年的账,每次催要,马五魁都是一副死猪不怕开水烫的无赖相。马五魁老账不还,新账还在增加,小嫚面子矮,不愿意撕破脸皮,驴肉馆来赊石磨豆花,还是照给不误。五魁驴肉馆那么大的生意,一点石磨豆花几个钱?马五魁不至于总是赖账不还吧。小嫚不知道,马五魁欠账不还有他的目的,就想让小嫚来求他。马五魁天天吃驴三件,甜水有几个跳广场舞的女人喜欢跟他搓麻,但小嫚对马五魁颇为不屑,认为马五魁有点像捞上岸的河豚,一个劲儿地膨胀。有钱又怎样?小嫚对全婶说,有了钱就咋呼的男人其实不值钱。全婶的话更狠:马五魁算什么?连驴都不如。

但是,小嫚免不了与马五魁打交道,两年欠账,对于本小利薄的石磨豆花来说不是小数。小嫚来找马五魁,叼着烟的马五魁正和三个女人搓麻将,见小嫚来了,马五魁一边搓麻将一边说,要不要打一圈儿小嫚,赢了给你输了算哥的。小嫚说,我还要忙着磨豆子,麻烦你把账结一下。马五魁说,好说好说,不就几个豆花钱吗?明儿个就结。小嫚站在那里没动,马五魁说过多少次明儿个了,也不见他结账。麻桌中有个抽烟的女人叫季子红,在石磨豆花旁开了个保健品专卖店,店面冷清,便总是忽悠一些老人搞促销活动,有上当的老人举报到镇工商所,工商所所长侯仲杰发狠话要查。让举报人失望的是,侯仲杰亲自到季子红店里查了几次,查处的事便没了下文。季子红见小嫚不走,劝小嫚:"回去吧小嫚,不说明儿个结吗?"小嫚知道等下去也不会有结果,就扭头离开了。房间里满是刺鼻的烟味儿,小嫚差点被呛出眼泪来,她不理解那三个女人怎么能坐得住。

　　第二天再去,马五魁把小嫚领到办公室,关上门说,现在青藏铁路通了,我想去西藏旅游,带上你怎样?开销由我出。小嫚冷冷地说,我没工夫,天天两筲豆子等我磨呢。马五魁脸色有点绿,道,多少女人想跟我去我都没答应,给你面子你还不识抬举。小嫚不想和他纠缠,说,别人去我不管,我知道自己没有理由和你去旅游。马五魁办公室里挂着一张唐卡,唐卡下有转经筒、香炉,他走到转经筒前轻轻拨动了一下,经筒开始转动。他说,我们做生意的应该到西藏求个活佛保佑,听说挺准的。小嫚说,我等着结账呢马老板。马五魁说,坏了坏了,会计去县城看病了,慢性阑尾炎,今早走的,你下次再来吧。小嫚叹口气,那我明天再来。

　　再次来五魁驴肉馆,还没进门,小嫚看到门前木桩上拴着一头黑驴。很瘦的一头驴,皮毛暗淡,沾满尘土。她停下脚步,这么一头驴马五魁也忍心杀？她过去抚摸了一下黑驴的鬃毛，鬃毛很乱，缺少梳理。黑驴抬头看着小嫚，目光哀怜，小嫚觉得这目光好熟悉，似乎在哪里见过。黑驴除却眼圈、嘴头、前胸口、两耳内侧是白色，其他部位皆为黑色。拴驴的木桩很粗，小黑当年叫它索魂桩。木桩是槐木，嶙峋的树皮早已磨掉，露出裂开的木纹，泛着黑乎乎的油腻。小嫚转身到河边薅了一把紫花苜蓿放在驴跟前，黑驴甩甩尾巴，并不低头吃草，目光一直跟着小嫚。

马五魁已经在窗内观察了好一会儿，看到小嫚去河边薅草，便推门出来。这是一头抵账的驴子，因为太瘦，他正愁着催肥。催肥需要几麻袋豆粕，现在饲料看涨，买豆粕要花不少钱。他不明白小嫚怎么会对这头黑驴感兴趣，看了一会儿，下意识发出一声坏笑。怎么？看上这头驴了？马五魁叼着烟从饭店走出来。

这么瘦一头驴，你也杀？小嫚看着腆肚劈叉的马五魁问。马五魁脖子上挂着一个蜜蜡观音，精致庄严的观音与无领老头衫很不搭。

不杀驴，我卖什么？马五魁将燃着的烟头掷在地上，上前拍了拍黑驴的脖颈道，瘦不打紧，至少驴三件和驴板肠能卖好价。

小嫚心里一紧，再看黑驴，两只大眼睛还在望着她，眼角似乎有些湿。小嫚叹了口气，她知道自己无法救这头驴，不管什么驴，也不管胖瘦，只要往五魁驴肉馆门前索魂桩上一拴，就等于判了死刑。她对马五魁说，我是来结账的。

马五魁眼睛眨了眨，又点燃一支烟，深吸几口，吐出个慢慢放大的烟圈，又一口气将烟圈吹破，然后说："这样吧，看你可怜这头黑驴,我就做点善事,你把黑驴牵回去,顶两年豆花账,咱俩两不亏,怎样?"

小嫚心里算了一下,黑驴顶两年的豆花账,亏马五魁想得出,这是明睁眼露占便宜。马五魁见她没有回话,又跟了一句:"不顶就算了,侯所长预定了明晚的驴三件,明天一早这驴就下锅了。"说完,斜眼观察小嫚,他知道自己的话标枪一样击中了小嫚的软肋。或许,黑驴能听懂马五魁的话,马五魁下锅一句刚说完,黑驴竟然伸长脖子叫了三声,叫声凄切,让人心里发颤。马五魁被吓了一跳,嘴上骂一声,朝驴尻踹了一脚。小嫚听到驴叫后忽然想起高老师说过,驴叫在古代是受人追捧的美声,古代的竹林七贤、曹丕皇帝都学过驴叫。高老师是甜水中学历史老师,教过小嫚,是石磨豆花常客,有时吃完豆花也不回学校,到隔壁找全叔对弈。高老师对驴叫的褒扬影响了小嫚,她听到黑驴的叫声不但不反感,反而觉得很是嘹亮。她说,顶账就顶账,这驴我要了。马五魁愣了一下,似有一朵花在脸上绽开,说好好好,我这就写字据。小嫚摸了摸黑驴的脊背,有一种皮包骨的手感,心中对这头驴充满怜悯。马五魁拿来字据,小嫚看了一眼,签上名字,亲自解开缰绳,牵着黑驴头也不回地走了。马五魁拿着一纸字据,斜靠着那根索魂桩,看着小嫚牵驴慢慢走远,又点上一支烟大口大口抽起来。

雷子见小嫚牵着一头黑驴回来,跑过来接了缰绳,嘴笑得合不拢。雷子没学过哑语,无法与人交流,在甜水几乎没有朋友,有了驴,雷子就有了伙伴。石磨豆花西面是蒲河,河边有草甸,草甸上是大片野生紫花苜蓿，正适合放牧。以往，雷子没活儿的时候就到河边玩耍，持一根竹竿钓鱼，现在有了驴，他就有了营生。全叔听老伴说小嫚牵了头驴回来，感到很意外，小嫚买驴不找他当参谋，这事说不过去啊，他便来看看到底是头什么驴。小嫚说，马五魁顶账给我，我就牵回来了。全叔明白了，掰开驴嘴看了看，目光泛出神采："才三岁，好驴！"小嫚疑惑地问："这么瘦，好在哪儿呀？"这是广灵驴呀！全叔兴奋地说，五白一黑，叫黑画眉，通人性，能负重，还长寿，拉磨拉车那是一等一！黑画眉？小嫚觉得这个名字好，这名字像人、像鸟，就是不像一头驴，但全叔这么叫，就等于给这头驴子命了名。她琢磨，那晚的梦是不是与这头黑驴有关？

小嫚开始留心黑画眉。雷子教它拉磨，拴好套后，黑画眉竟然不戴蒙眼就默默地围着磨道转圈。黑画眉拉磨用心，每一步都走得坚实有力，只要小嫚在看，黑画眉就兴奋，大大的眼睛如同黑玛瑙一般流光溢彩。小嫚觉得没有必要将黑画眉的眼睛蒙上，让一个人稀里糊涂干活且不好，让一头驴蒙眼拉磨就好吗？

黑画眉颇有君子之风，它的礼让完全颠覆了小嫚对驴的认识。黑画眉的石槽也是黑贝的饭碗，雷子喂食时没有偏向，同步进行，将不同的饲料各置一边，中间用一块隔板分开。黑贝吃东西时，黑画眉不会去石槽吃草料，它站在一边静静地看着。黑贝狼吞虎咽的时候，它还会甩甩尾巴，不时打个响鼻，像自己吃到了可口的饲料一样高兴。雷子不会说话，却能看出黑画眉的谦让，就比比画画想给黑贝另准备一个食盆。小嫚没有同意,在同一个石槽子吃食,像人一个锅吃饭一样,黑贝和黑画眉同属石磨豆花,为什么要分槽饲养呢?

小嫚男人休渔期回来,黑画眉在草地上撒欢跑了两圈儿,把河畔的野鸭惊得扑棱棱飞走。男人说,这驴懂得里外,就应该是咱家的牲口。小嫚说,不要用牲口这个字眼,它是黑画眉。

驴一岁等于人七年,三岁的黑画眉正处于青春期,浑身散发着活力。一次,雷子牵它去镇东粮站驮黄豆,路过五魁驴肉馆门前它忽然停下了,盯着那根曾经拴过自己的索魂桩,两只耳朵矛一样前竖。索魂桩上拴着一头灰秃秃的小母驴,低眉顺眼,眼睛盯着地面,地上有一摊似血似油的污渍。黑画眉走过去,在毛驴身上嗅了个遍,毛驴很顺从,两只耳朵向后并拢,这是表示亲昵的动作。黑画眉和毛驴头顶头靠在一起。马五魁出来了,高声说,这是小嫚那头驴吗?小嫚都喂啥喂得这么肥?说完,在驴背上拍了一巴掌。黑画眉甩甩脖颈上的鬃,用力喷了个响鼻。黑画眉不一样的响鼻表达不同的情绪,喜悦,响鼻清脆响亮,忧郁,响鼻低沉拉长,不满,则是一种喷射。黑画眉这声响鼻,很明显在表达对马五魁的不满。

三

三个月,黑画眉不催自肥。小嫚说这要归功于雷子,雷子和黑画眉兄弟般相处,一早一晚都散放黑画眉去蒲河边吃紫花苜蓿,有夜草可吃的黑画眉怎能不肥？

黑画眉来到石磨豆花后，不用戴笼头，也不用缰绳，除了拉磨上套外，其他时间都是散放。雷子只要在它脖子上拍两下，黑画眉就会跟着走，雷子在前，黑贝在中间，黑画眉殿后，在蒲河畔构成一幅优美的乡村图画。

让小嫚对黑画眉心生敬意的是黑画眉在母驴的问题上绝不苟且。东街邓皮匠家一头母驴到了发情期，邓皮匠相中了威风凛凛的黑画眉，来找小嫚求情，让黑画眉配种。小嫚懒得处理这等事，便请全叔来办。邓皮匠家的母驴是一头晋南驴，清秀细致，背腰平直，算得上是驴中佳丽。邓皮匠在它的宽额上系了一个红缨，看起来更加楚楚动人。整整三天，黑画眉不为所动，无论母驴如何表示亲昵，黑画眉总是雕塑一样，邓皮匠只得牵着母驴无功而返。

让小嫚始料不及的是，一向温驯的黑画眉竟然把杨光给踢了。杨光是谁啊？甜水街面有名的愣头青，城管中队长，他姐夫就是大名鼎鼎的牛志。一日，雷子去河边放驴，在店里忙碌的小嫚忽然听到黑贝狂叫起来，黑贝从不谎叫，叫得这般激烈，肯定是遇到了歹人。小嫚记得三伏天一个夜晚，因天热，她只穿件内衣开着窗子睡觉，半夜里黑贝忽然狂叫起来。她被惊醒后打着手电到院子查看，发现院墙根有一只皮凉鞋，黑贝的嘴角带着血渍。她知道院子进来人了，被黑贝咬了一口跳墙而逃，慌乱中落下了这只皮凉鞋。黑贝的狂吠让她想起了那天夜晚的事，雷子毕竟是个哑巴，没法与人交流，她便快步来到河边，只见杨光正捂着裤裆蹲在地上哎哟哎哟叫唤。原来，杨光是来没收黑画眉的，他手持一根柳条抽打驴肚皮想赶驴走，结果被黑画眉踢在裤裆处。雷子则抱紧黑贝，不让黑贝再冲上去撕咬。杨光个头不高，权力不小，甜水镇大小店面都拿他当盘硬菜。他到石磨豆花吃早饭从不付钱，吃完撂下一句：记我姐夫账上。其实，牛志吃豆花不欠账，每次都扔下十块钱，找零都不要。牛志有这样一个小舅子，跟着吃了不少挂落儿。杨光蹲在草地上说，镇上有规定，散放牲口一律罚没，这黑驴还敢踢我，今天不把你送到驴肉馆宰了，我他妈不姓杨！说完，又哎哟哎哟叫个不停，看来黑画眉这一蹄子蹬在了要害处。

你怎么能抽驴肚子呢？驴和马的肚子是万万抽不得的，若是马，一抽就惊，若是驴，则会尥蹶子踢人。小嫚解释说，杨队长你可要记住，打哪儿也不能打驴肚子。

小嫚不明白杨光怎么会忽然来这一手，如果不让放牧，通知一声不就完了，为什么要等到黑画眉体壮膘肥再来执法？她怀疑背后有人捣鬼。她说，黑画眉还要回去拉磨，你把它没收了，明早就没豆花吃了，到那时甜水镇都会知道是你没收了黑画眉。杨光一双小眼睛转了转，道，你说咋整？小嫚说，先让黑画眉回去拉磨，明天再去找你商量处罚的事。杨光常来吃石磨豆花，他也不希望明天没有豆花吃，此外，黑画眉没有缰绳，他想牵也无法牵，黑画眉又不会主动跟他走，便点点头同意了。杨光想站起来，弓着腰又蹲下了，气哼哼地道："我还没娶媳妇，要是被这黑驴踢废了，你要负责任。"小嫚轻轻一笑："杨队长，你还是找驴算账吧。"

午后，小嫚去镇里找牛志。牛志中午有接待，下午正歪在沙发犯困，见小嫚进来，耷拉着眼皮问："啥事？"小嫚说了杨光要没收黑画眉，请牛镇长给讲讲情，镇上禁止放牧的事也没见到告示，怎么说没收就没收？牛志性子直，听完小嫚的诉苦眼睛顿时瞪圆了，骂道："这个二百五又让人当枪使了！"抄起电话打给杨光，劈头盖脸一顿骂。原来，这主意是季子红出的，季子红为了给侯所长弄驴三件，鼓动他没收黑画眉，然后卖给驴肉馆，驴三件给侯所长，驴肉钱就留给城管队当经费，马五魁那边她去说。牛镇长在电话里骂，你再听那个骚娘们儿的馊主意，我就把你给骗了！小嫚觉得牛志真是个好人，骂小舅子就像骂三孙子，不搞官官相护。有牛志撑腰，黑画眉总算安全了。不过，她想不通季子红这么做是为什么，她明明和马五魁穿一条裤子，为什么又去傍侯所长呢？

说起季子红，全婶对这个时髦女人的评价与众不同。她也不容易，全婶说，街面上的事不是女人说了算，不能把脏水都泼到女人身上。全婶的话让小嫚憋在肚子里的气消了不少，季子红的确不容易，上次忽悠老年人高价买保健品的事虽然摆平，但侯所长水蛭一样吸住了她。侯所长小气、猥琐，害着疝气，没有哪个女人会看上他，相貌出众的季子红更不会喜欢他。有一次季子红来吃豆花，对小嫚抱怨侯所长太色，隔三岔五到店里拿玛卡胶囊吃，也不知道吃了后到哪里去寻欢作乐。侯所长喜欢肉，早晨也要到五魁驴肉馆吃驴肉包子，他说早晨不吃肉，一天没精神。他和季子红之间的关系说不清道不明。小嫚有点同情季子红，尽管黑画眉的事让她再来吃豆花有些不自然，但小嫚并不把话说破。倒是被姐夫撸了一顿的杨光缓过神儿来，酒后找上门对季子红破口大骂，说你给相好的弄驴三件，差点让驴把我给废了，你缺德不缺德！这些话被全婶听到后告诉了小嫚，小嫚说，人总有犯浑的时候，过去了就让它过去吧。

黑画眉危机解除，小嫚松了一口气，这件事也应了全叔的一句话：仁畜自有天助。

小嫚觉得黑画眉不是一头驴，而是一个不会说话的人，甚至比人更值得信任。她每次看黑画眉，它都会打一个响鼻，甩一甩尾巴，她知道这是在向主人示意。仔细观察黑画眉，越看越像小黑，小黑虎头虎脑，长得像电影《闪闪的红星》里的潘冬子。当年，小黑跳进苇河救驴的情景恍若就在昨天，河水中那头小驴浮上浮下，下游几十米就是陡坡深潭，小驴被冲下去必死无疑。小黑将书包塞给她，三两下脱下褂子跳进河里，用力将驴往河岸推，待岸上同学拉住驴时，他却脚下一滑栽进激流，被山洪冲下深潭。小黑为了一头驴结束了十五岁的生命。小黑落入深潭，第一个跳下去救人的是马五魁，那时马五魁还年轻，身体也棒，他潜水摸到了小黑，和众人一起合力将他打捞上岸。小黑的死让小嫚精神恍惚了很久，学习成绩直线下降，每次打开课本，看到的要么是小黑，要么是那头被救的小驴。小嫚就是那段时间对驴眼有了刻骨铭心的印象。小嫚没有考上高中，初中毕业就跟父亲学做石磨豆花。父亲说，一招鲜、吃遍天，学会了石磨豆花，一辈子饿不着。

我怎么看到黑画眉总想起小黑？她问全婶。

小黑是淹死的，淹死的人不能托生，全婶说，你去城隍庙烧点纸吧，老全说当年那个学生溺水后，苇河再没发过水，也就再没淹死人，死人的魂魄只能挂在芦花上摇荡。小嫚很清楚这是迷信，但为了小黑，她还是去城隍庙烧了两刀黄表纸。小黑是多好的男孩啊，好人的灵魂应该有个归宿。回来时，遇到了站在河边剔牙的马五魁，马五魁看小嫚去城隍庙烧纸感到奇怪，那地方只有给死人报庙、送盘缠才去，小嫚无缘无故去烧什么纸？他好奇地问："你去城隍庙干什么？"小嫚不愿意与他搭话，便没头没脑地回了一句："替你送盘缠。"一句话把马五魁的脸说得煞白，骂了声操，便扭头回去了。

小嫚轻松了不少，心里那一筲泡好的豆子磨成豆汁流走了。其实，她知道这么做有点愚昧，但不管用什么办法，能做到心理安慰就达到目的了。

回到石磨豆花，黑画眉正在葫芦架下站着，见到她竟迎上来，在她身上嗅了嗅，好像在寻找什么。她抬起手臂闻了闻自己的衣袖，结果闻到了紫花苜蓿浓郁的干草味。她想，这回可好了，自己和黑画眉气味相投了。

四

马五魁也有苦恼的时候，他的苦恼在季子红身上。季子红本来答应跟他去西藏，最后却跟侯所长去了，为此，马五魁大发牢骚，说有多少钱也不如有权好使。

事实并不是马五魁想的那么不堪，季子红去西藏从某种意义上讲是响应镇政府号召。镇政府召开民营企业发展工作会，牛志在大会上批评说，你们这些个体户都照镜子看看，个顶个鼠目寸光，整天守着甜水一亩三分地，能有多大出息？你们要走出去，深圳、海南、西藏，只要有路的地方都应该去，开阔视野，取回真经，把企业做强做大。侯所长领会镇长意见快，散会第二天，就给镇上的个体户发通知，要组织大家去西部考察，其中最重要的一站是西藏。季子红当然不会错过这个机会，她来动员小嫚一起去，小嫚说，我一个卖石磨豆花的，去西藏抢人家酥油茶生意吗？季子红不这么想，她有她的打算，就这样，季子红跟侯所长去了西藏。

被放了鸽子的马五魁决定不去西藏，他说老子不能步人后尘，要去，就去东北！他带着几个喜欢跳广场舞的女麻友去了东北，长白山、威虎山、大顶子山，转了一路山，打了一路麻将。跟他去的女人回来说，马五魁将整个东北骂了一圈，好像不是去旅游，而是去打架。

季子红从西藏回来，人黑了不少，与侯所长的关系近了许多，两人可以毫无顾忌地在一张小桌子上吃豆花。季子红是个爱炫耀的女人。小嫚在洗碗，季子红拉着小嫚从厨房来到餐厅，在她崭新的苹果手机上一张张翻照片。这张咋样？这可是纳木错，圣湖！不厌其烦地给小嫚分享她在雪域高原上的快乐。小嫚本不想看，但经不住季子红的一再介绍，便在围裙上擦擦手，接过手机翻看。手机里的照片全都人大景小,去西藏是为了看景色而去,你照些大头贴回来有啥用?在椅子山也能照,还用上青藏高原?但她嘴上不说,她不想扫季子红的兴。照片无所谓,倒是季子红手机皮套上的味道引起了她的好奇,这味道怪怪的,闻到后像有只无形的小虫往鼻子里钻。问季子红这是什么味儿,季子红神秘地说,费洛蒙香水儿,你不懂。

晚上,去西藏的考察队员在五魁驴肉馆聚会,侯所长高原反应没缓过来,加上马五魁不怀好意猛劝酒,侯所长酒有点高。晚上九点,季子红打电话,说小嫚你看好狗,侯所长喝多了,要喝碗豆花解解酒。店已经打烊,但季子红来电话,小嫚不得不起身应酬。她让住在厢房的雷子拴好黑贝,自己打开院门,见季子红扶着侯所长摇摇晃晃正走过来。

多了?小嫚问。多了,季子红说,侯所长和马五魁拼酒,一人一瓶,两人都萎了。

侯所长意识有些模糊,嘟哝道:"我鞋呢?我不能光着脚。"

小嫚和季子红低头看,侯所长脚上是一双崭新的鳄鱼牌皮鞋。季子红说:"新鞋,他担心丢在五魁驴肉馆。"

雷子将黑贝拴好之后,把黑画眉也拴在葫芦架上。拴住才安全,这是上次杨光来没收黑画眉后,雷子心里生出的想法。

小嫚热了两碗豆花端上桌,又上了一盘油饼。石磨豆花的确能解酒,这个结论是牛志得出的,牛志每次醉酒都来喝两碗石磨豆花。牛志的经验是,豆花要热,多放胡椒,这样几口喝下去,体内的酒会变成汗排出来,酒困自然解除。牛志把这一经验分享给大家,无意中为石磨豆花做了广告,让午后和晚餐之后的石磨豆花,又多了一份生意。

季子红正在减肥不愿意多吃,侯所长却胃口大开,吱溜吱溜两碗豆花不一会儿就见了底。令人奇怪的是侯所长吃豆花不出汗,而是走肾多尿,吃完两碗豆花就说要出去方便。雷子已经回厢房,两个女人又不便扶他,侯所长便自己到院子里解手。因为醉酒,视线不清的侯所长靠在了黑画眉的尻子上方便起来,大概他把黑画眉当作一堵墙,把石槽当成了小便池子,正在他解开腰带的时候,黑画眉本能地向后蹬了一腿。这一腿,便把侯所长踢趴下了。小嫚和季子红闻声出来,见状急忙扶起侯所长,好在黑画眉蹄下留情,侯所长没有受伤,只在屁股上留下一大块瘀青。被扶起的侯所长说,我还没来得及方便,就被马五魁推倒了。季子红知道他真的多了,只好扶他到院外方便,小嫚摇摇头回屋了。侯所长这泡尿时间不短,院子外草地里扑扑腾腾动静不小,过了好一会儿,外面才恢复平静。小嫚出门看,人已不见踪影,知道是走了,便关门熄灯,不再去理会。

次日一早,黑画眉已经拉完磨,小嫚和全婶正在店里忙,季子红急匆匆赶来。季子红头没梳、脸没洗、妆没化,一副憔悴的模样让小嫚很吃惊,她一向注重装扮,今天这是怎么了?

我的手机不见了,你看到我手机了吗?季子红很急切。

小嫚和全婶店里店外找了个遍,也没有找到。季子红几乎要哭了,天哪,这可如何是好?现在的网络可是能杀人呀!小嫚说你丢部手机,跟网络有什么关系?季子红的眼泪还是下来了,道:"你不知道小嫚,手机里有些东西是不能给人看的。"小嫚恍然大悟,照片!季子红丢的手机里肯定有不可示人的照片!这时,雷子出来把缰绳解开,提着鱼竿领着黑画眉和黑贝去了河边。

小嫚,你再好好找找,你找到手机我给你一万块。季子红开始悬赏,看出来她要急疯了。

你还是回家好好找找吧,床底、枕下,还有卫生间,用别的电话拨一下,小嫚说。季子红说都找遍了,手机被我设了静音,能打通却没人接。季子红脸色有些灰黄,丢失的手机如同一枚无声炸弹,将她瞬间炸回了原形。

我得离开甜水了,她说,手机里的东西一旦流出来,我没法在甜水做生意了。季子红红着眼圈说,小嫚,姐以前有对不住你的地方,你别往心里去,姐打算离开甜水去县城。

小嫚和全婶不知怎么安慰她,看来丢失的手机太重要了。本来想留个撒手锏,没想到成了我的致命伤,我是自作自受!季子红喃喃地说。说这些话时她精神有些恍惚,很像昨日侯所长醉酒的状态。

要不要找全叔算算?小嫚说。

季子红摇摇头:"知道的人越少越好。"

突然,草地上的黑画眉叫起来,叫声划开晨雾,在蒲河两岸久久地回响。黑画眉早晨去草地从不叫,今天这是怎么了?小嫚站在院子里向外张望,雷子是聋哑人,他在河边钓鱼,听不见黑画眉的叫声。小嫚感到奇怪,对季子红说,我们去看看黑画眉是不是踩到了水蛇。两人来到黑画眉旁,发现黑画眉面前是压倒的一片紫花苜蓿,草地上,季子红的手机赫然在目。天哪!季子红扑腾跪下去,双手抱住手机,禁不住喜极而泣。她想起来了,昨夜侯所长借着酒力,在河边的草地上与她好一顿忙活,应该是激情中将手机掉在了草丛里。或许是手机上的费洛蒙香水刺激了黑画眉,让它引吭高叫。季子红说,我要买一千斤黑豆犒劳它,黑画眉发现的不是一部手机,是我的命啊!

五

黑画眉挽救了季子红,这让季子红对黑画眉的态度发生了一百八十度转变,她真的买了一千斤黑豆送来作饲料。小嫚不收,季子红说,这是黑画眉应得的奖赏。不仅送黑豆,季子红还经常过来给黑画眉梳理皮毛,她在网上买了一个小铜铃铛挂在黑画眉脖子上,这样,黑画眉拉磨时便有了悦耳的铃声伴奏。季子红渐渐与侯所长变得疏远,也不再去五魁驴肉馆搓麻,她甚至戒掉了烟瘾,只要空闲,她要么在店里做瑜伽,要么就到石磨豆花来为黑画眉梳理鬃毛,与小嫚说说话,话题总是围绕着黑画眉展开。季子红问,小嫚,你相信人会变吗?小嫚说,当然会变,坏人能变成好人,好人也会变成坏人。季子红望着窗外的黑画眉说,它怎么能找到我的手机？季子红一直想不通,手机若是黑贝叼回来这不奇怪,黑画眉发现后叫个不停便有些不可思议。小嫚想了想,道:"站在我们的角度,黑画眉是一头驴,如果站在黑画眉的角度看我们,我们又是什么呢？全叔说过,用蠢驴这个词来骂人,恰恰说明人比驴蠢。"

季子红的变化让侯所长和马五魁产生了越来越深的矛盾,他们都认为季子红因为喜欢对方而冷落自己,他们没想到自己的竞争对手原来是一头驴。

问题爆发在一张网络照片上。在当地网络论坛,有人发了一张侯所长与季子红的合影。如果说是一般合影哪怕亲密一点也不会有问题,关键是这张照片透露出的信息涉及信仰,照片上的侯所长和季子红正在一尊佛像前虔诚地上香祈祷,看上去如同一对新人在拜天地。照片被人举报到纪委,把它上升到信仰不纯的高度。上级一调查,问题就来了,你侯所长带人去考察经济,到庙里干什么？去了就去了,还拜佛上香,还拍照留念,这举动就太离谱了。上级下令,侯所长停职检查,并严厉问责了甜水镇安排的考察举动,牛志为此领了个记过处分。牛志很窝火,这事到底是谁举报的？牛志的驴脾气上来了,非要查个水落石出,要让举报人吃不了兜着走!

根据侯所长的怀疑,牛志把马五魁叫到办公室,问他是怎么回事。马五魁万分委屈地说,牛镇长啊,我整天搓麻将什么网不网的,根本就不会弄。马五魁说的是实话,他真不会上网,他办公室的电脑只会斗地主。接着马五魁发出一声坏笑,小声说,侯所长遍地撒情种,不知哪粒长出刺来了。马五魁这话说得狠,还真把牛志说服了。他知道，马五魁要想整侯所长会有一百种办法，唯独不会选择时髦的高科技。

牛志来找季子红，问她西藏拜佛的照片都发给过谁。季子红说她微信朋友圈有五百人，应该都能看到这些照片。牛志一听傻眼了，这个范围就不好调查了，就问，你猜网上照片是谁发的？季子红说你别查了镇长，这照片是我发的，要问罪你就找我吧。牛志不相信季子红的话，但他很佩服季子红的担当，便哈哈大笑说，算了，你挺爷们儿的，我过去小瞧你了。季子红说，过去的我，你小瞧不冤枉，现在的我，你高看也没错，因为我有榜样。牛志好奇地问，能给季老板当榜样肯定不赖，你是说豆花小嫚吧？季子红摇摇头，不是，是黑画眉。牛志张大了嘴，你在学一头驴？季子红点点头，没错。牛志说，你带我去看看这头驴，到底有什么好。

季子红带牛志来到磨坊，用一把梳毛刷为黑画眉梳理。黑画眉见了牛志，两只耳朵摇动了一下，便盯着牛志的裤裆看，开始，牛志并不在意，但黑画眉目不转睛地看他裤裆，把他看得有些发毛。他低头一瞅，发现裤裆开着，露出大红的裤头儿，急忙转身扣好扣子，对季子红说，这驴是挺神的。季子红说，每次看到它，我总会想起吉祥天母，那是绿度母的护法，吉祥天母坐骑是一头马骡，马骡的父亲就是黑画眉这样强健的驴，天母骑着骡子飞行在天空、地上、地下，因此有骡子天王之称。牛志听不懂什么骡子天王，他看季子红一副虔诚的模样，摇摇头说，看来你去西藏收获还真不小。

侯所长坚信照片和上访信都是马五魁干的，原因是季子红跟自己去了西藏,马五魁心头醋意一直未消。侯所长在甜水深耕十年,从专管员到所长,一路积累了不少资源,他不想栽在一个自己的管理对象手上。作为马五魁昔日的朋友,对五魁驴肉馆的猫腻他早有所知,比如用骡子肉来假冒驴肉,用五粮醇假冒五粮液,还用鸭肉抹驴油假冒驴肉串等等。尤其是骡子肉一事,要是被甜水人知道了,他马五魁就没法在甜水街面上混了,因为甜水人非常忌讳吃骡子肉,认为老年人吃了会诱发旧患,年轻人吃了不生孩子,马五魁这么干真是缺了大德。

马五魁用骡子肉充当驴肉的做法小嫚早就听说过,她和高老师、全叔议论过此事。高老师说,驴肉香,马肉臭,打死不吃骡子肉,古人既然有这个谚语,肯定是从生活实践中得出来的结论,马五魁这么干太不讲究了。全叔的话则总是带有某种神秘色彩,他说,驴也好骡子也罢,都不要吃为好,古人的餐桌上根本没有这两道菜。很多忌讳都是用命换来的,马五魁自己姓马,却肆无忌惮地杀驴宰骡,人不报天也会报。

五魁驴肉馆的厄运果然被全叔言中。县食药卫生站对五魁驴肉馆进行了突击抽检,发现了驴肉馆长期以骡子肉充当驴肉的造假问题,勒令驴肉馆停业整顿。消息一出来,人们大呼上当,驴肉馆的一些常客更是忧心忡忡,担心稀里糊涂吃下去的骡子肉不知何时会在体内兴风作浪。马五魁成了人人唾弃的害人精,连那几个跳广场舞的女人都和他划清了界线。

小嫚虽然觉得马五魁粗鄙,但五魁驴肉馆毕竟是二十多年的老店。她还记得上学时的五魁驴肉馆，门前挂着四个带飘带的大红幌子，像四个大红灯笼，喜庆红火。驴肉馆虽然欠账，但每天都从石磨豆花进货，算是老主顾。她和季子红说，侯仲杰在赌气，冤家宜解不宜结，还是化解了好。季子红说，黑画眉让我悟出了许多禅意，我不再参与马、侯之间的是是非非了。小嫚只能自己去和侯仲杰谈。

侯仲杰被停职后门庭冷落，以前天天泡在饭局上的他深感世态炎凉，跟随他去西藏的大大小小企业主都土遁了一样，连个电话也不打。一大早，他泡了一壶墨汁样浓的普洱，在家里闷头喝茶。小嫚敲门进来，他端着茶碗愣了半天，才问："你怎么来了，有事？"小嫚说，来看看你，你现在是虎落平川，心情肯定不好。小嫚这么一说，侯仲杰便开始大骂，骂举报人，骂那些势利眼的小老板，骂上级不分青红皂白就停他的职。骂了一大通，才回头说，危难见真情，小嫚你能来看哥，哥就是被停职也认了，毕竟在甜水还有你这么个朋友。小嫚在侯仲杰大骂的时候，看到地上有一只皮凉鞋，这是一只很眼熟的皮凉鞋，她忽然想起来了，这不是那天落在自家院子里皮凉鞋的另一只吗？再看侯仲杰没穿袜子的右小腿，一道深色的伤疤十分显眼。

你和马五魁之间的梁子能解就解吧，僵下去对谁都不好。小嫚说。

侯仲杰没想到小嫚来给马五魁说情，拧着眉头问："马五魁让你来的？不对，应该是季子红，季子红天天往你那里跑，是她让你来的吧？"

没有谁让我来。小嫚说,我是希望驴肉馆别倒,毕竟是家老店,黄了可惜,马五魁能拉直那些弯弯肠子,你就大人大量一回。

侯仲杰摇摇头:"这小子太阴,竟然写匿名信,网上发照片,我咽不下这口气。"

小嫚说,你应该知道我的黑画眉吧,那是马五魁顶账给我的,季子红当年撺掇杨光没收它,说是为了你要吃驴三件。后来这件事被牛镇长拦下了,按理说黑画眉应该痛恨害自己的人吧,但黑画眉没有这么做,那天晚上你和季子红在草地上打滚,结果季子红手机丢了,手机里的东西把季子红吓得要死,店都不想开了。你知道谁把手机找回来的?是黑画眉!黑画眉在吃草时发现了手机。这件事让季子红知道了什么叫放下,什么叫感恩,我劝你还是息事宁人为好,再说,人还不如一头驴吗?

小嫚一番话把侯仲杰说动了心。他眨眨眼,嘴唇努了努,道:"那不是便宜了马五魁,我都停职了,他却毫发未损。"

马五魁怎么能毫发未损?驴肉馆停业整顿,厨子服务员都回家了。小嫚说,你停职,他停业,你们扯平了。

侯仲杰还在犹豫,他在甜水一向威风八面,这次栽了跟头有点抬不起头来,关键是季子红不再理他,让他大有赔了女人又折兵的羞耻感。他的心态小嫚猜得一清二楚。要想从根本上解决问题,必须把季子红这枚绣球从两头狮子中间摘除,否则,马、侯不会和解。

你不要以为季子红倒向了马五魁一边,季子红现在的心思与你们二人无关，全在黑画眉身上。黑画眉是她最好的朋友，你们俩都败给了黑画眉，季子红也不是过去的季子红了，从西藏回来，她成了一个端庄贤淑的女人。

侯仲杰有些怀疑，甜水街上梨花带雨、摇曳多姿的季子红会变成一个文静淑女？而且仅仅因为一头驴子。

侯所长，有些事你该学学我，得饶人处且饶人吧，你看你这只皮凉鞋，它的另一只在哪儿你应该比我清楚，可是我没有声张。我想，给别人留面子，也就是给自己留出路。

侯仲杰的脸色突然涨红了，红得像猴腚，他喝了一口普洱，擦擦嘴角的茶汁，道："你别说了小嫚，哥给你面子，你去和马五魁说吧，这事到此为止！"

从侯仲杰家出来，小嫚直接去了五魁驴肉馆。馆内冷冷清清，厨师、服务员已经放假，昔日喧嚣的麻将室也没了动静。马五魁一个人坐在办公室里抽烟，眼皮有些浮肿，左腮像馒头一样隆起。见小嫚进来，他坐着没起身，不耐烦地说："来要账？我说小嫚，咱能不能别落井下石。"

小嫚摇摇头说："马老板，我不是来讨账的，我是为你的驴肉馆才来，你我都是做生意的，民不和官斗的道理不会不明白，你和侯所长斗，你有多大的胜算？"

马五魁站起身，哭丧着脸说，哪是我要和他斗？是他揪着我不放，县食药卫生站站长是他中专同学，他要找我麻烦还不是易如反掌，我正为这事犯愁呢。

小嫚把自己去做侯所长工作、侯所长也答应和解的事告诉了他，让他主动上门两人把话说开。马五魁有些发蒙，结结巴巴地问，小嫚小嫚，你、你怎么会帮我？我挺对不住你的啊。小嫚冷冷地说，我帮你是因为黑画眉，你没杀这头通人性的驴，是你的一份福报。

　　马五魁一个劲儿地点头，小嫚帮他的理由原来在这里，这让他心里很惭愧，做生意都盼着邻居倒，谁像小嫚有这种菩萨心？难怪季子红早就说，小嫚就像一碗不温不火的石磨豆花，虽说不是高大上的海参鲍鱼，但人人都喜爱。

六

　　马五魁和侯所长交恶全甜水镇都知道，包括牛志在内的许多人都认为两人的矛盾不可调和，龙虎相斗，必有一伤。全叔不这么看，他对高老师说，马、侯两人虽然势同水火，但有人还是能摆平的。高老师问，你是说牛志？全叔摇摇头，是小嫚，只有小嫚出面，这场龙虎斗才能化干戈为玉帛。高老师有点不信，小嫚的话就那么管用？这两个人可都是甜水镇响当当的人物。全叔说，依我对小嫚的了解，她肯定会出手。小嫚果然出手了，当全婶把小嫚出手的结果告诉全叔和高老师时，正与全叔对弈的高老师下巴仿佛坠了秤砣，张大的嘴半天没合上。

　　全叔说，小嫚是看了黑画眉的面子。高老师捏着一枚棋子，却不知落到哪里，他满脑子都是黑画眉。黑画眉种种异常之举通过全婶的嘴他没少听，比如黑画眉会在早晨或黄昏时低头朝老井里看，眼睛眯起来，像人一样笑。而早晨和晚上看老井，老井里的水就是一面镜子，难道黑画眉在照镜子？全叔说，驴看井不奇怪，西藏的野驴在干旱缺水的时候会在河湾用蹄子刨出一口井来，当地人叫驴井，野驴除了自己饮用外，还为其他动物提供水源。

高老师落下棋子，问全叔，我看黑画眉时总有种似曾相识的感觉，我就瞎想，黑画眉是不是被小黑附体了？

全叔盯着棋盘，没有回答。

全婶把高老师这句话告诉小嫚，小嫚扑哧一下笑了："我和小黑同桌，又亲如兄妹，小黑为何会来吓我？话又说回来，小黑的魂魄要能附体倒是好事，他游荡的灵魂也好有个安置。不过，听说附体的东西有鬼魅味儿，而黑画眉身上却是实实在在的紫花苜蓿干草味儿。"

全婶活了五十多年，从没听说什么鬼魅味儿，问全叔，全叔说，鬼魅味就是啥味儿也没有，气味发自体物，而鬼魅因为是虚化的魂魄，是灵气，所以什么味也不会有。全婶说，小嫚小小年纪怎么会懂这些呢？全叔道，玄机不玄，有些人对很多东西能无师自通。

高老师的历史课不饱和，校长让他把生物课兼起来，他欣然接受。但第一天上生物课，他就被一个学生问住了。学生的问题很简单，为什么说六畜兴旺，而不是七畜八畜或九畜？他说这个问题一两句说不清，等下堂课再讲。放学后他请全叔到石磨豆花吃饭，想请教一下六畜方面的学问。这种知识问网络靠不住，全叔作为牲口牙纪，应该有权威答案。

两碗石磨豆花，一把嫩葱，一碟豆瓣酱，几盘小菜，两人相对而坐，小酌长叙。与全叔交往多年，高老师对动物植物兴趣大增。高老师认为，全叔带给他的是一个全新的观念体系，这个体系不是把人作为万物之灵，而是作为万物中平等的一员来看待，这让高老师有了许多新看法。全叔自己带了酒，是用牛膝、杜仲等几味中药泡的药酒，他每晚喝二两，不多也不会少。高老师承认知识储备不足，一个六畜问题就把自己难住了，只能来求助全叔。店里食客已经陆续离开，高老师让小嫚也过来坐下。

所谓六畜，就是马牛羊豕犬鸡，是人早期饲养驯化的动物，后来成为家畜，马牛羊为上品，猪狗鸡为下品，此六者皆人属相，可以借物喻人，故有六畜之说。全叔开门见山，从来不云山雾罩兜圈子。

高老师点点头："看来，六畜乃家畜中的精英。"

六畜以马为首，之后的五畜可对应五味、五色、五音、五德、五行，演绎出一个超乎牲畜的世界。全叔果然学识渊博，一个六畜概念，竟能发散出这般大道理。高老师心中敬佩不已。

坐在一旁的小嫚突然插话问，驴呢？怎么评价驴？

全叔扭头朝窗外看了看，灯光下，黑画眉正安静地在石槽前吃草料，黑贝趴在一边，下颌平放在两只前爪上，几条葫芦蔓爬到石槽上方的棚架，大大小小的葫芦悬挂着，一副恬静惬意的田园景象。见全叔没有回答，小嫚接着说，我老是觉得黑画眉不是一般的驴,它能听懂我的话。

驴当然能听懂人话,古代文人雅士多喜欢骑驴,北宋的王安石官至宰相,却一直骑驴不骑马,就是因为驴通人性,懂人话。全叔说,西汉时期,朝中有四宝之说,是琥珀、珊瑚、翠玉和驴,驴被称为奇畜,在御花园中放养。很可惜,后来驴的地位江河日下,究其原因,在人不在驴,驴还是驴,人却不是古时的人了。

小嫚说,驴通人性,为什么在六畜之外?小嫚问到了核心。

谁说驴在六畜之外?全叔的下巴高高扬起来,语气不容置疑,不对,应该是六畜之上!小嫚和高老师都愣了一下,全叔可谓语出惊人,六畜之上,驴的地位将超越牛马。

全叔说,驴比牛马驯化为役畜要早很多,说明它辈分在六畜之上;驴能怀仁含义、顺天应时,说明其德行在六畜之上。驴与人气味相投,水流湿,云从龙,说明它志气在六畜之上。

小嫚问,什么叫怀仁含义、顺天应时?

天性慈悲,解人危难,顺德从善,这就是怀仁含义。全叔打着手势道,打个比方说,马会骇,牛能惊,但驴不会狂厥,不会伤人。驴在路上遇到倒卧之人,要么绕行,要么跨越,绝不会践踏。所谓顺天,就是顺从使命,人让驴拉磨,驴就无怨无悔地转圈儿,这是役畜的天职,尽天职亦是顺人道;驴在夜晚会叫,但它从不乱叫,驴叫与更次相应,叫声是替人打更,这不就是应时吗?

高老师插话,气味一说怎么讲?

全叔说,动物以气味辨亲疏,眼里不分美丑妍媸,包括发情求偶，皆以气味为信号，同声相应、同气相求就是这个道理。

驴有这么多好处，人真不该辜负驴。小嫚心生感慨。

全叔接着说，驴在六畜之上还有原因，六畜乃六牲，六牲充庖为祭可为常理，而驴在六牲之外，故不可杀之过当，这是对驴的敬畏。民间有句话常常被误读，即天上龙肉、地上驴肉，此言不是说龙肉、驴肉如何美味，而是强调龙肉驴肉吃不得。想想看，龙作为民族之图腾，皇权之象征，能吃吗？敢吃吗？同样，对怀仁含义的驴你又如何下得了刀、张得了口？

小嫚道，全叔这话应该让马五魁听听。

释家有偈语，万事皆空因果不空，马五魁总有回头的一天。全叔问小嫚，你不说当年他还下河救过小黑吗？小嫚说是的，当时马五魁第一个跳下深潭，很勇敢。

七

季子红的保健品店不开了，她加盟了一家医药公司，开连锁药店。季子红在做出这一决定前对小嫚说，当年，看到有人凭两只甲鱼就能卖三年鳖精，我觉得这是本事，便开始搞保健品。入了行我才知道，这钱赚得心慌，人一辈子还是活得踏实好，心安，才有幸福感，所以我要改行，正经卖药。

季子红让雷子帮忙做一件事，就是把她店里某些保健品装入纸箱，趁着夜幕，挖个深坑埋掉。之所以选择夜里埋，怕有人看到给起了去。

药店开业那天,来了几十个熟人,门前摆了七八个鲜花花篮,其中就有马五魁和侯所长的花篮。马五魁和侯所长握手言和后,两人各得其所,侯所长停职两个月后得以复职,马五魁的驴肉馆交了罚款后,也正常营业。两人都感谢小嫚,如果没有小嫚从中斡旋,打到今天两人也不见得有胜负。

药店开业,没有致辞,没有剪彩,季子红只请牛镇长将牌匾上一块红绸布一把扯下就算礼成。雷子帮忙放了一挂三万响的鞭,鞭很响,但雷子是聋哑人,不怕,别人都捂着耳朵,唯有他站在那里憨憨地笑。鞭炮放完,众人放下捂耳的手,却听到隔壁传来一阵嘹亮的驴叫声。驴叫好似合着短促的节拍,众人都伸直了脖子,倾听这不期而遇的驴叫。

没有人发现,季子红的眼角有泪水流出,她能听懂黑画眉为何而叫。

黑画眉停止叫声后,小嫚对季子红说,你这药店里很奇怪,没有来苏水味儿,也没有中药味儿,倒是满屋子紫花苜蓿干草味儿。季子红点点头说,不是紫花苜蓿,是黑画眉的味道。

开业仪式结束,马五魁请侯所长吃饭,不去五魁驴肉馆,而是去椅子山水库边一户农家乐吃鱼。邀请小嫚和季子红,两人婉言谢绝了。她们都希望两人真能和好,而男人和好的标志就是一顿透酒,借着酒劲揭掉最后一层窗纸。

季子红要到椅子山北面的青堆镇进一批药,如果从公路绕过去，开车得小半天，如果从椅子山下小路过去，也就十几里。小嫚说让雷子去吧，黑画眉已经配了挂胶轮车，几个钟头就把药拉回来了。季子红同意了，给雷子写了便条，让他赶车去山后的青堆镇。从甜水去青堆镇全是五尺宽的田间土路，典型的牛马道，走不了汽车。都说老马识途，其实，真正认道儿的是驴，驴车拉了货，只要绕过椅子山，不用人赶，自己就会把车拉回来。雷子去拉过几次黄豆，返回路上往麻袋上一靠，抱着鞭子就呼呼大睡，觉醒时，已在石磨豆花门前了。

雷子拉了一车药，将驴车赶过椅子山，走上那条窄窄的牛马道，道旁开着成片的山菊花，稗草已经成熟，那是牛马的最爱，黑画眉对此视而不见，它从不在路上捡东西吃。它吃东西除了院子里的石槽，再就是蒲河边的野草滩。黑画眉步伐平稳踏实，午后的阳光似乎有催眠的效果，在沉寂世界里的雷子特别爱睡觉，不知不觉已经打起鼾声。雷子是孤儿，流浪来到甜水，到石磨豆花乞讨被小嫚收留，他很感激小嫚，视小嫚为恩人，自觉担负起保护小嫚的责任。一次，一个货车司机醉酒在石磨豆花纠缠小嫚，他拎着把铡刀就过来了，把个司机吓得屁滚尿流逃走了。当然，他拎着铡刀不是来拼命，小嫚和司机发生争吵时，雷子正在给黑画眉铡草，全婶过来向他勾勾手，他没多想卸下铡刀拎着就过去了。这件事在甜水传开，街头小混混都不敢来石磨豆花滋事，一来怕那条咬人下死口的黑贝，二来怕拎着铡刀拼命的雷子。杨光曾经在外面说，和谁打也不能和哑巴打，因为哑巴听不见，到了法庭上法官也愁。杨光说过在甜水他只怕他姐夫，后来出了铡刀事件后，甜水人都知道杨光还怕雷子。

晃晃悠悠的驴车什么时候停下的没人知道，雷子睡得太沉，昨夜他垫了磨道，又新錾了磨齿，睡觉已是子夜。

小嫚和季子红估计雷子应该回来的时间却没有回来，便有些不放心，说去看看吧，别出什么意外。在通往椅子山草绳一样的小路上，两人看到熟悉的驴车停在路中间一动不动，快步走过去，两人顿时吓呆了。黑画眉前面躺着个人，仔细一看，是马五魁。马五魁喝醉了，呕吐后就伴着一堆呕吐物睡在了路中央。小路很窄，马五魁前面一横，驴车就过不去了。两人叫醒马五魁，又推醒沉睡的雷子。小嫚和季子红都感到后怕，若是黑画眉不停下，那么驴车就会碾过马五魁，这么重的驴车碾过去，马五魁肯定去城隍庙报到了。

马五魁明白了事情经过后，酒被吓醒大半。他和侯所长酒喝得很开，都觉得再闹下去对不住小嫚一片苦心，人家小嫚图啥呀？人家是真心实意帮咱们，再说咱这么对着干，让季子红也瞧不起。两人说话掏心窝，酒就下得快，结果都喝高了。侯所长在农家乐就睡了，他觉得自己还能走，便摇摇晃晃往回走，没想走到半道酒劲上来，就倒在路中央稀里糊涂睡着了。本来已经站起的马五魁，看着黑画眉好一会儿，突然扑腾一声跪在黑画眉蹄前："仁义啊，你比人还仁义啊！人遇到醉鬼都会迈过去，你一头驴子却怕伤到我，停下来保护我。"马五魁真流泪了，他知道，是黑画眉救了自己一命。

一周后，马五魁来找小嫚，还清了欠账。他说，五魁驴肉馆不开了,他上次去椅子山吃饭,发现椅子山上植被茂盛,各种野生菌类资源丰富,他准备将驴肉馆改成菌王火锅城,从此与肉类告别。马五魁信心满满,临走时说,当然,石磨豆花还是要天天进货,作为菌王火锅永远的配菜。

  马五魁真的回头了,全叔的话又一次应验。

  小嫚很开心,她觉得整个院子甚至整个甜水镇里都充满了紫花苜蓿的干草味儿。夜里,小嫚又做了一个梦,梦见小黑在新开的菌王火锅城门前垛草。她问,你垛什么呢?小黑说,紫花苜蓿啊,城隍庙里闹饥荒呢。小嫚说,我来帮你一起垛。她抓起一捆紫花苜蓿,闻着香甜清新的干草味儿,舍不得放手。醒来发现,自己抱着枕头睡了一夜。

无色界

王十月

一 空无边处

瓷痴先生吴不庸一觉醒来,窗外两只黄莺已叫累了。

先生听得一只黄莺说,先生醒了。另一只说,那咱们走吧。双双振翅远去。

先生起床,双脚沾地,感觉房子在摇晃。

宿醉涌起,只觉头晕眼花。说是正宗茅台,他好酒一生,也没喝过,贪心一起,多喝了几杯,怎么回的家全然忘记了。这会儿只觉得,踝关节和手指关节肿痛得厉害,脚一沾地如针扎,赶紧缩回继续卧床。这些年来,先生被痛风折磨,许多东西不能吃,少了口福,觉得生命失去诸多光彩,好在有一帮学生哄着他,变着法儿淘换点好的瓷片逗他开心。

先生呻吟唤着梅娘:梅娘梅娘。

没人应他。先生知道,这会儿,梅娘怕是在麻将桌上战斗多时了。昨晚出手的那对碗,是明代横峰窑珍品,胎底净白,釉色厚实,难得没有一点损坏,作为日用器,这样品相的横峰窑瓷器,如今已是难得一见了。

今日是先生六十一岁生日,独卧陋室,唯有满室瓷器做伴,心里忽地有些空。这半生,为这满室瓷器,忽视了妻儿。自从过了花甲,先生不再收集瓷器。遇到喜欢的,过眼,上手,已觉心满意足。就是这满室瓷器,一年来,也已散去十之有二。他深觉之前的痴迷也是我执太深。

六十岁之后,身边的朋友弟子突然多了起来。

梅娘说,人家是看中了你的宝贝。

先生说,那是好事。

事实如此,先生节俭抠门一生,谁求他一字一画,均是明码实价,亲疏无别。现在只要开心,会主动写字画画送人。视如生命的瓷器,遇到投缘的,也愿意相让。价钱上不再计较。用他的话说:出得你的手,进得我的门。

三十年前,先生本是中学语文老师,只因爱好文学,在省城文学刊物上发表了两篇小说,在那文学狂热的年代,作为人才,调到县文化馆成了创作员。更难得他一手好字,一笔好画,本县公认的第一才子。如果不是横峰窑,他会成为作家,有可能走出横峰,到省城工作,这是那个时代优秀作家普遍的人生道路。偶然机会,国家文物局组织专家考察横峰窑遗存,他被选派当瓷器研究大家周宝昌先生的助手,跟着周先生,在横峰的瓷片堆里倒腾了大半年,学了不少知识,才知道,他生活的县城,被人们漠视的遍地瓷片,原来有如此价值。他迷上了瓷器，迷上了通过这些古物和历史与时间对话。专家组离开后，他成了有心人，开始收集完整器物。那会儿，人们尚没有古董概念，用商店里买回的新碗就能换一只明清旧碗，每到休息日，揣着几个新碗走乡串户，人们都笑他是傻子。收藏得多了，就有心做起研究，通过这些器物瓷片触摸祖先们的生活，遥想当年横峰境内瓷窑百座、窑工三千、贩夫万余的盛景。遥想当年各窑口间的互助与竞争，窑工与官府的争斗，浙江窑工与福建窑工的恩仇。他在现实的世界之外，活出了另一个世界。几十年下来，写下百万字的《横峰窑研究》，却没地方愿意出版。县政协倒是愿意帮他印个内部资料的册子，那会儿，他把钱看得重，有钱才能买到他看中的瓷器，因此狮子大开口，要极高的版税。政协是清水衙门，能四处化缘筹钱帮他印书，已经是很有文化眼光的了，哪里付得起版税？他却说，我数十年心血，凭什么白给？好心帮他的领导只能摇头苦笑，不了了之。

昨天出手的这对碗，是当年用新碗所换。他还记得，当时那村民见他想要，坐地起价，一对新碗，外加十元钱才换。那会儿，他一月工资也才百来块。这对碗是他收藏的精品，若是一只，倒不那么难得，难得是一对。又是明初的物件，底下还有款。这样一对碗，经历了几百年风雨，是怎么完整保存至今，又到他手中的？他觉得这其间，冥冥中有定数。他经常在深夜独对这些瓷器，梦回明清，为它们虚构了无数传奇。自去年开始陆续出让藏品，盯上这对碗的藏家就没断过。他一直没舍得，想着这满室瓷器将来留下十件八件做个念想。倒不是说，在他的藏品中，这对碗最为珍贵，他是喜欢这成对成双的寓意。上个月儿子来电话，说是有了对象，十月一日要回家结婚的。儿子想在深圳关外买房，希望这当爸爸的能支持。不是小数目。这些年家里是不能存钱了，每存一点，都被梅娘拿去赌。如同先生身边聚了一群雅士，梅娘身边聚了一群赌徒。他们喜欢和梅娘赌，梅娘牌技差，豪爽，从不赖账，大家也不怕她赖，大不了，从她家里拿件古董抵债。

  先生的瓷器，没经他允许谁敢轻易上手？可他偏偏奈何不了梅娘。被梅娘悄悄拿去抵赌债也不是一回两回，先生只是睁只眼闭只眼。昨天，学生冷月介绍了梅之韵房地产公司的老总，老总出手豪气，没有趁他急用钱而杀价，得了二十八万。现金交易。先生虽不喜欢地产老总那股子得意劲，这个价钱，确实出人意料。毕竟是民窑，且目前市场对横峰窑认知度不高，十八万就超出他的预期了。一高兴，多喝了几杯。想到钱，先生一个激灵，爬下床，忍了痛去寻，遍寻不得。打梅娘手机，没人接。长叹一声，知道又要被梅娘拿去赌了。双手合十，求菩萨保佑这次别输精光，好歹为儿子留下点儿。

  梅娘是先生的妻，横峰当年公认的大美人，也是如今公认的赌痴。先生并不恼，也不后悔。他一介穷书生，娶得艳妻，享得艳福，自然是要有所付出的。早在娶梅娘时，先生就明白这理。

  俗语说：小小横峰县，三家豆腐店，城里打板子，城外听得见。先生生活的这地方，地处江西浙江交界处，与弋阳、德兴相邻，四周是山，别处山多南北向，此处一山东西横穿，得名横峰。岑港河穿境而过，并信江，经鄱阳，入长江。据说，当年横峰窑生产的瓷器，正是经万千挑夫挑到码头，从这水路出江西，上湖广，下浙江，走进更远的人家。后景德镇兴起，横峰窑渐渐衰落，以至于鲜为人知。普通老百姓知道个"官哥定汝钧"，就算了不起，搞瓷器收藏的，再能分出个"平耀建磁吉"，就算行家。这让先生很是生气，也恨世人无知忽视横峰窑。有人就驳先生说，横峰窑历史上虽鼎盛，但其烧制的多为日用瓷，难登大雅之堂。若说这话的是个没文化的，先生懒得与之计较，若是读过书的，则一定要红了脸，指着那人说，你知道什么，你知道什么？若是县里的官员，他则又不敢吱声，只等人走了，才腹诽几句。当然，这都是过去的事。如今，他倒冷却了英雄梦。人们再说横峰窑的不是，他只是静静地听着，微微一笑，懒得争论。

　　横峰人尚未意识到，这建在瓷片上的县城的特别之处，也未认识到，遍布横峰的百余座古窑址的价值。满地宋元明清时的瓷片，被挖来贴了灶台，垫了台阶，修了猪圈。成形的器物倒是难寻了，先生遂把心用在收集瓷片上。也是机缘，一日先生在岑阳镇寻瓷，去到农家讨碗水喝。老农坐在门口织竹器，说你自去灶屋舀。先生进到灶屋，蓦地见灶台壁上粘贴着一块影青瓷片，先生长吸一口气，感觉背后的汗毛忽地竖起。他差不多是扑过去，擦拭了瓷片上的尘灰，想将它抠下来，粘得紧，一时无从得手，急得团团转。老农见他进灶屋喝水半天不出来，以为他干坏事，见他在抠灶台上的瓷片，呵斥一声。他几乎是用发抖的声音问，这瓷片是哪里找到的？老农指指屋后，说，这东西不是成灾么？老农屋后是一脊龙窑遗址。先生当即借了锄头，在那龙窑瓷片堆里刨，然一无所得。他回到老农家，死磨硬泡希望老农把那块瓷片揭下来给他。老农见他这般，以为那瓷片是宝物，狮子大开口要价一千，气得他直骂娘，说你这没文化的。老农说，我一个耕田的，本来就没文化。他不知该如何解释，一个劲儿地说这瓷片没有经济价值，只有研究价值。老农冷笑，说你们这些读书人最坏，想骗我，门儿都没有。我不懂你说的这个价值那个价值，你想要，一千块，今天不拿钱，明天两千。先生摸遍口袋，只有四十八元，说，就是这些，你换还是不换？老农不换。第二天，先生带了派出所的朋友上那老农家，说是要依法征集国家文物。老农以为他家里出了稀世珍宝，早将那瓷片抠下来藏好。见先生动用了警察，越发相信是祖上积德让他凭空得了宝物，任凭先生和警察怎么诈唬，软的硬的都用了，死活不拿出来，只说昨天还好好的，今早就不见了。先生只好作罢，背了锄在老农屋后那脊龙窑遗址天天刨。老农见他刨，也背锄来刨，却不知先生要什么。先生寻了十来天，没有结果，转去别处寻。不想过了一个月，老农寻到先生家，问他还要那瓷片么，还是一千。先生昨天刚说服梅娘，打算一千块买下那瓷片，没想老农送上门来，满心欢喜，却又不动声色地说，五百。梅娘一把推开先生，骂，什么破瓷片，一毛钱都不值，看你可怜，十块钱，走人。

老农说，十块？车费都不够。

梅娘说，不够你扔掉。

老农说，扔掉就扔掉。

先生门前是一湾池塘，池塘边植了竹，植了柚子树，还植有两株高大的泡桐，其时泡桐花已谢，一树肥硕的枝叶如盖，在风中哗哗作响。老农作势要扔，先生吓得连声叫别扔好商量。

老农说，一千。

梅娘说，别做梦，他要敢浪费这钱，老娘不跟他过。

老农望着先生。

先生明白，梅娘这是和他唱双簧，苦着脸说，我倒是喜欢，只是她当家，我做不了主。

老农赔笑对梅娘说，五百如何？

梅娘冷笑，二十。

老农咬咬牙，二百五。

梅娘怒道，你才二百五，你骂什么人呢，你走，我们不要了。

老农说，我没骂人，哪个骂人了？一百，不能再低，再低我真丢水里了。

先生说，一百就一百，你得告诉我，当初一千不卖，送上门来卖一百却是为何？

老农苦笑说，当时看你那激动样，以为是个无价宝，一千块还怕吃亏呢。后来专门去上饶找人出手，都骂我是神经病想发财想疯了，说这瓷片一毛钱都不值。

先生得意地说，早说了，这瓷片在别人手里一毛钱不值，在我手里就是无价宝。

接过瓷片,对着阳光照,小心拂拭,得意地唱了起来,雨过天青云破处,这般颜色做将来啊啊啊。

又说,你们不懂,不懂啊,有眼不识荆山玉,奈何,奈何!

没人理解先生的兴奋。这是一片可比汝窑的瓷片,如能证明是横峰窑所出,将改写横峰窑研究史。可惜只有一块瓷片,无法证实这瓷出自横峰窑。后来两年,他如得了病一般,整日里茶不思饭不想,也没心思在工作上。他的妻,美艳的梅娘,本是有些能量的,寻了关系,要帮他调个更好的工作,约了要见领导,他却背把锄头寻宝去了。梅娘好上赌,也是那时节。梅娘是对他失望了,也是先生日日魂不守舍,冷落了梅娘,只有打牌打发时间,一来二去,上了瘾,越赌越大。先生劝梅娘戒赌,梅娘说,容易啊,你戒瓷我戒赌。先生呆在那里,好久才吐出一句,你开心就好。

瓷痴的外号,就是那时得到的。

风里来雨里去,他梦里都是那片"雨过天青云破处"的瓷片。功夫不负苦心人,转眼第三年,那天他依然在寻瓷片,一时内急,躲去豌豆地里解决问题,不想随手拨拉,发现块指甲盖大的瓷片。他长啸起来,如猪拱地般,把人家好好一片豌豆地全给拱了一遍,刨出大大小小几百片碎瓷,都是胎质细白,釉呈天青色,与常见的横峰龙泉窑迥异的瓷片。他把一些碎瓷片寄给北京的周宝昌先生,向周先生求教,没承想,周先生收到瓷片,次日就坐飞机到南昌,又转汽车到横峰。周先生研究认定,这是南宋时期横峰窑瓷片。瓷痴先生无意中发现了南宋时期的横峰窑遗址。周先生说，南宋一朝，都杭州，文人隐士多选江西隐居，皆因此地进可达庙堂之高，退可借山川避世，故宋时江西文化鼎盛。瓷痴说，正是了，辛幼安就隐居在上饶。周先生说，当时横峰高岭土刚刚开发，矿藏丰富，文化人的聚集有了制作高水准瓷器的需求，原材料丰富有了烧制高档瓷器的条件，因此瓷器烧制质量甚高，其中精品，去汝窑不远了，不庸啊，你的发现很有学术价值，你为中国瓷器研究立了大功啊。

有了周先生这句话，瓷痴更加痴迷横峰瓷器了。

先生改写了横峰窑的研究史，这事在小小横峰县传遍了。先生又写了几篇文章发在报纸上。人们居然也渐渐觉得脚下这随处可见的瓷片有些珍贵了起来。后来，县里划定保存较好的遗址，圈定遗址公园，再不许随意挖瓷片，人们这才回过神来，原来这瓷痴只是痴，并不傻。当年新碗换得的旧碗旧盘子罐子，好的价值上十万，差的也值千儿八百。有人就算了瓷痴先生那满屋的瓷器，才知他原来是横峰县的大土豪。

横峰说是县，实在比不过许多地方一镇的人口。全县城乡不过二十来万人，这些年，年轻人外出打工，县里人越少。县城又没有像样的工业，之前历任主官，想着招商引资搞工业，甚至有想重振百年瓷都辉煌的，限于地理，皆不成气候。现在换了想法打旅游牌，卖这一方青山绿水如诗画卷，几年下来，倒有了不小的声势。先生的儿子叫吴一鹤，只读了高中，在深圳富士康打工，回来对先生说,他们一个工厂就有二十五万人,比横峰整个县人口还多。先生说,那人还不如蚂蚁一样,怎么活?先生劝儿子回横峰,开个民宿,现在好多外地人来横峰开民宿,赚了不少钱,本地人倒傻乎乎跑到外地去打工。儿子不听。儿子喜欢热闹,不喜欢横峰的安静,觉得待在这里要发疯。

先生喜欢静。

喜欢清静中几个合得来的人一起小热闹。

喜欢小热闹后的那份孤独。

横峰实在是个清静之所。县城不大,没了通常城里人间的冷漠,大街上往来不过是些熟人。熟人多了,也有不好的地方,谁家那点事,都是人家的谈资。先生与梅娘是被谈论最多的,没有之一。有好事者,列出"横峰三痴",瓷痴、牌痴和花痴。说的是横峰县的三个痴人。先生一家就占了两痴。一个瓷痴,一个牌痴。先生听人谈笑,倒不生气,写了幅字:二痴斋。让弟子冷月裱了挂在书房。又刻一方印,二痴斋主人。众弟子来二痴斋雅集,先生一时高兴,写字送弟子,单为冷月画幅荷花,还加画了红蜻蜓,说,我新治一方印,从今天起就用它。

梅娘冷笑,二痴斋主人?你是主人我是主人?

先生搓着手,他脾气再好,毕竟在众弟子面前,脸上有些挂不住,拿了印在印泥盒里摁。

梅娘双臂抱在胸前,脸上挂着笑,似真似假地说,你倒是盖上试试?

先生看了看印，哼哈地说，这方印，还是治得不理想，这个布局，该这样才好，改天重新治，改天重治。

众弟子哄笑。

梅娘瞟冷月笑，却拿过印，说，我觉得这样挺好，我来盖。

弟子走后，先生和梅娘理论，说你太不给我面子了，男人的面子还是重要的，在家里，你怎么使唤我无所谓，当着学生的面，得给我留三分薄面啊。

梅娘冷笑，哧，得了吧，瞧冷月看你那眼神，老娘故意当她面这样的。

先生说，六月天下雪，冤死我也。

梅娘揪过先生耳朵，还六月天下雪，你平常舍得把画送人？今天怎么这么大方？送画也就罢了，还画蜻蜓，还题字，小荷才露尖尖角，早有蜻蜓立上头，立你个大头鬼，你这老蜻蜓，趁早死心吧。

先生说，不过是爱才罢了。

梅娘冷笑，爱才？当我不知，今天爱才，改天就爱人，然后就做爱了。

先生说，我老头子一个，一没钱二没权三没势，人家图我什么？

梅娘说，我当年嫁你，又图你什么了？

想到此处，不觉有些感叹。梅娘嫁他，确实也没什么好图。当年，追求梅娘的人中，多少有钱有权的，几时轮得到他？梅娘竟看中了他。那时的他，不过刚刚写了两三篇小说，从学校调到了文化馆。一切皆是造化。但说他对冷月有心,却是真真冤死他了。自打娶得梅娘,别的女人在他眼里,早就没了颜色。自从迷上瓷器,梅娘在他眼里,也没了颜色,他的心,全守着这些瓷器了。连儿子也给耽误了,这些年痴迷瓷器,没怎么管儿子的学习,梅娘又好赌,儿子高考他们都没有过问。高考落榜,儿子出门打工,多年不回家,是有些恨他们这为父母的。

本是想卖了这对碗,算是尽点为父的心。但钱到了梅娘手里,十有八九是回不来了。忍着痛下床,去那满架古董前,想着悄悄再出手几件,钱直接打儿子卡上。满屋瓷器,个个如儿,手心手背都是肉,心情顿时灰暗起来。又想今天是自己六十一岁大寿,儿子没电话,梅娘怕早就忘了。又想,什么生日不生日的,皆是空虚。如今,他少了许多执念,把钱财名利,甚至瓷器,都看得空了。看那满架瓷器,净是九天诸佛,梦幻泡影。

门铃响。先生扶壁到门后,猫眼里朝外瞄,是冷月那张好看的脸,心情立时好了许多。说起来,冷月也比不上当年的梅娘俊俏。只是读书之人,气质自非梅娘年轻时能比。若不是梅娘疑神疑鬼,先生从未曾往那歪里想,梅娘闹过后,先生再见冷月,心中反倒不自在了。门铃又响,他才惊醒过来,忙开门,把冷月让进屋。冷月后面还跟了个叫张生的青年,是县城有名的音乐家,吹拉弹唱无所不通,在县城开音乐辅导班,教一帮学生,从小学生到退休干部,最为有名的,有六个,加上他这先生,组成了"竹林七闲"。张生因材施教,口琴、笛子、巴乌、箫。每逢周末,"竹林七闲"就开了车，一起去离城十里的聂家畈竹林丝竹雅集。那片竹林，是横峰一个清幽之处，四周古木参天，竹林处在群山环抱的开阔地。"七闲"们一起抚丝弄竹，兴尽，再去岑港河畔一处叫"忆江夏"的所在挥毫。先生随他们雅集过两次，觉得这是一群真性情而又耐得住的人，劝梅娘也和他们玩，比打牌好得多。梅娘去了一次，中途就退场了，说他们酸文假醋没劲，不如牌友们为了一块钱争得面红耳赤痛快。

先生将二人迎进家，扶壁慢慢挪回沙发。

冷月关切地问，痛风又犯了？

先生说，生不如死。

张生说，要不送您去医院？

先生说，老毛病，去也没用，都怪这张嘴。

冷月问，师娘呢？

先生苦笑，我起来就没见着呢。

说了一会儿闲话。冷月说，先生这样痛法，今天的雅集还能去吗？

原来昨天约了一起竹林雅集的。喝断了篇儿，把这事给忘了。

张生说，都痛成这样，哪里去得了？

冷月说，那真是可惜了。昨天买您碗的魏总，有个朋友的朋友，知他喜欢收藏，约好今天给他送个宝，据说是横峰窑的极品，有专家的鉴定证书。魏总想让您给掌掌眼。今天下午雅集，魏总想当面求教呢。

先生听说魏总也要参加,想到自己还有些藏品想出让,又听说有横峰窑珍品,连忙说这痛风不碍事,要去的。

张生说,您这样怎么去?

先生说,麻烦你,把我架车上就行。

先生没承想到,这一去,他居然遇到了"奇物":一方大明建文款横峰窑瓷笔筒。

二　识无边处

公元一三六八年,中华大地发生了诸多大事。最大者莫过于这片大地结束了动荡,要饭的和尚朱元璋打败所有竞争者,建立了大明王朝。这位平民出身的帝王和他的臣工们的故事,在正史与民间广为流传,无论是珍珠翡翠白玉汤的演绎,还是剥皮实草惩治贪腐的过往,无论是对功臣的诛杀,还是流传至今许多人深信不疑的《推背图》。王侯将相的大事记录在历史最为显赫处,成为民间口头文学最重要的资源,而无名小辈的生平,只能在一家一姓的族谱中觅得一星半点痕迹。

在这年的横峰吴氏族谱上,记下了一个名字:吴均茂。

这是个普通得不能再普通的名字。由他开枝散叶,记录有一子,五代单传始得人丁兴旺延续至今。公元一九四九年,吴氏族谱中断记载,公元二〇〇〇年,吴氏后人重修族谱时,吴不庸的名字补进了族谱。

吴均茂这个普通的名字,并没引起当时的吴氏后人注意。在他们眼中,这个默默无闻的窑工,作为祖先并没能带给后人荣耀,倒是吴均茂的八世孙,官至大清王朝江西布政使,因此在家谱上浓墨重彩地书写了一笔。

吴均茂的一生,在历史的烟尘里,普通得连泡影都不曾留下。

直到公元二〇〇〇年,吴均茂的后人、瓷痴先生吴不庸,捧着新修的族谱,在先祖名录中看到"吴均茂"三字时,吴均茂才有血有肉地和他的后人有了关联。当时,吴不庸感觉有电流瞬间传遍浑身上下每一粒细胞。他稳住呼吸,提醒自己不能出差错。他要确认,族谱上的吴均茂,就是那件建文款孤品瓷器的制造者。研究结果证实,这两个吴均茂为同一人。

他的先祖吴均茂,一三六八年生,这年是洪武元年。朱洪武死于一三九八年,这年吴不庸的先祖吴均茂三十岁。是年,朱洪武的孙子朱允炆继位,是为建文帝。建文帝被他叔叔夺了大宝,生死不明。在吴不庸的家乡横峰,流传着诸多建文帝的传说。最为广泛的,是建文帝化名詹碧云,在离横峰不远的三清山出家。也就是说,在建文四年,三十四岁的吴均茂,作为一名窑工,此时的技艺与体力,都达到了巅峰状态,完全有能力制造出那款绝世孤品。而且,在记载中,吴均茂三个字,在大明王朝初年,是横峰百余家瓷窑中最为著名的商标。

一个横峰窑工,一个落难帝王,这二者间,很难想象有什么关联。能让人展开联想的,是那件稀世珍宝:

建文款横峰窑瓷笔架。

说起这件瓷器,是现今存世可以确认真品无疑的唯一建文款瓷器,价值连城。笔架作五峰,底部有铭文:建文四年三月横峰造,吴氏均茂志。

建文帝被叔叔夺去皇位后,朱棣为了将侄儿的影响从历史上彻底抹去,下令销毁所有建文字样的器物。

隐匿者,诛九族。

吴不庸,这位被唤作瓷痴先生的文化人,在他开始迷恋横峰窑瓷器时,并不曾想到他的先祖曾经是窑工,而且是当年最为出色的窑工。一个偶然的机会,他得知了横峰建文款瓷笔架的存在,并将吴均茂与他的先祖联系在一起,感觉到前所未有的自豪。走在横峰那被荒草瓷土掩埋的古龙窑上,他第一次感觉到和先祖是如此的亲近。那些俯首可拾的瓷片,可能就出自六百年前先祖之手。不仅是他吴不庸,事实上,如今许多横峰人都是当年的窑工之后。而他们和他一样,早已淡忘了先祖们曾经在这片土地上创下的辉煌。他立志要写下先祖们的故事,写下他的先祖与建文款瓷笔架的传奇。然而可供考据的资料实在有限,他能掌握的也就是这些有限信息,这让他陷入了痛苦之中。他无法以学者严谨的逻辑来厘清历史背后的细节。这样的机缘,激活了他沉睡的文学旧梦,他决心做小说家,将横峰各地采风得到的传说,结合推理写成小说《不灭的窑火》。他把故事开始的时间,设定在永乐二年,这时建文帝已经亡命天涯两年。

他在开篇这样写道：

行过一山又是一山，这一行三人，不知已走过多少山水。一路昼伏夜行，每到一处，停留三五日，又换一处。为首的是个英俊而文弱的青年，风尘仆仆，掩不住眉宇间的英气。随从的，一个白面无须的老人，一个看上去病恹恹的黄脸瘦削汉子，老人背了个硕大的包袱，黄脸瘦削汉子背个小包袱，腰间斜插一件布包长形器物。这时正是四月天，天地有人间最美的颜色，漫山的橘树，将那幽香弥漫，醉倒离人与游子。青年深吸一口，感觉精神振奋了许多。斯时暮云四合，远处成片的泡桐树盛开着浅紫的花，如一树树浮动的紫云。一行三人立在山路上止步犹疑。远处，小镇伏在山坳间，数百座龙窑烟熏火燎。文弱青年问，胡师傅，前面是什么地方？被唤作胡师傅的白面无须老者，轻声细嗓地道：此地无名，三不管之地，聚集在此的，全是窑工，有窑百座，工三千，贩夫万余，龙蛇混杂，正是暂时落脚的好去处，道长早已做了周全安排，照应的人名叫吴均茂，道长对他有救命之恩。文弱青年侧身朝那瘦削汉子投去询问的目光，汉子沉默无语，只是点点头。文弱青年说，走。

瓷器出窑的日子，吴均茂表面一如平常，内心实在紧张。他渴望这次出窑能烧出精品。大明王朝初年，横峰窑正值鼎盛，国家经历了长时间的动乱，战事平息，人民得以休养，伴随着人民的安居乐业，日用器销量大增。在当时横峰百余座龙窑中，只有吴均茂，读过圣贤之书，对制作文房器具情有独钟，立志烧造出能与宋窑媲美的精美瓷器，这让他的窑，比起其他窑场，要少赚许多。他的龙窑设计建造，也与别家不同。他一直在进行技术探索，将心血用在追求精品瓷制作上，梦想着有一天，横峰窑能成为与"官哥定汝钧"齐名的窑口。

吴均茂在别人以低价竞争客户时开始了改革，他的探索，自然成为其他窑主们嘲笑的对象。但他知道，这是众人皆睡他独醒的时代。好在他接过的是他父亲浙江帮老大的位置，他的父亲作为一名出色的窑工，在战乱时代，尚能将一脊龙窑火烧旺，并以出色的领导能力和品德，赢得浙江帮众的爱戴，并将余荫惠及他的儿子吴均茂。

后来，吴不庸在他的小说中描写出窑这一幕时，用上了魔幻现实主义的手法。他写道，当封窑的泥土被剥开的那一瞬间，一条火红的五爪金龙从窑中腾空而起，天空顿时被映得血红。三千窑工和万余贩夫见证了这一壮观的奇景。许多年后，人们在一本名叫《会元录》的明代古籍中，找到了对横峰窑火中飞出五爪金龙的详细记录。

窑工贩夫放下肩上的挑子和手中的活计，冲着天上那五爪金龙五体投地跪拜。从那天始，有预言在横峰悄悄流传，这三不管的窑工聚集地要出真龙天子。也有传言说，这是真龙被困的征兆。没多久，传言真龙朱允炆被一把火烧死在皇宫，而他的叔叔燕王朱棣成为大明王朝的第三位皇帝。而在当时，人们并没有将这从窑火中腾空的金龙与从大火中逃生的建文帝做任何勾连。

真龙。大火。龙窑。

这样的预兆，为后来的一切做好了铺垫。然而，天真的窑工们，以为在他们这些穷苦的窑工中会出新的真龙天子。这样的想象其实也不算大胆，大明王朝的开国之君，当年就是要饭的和尚。王侯将相，宁有种乎。他们隐约觉得，这未来的真龙，不是福建帮老大，就是浙江帮老大。这样的传言，助长了人们心底里的勇气，也滋生了野心与欲望。

但吴均茂只想做一名出色的工匠，将烧制瓷器这门手艺推到他所能达到的高度，使他的龙窑在竞争中立于不败之地。他最大的政治抱负，不过是关心浙江帮窑口的兴旺。当然，他最为关心的，是出窑的这批瓷器的质量。结果如后来文物所呈现的，他终于烧制出堪称精品的瓷器，虽然与他心目中完美的宋瓷尚有差距，可在当时的横峰，上百龙窑中，只有他吴均茂能烧制出这样的瓷器。特别是那件堆塑瓷笔架。他选用了最为精细的高岭土，胎瓷细白，釉色如青玉一样润泽晶莹。他为这一成功而欣喜，梦想着他将成为一代制瓷大匠，从而改变横峰窑自元明以来粗放的风格，回归宋窑精细温润的文人传统。然而历史在这年拐了个弯，与民生息以黄老之术治国的皇帝被赶下台，他的削藩国策激怒了早有不臣之心的燕王朱棣，朱棣打着"清君侧，靖国难"的旗号，从北京一路没费周折就打到了应天。

从此，一代雄主永乐大帝占据了大明历史仅次于他的父皇朱元璋的位置。朱棣坐上朝堂后，旨意传遍全国，横峰自然也不例外，所有带建文字样的器物全部就地销毁。圣意之下，本就艰难的窑场顿时陷入困境。所有已经烧制的成品，或已制作成形写了款的泥坯全部就地销毁。家底薄的窑主旋即破产。货商刚购进的货或堆在码头，或刚装上帆船，就地打碎，血本无归。为他们打工的挑夫，自然拿不到工钱。牵一发而动全身，窑工们的生存顿时无比艰难。然而"诛九族"的告示，显示着帝国新皇坚定的决心与无比的冷酷。人们开始怀念与民生息以黄老治国的建文帝。然而新皇不允许任何有关侄儿的信息写在书本上，烧在瓷器上，刻在石头上，流传在人们的口中，甚至，要从人们心中抹去。

他要让他的侄儿彻底从历史中消逝。

作为一个没有政治野心的工匠，吴均茂在经历一番艰难抉择之后，做出一个重要的决定，偷偷保留下这组瓷器中最为精致的一件瓷笔架。他将这件瓷笔架深埋在床底的泥土里。当时的吴均茂没有想到，这一举动，无意间为后世保存了建文款瓷器的孤品，也于无意间，将一个普通工匠的名字，写进由强人占据的历史书页。

在官兵监督销毁瓷器的过程中，爆发了动乱。事情的起因是一名官兵杀死了一名福建窑工，窑工们的愤怒如窑火一样燃烧，他们想起了那条从窑火中腾空而出的龙，以为这是真龙天子要降生的预兆。愤怒的窑工们杀死了那名杀人的官兵。动乱很快被官兵平息。这一劫难，却大伤横峰窑的元气。数十家窑场因这一劫难而倒闭。带头的几家被满门抄斩。更有数百人死于乱中。骚乱被认为是对新皇的不满和对旧皇的效忠。当逃难至此的年轻的建文帝，听说这里的窑工因拥戴他而起事造反时，形成错觉，以为他在民间真的有如此之高的声望。殊不知，窑工们不过是在保卫自家财产，永乐建文，谁的天下，与百姓并无太大关系。后来数年，官府加强对横峰的管制，设置权力机构。三不管的历史被终结，横峰窑也从鼎盛一步步走向没落，最终被景德镇取代。

　　穿过历史的烟尘，我们回到横峰窑著名匠人吴均茂的生活，他偷偷藏匿的这件建文款瓷器，让他如坐针毡。他知道，一旦事情暴露，吴家将受灭顶之灾。夜深人静之时，他不止一次有过将笔架毁掉的冲动，但他最终还是将这件瓷器保存下来。经过这次动乱，他也损失惨重，他家的龙窑被毁，他将精力用在重建龙窑上，再也没有时间去探索烧制更加精美的瓷器。他知道，这款瓷笔架，将成为他此生的绝唱。这时的吴均茂没有想到，命运让他鬼使神差保留这款瓷器，是为了有一天，让他和落难的建文皇帝相遇。

　　在那些益发艰难的日子，吴均茂的妹妹吴桐已经不觉间出落得水嫩花飞，成为横峰最美的风景，也成为青年窑工们心中的女神。十六岁的吴桐，随兄长识文断字。因了她的存在，吴均茂家的生意比别家好，窑火也比别家旺。那些远道而来的客商，只为能在吴均茂家坐上一会儿，喝一碗由吴桐亲手捧上的擂茶，看她那嫣然一笑。有的进货商，特意带公子来进货，希望吴均茂能看中他家子弟。对于普通窑工来说，则只能在辗转难眠的夜里，心中将吴桐想上一万遍。他们知道，作为浙江帮老大的妹妹，吴桐最差也要嫁个窑主的儿子。而据吴均茂所言，娶他妹子的人，人品要好，还得通文墨，最少也得是个秀才。这就难倒了窑工。在这百窑争锋的横峰，找个制瓷能手易如反掌,找个秀才比登天还难。当然,这只是吴均茂的想法,他哪里知道,正在他想为妹妹觅个秀才夫婿时,她妹妹吴桐,已经与福建帮的周工巧暗生情愫。周工巧在横峰窑工子弟中算得上翘楚,长相周正,为人朴素,更有一手好技艺,他拉坯制作的梅瓶,比吴均茂拉出的还要流畅舒展。天有不测风云,周工巧的父亲死于动乱,他家只活了他一人,好端端的福建窑工老大之家,转眼家破人亡,周工巧已是举目无亲。他家的窑被同乡买走,如今他成为人家窑场的窑工师傅。

如果不是落难的建文皇帝一行来到,吴桐最终会嫁给周工巧。在遇见建文皇帝朱允炆之前,吴桐的世界里,周工巧就是最优秀的男人。然而建文帝朱允炆来了,还带着一位老太监和一位武功高强的卫士。连吴均茂也不知道这一行三人的真正身份。介绍他们来此的,是吴均茂的恩公,上饶德兴方外之人王祜。当年吴均茂曾在三清山遇匪,眼看性命休矣,王祜救了他一命。一月前,王祜深夜来访,说是有一过命世交的公子,姓詹名碧云的,惹了仇家,欲在此隐匿,多则一两年,少则三五月,请吴均茂帮忙典一间僻静带院的房屋,并帮忙照看他们的生活,买米劈柴,洗衣做饭,皆要照应周全。如有外人问起,就说是吴均茂的亲戚。王祜留给吴均茂足够的银两,说他每月会来几次。又请吴均茂以性命担保詹碧云一行安全。吴均茂也是见过世面之人,心里清楚,这将要来到的詹碧云,必是担着天大的干系。要说这横峰,真是个避难的好去处,所谓大隐隐于市。这里地处偏远而又热闹,三教九流鱼龙混杂,地形复杂，水陆方便，在这万余贩夫三千窑工聚集之地，藏下三个人，如同将树藏在森林中，将沙藏在沙堆里。吴均茂也不多问，次日就找好闹中取静之所，和妹妹吴桐一道将房子收拾干净，只等贵客来到。左等右等，足足等了一月，三人才在这天深夜悄然来到。

吴均茂将一行三人引至藏身之所，安置好酒食饭菜，告辞回家。三人行为举止，让吴均茂疑心重重。看样子，那叫詹碧云的年轻人是主，另外两人为仆。老仆声音尖细，话不多，却透着一股子不容置疑的权威。中年仆人进屋后，前后左右察看了一遍，随手闩上院门，进屋又随手闩上大门，却将后门留开，躬身立于门后。从头至尾，中年仆人一言未发，动作干净利索，面带病容却双目炯炯，定是身藏绝技的高手。那青年面色苍白憔悴，看似病中，不时咳嗽一声，举止间，却透着股子说不清的威仪，让人不敢抬头直视。吴均茂阅人多矣，却从未见过这等人物，知道这三人来头非同小可，既来避仇家，那他们的仇家，又该是怎样厉害的人物？吴均茂想到此处，倒吸一口凉气。

开始两月，吴均茂几乎没和三人打太多交道。三人大多数时间闭门不出。需要米柴油盐，均是吴均茂亲自送来。偶尔可见老仆出门，青年主人从未曾出院门半步，中年仆人则半步不离地随着主人。两月来，没有人留意到横峰住进的这三个陌生人。三人中，似乎没有能干粗活之人，连洗衣煮饭，皆由吴均茂安排，一日三餐，按时拿食盒装了送上门来。三人不懂做饭洗衣，对吃却极为讲究，每餐四五个菜，还得经常变换花样。他们换下的衣物，由老仆收拾了,等吴均茂送饭来时取回,吴桐洗干净,再由吴均茂送回。其间,王祜深夜来访过三次,每次都是深夜而来,天未亮离去。

这日吴均茂因事外出,又不敢让窑场工人送饭取洗,只好盼咐妹妹吴桐代劳。吴均茂千言万语交代妹妹,去到詹碧云处,什么都别问,什么都别看,送饭过去,取了衣服就回,洗干净后再送去。吴均茂不这样叮嘱还好,一番叮嘱,反激起了吴桐的好奇之心,去取衣服时,她第一次见到了建文帝朱允炆。其时暮色四合,年轻的朱允炆一袭月白春衫立于庭院之中。逃难这两年来,他如惊弓之鸟,每到一处,不敢出门。到横峰这两个月,他的天地,只是这院子四角的天空。院里有株高大的泡桐,他住进来时,泡桐树开满树的紫花。他每日呆立树下,看那紫花在风中一朵一朵零落。不觉间,泡桐树上已无花朵,只有碧绿的阔叶在夏风中摇曳,摇碎他的河山与日月。作为一名逃难的帝王,他内心的孤独与苦楚,只有两名仆从知道,他却不能与仆从谈心。吴桐轻轻敲响院门时,卫士灵敏如豹,从门缝里看到来者是个年轻美丽的女子,低声呵斥什么人。吴桐说她是吴均茂的妹妹,来送食取衣。这是三人住进来后,吴桐第一次进入这个小院,她见到了黯然独立院中的朱允炆。那忧伤的背影,让她觉出与众不同。他在吴桐心中投下的只是一丝好奇,却不知,吴桐在朱允炆心中刮起的却是热带风暴。在长久的逃亡中,朱允炆早已把情欲与对美好的想象冻结。在吴桐取过衣服转身要走时,她又回头好奇地看了一眼独立院中的春衫公子,那是与她所认识的窑工全然不同的一类人,也是与他的周工巧哥哥完全不同的人。她好奇的目光，与朱允炆忧伤中泛出惊喜的目光叮的一声撞在了一起。他的眼神中透着这两年来无限的心事与忧伤。他似乎有太多的话要说，而他觉得，这个女子，是可以听他说话的。然而他是皇帝，虽被夺去了皇位亡命天涯，他骨子里依然保持着皇帝的威仪。他那曾经君临天下的气场无处不在。

吴桐走后，朱允炆开始思考一个问题，这样逃下去，何时是头。是否真要如那有限的几个追随者所想，有朝一日振臂一呼，将属于他的皇位从逆贼朱棣手中抢过来。两年过去了，朱棣推行的治国策略与他大相径庭。平心而论，朱棣雄才伟略，身边还有黑衣宰相姚广孝这样的高人，可以想见，国家在朱棣的治理下，会更加富强，而他如果真的振臂一呼，怕又是一番生灵涂炭。随着逃亡日久，他越来越渴望过上平民的生活，可以自由自在行走，娶如刚才这女子一样美丽的妻，不要那三宫六院，不要那钩心斗角，他渴望获得平民的幸福。他知道，这只是他的奢望。他知道，逆贼朱棣一日也未曾放弃对他的寻找。他是朱棣心头的一根刺。活要见人，死要见尸，他一日不除，朱棣的心一日难安。

是夜，朱允炆再次失眠。

逃难以来，他历经了无数的不眠之夜，唯有这个夜晚的失眠与仇恨无关。他开始期待明天到来，期待明天，那不知名字的美丽姑娘送来饭食和浆洗过的衣服。这一天，于年轻的朱允炆而言格外漫长。第二天，吴桐果然出现了。只是，她甚至都没能进到院里，院门只开了道缝,老仆从门缝里接过了浆洗得干干净净、折叠得整整齐齐的衣服和一提盒的饭食。年轻的朱允炆只看到了吴桐在门缝外一晃而过的身影。吃饭时,朱允炆突然冲随他出生入死的老仆大发脾气,将食物扔在地上。老仆吓得跪倒在地,连声道老奴该死。他哪里知道,年轻的皇帝在恼怒他没有将那送衣女子让进院内,他有许多的话要同她讲,哪怕不能讲,看她进到院内,看她神仙样的美丽,他的生命,才不会那么快枯萎。

老仆剥夺了他的权利。他又不便对老仆明言。

他只好等待下一次机会,然而下次来的是她的哥哥吴均茂。这次,年轻的朱允炆居然和吴均茂说了几句话,夸奖了他的勤勉,表扬了他的忠心。这是他习惯的语言,皇帝对臣工的语言。要是在过去,他说出这样的话,受到表扬的臣工要山呼万岁,匍匐在地谢主隆恩。而现在,这个制作瓷器的工匠只是微微一笑,欣然接受了他的恩赏。这样的落差时时提醒着年轻的朱允炆,他已然不是大明王朝的皇帝,而是朝不保夕的亡命人。他的表扬不能再用帝王对工匠恩赏的语气,应该是对恩公的感激。这样的错位,也让吴均茂感到怪异,心想我无所求地照应着你们,你居然以恩赏的语气和我说话,似乎能照应你们是我吴均茂三世修来的福气。他在心底对这三人多了些不满。

吴均茂走后,老仆本着忠心,冒死婉转提醒他年轻的皇帝,这样的对话容易让人生疑,还是不要和人说话的好。这让朱允炆心底里又蹿出了怒火。如此这般,连说句话的自在都没有,苟活在世又有何用。他将这怒火发泄出来，吓得两位仆人跪伏在地，连称奴才罪该万死。年轻的皇帝再次确认了自己的身份，如果没有这两位忠诚的仆人，他早已成为孤魂野鬼。他伸手扶起两位仆人，表达了由衷的感激和歉意。两位刚刚站立起来的仆人再次匍匐在地老泪纵横，表示圣上这样的恩典，他们唯有肝脑涂地，九死而无悔。年轻的皇帝感动了，他在感动之余吐露了心声，说，那洗衣的女子，下次让她进院里说话，挡在院外有失礼节。老仆顿时明白了皇帝的心思。这让他犯起愁来，不知该如何处置。他只能装糊涂。下次，吴均茂再来，老仆对吴均茂说，上次送衣服的是令妹吧？吴均茂说是。老仆说，公子让我转达对令妹的谢意，下次，可让令妹在我们这院里洗衣服，不用再送来送去。老仆提醒他的皇帝不要用居高临下的语气和吴均茂说话，却不知，他的言语里，同样弥漫着他习惯的高高在上，没有由衷的感激，有的只是恩赏，仿佛能让她在院里洗衣，是她前世修来的齐天洪福。

吴均茂说，这样怕是不妥，小妹虽是窑工人家女子，也是视名节如生命的。

的确，一个妙龄女子，如何能在这三个男子生活的院子里替他们洗衣做饭？

吴均茂心里对他们的不满又多了一重。

吴桐自从见过朱允炆，心事如春天的藤蔓一样疯长。那次她见得真切，玉树临风的公子，为何有那么多心事与哀伤？他似乎有满腹话要对我讲，他想说什么呢？吴桐本想送回衣服时和他说上几句话，可那老仆将她挡在了门外。她分明感觉得到，公子也是想见她的。

公子不自由。

她以为，是仆人限制了公子。后来哥哥回来，她问哥哥，那三人是什么人，你说是亲戚，哪有这样不通情理的亲戚？我给他们洗了几个月的衣服，连院门都不让我进。又说，那公子似乎可怜。哥哥呵斥，不许打听他们的事，也不许对外人说起。

不知为何，她和公子没有说上话，自从公子出现后，她的心渐渐不在周工巧身上了。和周工巧一起说话时也是心不在焉。她心心念念的只有那公子。那是她从未接触过的一类人，那人的身上似乎有魔力。她居然为了公子睡不着觉。

公子出现在了她的梦里，如梦如幻，那是一种幸福而又哀伤的感觉。她和周工巧在一起的时候是快乐的，可是，她的心里，从未涌起过这样的感觉。她现在明白了，她和周工巧之间的爱，是妹妹对哥哥的爱，和男女间的爱有着本质区别。她开始思念那神秘的公子，她不知该如何对周工巧说。周工巧那时对她许下了诺言，他要复兴周家的瓷窑，他要重振家门，他要在完成这一切之后风风光光迎娶吴桐，他要让吴桐成为横峰最幸福的女子。吴桐苦恼，不知该如何婉转地告诉周工巧，她现在不能答应嫁给他，她也不知该如何再去见那公子一面，哥哥现在已不许她再去见他们。

她的心事，不为人知。

两只黄莺，在门前的梧桐绿荫里不停地叫，叫得吴桐心烦意乱，她拾起一块瓷片，朝那黄莺扔去。

该死的黄莺。她这样骂。

三　无所有处

梅娘并没拿先生卖碗的钱去赌。

五年前，先生想在上饶买房，儿子迟早要分家另过。先生将藏了多年的存折拿出来。没想到先生居然瞒着她存私房钱，梅娘且喜且恨道，胆子不小，敢藏私房钱。

心里终究高兴。

先生说，给儿子买房交首付。这些年来，看中再喜欢的宝贝，也没敢动它。

梅娘说，亏你藏了私房钱，不然哪来钱交首付。

没承想，当天梅娘就将那存折和先生的身份证一起拿去银行，取得一毛不留，当即约了赌友，连赌三天三夜，输得精光回家。先生真生气了，闹着要离婚。梅娘自知理亏，也知道这次先生真生气了。两口子相处几十年，"离婚"二字第一次从先生嘴里吐出。她知道先生轻易不会说这话，说出的话，九头牛难拉回。先生将梅娘送回娘家，对年近八十的老岳母说，岳母大人，我把您女儿给退回了，恕小婿无能，实在养不起。过十天，岳母大人亲自送回梅娘，一同送回的还有二十万元，这是岳母岳父存了多年的养老钱。岳母说,人、钱,都送回了,给我面子,下次我们再不管。先生大喜。殊不知,送回梅娘,心里就后悔了,以为梅娘隔天就会回来,转眼过了七八天,梅娘没回,手机关机,音信全无。先生正愁如何下台阶,老岳母忽然将梅娘送回,哪里肯要老人家的钱。梅娘有段时间没赌,先生也认识到自己的错,不再出去寻瓷器,陪着梅娘旅游了两次。先生心疼起钱来,一趟旅行,省下的钱可以买几件心仪的瓷器。先生的心,终究又被瓷器勾走。梅娘在家百般无聊,随先生雅集了一回,觉得浑身不自在,就去赌场看牌。赌友劝她,看有什么意思?打点小牌吧。梅娘说,不打,这次真的戒。看牌时,有人要上厕所什么的,她就帮人顶一两局。慢慢赌瘾又犯了,先是赌点小的,没半年,又一如从前。

昨天先生喝得烂醉,几个学生送他回家。在外按门铃,梅娘不开门,学生们在外求了半天,梅娘才开,让学生把先生扔在沙发上,骂,去哪里喝了,平时不见醉的?学生解释,说,上饶做房产的大老板魏总请客,魏总收了先生一对碗,得了二十八万,现金。学生将一大包钱交给梅娘,说,师娘您点点。

梅娘冷了脸说,哪个魏总?

学生说,上饶梅之韵房产开发公司的魏国庆啊,两只碗,二十八万,说只要是先生的藏品,有多少他收多少,只要先生舍得出手,价钱好商量。又请先生喝茅台,先生一高兴,就多喝了几杯。

送走学生,梅娘没点钱。若在平时,定是约牌友去赌了。二十八万,可好好过把赌瘾。

梅娘看都没看那钱，发呆地坐沙发上，看着哼哼叽叽叫口渴的先生。梅娘心软，泡了浓茶，待不烫时扶先生喝下。先生喝了就吐，梅娘又拿过垃圾桶，扶先生翻过身来，轻敲着先生的背，扶先生吐尽了，又拿水让先生漱口，又用热毛巾给先生擦背，再尽力将歪歪扭扭的先生扶到床上，给他脱了衣服，让先生睡得舒坦。

梅娘和先生结婚几十年，第一次这样服侍先生。可惜先生烂醉如泥，要是知道，怕是要感激得老泪纵横。服侍先生睡沉稳了，梅娘回到客厅，呆坐一宿。次日一大早，梅娘装好那包钱，径直去上饶找魏国庆了。到上饶时，尚不到九点。魏国庆的公司，梅娘是知道的。每次到上饶，梅之韵地产公司的广告牌绕都绕不过。不过，她从来没有找过魏国庆。有什么好找的呢，几十年前的旧事，如今都是花甲老人了。梅娘从来没有动过这样的心，三十岁时没动过，四十岁时没动过，五六十岁更不可能动了。再说了，梅娘最恨的，应该就是魏国庆。最爱的人呢？是先生吗？昨晚想了一晚，梅娘觉得，先生虽是冷落了她，但这几十年来，只有先生处处让着她，关心着她，她泰然享受着先生的关心，几时又真心关心过先生的？她是从当年嫁先生时，就觉得自己是下嫁了。可有什么办法呢？当时那么多人追求她，有钱的，有权的，长相英俊的，可她偏偏嫁了先生，只为先生是个文化人、作家，是比大学生还有面子还受人尊重的人。

梅娘在魏国庆公司对面街边的小店吃早点，边吃边注意着魏国庆公司的大门。这天她吃得特别多，一碗粉，外加两个包子。她要让自己精神抖擞。这是什么事呢？魏国庆是发财了，发财就可以作威作福？发财就可以作践人？差不多九点钟，梅娘看见一辆路虎开进魏国庆公司的铁栅门。梅娘付了早餐钱，过马路就去了魏国庆的公司。魏国庆刚在办公室坐下来，泡杯茶准备喝，梅娘就闯了进来。魏国庆正要发火，什么人招呼都没有打就敢进他的办公室，一抬头，木了。

几十年没打交道了，小小上饶，都是有头有脸的人物，两人在各种场合照面是常有的，却从未说过话。魏国庆想打招呼，见梅娘怒气冲冲，不知哪里惹她了。一时倒不知怎么称呼她是好。

梅娘不客气，将那包钱扔在魏国庆的大班桌上。

魏国庆，你什么意思？

魏国庆见梅娘扔出一大包钱，明白梅娘因何而来。他故作糊涂，说，你这是所为何事？

梅娘说，为何事？不为何事。来拿回我家老吴卖你的那对碗。这是你的钱，还给你。

魏国庆说，吴老师反悔了？他怎么不来？

梅娘说，你别管他，我来不为别的，拿回我家的碗就走。

魏国庆说，买卖已成，哪能反悔？

梅娘冷笑，怎么不能悔，对天发的誓都能悔，还有什么不能悔的？我后悔了，不卖了。

魏国庆的脸红一阵白一阵地说，梅娘，不，吴夫人，是这样的，那对碗不在我手上了。

梅娘说，昨晚才给你，今早就不在手上了，鬼才信！

魏国庆说，真不在手上了。你要是嫌钱少，我再给你加一点。再加两万,三十万,如何？

梅娘脸色发白，说，魏国庆，你有钱，有钱就可以侮辱人？

魏国庆说，唉呀，你呀，几十年脾气没改，我怎么侮辱人了？

梅娘说，这碗值这么多钱吗？二十八万，你好大方，你这是在施舍我呢，还是看我可怜？我就是要饭也会绕过你家的。

魏国庆说，这么多年了，何必呢，我真没想到伤害你们，吴老师说儿子要结婚，他想尽点做父亲的责任。这对碗是精品，我确实需要。别说二十八万，三十八万，我也得出。

梅娘见魏国庆不像说谎，说，你告诉我，花这么高的价买这对碗做什么？

魏国庆面露难色，说，这个，真不能对你说。总之是，这对碗，对我来说，就值二十八万，吴老师肯让给我，是帮我，不是我有意在你面前摆阔。你还不了解我？这么多年，可曾在你面前摆过阔？

梅娘说，是的，我了解你，我是太了解你了。

魏国庆低下头，说，当年的事，是我不对。可是，那会儿，哪个知青不想回城呢？再说，我考上了大学……总之是我的错。可是这么多年，我是后悔的。你看我这公司，梅之韵。

梅娘说，说这些有什么用？我现在只要那对碗。拿不到碗，我就不走了。

魏国庆在屋里转了几个圈，走到门口看了看，将门关上，说，你这是为难我。好吧，对你说实话，你得给我保密，我相信你的为人，才敢对你说。那对碗，我送人了。

梅娘说，送什么人了？

魏国庆说，你这是为难我，生意上往来的朋友。

梅娘沉默半晌，说，好，不为难你。

拿起那包钱，从里面拿出十扎，说，这对碗，不庸说过，值十八万，多出十万，还你。

说着将余下的钱放进包里，转身要走。

魏国庆急忙挡住梅娘，说，这事，吴先生知道？

梅娘说，他不知道，我说了算。

魏国庆说，那，你怎么和先生交代？你把钱退我什么理由？一个愿买，一个愿卖，货真价实，凭什么到手的钱要退我十万？吴先生知道我们的事？我猜他不知。你这样一闹，不是让吴先生生疑？平白无事，闹出事来？

梅娘说，不用你操心，就说我赌钱输了。你是知道的，横峰大名鼎鼎的赌痴。二十八万没有输完，还余下了十八万，不庸知道，要给菩萨烧高香了。往后，不许再找我家老吴买东西。我们家的东西，捐给博物馆也不卖你。

魏国庆看着梅娘匆匆离去，一时不知说什么是好。他是想买先生那对碗送人。也咨询过懂行的，那对碗，也就值十七八万。他知道吴不庸痴迷了一辈子瓷器，若不是遇上难事，断不肯变卖藏品。

想到当年是自己负了梅娘,现在,他身家数亿,十万元不过寻常一瓶酒钱,没等先生报价,他自己先出了二十八万,真心是想帮梅娘一把,以此减轻心中内疚。又说想再多收先生一些瓷器,纯粹是一片好心。没想到,几十年过去了,梅娘还是这执拗性格。想到此处,只是摇头苦笑。

魏国庆当年插队在横峰,和梅娘爱得水深火热。两人海誓山盟,抵不过城乡之隔。恢复高考那年,魏国庆考上了大学,他拿着录取通知书的那一刻,犹豫了要不要告诉梅娘,思之再三,觉得还是应该告诉她。没想到,梅娘比他还高兴。那一夜,两人在岑港河边高大的泡桐树下说了一宿情话,梅娘兴奋地规划着未来的生活。三年时间,梅娘愿意等。她在梦想着他大学毕业回来娶她。那一夜,梅娘和魏国庆第一次有了肉体之欢。梅娘倚着魏国庆的肩头睡着了。魏国庆睡不着。他突然有些恼梅娘不懂事,太傻,太一厢情愿。又觉得梅娘心机太深,之前一直没把身子给他,见他上大学了,就主动了。梅娘靠在魏国庆的肩头做了一夜美梦。清晨被树头的两只黄莺叫醒。她偎在魏国庆的怀里说,国庆,你看那两只黄莺,它们是夫妻吗?它们真幸福。

魏国庆选择了大好前程。当着梅娘的面,分手的话没说出口,到大学后,他给梅娘写信,让她别等。他说三年时间太长。梅娘明白她这是被魏国庆抛弃了。她怀孕了,悄悄去做了人流。后来,她嫁给吴不庸。那时魏国庆还在读大学一年级。梅娘写信给魏国庆,同时还寄上了吴不庸发表小说的杂志。那是文学狂热的年代,作家的光环远胜大学生。魏国庆收到信后，心安理得地开始了新的恋爱。大学毕业，他分在省城，当了个小小办事员。八十年代末，一个同学请他吃饭，一顿吃掉三百多块，那是他一个半月的工资。同学在海南做生意。是年，魏国庆也辞职下海，闯海南没有赚到钱，后来到深圳，在一家电子厂跑业务，慢慢做到业务经理，有了稳定客户，后来自己找合伙人开了小作坊，作坊慢慢做大，赚取了第一桶金。几年前，回上饶，进军地产，生意做得红火。他是典型的生意人，对横峰窑瓷器本无半点兴趣。只是他生意要求到一个关键先生，这关键先生不贪财，不贪色，却对横峰窑的瓷器情有独钟。魏国庆使人四处打听哪里有好的横峰窑瓷器，都说这事只有找吴不庸啊。魏国庆这才找到瓷痴先生。昨天那对碗，连夜送到关键先生手中，关键先生兴奋得连夸魏总有眼光，会办事。问魏国庆多少钱收来的。魏国庆说，挺贵的，花了五万。关键先生说，你这是捡漏了。一定要给魏国庆钱。魏国庆不要，关键先生正色道，你不要钱，这碗我就不要了。魏国庆这才给了关键先生银行卡号，关键先生当即转账五万给他。关键先生说，这样的精品，市面上很难得。

魏国庆不惜成本寻横峰窑精品，这样的事，早在上饶收藏圈悄悄传遍了。只是一般的货，他根本看不上眼。这天，他公司的顾问，大名鼎鼎的风水师，名叫李一圣的，给魏国庆打电话，说他有个朋友，手里有件稀罕货，家里传了有百十年，一直没舍得出手，现在也是遇上了难事，也是和魏总有缘，想拿来请魏总看看。

说起这李一圣，也是个神人，精通周易八卦、奇门遁甲。当年魏国庆在深圳做生意时，偶然和李一圣结识，说起来居然都是江西老乡，言谈甚是投缘。那时魏国庆电子厂的生意已经上路，手中有点闲钱，投在股市，不想亏损惨重。李一圣问魏国庆的生辰八字，又问他常买的股票，笑道，你是木命，买钢铁股，金克木啊，不亏死才怪。魏国庆问，那该买什么股？李一圣说了一只。魏国庆说，不是要退市的么？李一圣微微一笑，说，魏兄听我的，一年之内，必有厚报。魏国庆半信半疑，还是听了李一圣的，将股票全部换成那只ST股票，买进不到半月就停牌，出重组公告，半年后重组成功复牌，连涨十三个涨停板，半年时间又涨三倍。自此，魏国庆奉李一圣为神明。后来他公司渐渐做大，每项投资之前，必找李一圣来算一卦。他的生意这些年越做越顺，他认为这里有李一圣不小的功劳，每年花几十万，请李一圣做他公司的风水顾问。对李一圣，差不多是言听计从。

这边梅娘刚走，李一圣就陪他的朋友过来了。一个黄瘦的小个子，看上去四十来岁。怀里抱了半尺见方的锦盒，一脸愁容，跟在李一圣后面，也没什么话。李一圣就介绍，说这个是魏总，咱们上饶有名的大老板，这位是余先生，朋友介绍来的，说是手中有件宝，横峰窑不出世的稀罕物。也是家里急着用钱，这才想着要找有缘人出手。将来缓过这道坎，还是想再赎回去的。

魏国庆招呼二人坐下，要看那宝贝。余先生依旧抱着那锦盒，似乎犹豫不决，不太想出手。

李一圣说，怎么啦，余兄，不想卖了？你这宝贝，在咱们上饶，除了魏总，别人怕是出不起你想要的价钱。

余先生这才将那锦盒放在茶几上，说，如果不是遇到过不去的坎，断不敢做这不孝之事，出卖祖宗传下来的宝。

说着，轻轻将那锦盒打开，里面包着一层明黄缎子。又揭开缎子，露出一件瓷器来。原来是件瓷笔筒。笔筒堪堪双手一握粗细，高约半尺。典型龙泉窑青釉，釉色如玉，釉下刻有缠枝莲花。

魏国庆说，这东西，什么来头？我看也就是一般的瓷器。

余先生冷笑，一般的瓷器？您看看这件瓷器底部。

说着，小心拿起瓷笔筒，双手持稳，生怕一不留神摔坏了宝物。转过底部，一字一句道，魏总，您看这上面，写的什么？建文四年，三月，横峰造，吴氏均茂志。

魏国庆说，这有什么特别？

余先生说，有什么特别？您知道，这建文是谁的年号？

魏国庆说，明朝的建文皇帝啊，这个我还是晓得的。

余先生说，正是，建文被他叔叔夺了皇位，朱棣下令销毁所有建文款器物。宫中官窑瓷器悉数被毁，民窑传世下来的建文款瓷器，真实可信的，只有两件，一件是建文款瓷笔架，另一件就是这只瓷笔筒。都是咱们横峰窑当年的制瓷大师吴均茂所造。本来两件器物是配对的。不知何故，在流传过程中失散了。瓷笔架传到民国时，当时一位大收藏家酷爱明朝瓷器，收集齐了大明各时期的瓷器，独缺建文款。后来他用所有藏品，换了那件建文瓷笔架。现在，那件瓷笔架藏在大英博物馆。魏总您可以上网查。

魏国庆上网一查，果然有建文款横峰窑瓷笔架的相关信息，说，您手中这件怎么得来的？

余先生长叹一声，说来惭愧，也不光彩，你们都知道，咱们江西出美女，我的祖奶奶，是被选秀进了宫的。她老人家在宫里，还没来得及见上皇帝一面呢，就革命了。清帝退位，太监宫女们偷盗宫里的文物成风，我祖奶奶也趁乱拿了些东西一路逃回江西。你们知道，头次革命，二次革命，接着国共在江西又打。乱世生活艰难，我祖奶奶从宫里拿出来的东西都被变卖光了，只有这件瓷笔筒，祖奶奶没舍得变卖，因为这瓷器上写了"横峰"二字，是咱们家乡瓷窑里烧出来的宝贝。祖奶奶嫁人时，就把这件瓷器带到了我祖爷爷家，祖爷爷传给我爷爷，我爷爷传给我父亲，再传到我手上。"文革"时，怕被当"四旧"给抄了，埋在门前的水塘里十几年。

魏国庆说，听起来是蛮传奇的。只是，我也不懂。一圣，你觉得怎样？

李一圣说，文物我是外行。我给您算了一卦，近来您行壬子大运，诸事大吉。想做的事，大可放手去做。

魏国庆说，余先生，想问一下，为何现在要出手这样一件传家宝。

余先生面露难色，把脸转向李一圣，说，家丑不便外扬。

李一圣说，余先生，魏总也不是外人，不妨以诚相待。

魏国庆说，正是，正是。

余先生说，说来惭愧，家父是从政的，官至正厅，也不算小了，这几年反腐，家父被牵连其中，我托人找了紧要的关系，说是只要钱花得到位，保证能轻判，我家银行账户都被冻结了，哪里还能拿得出钱来，这也是为了救家父，才出此下策。

魏国庆长叹一声，轻轻拿过那件瓷器，说，看上去，很平常的东西，没想到有这样的来头。难得。不知余先生想要什么价。

余先生说，越是宝贝，看上去越平常。这样的孤品，其实不适合私下交易。我请专家评估过，说要是放在嘉德、保利拍卖，三百万起拍价，什么价成交就不好说了，拍出三千万都未可知。

魏国庆说，那你为何不送去拍卖？

余先生说，不是不想，是不能。

魏国庆说，可以理解。只是，这么贵的东西，我也不懂，得找懂行的人看看。

余先生说，我这里有博物院李主任、文物研究院张教授出的证书，这两位都是大专家，经常在电视台上做节目的，您也许看过他们的节目呢。

魏国庆说，我平时看电视只看《新闻联播》。知道你要来，约好了一位本土专家。研究横峰窑，国内只怕没有人能比得过他的。

李一圣说，横峰还有这样的专家？不知是哪位。

魏国庆说，外号瓷痴，研究了半辈子横峰窑，是目前国内最大的横峰瓷器藏家。这件东西真不真，值什么价，他一看就知。

李一圣说，瓷痴，我倒是没听说过。

魏国庆说，隔行如隔山。瓷痴先生你不认得，梅娘，你是知道的。

李一圣说，这个自然，当年在深圳打拼，咱们是无话不谈的。

魏国庆说，这个瓷痴，就是梅娘现在的先生。

李一圣说，这下就复杂了。

魏国庆说，本来是约好了，今天和瓷痴见面，让他给掌掌眼的，只是今早出了点意外，我不方便和瓷痴见面了。这样，一圣，你全权代表我，带余先生和他的宝贝去见瓷痴，如果瓷痴说东西真，咱们再来谈价。

魏国庆给了李一圣瓷痴和冷月的电话，说，正事谈完了，咱们喝茶。

余先生说，魏总大忙人，不便打扰。起身告辞。

出得魏总公司，余先生说，完了，完了，咱们这买卖要黄。

李一圣说，我看魏总很感兴趣，而且让我全权代表，这事算是成了。只是价钱，我估计魏总能给你砍下去三分之一。两百万成交没问题。

余先生说，你是不知，瓷痴，吴不庸，咱们这圈子里，哪个不晓得他。魏总请他来掌眼，这事百分之百要黄。

李一圣说，我看也未必，这个瓷痴就不是人？

余先生说，是人。

李一圣说，是人就没问题。大不了，咱们把他拉下水。

两人一合计，李一圣让余先生暂时别露面，他先去会会这瓷痴，然后见机行事。两人议毕，李一圣就给瓷痴打电话。先生听说是魏总的顾问，全权代表魏总，很热情。李一圣问先生在哪里，他想和先生见面。先生说聂家畈竹林。李一圣说，哪个聂家畈竹林，没听说过呀。先生说，在横峰县呢，你设导航过来吧。李一圣说，好，马上过来。

　　差不多一小时，李一圣和余先生到了。让余先生在车上等，李一圣一路电话，在冷月的指挥下，找到聂家畈竹林。"竹林七闲"，外加一个瓷痴先生，吹拉弹唱，好不自在。见李一圣来，"七闲"也没有闲下，正在合奏李健的《传奇》。只有冷月，一曲终了，才过来和李一圣打招呼。又介绍先生和李一圣认识。又指着重新开始合奏的几个闲人一一介绍，这个是张生，七闲的老师，那个卷头发瘦高个子是横峰有名的诗人，那拉二胡的是文学家，那长发红衣美女是政协的……李一圣说，你们真的是快活胜神仙啊。冷月说，周末嘛，累了一周，大家放松一下，比打麻将不是好多了么？

　　李一圣说，好多了，你们这里文风盛啊。

　　冰月说，你和先生说话，我去合奏，失陪了。

　　先生坐在一块巨石上。痛风比之前好多了。就和李一圣闲聊起来。闲聊中，知道先生现在正缺钱用，李一圣想这事有了三分把握。又聊对魏总的看法。不料先生盛赞魏总，实在，没有钱人的架子。李一圣就说起，魏总想请他来看件瓷器，东西呢，魏总看过了，很喜欢，价钱也没问题，就是一样，是真是假，凭先生一句话，先生说真，回去就成交，三百万，先生说假，让宝主哪儿来回哪儿去。

三百万？先生一惊。什么东西值三百万？

先生研究了大半辈子横峰瓷器,当然知道横峰瓷器的市场价位。别说三百万,三十万的都难得一见。一来横峰窑是民窑,二来,横峰窑被藏家认知不够;眼下不是收藏热门,藏家限于江西。三百万的横峰窑瓷器,先生还没见过。价位一出,先生就摇头,说,恐怕有诈。

李一圣说,我也不懂,你说三百万的东西不可能有,那,据说,有一款瓷笔架,现在值天价。

先生说,我知道你说的是建文款横峰瓷笔架,那是孤品,建文款的孤品啊。

李一圣说,据说,传世的不只是瓷笔架,还有一个瓷笔筒。两件宝,原本是一组的。

先生哈哈大笑了起来,说,你回去告诉魏总,这东西,我不用看了,假货无疑。

李一圣说,你这样太过武断,宝物在宝主家,传了有一百多年了。是当年从宫里流出来的。

先生笑道,那宝主的祖上,不是宫里的太监,就是宫女。

李一圣说,你怎么知道？

先生说,都是这路数。只是,不知他为何要出让这宝物。

李一圣说,听说,是他父亲涉贪,被打老虎了。

先生说,哦,骗子们倒是与时俱进。

李一圣知道,这瓷痴是糊弄不了的,说,先生,咱们借一步说话。

先生说，我痛风呢，借哪里说话？

李一圣指了远处停的车，说，车上说话。宝物在车上，你先去看一眼，如何？

先生想了想，说，好吧。你扶着我一把。

和冷月招呼了一声，李一圣扶着先生，去远处停的车上。

余先生在车上正不安地候着。先生看了一眼余先生，觉得眼熟，只是记不真切哪里见过。李一圣扶先生上车，关上车门，对余先生说，再往前开，寻个僻静处。余先生就开了有一里多路，停到山脚无人处。拿出那瓷笔筒，先生接过，上下左右看了一圈，说，好东西。

余先生双目放光，您也觉得是真东西。

瓷痴先生说，我说是好东西，没说是真东西。

李一圣说，此话怎讲？

先生说，说好，是老的，横峰窑没错，胎底、釉色，是个高手做的。东西是明末清初的老货。只是这款，是后人写了重新挂釉烧过的。值个两三万吧。

余先生一伸大拇指，说，先生高人，真人面前不说假话，也说不了假话。

李一圣说，咱们就打开天窗说亮话。

就把和余先生商量的事说了。说，先生您看，事呢，就这么个事。您如果参与，咱们就拉个手，赌个咒，天知地知我们三人知。事成了，咱们三人平分，卖三百万，一人一百万。要是先生无意，就和魏总说你拿不准，只要不挡我们的财路，事成了，也少不了先生的好处。

先生看着李一圣，说，魏总让你全权代表他，他很信任你呀。

李一圣说，我和魏总的事，三言两语说不清。这些年来，我帮他赚了上亿，他给我的，九牛一毛都算不上。

先生说，我要帮你们，算我一份，我要不表态，事成了也有我一份好处，如果挡你们的道，没有好下场。是这样不是？

余先生说，正是。

先生说，那，我是没得选了。

余先生喜道，先生的意思，愿意合作？

先生说，可是，我要同你们合作了，对不起我的祖宗啊。你们有所不知，这个吴均茂，是我的祖上。横峰吴氏家谱上写得清清楚楚。我不能对不起祖宗，不能眼看别人打着我祖宗的名号造假而不闻不问。

余先生冷笑道，这是要和我们作对了。

先生说，我不和任何人作对。魏总若是不问我，我什么都不说，若是问起，我知无不言，言无不尽。至于你们刚才对我说的这些，我当没听见，下了这车，咱们没见过面。

先生说完拉开车门下车，头也不回地走了。

气得余先生和李一圣骂娘。

先生走了有二十余米，忽听身后李一圣在喊，先生，你知道，魏总为何高价买你那对碗？

先生一愣，停下脚步，却没回头。

魏总明知道这对碗最多值十八万,却给了你二十八万,想知道为什么吗?

先生还是没有回头。

李一圣说,魏国庆和梅娘是什么关系,你可能蒙在鼓里。

先生在颤抖,依然没回头。

李一圣说,魏总是你的敌人,你要帮你的敌人吗?

先生忍着痛,加快了步伐,一瘸一拐,快速朝竹林走去。

李一圣和余先生在身后骂,一根筋,老不死。

先生已是老泪纵横。

梅娘嫁他前,和一个知青好过,这事,他知道。甚至,梅娘嫁他前堕过胎,他也知道。他不在意。谁没有过去?他因此而更加怜惜梅娘。若是没有这段往事,梅娘也不会嫁他。只是,没想到,那个人是魏国庆。他知道,梅娘一生没有真心爱过他吴不庸,梅娘心里一直有魏国庆,这个伤了她的人,她却一直放在心里,而怜惜了她一生的男人,她却没有爱过。他是该恨魏国庆的,魏国庆让他一辈子活在阴影中,也让梅娘活在阴影中。可是,再恨,也不能用这样下作的手段骗魏国庆。果真这样,有辱的,是祖上吴均茂那个响当当的名字。

四　非想非非想处

转眼,大明王朝的落难皇帝一行三人在横峰已有半年。我的祖上姑奶奶吴桐,自上次见过建文帝后,再没有机会去见。我的祖上吴均茂不让她见。他以一个男人的敏锐,以经见世事的阅历,感觉到这一行三人的危险与麻烦。他不知三人的身份,但他知道,这一行三人和他这窑工世家不是一个世界的人,他不能让自己最疼爱的妹妹陷进去。

瓷痴先生吴不庸,端起魏国庆泡的茶。现在,他沉浸在祖上的故事里。这故事,源自他的考据加想象,他曾经一个字一个字地写下,收进未能出版的专著里。

他从未对人讲起过这些,包括梅娘。

梅娘和先生坐在茶几一侧。魏国庆在另一侧。

那天,先生和李一圣谈崩,再无心雅集,满腹怒气回到家。梅娘在家。他以为梅娘在赌场,端坐在沙发前的梅娘让先生很是意外。梅娘面前整齐码着那包钱。

梅娘说,回来了?

先生的怒气消了大半。

梅娘说,不庸,我有话对你说。

梅娘很少这样严肃。

先生小心端坐在梅娘对面。

我今早去找魏国庆了。梅娘说。

先生说,我知道。

梅娘说,我去找他,把那对碗要回来,不卖他。

先生说,不卖就不卖。

梅娘说，他已将碗送人。

先生说，那就罢了，随缘。

梅娘说，碗卖得太贵。他多给了十万块。

先生说，我一时心贪。

梅娘说，愿打愿挨，不怪你。

先生说，不怪我。

梅娘说，我退了他十万，咱不占人家便宜。

先生说，有气节，咱们再穷不能穷了气节，你做得对。

梅娘说，你不恼我？

先生说，好好的，为何要恼？

梅娘说，有件事，我一直瞒着你。

先生说，你想说就说，想瞒，必有不好说的苦衷。

梅娘说，你为何对我这样好，好得我想恨你都恨不起来。

先生说，值得。

梅娘说，你知道，我嫁你前，和一个知青好过。

先生眼皮一跳，低下了头，说，知道。

梅娘说，那人，是魏国庆。

先生眼皮再跳，说，知道。

梅娘说，你都知道。

先生说，都知道。

梅娘说，知道你还多收人家十万？

先生说，昨天不知，今天才知。

梅娘说，对不起，这几十年，只是你对我好，我从未对你好。

先生说，我应当对你好。

梅娘说，我戒赌了，这次说到做到。我要对你好。

先生说，是我不好，我也再不收藏瓷器了，这满屋子的东西，慢慢散给有缘人。

梅娘说，你喜欢吃鱼，我去市场买了鱼，我来做饭。

我祖上姑奶奶得了病，相思病，她爱上了那个神秘的公子。茶不思，饭不想。我的祖上吴均茂看在眼里，急在心上。他知道妹妹的心思，知道妹妹的病因。他想，得给妹妹定下亲事了。他和夫人商量，想从众多提亲的里选一个家境、人品、能力各方面都好的男子。夫人说，论人品、能力、手艺，对妹妹好，周工巧最合适。吴均茂说，只是，周工巧是福建人，家道中落，妹妹嫁过去，怕是要吃苦。夫人说，李公子呢？吴均茂说，哪个李公子？夫人说，你忘了，总来横峰贩瓷器的李云峰先生的公子。吴均茂当然知道，李云峰是他的大客户，我祖上吴均茂窑场生产的瓷器，有三分之一是李云峰经销的。只是，吴均茂说，李云峰心机太甚，城府太深，他儿子看上去比他还精，再说了，他家在九江，离横峰太远，桐妹妹嫁过去，有个不开心了，回趟娘家都难，我不放心。夫人说，要不我去问问桐妹妹，也许她自己有主见。吴均茂说，就是太有主见，我不该教她读书识字。

吴不庸又喝了一盏茶，说，人生一世，最不能说清的，就是这情字。夫人梅娘不说话。那天和先生说了心里话，越发敬先生，君子如玉，先生是君子，是温润的玉，和先生比起来，魏国庆不过是块石头。

可是，再这样下去，茶不思饭不想，桐妹妹有个三长两短，你怎么和死去的爹娘交代。我祖上夫人说。吴均茂长叹一声，说，我是愁死了。夫人说，我去找桐妹子吧。吴均茂说，也只有这样了。夫人去问吴桐，说你兄长想给你找个满意的人家，不知你怎么想。长兄如父，长嫂如母。嫂子嫁过来时，吴桐才八岁，嫂子待吴桐很好。听嫂子这样问，吴桐眼泪吧吧直掉。几天茶饭不思，人整个瘦得不成形了。嫂子轻轻抹去吴桐眼角的泪，说傻孩子，有什么心事你对嫂嫂说，嫂嫂给你做主。吴桐说，嫂嫂，我想去见一见那公子。嫂嫂说，哪个公子？吴桐说，就是那三个客人中间的那个公子。嫂嫂没有见过公子，也没见过那三个客人。她知道三人的存在，却从未见过。吴桐说，哥哥不让我去见他。嫂嫂说，你放心，我去和你哥说。嫂嫂去找吴均茂，吴均茂说，就知道是为他，这事万万不可。嫂嫂问为何不可。吴均茂说，实话对你说了吧，那三个人来历不明，说是在此躲仇家，我看那三人，不像一般富有之人，身上有种说不清道不明的威仪，我见了他们腿便发软，其中一个，一看就知武功高强，再说了，还有王道长这样的高人在背后相助，什么样的仇家，能把他们逼得躲在这乱哄哄的窑工之中。嫂嫂说，秦琼还有卖马之时，英雄难免落难处，越是英雄，越是值得咱们桐妹妹相托终身啊。吴均茂长叹一声说，这三人是什么人我们都不清楚，答应了王道长收留他们，是还他救命的恩情，咱们井水不犯河水,最好不要有别的纠葛。嫂嫂说,可是桐妹妹病成这样,再这样下去,有个三长两短,你后悔都来不及。

梅娘说,好一个痴情的女子。

魏国庆看一眼梅娘,低下了头。

吴不庸说:次日,吴均茂去建文帝隐居的地方送饭,老仆见他一脸青灰,心事重重,警觉地问我的祖上吴均茂,说,家里出什么事了?吴均茂说,没别的,只是舍妹染疾,卧床数日,心下焦急。建文皇帝这些天来也是坐立不安。王道长又为他们另寻了避难处,说最多两月就能安置妥当。他们不能在一处停留太久。建文帝对王祐说,此地甚好。老仆再进言,建文帝大怒,说不走就不走,大不了一死,这样仓皇逃命,生不如死。老仆知道年轻帝王的心思。他借口送王祐,背着他的皇上,把建文帝的心思对王祐和盘托出,请王祐拿主意。王祐沉吟半晌,说这事交给他来办。是夜,王祐来见了我的祖上吴均茂。

吴不庸讲到此处,长叹一声,又喝了一杯茶,说,无情最是帝王家。

魏国庆说,先生这故事讲得精彩,王祐去找你祖上吴均茂,说了些什么?这事史书上有记载吗?

吴不庸说,史书哪会记载这些细节。

魏国庆说,那您如何而知?

吴不庸指了指自己的心,说,不过大胆假设,将心比心。

王祐是个忠心的臣仆,他时时以晋文公的故事来激励落难的君王,并且以成为介之推式的人物留名青史而自律。他边为建文帝不停寻找新的安身之所,一边悄悄联络忠于旧主的臣仆,梦想着有一天重新将以仁慈著称的年轻帝王扶上属于他的宝座。在这过程中,任何有利于这一目标的事他都会去做,而无益于这一目标的事他会坚决反对。当听说年轻的帝王在生死一线之际,仓皇逃命之间,还沉迷于女色而不能自拔,他的内心升起了丝丝缕缕的凄凉。他们这些臣子有着开天的雄心,而他们的主人,却可能是扶不起的阿斗。建文帝终究不是晋文公。但这样的凄凉只是升起在一瞬间,同时升起的悲壮感,让王祜更觉自己的事业神圣,并为自己之伟大而感动,明知不可为而为之,谋事在人,成事在天,他有太多的理由说服自己不要放弃。而现在,当务之急,是如何处理年轻帝王心里升起的岁月静好之心。他有几个选择,除掉吴桐,当然,包括他亲手救过性命的吴均茂,这个横峰百家窑口里最出色的工匠。他们一死,万事大吉,一了百了。这是最省事的方法,虽说年轻的帝王会因此怪罪他,但比起帝王的千秋大业,一个乡野女子的性命又算得了什么呢。王祜想到另一个选择,让吴桐成为帝王的侍寝之人。帝王正值青春年少,身边的确需要一个女子,如果这女子能让人放心,也许对安定帝王之心重振帝王之志有益而无害,将来功成,这小女子和吴家,还能博得天大的富贵与荣耀,这将是多么感人的传奇。只是如果选择这样做,是瞒不过吴均茂兄妹的,以诚相待,对他们讲实话,他们值得信赖吗?王祜不敢冒险。当然,也可带着帝王离开横峰,去到他为主人选择的下一个落脚点。可是帝王已经明确表示他不想走。这让王祐为难。无论如何，夜长梦多，今天晚上，他要做出选择。他决定先去会会吴均茂，他也不想用最粗暴的方法对待一条生命。更何况，杀了吴家兄妹，难免引起官府追查，只怕会露出蛛丝马迹。朱棣委派的重臣元老胡濙，一直在四处寻访建文帝的下落。只是王祐更加棋高一着，他的弟子们日夜监视着胡濙，胡濙在明处，王祐在暗处。这让建文帝总是能和胡濙保持相当安全的距离。但是，谁知道朱棣派出了多少个胡濙？

王祐深夜来访，吴均茂已经习惯。只是这次与往常不同，往常不过是交代吴均茂要注意的事，安稳他的心，给他银两。这次王祐见到吴均茂，直接让他寻私静处说话。吴均茂引王祐至内室。不知王祐有什么事要讲。王祐当时主意已定，直接问他对朱棣篡位有什么看法。吴均茂吓得面如土色，说在下一介草民，不敢妄议国事。王祐问吴均茂，可曾记得当初开窑时从窑口腾空而出的火中金龙？吴均茂说当然记得。王祐说，可知窑民怎么议论此事。吴均茂冷静了下来，说，窑民无知，以为横峰将出真龙。王祐冷笑，窑工无知，你是读书之人，也如此无知？吴均茂说，在下不明，请恩公明示。王祐说，此事不是预兆横峰窑工中要出真龙，而是真龙从火里逃生，要来到横峰啊。王祐言毕，冷眼看着吴均茂，不再说话。吴均茂并非痴人，听王祐如此明示，又想到那一行三人的奇怪之处，心中已经明白了八九分。跪倒在地，不能言语。王祐说，也是你的造化，得来天大的富贵荣耀。你护驾有功，将来天子复位，论功行赏，你当位极人臣。吴均茂说，在下一介窑工，哪里能……王祐打断吴均茂,说,另有一事。令妹正值芳华,天子青春年少,老夫有意成全你们吴家,从中做个月老,不知意下如何？王祐问得温和,吴均茂已从这温和背后,感到杀气逼人,于是磕头如捣蒜,连声说恩公示我,如有用得着均茂之处,万死不辞。只是,均茂父母走得早,小妹幼失怙恃,乡野之人,怕是不敢高攀。王祐冷笑,好你个吴均茂,天大的恩宠你不要。你既已知内情,又不识抬举,这是要逼我了。吴均茂知道,王祐这是要杀他灭口,说,小子这条命,本就是先生给的。先生想要,随时可以拿去。王祐道,何止你的性命,一家数口,今夜只得跟你屈死了。背后抽出利刃,直指吴均茂咽喉。

吴不庸说到此处,又饮一杯茶,不再言语。

魏国庆说,先生别停,请接着讲啊。

吴不庸说,故事本是不庸编造,历史上哪有记载,有线索的,无非先祖制造了一款瓷笔架,笔架后面留有底款。建文帝是死是活,也是各有说法。说书人说书,无非将自己内心所喜所恶,映照在故事之中。这结局,你们自己去续吧。

魏国庆似有所悟。

半月前,魏国庆知道李一圣和那余先生做局骗他,被吴不庸给搅了局,内心对吴不庸又是感激,又是钦佩。于是托冷月约吴不庸,希望能当面表示感激。吴不庸和梅娘也想,过去的事都过去了,应该一笑泯恩仇了。于是三人坐在一起。坐在一起,却没有半句叙旧,说的都是建文款横峰窑瓷笔架的故事。都是极通达之人,许多事，不用明言，而内心，前嫌皆冰释矣。

魏国庆说，先生不说结局，那我也试着编结局。以我来看，王祜放过了你的先祖吴均茂，吴桐最终嫁给周工巧，建文帝虽有情，也奈何不得时势命运，据说在三清山出家了。

梅娘说，要我来看，王祜是要杀吴均茂的，这时吴桐出现了，她听到了哥哥和王祜的谈话，她告诉王祜，她喜欢公子，不管公子是落难的皇帝，还是讨米要饭的叫花，她喜欢的就是那个人，不因为他的地位身份而改变她对他的爱，她愿意跟随公子亡命天涯。而且，吴桐告诉王祜，他兄长内心是向着建文帝的，他冒死在床底下偷偷藏了一件建文款瓷笔架，就是他忠于建文帝的证据。

魏国庆低下了头，他知道，梅娘在说吴桐，何尝又不是在说她自己。他也一样，在为建文帝开脱，也是在为自己开脱。

梅娘说，不庸，你别卖关子了，说说你的结尾吧。

吴不庸说，在我写的结局中，吴桐愿意跟那公子而去，王祜却不放心吴均茂。吴均茂从床底挖出那件瓷笔架，交与王祜，说，在下冒死保留此物，你们当信我，请恩公转呈詹碧云，明日，我自会给恩公一个交代。小妹清白，随詹公子，得明媒正娶。王祜见到那款瓷器，心中感慨，知道吴均茂敢冒死为建文帝留一款瓷器，内心必是同情建文帝的，现又答应将小妹嫁他，自是一家人了。欢喜不已，将那瓷器连夜呈与建文帝，又将结亲之事言明。次日，王祜为媒，老仆为证，在那小院里，吴桐与建文帝成亲。是夜，吴均茂一杯毒酒自尽。他知道，只有这样，建文帝以及臣仆们才会真正放心。安葬毕吴均茂,一行四人,悄然离开横峰,连同他们一起失踪的,还有窑工周工巧。

时光悠悠至万历二年十月十七日,神宗问内阁首辅张居正:闻建文帝当时逃逸,果否?张居正答曰:国史不载此事,但故老相传,言建文当靖难师入城,即削发披缁从间道出,人无知道。至正统间,忽于云南邮壁题诗一首:

沦落江湖四十秋,
归来白发已盈头。
乾坤有恨家何在?
江汉无情水自流。
长乐宫中云气散,
朝元阁上雨声愁。
新蒲细柳年年绿,
野老吞声哭未休。

有一御史觉其有异,召而问之。老僧坐地不跪,曰:吾欲归骨故园。乃验知为建文也。御史以闻,遂驿召来京,入宫验之,良是。是年已七八十矣。莫知其所终。

吴不庸言毕,三人静默无语,举杯吃茶。

窗外桐荫里,一双黄莺,鸣声缠绵。

短篇小说

玛多娜生意

苏 童

一

那些年,我也做过生意。

我和庞德合伙的鸢尾花广告公司开张了五个多月,人气很旺,庞德每天都在公司接待好几拨客人,咖啡机烧坏了两台,一次性纸杯用掉了好几箱,但我后来得知,并没有一份像样的合同,那些人都是来找庞德谈艺术的。有一个摇滚乐手喝啤酒喝醉了,捏着那玩意儿在公司里跑来跑去,对着每一盆植物撒尿,嘴里高喊,Come on! Come on! 那些杜鹃、龟背竹、发财树不知所措,没几天,就一盆一盆地枯死了。

必须介绍一下庞德。他是我的朋友,一个业余诗人,一名音乐发烧友,本业则是美术设计,朋友圈公认他为最有艺术才华的人,但现在,他是我们公司的经理,才华不能挣钱,要它何用?大家可以想见我的恐慌,五个月颗粒无收,我对庞德的敬佩,已经变成了愤怒。我多次奚落了庞德的无能,也顺带抨击了他所热爱的一切事物,诗歌的酸腐、音乐的无用,甚至诋毁了庞德最崇拜的大师毕加索,说他不过是个色情狂。也许是类似的电话接多了,庞德的抵御非常理智,逻辑性很强,他说,我请问你,失去一点金钱,就有资格诋毁艺术吗?然后我听着他对经营的失败做出流利的辩解:一切都归咎于一个香港天皇巨星的爽约,朋友介绍来的合作伙伴极不可靠,其中一个是诈骗犯,还有一位洽谈户外广告的家具商人,竟然是目不识丁的文盲。后来不知怎么提到了公司的名称,他埋怨我们盲目听从一个女画家的建议,注册了鸢尾花这个倒霉的名字。鸢尾的花季很短很短,知道吗?梵高画了鸢尾花就疯了,知道吗?现在可好,鸢尾的诅咒应验了,我也快被你们逼疯了。说到这里,他旧事重提,我本来是要叫南方草原的,记得吗?庞德大声嚷嚷,南方,草原,多么开阔多么好听的名字,是你们反对的。

那一阵子庞德还坚持续租太平洋酒店裙楼的写字间,悉数保留所有雇用的员工,每天西装革履,开着他的桑塔纳轿车出没在太平洋酒店。他对人心惶惶的员工说,放心吧,苹果树上的最后一只苹果,一定是最红最甜的。有人告诉我,他女朋友桃子生日的那一天,他给桃子送去了九十九朵玫瑰,这让我怀疑他对浪漫与享乐的追求,会把公司账户上最后一点余额挥霍一空。我再一次打电话谴责了庞德,也就是那一次,庞德与我翻脸了。我听见庞德电话里的声音变得傲慢而尖锐,你那点钱,可以撤走,我根本不在乎。然后在一阵蓄意的沉默之后,他向我亮出一张底牌,令人难以置信。玛多娜,玛多娜你知道的吧?庞德清了清喉咙说,我透露一个消息给你,玛多娜要来了,我们的大生意,马上来了。

我在太平洋酒店的咖啡厅里看见了庞德。

他和一个陌生姑娘面对面坐着,喝咖啡,说话,耸肩膀。与以往一样,庞德与姑娘在一起的时候显得格外帅气,意气风发,耸肩的动作会极其频繁。我走过去的时候,他似乎忘了之前的不悦,很大度地向我介绍了身边的姑娘。深圳来的简玛丽小姐,玛多娜生意的合作伙伴。他这么说着,看我猜疑的表情,用胳膊肘捅了我一下,轻声补充道,简老大的侄女啊。

庞德嘴里的简老大,我当然知道是谁。所谓广告界的大鳄和教父,一个传奇的成功人士,白道黑道还有红道,路路皆通。我只是本能地怀疑这笔大生意的真实性,庞德社交生活的浮夸与芜杂,多少让我对这个陌生姑娘心存戒备。我记得很清楚,简玛丽当时没有站起来,似乎是回敬我多疑的眼神,她皱皱眉,将一只手懒懒地伸出来,让我握一下,明显是作为恩赐的。她将嘴里的咖啡渣吐在纸巾里,团了团扔在烟灰缸里,忿忿地说,这叫什么咖啡?瞟一眼远处的侍者,又宽宏大量了,说,什么样的地方做什么样的咖啡,不计较了。什么时候我带你去喜来登,那儿的蓝山咖啡,还算不错。

是一个时髦、高贵而且神秘的姑娘,穿皮裙,短靴,白衬衫。肤色微黑,脸形稍显方正,谈不上多么漂亮,但是,有某种说不出的动人之处。当她的面孔朝向庞德,眼神单纯清澈,微笑的时候,那一丝妩媚与羞怯,似乎还属于一个少女,偶尔目光朝我瞥过来,一切都不同，我从她的脸上发现某种明显的骄矜与冷酷之色，我相信那是刻意流露的，对我的多疑，她给予了必要的报复。

我其实插不上什么话。他们在热切地谈论玛多娜。她的音乐。她的舞台。她的造型和头发的颜色。甚至谈及她新婚的丈夫，一个英国导演，他最近拍了一部什么黑帮电影，杀人，杀得很浪漫。我急于打探玛多娜巡演的代理细节，庞德明确阻止了我，称现在我们还没有资格商谈细节，鸢尾花能否承接这笔生意，还要等简玛丽回到深圳再说，一切都要简老大决定。听起来这是可信的。我问简玛丽，简老大是你叔叔还是伯父？她抿了抿嘴唇，用征询的眼神看看庞德，庞德照例耸耸肩。她突然凌厉地看着我，你猜呢？我并没有从她眼睛里发现任何的虚弱，倒是看到一丝孩子气的调皮，我像庞德一样耸了耸肩，这怎么猜？她发出了突兀的一声冷笑，其实你猜得出的。然后她从包包里掏出一支口红，开始修补唇妆，问我，吕先生你听过玛多娜吗？我说我听过，就是一时不记得她唱了什么了。她斜睨我一眼，忽然灿烂地一笑，我知道你们这款男人最喜欢什么，《像一个处女》，你肯定喜欢吧？

玛多娜生意后来不了了之，这在我们很多人的预料之中。好在事情并未能向前推进，除了庞德陪同简玛丽去黄山和杭州的那点旅游费用，鸢尾花公司并没有什么损失。那个简玛丽究竟是不是骗子，暂时成为了我们心底的一个悬念，难以追究。

朋友圈内有人在上海遇到过简老大，有幸与他攀谈了几句，自然问起了那笔玛多娜生意，回答是确有其事，只不过中间人太多，演出承包商那边的预付没有谈拢，生意最后黄了。后来问起简玛丽这个人，简老大矢口否认，说他从来没有什么侄女。大家对简老大浪漫的私生活都有所耳闻，身边美女如云，否认是侄女，并不排斥是其他什么人，简玛丽与简老大的关系尚待多方查考，那朋友只好自己找台阶下，说，一定是碰巧了，姓简的人不多，那姑娘恰好也姓简。

鸢尾花真的很快凋谢了，广告公司关了门。庞德愤怒了几天，又沮丧了一阵，最后一次去公司的办公室，他枯坐在办公桌前，对着一本画册发呆，手里把玩着一把美工刀。有人注意到那是梵高割耳后的自画像，立刻引起了警惕，告诫他道，庞德你别想不开，公司开开关关很正常的，割了耳朵你怎么泡妞？割了耳朵你怎么听音乐？庞德说，别吵，我离发疯还早呢，我不过是在体会，什么是背叛，什么是悲伤。还好，庞德最后化悲痛为力量，他只是用美工刀在办公桌上刻了四个大字：壮志未酬。刻得缓慢艰难，因为是篆体的。之后他把美工刀扔在字纸篓里，扬长而去了。

有一段时间庞德销声匿迹。谁也找不到庞德，包括他的女友桃子。庞德向我们描述过他的好多人生计划，最惊人的莫过于去青海塔尔寺做喇嘛，其中并不包括失踪这一项。有人猜他是设法去美国了，那是他多年的梦想。但桃子说庞德被美国大使馆拒签了，无论是去拉斯维加斯听玛多娜的演唱会，还是去哈佛大学留学的计划，暂时都还是庞德的空想而已。

桃子是少年宫的琵琶老师，也是圈内公认的淑女，容貌酷肖邓丽君。之前庞德狂热地追求她，追了三年，还是个朦胧的恋人。桃子的父母嫌庞德浮夸不可靠，一直反对女儿的爱情。等到桃子终于说服了父母，准备谈婚论嫁，庞德却不告而别了。我们都同情桃子的境遇。她的生活已经习惯了两个内容：被庞德宠爱，孩子和琵琶。庞德不在，孩子和琵琶的陪伴便可有可无，桃子的生活彻底失去了平衡。她憔悴了许多，跑到庞德的所有朋友那里哭诉，言辞之间多少流露出对我们这班朋友的抱怨，是我们把庞德拉上一条贼船，现在船沉了，大家都不管他了。哭到伤心处，桃子要大家设法转告庞德一个限期，如果在六一儿童节之前不回来，她会抱着琵琶从少年宫的塔楼上跳下去。有点危言耸听，但桃子以满眼泪水告诉我们，那不是威胁。看着一个知书达理楚楚动人的淑女形象，转眼成为一堆绝望恐怖的碎片，大家都心痛，也感慨爱情的变幻无常。都说他们的爱情是一坛浓烈的蜂蜜，可是这坛蜂蜜居然就打翻了，打翻之后凝结成一把锋利的刀，连我们都被刺伤了。

　　寻找庞德，就这样成了一件人命关天的事，当然也成了我们这个朋友圈的义务。证券公司的小辛先找到了一丝线索。是一张用傻瓜相机随意拍下的照片，背景灯光紊乱刺眼，导致影像有点模糊，但还可以分辨出庞德那张意气风发的面孔。倚靠在他身边的那个外国女郎，银发红唇，艳光四射，引起了我们的一片惊叫，玛多娜玛多娜！那分明就是大家错失了的玛多娜。庞德真的去了美国吗，这么快，他就见到玛多娜了吗？

很快就冷静下来，不可能的。定下神来分析那个玛多娜，应该是一次模仿秀，一个替身而已。细看照片的一角，隐约可见庆祝什么股份公司上市的横幅标语。至于庞德身边的那个冒牌玛多娜，她眼神里放出的空茫而妖媚的气息，几可乱真，但仔细甄别容貌，应该是我们的同胞。是谁呢？有人说出了几个当红歌星的名字，而我当时就联想起了简玛丽，只是印象里的简玛丽脸形稍显方正，做玛多娜的替身，她的脸该怎么拉长呢？还有鼻梁和眼窝，是怎么化妆的呢？

后来的消息证实了我的直觉。那个玛多娜，是蛇口玛多娜，所谓蛇口玛多娜，其实就是简玛丽。我们寻找庞德的义务，就这样演变成对一个外地女孩的暗中调查。

很快就水落石出了。简玛丽的履历背景，不像庞德说得那么神秘，也不像我们猜想的那么简单。她最初是川东一个小城的歌舞团演员，跟着几个朋友南下深圳，成立了一个舞蹈团，专门为晚会伴舞。舞蹈团不久散了，朋友各奔东西，只有她留了下来，拜师学声乐。有很多深圳一带爱泡夜场的朋友，见过她狂放的歌舞，说她唱功一般，经常对口型，但舞台形象令人难忘，劲爆火辣，性感无敌，蛇口玛多娜这个艺名，对于简玛丽来说是恰如其分的，她确实住在蛇口。有人了解到的信息属于隐私，说简玛丽曾经被一个香港的中年地产商包养，有一次不知为何拿了一只高跟鞋追打那个香港人，从电梯追到公寓大堂，再追到停车场，邻居们看见她用高跟鞋将香港人的轿车玻璃砸出一个坑，光着脚提着鞋子往回走，对邻居说，这下有点爽了。所以，她在那幢公寓里又有个特殊的绰号，叫作有点爽。还有一些人在电视上见过简玛丽。她参加过很多选秀活动，也在几部电视剧里跑过龙套，甚至还经商，是一种韩国美容乳液的代理商。关于简玛丽的种种消息，我们最关心的是她的现状。她的现状简洁明晰，却没有人敢告诉桃子。

听说在深圳，简玛丽与庞德已经同居了。

二

五月将尽的时候，桃子的父母和庞德的兄嫂联袂去了趟深圳，把庞德押回来了。

不知道为什么，庞德如此归来，竟仍然给人衣锦还乡的感觉。他约了我们一帮老友见面，不在以前我们的聚点太平洋，而是在喜来登酒店的西餐厅，喝香槟，吃牛排，花销明显要贵很多。桃子也在，她很少说话，只是以一种悲伤的手势握着庞德的手，告知我们爱情失而复得的艰辛。庞德穿了一套奇怪的镶白边的黑色西装，当我们对他的西装表示出好奇，他不以为然，说，你们是穿惯冒牌货了，少见多怪，知道吗？阿玛尼的新款，从来都这么出位。我们又问他出位是什么意思，他懒得解释了，耸耸肩，给我们递上了新的名片。公司名字叫热带风暴演出经纪公司，他身兼三职，法人、董事长、总经理。有个朋友讽刺地说，庞德你在深圳就这三个职务？不止的吧？庞德倒是不介意，自嘲道，别的职务，名片上就不写了。他身边的桃子听出了话音,脸上乍然变色,大家就不忍心再拿庞德开涮了。无论如何,六一的隐患已经消除,他们的复合是一件好事,至少省却了朋友们的烦扰。

最初谁也不知道,简玛丽尾随庞德,一起回来了。庞德后来声称他对此毫不知情,那是否谎言,我们一时无法证实。只是在事情发生之后,我们很多人联想起桃子那天在喜来登西餐厅的奇遇,她不过是去了趟洗手间,白色长裙的裙摆上,居然被人用口红打了一个红色的大叉叉。

那天是六月五号了,照理说桃子的通牒已经失效,但她还是上了少年宫的塔楼。学习琵琶的孩子们说,有个金色头发的玛多娜阿姨一直在等桃子老师,后来庞德叔叔也来了,他们在课堂里听见庞德叔叔与玛多娜阿姨在外面争吵,等到孩子们跟随桃子出去,庞德叔叔已经不见了。当天的琵琶课程因此草草结束。孩子们看见桃子和玛多娜阿姨说着话,先是在草坪上,后来桃子老师就拿着琵琶往塔楼上走,那个玛多娜阿姨跟在她身后。

她们站在塔楼上,塔楼上有一面鲜艳的少先队队旗迎风飘展,她们就站在那面旗帜下面,为爱情交涉。两个人影,一个是黑色的,一个是蓝色的。孩子们听不清她们在塔楼上的交谈,只是目睹了黑色与蓝色长时间的对峙,突然,他们听见了玛多娜阿姨尖利的声音,你跳啊,你跳我陪你跳!

孩子们看见他们的桃子老师扶着栏杆哭泣,看起来真的有跃身而下的危险。有聪明的孩子叫来了别的老师。书法老师先来了,据说他一直暗恋着桃子,他径直冲向了塔楼,随后少年宫的负责人严老师也来了,严老师不敢上去,她脸色煞白,嘴唇哆嗦着,向着塔楼质问,那位小姐,你从哪儿来?玛多娜阿姨回答,从地球上来。严老师跺了跺脚,又向桃子发出了严正的谴责,这是少年宫!看看你头顶的旗帜吧!桃子你别让爱情冲昏头脑,孩子们都看着你呢,当着孩子们的面,就在少先队队旗下面,你怎么敢?立刻下来!

桃子被书法老师扶下来的时候,一直用琵琶盒子遮着自己的面孔,很明显她不想让孩子们见到她崩溃的样子,但琵琶盒子遮掩不了她颤抖的身体。桃子的身体在颤抖,她不停地对孩子们说,对不起对不起,我太软弱了,不配做你们的老师。有个女孩上去扶住了桃子,出于一颗爱憎分明的心,女孩朝玛多娜阿姨啐了一口,你不是玛多娜,你是女魔鬼!

少年宫的人们都看着玛多娜阿姨。那天她黑衣黑裙,戴着两个硕大的贝壳耳环,脚踝上套了一圈彩色布条,布条上系了一只红色的铃铛。他们看见她皱起眉头,用纸巾擦去了女孩的唾沫。再抬起脸来,她猩红的嘴角出现了一丝宽容的微笑。你那么小,还不懂玛多娜。她用手指在女孩脸上刮了一下,有时候玛多娜是仙女,有时候她就是魔鬼。

三

简玛丽就这样成为了一个黑暗的传说。

六月发生的事情,让我们对庞德失望透顶,甚至无法确定他的归来,究竟是为了与桃子复合,还是为了与她做个了断,或者干脆相信,庞德到最后都没有拿定主意,他是需要桃子,还是需要简玛丽。对于庞德残存的友谊,迫使很多朋友向他晓以利害,告诉他简玛丽今天对桃子有多么冷酷,未来对你就有多么冷酷。庞德为简玛丽做出了辩护,你们不了解她。他说,她其实很善良。有人尖刻地问,跟一块石头比,还是跟一头狼比?他说,跟我们大家比。又说,跟我在一起的时候,你们不知道她是多么善良。这是可能的,因为爱情。大家没有反驳,他便来了精神,你们猜猜看,她收留了多少流浪猫?没人理睬,他自己回答,举起一个巴掌说,五只啊,她收留了五只流浪猫,一只叫白玛,还有一只叫花玛,跟我们睡在一起的。又期盼地看着大家,等待谁来提问白玛和花玛是什么意思,偏偏没人配合他,他只好自己解释,白玛是白猫,就是白色玛多娜的意思,花玛是一只花猫,花花玛多娜,懂了吧?看朋友们的表情充满讥讽,他无奈了,整了整领带总结道,我知道你们对她有偏见,你们不懂得爱,爱,是独占性的。告诉你们吧,是爱的独占性,才让她变得那么疯狂。

庞德留在了我们的身边。可以说,是在多种逼迫之下做出的选择,也许算是悬崖勒马,也许是出于对桃子剩余的爱,也许,仅仅是某种畏惧,他害怕桃子的以死相胁。不久之后,庞德与桃子举行了婚礼。桃子那天的打扮,以及她的一颦一笑,都酷似我们众人热爱的邓丽君。有个朋友注视着容光焕发的新娘,忽发感慨,说,毕竟是在我们的地盘上,看,邓丽君打败了玛多娜!

我们挽留了庞德,多少也为自己挽留了一些累赘。庞德的热带风暴公司还在,只是离开了简玛丽,也就离开了玛多娜,离开了玛多娜,他对自己能做什么陷入了空前的迷惘。他与桃子的婚房坐落在聋哑学校附近,有一天路过那里,他看见两个美丽的聋哑女孩在学校门口以手语激烈争论,忽发奇想,决定要组织一场聋哑人辩论大赛,让电视转播。必须承认,我们的朋友圈里不再有人愿意再与庞德合作,却有人还愿意赞美他的创意和智慧。庞德受到了鼓励,开始为此奔忙。聋哑学校方面倒是有兴趣借此推广他们的品牌,电视台也勉强承诺,可以先录一台节目,看看节目效果再说。关键是赞助商,要找一个愿意赞助聋哑人辩论的商家,很不容易。那一段时间里我们频频接到庞德的电话,记得最清楚的就是庞德沙哑而充满激情的声音,类似宣言,也好像是恫吓。会轰动的,这一次,商业效益跑不掉,社会效益无法估量,一定会轰动的,他说,你们现在敷衍我,到时后悔也来不及!

只剩下桃子陪着庞德,到处游说。那个做大理石生意的郝老板,我们原来都不认识,听说是桃子琵琶班上一个学员的父亲。庞德能够与郝老板签署赞助协议,是琵琶,或者说是弹琵琶的桃子立下了汗马功劳。庞德那一阵子去赴郝老板的饭局,总是带着桃子,或者说,是桃子带着庞德和琵琶,吃完饭,她照例要为满桌客人弹一曲《春江花月夜》。我们知道,那是桃子最擅长的琵琶曲。

电视台录制节目的前夕,我们很多人受到了庞德的邀请。为了见证庞德这次辉煌的起步，我也去了电视台的录播大厅。庞德忙得团团转，无暇顾及我们，只是匆匆地向我们介绍了郝老板。那是个胖胖的黑乎乎的福建男人，笑起来很憨厚，眼神里又透出几许精明。桃子陪着他，不知为什么，看起来并没有多少成功的喜悦，倒是心事重重的样子。

聚光灯下的聋哑孩子们在辩论一个关于爱与怜悯的主题，相信那是庞德的构想，对于孩子们来说有点难了，所以我不断地看到一个美丽的聋哑女孩忘记台词，急得要哭的样子，另一个男孩则情绪激烈，以旋风般的手语向对手发起攻击。我问旁边的人他说了些什么，原来那男孩在控诉对手不配谈爱与怜悯，昨天夜里他还被对手逼迫，喝了一杯尿液。突然，那男孩涨红了脸，以手做枪，扳动扳机，向对手做了个开枪的动作。下面一片哗然，有人不停地哄笑，我隐约听见庞德在摄影机那边大叫，红方红方！二辩住嘴！Cut！Cut！

桃子和郝老板静静地坐在一起，有点混乱的录像场面并没有影响他们的坐姿。他们的腿应该在一起，挨得近一些，无伤大雅。但是我无意中瞥见，他们的手在暗处交流。郝老板抓着桃子的手，尽管很快被桃子推开，但我相信，那不是我的幻觉。在郝老板与桃子之间，似乎已经发生了什么。我所不能确定的是，在桃子与庞德之间，到底发生了什么。这么快，桃子就决定背叛庞德吗？为了庞德，桃子背叛了庞德吗？他们之间那份以命相许的爱情，再一次让我陷入了疑惑之中。

庞德的聋哑学生辩论大赛在电视台播出了一期，紧急叫停了。有关部门认为节目导向不明，又涉及特殊人群，没有任何积极意义。庞德写了洋洋万言的申诉材料，奔波于各个部门，最终徒劳，不得不放弃了他的心血之作。之后他疝气发作，住进了医院。我们到医院去看他的时候，他有点委顿地总结了自己的得失，我跟官僚机构天生打不了交道，我还是适合做音乐。他说，你们知道吗，玛利亚 凯丽要到香港了！大家一下就都不说话了。庞德的眼睛放出光来，我过几天准备飞香港，去见见她的经纪人，我有个同学在纽约，认识那个经纪人。我们看他的眼神，等着他的下文，果然他的声音开始变得神秘，那个经纪人对中国市场很有兴趣啊，这是个好机会，你们有兴趣吗？

我们因此提前离开了庞德的病房。在走廊上，我们遇见了桃子。桃子一脸倦容地提着她的琵琶，说是刚刚去乐器行给琵琶换了弦。我们问她是否要跟庞德一起去香港。她露出一丝哀婉的微笑，还去香港呢，机票都买不起了。现在都是我在挣钱养家。她突然拨响了琵琶，拨出一声刺耳的杂音，我现在，上门给学生做家教啊！

四

那年冬天多雪。

庞德在一个雪夜不约而至，敲响了我家的门。一定是临时起意，我注意到他只穿着毛衣和睡裤，满身雪花，看见我他的手举起来,亮出一只料酒瓶子,你看,我家里的料酒都喝光了。他说,现在没地方买酒,你借我一瓶酒。

他的眼神是破碎的,走路的脚步已经踉跄。我把他扶进屋子的时候,他很感恩,忽然在我脸上亲了一下,喷出一嘴酒气。他说,还是朋友好,只有友谊,可以天长地久。

其实我猜到发生了什么,桃子去为郝老板的女儿做家教,做出了些意外的插曲,庞德与桃子分居多日,朋友圈里已经有所耳闻。大家没有想到的是,庞德悬崖勒马,桃子变了心。听说郝老板的妻子曾经找到少年宫去,不知为何,最终也跑到了少年宫的塔楼上。桃子跟着那女人,与她并排站在一起,桃子说,你想想好要不要跳,要跳就数一二三,我陪你跳。这件事听起来很像谣言,桃子这么快就变成了简玛丽,谁也不敢轻信,但有人认识少年宫那个美术老师,按照他吞吞吐吐的口径来推敲,似乎那是真的。

我不知道该怎么开导庞德。我们坐下喝酒。他不说话,指指喉咙,捂捂胸口,意思是嗓子哑了,心碎了。我害怕他跟我谈论他的婚姻危机,试探道,你喝成这样,我们还是谈谈诗歌谈谈音乐吧,要不谈谈毕加索也行。

他目光炯炯地审视着我,看透了我的畏惧,忽然发出一声尖锐的冷笑,诗歌,是狗屁。音乐,也是狗屁。顿了一下,打了个嗝,他哑着嗓子说,毕加索算老几?他不过是艺术的男妓。

我几乎要笑,不忍心,打岔道,玛多娜呢?玛利亚 凯丽呢?她们是什么?

他想了想，没有再贸然羞辱他曾经的偶像，只是坚定地摇着头，我现在不听她们了，一个太商业，一个太肤浅了。他说着从毛衣里挖出一张 CD 来，你可以放一下听听，震撼，震撼，我现在天天听这个，听一下，心情就好多了。

是一张黑色封面的进口 CD，银色的骷髅头长了两片鲜艳的红唇。我不认识那一排花哨的洋文。庞德介绍道，骷髅玫瑰乐队，曼哈顿的地下摇滚。我好奇地把 CD 放进音响，先听见一阵阵呻吟，伴随着玻璃碎裂汽车奔驰和推土机打桩机的噪声，然后各种电声乐器涌入，夹杂着一个女声疯狂的尖叫。正值夜深人静时分，我赶紧把 CD 退出来，问庞德，谁给你的 CD？吵死人了。他的脸上又出现了我所熟悉的神秘表情，你猜。我照例不猜。他说，是简玛丽给我的，她现在在纽约。又问，你知道那女主唱是谁？我摇头。他说，听不出来？就是简玛丽啊！她的乐队，键盘，吉他，贝斯，鼓手，不是白人就是黑人！他们去过黑暗厨房演出，黑暗厨房你听说过的吧？简玛丽现在不跳舞，做地下摇滚，成功了！

我知道简玛丽去了纽约。我以为她是去寻找玛多娜的，预计她暂时会在一家中餐馆或者服装厂洗衣店打工。庞德嘴里简玛丽的成功，我凭本能觉得可疑。然而，庞德不容我对简玛丽的成功提出任何质疑，他捏着拳头捶了下大腿，我错过了她，我说过只要给我五年时间，我就会把她打造成国际巨星，你们都不相信我。庞德说着说着伤感起来，抱住头说，我错过了她。也错过了我自己的幸福，我不怪你们，怪我自己被绑架了。我一惊，谁绑架你了？他忿忿地看着我，突然吼道，道德！还有你们这帮虚伪的朋友！你们利用了我的善良！然后是他所擅长的自问自答环节，善良是什么东西，你知道吗？他说，告诉你们吧，善良，是个最大最臭的道德狗屁！

窗外大雪飘飞。我想象此刻纽约的街道上说不定也在下雪，此刻的简玛丽会在做什么，我头脑里却一片空白。我与简玛丽匆匆一面的印象已经模糊，说起简玛丽，我眼前浮现的竟然都是玛多娜且歌且舞的样子，有点吵，有点窒息，但某种妖娆的挑逗隔空而来。真的有点奇怪，一个川东姑娘，就这样以玛多娜的形象驻扎在我记忆里了。

那个雪夜庞德留宿在我家里。他酒醉严重，去卫生间吐了两次。第一次呕吐的间隙，他还清醒，向我透露了下一个人生计划，说他在等简玛丽的绿卡，她有了绿卡，他就可以去美国了。第二次呕吐很厉害，庞德抱住马桶，流出了眼泪。他抱着马桶哭泣，有点胡言乱语了，他说他恨不能从马桶里钻到美国去，要是可以钻过去，简玛丽一定会在下水道的出口等他。

五

现在看来，庞德的去国之路，其遥远程度堪比丝绸之路。简玛丽的绿卡遥遥无期，而庞德等不及了。是一个旅行社的朋友替他安排了一条漫长而诡谲的路线。他先去了云南，从云南去了越南，从越南去了澳大利亚。按照他们事先的计划，最终还是要越过太平洋,目的地确定不变,是美国。

大多数朋友都收到过庞德在悉尼歌剧院门口的照片,是与卡拉扬的演出广告合影,他说他听了卡拉扬的音乐会,无比震撼,还将去听瓦格纳的歌剧《尼伯龙根的指环》,必将更加震撼。这如果是真的,当然令人羡慕,只可惜无从证明。悉尼有我们的朋友。最初我们听到他的消息,大抵是找工作找住房之类的琐事,庞德没少去麻烦别人,后来便失去他的音讯了。大家以为他是设法去了美国,后来知道,庞德没有能去美国,不清楚是他无能,还是简玛丽那边的变故,他瞒着悉尼的朋友,去了新西兰,到一家葡萄园摘葡萄去了。

没有人料到他在新西兰摘葡萄,摘了那么多年。也是葡萄,后来与庞德结下了不解之缘。大约是五年之后的一个夏天,朋友圈里纷纷得知一个消息,庞德回来了,兜里揣着一本新西兰护照。他以一个葡萄酒酒庄经理的名义回来,回来开拓营销市场,顺便邀约了过去的朋友,参加一个品酒会。

五年后的庞德依然相貌堂堂,衣着考究,我们想象的艰辛与沧桑在他的脸上并没有留下多少痕迹,只是白色的紧身西裤夸大了他的肚腩,看起来是发福了。他向我们展示了几款葡萄酒,不停地说着单宁、甜度、果香、黑品诺之类的词汇,我们都听不懂,只是注意到席间有个戴耳环的白人男子,看起来四十岁左右的样子,忙着招呼几个洋人,不时与庞德传递眼神,热烈,多义,还有点诡秘。我们都察觉到他与庞德之间关系亲密,悄悄打听他的身份,庞德说，他是杰克，伟大的酿酒师啊。庞德忽然笑了，笑得有点腼腆，大家都看着他，不明白他笑什么，然后我们就听见庞德压低声音说，他妈的，我明明是一串西拉，被他酿成了一杯夏多内！

我们都对葡萄酒一无所知，也就没有人听得懂庞德隐晦而真诚的告白。庞德的美国梦，他自己已经放下，我却记得清楚。我想起那个雪夜庞德的誓言，忍不住追问他，这些年来，你究竟去没去纽约，见没见过简玛丽？他叹口气说，去了，见了，人家已经是两个孩子的妈妈。我问他简玛丽嫁给了什么人，他说，谁也没嫁，一个女孩，是跟白人的混血，一个男孩，是跟黑人的混血。我一时默然，问，现在呢，她会不会还在等你？他又耸肩，做了个天知道的动作。我试探庞德，你为什么还是单身，你还在等她吗？他发出一种短促而夸张的笑声，不知道是对我的愚蠢表示轻蔑，还是表示感伤。你知道我在等谁吗？他的笑容很快变得狡黠起来，瞥一眼远处杰克的身影，打了个响指，告诉你，我和杰克在等李嘉诚，李嘉诚已经收购了我们隔壁的酒庄，我们在等他收购我的酒庄。又晃了一下手里的酒杯，你看我们的酒，这酒体，这果香！庞德说，都是黑品诺，都在玛尔堡，我们不比他们差啊！

庞德与简玛丽依然隔着太平洋，天各一方。他们之间，似乎还刻意保留着朋友关系。两年前的一个春天，我忽然接到庞德打来的电话，说简玛丽要带着孩子回国探亲旅游，会在我们这个城市停留，他要我们几个朋友替他招待一下简玛丽。坦率地说，大家都想看看这个传奇的简玛丽,现在是怎样的一位母亲,朋友们都一口应允,为了纪念大家的相识,也为了向一个破碎的爱情故事致意,我们特意将他们安排在太平洋酒店。

我们请简玛丽一家吃饭。简玛丽带着两个混血孩子,姗姗而来。她那天穿了件白色镶嵌蓝边的旗袍,头发恢复了黑色,盘成一个复古的圆髻,她的脸被很厚的粉底罩住,口红很重,岁月的痕迹被谨慎地涂抹之后,看起来很像是三十年代的烟草广告女郎。有人这么直白地说出自己的感受,她淡然一笑,说,我的打扮很正常啊,现在纽约流行复古风。

我带去的葡萄酒来自庞德的酒庄。她瞥一眼酒瓶就猜到了,说,基佬酿的酒,味道都很复杂,我要多喝一点。果然就喝了不少,人也显得松弛了。席间不知是谁提起了桃子,被人在桌子底下踢了脚。没想到她倒坦然,主动问,听说桃子后来嫁给一个大富翁了?听说有几个亿?大家猜到是庞德夸大其词了,在任何时候,我们都需要掩护庞德的虚荣心,没有人轻率地接茬,简玛丽也没有再追问下去。庞德酿造的葡萄酒在她身上起了奇妙的效用,她勤于回忆往事,又毫无保留地披露她在纽约的生活。是她自己主动提起了少年宫塔楼上的那件往事。说到跳楼,真的没什么大不了的。我在曼哈顿,差点也要跳,三十七层的大厦啊,比少年宫那塔楼高多了。她这么说着,诚恳地看着我们,我不光是为了爱情,也是为了房租,为了,为了——心碎。她艰难地选择了心碎这个词汇,眼睛里忽然闪烁出一丝泪光,我都已经写好遗书了,我已经走到楼顶了,知道是谁救了我吗?空气骤然紧绷,大家都紧张地看着她,猜测她要宣布的人选,我记得我当时思维偏向电影化,脑子里跳出的是玛多娜,而我注意到对面小辛的嘴型,他明显轻轻吐出了庞德的名字。简玛丽抿了一口酒,以莞尔一笑,原谅了我们的轻浮或愚昧。别猜了,你们猜不到的。她突然用手指着她的混血女儿,是露西亚,露西亚那年才五岁,她穿着睡衣追到楼顶上来了,她对我说,妈咪你别丢下我,我陪你跳,你抱着我,我们一起跳。

一时满桌静默,谁也不敢说话,大家的目光都聚焦在露西亚脸上。露西亚是一个美丽的混血女孩,腿很长,头发是亚麻色的,眼睛有一点点发蓝。我们很少见到蓝眼睛,难以定义露西亚的眼神,它流露的究竟是纯真还是早熟,是羞怯还是无畏。她正与弟弟一起玩游戏机,这时候抬起头,以一种谴责的目光看了看她母亲,她用英语说,妈咪,你喝多了。我不准你再说话了。

简玛丽吐了下舌头,果然不说话了。为了调节气氛,有人小心地与露西亚搭讪,露西亚,小美人,你喜欢玛多娜吗?

露西亚摇了摇头,说,不喜欢,玛多娜早就过时了。

五十一个强光点

冯 唐

题记一:

某些参透顶级智慧的僧侣甚至能够在事情发生之后再来决定它应该怎么发生。但是需要指出的是,这些僧侣也只是恒河中的一粒砂,尽管他们知道在某个刹那这粒砂该放到天平的哪边。

——鸠摩罗什读经笔记残卷翻译

题记二:

鸠摩罗什本来可以修成第二个佛陀
如果他不破戒
真好奇,他如何破了什么戒

——冯唐短歌集《不三》之四十二

一

公历二〇一一年十月六日,乔布斯死后第二天,在地球范围内,有十三个人在十个城市用不同方式宣布他们继承了乔布斯的衣钵,给出的理由也彼此不同。

二

公历二〇一一年十月六日那天,我走在中关村大街上。

现在想起,我忘掉我为什么走在中关村大街上了。可能只是因为那天天气好。天蓝得又高又透,小风儿脆脆的,让脑子清爽又不让身子冷。北京像某些长得按你命门的妇女,一身的毛病,但是偶尔好起来,让你在瞬间忘记她一切的毛病,在瞬间仿佛初次相见。

每当有个好天儿,人民欢天喜地,从各自的住处钻出来上街了,各个公园都挤满了人民,各种老人推着各种小孩儿,没小孩儿可推的老人在好天儿里唱京剧、跳新疆舞,各种非老人、非小孩儿的人民五公里、十公里、半马跑、全马跑,不辜负任何好天气。

我走进清华校园,在有隐约民国气质的大草坪前站了几分钟。草坪上有三对在婚纱摄影,三个男的一直在忍不住乐,还偷着抽烟,三个女的用眼神、手势或者嗓音提示这些男的,严肃点,你们丫能不能严肃点啊,照个婚纱都这样,以后笑床完成不了宇宙生命中的大和谐怎么办啊?我看了看这三个女的,一副女娲补天的控制感，我看到了那三个男的未来有很多需要借酒消愁的瞬间。

我试图混进北大，北大的保安似乎比其他大学的保安智慧很多，总试图在分辨坏人的表情。四十多岁的我戴上个眼镜，还是混进去了，完全没被盘问。我内心得意，如同在旧金山参禅中心，刚吃完烤翅、喝完啤酒，被问："你参的是不是曹洞宗？"北大校园里的姑娘还是一个个屌屌的，拎着比她们脑袋还大的饭盆在饭堂和教室之间直立行走，旁若无人。银杏树还没变得金黄，我记得它们金黄之后的样子，直立在路边，仿佛一排被点燃的火柴。

在中关村大街上转悠的那天，我先后遇上三个人，年龄相差不到十岁，都问我："你信不信？乔布斯之后，就看我的了。"

年岁最大的，就是我认识很久了的小浩浩。他痛恨在人民面前讲话，但是人民喜爱听他讲话。小浩浩真诚地说过很多次，他愿意用十年阳寿换不必在人民面前讲话，但是，一旦一年内他不在人民面前讲话，他想做的事儿就进行不下去。他在人民面前讲话的时候常常紧张，他的必杀技是往那儿一站，嫣然一笑，不说话。那天，他遇到我的时候，他没笑，他说："你严肃点，乔布斯昨天死了，我很难过。他打下了那么好的基础，他做创意，库克做执行，他负责战略，库克负责战术，手上现金无数，他的见识又修炼到了金字塔顶尖下一米的高度，太可惜了。在科技上唯一能给我压力的人不在了，我很伤心。你不要笑。昨天听到消息后，我勉强开完公司里必须开的两个会，天黑了，我一个人走出公司写字楼，在路边的煎饼摊儿点了个煎饼，在等大妈做煎饼的时候，我终于忍不住了,坐在中关村大街的马路牙子上,哭出了声儿来。煎饼好了,从大妈手上接过来,一边吃,一边哭,泪水流在煎饼上,和葱花、辣酱、鸡蛋、薄脆、面饼混在一起,我不管,我大口吃进嘴里,泪水是咸的。但是,我今天又想了想这个问题,从另一个角度上看,在科技上唯一能和我竞争的对手也不在了,我能干的事儿突然多了好多。他命不好,我命好。乔布斯让风吹起来了,站在风口上的猪都能飞。我是一只猛虎,乔布斯给了我他的衣钵,也给了我他的理想和使命,他的灵魂是我猛虎的双翼。我要转行。我不做英语培训学校了,干掉旧东方英语培训学校没什么成就感,我要做手机,做人类未来百年、千年,甚至万年里最重要的工具。"

我问:"手机的确越来越重要,毫无疑问,将会是人们用得最多的人造器物。但是,问题来了,凭什么你来引领手机行业?换句话问,你凭什么做手机?手机是要烧钱的,你没钱。即使你用你的理想和人格魅力形成近似于乔布斯的现实扭曲场,融到了钱,烧钱的心理压力你也不一定能受得了,手机还没做出模样,人先挂了。手机的产业链很长,从设计、研发、采购、生产、市场、渠道、物流、客服到售后维修等等,在这个行业里,你不认识任何一个能干的人,怎么组织团队?而且,竞争这么激烈,跨国企业、国企、私企都有做手机的,而且都做得不错。"

小浩浩想了想,说:"有再多的公司做手机也没用,他们没有乔布斯的见识。我为什么做手机?原因很简单,因为现在的手机都做得太差了,连苹果手机都算上,作为人类,我很失望。"

我做过十年管理咨询，现在做投资，小浩浩的想法严重挑战我的职业判断，我的职业习惯病犯了，接着劝："你可以为人类做的事儿还很多，以你的口技，在现实的扭曲场里，找些竞争没那么激烈，但是痛点又很痛的领域做。这些领域要有四个基本特点。第一，市场细分足够小，吸引力不够强，没有苹果、西门子、日立或华为这样的大公司纠集一票人马和你硬干。第二，市场细分足够大，能容得下小十家玩家耍，否则空间太小，你无法生存。第三，市场增长足够快，每年百分之二十以上的增长，这样你的日子才能过得相对舒服，犯一些错误，不怕。第四，市场的衍生性很好，好讲故事，就好一轮轮融资，从产品到服务到系统到平台到生态，从十个亿到一百亿到千亿、万亿，尽管目前小，但是想象空间大，这些想象空间还都能用估值模型量化。我现在就可以给你点出几个有这些特点的领域。比如，耳机。现在的耳机多差啊！耳机做好了，就往 VR 发展，智能手机都得接入你的 VR 平台。比如，电动汽车。改革开放三十年，中国拿市场换技术最失败的就是汽车行业，但是现在出现了弯道超车的历史性机遇，造车变得前所未有的简单了，和手机业刚出现联发科这样公司的时候类似，在房子之后，汽车是最大的商品，房子不能标准化，汽车可以，汽车是可标准化的最大宗产品。电动车一定更容易智能化，车子一动，海量数据就会产生，市场可延展的空间太大了。再比如，空气净化器。你看北京的天儿、河北的天儿、河南的天儿，多差啊。小到空气净化口罩、车载空气净化器，中到房屋的空气净化系统，大到除霾大炮、除霾炸弹或者除霾天塔，可做的太多了。"

小浩浩的回答很简单："你说的这些领域都不错，你的战略眼光很好，但是，乔布斯没做过耳机、电动车和空气净化器。我是乔布斯的衣钵传人，我也不做这些，我只想做手机。"

三

四十五岁之后，五分之四的人我见了一面之后就不想见第二面了。尽管这五分之四的人里的某些人似乎对于我的工作很重要，我还是能不见就不见了。我爸是这么教我的，其实你唯一能支配的是你的时间，有些人似乎重要，其实也没那么重要，你动动脑筋，其实他们都是可以被替代的，找个你真想见的替代。剩下的五分之一通常分为两类，一类是好玩的人，一类是好看的人，又好玩又好看的人基本没有。慧极必伤，情深不寿，又好玩又好看的人常常很早就挂了，来不及出来见人。

朱紫是个我见了第一面还想见第二面的女人。她不是男性人民都喜欢的那种"妖艳贱货"型的好看，很高、腿长、腿细、大腿几乎和小腿一样粗细，上身比例很小，头很小，短头发，整体感觉像是一个圆规。朱紫穿连衣裙很好看，尤其是比较短小的连衣裙。朱紫属于好玩的人，有种生愣的智慧。她在医院的环境里长大，总被父母说幼稚，直到有一天，她大声反驳她父母说："我不是幼稚，我是用死亡来观照万物，我总觉得我活不长，感谢你们陪我。你们试试从我的角度、从人必有一死的角度、从你我明天都可能死掉的角度、从真理的角度来看看世界，你们会发现，你们的思路、言行、举止都是幼稚的，而我的行为是很好理解的。"

朱紫见我第二面的时候和我说："尽管我开了一家人力咨询公司，但是撇开我的个人利益不谈，我还是想劝你，你投资一个公司，不要太看重这个公司的战略和生意模式，要多看看这个公司的创始人和团队，特别是创始人。战略可以梳理，生意模式可以慢慢摸索，甚至团队可以配，但是，创始人不可替代。如果可以替代，那你还不如直接去投那个替代者好了，省去很多麻烦。所以，除了商业尽调、财务尽调、法务尽调、IT尽调，你还要重视人力尽调。创始人的权重，应该占你投资决策的大半。"

我喝了口凉啤酒，发现朱紫聊非工作的事儿要可爱很多。我打算在工作的事儿上逗逗她，我说："看人重要，还是看他做出的事儿更重要？如果能分出君子和小人，固然好，但是在现实生活中，天下无一成不变之君子，天下也无一成不变之小人。看人有时候不如经事儿。"

朱紫有可能小我两轮，她们这代人说话比我们直接："我们讲的是概率，您不是理科学霸吗？学霸老了就成杠头了？能经事儿当然好，可是您有机会和您要投企业的创始人都经事儿吗？您这辈儿人的常识教育都是谁教的啊！"

我又喝了口凉啤酒，问朱紫："那你说，如何做人力尽调？"

"专业的事交给专业的人来做，雇我的公司，我帮你做。"

"你有什么科学手段?"

"属相匹配啊,星盘分析啊,血型契合啊,还有紫微斗数、八字、面相、手相等等,看你倾向于西化还是国学。"

"你觉得人民币明年会贬值吗?明天的证券股会涨停吗?"

"滚!如果我知道这些,我躲在家里炒股、看美剧就好了,我还开什么人力资源咨询公司!"朱紫抬腿示意要踢我,我仔细看了看,腿可真长啊。

四

乔布斯,属羊、O型血、双鱼座,公历二〇一一年的元旦开始就反复梦见他十九岁那年去印度朝圣的那个夏天。他梦见他试图跟佛像那样双盘而坐,怎么也做不到,只能单盘打坐。梦醒之后,他尝试了一下双盘,竟然一点不痛地做到了,一坐就是一天,不饿、不渴、不困、不倦、不烦、不躁。

他被这件事吓了一跳。肉身对于他似乎不再是个限制了,他可以像开关电灯一样开关脑子,让脑子像冬天的太浩湖一样平静或者像春天的优山美地山上一样丰盛。而在这一时刻,这个肉身似乎也要离他而去了,飘浮在地面和天空之间,初步具备了某些非实体感的特质。这个悖论似乎和爱情一样,那个妇女终于对你不再控制了,在这一时刻,她也就不再爱你了,她已经或者马上要离你而去了。所谓绝对的自由或者终态,其实就是一片静寂,千山鸟飞绝,蓑笠翁如果一念之间收起鱼竿儿，他也就完成了这绝对静寂的最后一步。想到这里，乔布斯又被自己吓了一跳，他知道这就是圆寂的先兆，一旦有了先兆，基本就逃不掉。所谓圆寂，并不是说可以拖着不死，而只是有能力有限度地自主决定哪天走而已。

创造、保护、毁灭。没有毁灭就没有新的创造，苹果公司已经把自己保护得很好了，毁灭在哪里？公历二〇一一年的夏天，乔布斯宣布从苹果公司辞职。

五

从记事儿以来，小浩浩似乎一直分不清现实和梦境。他四十岁之前，一直尝试在梦境中找到自己一辈子应该做的事儿，梦境一直像一面哈哈镜，呈现的画面总是让他不敢确定有没有科学性。

在一生之中，正常人类平均的睡眠时间超越平均的学习时间，睡眠中做梦的时间超越学习中神游的时间。小浩浩总觉得他白天里眼耳鼻舌身意收集的海量信息都在睡眠里被拼命消化和整理，而睡眠里，眼耳鼻舌身意也在一刻不停地用夜晚模式在进一步收集海量的信息。

他试图追随梦的指示去安排他在现实里的战略方向：跳过霹雳舞、倒卖过电脑、教过英文、办过英语培训学校，还写了一本书，也叫《我的奋斗》，还在一个社会主义国家正式出版了。他总觉得似乎还是有什么地方不对。

公历二〇一一年十月七日,小浩浩给我打来电话,说:"乔布斯下葬了,选在今天,更说明,我继承了他的衣钵,科技进步,之后就看我的了。"

我像捧哏,问:"你为什么这么说?"

"我在他死前连续梦到他七天。这七天,我在睡梦中接收了海量信息,我有理由相信,主要信息来自乔布斯,你如果不信,你把乔布斯的银行卡给我,让我试三次,我有信心,我输入的密码是对的。这七天,每天醒来,比睡前还累。我越来越有一种不祥的预感,乔布斯在把他肉身里最重要的信息、他特别想留给某个地球人的信息拼命高速拷贝给我,他知道他的时间不多了,或者说,他留给自己的时间不多了。我从来没有连续梦到任何人七天,包括我的初恋女神。而且他死后在七号下葬。这一切都说明,我就是他选好的接班人,不可能有第二种解释。我要做手机,乔布斯重新定义了手机,我要重新定义乔布斯死后的手机,我先做东半球最好的手机,然后做全地球最好的手机,然后做下一代手机,直到做出适用于灵魂网络的手机,人机一体,一念千年。到那时候,你可以和褒姒、妲己、你死去的姥姥通电话,资费开始可能挺贵,和公历一九七五年的中美长途似的,十块美金一分钟,但是很快直线下降,任何一个活人都负担得起。你不要用那种眼神看着我,我是认真的。你严肃点,打开你智识的边界,释放你的想象。你想想,人脑记忆的存在形式是什么?乔布斯见识的存在形式是什么?如果没有存在形式,怎么会记得和使用?如果有实在的存在形式,为什么不能复制、传输、继承?其实,现在的科学技术就可以做个雏形出来。我有一个伟大的想法,做一个'人鬼情未了'APP。比如你爸爸死了,当然,你爸爸还没死,比如,比如。比如你爸爸死了,你很怀念他,不能自拔,你可以下载这个'人鬼情未了'APP,然后上传你能找到的一切你爸爸的信息:邮件、短信、微信、微博、录音、录像、照片、著作等等。这个APP也会用自己的搜索引擎和算法在网上找关于你爸爸的一切,这个一切可能比你收集的那个一切更丰富。根据这些信息,这个APP会合成一个你爸爸,会给你发邮件、短信、微信、微博,甚至可以给你打电话,和你讨论事情,帮你出主意,给你建议,尽管还没有一个具体的肉身,但是三观、思维习惯、口语习惯、笔头表达习惯都和你爸爸一样,让你感觉你爸爸并没有死,只是去另外一个城市出差或者度假去了。十年之内,等VR以及3D打印机再进步一点,给你一个你分不出真假的有肉身的你爸爸,还是有相当可能性的。毕竟,你和你爸爸也不会有太多肉体接触。我不知道你,我自己五岁以后就不亲我爸爸了。我倒,我按第六天梦里乔布斯给我的密码进入了他的电子邮箱,我的电脑正在疯狂下载,太刺激了,我不和你电话聊天了,我去改变世界去了。"

##

我到了朱紫所在的城市,想想有谁可见、想见谁、谁能人畜无害，就想起了朱紫。

"二〇一一年就快过去了，晚上一起吃个饭吧？"

"好。反正也十一月底了，一起庆祝新年吧。"

朱紫说我是她见过的不太让人烦的少数的成年人之一，就像她还未成年似的。朱紫说觉得我长得很亲切。我报了我的年龄。她说："难怪，和我小叔叔同年同月生，还是一个星座的。"

然后朱紫就讲了一晚上她的小叔叔，仿佛她小叔叔是她初恋一样。

她小时候和爷爷、奶奶一起住，她小叔叔也是。她小叔叔在十五岁到二十岁之间，只做两件事，一件事是对她发功，另一件事是在院子里接收宇宙信号。她小叔叔说，如果她有慧根，他可以把她变成和他一样的人。每次她小叔叔隔空向她推掌，她总是做出各种被触摸了的表情。她小叔叔问她什么感觉。她说，热的流动，光芒万丈。后来，她在她小叔叔眯起眼睛的时候，就开始做出被触摸了的表情。她小叔叔沉默了一阵，看了眼天，天上有两只燕子飞过。她小叔叔对自己小声说，看来这是精进了，地球人是可以通过培训成为准外星人的。饭做好了，爷爷、奶奶总是不敢叫她小叔叔吃饭，总让她去叫。叫到第四遍的时候，她小叔叔就会吼她："×你奶奶，你要是再吵，影响了外星人来接我，我就弄死你。"

"后来呢？"我问。

"后来他被送到精神病院去了。吃了很多药，药劲儿足的时候，脾气特别好。"

"再后来呢?"

"他出院了,结婚生了个儿子,他现在最大的乐趣就是和他儿子打电子游戏,星际争霸。"

七

乔布斯一直没想好在公历二〇一一年夏天之后的哪一天圆寂。

乔布斯也没想好圆寂的那个瞬间应该是什么样子。自从辞去职务之后,他很多次在脑子里想象那个瞬间。有时候那个瞬间仿佛蹦极,他需要一时的决绝,仿佛当初他做一个重大的商业决策,尽管他知道,拉闸之后很可能不是一片静寂,他还是在那一时不能行云流水。有时候那个瞬间就和其他瞬间没什么区别,仿佛无数片树叶在无规律地摇晃,忽然有一片叶子掉了下来。有时候那个瞬间介于有意识和无意识之间,仿佛失手掉了茶杯,杯子在石砖上碎开。这个瞬间也可能在睡梦中发生,仿佛那颗精子碰撞卵子细胞壁的瞬间,仿佛胚胎的心脏第一次跳动。

在乔布斯想象那一瞬间的过程中,他同时在想,谁会是下一个乔布斯?他会对下一个乔布斯说什么?如果只说一句话,他说什么?如果可以说三句,他说什么?

乔布斯考虑从如下三个感悟中选择一个:

"把每一天当成最后一天过,过好每一天。"

"不要问现在技术能实现什么,而要问你要什么,然后坚持到周围人都想砍死你，然后你得到了你想要的产品，然后你得到了一切。比如，你要日用的机器漂亮，漂亮到不用也养眼，漂亮到摸上去也养手。比如，你要日用的机器安静，安静到风扇的声音也听不到，仿佛你妈睡着了还忘记了打呼噜。"

"人是会死的。"

斯坦福医疗中心的医生费了很大力气，试图说服乔布斯在胰腺癌手术后多吃东西。乔布斯的理论是，不吃或少吃才能更好地杀死术后残存的肿瘤。

八

公历二〇一五年八月底，我收到了小浩浩寄过来的一个包裹。打开是七部手机，七个不同的颜色：赤橙黄绿青蓝紫。

我自己留了一部红色的，其他送给了周围的人。

九

朱紫打电话让我去她办公室，说要给我看个东西。我说能不能发截屏给我、能不能微信留言、能不能电话里说。她说不能。

我走进朱紫的办公室，她电脑开着，她的表情似乎是活着见到了鬼。

"你知道小浩浩在做 C 轮融资？"

"听说了。"

"领投的那家私募股权投资公司雇了我来做人力尽调。"

"于是你算了小浩浩的属相、星盘、血型、八字、面相、手相？"

"我最近在尝试一种新的人力尽调方式。你慢慢听我说。有家古怪的生物科技公司向我建议了一种古怪的分析方法，开始，我也不信，但是他们这次不收费，我想，不妨一试，多一个角度看问题也是好的，如果太荒谬不用就是了。这家生物科技公司的技术主管问我，你想测小浩浩什么？我说，我想测他是否真继承了乔布斯的衣钵，还是只是有乔布斯的毛病，没有乔布斯的命。如果他真的继承了乔布斯的衣钵，这一轮的估值就合理。这个技术主管嘿嘿一笑，说：'如果想测别的，现在这个技术还没有完善到这个程度，但是测小浩浩是否乔布斯附体，我们刚刚解决了这个问题。你知道DNA吧？你知道基因吧？宗教领袖的产品意识和蛊惑气质也是由某些基因决定的。我们很偶然地收集到了从唐初到清末几百个禅宗大和尚剃度时留下的头发。谁留下的？你知道，有些大妈是有收集癖的，她们还收集了大和尚们一些其他部位的毛发，你知道，毛发里的DNA是最容易完整保留的。她们还收集了一些大和尚们掉了的牙齿，这上面的DNA不是很好用，有很多细菌残留的DNA会造成干扰。她们当然还收集了一些所谓的舍利子，但是骨头里的DNA基本都被高温破坏掉了，提取不出来了。我们新开发出了一个基因检测和计算平台，用这个平台测糖尿病，发现和四十五个基因位点强相关，测大和尚们的创造能力和蛊惑气质，发现和五十一个位点强相关'。"

"后来呢？"天还没黑，我眼前有些发黑，感觉后脖子有些冷汗渗出来。

"后来我们设法从斯坦福医学中心找到了乔布斯的一些头发。在这个平台上测，五十一强相关位点，乔布斯都有，而且强度都很高，你看乔布斯的结果图。然后你看这个。"

朱紫给我看屏幕。屏幕上闪烁着五十一个强光点，和乔布斯的结果图几乎不可区分。

朱紫说："这是小浩浩的基因检测结果。"

十

多年以后，小浩浩站在第一代灵魂手机 SPhone 的发布会现场，面对一万一千个地球人，准会想起我二〇〇七年七月七日在加州湾区帕罗奥图镇上给他买第一代苹果手机的那个遥远的黄昏。

梦中的夏天

张惠雯

一

我在某个星期天的下午开车来到休斯顿的克里夫兰,在这一带的农场区里迷了路。我已经第三次经过那个门口的邮箱上铸着一只金属小鸽子的农场,确认手机上的谷歌地图无法找到我要去的地方。最后,我干脆关了语音导航,把车停在路边,想等有车经过的时候询问一下。如果问不到,再给她打电话。

一些灰白的、边缘泛着紫色的云朵流散在天空中,雨后的小路微微发亮。从十号高速下来,途经一个废弃的铁路岔道口拐进农场区以后,就置身于这密实的绿色和宁静之中,路边风景或者是围栏后平阔的草地、房屋和牛马,或者是安静地摇曳在微风里的荒草和大树。路上经过的民房大都很美,虽然只是简单的一层,但清洁素朴,房前房后种满了任性生长的美丽植物,但也有几处房子残破失修、肮脏、歪斜,看了让人丧气。我想到如今置身此地似乎并非出于我自己的意愿,而是受她那位远隔万里的母亲的驱使,或者说是她母亲的意志加上我母亲的意志。有时候，在我给家里打电话的固定时段，她母亲也守候在电话旁。"你一定要去她的大庄园去看看她，你们离得那么近！"她母亲不止一次对我叮嘱。我确认她的家大概就在距离我一两英里的地方，因为我从刚刚经过的农场信箱上看到的号码和她的住址号码十分接近，我只是找不到入口。站在路边等待时，出现在我脑海里的是好几年前的她样子，是我们一起走在北京的街道上、胡同里，要去某个地方或者只是饭后随便走走的情景。她总是会走在稍微靠前一点儿的地方，像是带领着我。于是，她的样子也总是我从侧面或后面一点的角度看过去的样子，通常是在黄昏里或是夜色里，她在那一小段我们都刻意保持的距离之外，高高的，温柔里隐藏着美人特有的甚至是无意的傲慢……过去，偶尔，在我的记忆里，这些影子会奇怪地重叠起来。她如今住在这样的地方——一个被围栏围起来，布满荒草，散发着泥土和牲口味道的地方。

三年前，我对国内的朋友说，我再也不想和这充满猫腻味儿的生活打交道了，我要走了，走了就不会回来。我到了德州大学奥斯汀分校，开始了新生活。新生活茫然又紧张，我在实验室里经常工作到凌晨，累得像狗，但我没有后悔，因为就像我所说的，生活拼一点儿总胜过憋闷，胜过经历了可怕的失败之后等待着另一个失望以及那种无可救药又不可控制的对自己渐生的轻蔑。我知道她住在休斯顿，离我只有三个小时的车程，但我一直没来找过她，也没有和她联系。记着她母亲给我的她的电话号码的纸条一直放在我存放支票本和护照的那个小铁盒里。尽管我知道也许我终究得和她联系，却一直推迟着行动，我不知道是什么东西阻碍我拿起电话，拨那一串简短的号码，似乎疏远太久，重续友情的心也淡了，而某种隐约的、晦暗不明的忧虑又总是困扰着我，使我宁可举步不前。有时候，我和母亲打电话，她会提到又碰到了她母亲（这很正常，因为她家就住在我家楼下），她母亲则又向她追问我是否去找过她女儿了。我想，她母亲也许对她的生活一无所知，急切地希望从我这边听到点儿什么。

她比我大两岁，高两届，我们曾在同一所高中读书。我去北京读研究生时，她已经在那里的一家银行工作了。我们时常碰个面，一块儿吃饭，饭后去哪儿随便走走。她长得非常美，在我们家乡的小城，她是众人皆知的美人。即使到了北京这么一个浩瀚的城市，她也还是美得出挑。可我竟从未动过追求她的念头，尽管后来我想到也许我有机会这么做。她似乎坦然地把我当成弟弟看待，面对这样的坦然，我觉得求爱就像一种亵渎。而且，我认定她不会属于我这种人，一个瘦弱而又一无所有的人。我甚至觉得她不会属于任何我见过的男人，因为他们之中没有一个走在她身边会显得顺眼。或许可以这么说，我也看见过比她长得更漂亮的女人，但我从未见过比她更动人的女人。当我从别人那里听说她有了男友，而且男友就是她那家银行的行长时，我却又觉得这并不那么出乎意料，像她这样的女人，似乎最后难免会落到一个那样的男人手里——阅历丰富、有权势或财富但也有家室的男人。我们见面的次数越来越少，关系淡漠了。我从未见过她的男友。再后来，我听说她出国了。好像有一段时间，她的经济状况不怎么好，她母亲还曾经跟人抱怨她出国是走错了一步。但她和一个美国人结婚以后，她母亲就变得骄傲而且高调了，喜欢把"美国"挂在嘴边。于是，我们知道她在美国德州住在一个大庄园里，那位美国丈夫是一掷千金的大农场主，他们有自己的奶制品加工厂，他们还生了混血宝宝……流言总是十分精彩。我的女性亲属和邻居们提起她出国这件事，都会露出了如指掌的神情。"一开始就是被那个行长送出去的，"她们说，"怕她坏了他的事。刚开始还给她寄钱，后来什么都不给了，等于把她骗出去、甩了。""也算她幸运，找到一个美国人愿意娶她。知根知底的中国人谁愿意娶她啊……"她们的同情里总是夹杂着鄙夷，鄙夷里又夹杂着嫉妒……这些年里，她曾回来过一趟，但我当时在北京，正忙着办到美国来的手续，没见到她。后来，我母亲和姐姐描述说，她嫌弃家里冷，带着那个混血小男孩儿住在酒店；她大冬天穿着裙子，还戴帽子，走在街上特别打眼，一看就是外国回来的；可惜那个混血小孩儿并不如大家想的那么好看，不像洋娃娃，像中国人更多些；他们不喝家里的自来水，只喝商店买来的纯净水……现在，当我在离她生活的现实很近的地方，这些流言、饭后的无聊谈资都显得遥远、荒唐。在小地方，人们总是这么谈论他们不了解而又感兴趣的东西，夸张、杜撰，夹杂着无知的无畏和各种复杂的情绪。无论如何，这里不像是住着她母亲夸耀的一掷千金的大庄园主。这里住着一些农场主，从院子里停着的泥泞的拖拉机和皮卡看，他们是踏踏实实地工作的人，有的富裕，有的贫穷。

终于有一辆车经过，我朝车里的人招手。车子在路对面缓缓停下来，一个瘦削的中年男人下车走过来。他戴着宽边牛仔帽，穿着橡胶雨靴，皱巴巴的衬衫扎在牛仔裤里，走路时歪着肩膀，就像从电影《断背山》里走出来的人物。我向他打听她的农场，告诉他农场的主人叫汉森。

"汉森的农场？"他叹气般地问，皱着眉头看我递给他的那张写着详细地址的纸条，"对不起，我真的没有印象。我也是前不久搬过来的，我以前住在阿拉巴马……这里的邻居还不熟悉。不过，从这个号码看，应该就在附近。"

"我也这么想。前一个号码和后一个号码我都看到了，唯独没有这个。"我说。

"真是古怪！但有可能你经过了农场的后门，所以看不到信箱牌。"他说，把帽子抓在手里。

"有可能。无论如何，谢谢你。"

"没问题。你再绕到前面看一看吧。祝你好运！"他瓮声瓮气地说着，戴上帽子，回到他那辆蓝色的丰田车里。

我犹豫了一会儿，只好给她打电话。

二

我看见她站在路边，身后是一道铁门。那其实也不是一道门，只是一根横搭在低矮的、半人高的铁丝栅栏上的生锈的铁棍。但在美国，这道象征性的门和这歪斜得几乎要倾塌的低矮的铁丝栅栏就意味着不容侵犯的地界。铁棍后面蔓生的杂草里有一条若隐若现的小路，她刚刚就是从这条几乎被荒草覆盖住的小路上走过来接我的。我朝她走过去时，她站在那儿没动，似乎要刻意地从一段距离之外打量我。她笑着，还带着一点儿诙谐的表情。被她那股诙谐味儿感染，我也毫不掩饰地打量她，她老了一些，身体胖了一点儿，但整个人却仿佛变得锐利了。她穿着一条宽大的、深色的印花连衣裙，头发扎成一个低低的马尾。在我过去的印象里，她的头发总是披散着的，不那么顺滑地披散着，有风的时候就肆意地飘，打到你的脸她也毫不在乎。我们没有拥抱，因为她怀里抱着一个孩子，大概只有几个月大。她身后还站了一个四五岁的男孩儿，男孩儿紧贴她的腿站着，有点儿警惕又有点儿羞怯地看着我。我想，这大概就是她曾经带回国去的那个混血男孩儿。他其实很漂亮，是一种纯种人没有的模棱两可的、具有一丝迷惘气质的漂亮。

正如刚才那个过路人猜测的，我一直在农场的后门这边兜圈子。她说："我就猜到你会迷路，你从来都没有方向感。"她说话的样子好像我们几天前刚刚见过面。接着，她和她的孩子们坐到车子的后座上。她一边指方向，一边开始介绍她的两个孩子。五个月的小婴儿叫露西，男孩儿叫德瑞克。她还提到再过两个多月，德瑞克就可以去读那种不怎么收费的公立 Pre-school 了。她先打开了话匣子,这样我们就不必说久别重逢时经常要说的那些叫人尴尬的话。"我真累。"她连续说了两次。她第二次这么说的时候,我忍不住转过头看看她,发现她虽在抱怨,脸上却依然笑着。她注意到我在看她,才说:"你总算来了。又见到你真高兴。"

我们连续右转了两次,拐上一条有点儿泥泞的、灌木夹道的土路。没有人照顾的灌木疯长,一边的枝叶向另一边拼命倾倒过去,两边的枝叶连起来,密沉地横在空中,像一道光影斑驳的绿色拱门。这条路真美,就像你会梦见的某种地方。而和她坐在车里,我有种奇特的感觉,就是你觉得和一个人分开很久了,你想象着见了面的那种生疏、不自在,但当你见到那个人,你发现只是一瞬间的、仅仅是缘于羞怯感的疏远之后,你们就能够回到当初那种坦然相处的状态,那种熟稔的亲昵,似乎你们从未分开,似乎过去那些音信全无的隔离、刻意的冷漠都并不存在。车很快穿过那条绿色隧道,到了她家农场的正门。同样是一道象征性的门,只是那根铁棍锈得没那么厉害。门口有一个铁皮邮箱,上面模模糊糊地铸着她家的门牌号。除此之外,再也没有什么标志。望进去依然是和后门差不多的情景,到处是膝盖般高的野草。我要下车去开门,但她坚持她来开门。她抱着露西下去开门,一只手动作麻利地打开铁棍尽头那把大锁。她指挥我把车开进去,又锁好大门,回到车上坐下。

"不要抱什么期望。"她对我说,"我们家的农场几乎没人打理,和荒地一样。"

"你们都种些什么?"

"什么也不种。"她回答,"以前的主人种了一些林木。我们养了几头牛,你等会儿就看见了,由它们自己在农场里跑。"

"那样好,放养。"我说。

"是没有办法,我带着两个孩子根本没有时间照料牛。汉森,他能干一点儿小活儿,但不能指望他。你看到他就明白了。"她语带嘲讽地说。她说话的节奏明显比以前快了,句子也短促、果断。

我们在荒草蔓生的小路上缓缓行驶。路上果然遇到了两三头牛,牛站在路当中,当车驶近时,它们就挪到路旁。而车经过的时候,它们又凑近过来,大大的头颅几乎贴着车窗,眼睛直盯着我们。我有点儿担心它们会像电视上看的斗牛比赛里面的牛,突然低下头俯冲过来。但它们只是呆呆地观看我们经过,然后又回到路中央它们刚才站的地方,默然眺望远去的车。空气闷热凝滞,风停了,天空中堆满大块的、墨蓝色的云,预示着另一场雨要来了。在高大而阴绿的林木下面,在荒草中间,凝然立在那儿的牛就像一种梦幻中的动物。然后,我看到那所简易房。它就是有时你经过郊野会看到的那种模样像只集装箱的铁皮屋,在德州灼热的阳光下,你会担心它被烧灼成铁板,台风的季节,你会担心它轻易被风卷走……它原本大概是灰白色的,但也许太久没有清洗、粉刷了,颜色完全被磨损或被污秽遮蔽了。它比我途经的这一带所有的农场房舍都更破旧、凋敝。屋子门口种着两棵茂密的橡树,它们倒比房子显得高大挺拔得多,浓密的阴影像是给这光秃秃的屋子搭了一道暗色的门廊。我从余光里察觉到她在观察我的反应,而我只能仰望其中一棵橡树的茂密树冠,因为此时打量那栋污秽、象征着贫瘠的铁皮房就如同欣赏某个人的伤口一样,是种罪孽。

三

我在房子里坐下来有一会儿了,她一直一手抱着露西忙来忙去,泡茶,端上来一碟姜汁饼干,还洗了一些葡萄,放在一个塑料筐里。在她来回走动的时候,德瑞克始终紧跟在她旁边。有几次,她低声训斥他,让他走开点儿,"妈妈会把你碰倒的!"她显得有点儿烦乱。我提出帮她做点儿什么,但被她断然拒绝了。我注意到她的嗓音也有些变了,语气里透出不耐和嘲讽。

自从进了屋里,露西就一直在哭。她告诉我露西只是饿了。但当我告诉她不要忙了,先去喂孩子时,她又固执地拒绝了。我试图把德瑞克喊过来陪他玩儿一会儿,但这小男孩儿对我不予理睬。我只能坐在那儿等着,为自己的到来而造成的混乱不安。有一会儿,我望着她的背影,她的头发已经乱了,抱着孩子的样子像是挟着一个重重的包袱,腰身奇怪地扭着,裙子的领口被露西的小手抓得歪歪扭扭,内衣的肩带露在外面,而她似乎也懒得整理。我想到也许刚刚她走到门口接我的时候,我们都因为重逢而给自己涂上了一层兴奋的光彩,现在,这光彩暗淡了。我大概显得很木然,她尽管努力打起精神,却难以掩饰日常的倦态。

终于,她把一块厚厚的奶酪端到我面前。它外皮金黄,里面却晶莹透明。露西仍然在哭,她在这哭声中大声对我说:"你一定要尝尝,我自己做的。"

"你都会做奶酪了!"我也大声说,说完觉得也许没必要这么大喊大叫。

"我是个农妇,"她笑着对我强调,"你别忘了,我现在是个农妇!得省钱,很多东西都得自己来。"

她脸上有层薄薄的汗水,额发湿了。

"我要去喂露西了。"她说。然后,她抱着露西走进左边那个隔间里去了。我猜想那是间卧室,尽管没有门,只有一道布帘。我想到她没有带我参观一下她的家,但似乎也不需要,坐在这儿,屋里的一切就一览无余了——右前方的厨房和紧挨厨房的餐桌,还有我现在坐在这儿的这张印花布三人沙发,以及她走进去的那个房间旁边另一个关着门的房间……过去,经过这样的铁皮屋,我常常猜测它没有后窗,像个密封的、令人透不过气的金属箱子。但我发现它其实有后窗,是四四方方的一块玻璃,从墙壁上凿出来的一个小格子。格子窗的顶端是一圈荷叶边形状的装饰性的窗帘,用来挡住直射的强烈光线。空调此时发出挣扎般的噪音,吊扇大概也开到了最强档,但屋里依然潮热难耐,似乎自从我走进来,我的衣服就一直湿着。已经是九月底了,最猛烈的夏天已经过去了,但热度还在延续。我想,如果搬一张椅子坐在门口大橡树的浓荫里,也许会好得多。

我突然想起她做的奶酪,就拿餐刀切了一小块儿。它干干的、咸咸的,细细嚼下去,才慢慢嚼出坚实、充沛的奶香。我猜想她是在给那孩子哺乳,否则她不需要走到房间里去,这多少让我有点儿不自在。我注意到其实一直有歌声从某处传来。我循着声音去找,发现歌声是从放在冰箱顶上的一台小收音机里传来,是那种手提的老式收音机,但音质竟然很好。她选的是乡村音乐台。我把声音稍微调高一点儿,回到原来的地方坐下来。前面那扇窗大一些,分两扇,挂着白色的塑料百叶窗帘。窗户是绿的,望出去是左边那棵橡树,向远处延伸的天空、草地和我们来时的那条模糊不清的小道,这一切看起来很辽阔,也有些荒凉、单调。我仍然觉得这一切有点儿不可思议。和她在一起时,这种不可思议的感觉给我一种虚幻感,现在她离开了,我一个人坐在这儿,可以慢慢整理一下情绪。我试图驱散那股虚幻的感觉,仔细观察四周,想让屋里的小物件赋予我一种此时此地的现实感,直到我看到一个男人突然出现在窗外那条荒芜的小路上。我吓了一跳,想去叫她,但立即觉得不合适。我只能看着这个幽灵般的男人沿着那条路走过来,一直走进屋子里。当他推开门的时候,我也站起身。有差不多半分钟的时间,他愣在那儿,我们相互看着。我觉得他的眼神里有种说不清楚的异样东西。他看起来并不像在打量我,他那直直的眼神仿佛是空茫的,又像是因为惊愕而失了神。突然,他缓缓地张开嘴笑起来。

"你好。"我和他打招呼,猜想他也许是农场的帮工。

他还是咧嘴笑着,没有回答。他的衣着还算整齐干净,但整个人感觉却是邋里邋遢、歪歪扭扭的。

我又说了一遍"你好"。他总算停住不再笑了,但他只是继续看着我,没有回答我的问候。

"你在这儿?"他终于开口说话了。

"是的。我在等着……其实,我是来看望……"

"所以,你在这儿!这很好……"他含糊不清地说着,径直走到冰箱那儿去。他打开冰箱门,把手伸进去摸了半天,摸出一罐可口可乐。

他打开可乐,喝了一大口,仍然直露地盯着我看,好像很奇怪为什么我还站在这儿。突然,他高声喊:"莉亚,莉亚……"

从他此刻脸上的表情,我终于明白过来,他应该是个有智障的、至少精神不太正常的人。我身上猛地出了一层汗,我想,这个人大概就是汉森先生、她的丈夫了!

她从房间里出来了,大概是他的喊叫声把她吸引出来的。她神情显得过分严肃,打着制止他说话的手势,快速冲到他面前,声音低沉而坚定地说:"No,No,No……"我注意到她没有抱露西,德瑞克依然尾巴一样紧跟在她后面。那个男人仿佛好奇地看着她,他的表情怪异但温驯。突然,他像刚看到德瑞克一样高兴地一把把他抱起来举过头顶。德瑞克一点也不抗拒,微笑着俯视举起他的男人。我确定这个男人就是孩子的父亲。

他们总算安静下来,她立即把孩子从他手里接过来。我注意到她换过衣服了,那条连衣裙变成了一件条纹T恤衫和宽大的牛仔短裤。

"总算把露西哄睡了。"她看着我,露出疲惫而带歉意的笑。

我说:"太好了。你可以歇会儿了。"

"是啊,是啊,总算能坐在这儿陪你说说话了。"

"你真不必操心我。"我此刻已经后悔来打扰她。她看起来那么累,力不从心。

那个男人坐在我们旁边的一把椅子上,继续喝可乐,但不时停下来赤裸裸地打量我们。

她看看他,对我说:"汉森先生,我丈夫。"

"已经认识了。"我说。

"你真有意思。"她说,"'已经认识了',你们相互介绍了吗?"

我又听出她口吻里那种冷峭的嘲讽。

"我们刚刚打过招呼。"我只好说。

"汉森小时候得过严重脑炎,智力有一点儿问题。你看出来了吧?"她用开玩笑的语气说,仿佛这是件无关紧要的事。

"是吗?这……并不明显啊。"我不得不装作有点儿惊讶地说。

"还好,不影响干活儿。我们说话他也都能听明白。"

"那就好。"

"汉森,"她转向他说,"这是我的好朋友,我的邻居,我在中国的邻居。"

"中国朋友。你来这儿很好!请坐!"汉森看着我,很有礼貌地说。

她看看我,笑了。我也笑了。因为我本来就坐在那儿。

"谢谢,我很高兴来看望你们。"我对汉森说。

她去厨房给他端来两片面包,还有几片薄薄的、上面的猪油凝结成块儿的冷培根。他把培根全都夹进面包里,开始吃起来。德瑞克已经从盘子里抓了饼干吃。过一会儿,她又切下厚厚的一大块干酪,放到汉森先生的盘子里。他把它抓起来,整个塞进嘴里。如果不是音乐声和外面隐隐的雷声,就只有汉森先生吃东西的声音了。

"你为什么不吃?"她突然问我。

"我刚才已经吃了一片干酪,你不在的时候。真好吃,尤其后味儿特别香浓。"

"真的?你喜欢吃的话走的时候带走两块。你吃块饼干啊。"她说着,从盘子里拿了一片花生酱饼干递给我。

杯子里的茶已经冷了,她又去添了热水。

"妈妈,我想要牛奶。"德瑞克说。

她转回厨房去给德瑞克倒牛奶。

"咖啡好了吗?"汉森先生嚷着问。

我发现他说话时也直直地看着我,这大概是他打量陌生人的方式,但这让我感觉不舒服。

她又跑到厨房里,从咖啡壶里倒了一大杯黑咖啡给他。

等她终于坐下来,她笑着对我说:"无论如何,先把他喂饱。"

我想,"他"指的是汉森先生。

"你太忙了,你一直在忙。"我说,想帮她,但知道什么也帮不了。

"是啊,每天就是这么忙来忙去,孩子的事也忙不完,家务事也好像怎么都做不完,农场的事做不了也操心。"她说,淡然一笑。

"你呢?你也很忙?来德州这么久都没有联系我?"

"是很忙,但和你不一样的忙,就是做实验、发论文,没完没了。"

"有为青年!"她开玩笑地说。

"算了,只是想站住脚而已。"

"我以前就知道你将来会有出息,你和别人不一样。"她看着我说。

"没什么不一样,我是个很平庸的人。每个人有每个人谋生的方法,像我这种人没有别的本领,就是不断读书,这没什么了不起。"

"你才不是什么平庸的人。"她坚决地说。

她的语气让我觉得我最好不要反驳她。

她接着问:"我不懂你的专业。但是,很多来美国的人都是飘来飘去的,你将来会去别的州吗?"

我正要说什么,突然听见汉森先生大声说:"好!干得好!"

"他吃饱了,不用管他。"她说。

但我因此忘记了我要说什么。

德瑞克这时爬到妈妈膝盖上坐着。她看着德瑞克,眼神变得很温柔,仿佛她整个人,一个绷得紧紧的人,终于放松了。当他俩脸和脸贴得很近，我才发现那男孩儿的眉眼甚至表情都酷似母亲。

"他现在是我的希望，他和小露西。我现在只爱他，只爱他一个人，尽管他把我累得要死。"她说。

"他很快就要上学了，那样会好得多。"

"你不知道，有时候我真觉得生活已经完了，每天重复着同样的事，忙碌、疲倦、烦躁，你这样挨了一天，却知道第二天还是这样。真的，对我来说，生活已经没有意义了。当然，是我把它弄得一团糟。"她说。

"那个……"汉森先生说。

"什么？"她朝他转过头问。

结果，他只是重重地叹了口气。

"安静点儿。"她凑近他的脸低声说，"露西睡了！你女儿睡了！安静点儿。"

汉森先生看着她，表情慢慢严肃起来："露西睡了。"他几乎是一字一顿地重复说。

"你很累了，汉森，"她说，"你最好去屋里睡一会儿。"

"是的。那些牛……要下大雨了？"汉森先生说。

"可能。"她说着，把德瑞克放下，去收走汉森先生的碟子和咖啡杯，拿一张湿了水的厨房纸巾，把他面前的面包屑和咖啡渍擦拭干净。

"过来，德瑞克。"汉森先生说，朝小男孩儿伸出手，那是一双非常粗大的手。

德瑞克看了他一眼,摇摇头。

"去吧,德瑞克,和爸爸玩一会儿。"她劝他说。

"不。"

"为什么?"她问儿子。

"我想待在这儿。"德瑞克说。

她轻轻叹了口气,问汉森:"那棵树你锯完了?"

"是的。但那些牛……你说还会下雨吗?"

"不要管牛。是锯成五段吗?他们要求五段,不然他们的皮卡拉不了。"

"五段。"汉森先生说。

"好吧,你现在去睡一会儿。"她叹口气说,有点儿不耐烦。

但汉森仍然坐在那儿没动,他看看我,又看看德瑞克。然后,他认真地观看自己的手——那双手正以各种奇怪的方式拧绞揉缠。他似乎沉溺在这种游戏里,兀自笑了。

最后,她站起来,拉着他的手臂,让他跟她走到那个有一扇门的房间去了。

她不在的时候,德瑞克开始和我交谈了:"汉森先生喜欢睡午觉。但我讨厌睡午觉。"

"你为什么不喜欢睡午觉呢?"我问。

"就是不喜欢。露西总是在睡觉,妈妈说因为她是个婴儿。我希望露西睡觉,这样妈妈就可以陪我玩儿。"

"你真是个聪明的家伙。"我说。

"你爱妈妈吗?"我问德瑞克。

"当然。"他毫不犹豫地说。

"为什么?"我笑着追问。

小家伙儿仰着脸费解地看我一会儿,最后说:"我就是爱她。"

我喝着茶,希望自己之前一直表现得很平静,至少没有露出惊讶的表情。我从未相信过她母亲或任何别的人对她生活的描述,但我也没有想到过她是现在这样的状况。

她走出来,关上了房间的门。德瑞克看见妈妈,立即迎上去。

她坐下来,把德瑞克抱到她旁边那张椅子上,告诉他吃过饼干以后应该喝水。

德瑞克用吸管从杯子里喝水,我们有一会儿没说话,只是看着小男孩儿。收音机里正播放一首老歌。

"这首歌很好听。你知道这是什么歌吗?"我问。

"《我梦中的夏天》。"她淡然地说。

她似乎不想说话。我就继续听歌。她看起来若有所思,面容平静,又蕴含着某种悲伤和失落。我在想汉森先生是否已经躺下了。小婴儿睡了,那个男人离开了,她不再显得那么慌乱。当我们这么近地、安静地坐着,只是观看着一个孩子喝水、听着一首歌时,我发觉一开始让她失色的憔悴,现在竟然又让她显得动人了,似乎当她得以暂时抛开那些烦乱的事情,她神情里某种昔日的东西就苏醒过来,她内心深处的一些柔软的东西也浮现出来,柔软而不幸……

那首歌唱完后,开始插播广告。

她这时说:"我每天都听这个电台,都是些老歌,很老很老的歌,但起码不那么吵。这些歌我都听熟了。这里太安静了,总得有点儿声音。"

"过去我们在北京的时候,你就喜欢听歌。我记得你当时买了一个 iPod,把我羡慕坏了。"

"你现在还羡慕我吗?"她直视我,很认真地问。

我没回答。

"对不起,给你出难题了。"她像个恶作剧得逞的孩子一样,抿着嘴笑起来。

"好吧,如果我答不出来你的难题能让你高兴的话……"

"德瑞克,好宝贝儿,你去看着妹妹好吗?如果她醒了,你来告诉妈妈好吗?"她对那个男孩儿说。

"可是,我想待在这儿玩儿。"德瑞克摇着头说。

"妈妈把你的玩具和书都拿到那里行吗?求求你,德瑞克,好宝贝。"

"不。"他这时坐在她脚边的地板上,继续摆弄着一辆破旧的消防车模型。

她有点愠怒又有点儿失神地看着那男孩儿。

"让他留在这儿吧,我可以和他玩儿呀。"我说。

但她突然变得很沮丧,说:"我们好几年没见面了,我只是想清净地说说话。你看,我们连说几分钟话的时间都没有!"

"可他并没有打扰我们。"我说。好在我俩说中文,德瑞克并不知道我们正因为他而争执,实际上想把他赶走。

过一会儿,她问我:"你有手机吗?"

"有啊。"我说。

"你的手机可以上网吗?"

"当然可以,我有流量。"

"你能让德瑞克看你手机上的动画片吗?"她有些不好意思地问,"他最爱看这个。他姑姑来的时候他整天缠着她看这个。但我的手机不能上网。"

"好办法。"我说。

我立即蹲下身问德瑞克喜欢看什么卡通片。德瑞克知道可以看手机视频,立即来了兴致,问我是否可以让他看《托马斯和他的朋友们》。我从 YouTube 找到这个系列的视频,帮他戴上我的耳机,免得吵醒妹妹。他立即乖乖地拿着手机去儿童房里看卡通去了。

然后,她说去洗手间。等她出来,我觉得她重新梳过了头发。

"对不起,小孩儿真是没有办法。"她说。

"为什么对不起呢,看到他们我特别高兴。"

"你不会对小孩儿感兴趣的,很少有人真对别人的孩子感兴趣。"

"可他们不是别人的孩子,是你的孩子。"我说。

汉森先生在卧室里睡着了。我们在客厅里,听到他浊重、起伏很大的鼾声。她对我无可奈何地耸耸肩。"又下雨了。"我们差不多同时说。屋里光线渐渐暗下来。她走到厨房的一个角落里,打开一盏灯,然后回来取走小桌上的茶壶,把里面的剩茶倒进水池,换了一个茶包。我无事可做,听着外面的雨声。雨声出奇地柔和,也很空洞。

她重新给我换了一杯茶,然后,在我旁边坐下来,仿佛怀着某种趣味审视着我。我觉得轻松多了,终于只剩下我们两个人。

她又给我拿了一片饼干。

"会不会太甜?"她小心翼翼地问。

"是很甜,"我说,"但甜得很纯真。"

她愣一下,随即笑了。

"你来我真开心!"她说。过一会儿,又说:"你看起来成熟多了。"

"总不能一直是个毛孩子。"我说。

"你女朋友呢?在国内还是这边?"她问。

"没有女朋友。"

"真的吗?"

"真的没有!"我说。

"为什么不找女朋友?"

"女朋友也没有来找我啊。"

她说:"好了,这会儿你原形毕露了。"

"是这样。"我说。

我们俩又都笑了。

她低头沉思了一会儿,说:"你刚才提起在北京的时候,那都多少年了?过去的生活就像做梦一样……如果过去不是梦,那么现在就是做梦。"

她微笑着,平静地说下去:"你看,我现在就是这副样子,我的生活就是这个样子……有时候,我回想是怎么走到这一步的……我简直不敢想下去。我太笨了,相信了那个人。你一定知道那个人……"

我知道她说的"那个人"是谁,我说:"我没见过那个人。"

"你最好没有见过他……我得有多蠢,会相信那么一个人真的爱我,而且我还会爱上他。你不明白我是个多软弱的人!我后来想,我爱他大概就是因为他爱我。真的,我很浅薄,我不会爱那些不爱我的人,无论他多么好。"

"所以,他感动了你……"

"那时候?可以这么说吧。他很狂热地追我,一直说他宁可抛弃一切和我在一起。我就是被这个打动了吧。其实,打动我的不是你们想象的那种东西……"

"我们想象的东西?"我不悦地打断她说,"我并没有想象什么不堪的东西,诸如交易之类的。"

她愣了一下,有点儿结巴地说:"这样吗?毕竟,你对我,还是有些了解的。"

我只是笑了笑。其实我并不想听太多她和那个人的故事。

她继续说:"你想想我得有多蠢,才会相信他的话,因为他其实从来没有证明过他说的话。他把我送出国的时候我还深信不疑,以为真的过了他所说的'危机',他就会来接我,或者他来美国,和我生活在一起。我当时都想到了，我们也聊到了，要在这儿买个农场，当然不是这样的农场，都是些人在年轻时爱做的白日梦……但不到一年，他就让我不要再'死缠着他不放'了，这是他的原话。我，'死缠着他不放'！他在电话里就是这么说的。"

"那种人不值得你放在心上，好在一切都过去了。"

"怎么会过去呢？"她说，"是他把我置于现在这种境地，你没有想到吗？我现在的生活，不过是过去结下的恶果。你知道吗？我失去了工作，过去上班时存的钱出国后都花光了，我没脸回去。我当时想，就算当妓女也不会要他的一分钱。后来，我不得不求我妈给我寄钱。我妈这个人，你也知道的……"

她仍然极力维持着平静的语气，但我看到她的脸色和表情变了，她看起来想哭。

停了一会儿，她继续说："但最大的问题不是钱，而是怎么留下来，我没有身份。我本来没想过要孩子，我和汉森结婚，就是为了一个身份。我当时太急，找不到别的办法。可很多事儿不是你计划的那样，我有了德瑞克。一开始，我绝望得想死，但后来，德瑞克让我好过些，孩子需要我，无论如何，我得活着、保护他！"

她的眼圈红了，但她仰仰头，又猛垂下头，那一阵激动的情绪似乎就过去了，眼泪终于没有掉下来。

"啊，我都在说我自己的事！快对我说说你的事吧。"她坐直身子，殷切地望着我说。

"我的事真没有什么好说的，你走了以后，我把博士学位也读完了。我在学校的研究所工作了两三年,完全是浪费时间。教授们都在忙着弄钱,实验室也做不出什么东西,即使偶尔你做出一些东西,也不是你的,是老板的,大家都在想办法发文章,七拼八凑,甚至编造数据……所有的东西看起来都天花乱坠,但所有的东西深究起来都让人觉得没有希望,几乎没有一件事情能正正当当去做。所有的东西都散发着虚伪的气味……我不喜欢这样的生活。所以,我最后也想办法出来了。"

"真好!你碰巧也来了德州。"她说。

"对,碰巧来了德州。"我说。

她意味深长地看了我一会儿。她那双很大很深的眼睛松弛了一些,眼睛下面有明显的横斜的细纹。过去,在她很年轻的时候,那双眼很澄澈,甚至有些冷冽,现在,它经常流露出忧愁和疲倦,却温暖起来。

突然,她表情诡秘地笑起来。

"什么?"我问。

她沉吟了一下,问:"我在想……你当时没想过追我吗?我是说在北京的时候。"

"没有,但这是因为你……"

"不用解释了。"她轻轻拍了一下我的肩膀,落落大方地说,"我和你开玩笑呢。"

"那你为什么不让我说完呢?"我说,"因为你太好看了,你看起来就像不会属于任何人。对我来说就是这种感觉。而我又是个有自知之明的人,我当时什么也没有,一个穷学生。当然,我现在也还什么都没有。"

"你为什么不直接说你是个太过于自尊的人呢?我早就知道你是这样的人。"

我没反驳她。我想也许她说得对,但她大概忘了她过去比我骄傲得多。

她的目光和声音突然变冷了:"你来德州多久了?你住得那么近!你甚至都没想过和我联系吧?你真是个……我都不想说你是怎么样的一个人了。"

我觉得我最好什么都不说。我知道此时我说不出什么好话,一种郁闷甚至有点儿气恼的情绪控制着我。但停了很久,她不再说话,一种压迫感促使我不得不说点什么。

我说:"你呢?你当初甚至不告而别!所有关于你的消息,我都是后来从别人那里听到的。而且这些消息都来得太突然……因为太突然,所以我听到的时候甚至都不觉得愕然了。我觉得这是我作为一个……朋友的失败。"

她定定地看着我,然后摇摇头,似乎我已经令她失望得不想说话了。

过了好一会儿,她才说:"你想知道为什么吗?因为我当时觉得没有脸面见你这样的朋友。"

"对不起。"我说。我想她说的是真的。

"'不会属于任何人',你刚才说我'不会属于任何人',"她重复着我的话,目光有点儿挑衅地斜视着我,"现在的我呢?属于什么样一个人?"

"我相信现在的状况是暂时的,以后生活会慢慢好起来……"我说。

她似乎不在意我说的话。突然,她动作优美地向上伸展双臂,身子俯向前,紧贴在桌子上,说:"美有什么用?况且,我也知道我早已经不美了……人要衰老、变丑,一个错就足够了。现在想想我那些不美的同学,她们都比我过得好。"

她说这些话时凝视着桌面,脸上有一抹恍然的笑意。就像以往我们一起吃饭时那样,有时候她会突然坠入这种仿佛轻柔自语的状态里。我看到她的笑里仍然有那股迷人的孩子气,似乎她的意识正痴迷于什么别的东西,游移到了什么别的地方,忘记了眼前这个人的存在。过去,有时她会显得傲慢、目中无人,但有时候她又出奇地温柔、软弱,仿佛她需要完全地信任、依赖你,不管你是个什么样的人。在我眼里,她曾经是个看不透的女人,但我慢慢了解到并没有什么看不透的人,只要你真的去看。我想,无论多老,或是变成什么样子,她身上那股孩子气至少没有完全消失。对我来说,这就像是一种永远不会变质的纯真,是某种岁月无法夺走的东西。

四

我们首先听到了露西的哭声,然后看到德瑞克跑了出来。"露西醒了！"他对妈妈喊着。她站起来，抱歉地朝我笑笑，离开了。德瑞克站在那儿，依然挂着耳机，有点儿怯怯地看着我。我想到他是担心我要把手机收走了。我示意他继续看，他才心花怒放地握着手机走过来。

"你可以帮我找找《好奇的乔治》吗？我在电视上看到过。"他礼貌地问。

"当然可以。"

于是，德瑞克在我身边的沙发上坐下来。

她在房间里待了好一阵子，我一直陪德瑞克看动画片，心想该找个合适的时机告别了。

她终于抱着露西走出来。她抱着露西在屋子里慢慢地来回走着，边走边晃动手臂，说："她有个怪脾气，刚睡醒的时候要抱着不停走，一停下来就爱哭。"

"刚睡醒的小孩儿可能缺乏安全感。"我说。

"小孩儿也各有各的脾气。德瑞克小的时候是睡醒了要在床上躺一会儿，露西得马上抱起来，不然就会越哭越厉害。"

我注意到外面的雨声又稀落了一些，窗外的天空放亮了，连屋里的光线也亮了一些，厨房的那盏灯就显得更昏弱了，几乎消融在日光里。德瑞克看得那么出神，令我有点儿不忍心突然停播他心爱的节目。又过了一会儿，我终于说："快六点了，我得走了。"

她惊愕地看着我，猛地想起什么似的说："哦，我早该准备晚饭了！你不要急好吗？吃了晚饭再走。"

"真不麻烦了,我回休斯顿还有事儿。"

"你为什么不愿意留下来吃顿饭呢?"她有点儿委屈地说。

"你带着孩子太忙了,真不麻烦你。"

"我不会给你做什么复杂的东西,我们也要吃饭啊。"她说。

"我知道,但我真的回休斯顿还有事,一个大学的师兄,我们晚上要见面吃个饭。明天一早我就回奥斯汀了。"我说。我觉得她其实是力不从心的,她大概很难想象张罗出来像样的晚饭,而我也很难想象和她的两个孩子还有汉森先生一起吃饭。我决心在汉森先生走出来之前赶紧离开。

"好吧,如果你不想留下来吃饭的话,再喝杯茶吧。"

"真的不用了。现在雨小多了,我趁这个时候走比较好。"

"好吧,要是这样的话……"她说。

她把我送出来,就像接我的时候一样,抱着露西,身旁跟着德瑞克。德瑞克眼里有真正的留恋,我猜他没有什么朋友,是个孤独的、无法不依恋母亲的小男孩儿。我请求他们赶快回屋里去,因为虽然雨几乎停了,但老橡树的枝丫仍往下滴着重重的雨珠。她坚持要把我送到车上。走到停车的那块空地上,我一把把德瑞克抱起来,举得高高的,连举了三下。当德瑞克在空中的时候,他的腿欢快有力地踢腾,他兴奋得"格格"笑出了声。

"你还会再来的,对吧?"她说。

"当然。我会再来看你们。"

"可我担心你不会再来了。"她很直接地说,盯着我,仿佛要从我的神情确定我是否在撒谎。

"为什么？我当然要来，因为我下次要送给德瑞克一个玩具。我很喜欢这小家伙。"

"他也很喜欢你。"她说，终于笑了。

我发动车子，打下车窗玻璃，她又嘱咐说："你一定要早点来看德瑞克，他那么喜欢你。"

"一定会的。"我说。

我就要走的时候，看到她往车窗前急切地走近两步。她的脸俯过来，一只手抓着车窗的边缘，我看见她的脸红了。她显得有点儿犹豫，最后低声说："我刚才突然想到……万一我妈在电话里面问起你……"

"我知道该怎么说。你放心吧。"我说。

我已经驶出去一段距离了，从后视镜里看到他们还站在那儿。他们三个，在橡树下面。她站在那儿的姿势比她的容貌显得衰老多了，而我想到她只有三十四岁。只是在这个时候，难受才一下子狠狠地攥住我，我的眼睛湿了。我突然想把车倒回去，把她从这可怕的、被遗忘的地方救出来，她，连同那个孤独的、长相酷似母亲的男孩儿德瑞克，带他们去休斯顿去逛街、吃饭，带他们去过正常的、热气腾腾的生活……而另一方面，我甚至无法确定自己是否还会回来看她，在克里夫兰的这个下午给我一种不真实的感觉，坐在她的家里面对汉森先生，或是看着她被这样的生活死死缠住，都令我感到一股阴沉的窒闷。我想如果我不回来，我也会给德瑞克寄一些书和玩具，我真心喜欢那个孩子。

我凭着记忆往前慢慢开车。等我意识到的时候，我发现我早已经过了那条灌木夹道的、仿佛梦境中的小路。我无法不去想她是怎么度过这些年的，和汉森那样的一个人，在这么一个地方，在一个对酷暑和寒冷都无能为力的铁皮匣子里坐着、来回走着、流着汗，日复一日，听着《我梦中的夏天》这样的歌，看着小窗户外面橡树的阴影和快要被荒草吃掉的农场小路……她，连同她的美貌、青春的热力，被囚禁在这贫瘠、劳作和无望之中，像被无情地侵蚀、过早地凋谢了的一朵荒原上的小花……她说得对，如果她过去的生活不是梦，那么现在的生活就是个梦，一个墨绿的、冰冷芜杂的梦。

当我看到那条旧铁轨时，我知道穿过铁轨我就要转上10号高速公路了。我打算不在休斯顿停留，直接开回奥斯汀。我向后看，没有一辆车，周遭一片浓绿，一片雨后的阴郁和静寂。于是，我把车停在路边，在手机上打开YouTube，搜出那首歌。而后，我一边开车，一边听那首名叫《我梦中的夏天》的老歌。它那奇特的不和谐感莫名地打动我，因为曲调是那么安静、忧伤，歌词却是愉快的：

在这古老大树的绿荫下
在我梦中的夏天
在高高的青草和野玫瑰旁
绿树在风中舞蹈
光阴那么缓慢地流过

圣洁的阳光普照
……

我看到我的心上人
站在门廊后等着我
夕阳正徐徐落下
在我梦中的夏天

我不是尹丽川

庞 羽

十三岁时我问
活着为什么你。看你上大学
我上了大学,妈妈
你活着为什么又。你的双眼还睁着
我们很久没有说过话。一个女人
怎么会是另一个女人
的妈妈。带着相似的身体
我该做你没做的事么,妈妈
你曾那么美丽,直到生下了我
自从我认识你,你不再水性杨花
为了另一个女人
你这样做值得么
你成了个空虚的老太太
一把废弃的扇。什么能证明
是你生出了我,妈妈。

当我在回家的路上瞥见
一个老年妇女提着菜篮的背影
妈妈,还有谁比你更陌生

这就是我姐姐尹丽川的诗。我叫尹绯绯。

鲜血喷溅出来。我的开心消消豆到了十二级。她哀叫了一声,我抬头望了望。血是红色的。我又低下头,进入十三级。她从厨房里出来,哆哆嗦嗦地拿纸巾。天气有点热,我打开电风扇。她问我,云南白药放在哪里了。我冲着电风扇说,我不知道。电风扇把我说的话变得颤颤巍巍。她捂着手翻箱倒柜,我突然意识到,我和这个切肉切到手的妇女,相识二十四年了。

她叫林中燕,外婆起的名。这二十四年里,她不慌不忙地活着,我拼命地把自己塞进裙子里。小学、中学、大学,尔后,我往容城档案局一躺,摸瞎过生活。她倒好,脖子紧俏,身体颀长,睫毛长而卷,眼睛深而亮,砧板前敲敲打打,盆栽里摆摆弄弄,柴米油盐,稳稳当当。

童话书上说,天鹅能生出丑小鸭。说的不错。我黑皮小眼,八岁成了胖墩,十岁戴上眼镜。她给我买白裙子红裙子。裙子在我腰间勒出了印子,我扶着眼镜看黑板时,总能听见衣服窸窸窣窣的撕裂声。我一直在等待。等我瘦了,要把这些裙子撕成条、撕成丝,变成她脖子上的红白丝带。

是夜,她睡熟了,我起身,站在镜子前,扯扯身上的肉,摸摸肉上的皮。尤其是摸到自己的胳膊，那些红色的丁丁点点，又漫出了一大块。林中燕说那是鸡皮疙瘩，隐性遗传。我和她顶嘴，都怪你，都怪你选择了罗家，都怪你生下我。对于这件事，我不原谅。从小，她说春雨润如油，我却说清明雨纷纷；她说小荷尖尖角，我却说映日别样红。在这样的一张一弛中，我慢慢蹿高了，同时，我手臂上的疙瘩越来越多，在我的胳膊上蔓延，像是林中燕的眼波似的，流转逶迤。

林中燕的眼波，不是白吃的。年轻时，她往人群里飞一眼，男的耐不住，女的急得跳。至于她为什么嫁给我爸罗勇，这得问我外婆。我瞅瞅罗勇，心想，真亏得当年罗家的小洋房，把林中燕骗了去。林中燕成了罗家的媳妇，洗衣做饭生孩子，轻松干净，好像我是她的碎玉珠子，缀在发间，不要了可以摘下来。

除了这些，她尽张罗自己的人生去了。东边水疗室，西边小书店，她活得安稳恬静。在我小时候，她还经常看八七版的《红楼梦》，唱几句阆苑仙葩、美玉无瑕什么的，我把电视调到《西游记》，在沙发上蹿来蹦去：猴哥，猴哥，你真了不得！她笑笑，说诸葛亮草船借箭、空城对琴，都没我这般神气。我再瞅瞅罗勇，脑瓜瓢上褐色板寸，指尖的烟屁股娉娉袅袅，二锅头熏红了他的脸，卤猪蹄催肥了他的身体，偶尔啐口痰，圆溜溜，暗黄加暗赭，像极了案板上剩下的一钱猪肝。可听别人讲，罗勇年轻时，可像白衣飘飘的赵云了。我难以想象，脑海里全是曹操割须弃袍、关羽败走麦城的样子。

在容城，磨刀匠走街串巷，三天磨一把刀；菜贩子路口闲聊，也不吆喝；春来天暖，老人在公园里打太极，树叶也绿得慢了一些。每天早晨，我坐在二路车上，车辆的引擎声、间隙的说话声，合着耳机里淡淡的音乐，我感觉到有什么东西无关感情，无关风月，无关这个无限宽阔的宇宙，它存在于我的内里，蓬勃生长，优雅老去。公交车行驶，我坐在那儿，希望命运无澜，天高海阔，林中燕坐在沙滩上，解开她飘飞的丝带。

林中燕比我迟会儿。她站在车道里，一手拎着包，一手扶着铁栏。二路车晃一下，她晃一下，等车平了，她依然脖子紧俏，身体颀长，睫毛长而卷，眼睛深而亮。为此我常常难过，为我身体里沉睡的美好基因难过。它们卧在我的心脏里，脾肺里，阅览我每天的悲欢喜乐，却怎么也不肯出面。

林中燕似乎知道这点，切葱丝碾肉末，让我在一旁看着。锅里闹闹腾腾，林中燕手悬着铲子，翻拨葱丝，铲开糖盐，几滴汗水滑下她的脸颊。我想起了黛玉葬花。花死了，黛玉也死了，谁都会死。林中燕擦着额头的汗，我感觉她要融化了，像冰一样融化，滴下来、滴下来，顺着瓷砖蔓延，蹿升到我的血液里。一个女人怎么会是另一个女人的妈妈呢？

林中燕决定带我去上海的那天，非洲瘟疫开始了。这是一种新型病毒，让人瘫软无力，眼睛发花，安详睡去。科学家取名"尼奥"，猜测瘟疫来自一种动物肉类，像《黑客帝国》一样隐形危险。

罗勇坐在电视机前，一字一句地把新闻报给林中燕。林中燕像是没听见，继续碾肉末。电视机忽闪忽闪的，罗勇夺着脖子，拇指食指半抡着，像握着小口杯，等待英雄煮酒。罗勇爱酒，爱到骨子里。高考结束那天，他拿出高脚杯，给我斟了满满一杯。没等我反应过来，他就把他那杯一口干了。那一晚，我喝了几口，他把几瓶都灌下去了。等对饮结束，他却一边擦着眼泪，一边擦着鼻涕，一边拉着我的手说，三国里，赵云智勇双全、志向远大，本可夺天下，本可夺天下啊！我问他，不是曹操，不是刘备，怎么会是赵云呢？罗勇不说话了，脸涨成猪肝色：你不懂，天下本是君子的，全都被小人夺走了。我陷在沙发里玩游戏。

　　突然，罗勇把虚拟的酒杯一摔，刷地直起脖子：我说，别烧肉了好吗！窗外天空白了半晌，又阴下来。菜刀笃笃笃地响着，林中燕还在碾肉末。罗勇似乎泄了气，继续夺着脖子看电视。刺啦啦一声响，游戏通关了。整个小洋房，都回响着游戏庆祝声。林中燕不慌不忙，我也挪开了余光，继续游戏。

　　从那以后，罗勇不吃红烧肘子卤猪蹄了。到了傍晚，他摆好一碟油炸花生米，一碗岳记花甲，抿几口小酒，唱几段小曲，乐呵自在。林中燕还是喜欢下厨，碾些肉末，放点葱丝毛豆炒炒。我和她对坐，捡着豆子吃。吃完，她把肉末挑出来，整齐地码在小碗里。

　　接下来的几天，都会有肉末茄子、肉末四季豆。同样的，她把肉末挑出来，整齐地码在小碗里。熟肉末日益减少，林中燕又开始碾生肉末。周而复始，她不疲倦。我吃厌了，躲在家里叫外卖。林中燕一个人坐那，把豆子葱丝吞下去。阳台上的绿植郁郁葱葱。仿佛就像诗中所说，十三岁时我问，活着为什么你。看你上大学我上了大学。妈妈，你活着为什么又。你的双眼还睁着，我们很久没有说过话。

在我出生之前，我的外婆寅芽死在了上海。寅芽从小生活在上海。对于上海，我是无感的。我听林中燕说，母系的藤老爷住在上海火车站附近，外婆寄住了一段时间。火车经过时，外婆喜欢在那儿跳绳。火车空了，藤老爷带外婆去火车站纳凉。外婆喜欢把腿伸出站台，往铁轨上够。列车员来了，她撒腿就跑，鬓发飞飞的。

林中燕告诉我外婆的这些事，我觉得奇怪。一个素未谋面、已经死去的老亲戚，居然也小过、闹腾过，在她的人生里炸出数朵金花。听林中燕的口气，藤老爷家里不大，马桶连着煤气罐，凳子连着晾衣架，而且还比不上容城那些拆掉的危房。外婆在这儿度过了她的童年时代、青涩时光，我感到一丝战栗。原来我和那个粉红雕花、砖红瓦片的小洋房，不过是久别重逢。

林中燕拖着一口行李箱，背影袅娜。我拎着包跟在后面。林中燕的裙底飘着线头，手上的切口还没痊愈。候车厅空旷，回荡着行李箱的滚轮声。等了一会儿，我们登上这辆开往上海、前轮驱动、底盘稳当的三层长途车。林中燕打票打得早，我们坐在了前排，司机在我们脚底下。踩在别人头上，我想笑，扭头看林中燕。林中燕表情淡淡的，问我带给藤老爷的养生品放好了没。我说放好了，又问她，容城的馓子黄烧饼藤老爷爱吃吗，会不会粘了牙。林中燕笑笑，扭过头看车窗外。窗外是阴天，万物覆着一层冰灰色的光芒。林中燕的锁骨更深了，侧脸勾画得像木刻。一瞬间，我以为她是那个补雀裘、撕扇子的晴雯。我闭上眼，尖尖的脖颈，尖尖的眼眉。罗勇摸过哪些地方？他吻过林中燕的脖子吗？

藤老爷坐在七十年代小筒楼的小幺间里。门开着，四周都是霉，墙壁上沁着各色的污渍。马桶边有一口锅，锅里有几个茶叶蛋，浮浮沉沉，不知煮了多少回。藤老爷披着旧夹克，微眯双眼，鼾声浑浊粗厚。林中燕不着急，坐在床沿等他。床和椅子挨得很近，不够伸腿。我不愿坐着，站在那儿看网文《人妻陌途》。女主人公正在喝酒，蓝色夏威夷、绿色蚱蜢、白色俄罗斯、黑夜之吻，弄得我心痒痒的。藤老爷一声呼噜，把自己吓醒了：你们哪位？

寒暄片刻，出去买菜的姨娘回来了。她招呼我们吃茶叶蛋，我摆手。林中燕却吃了一个，眼眶还泛着泪。藤老爷口齿不清地说，寅芽懂事呢，穿裙子坐摆渡从来弄不湿。寅芽是我外婆的名字。

一声咳嗽。林中燕拍着他的身子，让他顺顺气。藤老爷半张着嘴，残牙交错间，只能嘣出几个字。姨娘跑过来，正正他身上的旧夹克，帮他梳头。藤老爷抖了一下，闭上眼沉进椅子里。林中燕起身，把养生品塞给姨娘，带着我走了。

时值正午，我不知下面的时间如何打发。林中燕昂着头，拖着行李箱走在前面。认识她二十四年，我依旧不了解她的底细。她拨弄碎发时想什么？她弯腰捶腿时想什么？我看见的她是真的她吗？我理解的她是真的她吗？她喜欢小性子的林黛玉，还是心比天高的晴雯？在容城，我完全可以撒手，把林中燕精心准备的东西全扔在地上，但在人生地不熟的上海，我只能跟着她，生怕串了门跑了调。我不看她的背影，仰头对视太阳。

我随着林中燕到了地铁站。两边贩卖着报纸、矿泉水、小玩意儿。林中燕在地铁口呆望了许久，我想问她做什么，想想算了。在罗勇身边，她好茶好水好脸色，现在她要把这身皮褪下来了。地铁刮起一阵风，吹动她的衣襟。我的母亲林中燕，光洁如新，纯白无邪，涉江采芙蓉，鱼戏莲叶东。你曾那么地美丽，直到生下了我。自从我认识你，你不再水性杨花……

林中燕带我去了建华路。房子错落有致，道旁的树木森郁。有几家早茶店、馄饨摊、咖啡馆缩在楼房各角，形成隐秘的、幽深的、不露锋芒的热闹。我感到渴了，殚竭气力，杵在马路中央看着林中燕。

林中燕回了一眼：快点。

瞬间我想起，二十四年来，林中燕在前，我在后，我冲她发火、嗷叫，她眨巴着眼睛看我，等我气消了，淡淡说一句，快点。每次如此，我的气都撒在了棉花上。此刻的她，分花拂柳，行色从容，步态好似水面漫上沙滩，又淡淡回落。我是她身后的浪潮，莽撞、慌乱、叫嚣，被她温柔地化作微澜。我无奈，加快脚步，嘴里发出一声雁鸣。我有一种感觉，林中燕要去南方了，她要在那个春暖花开的地方，梳理羽毛，独自终老。

建华路323号是栋小别墅。林中燕停下来，看着323号。太阳隐去了，云翳慢慢爬上她的脸，像一块冰糯飘彩的玉。我歇歇气，大声问她怎么了，到底要带我去什么地方，赶了这么多路都不让我喝口水。她似乎没听见，握住我的手，走吧，我们进去。我感觉，让我打砸抢都无法解气。世界静悄悄，除了林中燕敲在雕花铁门上的回音，笃笃笃，可以下锅了。

开门的是位老人。见到我们，他并不奇怪。林中燕把徽子黄烧饼塞给老人，老人看了一下，沉默半刻，领我们进屋，落座，沏茶。

我们仨相对无言，老人垂着头，林中燕垂着头，我盯着面前的茶水看，那里有看得见的茶叶、茶脉、茶梗，也有看不见的茶素、鞣酸、儿茶酸、芳香物质。我想起了大观园，六安茶、女儿茶、枫露茶、老君眉，老君眉产量极少，状似太上老君的眉毛。第四十一回中，妙玉同黛玉、宝玉和宝钗三人喝体己茶，宝钗的茶具叫"爬斝"。黛玉用的叫杏犀乔，寓意心有灵犀。宝玉用的则是妙玉自己的杯子，绿玉斗。林中燕讲给我听，我还她一双青白眼，这时想想还蛮有意思。老人抬眉看我，这是寅芽的外孙女吧？林中燕点头。老人抓起徽子吃，眼眶里有浊泪。徽子脆响，茶杯上的白雾淡下去。

林中燕回过神来，露出釉色洁白的牙：快叫俞正爷。我吭了一声。俞正爷放下徽子，靠在沙发背靠上，眉宇轻快许多：叫我阿正好了。我噎了一声,右手食指摩挲着左手大拇指。林中燕轻声说:俞正爷,照片在你那儿吗?

照片上的寅芽,眼睛透亮,嘴唇饱满,黑亮的头发散在耳朵两边,如云鬓雾鬟。在这张照片上,我原谅了林中燕的美。

照片来自俞正爷的一本笔记本,蓝色绣花布面,泛着旧黄,纸页发脆了,还有虫洞。林中燕拿起照片,眼眶泛起红云。我看着林中燕,她的眼睛里有星球,有陨石,有不明物质,还有一种东西,看不见,却庞然巨大地存在着。人们叫它黑洞。在它里面,一切都被扭曲,被传送,直到穿越重重时光,去到各个时空。

我不管她,让她茕茕地站着。

半晌,林中燕放下了照片。

俞正爷开始说话了。他说寅芽年轻时可漂亮了,她走在上海街上,几个外国人跑过来,偏要领养她,带到国外去。那时正值乱世,可寅芽的妈妈舍不得。乱世里几场战役一打,寅芽的父亲没了。说是失踪,也说是战死。听到消息,寅芽冲出屋子,冲进人群,抱着国军的大腿喊,还我爸爸。国军用枪托敲她,她不放手。俞正爷经过,拉下了寅芽。后来战胜了,解放了,俞正爷攒钱给寅芽买帽子,买裙子,寅芽给俞正爷做了好几年布鞋。寅芽在上海待了童年、少女时代,被她妈妈、我的曾外祖母喊回老家,说是去结婚。

我不认识我的外婆寅芽,也不太清楚外公这个人。他们死了好久了,就像上世纪的老八音盒,唱不动了,就锁起来吧。想到林中燕和他们待的时间,比和我在一起都长,我感觉怪怪的。林中燕捂住嘴。她是要哭吗?还是仅仅一个喷嚏?不一会儿,她撒开了手,表情依然淡淡的,睫毛长而卷,眼睛深而亮。那一刻我难过地想,她生的人不该是我。

离开俞家时,俞正爷倚在雕花铁门旁,手里摩挲着一枚老怀表。怀表是和笔记本一起拿来的,上面都有包浆了。我走出了铁门,望着他们。俞正爷微微颔首,手里的怀表发出了清晰的滴答声,似乎在计算他剩下的日子。林中燕也缓缓地走出雕花铁门,俞正爷伸出手,想说话。林中燕嘴角蜻蜓点水:不用了。照片你收着吧。我只是想看看她。

家里还是那样。罗勇躺在沙发上,鼾声震天。

林中燕轻手轻脚放下行李,把沙发边堆积的衣物拿去洗。

我越过罗勇的腿和胳膊,沉在沙发里,打开手机里的开心消消豆。罗勇被吵醒了,踢了我一脚。我打开电视机,把声量调到四十音贝。罗勇睡眼惺忪地坐起来,板寸都蓬松了。他举起拳头要打我,电视机阻止了他。

专家说,"尼奥"已经开始蔓延,欧洲多人感染,亚洲也出现首例。目前来说,此病传播方式多样,且无药可解,只能少去人群密集的地方,自求多福。

罗勇似乎吓酥了,瘫在沙发上嘣嘣脆脆。林中燕打开洗衣机,我的消消豆升入第二关。罗勇火气从板寸上蹿起来:听到没!去什么上海!

见过寅芽后,林中燕全身都松弛下来。她的睫毛短了一截,眼睛边生出了藤蔓,颀长的身子变得摇摇欲坠。我问她今天几号,她说二十,初五,二十三。没有一个是对的。我不难为她了,怕声音一大,她就碎了。等她闲下来,我往她身上凑,讲办公室主任、档案局局长的八卦。她微觑两眼,唇齿打滑,像婴儿一样睡去了。在家,罗勇用筷子敲着碗边,怎么了?没饭吃?林中燕在厨房里缓慢地切着肉丝。罗勇又说,不能吃肉不能吃肉。她也不管,一撮小葱一皿肉丝,罗勇不吃,她吃。出门,罗勇和她各走各的。不出所料,罗勇投奔他哥们了,喝小酒唱卡拉OK,顺便按摩按摩自己的老骨头,讲讲三国里的天下观,讲讲赵云就是被娘儿俩害的。那些中年男人也会岔话,讨论天下分合什么的,再吹吹牛,要不是那会儿选错路,这会儿美国总统还得喊他爹呢。这种聚会罗勇带我去过一次,然后我找个借口溜回家了。林中燕手里挎着购物袋,买点葱买点生活必需品,然后在街道上茫然地转着。好几次我招呼她,她恍然大悟,不好意思地笑笑,跟我回家。她也放弃了开辟鸿蒙、金玉良缘,每天追问我《人妻陌途》更新了多少。我问她《红楼梦》哪去了。她说,一堆废纸,埋了可惜,不如卖了。

"尼奥"登陆亚洲的第八天,台风也登陆了。天空变成大海,风云变幻,潮起潮涌。我坐在家里,心想怎样度过这个潮湿的周末。林中燕储备了两天的菜,罗勇囤积了一星期的酒水。罗勇酒杯磕碰碗沿，叮叮当当，等酒劲上来了，咣当一声扔掉酒杯，空坐在那儿。电视机放着"尼奥"的最新消息，电脑却在唱着，滚滚长江东逝水，浪花淘尽英雄，是非成败转头空……

罗勇一边听一边哼，等林中燕经过他身边，他没头没脑地说，你都快五十岁了，还买新裙子穿？

林中燕不答话，整理整理裙边的老褶子。她穿这裙子三年了，夏至穿，大暑穿，入秋了，洗好熨平叠放在柜子里，等着有心人发现。罗勇歪着头舒展睡意，林中燕拍拍裙摆，收拾桌上的碗筷。我看着她，线头不见了，侧影似有抄检大观园，晴雯倒掀宝箱，痛骂王善保家的样子。是的，她居然把一条裙子，穿得那么决然。

周日晚上，外面的雨小了些。林中燕挎着购物袋，出发了。我问林中燕买什么，她咿咿呀呀了半天，说外面空气好，出去透透气。我说雨会下大的，她说不怕，有伞。她弯下腰，在脚腕磨蹭，好容易把高跟凉鞋穿好，轻手轻脚地离开了小洋房。雨淅淅沥沥的。

电话打过来时，我的消消豆到第五关了。此时的窗外下着瓢泼大雨。窗户洗了又洗，我的脸反光在上面，扭曲的、变形的，还分成了好几个。这么瞧，还挺像林中燕的。

我坐在这个粉红雕花、砖红瓦片的小洋房里，听着林中燕在手机那头无力地对我呼唤：囡囡啊，妈妈走不动了。我拎着一把大伞冲进雨中。雨水飞溅，天昏地暗。林中燕站在雨中，购物袋落在地上，雨伞斜在一边。我搭着林中燕的胳膊，一步步地搀扶她。我说,咱们回家看《红楼梦》,八七版的。林中燕却瘫软下来,囡囡,妈妈不想看了。我问她想看什么,《人妻陌途》没到大结局呢。她笑了,胳膊微微振动:书里都是假的。只有囡囡是真的。雨水顺着她的脖子流到我的手上,冰凉而惊颤。

　　林中燕再也不能穿高跟鞋了。医生说,脚上肌肉受寒、萎缩,要养养,脚底还要贴膏药。他还说,年龄到了,很多人都患上了这毛病。林中燕把膏药往脚后跟一贴,却瞬时矮了几分。她眼角的藤蔓,已经长到嘴边了。那个脖子紧俏,身体颀长,睫毛长而卷,眼睛深而亮的林中燕,变得小了、枯了。我突然想起那个叫作寅芽的女人,想必她也这样步履蹒跚过。林中燕唤我的名字。我扭头不应。我无法面对林中燕的衰老。

　　和林中燕的衰老一起到来的,还有我的转变。倏忽间,我身上的裙子变松了,修身了,不再发出窸窸窣窣的撕裂声。林中燕不好去商场,问我淘宝网怎么购物。后来她买了两个衣架、三条裙子,都是给我的。裙子有碎花的,有宽松的,我穿起来,林中燕说像年轻时的她。

　　大雨不停,倒灌着容城。电视里,上海有了"尼奥"感染首例。罗勇见林中燕的眼色都不对了。他不吃林中燕做的菜,不碰林中燕喝过的水杯,待在家里就咋呼,出门了夜不归家。林中燕不管他,继续碾生肉末,烧熟肉末,坐在饭桌前,静静地吃掉一碗白米、半碗菜。我陪着她吃。渐渐地,她开始教我做其他菜了,红烧茄子、番茄炒蛋等。她说姑娘家要会点厨艺,一来安生,二来防身。

我烧的菜有的过咸,有的偏甜,她还是静静地吃掉了。只是有一次,我烧了葱丝毛豆肉末,林中燕吃掉毛豆,挑出肉丝,突然哭起来。她说是寅芽的味道。寅芽在的时候,日子艰难,一顿肉末都要烧好几道菜。几滴泪下来,她克制住情绪,又去洗碗洗衣服。我有些难受,想帮忙,她让我去给绿植浇水。植物在晚风中轻轻拂动,像极了少女林中燕的裙摆。

碗筷归档完毕,罗勇破天荒地早回家了。他把衣服扔给林中燕,讨好地说,他哥们做生意的,儿子想找媳妇。林中燕明白他的意思,我也明白他的意思。

罗勇见我们不说话,又补充,有车有房,有车有房。我垂着头不说话。林中燕"哇"地一声哭出来,把罗勇的衣服扔在地上,还用脚踹:我的女儿不是衣服,我的女儿不是衣服!

罗勇当着我的面,对林中燕动手了。暴雨疏风,斜光月影。等他安歇了,我抱住地上的林中燕。林中燕在我怀中颤抖。我随着她一起颤抖。外面的雨没有停。

大雨降临的第六个晚上,容城被淹了。整个城市都漂浮在水中,人们挽着裤腿,手拉着手出行。林中燕的绿植开始下垂腐败了,我一遍遍问自己是不是浇多了水。林中燕不管,忙好早饭,坐在阳台前看天。她说她看见了寅芽。我感觉她要再一次融化了,像冰一样融化,而这次不会再结冻了,她要随着这场洪水流走了,去到那无限宽阔的宇宙，随我蓬勃生长，优雅老去。

我收拾好包裹，出门上班。虽说城市部分水位已经过膝，但政府仍号召我们上班，坚持在第一线。上班也没有什么可做的，坐在那儿当个摆件。我拎着包出门，林中燕却一瘸一拐地追出来了。她说要去单位取个东西。我说这么大的雨，去了干什么。我看见她恳求的眼睛，还有依旧淡淡的表情。洋房里，罗勇举着酒瓶，电视机忽明忽暗，那高达四十四的音贝里，讲的全都是对"尼奥"的恐惧。我带着林中燕缓缓走到公交站台。

二路车来了，我和林中燕并排坐着。车辆的引擎声、间隙的说话声，合着耳机里淡淡的音乐，我感觉到有什么东西在我的内里，一脉传承，生生不息。林中燕静静坐着，她脸上的藤蔓也停止了生长。我用余光瞧着她，洪水迅速退去，白云飞上蓝天，我那美丽年轻的林中燕，她坐在沙滩上，微笑着，昂扬着，解开她飘飞的丝带。

林中燕到站了。公交车停在路边，这条道路水很深，昏黄浑浊，车驶过，惊起水浪一片。车门徐徐打开，林中燕挪动着双脚，一点一点、艰难地走出去。她提着裙边，慢慢摸索着，积水吃掉了她的小腿肚子。车子正在启动，轰隆隆的。车门要关上了，林中燕回过头，朝我微笑。她要说什么？"快点"？我听不清。在洪水中，林中燕更小了。我想起了俞正爷，想起了寅芽，想起了罗勇，想起了晴雯想起了林黛玉，他们都在我的脑海转啊转，晃啊晃。突然，我的泪夺目而出，我冲到已经关闭的公交车门，把车门拍得震天响。林中燕似乎没听见,离我越来越远,越来越小。我瘫软下来,拼命地拍着车门,拼命地大喊,林中燕,你走后,我该找谁去怀念你?我要找谁去要照片?

　　林中燕回来了。衣服角、发尖都湿漉漉的。我走过去,替她拿包。
　　我对她说,妈妈,有我在,罗勇不会再打你了。
　　林中燕不说话,手里的伞滴着水。
　　我又对她说,我会去上海要寅芽的照片的。
　　林中燕瞪大了眼睛。
　　我耐不住了,说,我给你读一首我姐姐尹丽川的诗:

　　十三岁时我问
　　活着为什么你。看你上大学
　　我上了大学,妈妈
　　你活着为什么又。你的双眼还睁着
　　我们很久没有说过话。一个女人
　　怎么会是另一个女人
　　的妈妈。带着相似的身体
　　我该做你没做的事么,妈妈
　　你曾那么地美丽,直到生下了我
　　自从我认识你,你不再水性杨花

为了另一个女人
你这样做值得么
你成了个空虚的老太太
一把废弃的扇。什么能证明
是你生出了我,妈妈。
当我在回家的路上瞥见
一个老年妇女提着菜篮的背影
妈妈,还有谁比你更陌生

　　林中燕把滴水的包放在地上,露出两束胡萝卜须:你爸不叫罗勇,你外婆没去过上海。还有,你从来没有什么姐姐。

写一本书

郝景芳

母亲坐车离开后,叶阑站在十字路口,犹豫要不要给姐姐打电话。

在刚刚的两个小时里,阿阑经历了非常不愉快的一段过程。先是母亲带她去看新楼盘,反复讲涨房价。然后是一顿午饭,和母亲的几个老同学吃,席间少不了自我贬低与相互恭维,自我贬低子女和相互恭维子女。阿阑又被母亲说了几次"这孩子没天分,又不知道上进",然后听了几次"别人家孩子"的故事,不外乎是工作家庭双重稳定。阿阑冷冷地听着,心里一直在数数。一,二,三……四十五,换了话题。一,二,三……八十五,又换了话题。

她想着母亲给她计算的数字,二〇〇三年如果买一套房子,二〇〇七年卖了换大的,二〇一〇年再卖了,买个更大的到今年,能涨几十倍,换一个两千多万豪宅,这是多么不可思议的数字关系。她几乎想以此写一个故事了。

人流从她身边经过,分流向两边走去。仰头看高架桥,对岸的绿灯看上去遥远。城市在灰色的天空下露出森严的内核,玻璃墙俯瞰人间,笔直的线条没有修饰,黑蓝色立方楼体,上端和阴霾的天空融为一体,下端向两侧磅礴延伸。城市之网在头顶悬浮,越压越低。

她掏出手机,找到姐姐的电话,犹豫着,不知道该不该打。她把手机里自己打印的书稿翻出来看。她想把书稿给姐姐看,求一个评价。只是越到关键时分,越不敢拿出来。人流从她的两侧分开又合拢,她用耳机给自己制造了一个泡泡。

她并不满意,从第二章开始就有些欠妥。主题并不吸引人,有一点平庸,前面显得繁复啰唆,后面又跳跃得太快。她翻着翻着就有些羞赧,几乎想随手扔在路边,但不知为什么,她不但没有动手,还鬼使神差地拨了姐姐的电话。她看着号码拨出,想挂断,却没有挂断。她是有一点不好意思拿出来,但是更不甘心不拿出来。

"姐姐,你今天下午在家吗?我能去一趟吗?"

"阑阑,是你啊!好啊!"姐姐的声音听起来欢愉,有一点惊讶,有温和笑意从听筒里溢出来,"好久不见了,你来吧。"

公车穿过城市,阿阑坐在窗口。

阿阑想起一年前和母亲第一次斩钉截铁。她那么多年,就勇敢过那么一次。省城嘈杂的购物中心五层,大排档美食中心,她在母亲端来虾仁馄饨和炒面之后尚未坐稳之时,就脱口而出:"我要去北京找姐姐。"美食中心的广播和麻辣烫的气味掩盖住她的胆怯和母亲的错愕。她很后悔自己没有在高三的时候有勇气说出这句话,以至于大学只在省城度过。她在人生的前二十年有太多次想和母亲说：我要——，可是最后总是点点头说：好的，妈妈。

那一天到今天，已经过去快一年了。她到北京安顿，辗转奔波，租房子，去她书里看过的地方转，只是仍然没见到姐姐。

阿阑坐在座位上，想起除夕那天下午她一个人出门坐公车，从五环到二环，只花了不到半个小时，呼啸而过的马路，灰色的天空。室友提早回家了，其他在京的同学朋友也都走了。这个世界仿佛就剩下了她一个人。她春节假期没有回家，留在房间里写小说。那时她经常想起《人性的枷锁》中在巴黎自杀的学画女孩；想起毛姆的另一个短篇，有热情但没才能的在慕尼黑学钢琴的男孩；想起《青春》，在伦敦工作之后写不出一篇小说的男孩；想起库普林写过的故事，很有天赋却堕落得靠乞讨为生的油画学生。

她想起中学的时候坐在操场上，和室友一起读书。她们在跑道边上的铁架子看台上坐着，看细沙跑道上的学生一圈一圈循环。她们读喜欢的书，交换对喜欢的作者的看法。在她们的膝盖上，一直有姐姐的书。狂野、不羁、叛逆的青春和诗歌、曲调、酒精混杂的朋克生活。姐姐的笔调灵动而无章法，年少成名的桀骜不驯和目中无人，那么令人向往。阿阑羡慕姐姐，又有几分自豪。她们是姑表姐妹，很近的表亲，从小一起长大。她也希望像姐姐那样写一本书。

她想起记忆中的金色湖水，想起许愿时的冲动和每每试图放弃时的不甘心。想起大学时日复一日读书，从图书馆出来，绕着操场一圈一圈走，一个方向能被太阳照亮，跑道泛光，另一个方向看到清晰的阴影。冬天下了雪，雪地里只踩出她一个人的脚印，阳光照在雪上，整个世界化为影子。那时候她的心里多么静，抱着雪地一般无人知晓的愿望。

　　阿阑忍不住从随身包里把打印的书稿拿出来。她一直想找时间修改，却一直都没有头绪。《金色湖水》，打印的黑体字仓皇简陋地印在蓝色封面上。她翻开第一章的某个段落："她小时候也是喜欢游泳的，在她还小、姐姐已经不那么小的时候。她曾经跟着姐姐和姐姐的朋友们去游泳，因为还小，没有什么可羞涩的。看着姐姐修长的身体，那已经微微蓬勃而有了线条的身体，在燥热的夏日阳光里，在湖边嬉戏。姐姐游得很好，不像这个世界的生物，而是在这个世界和另一个世界自由穿梭的生物，一会儿消失不见，一会儿又出现在任意角落。金色的水面一会儿平静得没有一丝涟漪，一会儿又突然爆破开，只见到一个女孩钻出水面，身体矫捷，线条悠长，饱满湿润，几步攀援，爬到湖边山下的一块大石头上，朝大家挥手笑。有时候打水仗，姐姐还穿着裙子就掉到水里，就穿着裙子接着游。上岸的时候裙子包裹身体，姐姐就躺在石头上吃雪糕等它晒干。她在湖边的角落里看着。姐姐不怕和任何男生打水仗。她和他们对战，有时也拥抱或接吻。六月阳光总是潮湿的，柔亮而潮湿。"

　　她知道她放不下。微弱的希望像一点光，在风中摇曳，忽明忽灭。

　　站在姐姐家的门厅，阿阑静静打量着房间。这是她第一次来姐姐家。

房子是联排别墅的三四层，精装修，小区里有大片竹林和小桥流水。

姐姐刚才在电话里跟她笑道，新居很没品，开发商装得千篇一律跟住旅馆似的。阿阑站在门厅看着，觉得很好，并没有姐姐形容的那么糟糕，暗金色电视墙，顶天立地的玻璃隔断，沙发是很厚很软的那种，摆满了胡乱丢的绸布垫子，沙发后有棕色绢花，墙上是抽象画。

阿阑站在脚垫上，彷徨，不知道下一步该干什么。一个年轻男人来到客厅。很高，瘦长脸型，头发立着，眼睛不大，横平的眼型，但眼神有光，微带笑意。

年轻男人和人有自来熟的本领，并没有寒暄，直接给阿阑拿了拖鞋，问："堵车吗？小区还好找吗？"

姐姐在厨房里，瘦了，似乎稍稍黑了一点，看上去健康，穿一件黑色吊带背心和蓝色的长衫，长衫下摆一摇一摇，从身后看去，极显腰身窈窕。姐姐向阿阑粲然一笑。

"皓明今天晚上有事，要早点走，"姐姐说，"给他随便弄点吃的，咱俩慢慢吃。"

这是阿阑第一次见到姐夫，比她想象的干练精明得多。

阿阑进入厨房帮忙。姐姐说姐夫比她大两岁，之前在美国留学，在华尔街工作了两年，从高盛纽约派到英国参加培训，姐姐参加了他们的结业舞会，姐姐弹吉他唱歌，两人由此认识了。之后英美两国之间飞来飞去几次,很快结婚。

两个人说着,姐姐开始切洋葱,一边切,一边讲。阿阑的眼睛被洋葱香刺激出了眼泪。芝士凤尾虾,先融化黄油,再加入奶酪,半融化状态放入虾和洋葱,加白葡萄酒烹煮。上桌之前再加奶酪略微烤一下。剔骨牛排,前一天晚上就用盐与胡椒腌好,煎锅要热,煎的时候要加红酒,洋葱和蘑菇加蜜汁炒成配菜。

餐桌上有细白的瓷餐盘,银色手感很沉的刀叉,雕花的铜烛台,五只长蜡烛,与高脚杯形状很像。姐夫拿来一瓶白葡萄酒,给三个人都斟上。

"皓明、阑阑。阑阑、皓明。"姐姐笑着左右摆手,算是正式做了介绍。

阿阑尝了尝杯子里的液体,不觉得好喝。姐夫却赞了一声,姐姐也点了点头。第一道菜是蟹肉沙拉,配碎面包。阿阑看姐姐先动手盛了,自己才效仿着动手。吃了两块面包还想拿,姐姐却止住她,站起身来,将吃得差不多的沙拉撤掉了,把三个人的刀叉和小盘子也撤去了。很快又摆出了更大的刀叉和餐盘,并把刚才的虾和牛排端来,让阿阑先盛。阿阑小心地盛了蘑菇和洋葱。瓷器看上去陌生而脆弱。

阿阑高三的时候来过北京一次,当时姐姐已经大四了。

阿阑那年参加了姐姐和朋友的读书会。大学的阶梯教室,不大,人也很少。姐姐和朋友轮流读他们选出来的诗,也有人读自己写的诗。有一个男生读了姐姐的作品，姐姐不以为意，但阿阑心里是骄傲的。她坐在教室背后，台上的人说着一些神秘的话。教室的窗口外有遮住阳光的爬山虎叶子。

读书会后，她跟姐姐去看演唱会，在一条铁路边的一个院子，顺着铁路走荒僻的小径。很破旧的宅子，地上摆满装碟的纸箱子，墙壁水泥剥落，裸露着砖头，贴着各种乐队的海报。演出开始之前，吉他和线缠绕着休息，乐手在吃方便面。有的人抽着烟，有的人躺在小沙发上翘脚晃，有人一边喝酒一边聊最近来的新碟真牛逼。阿阑就坐在后面，悄无声息看着。他们不怎么注意到她，烟雾缭绕中，未来在舌头上仿佛触手可及，无限远的未来。

事后过了很多年，阿阑仍能在梦里看到那个地方，看到姐姐在铁道边奔跑，一边跑一边回头叫她。她也跟着跑。阳光晕眩地晃在她的眼前，墙边的爬山虎叶子一闪一闪。

铁道、院子、酒瓶、海报。风在耳边缭绕。

再往以前，是高一。

阿阑还能回忆起来姐姐那年夏天给她读书的样子。当时姐姐放暑假，去她家玩。姐姐读的不是她自己的书，而是她们系现代文学林教授的书，那本书很动人，姐姐坐在窗口，声音平稳好听，窗外是深秋散逸浓郁香气的桂花。姐姐常给阿阑讲她们教授的事，讲他们上课的事，讲她读的书。阿阑喜欢听。姐姐还会给她读卡夫卡和福克纳，她说这两个人的书有力量，有相同又相反的力量。哦，班吉明我那苦命的孩子。

姐姐说，好的小说家是这个世界的创造者。

阿阑想留在北京。她从没想过在这里买房子，那是多昂贵的事物。她只想要一个阁楼。姐姐前两年去伦敦留学，她记得姐姐说过，在伦敦，很多人都租阁楼住，城里都是几百年的老建筑，都是人家家族遗产或者整栋楼买下来的，没有人轻易卖，居住者都只能租。姐姐说她英国导师年轻的时候曾在城里租了十多年房子，直到第三个女儿出生，才在郊外买了一套房子。

姐姐说伦敦很好玩，南岸有好多好玩的艺人，伦敦的骨子里有股闷骚，就是Suede那种闷骚范儿。泰晤士河雨过天晴的时候最好看，塔桥都是金色的。姐姐在英国搬过好几次家，和中国人住过，也和英国老太太住过。姐姐说她喜欢搬家，她说每一次坐着搬家公司的车，又突突突地开往下一个目的地，她就觉得一种全新的生活在眼前豁然展开了。

姐姐说四海为家，风是唯一的伴侣。

恍然间，那已经是很久以前的事情了。

姐姐一直聊家常，问阿阑家里的事、学校的事，问她是不是恋爱了，是不是考研了？

"姐，"阿阑问，"你现在做什么呢？"

"我啊？在一家投资公司，做文化产业。"姐姐说得干脆利落。

"你去做金融了？"阿阑惊讶道。

"嗨，也不算，就是投投影视剧，看看项目。也没什么正经的，瞎闹。"

"那你现在自己也做电影吗？"

"我？"姐姐笑笑，"我可不做。现在国内做电影的没几个靠谱的，都是一窝蜂。我才不要凑热闹。"

皓明这个时候凑热闹，打趣道："说得跟自己多清高似的。你不愿意凑热闹，那上个月谈IP的时候怎么不见你推辞？"

"我那是了解了解行情。"姐姐也不恼，似乎类似的打趣随时随地都在发生，"不了解行情，以后怎么去跟别人谈？上礼拜那公司，明显就不靠谱，大股东就是个钢铁厂的老板，现在有闲钱了，拉出来做个基金，想捧自己手底下那俩姑娘。我能跟他们签吗？"

"那你跟他们谈了多少？"

"没多少，几十万吧。也就一个短篇。"姐姐轻描淡写地说。阿阑注视着姐姐的眉眼，想从中读出情绪，她想知道让自己这么震惊的数字是否对于姐姐真的不值一提。"他们承诺给一些公司股权，我不同意，要影视收益分红，他们说再想想。"

"哎，你说到这个我想起来了，"皓明把盘子里剩下的两个虾分给阿阑和姐姐，然后提起了一个网络上的超级红文，"据说那个大IP整体卖了快一个亿？"

姐姐嚼完嘴里的牛排说："没有一个亿那么夸张，但几千万是有的。也正常。这么大的IP，多少粉丝呢。你看上礼拜，有个网上征文比赛的第一名，一个短篇，也卖了一百万。我看了一下真没什么的。"

说到这里三个人静下来。突然的一个气口，只听得刀叉相碰的叮咚声和刀子划过盘面，于是三个人都更加意识到谈话的中断。姐姐停下来看着阿阑，歪着头想了想，似乎想要重新寻找一个开始的话题。空气有一点凝滞。阿阑感觉自己也有责任。

阿阑小心地开口道："姐，我前一段时间去你们学校旁听过课。"

"哦？"姐姐显得很有兴趣，"什么课？"

"西方现代文学。你们系林老师讲的。"

"啊，林老师啊，我超级喜欢他。"姐姐放下叉子，看上去很高兴。

"嗯，我知道啊，"阿阑说，"他说话好幽默。他又讲到那句'就是为你开的'了，果然很震撼。"

"什么'就是为你开的'？"

"卡夫卡的《法律》啊，还是你给我讲的呢。"

"哦？是吗？我都忘了。"

皓明笑了，又打趣道："还想当文艺女青年，露馅了吧。"

"讨厌！谁是文艺女青年！"姐姐轻捶了皓明手臂一下，"你这个二逼男青年少说我。"

阿阑低下头。她不知道是什么地方出了问题，是姐姐的问题，还是她的问题。也许什么地方都没有问题，是她觉得有问题这件事有问题。她不说话了，用刀子费力地切一小块牛筋。姐姐和姐夫谈了一会儿影视公司估值，又谈股市，谈新三板融资的可能性。

过了一会儿，皓明不吃了，站起来，从姐姐身后经过，俯身低头，凑近姐姐脸庞，姐姐很自然地抬头，两人轻吻了一下，又相互笑了一下。整个过程流畅自然，简单得像是两个人都只是下意识。阿阑却突然有点脸红。

皓明在门口换鞋，对着穿衣镜正了正领带。姐姐趁这当口对姐夫说："皓明，你最近闲的时候帮阑阑留意一下工作的事吧，你也不必刻意，就顺便问问，你们公司或者你同学那儿谁要招人，就帮阑阑递个简历，她本科学工商管理，一般财务什么的应该也能做。"

OK。皓明比了个手势。

"就不陪你们了，"皓明出门前笑着说，"你跟你姐好好聊，不行就住这儿，客房还空着。"

他的背影有一种义无反顾的力量。关上的门给房间带来气流的冲击，一时间安静无比。钟表指针连成一条线，似乎从疯狂的转动中突然停下来，像是给时光画上一条截然的分割。阿阑松了口气，又似乎更僵硬了。有片刻时光，她和姐姐都没有说话。她不知道姐姐为什么要说那些话，也不知道自己该说什么。然而她似乎必须说些什么，一切似乎都等着她开口。她想谈谈她的小说，可是无从谈起。

"姐，我有些话想说……"

"嗯，你说，"姐姐微微笑笑。

"找工作的事，我想……还是不用麻烦姐夫了。"

姐姐没回答，却反问她："你知道我为什么跟你姐夫说吗？"她伸过手轻轻拍了拍阿阑的手，顿了顿，然后说，"今天你说你来，我就给你妈妈打了电话……"

"我妈?"阿阑放下刀叉。

姐姐没有抬眼睛,继续用平稳的语调说:"你妈妈让我帮你留意一下,看有没有合适的工作,早点定下来,也好谈朋友,还问我有没有合适的男生给你介绍一下,也让我劝劝你,早点安定了,把工作家庭的事情安顿好了,有什么爱好再发展也不迟。"

阿阑沉默了。母亲的叮咛仿佛一道无形的烟尘竖起来,让距离一瞬间变得无限遥远。

好一会儿,阿阑问:"你说什么?"

"我说好的。"姐姐顿了顿又说,"我确实觉得你妈妈说的有道理。"

姐姐特意笑了笑,她或许希望阿阑也笑笑。但阿阑没有笑。两个人都沉默了。刀叉切在盘子上都有些潦草。余下的菜很快吃完了,阿阑也不记得味道。姐姐撤了刀叉盘子,又端上来焦糖布丁。柔软得像心事一样的布丁,甜得令人不敢碰的焦糖。吃过甜品还有水果。姐姐点了根烟,冲了杯咖啡,问阿阑要不要,阿阑说不要。姐姐抽烟的样子一点都没变,仍然是拿得远远的,就像是拿一支笔或者一根筷子。那个姿势似乎是连接过去与现在的唯一支点。烟圈轻盈地飘荡到空中,在两个人头上萦绕。有两次姐姐坐直了身子,弹了弹烟灰,似乎想说些什么。

最后还是阿阑开口了:"姐,我最近也写了一本书。"

"哦,是吗?什么书?"

"一本小说。"阿阑借着未消的最后一丝冲动把书稿拿出来,

"一个长篇。刚写好。想给你看看,求一些指点。"

"好呀,我看看。"姐姐说,"阑阑也写书了,真不错,我一定好好看看。不过你着急吗?我可能得下个月再看了,过几天出差一圈。"

"不急不急,"阿阑急忙说,"不知道你还有没有认识的出版社编辑……"

"有。我回头给你发几个联系方式。"

又静下来。阿阑觉得一切都似乎很对,又一切都不对。

"姐,你最近写什么呢?"

"我?"姐姐摇摇头,"最近什么都没写。早就不写了。"

"你……太忙了吧?"

"嗯,"姐姐想了想又说,"不过也不是。没什么意思。"

姐姐的话淡淡的,不带强烈的情绪。阿阑低下头。初春暖气已停,气温仍然未升,夜晚越来越冷,仿佛有隆冬的温度。阿阑不自觉地抱紧了双臂,手指轻轻地扣进皮肤。姐姐燃尽一根烟,又点燃一根。阿阑不禁想起姐姐本科时玩乐队,做主唱,在摇滚音乐会结束之后,也总是这样,不说话,一根一根抽烟,眼影会在眼睛周围晕开成黑色的一圈。

姐姐的最后一支烟,细长而没有味道。这是姐姐少年时绝不碰,而且会嘲笑的女士烟,洁白精细,无烟。姐姐轻轻抽了一口,然后将烟交在左手,轻轻用右手抚过阿阑的头发。

"其实呢,"姐姐终于开口了,阿阑不由得有点紧张,"阑阑啊,……"

就在这时,姐姐的手机忽然响了。姐姐歉意地笑了一下,掐了烟,接起来。是姐夫。

"……嗯,对……是 Chanel,黑的,要黑的。……嗯。多少钱?换算成人民币是一万四?那也不便宜啊。算了,改天我还是自己买吧……好,没事了。"姐姐刚要挂电话,忽然想起阿阑,"皓明,等一下。你给阑阑买个钱包吧……随便,秀气一点就行。"

电话挂了,屋子里一下安静下来。姐姐少有地微微地红了一下脸,须臾一瞬,阿阑注意到了。她知道姐姐从小就很少脸红。其实没什么吧,阿阑想,这一切都没什么吧。不是吗?但她什么都没说,姐姐也没再说。一种无言的气息笼罩在两个人上空。

收拾完,姐姐要找几件衣服送给阿阑。阿阑推辞,姐姐说自己的衣服买多了,放不下,阿阑和她身材相似,穿了肯定好看。有瘦长的裤子,阿阑觉得合身就收下了。有露背短洋装,阿阑怎么都没要。她试了一条黑色的连衣裙,姐姐连说这件好,让她直接穿回去。

姐姐又说要是再化化妆就更好了。阿阑连声说不要,姐姐说女孩子大了该学学。补水就弄了半天,画眼睛又画了半天。阿阑乖乖地坐着,像一个娃娃,听姐姐的吩咐将眼珠向上转,向下转,嘴张开,嘴闭上。她偶尔用余光从镜子里看到自己的样子,眼角鼻翼弄得很精细,眼眶很黑。镜子里的自己越来越陌生,发光的边框像环绕着另一个世界。

离开的时候,姐姐披上黑色的斗篷,送她到小区门口,叮嘱一番。阿阑一一答应了。她回身朝姐姐挥手,姐姐的身影在昏黄的路灯笼罩下渐渐变成一个黑色剪影。

阿阑走到公车站,心里一片空旷,空旷到怆然。

她从一站坐到另一站,从一个终点站坐到另一个终点站。她坐在座位上,春夜的凉风让额头清凉到麻木。路上空寂的灯光像没有内容的故事。车穿过飞驰的夜,穿过暗夜中沉睡的工地大门,穿过繁华富丽和苍茫困顿。夜晚的苍茫从四面八方包裹而来。说不出哪里难过。学校里静默的雪。读书。写作。身体的藤蔓。有这么多不归的车,都在匆匆奔向什么。

她仍然记得姐姐的那些句子。姐姐的书有信马由缰的快意。姐姐说小说要有力,有些人比喻奇妙,但读久了却觉得不够有力。姐姐不喜欢伤春悲秋。只有福克纳是永恒的,她说,无论什么时候都是最好的。八月之光。我弥留之际。喧哗与骚动。

阿阑靠着窗户,心里有种说不出的茫然。马路延伸着像是无尽头的长廊,一辆辆小车闪过,车窗映出阿阑的影子。她像是看到自己穿过这一切丰沛变幻的不属于她的风景。这一切成了夜晚与不安的象征,我觉得好像是躺着既没有睡着也不醒着,我俯瞰着一条半明半暗的灰蒙蒙的长廊。在廊上,一切稳固的东西都变得影子似的影影绰绰,难以辨清我是谁,不是谁。

路灯的余晖勾勒楼盘的塔吊,光亮的车窗上映出一张面孔,一个不像自己的女孩。近在咫尺,远在天涯。姐姐坐在镜子前,给自己画上眉毛和眼睛，就像镜子前一个乖巧的娃娃。班吉明那孩子。他老爱坐在镜子的前面，百折不挠的流亡者在他身上冲突受到磨炼沉默下去不再冒头。班吉明我晚年所生的被作为人质带到埃及去的儿子。哦，班吉明。

　　姐姐说她穿上她的衣服就像她，可是她看不出来。她怎么可能像她？姐姐的身体那么美。而自己这么瘦而平，这么羞涩。姐姐躺在湖边的石头上／她正躺在水里／她的头枕在沙滩上／水没到她的腰腿间／在那里拍动着水里／还有一丝微光／她的裙子一半浸透／随着水波的拍击／在她两侧沉重地掀动着／这水并不通到哪里去／光是自己在那里扑通扑通地拍打着／这水并不通到哪里去。这路也不通到哪里去／光是自己在那里延伸延伸／可是延伸不到哪里去。她以为它能通到哪里去呢／以为她能带她离开这个世界到另一个世界去／可是最终还不是哪里也到不了／只能和其他人到同一个地方去。

　　回忆如水从四面冲击，现实交杂在回忆中间，切割阿阑的心。

　　她意识到自己在姐姐说出不再写作的那一瞬间，她心里升起的复杂情绪。她有那么一瞬觉得愤怒和解脱：你也就是沽名钓誉，最终还不是这么轻易放弃，我还是比你走得远。但是下一瞬间她又意识到自己的悲伤：我走了那么远，就是想和你站在一起啊。

　　阿阑突然跳下车，不知道自己是在哪里。她看到一座正在拆的房子。一座小小的古建筑，在一大片在建的广场之中，在大刀阔斧建设的中央，像洋流湍急环绕的一座孤岛。水流中的孤岛。它的房檐、它的灰墙、它的窗棂。从容、古旧、孤立无朋。

她向它走去,不知为什么,莫名被吸引。危险而又静谧。

她走着,忽然在墙上看到了姐姐。一个清晰的身影。她向那影子跑去,离近了才发现,那是自己映在旁边工地里靠墙放置的大玻璃板里的倒影。路灯将人映得澄亮。黑色的裙子,黑色的鞋,金属的项链,镜子里的脸。

她再仔细看,发现镜子里是姐姐。她看到姐姐的眼睛和笑容。

是你吗?姐姐。

阿阑伸手碰触清楚映照着倒影的大玻璃,玻璃很凉。

是的,是你。我知道是你。她好像松了口气似的笑了。

我知道,你没有离开,你一直都在的。

她看到镜子里的人向她笑了一下。她心里有一种酸涩的释然。她站在大玻璃前面,落满石灰的废墟台阶上,抬起手,轻轻触摸镜子里的人的脸庞。镜子里的人眼神怜爱而忧伤。她的指尖没有触感。背后夜行的汽车呼啸而过,刮起她的头发和衣角。

你一直都在对不对?姐姐。我知道你一直在。

这才是真正的你。你没有走。阿阑的手继续抚摸镜子。

姐姐,你知道吗?我很想你。

突然一瞬间,镜子里的风景变了。玻璃尽头出现高二那年的铁道边,杂草茂盛,头顶是明亮的阳光。姐姐在前面轻捷地跑,头发一甩一甩,阳光照在头发梢上,金棕色发亮,穿着黑色短裙。姐姐就那么跑着,像一头小鹿,背影轻捷,脚步悦动,却并不真的跑远，像是在等她。

阿阑感到天启。她抬起右脚，轻轻跨越镜子的边界，走进去。镜子的波纹悠荡了几下，很快回到平静如湖。她感觉进入了真正的自己，在镜子里奔跑起来，脚下的杂草触感柔软。黑色的短裙在阳光下发亮。她觉得身体充分解放了，心也变得轻盈。她的眼睛被照亮了。她很快乐，从来没有这样快乐。她的脸上充满笑容。她飞了起来。她笑了。她回头看。她知道自己很美。

第二天早上，有人在拆迁的土地庙前，发现了一个昏迷不醒的女孩。

在她昏倒的地方，身边的玻璃上出现一个漂亮女孩在奔跑。画面印在玻璃上，面容很像前几年出名的一个写作的女孩。人们来往经过，都没有发现奇异，都以为那就是一面原本就印了画的玻璃。

祖先与小丑

雷 默

父亲得了食道癌，生命倒计时的时候，他还在惦记着吃的。他说最好过年的时候能杀一头猪，猪尾巴做成酱肉，切成小段，放饭锅里蒸，会嗞嗞冒油。事实上，膨胀的肿瘤让他咽口水都非常困难，我很难过，如此热衷于吃的人偏偏生这样的病！

也在那个月，我母亲偷偷跟我说，你爸活不到过年了，应该为他准备后事了。我去喊了村里的木匠，让他为我父亲打一口棺材。木匠是我远房表亲，平日里看不出是个木匠，大部分时间他都扛着锄头游走于路上，慢吞吞的像只乌龟。他问我，娘舅怎么了？我说快不行了，大概就这几天。他停下了手里的活，带上工具就来了我家。

楼下伐木的声音传到了楼上，我父亲就知道是给他在打棺材，他问我用的是什么材料，我说浸池塘里的几段木头都捞起来了。父亲又问，那段阴干的檀木呢？我说也用了。父亲迟疑了一阵，陷入了沉默中。我知道他是心疼那段木材，当初找到这棵碗口粗的檀树时，他欣喜不已，说留到以后可以派大用场，那时候他绝没想到是为自己打棺材用的。我说，一段木头而已，用就用了。

父亲没有再吭声。

我猜没有那口棺材，父亲可能早几天就走了，他一直在等那口棺材。村里也有这样的老人，奄奄一息，挨着挨着又挺过难关，活过来了，等棺材打好，又用不上了。所以木匠的活干得不紧不慢，他还时不时地去探望一下我父亲，在床头跟我父亲聊一会儿天，告诉他，棺材打好还需要一段日子。他看多了弥留之际的老人，知道哪些老人还能挺一挺，如果真不行，他也会加快进度，绝不会发生人过世了，棺材还没打好的情况。

每天吃晚饭的时候，木匠都会言之凿凿地留下一句话：娘舅一时走不了，你们放心。十天后，他给棺材上完漆，收拾着工具要走了，我真有点舍不得他。我说，你有空的时候多来看看他。他笑嘻嘻地答应了，事实上，后来他再也没来过。

楼下安静了，父亲的胃口突然好了起来，他喝下了满满一碗粥。陈小秋在床边高兴得像个孩子，她说，爸爸要好起来了。那时候，父亲脸色红润，精神也好像回来了，喝完粥，他让我给他捶背，我触到他的后背，发现他瘦得吓人，那仿佛是一具空壳，我特别留心力道，生怕下手重了会捶疼他。捶了一小会儿，他示意我停下，我从他后背伸出脖子去看他，发现他脸上的光泽变淡了。

父亲指了指床边的橱柜，让我去拿上面的种子。我竟然不知道橱柜上还放着种子，那些种子都用旧报纸包着，包得很规整，形状和大小都差不多，握在手中像个面包，打开后，种子光鲜亮丽，一颗颗都饱满而圆润。父亲语气低沉，不容商量，他说，你仔仔细细,用手捋一遍!我不明白,他为什么让我这么做,他说那都是他留下的种子,活人的手不摸一摸,他担心来年发不了芽。

那时候,我挺沮丧的,母亲却出奇的顺从,她跟我说,你都答应了去,不要让你爸不痛快。我只好都依着做,捋完种子,我又重新用旧报纸包好,每一包都包得小心翼翼,那仿佛是我父亲全部的心血。

父亲的精神彻底委顿下来,他躺在床上跟我们说,你们去休息一下,晚上可能会没得睡。我激灵了一下,母亲却凑到他的跟前,问他大概什么时候走。父亲犹豫了一下,指了指窗外的夕阳,我转头去看,通红的落日如同老人的一声叹息,正缓缓地往西边隐退下去。

他眼睛中的光变得微弱,仿佛隔着一层轻薄的雾气,一直看着我和陈小秋,我想这可能是他最后一次认出我们了。我喊了他一声,他微微地点了点头,陈小秋哭了起来,我看到父亲脸上的愁容像波纹一样扩散了开去,他的脸色变得恬淡而安详。

晚上,婶子、堂哥他们都来了,床前站满了人,我恍惚间明白过来,父亲已经到了弥留之际。原来送终跟送一个出远门的人情形是差不多的,大家都站着,伸长了脖子,依依不舍地看着他。父亲躺在床上,只剩下出气的声音,声音很大,仿佛在干一件重活,看上去十分吃力。

我母亲跟我说,你去抱抱你爸,送他一程。众人都上来帮忙,把躺着的父亲上身抬了起来,我盘着腿坐到了父亲的背后,感觉像抱一个大孩子，那一瞬间，我感觉发生了一些奇妙的事，最早的童年记忆发生了偏移。我清楚地记起小时候父亲抱着睡得蒙蒙眬眬的我往楼梯上走，我的两条小腿露在外面，时值隆冬，小腿肚那里凉丝丝的，木楼梯发出了"咯吱咯吱"的声音。之前，我一直以为最早的记忆是在五岁的时候，我手上拿着一块南瓜饼，在堂哥家的黄狗面前晃了晃，被它一口叼走了，我哇哇大哭起来，那动静是如此之大，以至于很多年过去了，我还记忆犹新。

我恍惚出神的时候，周围的哭声响了起来，所有的女人都开始号啕大哭，我的眼眶也湿润了。母亲凑上前来跟我小声叮嘱，要忍一忍，千万别把眼泪滴到父亲脸上，不然他会走不安心的。我应了下来，那时候，母亲在父亲的身边不停地讲宽慰的话，意思是让他放心地走，家里她会照顾好的，再过些年，等孩子大了，她就下去陪他。这个过程很漫长，母亲一直絮絮叨叨地讲着，我好几次想把父亲放下来，因为我的腿坐麻了，但我也不想放下还未彻底咽气的父亲，我知道这一放下，就永远地放下了。盘着的双腿由麻木变成针扎般的刺痛，这让我尴尬不已，我起不了身，又不能跟人讲述我的感受，就这样一直抱着父亲，直到他的身体开始慢慢变凉。

堂哥率先看到了我的六神无主，他把我从床上扶了下来，我险些跌倒在地，他以为我是伤心过度，我低声跟他说，腿坐麻了。他赶紧挪了一条凳子，让我坐下。片刻之后，我的脚恢复了知觉，悲伤的情绪如同轻柔的潮水，一寸寸地淹上来，淹没到脖子那里，我几乎难以呼吸。这一晚，我不知道是怎么过来的，精神处于游离的状态，很多人叫我，我都没听到。

第二天清晨，堂哥变成了最忙碌的人，我看着他进进出出，理着千头万绪的杂事，恍然间有点心疼他。我也跟了出去，发现家里来了很多人，哭声如同号角，一响，四面八方的人都赶过来了。堂哥问我，请哪里的道士。我蒙在那里，不知道该如何回答。堂哥说，算了，还是我去请吧。说着，他匆匆忙忙地往外赶，走不了几步，又停下来吩咐租赁碗筷的人，我看到堂哥手里拿着一本污垢很厚的小笔记本，还有一支鹅毛圆珠笔，他麻利地记着账本，那些字又粗又大，笔迹还挺难看。他记账的时候，特别专注，蓬松的头发会微微地颤抖。

那时候，我感到很丢脸，一个人站在门外，不停地有人过来安慰我，我却记不清到底是哪些人，脑袋中突然浮现出傻子马勒的样子，哪里有热闹他就往哪里凑，很奇怪，在闹哄哄的人群中竟然没见到他的身影。

我在人群中找来找去，想着马勒以前的嗅觉是多么的灵敏，十里路以外的哪个村庄有越剧演出，他都摸得一清二楚，他怎么就不知道这里有葬礼呢？似乎，他不来，这葬礼缺了点什么。他喜欢学人家吹唢呐，抿紧嘴巴，把脸涨得紫红，每次，他一学，就引来一阵哄笑，这葬礼仿佛因为有了他的出现，而变得欢乐起来。悲伤的悲伤，欢乐的欢乐，五味杂陈的气息掺和在一起，就成了一个我所熟悉的场面。

我呆呆地立在门口，看着人们像蚂蚁一样，排成蜿蜒而绵长的队，陆陆续续朝我家走来。

道士来了，三个枯瘦如柴的中年人，其中领头的戴着一顶灰色毡帽，我那时候才知道有一套迎接的礼节，要给他们奉茶，递烟。因为不懂这些，我看出领班有些不太高兴。喝过茶，吃过点心，他们才稀稀拉拉地开始上活。他们从箱子里取出的不是唢呐，而是一件件五花八门的道袍，有黄色，也有绿色，颜色鲜艳得有些虚假。他们穿上行头，又取出了一套笔墨，让我去拿些黄纸来。我愣了一下问，什么黄纸？领班道士倒墨汁的手停在了空中，他把墨汁瓶往桌上一搁说，这些都应该提前备好的，你们要写吗？不写我也无所谓。我连忙说，要写要写。赶紧叫了人去准备。

道士在那些黄纸上写了很多，包括我父亲的名字、生辰八字，家里成员的生辰八字等等，他们写完，就把那些长条形的黄纸晾在桌上，我好奇地打量着，发现有些称呼很拗口，比如我父亲叫张志忠，他们写着"先考张公讳志忠府君生西之莲位"。我还在一堆黄纸中发现了一个陌生的名字——张端木。我想了很久，也不清楚这个人是谁，但我又不敢轻易乱说，我怕说错了，遭到他们责怪。这种氛围很怪异，既肃穆，又显得有点轻率，领班的道士写完一张，就自我欣赏似的读一遍，有时还喝一口茶。我似乎有些明白过来，那种怪异的感觉主要来源于这些人，这是一群吃葬礼饭的人，他们身上有一股说不透的气息。

我把堂哥叫到了屋外，我问他，张端木是谁你知道吗？堂哥摇摇头，他惊讶地说，不会写错了吧？我去跟他们说！我看到堂哥进了屋，跟领班的道士嘀咕了一阵，他又走出来跟我解释，说那是你未出生的孩子。

我蒙在原地，陈小秋怀孕了吗？堂哥说，一般都是这样，小孩没出生，先写一个去，你们迟早会有的。

我觉得这事好像草率了，至少得跟我说一声。我去找了陈小秋，她和我母亲在一起，守在父亲的遗体旁。因为从来没经历过葬礼，她的表情看上去有些木然，跟当初结婚的时候一样，每一个环节都显得生疏而笨拙。我找到她们的时候，我的姑姑和表弟正在那里，母亲相对来说显得有经验多了，她哭一阵歇一阵，每回停下来的时候，就跟姑姑讲述我父亲临走时的情形，她仿佛在安慰别人，又仿佛说给自己听，她说，还好，没怎么痛苦！姑姑在一旁默默地抹着眼泪。

每来一个人，母亲都这么应对，她不厌其烦地跟他们述说我父亲临走时的情形，来一个人就述说一遍，到后来有点像背书。我有种奇怪的感觉，仿佛旁边躺着的父亲还在听她们说话。我觉得母亲把这事说体面了，事实上，还是有些不堪的细节，比如我父亲最后时刻的痛苦，但没有人愿意去反驳她。

我把陈小秋喊到一旁，轻声问她有没有怀孕。陈小秋瞪大了眼睛说："你怎么问这么奇怪的问题？"我着急起来："干脆点，回答我！"她接着反问我："你难道不知道吗？有了我会不告诉你？"我说："孩子的名字已经写到父亲的灵位牌上了。"陈小秋惊异地问："怎么会这样？"我说："不知道，可能风俗就是这样的。"

陈小秋又问我:"这样行吗?孩子叫什么名字?"

我愣了一下说:"端木。"

"端木……端木。"陈小秋开始喃喃自语,她突然蹙了蹙眉头说,"这名字好土!"

"我也这么觉得,不过以后真有了孩子,可能也不一定会用。"

"那写在灵位牌上干吗?"陈小秋说着,还惶恐地往父亲的遗体瞥了一眼。

"写一个去,也是一种安慰吧。"

"如果以后有了孩子,不叫这个名字,那不是在骗爸爸吗?"陈小秋涨红了脸,似乎在摆脱可怕的念头,她赶紧摇头说:"这事不能随便,骗了谁都可以,不能骗爸爸!"

我有些后悔,感觉这件事不应该跟陈小秋讲的,很多事情不说,可以当什么事都没发生,但一说破,就会徒增很多烦恼。我说:"那你想个好听的名字,我让他们去改!"

"是木字辈吗?"

"可能吧。"

"嘉木怎么样?"

"你说行就行,我无所谓。"

陈小秋突然生起气来,她说:"什么叫你无所谓?这又不是我一个人的事!"在这样的情境中,我不想说话的分贝越来越高,招惹别人的注意,我马上开始妥协,"好的好的,我也想想,如果没有更好的,就用你的建议。"陈小秋似乎更加生气,她觉得我在敷衍她。我觉得她有点反常，平时她不是这样的。招架不住，我只能抽身离开。

我找到了领班的道士，把陈小秋的想法跟他说了一遍，没想到他还挺痛快，把原来的那张黄纸折叠了起来，小心地收了起来，这个动作虽然看起来微不足道，但我对他好感倍增。他又重新写了一张，还问我写得怎么样，我冲他竖了竖大拇指，这让他很高兴，他还眯着眼睛看了一会儿，陶醉过后，他谦虚地说，一般一般，只是字迹工整而已。

连续三天，我都没有合眼，父亲被抬到了堂屋的后间，中间挂了一块帷幕，帷幕是蓝色的，拉起来的时候有点像舞台闭幕。堂屋的前半间留给了道士们，他们热闹了两个晚上，其实后半夜听出来，他们也倦怠了，唢呐声时而低落，时而高亢，听起来一惊一乍的。我估摸在高亢的时候，也是他们打盹的时候，一激灵，就猛打猛冲，也是想赶走自己的困意。

葬礼进行得很顺利，第三天一大清早，我们就把父亲送上了山，回来的路上，大家都不说话，沉默和疲惫混杂在一起，连抬棺材的脚夫都有些无精打采。一直走到家门口，也许是披麻戴孝的缘故，拴在门前梨树上的狗又扑又叫，母亲径直走到梨树旁，给了黄狗一个大嘴巴，厉声喝道："自己人还叫！"黄狗停止了叫唤，改为伏在地上"呜呜"地低鸣，像在抱怨什么。母亲在那里站了一会儿，她幽幽地跟我说："你爸没了，这树也快死了。"

我看到拴狗的铁链在梨树上勒出了一道深深的疤痕，我跟母亲说:"不该把狗拴在树下,一纵一跃的,容易伤到树皮。"

母亲轻声说道:"不是狗的缘故,是白蚁,树根下有蚁巢,整个树干已经蛀空了。"

梨树下以前有个防空洞,据说里面四通八达,另一个出口在大山背后。刚挖好的时候,夏天有很多人在那里纳凉,后来美国佬的飞机没来,防空洞就荒废了,里面积满了积水,再没有人去。后来父亲搬了很多黄泥来填洞,蚁巢大概就是那时候搬来的。

我看着树干上白蚁留下的泥路,像一条河流一直往树上延伸。这棵梨树在我小时候就生机勃勃,很远能看到它冲天的树冠,这两年里,每年都有枝条枯死,枯了就锯,剥笋似的,只剩下了两根孤零零的枝干。我猜,不出几个月,这棵梨树就会真的枯死。陈小秋突然在那里惊叫起来:"你们看,那是老树长出的树苗吗?"

我们都围了过去,果然,在原来的根部附近探出了一棵小树苗的脑袋。母亲的脸上浮过一丝淡然的笑意,她说:"把这棵树苗挖起来,种到别的地方去,不然很快又被白蚁蛀死了。"

我和陈小秋找来了一把锄头,在树根处挖了一个很深的坑,把小树苗的根连泥挖了起来,母亲说,泥也不要了,可能黄泥中就有白蚁卵。我们只好把黄泥都剔除干净,树根和人参的形状差不多,枝枝蔓蔓的根须看上去柔弱不堪。

我把它移植到了屋后,种下那棵树苗,陈小秋舀了一盆水过来,换在平时,她可能一下子全倒下去了,她知道那可能会把树苗淹死,于是临时改了主意,用手蘸着水,一下一下地淋。我和母亲在旁边看，虽然嫌麻烦，但谁也没阻止她这么做。母亲看了一阵，走开了，她去收拾屋前的杂物，那如同一地狼藉的心境，总得慢慢收拾起来，生活还得回归原本的模样。

堂哥经过了三四天的折腾，疲惫不堪，租赁来的碗筷和桌凳还得需要他还回去，他在屋子里转来转去，哈欠连天。他跟我母亲说，想先回去睡一觉，睡醒了再来处理。母亲说好的。堂哥转身就走了，走到门口，母亲像突然记起了什么，叫住了堂哥。堂哥一半身子站在门外，一半站在屋内，侧着身子停了下来，问我母亲什么事。我母亲摇了摇手说："没事，辛苦你了！"

堂哥的脸轻轻地笑了一下，我突然发觉他的脸色是憔悴的。

屋里弥漫着一股静悄悄的气息，少一个人的区别一下子凸显了出来。我们嘴上谁都没说，但我敢肯定，母亲和陈小秋都觉察到了。那天晚上，陈小秋迟迟没有入睡，她在身边翻来覆去，我问她有什么心事，她说，在想那个孩子。

我说："都还在天上飞，想他干吗？"

黑暗中，她沉默了许久，我以为她睡着了，在蒙蒙眬眬即将入睡的时候，陈小秋又说了一句："不知道他是男的还是女的。"

我的睡意瞬间被赶跑了，再也没法入睡。我说："男的女的都可以呀。"

"最好是男的，家里三代都是单传，我突然明白爸爸临终前为什么看着我们，他想说而没说出来。"

我把陈小秋抱在怀里，她轻轻地哭了起来，在黑夜里，这哭声闹出了一些动静，我听到隔壁房间母亲也翻了一下身。

陈小秋轻声说："我们生个孩子吧。"那一刻，我挺感动的，但又有些犯难，我说："还在头七呢。"

我不知道陈小秋是不是真的出于害怕，她在我怀里簌簌发抖，过了好一会儿，她又说："爸爸才离开一会儿，我好像感觉他离开我们很久了。家里也没有留下他的照片，我现在突然想不起他长什么样子了。"

这真是一种奇怪的感觉，说实话，我也有这样的感受，一想起父亲，他的模样就开始往后退，像随风飘散一样，不由你控制地越走越远，想得越用力，他的样子就越模糊。

我跟陈小秋说："我也这样，你不说，本来我也不想说，我以为是累的缘故。"

"怎么会这样？"

我说："想起来就后悔，在他还活着的时候，没去拍个全家福。"

"家里少了一个人，真的不一样了。"陈小秋说着，拍了拍我的后背，我能感受到她在安慰我。

这时候，母亲起来上厕所，鞋子踩在木地板上发出了声响，她上完厕所，陈小秋也起来了，她走到了母亲的房间，母亲问她："睡不着吗？"陈小秋说话的声音小小的，像做了错事。

我常常有一种错觉，感觉母亲和陈小秋才是一对真正的母女，她们会聊一些非常私密的话，在她们面前，我倒显得生疏一些。母亲的声音很轻，在问陈小秋："你怎么比我还伤心呢？"陈小秋不语,传来抽抽搭搭的哭泣声,母亲又说:"其实我也伤心,可看到你伤心,我就不能再伤心了。"

之后,她们窃窃私语了很久,我一直没有睡着。陈小秋回到床上,她掀了一下被子,我顺势翻了个身,她惊讶地问我:"你怎么还没睡?"我说:"睡不着了。"她说:"你还想爸爸吗?"我"嗯"了一声,她跟我说:"那你闭上眼睛。"

我在黑暗中闭上了眼睛,外面微弱的光线也跟着消失了,整个人仿佛被扣在一个密闭的罩子内。她问我:"闭上了吗?"

"嗯。"

她摸着我的肩膀说:"你放松些,全神贯注地放松些。"

我的身体神奇地顺从了陈小秋的指引,那一瞬间,很奇妙,我从之前那种黑暗、逼仄的空间中解放了出来,仿佛感到身体飘起来了。

宁谧的夜晚,我听到陈小秋深呼了一口气说:"慢慢地……想爸爸!……你看到了什么?"

我惊讶地差点叫出声来,父亲的轮廓慢慢清晰了起来,他在门前的梨树下乘凉,还是一身黝黑的皮肤,上身赤膊,手中摇着一把大蒲扇,天空是如此之蓝,阳光把树叶照得闪亮,父亲脸上的汗珠都清晰可见,我屏住呼吸,害怕它突然离我远去。

陈小秋仿佛知道我看到了什么,她问我:"神奇吗?"

我点点头,问:"妈告诉你的?"

"是的!"

"要是我是个画家就好了,现在我能把他画下来!等我们以后有了孩子,就可以给他看了。"

"其实,你跟爸爸轮廓长得很像,二三十年以后,你们就是差不多的模样。"

我在黑暗中咧咧嘴,笑了。

父亲留下的种子,过完年后,我都播到了地上,春雨过后,它们大部分都活了,也有少量没有发芽,地上的绿色疏密不均,一目了然。我不知道是不是我当初捋种子的时候不够均匀,没有捋到这些种子?我同时也在怀疑,如果当初没有捋那些种子,是不是真如父亲所言,发不了芽?

那年春天,陈小秋顺利地怀孕了,这让家里一下子有了生机。母亲把所有的家务都揽了过去,让陈小秋安心养胎,我每天都会把躺椅搬到屋子外面,看着陈小秋挺着个日益隆起来的大肚子,笨拙地晒着太阳。

那个被写进父亲灵位牌的小东西在太阳的照耀下,像禾苗一样开始萌动,他的每一次游动,都会让陈小秋惊叫起来:"又动了,快看,快看!"自从有了小家伙,家里的氛围变了,连每天一模一样的太阳也变了,暖融融的,照得陈小秋牙根发痒,她的味觉也发生了奇妙的变化,能从葫芦里吃出西瓜的味道。那时候,她已经不纠结肚子里的孩子到底是男的还是女的,名字该叫"嘉木"还是"端木"。

过完年后,孩子出生了,是个男孩,我还是把他取名为嘉木。

名字定下来时,我和陈小秋默契地相视一笑,母亲并不知情,她说,孩子名字不能取得太洋气。于是又给他起了一个小名,叫"小丑"。

我以为陈小秋会反对这个难听的小名,没想到她默认了。不光如此,陈小秋在跟着我们生硬地喊了几次"小丑"后,竟然也把"小丑"叫顺口了,之前取的"嘉木"反而躲到了"小丑"的身后。

母亲总在心满意足的时候叨唠父亲命薄,没有福气看一眼这么可爱的小家伙,但她很快又从失落中自己解脱出来,她说,谁知道呢,说不定是父亲去了那边,才换来了小丑。

我发现母亲在带孩子的过程中,常常会带着对父亲的复杂感受。有时候,她好像把小丑看作是转世后的父亲,用戏谑的口吻调侃着他,短暂的迷失过后,她又回过神来,觉得自己的想法有些荒唐。

父亲走了以后,家里确实出现了转机。以前心心念念惦记的过年杀猪,在父亲过世后的第一个年关就实现了,猪尾巴做成了酱肉,放在饭锅里蒸。出锅后我们祭奠了父亲,母亲和陈小秋一边烧着纸钱,一边偷偷地抹起了眼泪。

这以后,酱猪尾成了家里祭奠父亲必不可少的供品。似乎通过它,我们能真切地感受到父亲对生活的依恋。每年的清明和冬至,我们都会去父亲的坟头,母亲说,小丑太小,不要去坟地。于是,她留下来照顾小丑。其实她也很想去看看父亲,我跟她说,父亲的坟头上长出了一棵檀树,她觉得不可思议,一直想去看看。但说归说,终究还是耽搁了下来。

小丑比别的孩子更早地表现出了语言天赋,到他三岁的时候,跟我们的交流已经没有什么障碍。清明和冬至,我们不带他去,让他的好奇心迅速地膨胀,他每次都会不厌其烦地问我去了哪里。我说去给爷爷扫墓。他又问我爷爷是谁。我说,对他来说就是祖先。于是,他吵着要去看祖先。

母亲只好把他领到屋后的那棵小梨树下,说:"这是你!"然后又把他领到屋前,指着那棵已经彻底枯死的老梨树说:"这是你爷爷!"说的次数一多,小丑就认定他爷爷就是一棵树。

那棵老梨树在白蚁的吞噬下,渐渐成了一段朽木,有的枝条纷纷剥落,朽成了粉末。母亲担心小丑在树下跑来跑去危险,让我把它砍了。砍伐的当天,小丑抱住那棵老树,哭得伤心欲绝。但最终,我还是把它劈成了柴火,送进了灶台。

屋后的小梨树已经高过了小丑,虽然身高落在了后面,小丑仍孜孜不倦地比对着树上的标记,他说那是在跟自己比赛。

小丑五岁那年的清明节,我才带着他去看了他爷爷。那天,他睡得很熟,不过裹着的棉被已经蹬散了,整个人横在床中央。我喊了他几次,他都迷迷糊糊地不肯起床,我母亲说:"孩子喜欢睡,让他多睡会儿。"

直到快中午的时候,我才把小丑叫起床,他揉着惺忪的眼睛问我:"爸爸,地球是不是在旋转?"

我愣了一下,说:"是啊!怎么了?"

他微微地笑着,露出了神秘兮兮的表情,他说:"我发现睡觉的时候,在慢慢移动,每次睡下,我头都在枕头这边。醒来后,头和脚都调换了位置。刚才你把我叫醒的时候，我刚刚移动了一半。"

"哦，是这样的，地球是圆的，它悬浮在宇宙中，围着太阳转。"我说。

小丑看着我，他大概在脑袋中浮现出一个旋转的球体，歪着头问我："我们站在圆滚滚的球上不会滑下去吗？"

小丑的异想天开，让我惊愕不已，我说："地球很大很大，我们在地球上就跟蚊子停在牛背上一样，不！比牛背还大，是什么呢？"我思索着，想打一个合适的比方，却又找不到合适的对象。

"大象！对不对？"小丑眨着眼睛。

"可能比大象还要大，但爸爸现在想不出来，等想出来了，再告诉你？"

那天去扫墓的时候，小丑一直在想这个问题，看到他爷爷的坟墓，小家伙兴奋地钻进了旁边空着的墓穴，在那个杂草丛生的墓穴中钻进钻出，我们看着他都笑了。他在他爷爷的坟墓上发现了一只黑色的蚂蚁，他又问我："我们在地球上，是不是跟蚂蚁在爷爷的坟墓上一样？"

我笑了笑说："应该是的。"

小家伙很开心，在下山的路上，他又问我："爷爷一直住在山上吗？"

我愣了一下说："是的。"

"那老虎来了怎么办？"

"呃——他不怕，那是他养的小狗。"

"他一个人会孤单吗？"

我的喉咙口瞬间滚过一阵热流，我说："每年的清明和冬至，我们就来看他。"说完这句话，我眼泪竟然没忍住，"哗"地流了下来。

小家伙看到我流泪，惊呆了，他两只小手在我的衣领上磨蹭着，过了一会儿，他大概想替我把眼泪擦掉，又觉得有些不好意思，小手摸到了我的腮帮处又缩了回去。

我把儿子紧紧地搂进了怀里，我不能确定我有没有被父亲这么抱过。我搂得有点太用力，以至于儿子涨红了脸蛋，但他并没有激烈地挣扎，任由我抱着。那一刻，我想着，我失去的都已经回来了。

慢船去香港

周子湘

一

船一靠岸，从邮轮里涌出的女人，海水一样汹涌地漫上岸。

下午两点到三点，先走出的女人都优雅，肉色长袜，高跟鞋，妆容精致，表情矜持，走路也婀娜，细腰和小屁股在职业套裙里被裹得俏丽挺拔。

下午四点到六点，后一拨走出的女人，不是走出来的，是人挤人搡出来的。高嗓门叫着彼此的名字，吊带背心，超短裙，人字拖凉鞋，浓艳的妆容，香港的热海风一吹，假睫毛掉了一半。首饰不分真假，真钻假钻都在脖子、手上闪光。

前一拨女人是小浪花，后一拨女人是喷着沫子的大白海水，泾渭分明，齐刷刷自动分开两路。

最后出来的是餐厅服务员，收拾完餐桌，还要站在船舱门口两边，每人手里拿着两团丝带彩花，再累也要咧开嘴笑着装亲切："您慢走，欢迎您下次再来皇后号邮轮度假！"

还有几个小丫头，收了香港老头的小费，跟着送出去老远，又留电话又挤眼泪，话痨十几分钟，打发走了，扭身一撇嘴："可算走了，真够抠的，才给两百块钱小费，这么多话！"

送走邮轮上最后一位客人，茉莉手里的丝带彩花已经晃得散了形，她一屁股坐在甲板上，看着已经逛街回来穿职业套裙的第一拨女人，愤怒地说："奶奶的，都是一样从大陆出来的打工妹，装什么蒜，凭什么你们穿套裙，坐办公室，我们就要在餐厅里端盘子？"

这怪不得穿职业套裙的女人，要怪只怪招工的人事部把人分成三六九等。有文化、学历高的女人一个一个从人堆里被挑选出来，简历另存，面试英语后直接分到邮轮上各个办公室：财务室、行政部、经理办公室……

学历低、长相差的女人，分到客房服务部、洗衣房、厨房……各个人前不露脸的部门。

学历低、长相好的女人，分到餐饮部、酒吧、棋牌室、健身房……人前露脸的地方，多露脸，多干活，不需要多少技术含量。

可只有茉莉知道，这地方虽然没有多少技术含量，可全是累活、脏活，一天盘子端下来，茉莉的手就肿了。肿了也不能喊叫，这里的女人要当男人用，端完盘子收拾餐台，准备餐具，倒垃圾。半人高的餐具，厚厚的瓷盘、不锈钢刀叉、杯碗，茉莉和一个男服务员抬着上楼，上到一半，茉莉就坐在地上哭起来："太沉了，我实在抬不动了。"

男服务员一扫把呼过来："快起来，摔了餐具要扣半个月工资，少在这儿磨叽,快走!"

茉莉狠狠地一咬牙:"早知道受这样的罪,就是在家穷死,也不来这鬼地方打工!"

只有阿财会帮茉莉。他只要看见茉莉往地上一坐,无论他正在忙什么,两下处理好手里的活,大步走过来,把茉莉往自己怀里一拉,拉到一边,替她干活。一边的男服务员揶揄道:"阿财,真热心啊,你处处都帮她。"

"哎,女孩子嘛,她力气小,这本来就不是女孩子干的活啦——"阿财拖着他一口广东乡下的普通话,把"啦"字拉得长长的,朝茉莉挤挤眼睛。

茉莉曾问过阿财,为什么总帮她。阿财笑呵呵地说:"你是女孩子啦——"

"餐厅里女孩多了,为什么帮我?"

"你长得靓嘛!"

"色鬼!"

茉莉一扭身走了,她可不想和阿财谈恋爱,一张广东乡下的瘦黑脸,两个手指抽烟抽得发黄,茉莉半个眼睛都没看上阿财。

不管茉莉看得上看不上,阿财就是阿财,他从一开始分宿舍时,就让他的广东老乡舍管把茉莉分到他隔壁宿舍。老天帮阿财,邮轮上的空间寸土寸金,男女宿舍不分层,住在紧隔壁,看茉莉多方便。

茉莉的腰就是细,身体像一只黄蜂,两手往她的腰上一卡,身子就两截了。阿财每次把茉莉从地上拉起来,一把抱住她的腰,手放在她的腋窝,热乎乎地捂在茉莉的胸上,茉莉瞪一眼:"阿财!"

阿财笑呵呵地摸摸自己的下巴,欣赏地看着茉莉生气。

阿财总是不敲门就进茉莉的宿舍,茉莉正在里面换衣服,大喊着让阿财出去。阿财慢腾腾转过身子:"好啦,看不到啦——"

茉莉直跺脚,阿财没事一样:"茉莉,你这么爱美,明天船靠岸,我去给你买一个穿衣镜,尖沙咀的海港城里有。"

茉莉才不稀罕,可第二天阿财真把穿衣镜买回来了,挂在茉莉的墙上,茉莉眼皮都没抬一下。可阿财一走,茉莉立刻站起来去看,椭圆形的一面大镜子,自己还真是好看。

二

茉莉不去管阿财全名叫什么,阿财阿财,大家都这么叫,她也这样叫,她不想费脑子记他。阿财有四十岁,看着不止。他那张瘦黑脸,涂抹了年龄,说不定三十七八。也说不定四十七八。

阿财空有名字,他手里一点财也没有。别的老员工都攒钱,在香港购物,买高档衣服,戴大粗金链子。阿财没有大金链子,没有金表,一发工资他就往外汇窗口跑,寄钱给他乡下的老妈。他说老妈没有儿媳妇,寄钱回去她想要什么想吃什么自己买吧。

阿财对现状很满意,他总说:"香港的钱好挣啊,一样干活,我在乡下挣不到这么多的,我老妈是不会见到这么多钱的。"

茉莉不满意。她是城市里出来的,虽然芜湖不算什么大城市,但见识茉莉还是有的。人活着,除了钱,总还要有点理想。想到理想,茉莉叹了一口气。如果母亲没有在那场事故中失去双手,她也不会放弃在芜湖做得好好的行政秘书职位吧?

茉莉的印象,停留在两年前。母亲在工作的面粉厂搅拌机前,将撒出的面粉收集起来,重新倒入搅拌机时,搅拌机把母亲的两只手卷住,巨大的牵引力很快把她的手吞没了。

工厂紧急断电时,血染红了整个搅拌机。雪白的面粉上到处是刺目的红。父亲面对突如其来的打击,心里绞痛,却默默承受着一切。整日不离病床的照顾,终于让父亲的单位再没有办法给他批假。母亲内退。父亲,一个毫无特长的房地产公司门卫,很快被辞退了。这对城市底层的平民夫妻,双双陷入困境。

父亲失业,他无法再找一份工作,失去双手的母亲需要他的照顾。母亲的医药费和后续治疗,医保卡只能报一部分,茉莉微薄的工资,支撑不起更好的药物和家里的花销。

茉莉喜欢芜湖小城里那份安稳而体面的工作,她不想跑来香港端盘子。可是不来香港,哪来的钱支撑这个风雨飘摇的家?

茉莉从报纸上看到一家国际中介公司在招聘去香港工作的员工,那里的工资是芜湖的四倍。茉莉笑着对父母说芜湖的公司把她派到香港工作时,父母虽然舍不得,却不愿耽误女儿的前程。茉莉转身进屋,关上门,狠狠哭了一场。命运把她朝前狠狠推了一把,她一咬牙——这个时候,不是自己由得由不得的时候了。

来香港应聘时,人事主管直接把她分到了餐厅,她说:"经理,我应聘的是行政秘书。"

人事主管看着她说:"我们招聘的行政秘书需要英语八级。"

"可是我有工作经验啊。"

"所以把你分到餐厅工作。应聘的人那么多,还有很多人,交了简历,连面试的机会都没有。"人事主管耸耸肩膀,茉莉再不敢多说一句。

黄昏,船到香港尖沙咀码头,船一靠岸,茉莉看着满船的游客和员工上岸,她坐在甲板上静静地发呆。阿财陪她坐着发呆。

"阿财,你知道吗,我真想穿上和她们一样的职业套裙,在干净明亮的办公室工作。我端不动餐盘,那么沉,那么重。"茉莉羡慕地看着远方的女孩们。

"你端不动,我帮你端啊。"阿财说。

"我说的不是端不动。"

"那是什么?"

"唉,你不会懂的。"

阿财沉默下来,他好像真的听不懂,不知该说些什么。他迎着海风唱起一首粤语歌:"一路上有你,痛一点也愿意,就算这辈子注定要和你分离……"歌声飘荡在风里,海风吹拂着维多利亚海港的海水,歌声像海浪,又像沙砾撞击着岩石,翻腾着人的心。

阿财唱歌很好听,只听歌声,绝对想不到如此打动人的歌声出自这样一个干巴巴的男人。阿财唱得茉莉的心事一阵阵地翻涌上来,她恨起来,恨阿财唱歌好听,恨阿财住在她隔壁,她恨不得阿财能回乡下,走得远远的,只把歌声留下。

第二天上班,阿财又扛着两摞餐盘在餐厅和厨房之间快走。他一手叉腰,一手扶着肩上的托盘,两条瘦腿矫健如飞。两只有力的肩膀,一甩一动,像两台小发动机。

他能一边走路一边和客人聊天,叽里呱啦的粤语,茉莉一句听不懂,但她看得出来,客人们都喜欢阿财,经常有人往阿财的口袋里塞小费。能这样边干活边收小费的服务员,整个皇后号邮轮找不出第二个。

阿财给茉莉买了一身套裙,颇有职业范儿,收腰,提臀。阿财抱着裙子像抱着宝贝,不敲门进了茉莉的宿舍:"海港城买的,很贵的,快试!"

"呀,我又不坐办公室,穿这个干什么?"茉莉叫起来。

"你喜欢就买了,快试试。"

"不穿。"

"穿上我看看,快穿。"阿财用眼睛瞪茉莉。

茉莉拗不过,接过套裙:"你出去。"

阿财又委屈又不情愿地慢慢转过身子:"我不看你啦——"

"我不穿了。"茉莉使起性子。

阿财默不作声。茉莉舍不得不穿。她特别喜欢这套裙子,长这么大,她从来没有穿过这么好的套裙。

阿财死等着。茉莉感觉阿财的耳朵在用力紧绷着,捕捉每一丝声音。

"穿上我看看啊。"阿财背对着茉莉,很温和地说。

茉莉把套裙的包装袋往阿财身上一扔,一发狠,开始换衣服。

茉莉喊道:"不准转过来。"她把外衣脱下来,低头脱裤子时,看到阿财正把头偷偷扭过来。

"你要死啊,阿财!"茉莉骂道。

"没看到。"阿财迅速扭过头。

门外忽然有人推门,是阿财的老乡,直往里面闯:"阿财,你在里面干什么呢,茉莉好看不?"

阿财大吼起来:"不准进来!"他对茉莉大声说:"快穿好衣服。"

门外阿财的两个老乡佯装听不见,只管推门。阿财冲出门,立刻将门死死从背后拉紧:"都不准进去。"

两个老乡哄笑着推门:"阿财,茉莉好看不?你看了,也让我们看看嘛!"阿财急了,用脚踢了一个人的腿。

"哎哟,阿财,打人啊,要女人不要哥们了?"

"少废话,谁都不许进去。"阿财第一次凶狠起来。

"你有种,阿财,咱们走着瞧。"

两个男人走了,阿财这才松开拉着门的双手,因为拉得太紧,两只手被勒出红红的条痕。

茉莉已经穿好衣服,从门里走出来,她看见阿财的脸真凶——在船上工作这么久,阿财头一次这么凶。

九月,香港进入台风季,邮轮航行在海上像雨打叶,颠簸得厉害。船甲板在摇晃中吱吱作响,桌子上的东西被晃得东倒西歪,香烟、打火机从阿财的床头柜上啪啪掉下来。

门也被摇晃开了。门一开,茉莉被台风摇晃到阿财眼前。茉莉喘着气,上气不接下气:"阿财,好消息。行政部的秘书雪莉要生孩子了,回上海老家了。"

"怎么?"阿财从床上坐起来,睡眼惺忪。

"我有机会了。"

"你要去做秘书?"阿财猛地一激灵,他光着膀子,毯子挂在身上,一双眼睛紧张地看着茉莉,既滑稽又严肃。

"当然,我早就说过,我端不了盘子,我就应该做秘书。"茉莉快活地扭了一下白皙的长脖子,像只骄傲的天鹅。

转身出门,过了两分钟,茉莉麻利地换好阿财给她买的那身套裙,晃回阿财眼前:"阿财,好看吗?"

"好看,好看,你穿什么都好看。"阿财看着长腿细腰的茉莉,心就不自觉地跟着她走。

茉莉用眼睛指指桌上的镜子,阿财噌地从床上站起来,替茉莉举着。不用茉莉多说话,阿财就随着茉莉的心思,把镜子前后左右抬高放低。

三

副船长从茉莉房里出来的时候,阿财正往茉莉的房里走。门一开，副船长整整衣领，看也没看阿财一眼，扭头走了。

茉莉躺在床上，被子胡乱搭在身上，头发里汗涔涔的，像一只刚出生又被遗弃的小动物，躲在床的一角。

"阿财，去帮我买点饭吧，我一天没吃东西了。"茉莉说。阿财用脚狠狠一踢门，到员工餐厅去给茉莉买吃的。他一边骂着，一边买着茉莉最喜欢吃的干炒牛河、红豆薏米糖水。

他把饭甩到桌上，茉莉拿起来就吃，她吃得狼吞虎咽，一点形象也不顾忌，更不顾忌阿财看她的眼神。

"你怎么能吃得下？"阿财一直在等茉莉给他一个解释，可茉莉吃得很专心，丝毫没有给他解释的意思。

茉莉一声不吭，把整盒干炒牛河吃完，又咕咚咕咚喝完糖水，仿佛很久，茉莉才止住饥饿。她盯着饭盒对阿财说："阿财，你看到什么，就是什么，就是事实。"

阿财怒吼起来："不是事实！你为什么那么贱？"

"我不想在餐厅端盘子，我原本就是秘书，我为什么要跑这么远的地方来端盘子！谁能帮我？我只能靠自己打门路。娘老子帮不了我，你也帮不了我，只有他能帮上我，你知道吗？"茉莉猛地下床，把塑料饭盒扔了出去。

阿财浑身发抖。可是茉莉不管阿财发抖不发抖，她拿出化妆镜，从枕头边掏出一支口红，把吃饭时蹭掉的口红重新涂在嘴唇上。她一手端着镜子，涂抹得很仔细，把嘴唇的边边角角都涂匀了。

这支口红是大副临走时给她的。她仔细在镜子里照着，让自己的嘴唇闪出光亮。其实大可不必这么费力，口红很便宜。

阿财从此不再不敲门进茉莉的宿舍。他知道副船长时常会在里面。如果不在，茉莉就会在经理餐厅等他。她会想尽办法换班到经理餐厅端盘子，两个月前，她就是用这一招在经理餐厅认识副船长的。

来香港工作前，中介公司和茉莉签了合同，一旦被分配做餐厅服务员，就不可能变动工作职位。除非升职。可是再升职，茉莉也是从服务员升成领班，逃不出餐厅。

想换职位，只有副船长点头才行。芜湖的生活哗地回来了，那才是属于她的工作。茉莉再也不想把自己的青春耗费在一摞一摞油腻的餐盘里，沉重的垃圾筐里。她的心里总有不甘。

至于怎么把副船长带到茉莉宿舍的，阿财知道，凭茉莉的长相，她不用多费力。阿财站在甲板上，他看到邮轮带起的浪花，渐渐泛起了灰白。

茉莉对阿财说："阿财，帮我看着动静，如果有人来，打房间电话告诉我。"

阿财说："茉莉，他重要吗？"

"重要得很！换部门，交申请报告，审批，都是他。雪莉走后，好几个女员工申请这个职位，没有他点头，我连门儿都没有。"

阿财不再说什么，他茫然地看着茉莉，茫然地看着大海。她那张娇小粉嫩的脸上，像有一层他看不懂的雾。茉莉说话时，那层雾就浓浓笼罩在她的脸上。阿财想伸手把浓雾拨开，可茉莉还在说着,雾锁在她的脸上,他拨不动。

每次阿财下班,总看见茉莉宿舍门外那双副船长的大鞋。邮轮上的房间铺着地毯,大家都把鞋脱在门口,没人拿也没人动。可此时,阿财心里的火烧着,火星子在心里乱溅,心上被烧焦的地方,嗞嗞冒着油烟。

他拿来扫把,挑起那双大鞋,几步跑到船甲板上,猛地一下甩进了大海。巨型豪华邮轮掀起的大白浪,迅速将副船长的鞋子吞没了。阿财看着滚滚浪花翻腾起的海水,碧蓝,深绿,一层一层变换着颜色,这双统管着全船的皮鞋,在浪花里被击得粉碎。

前几天,茉莉对阿财说:"阿财,副船长每次来找我,我都要换班。他忙得很,他只能抽空,随时打电话给我,我就随时换班等他。"

"他是男人,他不会换班找你?"阿财不屑。

"他是船长啊,他那么忙,怎么可能换班呢?"

"看来他不是真的喜欢你。"阿财把眼皮一撩,眼睛翻到了天上。

"阿财,我没办法。那么多女员工都想往行政部调,可空缺只有一个。我没钱,没背景,我除了我自己,我还有什么?"

阿财不说话,低头吸烟。茉莉什么话都告诉他,这样坦白地告诉他,不是因为在乎他,而恰恰是不在乎他的想法。

宿舍的门哗啦一声打开了。副船长在找他的鞋。他的嘴里左一句"怎么搞的",右一句"真是讨厌"。阿财的门虚掩着,他一声不吭,狠狠地在里面吸烟,一根接着一根,烟屁股被他啊在嘴里压扁了。

　　副船长当然不肯钻出门在走廊里找他的皮鞋，不肯让员工就着楼道里的灯光把他认清。他是多重要的人物，忙得很，连句客套话都不肯给茉莉，进来就办正事。办完扭身就走，平时路上遇见，眼神都不肯给茉莉一个。

　　茉莉被他支出来找鞋子。

　　茉莉实在找不见，推开阿财的房门说："阿财，给一双你的鞋子。"

　　"干什么？"阿财眼睛一翻。

　　"你管干什么，给双鞋子！"茉莉急起来，她怕副船长生气，再不来找她。她惊恐而焦急的脸上，头发从脸两边散下来，身上穿一件睡衣，上面露着一截胸，下面露着两条光光的瘦腿。宿舍的灯光跳到她的脸上，她的两只大眼睛瘦得塌陷成两只洞。

　　"给我啊！"茉莉急了。她一下蹲到他面前，在他的床底下开始翻找。睡衣被两条瘦腿撑得架空起来，能露不能露的，全都露出来。她的眼里只有鞋子，急于找到一双鞋，人的廉耻是多余的。

四

　　清晨起来，茉莉的眼睛红通通的，血丝布满她的双眼，她几乎一夜没睡。阿财打开她的门，闻到一股说不出的难闻气味。"茉莉，去洗洗澡吧。"阿财说。

　　茉莉慢慢从被窝里钻出来，她指指衣柜说："阿财，帮我把那套套裙拿过来,我要穿,过几天,我就不用端盘子了。"她的眼窝深陷,一张脸瘦得厉害,眼睛里却发出奇异的亮光。

阿财啪地打掉茉莉的手说:"你这是在糟蹋自己,你知道吗?"

"什么糟蹋不糟蹋的,我在餐厅端盘子、倒垃圾,还不是在糟蹋自己。"茉莉冷冷地说。

副船长终于不来茉莉的房间了。他头一次,大赦一般,给茉莉批了一个星期的假。茉莉头一次,这么长时间不用干活儿,可以下邮轮,不用在宿舍的小房间里一天天苦等了。

茉莉在香港一家偏僻街巷的私人诊所里住着。她刚刚打完胎,床单上铺着厚厚的医用纸。护士冷眼叫阿财进去付钱,拿药,拿化验单:"李茉莉的老公,进来!""我不是她的老公。"阿财急忙辩解,护士的冷眼更冷了。

阿财是下了班偷偷从邮轮上跑出来看茉莉的,副船长给茉莉批了假,可没有给阿财批假。副船长不会管茉莉一个人在私人诊所里打胎会不会有危险,他已经给过茉莉钱了,仁至义尽。这个男人依然每天西装笔挺地从船头走到船尾,见到每个员工都微笑,问候一两声,保持一贯的绅士风度。

他给茉莉钱也周到:"去把孩子打掉,这样的结果,也是我没有想到的。"

"我不想打掉孩子,你会娶我吗?"茉莉问。

"茉莉,你要明白,我们之间,只是同事关系。"副船长既威严又冰冷地说。男人把钱放在茉莉的桌子上,转身走了。

茉莉抖了抖身子，把钱塞进贴身的口袋。她不怕，她还有最后一丝希望。

门外，护士正在登记茉莉的名字，一个护士对另一个护士说："又是一个私生子啦，也不知道怎么想的，人家都不要，偏偏要去给男人生孩子。"两个护士偷偷笑着，看到阿财，闭住笑，扭身走开。

阿财给茉莉买了红豆薏米糖水，他看到茉莉身子下铺的医用纸上的血迹，声音颤抖地说："血都淌完了。"

"不怕，我还有希望。"茉莉眼里奇异的光越来越亮，也越来越暗，像一支蜡烛被吹在风里，火苗摇晃得令人心慌。

夜里，窗外又刮起海风。阿财被风吹醒了，他看见茉莉的病房门开着，床上却空着。阿财浑身一激灵，他满医院找茉莉，最后在走廊尽头的落地玻璃窗前找到茉莉，她对着玻璃往外望，她说想看看香港的太平山顶。以前在家时，就听过香港的太平山，来了这么久，还没有去看过一次。

月光落在茉莉的身上，洒了一身白，仿佛一夜白头。

阿财把茉莉扶回病床上，贴着身子抱着她。她的脸肿得透明，却还是好看。黄蜂一样的小身体，小得更可怜了。她在阿财两只宽大的手掌里，瑟瑟发抖。茉莉吁吁喘着气，她失血过多的脸，苍白单薄得像一张纸。她还想说什么，那么多话还没有说出来呢，可她一点力气也没了。

茉莉出院回到邮轮上时，行政部已经进了新人。新任的总经理秘书是个香港女孩，刚从美国留学回来，腰没有茉莉的腰细，但比茉莉洋气。总经理为她举办欢迎酒会时,茉莉正在厨房抬着垃圾筐上楼。

酒会的服务员不够,临时让茉莉去顶替。茉莉端着盘子,站在总经理秘书的身后,整场酒会来回穿梭,端菜,倒水,换餐盘,收拾桌上女孩吃剩的鱼刺、鸡骨头。

茉莉走来走去的身影越来越小,她盘着的头发散了一缕。她不说一句话,脸上没有表情,那缕散落的头发拍打着她的脸,她毫无知觉。

茉莉最后的一丝希望破灭了。

这天晚上,茉莉把阿财叫进宿舍。她在床上坐成一小团,穿着那套阿财给她买的职业套裙,安静得出奇。

"茉莉,你穿成这样干什么?"阿财问。

茉莉淡然地笑了:"阿财,我穿套裙好看不好看?帮我照张相吧。"

"照相干什么?"

"发回家里。让我爸我妈看看,他们都以为我到香港来是做秘书的。"

阿财苦涩地笑了一下,他去拿相机。

"等一下。"茉莉拿出口红,对着镜子涂抹在嘴唇上,用眉笔描自己的眉毛,她又把散乱的头发盘好,茉莉的脸在镜子里焕发出光彩。

茉莉转过身,问阿财:"阿财,我美吗?"

"美！你是最好看的。"阿财说。

茉莉热泪流了满脸："阿财，你一定要帮我，一定要。没有人能帮我，只有你了。我想回家，我最怕这里的夜晚和大海了，永远望不到头，不知道前面是什么，不知道我自己是什么。"

阿财的心里一阵酸楚，茉莉忽然扑过来抱住阿财，她的嘴唇贴在阿财干涩的嘴唇上。

"阿财，我想回家。你一定要把我送回家。"茉莉信赖地、握着一根救命稻草似的看着他。阿财点点头。茉莉松开阿财，后退几步，擦干净眼泪，拉了拉那件套裙，让它齐整。茉莉对着阿财笑了一下，这一笑，被阿财收进了照相机。

照片里是茉莉最满足的时刻，她终于穿上了那身套裙。茉莉真漂亮，这是一个女人最美丽的时刻，带着永诀的超然。

五

阿财走了很久，才找到茉莉的家。芜湖是一个不大的城市，这是一个气候温润的地方，有一条江水从这里流过。

阿财走在干净、清澈的街道上，他想象着茉莉在这座城市里如何生活、成长。路两旁开满了鲜艳的月季花，也许茉莉也曾走过这样的街道，曾在某一株月季化下停留，做着她的青春梦。

阿财把茉莉的照片洗出来，放大，镶嵌在相框里。他手里抱着相框，摸摸照片上茉莉白净的脸庞。

茉莉超然地笑着,像开在花园里的月季花,宛若仙子。

天空飘起了细雨,阿财用衣服把茉莉的骨灰盒护起来。他不想让她再淋冰冷的雨水。茉莉跳海的时候,那夜的甲板上也下着这样冰冷的雨水。那夜的雨下了好久。她被人发现打捞上来时,浑身已经冰凉,那身套裙紧紧地裹在她的身上。可衣服太单薄,茉莉还是那么冷。

阿财脱下自己的衣服,把骨灰盒包起来,他看看安静的茉莉,把骨灰盒抱进自己怀里。热血在一瞬间涌上阿财的胸口,他把骨灰盒又搂紧了一下。

阿财擦干净滴落在相框和骨灰盒上的雨水。过不了多久,茉莉就能回家了。

前面的院子里开满了月季花,阿财敲响了茉莉家的大门。

微小说

绝世珍品

刘 浪

老游和小谢行走在王子山的石阶上。山顶的阳光透过稀疏的树丛倾泻下来,白花花的灼人眼睛。两个人都背着分量不轻的摄影器材,衣服粘在身上,有种透不过气的感觉。

突然,小谢大叫了一声,师父,你看!

老游顺着小谢的手指一看,立即呼吸加速,愈发得透不过气了。

眼前,山脉一侧的悬崖峭壁旁,两块隔涧对望的山岩之间,一颗不知名的树顽强地生长着。它舒展着一人多高的身体,虽有些倾斜,但始终向山顶投射下来的阳光生长。让人揪心的是,它的根扎得并不深,只有一小撮根须死死地抠住岩石,而一大半的根系几乎是裸露在外,那种随时可能被连根拔起的危险状态和它的枝叶繁茂形成了强烈的反差。

老游端起相机,他自言自语道,这是一曲生命的颂歌啊!小谢也啧啧稀奇,长在岩石上,居然能活下来,真是不容易!

老游说,有了它,这次采风不虚此行。这棵树拍出来,刚才拍的那些花花草草、山山水水就全弱爆了!

老游连着转换了几个方向，只听得噼里啪啦一阵响，作品已经完成。他眯着眼睛，审视着相机里的连拍照片，颇为满意地向小谢做了一个"OK"的手势。

小谢正准备继续前行，老游却佝下身子，撅起屁股，向那棵树攀爬了过去。就在小谢不解之时，老游身子向前一倾，抓住那棵树，猛力一扯，整棵树便被他连根拔了下来。老谢随手将树往悬崖下一扔，回头对小谢狡黠地一笑，说，这回，我拍的照片就是绝世珍品了。

下山的路上，小谢说，师父，我感觉这棵树太可惜了，它长在悬崖上好好的，风没有吹倒它，雨也不曾打落它，却被你一把扯下了。

老游一脸正色地说，它遇到了我，生命已经永生！你记住，艺术这东西不能重复，必须是独一无二，才有存在的价值。

小谢"哦"了一声，若有所悟地说，我懂了。

在当年的"关爱生命"全国摄影艺术作品大赛中，老游将拍的这棵树起名为《生命的颂歌》，一举夺得了特等奖。

获奖之后，老游外出采风的欲望越发强烈了。可是附近的地方他几乎都采了个遍。于是，他决定走出去，到远方去看看。

老游到了云南。运气不错的他很快在西双版纳的光芒山发现了一个摄影的绝好素材。光芒山的山脚下，有一个天然钟乳石形成的小小水池，当地人称"天浴池"。山顶的水喷薄而下，正好落到池里，飞起浪花无数，而池壁并没有完全封实，又造成水流四面喷射,天地氤氲一片的景象。

老游自然不会放过这种天赐美景,于是他噼里啪拉一阵狂拍,然后习惯地打开相机里的照片,审视之下,他发现似乎少了点什么。对,既然叫天浴池,应该有人在里面洗浴才应景。

一名当地的村民告诉老游,每逢夏季,村里的少哆哩(女人)特别喜欢在这里面洗澡,当然也有孩子同浴,但冒多哩(男人)只可远观,是不可以进入池中的。老游的画面感很强,那洗浴的场景立马浮现在脑海里。

听说老游为了拍出好的摄影作品,那村民说,明年八月份来吧,那时来天浴池洗澡的人会很多,你一定不会落空的。

终于等到了第二年的八月。老游按捺不住激动的心情,一路辗转,千辛万苦又来到了天浴池。

远远地就听到女人的嬉闹声。老游找了个高一点的好位置,架起了相机。

一帘白水从天而降,投到池里。弥漫的水汽之间,几个衣裳单薄的少哆哩披着长发在泼水追逐。几个孩子光着屁股顽皮地在池边爬上爬下。多美的一幅天浴图啊!

突然,老游愣住了,他心痛得直用手捶打胸口,因为他发现四周高低起伏,浑然天成的钟乳石池不见了,替代的是一个用砖头砌得方方正止的水池。

老游万念俱灰地下了山。他很不甘心地问山脚下的一个村民,以前的那个池为什么没有了?

村民说，上个月有个和你一样的摄影家来这里拍照片，他拍完后，拿出五千元钱，对我们说，池的蓄水效果差，石头也不安全，我捐点钱给你们，把那石头砸了，砌个游泳池吧！

村里人感激不已，于是将钟乳石砸掉，建了这个露天泳池，确实很受女人和孩子们喜欢。

一个月后，又在外地采风的老游接到小谢的电话，师父，我有一幅叫《天浴》的作品获得了全国"少数民族风情"摄影展的一等奖。老游说，那一定也是绝世珍品吧！小谢兴奋地说，是啊，您怎么知道的？

我知道，我当然知道啦！老游咬牙切齿地说。

芬芳的幸福生活

吴苹

芬芳坐在屋里打起了盹，她照顾的那个老太太中风失语，加上有糖尿病，一晚上要起夜七八次，这几天芬芳累得头重脚轻的，走路都像踩在云里。钥匙转动锁孔的声音将芬芳惊醒，她猛地抬起头来，见是手提青菜的男雇主，便一脸惶恐地等着他的责怪。他笑了一下，说，没事的，这几天把你累坏了吧？白天没事时你可以睡会儿，别把身体累垮了。

吃晚饭时女人又不在,芬芳心里直嘀咕:他家饭桌上怎么总是人不全?还有什么事能比一家人坐在一起吃饭更重要呢?

想不通芬芳也就不想了,这个世上总有一些事她想不明白,何必费那个力气?

天凉了,芬芳给自己的男人和儿子各买了一件棉衣,她同学这周末要回A城娘家,她准备托同学给捎回去。

胜利路仿佛流动的银河,车辆像一尾尾鱼,倏忽一下便滑入了夜晚的深处。两旁的树木在霓虹灯的掩映下,反复变换着面孔。

芬芳下了公交车经过皇后酒楼时,看到一队男女高声说笑着从里面走出来。一个烫大波浪的女人被一个胖男人半拖半抱着,女人的头靠在男人的肩上,嘴里嘟囔着什么,胖男人还不时地在她脸上啄一下。

灯光打在那个女人的脸上,惊得芬芳手中的包裹差点没掉地上。

是她的女雇主!

半夜时分,那边卧室里传来高一声低一声的争吵声:"这是我的工作,你以为我愿意这样?哪个公司的高层能少了应酬?""这个家不需要女高层、女领导,需要的是一个女人!"

接着,一阵脚步声从卧室一直响到书房。

清晨,芬芳起来上厕所经过书房时,透过半开的门看到男人躺在小床上轻声打着鼾,被子却滑到了地上。芬芳站在原地想了片刻,到底没有忍住走了进去,捡起被子轻轻盖在他身上。不想却惊醒了他,他睁开眼睛,定定地看着她,一把抓住她的手说:"芬芳,我心里苦啊……"

骇得她一把挣脱,逃也似的小跑着出去了。

月末领工资的时候,芬芳发现多了一千块钱,走过去问男人,男人一边打着领带一边说这是你该得的,你来了后老人脸色好了,孩子也能及时吃上饭了,不该给你发奖金吗?芬芳将多出的钱放在桌子上,转身欲走,男人一把拉住他,硬是将钱塞进她的手里,还轻轻摁了一下。

无人的时候,芬芳总感觉他的目光像风筝一样在自己身上盘旋,盘旋得她心里慌慌的……

逢周末,女人不在家时,男人就会劝芬芳带着孩子去图书馆借书,或去公园玩儿,他在家守着老太太。有时,芬芳会坐早班车回家看儿子,晚上再带着另一个城市的气息匆匆赶回来。

有几次,男人像诉苦一样对芬芳说,她整天不着家,一回来就喝得醉醺醺的,我一直认为女人不该是这个样子。芬芳就劝男人,家家有本难念的经,谁家又能好到哪里去呢?说着,她叹了一口气,男人也叹了一口气。

那是个和以往没什么两样的早晨,芬芳在厨房洗涮,男人收拾着自己上班的东西。后来,芬芳听到脚步声往这边走了过来。脚步声越来越近,一个高大的身影投在了墙上,自己恰好被那个身影罩住。身后,一股逼人的健康男性气息袭来,芬芳能感觉到他呼出的热气吹拂在自己的脖子上,她紧张得不敢呼吸,似乎一张口心脏就能从腔子里蹦出来……

这时，楼下猛地一声爆竹响，男人才提起电脑包出了门。

芬芳各个房间走了几圈，这是平日里打扫卫生的时间，芬芳竟想不起自己该干什么了。老太太睡着了，寂静潮水一样漫过来，只听见时间在墙上有条不紊的脚步声。

芬芳走进浴室，拧开莲蓬喷头，温水洒在她的肌肤上，她似乎清醒了些。

芬芳裹着浴巾走到一个房间，在床边坐了下来。是书房，男人在这里睡好几个月了，他的气息已填满了整个屋子。芬芳慢慢躺了下来，她拉过棉被盖在自己身上，棉被上余温尚存，那气息与体温一点点抚上她的脸、脖颈、腰和腿……

"咣当——"一声巨响，芬芳猛地从梦中惊醒。

芬芳从床上弹起，半闭着眼睛，光着脚便往小房间跑。丈夫满面通红，一脸歉意地望着她。桌上的暖水瓶打翻在地，水流得到处都是。

"又尿了，我想收拾……"丈夫小声说。

她嗔怨道："你看你，咋不叫我呢，我来收拾嘛。"

丈夫喘着气说："唉，昨晚你收完地摊回来都十二点了，想让你多睡一会儿。"

那年，丈夫和人做生意时被倒塌的场棚砸断了腰部神经，腰部以下失去了知觉，大小便失禁，已在床上躺了十年。近些年，芬芳经常会做这样的梦。在无数个夜里，在自己的丈夫身边，芬芳和英俊男子进行着一次又一次的约会。尽管平日里姐妹们的目光里总是流露出若隐若现的同情，但芬芳却觉得自己很幸福。

芬芳和丈夫的日子流水般向前，芬芳与男人的故事也在继续着……

摸 灯

宋以柱

宋学利，淄博人士，沂河岸边长大。外地人都管淄博人叫"淄博鬼子"，这个称呼的意思里，至少有鬼点子多这一点。宋学利就属于鬼点子多的人，而且是从小就鬼点子多。

宋学利上面有三个姐姐，下面还有一个妹妹，一个弟弟。人多地少，地少人就穷，吃不饱饭的家庭也比比皆是。宋学利家里就经常断顿（吃了上顿，没了下顿），往上看，宋学利抢不过姐姐，往下看，有弟弟妹妹，照顾不到自己。宋学利就只有自己想办法，把自己的肚子喂饱。用他自己的话说，每天只考虑一件事，怎么弄到吃的？生的，熟的，活的，死的，都往嘴里摁。

宋学利上到小学三年级，就坚决回家了。至今，宋学利对自己幼年失学还耿耿于怀，不去学校半年了，爹娘还不知道。用他自己的话说，肚子饿得咕噜咕噜响，根本就坐不住，怎么学字？不去读书，时间多了，就有的是机会把自己的肚子填满，田野里的瓜果梨枣，山上的蚂蚱蝎子蛇兔子老鼠，河里的鱼鳖虾蟹，统统往肚子里塞。别人说不能吃的，他也给自己找一个能吃的理由，想尽办法把它吃进肚子里。

"老鼠肉酸唧唧的，不好吃。"宋学利说的时候，还龇牙咧嘴的，好像那年的老鼠肉还没有咽下去。

每年过年之前的那一两个月，还有过了年清明节前后，是最挨饿的时候。因为人口多，家里的粮食得算计着吃。加之隆冬时节，白茫茫或者黑乎乎大地那么干净，肚子里就越发空得慌。这时候，就显出宋学利鬼点子多了。年前那一段时间，宋学利基本不在家。一大早，吃上一碗黑乎乎的地瓜干子饭，挎着提篮，扛着䦆头，专去田间地头，干吗？地里可没有丁点粮食，比和尚头还干净，哪里有？老鼠窝里。宋学利聪明不？找到一个老鼠洞，只管往下挖，时间不长，就有老鼠吱吱叫着，从不远处的另一个洞里窜出来。高粱、地瓜干、地瓜、玉米、豆子、豆角，是一个小粮囤。宋学利一点也不客气，扒拉扒拉，全装篮子里。家里人没有一个嫌脏的，几个姐姐也悄悄地跑野地里挖老鼠洞。一家人都小心翼翼的，生怕被别人知道，能不知道吗？村里人也开始去野地里挖老鼠洞。

宋学利带头挖老鼠洞那一年，沂河两岸的老鼠几乎绝了种。

有时候，能挖到冬眠的蛇，一家人都不敢吃，嗷嗷叫着跑开。只有宋学利两手逮着蛇头，一撕到底，退了蛇皮，整条整条的摁倒锅里煮，快到熟的时候，撒上一把盐粒，白花花的大半锅，冒着香气。宋学利一个人把头埋进锅里，一个劲儿地吃。直到最后，只剩下几条蛇骨,在锅里唰啦唰啦响。日子慢慢地往前挨。挨过年去,宋学利又瞄准了清明节。

每年的清明节,是必须要去给祖上上坟的。清明节这一天,一个家族的后辈,总要在家族的祖坟那儿集合,一块儿给先人们上酒上菜压坟头纸添新土,如果有谁家的后辈不到,总会被别人指责一年。没有儿子的家庭,闺女也要从婆家赶来,代使男孩的义务,上香磕头压纸添土。最重要的一点,是要给先人们上灯。

黎明即起,去地窖里取胡萝卜、青萝卜,洗净,男主人用一把小刀,又割又雕,做出一个个精致的胡萝卜灯、青萝卜灯,中间插一根缠满棉花的灯芯,倒满豆油,备用。讲究的人家,还要割花边,从有花边的灯沿往下,还要割出类似女人腰的弧度,极漂亮。不管家里有多困难,女主人总要想办法弄一点白面,做面灯,和做馒头一样和好面,用手制成有腰有底座有花边的面灯,上锅蒸熟。等晚上上灯的时候,顺灯芯倒油。油燃尽后的面灯,是美味。尤其是在几乎见不到白面的年代。

家里每个门口上灯,可以用胡萝卜灯、青萝卜灯。到天黑下来的时候,家家户户都要派出一个成年人去祖坟上上灯,就必须是面灯。沂河西岸有一片坟地,是村里大户人家的祖坟。宋学利瞄准了这片坟地里的灯。黑天半夜,宋学利不敢去。第二天早起,还黑着天,宋学利就提了一个破竹篮,深一脚,浅一脚,往坟地那儿跑。

到坟地那儿,天还没露亮,对面三米看不清人脸。宋学利连摸了几个坟前的供桌,都是空的。他就感到纳闷,老规矩定好的,给先人上的灯，是不准往回拿的。怎么会没有呢？宋学利脑子快，他立刻就知道，早有人来了，或许还没有走呢。他悄悄蹲下来，等着看个究竟。

天渐渐变成灰白，他才看清，在坟地深处，有一个一袭白衣的人，正在挨个坟前寻找。那是一个不久前死了丈夫的女人，身前大大小小三个孩子。宋学利叹了口气，悄悄地离开了。

"再怎么着，我也不能欺负女人，和寡妇抢吃的。"他和我说这些话的时候，手里把玩着一个灯，青铜的，有很好看的花边，花边以下有女人腰身一样的曲线，灯碗中央是一根灯芯，也是铜的。

破坏规则

鞠志杰

小张不小心撞进一个微信群，放眼望去，群贤毕至，少长咸集，于是不敢放肆，整日"潜水"。

群里一百多号人，都是圈中高人，但真正能称为"大腕儿"的，只有一位，那就是某老。"大腕儿"微信用的是真名，连头像也是本人照片。他德高望重，不常发言，但只要一开口，哪怕只是转发个链接，都会引来一片附和声。

小张犹豫着是否要加"大腕儿"为微信好友。他有个顾虑，假如"大腕儿"不加咱,岂不是很没面子?假如加上了却不理咱,岂不更没面子?

某晚,"大腕儿"诗兴大发,在群里贴了一首他刚写的七律。诗的文采平庸,又没什么思想,而且不符合格律。不过,还是引来一片赞美声。小张把这首诗读了五六遍,然后,小心翼翼地指出:似乎平仄有些问题,颔联、颈联的对仗也不太严整。顿时,群里死一般寂静。

过了一会儿,"大腕儿"亲自打破尴尬:"老朽多年没作诗,生疏了,多谢指教!"还@了一下小张。小张有点受宠若惊,激动之下,马上添加"大腕儿"为好友。

对方却迟迟没有回应。

第二天,小张发现自己已被群主移出。

岛拉和米法

非 鱼

岛拉和米法是一把剪刀的两片。

不,她们不是年轻漂亮的小姑娘,更不是争夺一个男人的情敌。相反,她们的年龄加起来超过一百一十岁了。这样就好理解了,她们是两个退休的中年妇女,或者说,广场舞大妈。

岛拉原本在老年大学画画，跟着姜教授画竹子。勉强能在一丛竹子旁边画一只大公鸡的时候，米法说，姜教授动机不纯，别跟他学了。岛拉问米法从哪儿看出来的，米法说，我都打听过了，他老婆去年走了。岛拉奇怪，这有什么，班里的同学一半都是单个。可米法说不一样，愣是把岛拉拽走了，让她去跳广场舞。

米法带着岛拉来到小广场，大功率音箱把岛拉震得心动过速。她喊米法，说太吵了。米法压根听不见，她穿着紧身T恤和短裙，小腿紧绷，腰肢舒展，站在队伍的最前面，像姜教授说的骄傲的公鸡。岛拉站在队伍的最后面，手忙脚乱，比画得很难看。

两个小时太难熬了，岛拉的耳朵一直咕咚咕咚地响。米法跳完，却依然笑意盈盈，保持着挺拔的姿势。岛拉明白了，米法这是故意呢。第二天，米法再叫，她死活不去了，又继续去画她的竹子和大公鸡。

两个人的明争暗斗不是一天两天，是三十年。从毕业分配到一个单位开始，自己不比，别人比啊，提起一个，总要捎带另一个。哎呀，岛拉的对象在机关上班，米法老公好像是教师，岛拉胜。米法提拔成副科长了，岛拉哭着去找主任，凭什么啊？主任也觉得好像是对不住岛拉。于是，半年后，岛拉也提了副科长，但就这半年，让米法扳回一局。在单位，两个人工资待遇一样，在家里，两个人同样生了女儿。相同点，又让她们保持着特殊情感，米法的老公蒸了包子，一定要给岛拉带几个，岛拉老家捎了红薯，也要有米法一份。就这样，过了三十年，一直到同一年退休。

退休以后，两个人结伴买菜，一起吃个小火锅，喝个茶，短途旅行，你侬我侬，但暗流依旧汹涌。岛拉在朋友圈发一张新画的竹子，米法必然发一段跳舞的视频，岛拉发一张老公炒的菜，米法发一张老公做的蒸饺。两个男人不胜其烦，你们何必呢？

其乐无穷。岛拉和米法认为，这样才有意思嘛。当岛拉已经可以在竹子旁边画鹰的时候，她第一时间发了朋友圈。很奇怪，米法毫无动静。她又发了一张山水，米法还是保持沉默。

不对，有问题。岛拉直接去敲米法的门，没人，打电话，不接，打她老公电话，通了。米法老公说，在医院，等结果。

岛拉是一路跑到医院的，从门诊部追到住院部，在二十一楼找到了刚办好手续的米法。一见岛拉，米法失脸变色，冲她老公喊，谁让你告诉她的，让她出去。

岛拉忙退出去，站在走廊上等米法的老公安顿好出来。怎么回事？才几天不见，她怎么瘦了那么多？

男人垂头掉泪，怀疑是肺癌。

岛拉靠墙站稳，怀疑嘛，还不一定是。男人说，希望不是。

回到家，岛拉关上门，哇哇哇地哭。老公喊她吃饭，她不开门，也不吃饭，就是一直哭，好像得病的是她。

几天后，结果出来了。米法确诊为肺癌，中晚期。她第一个想到的是岛拉，不能告诉她。男人说，行，不告诉她。男人偷偷给岛拉打电话，年近花甲的男人，像个无助的孩子，哽哽咽咽，语无伦次。米法不让告诉你，你就当是肺炎。

岛拉拎着一罐小米粥和两个小菜去看米法,一进门就喊,妈呀,你可吓死我了,还好是肺炎。

米法笑起来,我也吓不轻,以为自己活不成了。

呸呸呸。赶紧好了跟我学画竹子去,别蹦跶了。

还画呢?姜老头没对你怎么样吧。我好了得赶紧排练,我们团六月份省里有比赛,我是领舞。

其实,从医院回去那天开始,岛拉已经不再画画了,她不想让米法不高兴,尽管米法不知道。她在网上找肺癌病人的食谱,然后,一样一样给米法做。

米法还是嫌弃岛拉。说她脚笨手也笨,切的菜像檩条,煲的汤舍不得文火慢炖,自己好得慢,完全赖她送来的饭不好。岛拉说,米法啊,有的吃就不错了,装病号才有这待遇,再不赶紧好,明天我不来了。

岛拉的饭依然按时按点送来,米法的男人完全乱了方寸,天天就守在病床边,拉着她的手,一言不发。岛拉一来就撵他出去,老夫老妻了还秀恩爱,受不了。她想让他透口气。

米法没有一天天好起来,情况越来越糟,瘦得走了形,说话也几乎没力气了。

米法说,给我,找一套最漂亮的衣服,高跟鞋。

岛拉说,好。

米法说,我姑娘……

岛拉打断她,什么你姑娘,那是我姑娘。

563

一九八六年落雪时分

连俊超

清晨雾蒙蒙。

雾蒙蒙的时候，我们干一些不想让别人看见的事情。

那时我一定还在睡梦中，否则我会看见父亲赶着母猪和一群小猪崽子在雾中行走的情形。

母猪一定对父亲的行为不甚理解，毕竟它已经在那个猪圈里待了多年，看着它的孩子们逐个被人捉走。

那时，氤氲的雾气让它看不清远处，它只能在父亲藤条的驱赶下深一脚浅一脚地迈步。或许，它感到一丝隐隐的恐慌。它的孩子们哼哼叫着，向它抱怨。

父亲把猪从猪圈里赶出来时，在它的脖颈上狠狠地抽了一下，以示对它慢腾腾的不满。

父亲很着急，他要在明亮的清晨到来之前，把猪赶出去。他尽量在雾中睁大无神的眼睛，但他仍希望雾气能更浓重些，即使人们和他撞个满怀也看不清他不安的脸庞。

父亲赶猪出门时，母亲问他了一句："人家同意了吗？"

"同意了。"父亲小心翼翼地说。

我隐隐听到了他们说话的声音，但随即又被温暖哄睡。

父亲像管理一支纪律散乱的娃娃兵一样，赶猪走在冬雾笼罩的街道上。

当把猪赶进一个小院子时,父亲松了一口气。

那是一户人家多年前就废弃掉的院子,草木荒芜,房屋的衰败常常让我产生这样的幻觉:一个灰头皱脸的老太缓缓地打开房门,面无表情地、长久地望着我。我们经常故作惊慌地从院门前跑过,只敢从破旧朽烂的木板门外瞥一眼进去。

后来我想,猪娃娃们在那个冬草杂芜的陌生院子里来回走动时,也许惊恐不安,浑身颤抖。

然而,父亲把猪赶进去时或许对那个凄凉的院子充满了感激之情。

因为他可以放心地走回家,迎接即将到来的马兄弟。

当父亲还是个小老板的时候,他就是我们家的常客,而当父亲一贫如洗的时候,马兄弟依然每年到我们家来——只不过把注意力放在了猪身上。他一踏进我们家的院门,就会急切地朝猪圈望去,甚至径直朝那里走去,关切地询问母猪的奶水、猪崽子成长的情况,仿佛一个离家多年的男人在关心家里妻儿的生活状况。

马兄弟应当给予小猪关怀,因为当小猪长大的时候,他要理直气壮地捉去抵债。

然而,那个雾蒙蒙的清晨,父亲决心敷衍他的马兄弟了。他不能在来年春天两手空空地应付他大儿子的定亲大事。

马兄弟像往年一样在冬天的上午把自行车停在我们的院门口。他热情地跟父亲打招呼,眼睛却关注着靠近西墙的猪圈。但是他支起的耳朵并没有得到猪哼哼声的答复,因此他向西挪了两步。空荡荡的猪圈让他大惊失色。他惶恐不安地探脑往猪棚里望去，纷乱的杂草和寂静空洞的窝棚仿佛一门大口径的重炮，轰炸了他的内心。

那时，母亲的哭声从厨房飘了出来，穿过渐渐散开的薄雾在院子里飘荡。她凄惨的哭诉让我感到灰蒙蒙的天空也许再也亮不起来了。

马兄弟对母亲的哭泣感到不解，父亲冷静地告诉他："马兄弟，对不住，要让你白跑一趟了。昨夜里母猪和猪娃都让人给赶走了。"

马兄弟皱起了眉头，不安地踱着脚步。

"怎么会呢？"他念叨着。

父亲把他请进屋坐下，叹了口气说："村里冬天一直都很乱，咱家的院墙又矮。夜里我听见母猪叫，也没太在意，后来我听见小猪都叫了起来。我赶紧起来，看看是咋回事。我开门看见三个人正往院门外赶猪。那三人看见了我，一个人对我说'进屋去'，我就关上门进来了。"

马兄弟急得不行："他让你进来你就进来，你咋那么听话？"

我爹苦笑着，无可奈何地说："我不是听他的话，我是听枪的话。他手里端着一杆大猎枪呀！"

马兄弟四顾无语。

父亲也只顾抽烟。

他们沉默着，母亲忙活着，天阴沉着，北风刮着，我呆呆望着，望着情绪低落的天空。

我隐隐地希望，北风能够把天上凋零的花瓣吹来，撒在村庄，纷纷扬扬。

午后的北风越来越强劲，父亲一定怕突然下起雪来，但我已经看到了希望：沙粒一样的雪糁正在大地上摸爬滚打。

父亲朝院子里望了一眼，他眼神中的不安和脸颊上的焦躁让我感到自己罪孽深重：我召唤来了一场让父亲痛苦的雪。

母亲说了声："下雪了。"

马兄弟站起身，到门口仰脸张望。

父亲的眼里燃起了希望。

马兄弟推车到门口时，大片的雪花飞扬散落。

父亲不停地向马兄弟赔不是，马兄弟则很痛苦地跨上了自行车。

父亲匆忙朝宽阔的村路两端望去一眼，雪花已经严密地覆盖了大地，没有一处漏洞。

父亲望着马兄弟离去的身影，轻轻呼出一口气。

然而，当父亲准备转身回家时，他的腿脚顿时僵硬了——

他清晨安置好的母猪领着它的娃娃们浩浩荡荡地回来了。它们哼哼着，一路小跑，从马兄弟的自行车旁经过，朝我们奔来。

马兄弟停下车，回过头来。

父亲低声对母亲说："别让它们进家。"

说着便上前拦截。

母猪调头钻个空子，朝家门冲刺，但门口还有我和母亲这道防线。

父亲抄起一根木棍挥去，母猪躲闪开，围着大门口来回周旋，猪娃娃们叫唤着，在它身后跑来绕去。

父亲忙乱之中还不忘朝马兄弟那边喊一声："谁家的猪，怎么跑到这来了!"

马兄弟不吭声,坚定地站着。

北风呼号,雪花狂舞,母猪肥大的身躯显得尤为灵活。

父亲胡乱叫骂着,挥动着木棍,跌倒又爬起,驱赶这头死心眼的猪。

雪地被他们践踏得凌乱不堪,新的雪片落在裸露的土地上。那是一九八六年的冬天,我八岁。

父亲手中的木棍终于击中了母猪,它尖叫着在雪地里奔逃,小猪们紧随其后。

父亲穷追不舍,似乎要把它们赶到天边,赶到另一个世界去。他那由于过度激动而扭曲颤抖的身体在雪中趔趄地奔向远处。

那是一九八六年的冬天,我还在无忧无虑的童年。

我忘记了那天父亲在雪地里跌了多少跤。但我那时觉得,小猪们摇头晃脑地跟随母亲在雪地里奔跑时一定很快乐,也许那是它们一生中难得的欢快时光。

卜 白

袁良才

民国时期的上海,凭一张纸名满天下且赚得盆满钵满的,只有

《申报》。

《申报》副刊《自由谈》更是牛气冲天,在上面发稿的多是鲁迅、郁达夫、茅盾、叶圣陶等这样的超级大腕,一篇千字文章稿酬能开到二三十块大洋,够一家人好吃好喝一个月的。

文豪扬眉吐气,编辑、记者也神气活现,洋气十足,穿洋装,讲洋话,吃洋餐,洋洋洒洒,倜傥风流。

凡事都有例外。卜白就是例外,不,简直是个另类。

他是《申报》的资深编辑,却土得掉渣,土得冒烟。瘦高个儿,白净无须,常年着一袭青布长衫,足登黑色方口布鞋,架着一副琇琅圆形近视眼镜,讲一口江南土语。

在报社,他是专司划版、校对的,有时副刊缺边少角,主笔大人就会笑眯眯地说一声,卜先生,您给补一点白吧。

卜白二话不说,展纸挥毫,须臾立就:或杂谈,或轶闻,或小幽默,或诗画配,虽短小得可怜,却鞭辟入里,妙趣横生,无不是锦绣文章。

据说不少读者就是冲着卜白的补白文章,才订、买《申报》的。其补白文字,政治、经济、文化、天文、地理、历史,无所不包,涉笔成趣。真是通才、捷才、怪才。

别小看补白,实则大有学问,弄不好会闯下大祸。九一八事变,东北沦陷,国人悲愤。有位大学马校长给《时事新报》发去一首小诗《哀沈阳》:"告急军书夜半来,开场弦管又相催。沈阳已陷休回顾,更抱佳人舞几回。"主笔安排作补白之用,不想惹怒少帅,差点派兵砸了报馆。

怪才必有怪癖。卜白不抽烟,不喝酒,不喝咖啡,还说咖啡有一股焦锅巴的煳味儿,别说喝,闻着都别扭。

他嗜茶。西湖龙井,碧螺春,太平猴魁,他宁愿饿肚子也要设法买来饮的,他管喝茶叫饮茶。有好事者悄悄作了统计,卜白每天饮茶能饮掉五瓶热水,简直是牛饮了。可见嗜茶之深。但他却很少如厕,你说怪也不怪?

据说卜白是陈寅恪的高足,国学功底不可作等闲观,咋甘当划版、校对、补白的微贱活儿?没人去问,也没人说得清。但卜白似乎全不在意,甚至还有些乐此不疲。

他动笔前总是泡一壶好茶,边饮茶边挥毫,好漂亮的蝇头小楷,茶香袅袅中,妙构告成。依其姓名谐音,人送雅号"补白大王"。他听了,微微一笑,不置可否。

一天,主笔大人悲天悯人地对卜白说,卜先生,您也该给自己的人生补补白啦。卜白会意,三十好几的人,竟酡红了脸,期期艾艾道,不急,不急。事业未就,何以家为?主笔不由分说,扯着卜白的青布长衫袖口说,别把自己生生弄成套中人,以后同仁该改叫你别里科夫先生了。走!我陪您去见一位女士,我太太已候在那里。

卜白见到那位年轻貌美却神情忧伤的女士,得知她男人是谢晋元的部下,在淞沪战役中为国捐躯,撇下孤儿寡母甚是凄凉,卜白竟爽快地应承了这桩婚事,主笔夫妇大感意外,又惊又喜。

那女士道,卜先生,您是童男子,可我已是残花败柳,让您受委屈了。

卜白一句既浪漫又憨直的话让女士为之涕泪交流,我虽一介书生,亦当为抗战力效绵薄。让我为你这个抗日英烈之家补白吧!再说,你的娘家福建安溪有好茶"铁观音"呢!

后来,两口子举案齐眉,一生恩爱,同心将烈士遗孤抚养成人,培育成才。

卜白没啥业余爱好,除了饮茶,就是隔三岔五看看京戏,尤其迷梅兰芳的戏。一来二去,他结识了梅兰芳,成为票友。

一次,梅兰芳在天蟾舞台演《贵妃醉酒》,观者如堵,一票难求。卜白却接到了梅兰芳专门差人送来的戏票。急急地赶到剧场,戏正待开演,梅兰芳的嗓子突然发不出声音了,在后台急得团团转,火烧屁股似的!

卜白闻听,急急如风地挤进后台,对梅兰芳说,救场如救火!你在台前演,我在台边唱,合作一曲双簧。

梅兰芳将信将疑,台下的观众已作哄叫闹起来,梅兰芳只得上将台去。

海岛冰轮初转腾,见玉兔,见玉兔又早东升。那冰轮离海岛,乾坤分外明……剧场顿时响起暴风雨般的掌声。

整场戏下来,梅兰芳的表演与卜白的唱腔念白浑然一体,俱臻妙境,竟无一名观众识破此中玄机。

事后,梅兰芳特意在华懋饭店摆盛筵答谢,卜白又是一句,急人所难，君子不可不为。补白亦大快事也！

说话间，到了民国三十八年初夏。解放军的隆隆炮声响彻大上海城郊，吴淞口外。

汤恩伯重兵扼守上海。

《申报》选派战地记者，大笔杆子们虽西装革履，却顿失绅士风度，不是低头狠劲抽烟，就是把咖啡喝得嘴里一半、地上一半。卜白饮了一气铁观音，一抹嘴，石破天惊地说，我去吧！

为使上海城市免遭破坏，解放军方面禁止使用重型武器，攻城一度受阻于苏州河畔，伤亡甚重。

上海市民突然从《申报》上看到一则快讯：国民党淞沪警备司令部副司令刘昌义中将率部投诚，为解放军打开进入上海中心城区的大门。

谁也没想到，这竟是卜白平生最"得意之作"。多年后，卜白在自己的回忆录中写道，我是中共隐蔽战线的一名战士，策反敌人弃暗投明，算是我对军事斗争的一种补白吧！

解放后，卜白担任宣传文化部门的高级领导，直至积劳成疾，英年早逝。

卜白留下遗嘱：丧事一切从简，请把我安葬在普通百姓的墓地之侧，为逝者补白。

他还对悲悲切切的夫人说，记住！再找个好男人，补我的白。

躲 雨

丁大成

都说六月的天小孩儿的脸，说变就变，这三月的天也是小孩儿的脸，说变就变。早上出门还是晴朗朗的天，半晌儿不到就下起了淅淅沥沥的雨。莽莽青山都躲到雨雾当中，鸟语听不见了，花香迷离。虽说雾里看花，不尽朦胧之美，眼看春衫湿透，无端风雨，未肯收尽余寒。得赶紧找个躲雨的地方。可荒山野岭，四野茫茫，都怪俺自己正路不走，迷恋风景，误入歧途。世上没有卖后悔药的，有我也不买。

顺着小溪能找到大海，逆着小路能找到人家。

翻过一山，走过一洼，果然出现一户人家，三间土坯瓦屋，屋顶冒着炊烟。"吱呀"一声推门进屋，火塘边一男一女，男主人忙着打草鞋，女主人正在做针线。我极尽礼貌地说："表叔，麻烦，躲会儿雨。"老男人抬头剜了我一眼，脸色一沉，继续骑在长条凳上编草鞋。我尴尬地僵在那里。好半天，女主人望了男人一眼，抬起屁股从这条板凳挪到那条板凳，算是给我台阶。我勉强坐下，烤湿透的布鞋。

山里人热心，像这样稀奇古怪的人家少。我小心翼翼，不敢多说话，左顾右盼，看老两口儿忙生活。

草鞋耙子钩在长凳上像个"丁"字，所以同学们好喊我"草鞋耙子"。横梁上立着七根朝天小立柱,高低不同。草鞋刚刚起头,纲绳一端绾的两个圈挂在立柱上,用细苎麻编好的"鞋鼻子"系在腰间。老男人绷紧腰部,将苎麻合龙须草搓成毛笔粗的绳,从纲绳里穿来穿去……他粗糙的双手很灵活,不一会儿编成一双草鞋。他满意地里外欣赏,打个喷嚏,盯住我的双脚。两只湿布鞋已烤出气味儿,我赶紧把双脚从火塘边缩回来。他弯腰捡起一副纲绳又开始编草鞋,这次他用的是布条,这双草鞋要高级得多。

山里的男人若是穿布鞋上山讨生活,多半搭不上伙儿找不到活儿,人家说你娇气吃不来苦。

女主人在做鞋底,她麻利地将鞋样缝在箬叶上,将多余的箬叶剪掉,再一层一层地缝铺陈……

箬叶是竹笋脱的皮,我将搞清楚"箬"字,还学会两句诗:"笋因落箨方成竹,鱼为奔波始化龙。"今天的躲雨也算是一次磨难吧。

雨故意跟我作对似的越下越大,打在瓦上啪啪地响。想起"人不留客天留客……",今天重复昨天的故事。

火塘上吊子里的水开了,蒸气顶动壶盖噗噗地响。我咂了咂嘴,爬山出汗多,早渴了。女主人望了男人一眼,起身给我泡了杯茶。茶水好香!

我怀疑这老两口儿都是哑巴。

屋里沉闷,我走到门口。"三月里的小雨,淅沥沥沥沥沥淅沥沥沥下个不停,山谷里的小溪,哗啦啦啦啦哗啦啦啦流个不停……"一树桃花在淅沥沥沥的小雨中纷纷飘落,落到哗啦啦的小溪里。真是等到花儿都谢了,雨,你快停下来吧!

门口风冷,我又坐到火塘边。

雄鸡唱午,女主人放下针线,望了男人一眼,从里屋端出一块腊肉。春荒头上还有腊肉!她把吊锅吊在火钩上,开始炒菜。腊肉炖山笋的香味儿让人实在受不了,这家人不年不节的,烧包!我起身走到门口,落花休,凄雨惹人愁。长路难走,莫道何求……

"吃饭!"男人对着我喊。我装作没听见,饿死不吃脊梁沟的饭。

"客,吃饭吧。"女人走到我跟前柔声说。

"谢表婶,不饿。"我双手一禀。

"不吃饭,给我滚蛋!"表叔对我吼。

我心说,能滚蛋早就滚了。我勉强坐到"吊锅席"边,终抵不住诱惑,夹一块肥肉填进嘴里,满口油香!再去夹肉,老男人按住我的筷子:"当客要文明谦让装着点儿,一副馋相,人家看不起!"我不服气:"肉煮熟了,就是让客吃的。""哈哈……"他松开筷子问我,"来黄柏山忙啥?"我实话实说:"去三姨家借粮。""都跑到我这儿来啦?""躲雨。""哦。"他脸色又不干净,"不上你二舅家?"我实话实说:"我娘说,我二舅那个人古怪。你要他的东西吧,他看不起你;你不要他的东西吧,他说你看不起他。连我表哥表姐都离他远远的。"

"她一辈子心高气傲!你二舅我是那样的人吗?"他吼道,"你不认我这个亲娘舅,喊表叔,我还把你当客待,煮舍不得吃的腊肉!"

"算了算了,你的臭脾气真得改改!"妗子对二舅说,"你让外甥坐了半天的冷板凳,够本啦。你看孩子真的不晓得,不知者无罪呀。"妗子又对我说:"外甥,二舅有粮食,你使劲儿背!二舅还给你打了双草鞋,都长大了,莫到处瞎逛。你兄弟姊妹多,找点事儿做,帮帮你娘。"

看　座

相裕亭

小麦扬花的时候,盐河口捕鱼的江福,正在大盐东沈万吉沈老爷家秫子地边的河心岛上扳罾捉鱼,河对岸,一辆马车"吁——"地一声,停下了。

当时,汪福认为是过路的商客,停下来观看他如何捉鱼呢。所以,他没去搭理对方,只顾忙于扳罾、收鱼。可等他看清楚河对岸那个身着长袍的老人,是沈家的老太爷沈万吉时,汪福立马慌了手脚,他赶忙扔下手中的罾网,抱起刚刚捕捉到的一对大白萝卜似的鲢花鱼,蹚水跑到河对岸来,硬将那一对尚在拧滚、打挺儿的鲢花鱼,塞到沈老爷的马车上。

汪福扳罾的那个小岛,坐落在沈万吉沈老爷家的地头,谁能说那个河中的小岛,不是沈家的呢?他汪福怎么就堂而皇之地在人沈家的小岛上搭起草棚,扯起网绳,坐收"鱼"利呢,显然是不合章法嘛。

汪福下意识地给沈老爷作揖、求饶说:"托沈老爷的福,小民汪福,在此混口饭吃。"

沈老爷支吾了一声,好像没当回事儿。

沈老爷或许就是一时兴起,想停车看看风景。刚才,若不是汪福那一番作揖求饶的话语,沈老爷没准都不记得河对面那片绿油油的秫子地是他家的。

汪福看沈老爷不言语,他心里越发紧张了。误认为沈老爷要拿他是问。

汪福当即表示收网走人。言外之意,求沈老爷宽容他这一次。以后,他不敢再来了。

哪知,沈老爷看汪福那副惊慌惊恐的样子,如同说笑一般,告诉他:"那个小岛,送给你啦!"

说完,沈老爷登上马车,走了。

汪福却愣在那儿,瞬间不知所措。

马夫看汪福半天没醒过神来,便回头大声告诉他:"沈老爷发话,那个小岛送给你啦!"

汪福这才"扑通"一声,跪在沈老爷马车后面的烟尘里,接连磕了几个响头,以谢沈老爷的大恩大德。

这以后,汪福的日子愈发充实了,他拆掉岛上那个临时搭建的小草棚,板板整整地盖起两间门窗敞亮的小茅屋。之后,他一边打鱼,一边铲除岛上的杂草、芦柴,开垦出一垄垄的地块儿,种上了辣椒、茄子、韭菜、洋芋,入秋以后,又种了几畦翠莹莹的芫荽、菠菜和过冬的小麦。期间，随着秋后河水变小，水面变瘦，大片的滩涂裸露出来，汪福又把小岛周边的泥土挖起来，堆积到小岛上，使小岛的面积不断肥大。

汪福守着小岛，打鱼、种菜、卖菜，后期，又喂养了一大群水上凫游的白鹅、花鸭，小日子日见红火起来。

此时，汪福没忘沈老爷的恩德。开春的头刀韭、挂花的脆黄瓜乃至市面上尚无出售的紫茄子、青辣椒，以及鸭舍里那些白生生的鸭蛋、鹅蛋，他自个儿都舍不得上口，总要抢个头水，给沈家送去。

印象中，汪福头一回到沈家去时，是个清晨。

汪福手提一篮子圆溜溜的鸭蛋、鹅蛋，肩挑两筐碧绿的青菜来到沈家。沈家没有人认识他，拦他在大门外，直至马夫出面，与大太太说了来龙去脉，汪福这才有幸见到沈家的大太太。

当时，大太太正在小餐厅里等候沈老爷一起用餐。

汪福去见大太太时，他看人家窗明几净，尤其是大太太那身宽软的绸缎，在他眼前一闪一闪，汪福忽而感觉自己身上的鱼腥味、鸭屎味太重了，他没敢踏入大太太就餐的门槛儿。

大太太身边的小丫环，礼节性地搬把亮锃锃的小椅子放在他跟前。汪福担心自己身上太脏了，没敢坐，他就那么蹲在门口，听大太太问话。

后来，汪福再到沈家去时，他先把所送的青菜、鱼虾啥的送到后厨去，再到大太太这边来道安，以讨沈老爷、大太太的欢喜。当然，汪福也想利用那个时机，讨得沈老爷、大太太的赏赐。大太太赏过他岭南的花生、羊儿洼的稻米。有一回,大太太高兴了,还赏了他一撂哗铃铃的钢洋。

汪福有了钱,便注重穿戴,要去沈家前,他着意要在河边多洗几遍手。天气不是太冷时,他还要在河中洗个澡,换身干净的衣服呢。

尽管如此,汪福每次见到沈老爷时,他还是卑卑嗦嗦地不敢靠得太近。大太太在屋里与他说话时,他始终蹲在门外,不好意思去碰沈家那油光锃亮的桌椅板凳。

后来,沈老爷在城里娶了四姨太,汪福已很少见到沈老爷。沈老爷喜欢在四姨太那边过夜。

但是,此时的汪福,仍然把他种植的蔬菜瓜果送到沈家。沈家大太太对他不薄。汪福挑去青菜、萝卜,大太太却回馈他大米、油盐。有一年冬天,大太太还把沈老爷穿过的一件灰棉袍赏给了他。

那时间,汪福与沈家人已经混熟了。他到沈家去时,无须下人通报,便可挑着箩筐,直奔后院去见大太太。

说不清是哪一天,汪福在门外听候大太太问话时,情不自禁地摸过门口那把原本是让他观看的椅子坐上了。

当时,大太太就觉得汪福气度不凡呢。

回头,汪福走后,大太太好像忽然间想起什么事似的,喊来管家,说:"去把汪福开垦的那块荒岛收回来吧,省得他以后再往这边跑了。"

就此,汪福断了财路。

但,汪福到死也不知道,他是怎么招惹大太太不高兴的。